EDIÇÕES BESTBOLSO

Mestre dos mares

Patrick O'Brian (1914-2000) foi um tradutor e romancista inglês. Ficou conhecido por ser recluso e evitar expor sua vida pessoal, exceto na divulgação de seus romances. Nasceu em Buckinghamshire, Inglaterra, mas durante muitos anos jornalistas e resenhistas acreditaram que era irlandês, devido ao sobrenome típico, e ele nunca se preocupou em corrigi-los. Começou a carreira com o romance histórico *Ceasar*, em 1930. Sua obra mais importante viria a ser a série Aubrey-Maturin (1969-2004), composta por vinte romances sobre a Marinha Real britânica durante as Guerras Napoleônicas, tendo como protagonistas o capitão Jack Aubrey e o médico Stephen Maturin. A série, que tem *Mestre dos mares* como primeiro volume, é reconhecida por seu detalhamento e sua pesquisa histórica sobre os séculos XVIII-XIX. O'Brian morreu antes de finalizar o último volume, que foi publicado postumamente com o título *21*.

Patrick O'Brian

MESTRE DOS MARES

Tradução de
DOMINGOS DEMASI

Revisão técnica de
J. C. LOPES DA SILVA

1ª edição

RIO DE JANEIRO - 2015

CIP-BRASIL. CATALOGAÇÃO NA PUBLICAÇÃO
SINDICATO NACIONAL DOS EDITORES DE LIVROS, RJ

O14m

O'Brian, Patrick, 1914-2000
Mestre dos mares / Patrick O'Brian; tradução Domingos Demasi. – 1ª ed. – Rio de Janeiro: BestBolso, 2015.
12 × 18 cm.

Tradução de: Master and Commander
ISBN 978-85-7799-405-2

1. Ficção inglesa. I. Demasi, Domingos. II. Título.

14-12791

CDD: 823
CDU: 821.111-3

Mestre dos mares, de autoria de Patrick O'Brian.
Título número 382 das Edições BestBolso.
Primeira edição impressa em janeiro de 2015.
Texto revisado conforme o Acordo Ortográfico da Língua Portuguesa.

Título original inglês:
MASTER AND COMMANDER

Copyright © Patrick O'Brian 1970.
Copyright da tradução © by Distribuidora Record de Serviços de Imprensa S.A.
Direitos de reprodução da tradução cedidos para Edições BestBolso, um selo da Editora Best Seller Ltda. Distribuidora Record de Serviços de Imprensa S. A. e Editora Best Seller Ltda são empresas do Grupo Editorial Record.

www.edicoesbestbolso.com.br

Design de capa: Carolina Vaz com quadro de Peter Monamy (1681-1749) intitulado "Stern View of the Royal William Firing a Salute".

Todos os direitos reservados. Proibida a reprodução, no todo ou em parte, sem autorização prévia por escrito da editora, sejam quais forem os meios empregados.

Direitos exclusivos de publicação em língua portuguesa para o Brasil em formato bolso adquiridos pelas Edições BestBolso um selo da Editora Best Seller Ltda. Rua Argentina 171 – 20921-380 – Rio de Janeiro, RJ – Tel.: 2585-2000.

Impresso no Brasil

ISBN 978-85-7799-405-2

Mariae lembi nostri
duci et magistrae
do dedico

As velas de um navio de mastreação redonda,
desfraldadas para secar em calmaria

1. Giba
2. Bujarrona
3. Estai do velacho
4. Estai do traquete
5. Vela do traquete ou papafigo
6. Velacho
7. Joanete do traquete
8. Estai do grande
9. Estai da gávea
10. Formosa
11. Estai do joanete do grande
12. Vela grande ou papafigo
13. Vela da gávea
14. Joanete do grande
15. Rabeca
16. Estai da gata
17. Estai da sobregata
18. Mezena
19. Vela ré
20. Gata
21. Sobregata

Fonte da ilustração: Serres, Liber Nauticus.
Cortesia de The Science and Technology Research Center, The New York Public Library, Astor, Lenox and Tilden Foundation.

Nota do autor

Quando se escreve um livro sobre a Marinha Real britânica do século XVIII e início do XIX é difícil dar-se a ênfase apropriada; é difícil fazer-se toda a justiça ao assunto; por isso, muito frequentemente, a realidade improvável supera a ficção. Mesmo uma imaginação extraordinariamente fértil e engenhosa mal consegue fantasiar a frágil figura do comodoro Nelson saltando do seu seriamente danificado *Captain* de 74 peças de artilharia, passar através da janela na alheta do *San Nicolas* de oitenta peças de artilharia, capturá-lo, correr por seu convés, abordar o imponente *San Josef* de 120 peças de artilharia, e, desse modo, "no tombadilho de um espanhol de primeira linha, por mais extravagante que a história possa parecer, recebi as espadas dos espanhóis conquistados; as quais, ao recebê-las, entreguei a William Fearney, um dos meus barqueiros, que as colocou, com o maior *sang-froid*, sob o braço".

As páginas de Beatson, James e o *Naval Chronicle*, os documentos do Almirantado no Arquivo Público, as biografias em Marshall e O'Byrne estão repletas de batalhas que podem ser um pouco menos espetaculares (houve apenas um Nelson), porém não são menos dotadas de coragem – combates que poucos homens seriam capazes de inventar e talvez nenhum apresentaria com total convicção. Foi por isso que, para as lutas deste livro, fui direto à fonte. Da grande riqueza de batalhas brilhantemente travadas e mediocremente descritas, escolhi algumas que admiro particularmente; assim, quando descrevo uma luta, tenho diários de bordo, cartas oficiais, relatos contemporâneos ou recordações dos próprios participantes como testemunho de cada confronto. Contudo, por outro lado, não me senti servilmente preso à exata sequência cronológica; e o historiador naval notará, por exemplo, que a ação de Sir James Saumarez no estreito de Gibraltar foi transferida para depois da colheita das videiras, como também verá que pelo menos uma das minhas batalhas da *Sophie* foi travada com outra chalupa de guerra, se bem que exatamente com o mesmo poder bélico. Aliás, tomei grandes liberdades: apropriei-me de documentos, poemas, cartas; em suma, *j'ai pris mon bien là où je l'ai trouvé*,* e, em um contexto geral de exatidão histórica, mudei nomes, lugares e pequenos acontecimentos para que se adaptassem à minha história.

A minha opinião é que os homens admiráveis daquela época, os Cochrane, Byron, Falconer, Seymour, Boscawen e outros marinheiros menos famosos com os quais, em certa medida, compus os meus personagens, são mais bem celebrados através de suas próprias esplêndidas batalhas do que em combates imaginados; essa autenticidade é uma joia; e que o eco de suas palavras tenha valor duradouro.

Nesta ocasião gostaria de agradecer a orientação e a assistência que tenho recebido dos pacientes e eruditos funcionários do Arquivo Público e do Museu Marítimo Nacional, em Greenwich, como também do comandante do HMS *Victory*: ninguém conseguiria ser mais gentil e mais prestativo.

P. O'B.

---

*Herdei minhas riquezas de onde as encontrei. (*N. do E.*)

1

O salão de música da Governor's House, em Port Mahón, uma alta e vistosa estrutura octogonal, estava repleto com o triunfante primeiro movimento do "Quarteto em dó maior" de Locatelli. Os músicos, italianos encurralados contra a parede mais afastada por fileiras e fileiras de redondas cadeirinhas douradas, tocavam com apaixonada convicção ao se encaminharem para o penúltimo crescendo, em direção à extraordinária pausa e ao profundo e libertador acorde final. E, nas cadeirinhas douradas, pelo menos parte da plateia acompanhava a ascensão com igual intensidade: havia dois, na terceira fila, do lado esquerdo; e, por acaso, estavam sentados um ao lado do outro. O ouvinte da extrema esquerda era um homem entre 20 e 30 anos, cujo corpo imenso transbordava do assento, deixando apenas aqui e ali um vestígio visível de madeira dourada. Ele vestia o seu melhor uniforme – o casaco azul com lapelas brancas, colete branco, calções e meias de capitão-tenente da Marinha Real, com a medalha de prata do Nilo na botoeira –, e o punho, de um branco profundo, de sua manga com abotoadura de ouro marcava o compasso, ao mesmo tempo em que os brilhantes olhos azuis, no que poderia ser um rosto rosado e branco se não estivesse tão intensamente bronzeado, miravam fixamente o arco do primeiro-violino. Surgiu a nota alta, a pausa, a resolução: e, com a resolução, o punho do marinheiro baixou fortemente até o joelho. Recostou-se na cadeira, fazendo-a desaparecer totalmente, suspirou contente e, com um sorriso, virou-se na direção do vizinho. As palavras "Muito bem-executado, senhor, na minha opinião" formaram-se em sua garganta, mas não inteiramente na boca, quando percebeu o olhar frio, e até mesmo hostil, e ouviu o sussurro:

– Se tem mesmo que marcar o compasso, senhor, rogo que o faça no ritmo certo, e não meia cadência adiante.

Instantaneamente, o rosto de Jack Aubrey mudou do ingênuo e amistoso prazer comunicativo para uma expressão de hostilidade um tanto quanto desconcertante: ele não conseguia nada além de admitir que *estivera* marcando o ritmo certo; e, embora o tivesse feito certamente com perfeita exatidão, a coisa em si estava errada. Sua cor aumentou; fixou por um momento os olhos claros do vizinho e falou:

– Creio... – E as notas de abertura do movimento lento o interromperam.

O violoncelo ruminante proferiu sozinho duas frases, e então começou um diálogo com a viola. Apenas parte da mente de Jack prestava atenção, pois o restante estava preso ao homem ao lado. Uma olhadela dissimulada revelou que se tratava de uma criatura pequena, cabelos negros e rosto pálido, metida em um casaco preto desbotado – um civil. Era difícil determinar sua idade, pois ele não apenas tinha aquele tipo de rosto que nada denuncia, como também usava uma peruca, parcialmente grisalha, feita aparentemente de retículo de fios cruzados e bastante desprovida de pó: ele poderia ter qualquer idade entre 20 e 60 anos. "De fato, aliás, mais ou menos a minha idade", pensou Jack. "Que filho da puta feio, cheio de pose." Com isso, quase toda a sua atenção voltou para a música; encontrou o seu lugar na pauta e a seguiu por serpeios e arabescos bastante encantadores, até a conclusão lógica e satisfatória. Não voltou a pensar no vizinho até o final do movimento, e então evitou olhar na direção dele.

O minueto fez a cabeça de Jack menear com sua cadência insistente, mas ele se encontrava totalmente inconsciente disso; e quando sentiu a mão se agitar sobre os calções e ameaçar decolar, enfiou-a sob a dobra do joelho. Tratava-se de um minueto agradável, gracioso, nada mais; a ele, porém, sucedeu-se um curiosamente difícil, quase estridente, último movimento, uma parte que parecia estar prestes a provar algo da maior das importâncias. O volume do som foi baixando até o único sussurro de um violino, e o constante zunido de conversas em voz baixa, vindo do fundo da sala, ameaçou abafá-lo. Um soldado irrompeu numa risada contida, e Jack, irritado, olhou em volta. Em seguida, o restante do quarteto juntou-se ao violino, e todos foram seguindo de volta ao ponto do qual podiam fazer ressurgir·o tema: era essencial retornar direto ao fluxo, e quando surgiu o violoncelo com a sua previsível e necessária contribuição de *pom, pom-pom-pom, poom*, o queixo de Jack afundou no peito e, em uníssono com o violoncelo, ele fez *pom, pom-pom-pom, poom*. Um cotovelo atingiu suas costelas, e o som de um *shshsh* sibilou em seu ouvido. Descobriu que a sua mão estava levantada bem alto, marcando o compasso; baixou-a, cerrou a boca e ficou olhando para baixo, em direção aos pés, até a música terminar. Ouviu a admirável conclusão e reconheceu que foi muito além do desfecho sem rodeios que ele previra, mas não conseguiu tirar prazer algum daquilo. Durante os aplausos e o alarido geral, o seu vizinho olhou para ele, não tanto desafiador, mas com total e profunda desaprovação: não se falaram e permaneceram sentados com uma rígida consciência um do outro, enquanto a Sra. Harte, a esposa do oficial-comandante, efetuava uma longa e tecnicamente difícil peça em sua harpa. Jack Aubrey olhou para a noite através das janelas compridas e elegantes: Saturno elevava-se no su-sudoeste, uma bola incandescente no céu minorquino. Uma cotovelada, uma estocada daquela espécie, tão maldosa e proposital, era quase como um soco. Nem seu temperamento nem seu código profissional podiam sofrer pacientemente uma afronta: e que afronta era maior do que a de um soco?

Como não era possível, por causa do momento, exteriorizar qualquer expressão, sua ira assumiu a forma da melancolia: ele pensou em sua situação, marinheiro sem navio, nas meias e nas inteiras promessas que lhe foram feitas e não cumpridas, e nos muitos projetos que desenvolvera para estabelecimentos visionários. Devia a seu agente de apresamento de navios, o seu homem de negócios, umas 120 libras; e o prazo dos juros de 15 por cento estava vencendo; e o pagamento mensal era de 5 libras e 12 xelins. Pensou nos homens que conhecia, mais novos na hierarquia naval do que ele, mas com muito mais sorte ou maiores lucros, que agora eram capitães-tenentes no comando de brigues ou escunas, ou até mesmo tinham sido promovidos a mestre e comandante; e todos eles designados para *trabaccalos* no Adriático, tartanas no golfo de Lyon, xavecos e *settees* ao longo de toda a costa espanhola. Glória, progresso profissional, dinheiro de presas.

A tempestade de aplausos indicou-lhe que a apresentação chegara ao fim e, diligentemente, bateu as mãos, distendendo a boca numa expressão de arrebatado deleite. Molly Harte fez uma reverência e sorriu, captou o olhar dele e sorriu de novo; ele aplaudiu mais intensamente, mas ela notou que ele não estava satisfeito ou não tinha prestado atenção, e o seu prazer ficou sensivelmente reduzido. Contudo, continuou a agradecer os cumprimentos da plateia com um sorriso radiante e com a bela aparência, trajando um vestido azul-claro de cetim e um grande colar de pérolas – pérolas do *Santa Brigida*.

Jack Aubrey e o vizinho metido no casaco preto desbotado levantaram-se ao mesmo tempo e se entreolharam. Jack deixou o rosto retornar à expressão de fria antipatia – ao se extinguirem, os vestígios moribundos de seu arrebatamento artificial pareceram peculiarmente desagradáveis. Em voz baixa, disse:

– Eu me chamo Aubrey, senhor; estou hospedado na Crown.

– O meu, senhor, é Maturin. Posso ser encontrado, todas as manhãs, no Café Joselito. Pode fazer o favor de se afastar?

Por um momento Jack sentiu a mais forte propensão de agarrar sua cadeirinha dourada e golpear com ela o homem de rosto pálido; mas deu passagem com uma tolerável demonstração de civilidade – ele não tinha escolha, a não ser que fosse agredido – e, pouco depois, abriu caminho pela multidão abarrotada de casacos azuis ou vermelhos com os ocasionais casacos pretos de civis que rodeavam a Sra. Harte, gritou "Encantador... sublime... maravilhosamente executado" sobre três fileiras de cabeças, acenou e deixou o aposento. Caminhando pelo salão, trocou cumprimentos com dois outros oficiais da Marinha, um deles um ex-companheiro de praça d'armas do *Agamemnon*, que comentou: "Está parecendo muito deprimido, Jack"; o outro um aspirante alto, hirto com o senso da ocasião e o rigor de sua camisa engomada de babados, que fora seu subordinado durante o seu turno de serviço no *Thunderer*. Depois, Jack fez uma mesura para o secretário do comandante, que retribuiu a reverência com um sorriso, as sobrancelhas levantadas e um olhar bastante significativo.

"O que será que esse grosseiro abominável anda tramando?", pensou Jack, ao caminhar em direção ao porto. À medida que caminhava, vieram-lhe à mente as lembranças da duplicidade do secretário e de sua própria submissão ignóbil àquele personagem influente. Uma pequena e bela nau corsária francesa, recém-revestida de cobre e recém-apresada, fora-lhe praticamente prometida; o irmão do secretário tinha aparecido de Gibraltar – e *adieu* ao comando, que se dane. "Que se foda", exclamou Jack bem alto, lembrando a dócil obediência com que recebera a notícia, junto com a reafirmação da boa vontade do secretário em relação aos não especificados bons serviços que ele prestaria no futuro. Então se lembrou da própria conduta naquela noite, principalmente o seu recuo para deixar o homenzinho passar, e a incapacidade de encontrar qualquer comentário, qualquer resposta pronta que fosse ao mesmo tempo arrasadora e desprovida de grosseria. Estava profundamente descontente consigo mesmo, com o homem de casaco preto e com o serviço naval. E com a suavidade aveludada da noite de abril, com o coro de rouxinóis nas laranjeiras e com a multidão de estrelas pendendo tão baixo que quase tocavam nas palmeiras.

A Crown, onde Jack estava hospedado, possuía uma certa semelhança com o seu famoso homônimo em Portsmouth: tinha a mesma imensa tabuleta dourada e escarlate pendurada do lado de fora, uma relíquia das antigas ocupações britânicas. A casa fora construída por volta de 1750, no mais puro gosto inglês, sem uma concessão sequer ao estilo mediterrâneo, exceto pelos azulejos; mas a semelhança parava por aí. O estalajadeiro era de Gibraltar, e os ajudantes, espanhóis, mais exatamente minorquinos; o lugar cheirava a azeite, sardinha e vinho; e não havia a mínima possibilidade de uma torta Bakewell, de um bolo Eccles, ou mesmo de uma decente torta de rim. Contudo, por outro lado, nenhuma estalagem inglesa seria capaz de empregar uma camareira tão parecida com um pêssego moreno como Mercedes. Ela saltitou no sombrio patamar, enchendo-o com vitalidade e uma espécie de incandescência, e gritou escada acima:

– Uma carta, *teniente*. Vou levá-la... – Um instante depois, estava ao seu lado, sorrindo com um encanto inocente; mas ele sabia bem demais o que podia conter qualquer carta endereçada a ele, e respondeu com nada além de um gracejo mecânico e uma olhadela rápida e imprecisa para os seios da moça. – E o comandante Allen esteve à sua procura – acrescentou ela.

– Allen? Allen? Que diabos ele pode querer comigo? – O comandante Allen era um homem tranquilo e mais velho; tudo o que Jack sabia dele era que se tratava de um legalista americano e era considerado muito conservador em seus hábitos, invariavelmente virando avante com rapidez e colocando firme o seu leme a ló, e vestia um longo colete do comprimento de uma saia. – Ah, o enterro, sem dúvida – disse. – Uma subscrição.

– Triste, *teniente*, triste? – observou Mercedes, afastando-se pelo corredor. – Pobre *teniente*.

Jack pegou a vela da mesa e seguiu direto para seu quarto. Só foi se preocupar com a carta depois de tirar o casaco e desatar o lenço do pescoço; em seguida, olhou desconfiado para a parte externa dela. Notou que estava endereçada, com uma letra que desconhecia, ao *comandante* Aubrey, M.R.: franziu o cenho, exclamou "maldito idiota" e virou a carta. O brasão preto no lacre tinha sido borrado na impressão, e, por mais que ele o colocasse perto da vela e inclinasse a luz sobre a superfície, não conseguiu distingui-lo.

– Não consigo distingui-lo – falou. – Mas, pelo menos, não é o velho Hunks. Ele sempre lacra com obreia. – Hunks era o seu agente, seu abutre, seu credor.

Por fim, resolveu abrir a carta, que dizia:

> Por Ordem do Excelentíssimo Lorde Keith, Cavaleiro da Ordem do Banho, Almirante do Azul e Comandante em chefe dos Navios e Embarcações de Sua Majestade, empregados e a serem empregados no Mediterrâneo etc. etc. etc.
>
> Visto que o comandante Samuel Allen da chalupa de guerra *Sophie* de Sua Majestade foi removido para o *Pallas*, do falecido comandante James Bradby...
>
> Pela presente o senhor é convocado e ordenado a seguir para bordo da *Sophie* e assumir para si o Controle e a Autoridade do seu Comando; a desejar e exigir que todos os Oficiais e a Tripulação pertencentes à citada chalupa de guerra se

comportem no exercício de suas funções a bordo com todo o devido Respeito e Obediência a seu comandante; e o senhor, do mesmo modo, a observar igualmente as Instruções Gerais Impressas, como também as Ordens e Instruções que deverá receber, de tempos em tempos, de qualquer um dos Oficiais superiores do Serviço de Sua Majestade. A esse respeito, o senhor ou qualquer um dos senhores não devem deixar de atender, e atenderão o contrário por seu próprio Risco.

E, assim determinadas, estas são as suas Instruções.

Emitido a bordo do *Foudroyant*

ao mar, 1º de abril de 1800.

Para John Aubrey, Esqr.
Por meio deste designado comandante da
Chalupa de Guerra *Sophie* de Sua Majestade
Por ordem do almirante Thos Walker

Num único instante, os olhos captaram a totalidade, mas a mente se recusava a ler ou acreditar naquilo: o seu rosto ficou vermelho, e, com uma expressão carrancuda e grave, obrigou-se a soletrar linha por linha. A segunda leitura seguiu muito mais rápida, e uma imensa satisfação foi se avolumando em seu coração. O rosto tornou-se ainda mais vermelho, e a boca escancarou-se sozinha. Ele riu alto, deu um tapinha na carta, dobrou-a, desdobrou-a e a leu com redobrada atenção, já tendo esquecido inteiramente o belo fraseado do parágrafo do meio. Por um gélido segundo, a base do novo mundo que surgira para uma vida ilimitadamente pormenorizada pareceu desabar quando seus olhos focalizaram a data agourenta. Levantou a carta contra a lua, e ali, tão firme, reconfortante e inalterável quanto o rochedo de Gibraltar, ele viu a marca-d'água do Almirantado, a eminentemente respeitável âncora da esperança.

Foi incapaz de ficar quieto. Caminhou compassadamente de um lado para o outro do quarto, vestiu o casaco, tirou-o mais uma vez e emitiu uma série de comentários desconexos, ao mesmo tempo em que dava risadinhas. "E eu me preocupando... ha-ha... mas que briguezinho mais jeitoso – eu o conheço bem... ha-ha... e eu me imaginaria o mais feliz dos homens no comando de uma sucata, ou do velho e imprestável *Vulture*... de qualquer navio do gênero... admiráveis chapas de cobre – que documento excelente e singular... praticamente o único brigue do serviço com tombadilho: câmara encantadora, sem dúvida... tempo sublime – tão quente... ha, ha... se ao menos eu conseguir uma tripulação: essa é a grande questão." Estava excessivamente faminto e sedento: disparou para o sino e o tocou violentamente, mas antes de a corda parar de tremer sua cabeça estava do lado de fora do corredor e ele berrava para a arrumadeira:

– Mercy! Mercy! Ah, aí está você, meu bem. O que pode me trazer para comer, *manger, mangiare*? *Pollo*? Galinha assada fria? E uma garrafa de vinho, *vino*... duas garrafas de *vino*. E, Mercy, pode vir fazer uma coisa para mim? Eu quero que você, *désirer*, faça algo para mim, sim? Coser, *cosare*, um botão.

– Sim, *teniente* – concordou Mercedes, os olhos revirando à luz da vela e os dentes lampejando brancura.

– *Teniente* não – berrou Jack, espremendo o fôlego para fora do corpo rechonchudo e maleável. – Comandante de navio! Comandante! *Capitano*, ha-ha-ha!

ACORDOU PELA MANHÃ direto de um sono muito, muito profundo: estava totalmente desperto, e mesmo antes de abrir os olhos, transbordava com a consciência de sua promoção.

"O navio não é de primeira classe, é claro", pensou, "mas quem, diabos, deseja um grande e desajeitado primeira classe, sem a mínima chance de realizar uma viagem independente? Onde ele está situado? Depois do cais do material bélico, atracado ao lado de *Rattler*. Vou direto para lá e dar uma olhada nele... sem perder um minuto. Não, não. Isso não se faz... preciso lhes enviar um aviso antecipado. Não: a primeira coisa que preciso fazer é ir transmitir os meus agradecimentos, nos locais adequados, e marcar um encontro com Allen... o velho e caro Allen... Preciso lhe desejar felicidades".

A primeira coisa que ele fez, de fato, foi atravessar a rua até a loja de uniformes navais e afiançar o seu agora elástico crédito, esticando-o para uma nobre, pesada e imponente dragona – um símbolo do seu presente posto de comandante, que o lojista prendeu imediatamente sobre seu ombro esquerdo, e ambos ficaram admirando com grande satisfação diante do comprido espelho, o lojista olhando por trás do ombro de Jack, com indisfarçável contentamento no rosto.

Quando a porta se fechou atrás dele, Jack avistou o homem de casaco preto no outro lado da rua, perto do café. A noite anterior voltou a inundar sua mente, e ele atravessou correndo, chamando:

– Senhor... Sr. Maturin. Ora, aí está o senhor. Receio que lhe deva mil desculpas. Devo ter sido lamentavelmente maçante para o senhor, ontem à noite, e espero que me perdoe. Nós, os marinheiros, ouvimos tão pouca música... e estamos tão pouco acostumados a companhias distintas... que exageramos em nosso entusiasmo. Eu lhe peço desculpas.

– Meu caro senhor – gritou o homem do casaco preto, com um estranho enrubescer surgindo em seu rosto branco mortiço –, teve todo motivo para se entusiasmar. Eu nunca tinha ouvido um quarteto melhor em minha vida... que harmonia, que intensidade. Posso oferecer-lhe uma xícara de chocolate, ou café? Isso me daria grande prazer.

– É muito gentil, senhor. Eu gostaria disso mais do que tudo. Para lhe dizer a verdade, eu estava tão animado em minha pressa, que esqueci o meu desjejum. Acabo de ser promovido – acrescentou, com uma risada inesperada.

– Não me diga. Pode estar certo de que lhe desejo felicidade, com toda sinceridade. Por favor, entre.

Ao ver o Sr. Maturin, o garçom agitou o dedo indicador naquele desanimador gesto mediterrâneo de negação – um pêndulo invertido. Maturin deu de ombros e disse a Jack:

– Os cargos andam assombrosamente poucos, hoje em dia. – E para o garçom, falando no catalão da ilha: – Traga-nos um bule de chocolate, Jep, furiosamente batido, e um pouco de creme.

– O senhor fala espanhol? – admirou-se Jack, ao se sentar, arremessando para fora as fraldas do casaco a fim de liberar a espada, num gesto amplo que inundou de azul o baixo aposento. – Deve ser algo esplêndido falar espanhol. Tenho tentado com frequência, e também com o francês e o italiano, mas não adianta. Em geral, eles me entendem, mas quando *eles* dizem alguma coisa, falam tão depressa que me perco. Ouso afirmar que a falha está aqui – observou, com um tapinha na testa. – Era a mesma coisa com o latim, quando era garoto; e como o velho Pagan costumava me açoitar. – Gargalhou com tanta espontaneidade diante da recordação que o garçom com o chocolate também riu, e disse:

– Um belo dia, senhor comandante, um belo dia.

– Um belo e maravilhoso dia – concordou Jack, fitando com grande benevolência o rosto dele, semelhante ao de um rato. – De fato, um *bello soleil*. Mas – acrescentou, curvando-se para olhar melhor através da parte superior da vidraça – não me surpreenderia se entrasse o vento tramontana. – Dirigindo-se ao Sr. Maturin, falou: – Esta manhã, assim que saí da cama, notei aquela aparência esverdeada a nor-nordeste e disse a mim mesmo: "Quando a brisa do mar esmorece, eu não me surpreendo com a entrada da tramontana."

– É curioso o fato de o senhor achar difíceis as línguas estrangeiras – comentou o Sr. Maturin, que não tinha qualquer opinião a dar sobre o tempo –, pois parece razoável supor que a um bom ouvido para a música acompanharia a facilidade para esse aprendizado... já que, necessariamente, as duas coisas andariam juntas.

– Estou certo de que tem razão, de um ponto de vista filosófico – rebateu Jack. – Mas é o que acontece. Entretanto, pode bem ser que o meu ouvido musical também não seja tão excelente, apesar de eu realmente prezar muito a música. Sabe Deus que já acho suficientemente difícil entoar a nota correta e seu encadeamento.

– O senhor toca?

– Arranho um pouco, senhor. Vez por outra, flagelo uma rabeca.

– Eu também! Eu também! Sempre que tenho tempo disponível, faço as minhas tentativas no violoncelo.

– Um nobre instrumento – salientou Jack, e passaram a conversar sobre Boccherini, arcos e resina, copistas, cuidados a tomar com as cordas, com grande satisfação na companhia um do outro, até um relógio brutalmente feio com o pêndulo em forma de lira bater as horas: Jack Aubrey esvaziou sua xícara e empurrou a cadeira para trás. – Vai me desculpar, estou certo. Tenho toda uma rotina de visitas oficiais e uma entrevista com o meu predecessor. Mas espero poder contar com a honra, e devo dizer o prazer... o grande prazer... de sua companhia para o jantar?

– Com a maior alegria – retrucou Maturin, com uma reverência. Estavam na porta.

– Posso então marcar às três da tarde na Crown? – perguntou Jack. – No serviço, não seguimos os horários da moda, e por essa hora me sinto tão diabolicamente faminto e rabugento que certamente o senhor me perdoará. Molharemos o lambaz, e depois que ele estiver generosamente lavado, talvez possamos tentar fazer um pouco de música, se isso não lhe for desagradável.

– Está vendo aquela poupa? – bradou o homem de casaco preto.

– O que é uma poupa? – bradou Jack de volta, olhando ao redor.

– Uma ave. Aquele pássaro cor de canela com asas listradas. *Upupa epops*. Ali! Ali, no telhado. Ali! Ali!

– Onde? Onde? A que se assemelha?

– Agora já se foi. Desde que cheguei aqui, esperava ver uma poupa. E no meio da cidade! Feliz é Mahón em ter tais habitantes. Mas peço que me perdoe. O senhor estava falando em molhar um lambaz.

– Ah, sim. Trata-se de jargão naval. O lambaz é isto – bateu na dragona –, e quando a embarcamos pela primeira vez, nós a molhamos, ou seja, nós tomamos uma ou duas garrafas de vinho.

– É mesmo? – disse Maturin, com uma cortês inclinação da cabeça. – Uma condecoração, um distintivo de posto, não tenho dúvida. É admirável, um ornamento muito elegante, certamente. Mas, meu caro senhor, não esqueceu a outra?

– Bem – afirmou Jack, com uma risada –, ouso dizer que logo colocarei as duas. Agora, quero desejar-lhe um bom dia e agradecer pelo excelente chocolate. Estou muito contente por ter visto a sua poupa.

A primeira visita que Jack precisava fazer era ao comandante mais graduado, o comandante naval de Port Mahón. O comandante Harte morava em uma enorme casa pertencente a um certo Martinez, um comerciante espanhol, e mantinha um conjunto de aposentos que serviam de escritório no lado mais afastado do pátio. Ao atravessar o espaço a céu aberto, Jack ouviu o som de uma harpa, reduzido a um tinido pelas persianas – elas já estavam baixadas como proteção ao sol que se elevava, e lagartixas já corriam pelas paredes ensolaradas.

O comandante Harte era um homem pequenino, com certa semelhança a lorde St. Vincent, uma semelhança que ele esforçava-se ao máximo para destacar, mantendo o corpo curvado, sendo selvagemente rude com os seus subordinados e através do whiggismo: se desgostava de Jack, porque Jack era alto e ele, baixo, ou se desconfiava de que este mantinha um caso amoroso com a sua esposa, dava no mesmo – havia forte antipatia entre eles, e era duradoura. Suas primeiras palavras foram:

– Ora, Sr. Aubrey, por onde diabos tem andado? Eu o esperei ontem à tarde... Allen o esperou ontem à tarde. Fiquei abismado em saber que ele não havia se encontrado com o senhor. Eu lhe desejo felicidade, é claro – disse, sem sorrir –, mas, palavra de honra, o senhor tem uma ideia muito estranha do que é assumir um comando. Allen já deve estar a 20 léguas de distância, e, sem dúvida, todo marujo de verdade da *Sophie* está com ele, sem falar nos oficiais. E quanto aos livros, autorizações, despachos e assim por diante, tivemos que remendar do melhor modo possível. Extraordinariamente irregular.

– O *Pallas* já zarpou, senhor? – berrou Jack, horrorizado.

– Zarpou à meia-noite, senhor – informou o capitão Harte, com um olhar de satisfação. – As exigências do serviço não esperam o nosso prazer, Sr. Aubrey. E tive condescendência de fazer um registro do que ele deixou para trabalho de porto.

– Eu soube apenas ontem à noite... aliás, esta manhã, entre uma e duas horas.

– Não me diga! O senhor me assombra. Estou pasmo. A carta, certamente, partiu no tempo certo. A culpa, sem dúvida, é das pessoas da sua estalagem. Não se pode contar com os seus estrangeiros. Dei-lhe a satisfação de um comando, estou certo disso, mas como levará o barco para o mar, sem gente para desatracá-lo do cais, devo confessar que não sei. Allen levou o imediato dele, o cirurgião e todos os aspirantes promissores; e certamente não posso lhe dar um único homem capaz de colocar um pé diante do outro.

– Bem, senhor – disse Jack –, suponho que devo fazer o melhor possível com o que tenho. – Era compreensível, claro: qualquer oficial que pudesse desembarcaria de um velho brigue pequeno e lento para uma ditosa fragata como o *Pallas*. E, por um costume imemorial, um comandante que trocava de navio podia levar o seu patrão e a guarnição do escaler, bem como certos voluntários; e, se não fosse vigiado muito de perto, talvez cometesse grandes erros ao exagerar a definição de qualquer das duas categorias.

– Posso fornecer-lhe um capelão – informou o comandante, girando a faca no ferimento.

– Ele é capaz de ferrar e rizar as velas e manobrar? – indagou Jack, determinado a nada demonstrar. – Se não, prefiro recusá-lo.

– Então, passar bem, Sr. Aubrey. Enviarei suas ordens esta tarde.

– Um bom dia, senhor. Espero que a Sra. Harte esteja em casa. Preciso transmitir-lhe os meus respeitos e parabenizá-la... tenho de lhe agradecer pelo prazer que nos deu ontem à noite.

– Então esteve na Governor's? – perguntou o comandante Harte, que sabia perfeitamente bem disso, e cujos pequenos truques sujos tinham sido baseados em saber perfeitamente bem disso. – Se o senhor não tivesse andado ouvindo guinchados, bem que poderia estar a bordo de sua própria chalupa, de acordo com as regras. Que Deus me perdoe, mas trata-se de um caso sério quando um jovem prefere a companhia de rabequistas italianos e eunucos a assumir o seu próprio primeiro comando.

O SOL PARECIA UM POUCO menos brilhante quando Jack atravessou o pátio diagonalmente para fazer sua visita à Sra. Harte; mas ainda desferia uma preciosa calidez através de seu casaco e ele subiu correndo a escada, sacudindo no ombro esquerdo o peso encantador ao qual ainda não estava acostumado. Um capitão-tenente que ele não conhecia e o aspirante presunçoso da noite anterior haviam chegado antes dele, pois em Port Mahón era de praxe fazer uma visita matinal à Sra. Harte. Ela estava sentada ao lado da harpa, parecendo um objeto decorativo e conversando com o tenente, mas, quando ele entrou, ela deu um salto, entregou-lhe ambas as mãos e exclamou:

– Comandante Aubrey, como estou feliz em vê-lo! Muitas, muitas felicitações. Venha, precisamos molhar o lambaz. Sr. Parker, por favor, toque a sineta.

– Desejo-lhe felicidades – disse o tenente, contente pela simples visão daquilo pelo que tanto ansiava. O aspirante hesitou, imaginando se deveria falar diante de tão augusta companhia, e então, assim que a Sra. Harte iniciou as apresentações, ele ofegou:

– Desejo-lhe felicidades, senhor – disse, com um bramido vacilante, e enrubesceu.

– O Sr. Stapleton, terceiro-oficial do *Guerrier* – falou a Sra. Harte, com um aceno de mão. – E o Sr. Burnet, do *Isis*. Carmen, traga um pouco de Madeira. – Ela era uma mulher bastante vistosa, e embora não fosse linda ou sequer bonita, dava a impressão de ser ambas as coisas, principalmente pelo esplêndido modo como movimentava a cabeça. Desprezava o insignificante do marido, que lhe era submisso; e passara a dedicar-se à música como um descanso dele. A música, porém, não parecia estar sendo suficiente, pois ela encheu um copo até a borda e bebeu de um jeito muito à vontade.

Pouco depois, o Sr. Stapleton despediu-se. Fazia um tempo agradável, não muito quente, nem mesmo ao meio-dia, o calor temperado pela brisa, o vento norte um pouquinho fatigante apesar de saudável, pois já era verão, e preferível ao abril inglês frio e chuvoso, o calor geralmente mais agradável do que o frio. Após cinco minutos, a Sra. Harte disse:

– Sr. Burnet, eu poderia lhe solicitar uma gentileza? Deixei minha bolsinha na Governor's.

– Foi encantador o modo como você tocou, Molly – comentou Jack, depois que a porta se fechou.

– Jack, estou tão feliz por finalmente você ter um navio.

– Eu também. Não creio que tenha sido tão feliz em toda a minha vida. Ontem, sentia-me tão rabugento e desgostoso que seria capaz de me enforcar, e então voltei para a Crown e lá estava esta carta. Não é encantadora? – Eles a leram juntos, em meio a um silêncio respeitoso.

– *Atendam o contrário por seu próprio risco* – repetiu a Sra. Harte.
– Jack, imploro e rezo para que não aprese nenhum neutro. Aquele

brigue de Ragusa que o pobre Willoughby apresou não tinha sido condenado, e os proprietários vão processá-lo.

– Não se impaciente, cara Molly – tranquilizou-a Jack. – Não farei nenhum apresamento por algum tempo, isso eu lhe asseguro. Esta carta sofreu um atraso... um maldito e curioso atraso... e Allen já partiu com a nata da minha tripulação; recebeu ordem de se fazer ao mar com uma pressa excessiva, antes que eu pudesse me encontrar com ele. E o comandante dispersou os que restaram para fazer o trabalho de cais: não sobrou nenhum homem. Ao que parece, não conseguiremos suspender; portanto, ouso dizer que ficaremos encalhados sobre os nossos próprios traseiros antes de ao menos sentirmos o cheiro de qualquer apresamento.

– Oh, não me diga! – exclamou a Sra. Harte, a cor se intensificando; e, nesse momento, entraram lady Warren e o irmão, um capitão dos fuzileiros navais. – Caríssima Anne – bradou Molly Harte –, venha aqui imediatamente e ajude-me a remediar uma injustiça escandalosa. Este é o comandante Aubrey... vocês se conhecem?

– Seu criado, senhora – cumprimentou Jack, fazendo uma reverência particularmente respeitosa, pois se tratava de ninguém menos que a mulher do almirante.

– ... um garboso e digno oficial, um perfeito tóri, filho do general Aubrey, e ele está sendo usado de forma abominável...

O CALOR AUMENTARA enquanto ele se encontrava no interior da casa, e ao sair para a rua o ar bateu quente em seu rosto, quase como um outro elemento; entretanto, não era de todo sufocante, nem de todo abafado, e havia nele uma luminosidade que eliminava toda a opressão. Após virar algumas esquinas, chegou à rua arborizada que levava a estrada de Ciudadela até uma praça empoleirada, ou, mais exatamente, um terraço, que dava vista para os embarcadouros. Seguiu pela sombra, onde, inesperadamente, as casas inglesas, com janelas de guilhotina, claraboias e pátios frontais revestidos com pedras redondas, se relacionavam muito bem com as construções vizinhas, a igreja barroca jesuíta e as mansões espanholas, recuadas e com enormes brasões de pedra sobre os vãos das portas.

Um grupo de marujos passou pelo outro lado, alguns vestindo folgadas calças listradas, e outros, roupas comuns com panos de vela; uns usavam finos coletes vermelhos, outros, jaquetas azuis ordinárias; alguns usavam chapéus alcatroados, a despeito do calor, e outros, largos chapéus de palha ou lenços manchados na cabeça; mas cada um deles ostentava um comprido e balouçante rabo de cavalo, e todos tinham um indescritível ar de homens de naus de guerra. Eram Belerofontes, e deu-lhes um olhar ávido, enquanto avançavam com passos trôpegos, gargalhando e rugindo brandamente para os seus amigos, ingleses e espanhóis. Jack aproximava-se da praça, e, por entre o verde frescor das folhas muito jovens, pôde ver os sobrejoanetes do *Généreux* cintilando ao sol, ao longe, do outro lado da enseada, desfraldados para secar. A rua movimentada, o gramado e o céu azul sobre o navio eram o bastante para fazer o coração de um homem ascender como uma cotovia, e três quartos do coração de Jack pairaram nas alturas. Mas a parte remanescente permaneceu em terra, pensando aflita em sua tripulação. Desde os primeiros dias na Marinha ele havia se familiarizado com esse pesadelo de recrutar tripulantes, e o seu primeiro ferimento sério fora infligido por uma mulher em Deal, com um ferro de engomar, que pensava que seu homem não deveria ser recrutado à força; mas ele não esperava ter de enfrentar isso logo no início do seu comando, nem desse modo, nem no Mediterrâneo.

Agora estava na praça, com as suas árvores majestosas e as enormes escadas gêmeas serpeando abaixo para o cais – escadas conhecidas havia cem anos pelos marujos britânicos como Pigtail Steps, a causa de muitos membros fraturados e cabeças machucadas. Atravessou a praça até a mureta que havia entre as cabeceiras das escadas e olhou além, para a imensa extensão de água encerrada diante de si, estendendo-se à esquerda para a longínqua extremidade do porto e à direita passando pela ilha-hospital a milhas de distância de sua estreita desembocadura protegida pelo castelo. Para a sua esquerda ficavam os navios mercantes: vintenas, aliás, centenas de falucas, tartanas, xavecos, pinques, polacas, *polacas-settees*, *houarios* e *barcas-longas* – todas as armações do Mediterrâneo e também muitas do mar do Norte – bacalhoeiros, laúdes e arenqueiros. Oposto a ele e à sua direita ficavam os vasos de guerra: dois navios de grandes proporções, ambos de 74 peças de artilharia; uma bela fragata de 28, o *Niobe*, cujo pessoal estava pintando uma faixa escarlate sob a linha quadriculada das portinholas dos canhões e acima de seu delgado gio, para imitar um navio espanhol que o comandante da fragata havia admirado; e um grande número de navios de transporte e outras embarcações; e no meio de todos eles e das escadas para o cais, inúmeros barcos atravessavam de um lado para o outro – botes, barcaças dos navios de linha, lanchas, cúteres, ioles e botes maiores, logo depois do rastejante escaler pertencente à bombarda *Tartarus*, com o peso das enormes provisões afundando-o umas boas três polegadas na água. Mais ainda para a direita, o esplêndido cais curvava-se adiante, em direção ao estaleiro, o depósito de artilharia e desembarcadouros de provisões e a ilha de quarentena, ocultando muitos dos outros navios; Jack olhava, o pescoço esticado, com um dos pés sobre o parapeito, na esperança de captar um vislumbre de sua alegria; mas ela não estava à vista. Virou-se, relutante, e se afastou para a esquerda, pois para ali ficava o escritório do Sr. Williams. O Sr. Williams era o correspondente em Mahón do agente de presas de Jack em Gibraltar, da eminentemente respeitável casa de Johnstone e Graham, e o escritório dele era o seguinte e mais necessário porto de escala; pois, além de parecer ridículo ter ouro no ombro mas nenhum tinindo no bolso, Jack precisaria, de imediato, de dinheiro disponível para toda uma série de importantes e inevitáveis despesas – presentes de praxe, propinas e assim por diante, coisas que não dependiam de crédito.

Entrou com extrema confiança, como se tivesse acabado de vencer pessoalmente a batalha do Nilo, e foi muito bem-recebido; depois que encerraram o negócio, o agente observou:

– Suponho que deve ter falado com o Sr. Baldick.

– O imediato da *Sophie*?

– Exatamente.

– Mas ele foi com o comandante Allen... está a bordo do *Pallas*.

– Esse, senhor, se me permite, é um engano seu, por assim dizer. Ele está no hospital.

– O senhor me causa espanto.

O agente sorriu, levantou os ombros e abriu os braços num gesto desaprovador: ele falava a verdade, e era motivo para Jack ficar espantado; mas o agente pediu perdão pela sua superioridade.

– Ele veio para terra no final da tarde de ontem e foi levado para o hospital com uma febre leve... o pequeno hospital passando os Capuchinhos, e não o da ilha. Para lhe dizer a verdade – o agente colocou a palma da mão diante da boca, em sinal de sigilo, e falou a meia-voz –, ele e o cirurgião da *Sophie* não se olham olho no olho, e a perspectiva de uma viagem sob os cuidados deste era mais do que o Sr. Baldick poderia tolerar. Sem dúvida, assim que se recuperar, ele vai se reincorporar em Gibraltar. E agora, comandante – disse o agente com um sorriso artificial e um olhar matreiro –, terei o atrevimento de lhe pedir um favor, se me permite. A Sra. Williams tem uma jovem prima que está com o filho para se fazer ao mar... deseja ser um intendente de bordo, posteriormente. Trata-se de um rapaz inteligente e escreve com uma bela e clara caligrafia; ele tem trabalhado aqui no escritório desde o Natal, e sei que é esperto com os números. Pois bem, comandante Aubrey, se o senhor não tem mais ninguém em mente para seu escrivão, será infinitamente obsequioso... – O sorriso do agente ia e vinha, ia e vinha: ele não estava acostumado a ser a parte a pedir um favor, não de oficiais de Marinha, e encarava a possibilidade de uma recusa como algo terrivelmente desagradável.

– Bem – fez Jack, refletindo –, não tenho ninguém em mente, com certeza. O senhor responde por ele, é claro. Pois então, façamos o seguinte, Sr. Williams, o senhor me consegue um marinheiro experimentado para vir junto com ele e aceito o seu rapaz.

– Está falando sério, senhor?

– Sim... sim, claro que estou. Sim, certamente.

– Então está combinado – concordou o agente, estendendo a mão. – Não se arrependerá, senhor, dou-lhe a minha palavra.

– Estou certo disso, Sr. Williams. Talvez seja melhor eu dar uma olhada nele.

David Richards era um jovem desgracioso e descolorido – literalmente sem cor, exceto por algumas espinhas cor de malva –, mas havia algo comovente em seu intenso e reprimido entusiasmo e a desesperada ânsia de agradar. Jack olhou amavelmente para ele e falou:

– O Sr. Williams me disse que tem uma bela e clara caligrafia, senhor. Gostaria de anotar um bilhete para mim? Endereçado ao mestre da *Sophie*. Como é mesmo o nome do mestre-arrais, Sr. Williams?

– Marshall, senhor, William Marshall. Um navegador de primeira, pelo que eu soube.

– Tanto melhor – comentou Jack, recordando as suas pelejas com as Tabelas de Requisitos e as bizarras conclusões a que ele às vezes chegava. – Então: "Para o Sr. William Marshall, mestre-arrais da chalupa *Sophie* de Sua Majestade. O comandante Aubrey apresenta os seus cumprimentos ao Sr. Marshall e estará a bordo por volta de uma hora da tarde." Pronto, isso deve lhe dar um aviso razoável. Muito bem escrito, também. O senhor cuidará para que isso seja entregue a ele?

– Eu o levarei pessoalmente neste mesmo instante, senhor – bradou o jovem, com um doentio rubor de prazer.

"Meu Deus", disse Jack para si mesmo, ao subir em direção ao hospital, contemplando a vasta extensão de terra nua e agreste a céu aberto de ambos os lados do movimentado mar, "Meu Deus, que coisa boa é representar de vez em quando um homem importante."

– Sr. Baldick? – perguntou. – Meu nome é Aubrey. Já que quase fomos companheiros de bordo, vim visitá-lo para saber como está passando. Espero que já esteja a caminho da recuperação, senhor.

– É muita gentileza sua – clamou o capitão-tenente, um cinquentão, cujo rosto carmim se encontrava coberto com uma cintilante barba prateada por fazer, apesar de seu cabelo ser preto –, é mais do que gentil. Obrigado, obrigado, comandante. Estou muito melhor, me alegro em dizer, agora que me encontro livre das garras daquele impostor sanguinário. Dá para acreditar, senhor? Servi por 37 anos, 29 deles como oficial, e sou tratado com a cura da água e dieta de baixas calorias. As pílulas de Ward e as gotas de Ward não são boas... são de arrebentar, é o que dizem: mas elas me acompanharam pelas Índias Ocidentais, durante a última guerra, quando perdemos dois terços do pessoal do quarto de bombordo em dez dias, por causa da febre amarela. Elas me protegeram disso, senhor, sem falar do escorbuto, da ciática, do reumatismo e da disenteria; mas elas não prestam, é o que nos dizem. Pois bem, podem dizer o que quiserem esses jovenzinhos arrumadinhos da Surgeons' Hall, com a tinta de sua licença que mal secou, mas ponho minha fé nas gotas de Ward.

"E no pub", pensou Jack, pois o lugar cheirava igual à sala de bebidas de um navio de primeira classe.

– Quer dizer, então, que a *Sophie* perdeu o cirurgião – disse em voz alta –, como também os mais valorosos membros de sua tripulação?

– Eu lhe asseguro de que não foi uma grande perda, senhor; embora, realmente, o pessoal do navio tenha feito grande alarde a respeito dele... já que confia nele juntamente com seus remédios de charlatão, o maldito estojo de embustes; e ficou muito aflito com a sua saída. E como o senhor vai substituí-lo no Mediterrâneo, não sei, pois, a propósito, eles são aves raras. Mas não foi uma grande perda, apesar do que possam afirmar: e um baú com gotas de Ward vai resolver do mesmo modo; não, melhor. E o carpinteiro, para amputações. Posso lhe oferecer um copo, senhor? – Jack sacudiu a cabeça. – Quanto ao resto – prosseguiu o tenente –, fomos muito comedidos. O *Pallas* tinha uma tripulação completa. O comandante A levou apenas o sobrinho, o filho de um amigo e outros americanos, além do seu patrão e o taifeiro. E o escrivão.

– Muitos americanos?

– Ah, não, não mais do que meia dúzia. Tudo gente de sua própria região... a região depois do porto de Halifax.

– Bem, isso é um alívio, palavra de honra. Disseram-me que o brigue tinha sido despojado.

– Quem lhe disse isso, senhor?

– O comandante Harte.

O Sr. Baldick apertou os lábios e fungou. Hesitou e tomou outro gole de seu caneco; mas disse apenas:

– Andei tendo contato com ele, de vez em quando, nesses trinta anos. Ele gosta muito de pregar peças nas pessoas; sem dúvida, é uma piada. – À medida que refletia sobre o tortuoso senso de humor do comandante Harte, o Sr. Baldick esvaziava lentamente o caneco. – Não – afirmou ele, colocando-o de lado –, nós lhe deixamos o que pode ser chamado de uma tripulação bastante razoável. Uma vintena ou duas de marujos de escol, e uma boa metade de pessoas que são verdadeiros guerreiros do mar, que é mais do que o senhor pode afirmar sobre a maioria dos tripulantes das naus de guerra hoje em dia. Na outra metade, há alguns sujeitos inconvenientes, mas isso existe em todas as guarnições de navio... A propósito, o comandante A lhe deixou um bilhete sobre um deles: Isaac Wilson, marinheiro de segunda-classe... e, pelo menos, o senhor não tem nenhum maldito auditor de guerra a bordo. Também há os seus oficiais permanentes: na maioria, marujos da antiga perfeitamente em ordem. Watt, o mestre do navio, conhece tão bem seu ofício como qualquer outro homem da esquadra. E Lamb, o carpinteiro, é um sujeito bom e disciplinado, se bem que talvez um pouco bronco e tímido. George Day, artilheiro-chefe... também é um homem bom quando está bem, mas tem um jeito tolo de se medicar. E o intendente de bordo, Ricketts, é bom o bastante para um intendente. Os ajudantes de navegação, Pullings e o jovem Mowett, podem ser confiáveis dando serviço de quarto na navegação: Pullings foi selecionado para ser imediato anos atrás, mas isso nunca se efetivou. E quanto aos aspirantes, só lhe deixamos dois, o filho de Ricketts e Babbington. Estúpidos, todos os dois, mas não são patifes.

– E o mestre-arrais? Soube que é um grande navegador.

– Marshall? Bem, isso ele é. – Novamente, o Sr. Baldick apertou os lábios e fungou. Mas, na ocasião, já tinha ingerido mais um quartilho de grogue, e, dessa vez, comentou: – Não sei o que o *senhor* pensa desses pândegos sodomitas, mas *eu* acho anormal.

– Bem, há algo no que afirma, Sr. Baldick – retrucou Jack. Então, ainda sentindo sobre si a pressão do interrogatório, acrescentou: – Não gosto disso... não no meu serviço. Mas devo confessar que não gosto de ver um homem enforcado por causa disso. Com os meninos do navio, suponho?

O Sr. Baldick sacudiu lentamente a cabeça por algum tempo.

– Não – falou finalmente. – Não. Eu não disse que ele *faz* alguma coisa. Não no momento. Mas, ora, eu não gosto de falar mal de um homem pelas costas.

– Para o bem do serviço... – disse Jack, com um gesto abrangente da mão; e, logo depois, despediu-se, pois o tenente tinha ficado pálido e começara a suar; estava lastimável e desditosamente embriagado.

A tramontana havia refrescado, e agora soprava a brisa de uma vela da gávea com dois rizes, chocalhando as frondes das palmeiras; o céu estava limpo de ponta a ponta; um mar instável e picado elevava-se além da enseada, e havia um realce no ar quente como sal ou vinho. Jack prendeu firmemente o chapéu na cabeça e falou bem alto:

– Meu Deus, como é bom estar vivo.

Ele havia calculado bem o tempo. Passou pela Crown, a fim de se certificar de que o jantar seria apropriadamente esplêndido, escovaria o casaco e talvez tomasse um cálice de vinho; não precisaria apanhar a sua nomeação, pois ela não o deixara – estava ali, contra o seu peito, estalando levemente enquanto ele respirava.

Caminhando às quinze para uma, rumo à beira-mar, com a Crown às suas costas, ele sentiu uma curiosa falta de ar, e ao se sentar na canoa do barqueiro nada disse além da palavra "*Sophie*", pois seu coração batia forte, e ele tinha uma curiosa dificuldade de engolir. "Estou com medo?", perguntou-se. Ficou olhando gravemente para o botão da espada, apenas consciente da suave travessia da canoa pela enseada, em meio ao apinhado de navios e embarcações, até a lateral da *Sophie* elevar-se diante dele e o barqueiro erguer o croque.

Um rápido e automático olhar investigativo mostrou-lhe vergas perfeitamente alinhadas, o costado polido, os grumetes com luvas brancas correndo com os cabos de amura forrados de baeta, o apito do mestre do navio a postos, cintilando prata sob o sol. Então o balanço da canoa parou, seguiu-se um leve estalido quando ela tocou na chalupa, e ele subiu pelo costado para receber o característico toque do apito. Quando seu pé pisou no portaló, surgiram a ordem rouca, o pesado som de passadas e choques dos fuzileiros apresentando armas, e os chapéus de cada um dos oficiais foi retirado; e quando ele galgou o tombadilho, levantou o seu.

Os oficiais auxiliares e aspirantes estavam formados com seus melhores uniformes azul e brancos no reluzente tombadilho, um grupo menos rígido do que o retângulo escarlate dos fuzileiros. Os olhos estavam fixados e atentos ao novo comandante. Ele parecia sério e, de fato, um tanto severo; depois de uma segunda pausa, na qual o barqueiro pôde ser ouvido além da amurada murmurando para si mesmo, ele disse:

– Sr. Marshall, convoque os oficiais à minha presença, por favor.

Cada um deles se adiantou: o intendente de bordo, os ajudantes de navegação, os aspirantes, o artilheiro-chefe, o carpinteiro e o mestre do navio, e cada qual fez uma reverência, observados atentamente pela tripulação. Jack falou:

– Cavalheiros, estou feliz por conhecê-los. Sr. Marshall, toda a tripulação à popa, por favor. Como não há um imediato, eu mesmo lerei a minha nomeação para o pessoal do barco.

Não houve necessidade de chamar ninguém do convés inferior para subir; todos tinham comparecido, lavados e reluzentes, olhando à frente. Contudo, os apitos do mestre e de seus ajudantes silvaram "Toda a tripulação à popa" por um bom meio minuto pelas escotilhas. O estrídulo cessou. Jack avançou para o salto de vante do tombadilho e apanhou a nomeação. Assim que ela surgiu em sua mão, seguiu-se a ordem "Tirar os chapéus", e ele começou a ler com uma voz firme mas de certa forma forçada e mecânica.

– "Por ordem do excelentíssimo lorde Keith..."

Ao percorrer as linhas familiares, agora tão infinitamente mais repletas de significado, sua alegria retornou, jorrando através da gravidade da situação, e ele desfiou o "a esse respeito, o senhor ou qualquer um dos senhores não devem deixar de atender, e atendam o contrário por seu próprio risco", com grande satisfação. A seguir, dobrou o papel, assentiu para os homens e o devolveu ao bolso.

– Muito bem – ordenou. – Dispense o pessoal e vamos dar uma olhada no brigue.

Na silenciosa procissão cerimonial que se seguiu, Jack viu exatamente o que esperavam que ele visse – uma nave pronta para inspeção, a respiração dela presa, para o caso de serem perturbados quaisquer de seus cordames formosos e alinhados com as suas aduchas geometricamente perfeitas e as talhas de turco perpendiculares. Ela revelava tanta semelhança normal consigo mesma quanto o hirto mestre do navio, suando num casaco de uniforme que devia ter sido moldado a enxó, como teria revelado o mesmo homem em mangas de camisa ao defensar a verga da gávea num mar grosso; entretanto, havia um indispensável relacionamento, e a alva extensão do convés, o penoso fulgor do latão das duas peças de calibre quatro libras do tombadilho, a precisão dos cilindros no paiol onde eram guardados os cabos e os aprestos sobressalentes, o asseado de panelas e tinas da cozinha, tudo tinha um significado. Jack já havia comido muito gato por lebre para se deixar enganar facilmente; e ficou contente com o que viu. Viu e gostou de tudo o que deveria ser visto. Ficou cego para as coisas que não devia ver – o pedaço de presunto que um gato intruso no castelo de proa arrastava atrás de um balde, as garotas que os ajudantes de navegação haviam escondido no paiol dos panos, e que não paravam de espreitar por trás do monte de lona. Não tomou conhecimento da cabra à ré do quebra-mar, que o encarou com um diabólico e insultante olhar de pupilas fendidas, e onde ela defecava propositadamente; nem do dúbio objeto, não muito diferente de um chouriço, que alguém, num pânico de última hora, tinha enfiado debaixo da trinca do gurupés.

O seu olhar, contudo, era eminentemente profissional – este, praticamente, se voltara para o mar desde que ele tinha 9 anos e, de fato, desde os 12 –, e captou grande quantidade de outras impressões. O mestre-arrais não era de todo o que ele esperava, mas um homem de meia-idade, grande, com boa aparência e capaz – o ébrio Sr. Baldick devia estar completamente equivocado. Seu caráter estava escrito nas vestes: o mestre do navio era cauteloso, sólido, consciencioso, tradicional. O intendente e o artilheiro-chefe, nem lá nem cá, embora realmente o artilheiro-chefe fosse obviamente insatisfatório demais para fazer justiça a si mesmo, e, pelo meio do caminho, ele sumiu silenciosamente. Os aspirantes eram mais apresentáveis do que ele esperava; aspirantes de brigues e cúteres costumavam formar um grupo bastante esquálido. Mas aquela criança, o aspirante Babbington, não devia ter permissão de ir a terra com aquelas roupas; sua mãe devia ter contado com um crescimento que não aconteceu, e ele parecia tão eclipsado pelo chapéu que isso levaria ao descrédito da chalupa.

Sua impressão geral foi de obsolescência. A *Sophie* tinha em si algo arcaico, como se preferisse ter a carena presa com cravos em vez de revestida com cobre, e seu costado coberto com piche em vez de pintado. Sua tripulação, sem ser de todo idosa – aliás, a maioria dos homens embarcados estava na casa dos 20 anos –, tinha uma aparência antiquada; alguém vestia calções com pernas tufadas e sapatos, um traje que já era incomum quando ele era um grumete não maior do que o pequeno Babbington. Eles agiam de um modo tranquilo e desembaraçado, Jack notou; pareciam decentemente curiosos, nem um pouco impertinentes, ressentidos ou intimidados.

Sim: antiquados. Ele amou com grande afeto a nave – ele a amara desde o momento em que os seus olhos percorreram pela primeira vez o convés encantadoramente curvo –, a inteligência serena, porém, dizia-lhe que se tratava de um brigue lento, um brigue velho e um brigue muito improvável de lhe trazer fortuna. O barco travara duas batalhas dignas de crédito sob o comando de seu predecessor; a primeira, contra uma nau corsária francesa de três mastros com vinte peças de artilharia, de Toulon; e a outra, no estreito de Gibraltar, protegendo sua escolta de um enxame de canhoneiras de Algeciras remando na calmaria; mas, pelo que ele podia recordar, jamais conseguira uma presa de algum valor verdadeiro.

Estavam atrás do salto de vante do pequeno e estranho tombadilho – na verdade, não passava de um pavimento de popa – e, baixando a cabeça, ele entrou na câmara. Bem agachado, seguiu na direção dos armários debaixo das janelas de popa, que se estendiam de um lado a outro depois da extremidade – uma elegante e curva moldura para um brilho extraordinário, a visão de Canaletto de Port Mahón, toda iluminada com o silente sol do meio-dia e (vista daquela comparativa obscuridade) pertencente a um mundo diferente. Sentando-se com um cauteloso movimento lateral, ele descobriu que conseguia manter a cabeça levantada sem absolutamente qualquer dificuldade – com uns bons 45 centímetros de sobra – e falou:

– Aqui estamos nós, Sr. Marshall. Devo felicitá-lo pela aparência da *Sophie*. Excelente estado; muito bem arrumada. – Pensou que talvez devesse parar por aí, desde que mantivesse o tom de voz um tanto quanto oficial, mas certamente não iria dizer mais nada; nem ia se dirigir aos homens ou anunciar qualquer regalia para assinalar a ocasião. Abominava a ideia de um comandante "popular".

– Obrigado, senhor – retrucou o mestre-arrais.

– Agora, vou para terra. Mas dormirei a bordo, é claro; portanto, rogo que faça a gentileza de enviar um barco para apanhar o meu baú e objetos pessoais. Estou hospedado na Crown.

Permaneceu sentado por algum tempo, saboreando a glória de sua câmara de dia. Ela não tinha canhões, pois a peculiar estrutura da *Sophie* levaria suas bocas a seis polegadas da superfície, se os houvesse ali, e as duas peças de quatro libras, que normalmente tomavam muito espaço, ficavam imediatamente sobre a sua cabeça; mas, mesmo assim, não havia muito espaço, e uma mesa de través era tudo o que a câmara continha, além dos armários. Contudo, era mais, muito mais do que ele já possuíra antes no mar, e a inspecionou com arrebatada complacência, olhando com particular deleite para as janelas dispostas elegantemente voltadas para dentro, todas tão brilhantes quanto o vidro era capaz de ser, sete conjuntos de vidraças em um nobre e impetuoso movimento praticamente suprindo o aposento.

Era mais do que ele jamais tivera, e muito mais do que jamais esperara tão cedo em sua carreira; então, por que havia algo ainda indefinido sob sua exultação, o *aliquid amari* de seus dias de escola?

Ao ser transportado de volta para a margem, levado pelos tripulantes do seu próprio barco, calças de brim branco e chapéus de palha com *Sophie* bordada na faixa, um solene e silencioso aspirante a seu lado na bancada à ré, deu-se conta da natureza daquele sentimento. Ele não era mais um de "nós"; era um "deles". De fato, era a encarnação imediatamente presente "deles". Em seu passeio pelo brigue, fora cercado de deferência – um tipo de respeito diferente daquele conferido a um tenente, um tipo diferente daquele conferido a um ser humano semelhante: aquilo o envolvia como uma redoma de vidro, excluindo-o inteiramente da tripulação do navio; e ao deixar a *Sophie* ele soltara um silencioso suspiro de alívio, o suspiro que conhecia tão bem: "Jeová não mais está conosco."

"É o preço a ser pago", refletiu.

– Obrigado, Sr. Babbington – falou para o garoto, e ficou parado nos degraus enquanto o barco recuava e se afastava do porto, o Sr. Babbington chiando:

– Vamos em frente agora. Não vá dormir, Simmons, seu vilão de cara de ébrio.

"É o preço a ser pago", refletiu. "E, por Deus, vale a pena." À medida que as palavras se formavam em sua mente, também um ar de profunda felicidade, de deleite contido, brotava mais uma vez em seu rosto resplandecente. No entanto, ao se encaminhar para o encontro na Crown – ao encontro com um igual –, havia um pouco mais de avidez em suas passadas do que o simples capitão-tenente Aubrey teria demonstrado.

2

Sentaram-se a uma mesa redonda numa janela arqueada nos fundos da estalagem que se projetava acima da água, e tão perto dela que jogavam as conchas das ostras de volta ao seu elemento natural com não mais do que um rápido movimento do pulso. Da tartana descarregando a 45 metros abaixo deles erguiam-se odores misturados de alcatrão de Estocolmo, cordame, pano de vela e terebintina da ilha de Quios.

– Permita-me coagi-lo a comer mais um pouco desse carneiro ensopado, senhor – disse Jack.

– Bem, se insiste – concedeu Stephen Maturin. – Está muito bom.

– Trata-se de uma das coisas que a Crown faz bem – afirmou Jack. – Embora não seja muito decente de minha parte dizer isso. Na verdade, eu tinha ordenado torta de pato, carne de panela com legumes e molho, e também focinho de porco em salmoura, além de petiscos. Sem dúvida, o sujeito entendeu mal. Sabe Deus o que é isso nessa travessa perto do senhor, mas certamente não é focinho de porco. Eu disse *visage de porco*, muitas e muitas vezes, e ele assentiu como um mandarim chinês. É irritante, o senhor sabe, quando se deseja que eles preparem cinco pratos, *cinco platos*, expliquei cuidadosamente em espanhol, e depois descobri que só há três, e dois deles errados. Sinto-me envergonhado por não ter nada melhor a lhe oferecer, mas asseguro que não foi por falta de boa vontade.

– Há dias que não como tão bem, nem – fez uma reverência – em tão agradável companhia, dou-lhe minha palavra – garantiu Stephen Maturin. – Será que essa dificuldade não resultou de sua própria responsabilidade... por ter explicado em espanhol, castelhano?

– Bem – alegou Jack, enchendo os cálices e sorrindo para o sol através do seu vinho –, me parece que, ao falar com os espanhóis, é razoável que eu use o espanhol que consigo dominar.

– O senhor está esquecendo, é claro, que o catalão é a língua que eles falam nestas ilhas.

– O que é catalão?

– Ora, é a língua da Catalunha... das ilhas, de toda a costa do Mediterrâneo até Alicante e além. De Barcelona. De Lérida. Toda a parte mais rica da península.

– O senhor me assombra. Eu não fazia ideia. Outra língua, senhor? Mas ouso dizer que é praticamente a mesma coisa... um *putain*, como dizem na França?

– Ah, não, nada dessa espécie... de modo algum. Trata-se de uma língua muito mais bela. Mais culta, mais literária. Muito mais próxima do latim. E, a propósito, creio que a palavra é *patois*, senhor, se é que me permite dizê-lo.

– *Patois*... exatamente. Porém, juro que a outra é uma palavra; eu a aprendi em algum lugar – justificou-se Jack. – Mas não devo fingir erudição na sua presença, senhor, acho. Diga-me, por favor: ela é muito diferente ao ouvido, ao ouvido deseducado?

– Tão diferente quanto o italiano e o português. Mutuamente incompreensíveis... soam inteiramente distintas. A entonação de cada um é em tons completamente diferentes. Tão diferentes quanto Gluck e Mozart. Este excelente prato diante de mim, por exemplo... e vejo que fizeram o possível para cumprir as suas ordens... é *jabalí* em espanhol, ao passo que, em catalão, é *senglar*.

– É carne de suíno?

— Javali. Permita-me...

— O senhor é muito bom. Posso importuná-lo para me passar o sal? Trata-se de uma iguaria sublime, com toda certeza; mas eu nunca teria imaginado que se tratava de carne de suíno. O que são essas saborosas coisas escuras e moles?

— Ora, está me embaraçando. São *bolets*, em catalão, mas não sei lhe dizer como são chamados em sua língua. Provavelmente, não têm um nome regional, se bem que um naturalista sempre o reconhecerá como o *boletus edulis* de Lineu.

— Como...? — começou Jack, olhando para Stephen Maturin com sincera afeição. Ele havia comido mais de um quilo de carne de carneiro, e o javali acrescido à ovelha fizera transparecer toda a sua benevolência. — Como...? — Mas, percebendo que estava prestes a questionar um convidado, ele preencheu o espaço com uma tossidela e tocou a sineta para chamar o garçom, juntando para o seu lado da mesa as garrafas vazias.

A pergunta, porém, ficou no ar, e somente o mais repulsivo ou mesmo um rabugento retraído a teria ignorado.

— Eu fui criado por estas bandas — observou Stephen Maturin. — Passei grande parte da minha juventude com o meu tio, em Barcelona, ou com a minha avó, no campo, além de Lérida... aliás, devo ter passado mais tempo na Catalunha do que na Irlanda; e quando fui para casa, cursar a universidade, passei a fazer os meus exercícios de matemática em catalão, pois os números surgem com mais facilidade em minha mente.

— Portanto, fala como um nativo, senhor, estou certo disso — deduziu Jack. — Que coisa sublime. Isso é o que eu chamo de fazer um bom uso da própria infância. Gostaria de dizer isso de mim.

— Não, não — refutou Stephen, sacudindo a cabeça. — Na verdade, fiz um mau uso da minha. Alcancei um tolerável conhecimento sobre as aves... esta é uma terra muito rica em aves de rapina, senhor... e os répteis; mas, com relação aos insetos, a não ser os lepidópteros, e às plantas... que desertos de flagrante e brutal ignorância! Somente após passar alguns anos na Irlanda e ter escrito a minha modesta obra sobre as fanerógamas de Ossory Superior foi que vim a perceber o quão monstruosamente eu havia desperdiçado o meu tempo. Uma vasta extensão de terreno para todos os intentos e propósitos, intocada desde que Willoughby e Ray passaram por lá, perto do final da última era. O rei da Espanha convidou Lineu para vir, com liberdade de ação, como o senhor deve se recordar, mas ele declinou. Eu tive todas essas riquezas inexploradas a meu dispor, e as ignorei. Imagine o que Pallas, imagine o que o culto Solander, e os Gmelin, o velho e o jovem, teriam levado a cabo! Foi por isso que agarrei a primeira oportunidade e concordei em acompanhar o velho Sr. Browne; é verdade que Minorca não é o continente, mas, por outro lado, uma área tão grande de rocha calcária tem a sua flora particular, e tudo o que brota dessa interessante condição.

– O Sr. Brown do estaleiro? O oficial da Marinha? Eu o conheço bem – berrou Jack. – Um excelente companheiro... adora cantar... compôs uma musiquinha encantadora.

– Não. O meu paciente morreu no mar e o sepultamos por lá, perto de St. Philip; pobre sujeito, ele estava nos últimos estágios da tísica. Eu esperava trazê-lo para cá... uma mudança de ares e regime podem fazer maravilhas nesses casos... mas quando o Sr. Florey e eu abrimos o corpo dele, encontramos uma tal quantidade de... Em suma, descobrimos que os seus atendentes... e eram os melhores de Dublin... também tinham sido inteiramente otimistas.

– O senhor o cortou? – bradou Jack, recuando do seu prato.

– Sim, achamos apropriado, para satisfazer os amigos dele. Embora, dou-lhe a minha palavra, eles espantosamente parecessem só um pouco preocupados. Já faz semanas que escrevi para o único parente de que tenho notícia, um cavalheiro do condado de Fermanagh, e nem uma só palavra me foi respondida.

Seguiu-se uma pausa. Jack encheu os cálices (como a maré ia e vinha) e observou:

– Se tivesse sabido que era um cirurgião, senhor, não creio que teria resistido à tentação de alistá-lo compulsoriamente para o serviço.

– Cirurgiões são sujeitos excelentes – afirmou Stephen Maturin, com um toque de amargor. – E onde estaríamos nós sem eles, que Deus nos perdoe; e, de fato, a habilidade, a presteza e a destreza com as quais o Sr. Florey do hospital daqui virou pelo avesso o brônquio eparterial do Sr. Browne teria pasmado e deleitado o senhor. Mas não tenho a honra de me incluir entre eles, senhor. Sou um físico.

– Queira me desculpar. Pobre de mim, que triste mancada. Mas, mesmo assim, doutor, mesmo assim, creio que eu deveria ter mandado que o levassem para bordo e o mantivessem atrás das escotilhas até sairmos para o mar. A minha pobre *Sophie* não tem cirurgião, e não há probabilidade de conseguir um para ela. Diga-me, senhor, não consigo persuadi-lo a ir para o mar? Uma belonave é ideal para um filósofo, acima de tudo no Mediterrâneo: há pássaros, peixes... eu lhe prometo alguns peixes estranhos e monstruosos... os fenômenos naturais, os meteoritos, a chance de dinheiro de presas. Até mesmo Aristóteles seria estimulado pelo dinheiro de presas. Dobrões, senhor; eles se encontram em macios sacos de couro, sabe, tão grandes assim, e podem pesar maravilhosamente em suas mãos. Um homem só consegue carregar dois deles.

Ele havia falado num tom brincalhão, sem nem mesmo sonhar com uma resposta séria, e ficou pasmo ao ouvir Stephen dizer:

– Mas de nenhum modo sou qualificado para ser um cirurgião naval. Certamente, tenho feito uma grande quantidade de dissecações anatômicas, mas não estou familiarizado com a maioria das habituais operações cirúrgicas, e nada conheço de higiene naval, e nada das doenças particulares dos marujos...

– Bendito seja – exclamou Jack –, nunca ter tido que se preocupar com ninharias dessa espécie. Imagine só o que costumam nos enviar... ajudantes de cirurgiões, miseráveis aprendizes franzinos e imaturos que vadiaram numa loja de boticário tempo suficiente para que a Marinha lhes desse uma licença. Eles nada sabem de cirurgia, muito menos de medicina; aprendem com os pobres marujos enquanto trabalham e esperam encontrar um assistente de médico experiente, ou um chupa-sangue, ou um sujeito habilidoso, ou talvez um açougueiro entre eles – o recrutamento compulsório recolhe todo tipo de gente. E quando conseguem um conhecimento superficial do ofício, vão embora para fragatas e naus de linha. Não, não. Será um prazer tê-lo conosco... mais do que um prazer. Leve, por favor, em consideração, ao menos por um instante. Não preciso dizer – acrescentou, com um olhar particularmente sério – quanto prazer me dará o fato de sermos companheiros de bordo.

O garçom abriu a porta, falou "fuzileiro" e imediatamente surgiu atrás dele o soldado britânico portando um pacote.

– Comandante Aubrey, senhor? – bradou num tom de voz usado ao ar livre. – Cumprimentos do comandante Harte. – Ele desapareceu em meio a um ribombo de botas.

– Devem ser as minhas ordens – disse Jack.

– Não se importe comigo, eu lhe imploro – observou Stephen. – Precisa lê-las imediatamente. – Pegou a rabeca de Jack e afastou-se para a extremidade do aposento, onde tocou repetidamente uma escala em tom grave e sussurrante.

As ordens eram muito daquilo que ele esperava: requeriam que completasse o seu abastecimento e provisões com o máximo possível de presteza, e escoltasse 12 veleiros mercantes e de transporte (citados na margem) a Cagliari. Devia viajar a uma grande velocidade, mas, de modo algum, colocar em risco os seus mastros, vergas ou velas; teria de reduzir o perigo, mas, por outro lado, por nenhum motivo, incorrer em algum risco, qualquer que fosse. Em seguida, rotuladas como *secreto*, as instruções do sinal reservado – a diferença entre amigo e inimigo, entre bom e mau: "A primeira nau a fazer sinal deve içar uma bandeira vermelha, no tope do mastaréu do velacho, e uma bandeira branca com uma flâmula acima da bandeira do mastro grande. Deve receber em resposta uma bandeira branca com uma flâmula acima da bandeira no mastaréu da gávea, e uma bandeira azul no mastaréu do velacho. A nau que primeiro fez o sinal deve disparar um canhão a barlavento, e a outra deve responder disparando, vagarosamente, três canhões a sotavento." Finalmente, havia um bilhete informando que o capitão-tenente Dillon fora designado como imediato para a *Sophie*, em substituição ao Sr. Baldick, e que ele chegaria muito em breve, no *Burford*.

– Eis uma boa notícia – disse Jack. – Terei um sujeito sublime como meu imediato; só admitimos um na *Sophie*, sabe, e, por isso, é muito importante... Não o conheço pessoalmente, mas ele é um excelente sujeito, disso tenho certeza. Ele se distinguiu bastante no *Dart*, um cúter arrendado... pôs para correr três corsários franceses no canal da Sicília, afundou um e tomou outro. Todos na esquadra comentaram, na ocasião; mas sua carta nunca foi publicada no *Gazette*, o Diário Oficial da Marinha, e ele não foi promovido. Foi uma má sorte infernal. Andei pensando a respeito, pois não foi por falta de interesse dele; Fitzgerald, que conhece tudo sobre isso, disse-me que ele era sobrinho... ou seria primo?... de um fidalgo cujo nome esqueci. Em todo caso, foi algo bastante meritório... dezenas de homens subiram de posto por ter feito muito menos. Eu, por exemplo.

– Posso perguntar o que o senhor fez? Conheço muito pouco de assuntos navais.

– Ora, eu simplesmente fui atingido na cabeça, certa vez, no Nilo, e novamente quando o *Généreux* tomou o velho *Leander*; era obrigatória a distribuição de recompensas, e, por eu ter sido o único capitão-tenente sobrevivente, uma delas, finalmente, veio até mim. Levou tempo, eu lhe garanto, mas foi bem-vinda quando chegou, apesar de tardia e imerecida. O que acha de tomar um chá? E talvez um pedaço de bolo? Ou prefere ficar no vinho do Porto?

– Chá me faria muito feliz – respondeu Stephen. – Mas, diga-me – perguntou, encaminhando-se de volta ao violino e aconchegando-o sob o queixo –, os seus compromissos navais não acarretam grandes despesas, com ida a Londres, uniformes, compromissos, recepções...?

– Compromissos? Ah, refere-se ao juramento. Não. Isso só se aplica a tenentes... vai-se ao Almirantado e eles leem para a gente uma peça sobre fidelidade e supremacia e total renúncia ao papa; a gente se sente muito solene e diz "A isso eu juro", e o camarada na mesa elevada retruca "E isso custa meio guinéu", o que tira muito do efeito, sabe. Mas isso é apenas com os oficiais... os médicos são designados por uma licença. O *senhor*, contudo, não objetaria a fazer um juramento – disse ele, sorrindo; então, percebendo que sua observação foi um pouco indelicada, um pouco pessoal, prosseguiu: – Certa vez, fui companheiro de bordo de um pobre sujeito que se recusava a fazer um juramento, qualquer juramento, por princípio. Eu jamais consegui gostar dele... vivia pegando no rosto. Era nervoso, creio eu, e por isso era tolerado; mas, sempre que se olhava para ele, lá estava com um dedo na boca, ou espremendo as bochechas, ou torcendo o queixo. Isso não significa nada, é claro, mas quando se está engaiolado com uma coisa dessas numa mesma praça d'armas, passa a ser algo tedioso, dia após dia, durante toda uma longa comissão. Na coberta da guarnição ou na cabine de manobra, você pode gritar "Deixe o seu rosto em paz, pelo amor de Deus", mas, na praça d'armas, tem de aguentar isso. Seja como for, ele era um leitor da Bíblia, e concebeu essa ideia de não prestar juramento; e quando houve aquela absurda corte marcial para o pobre Bentham, ele foi chamado como testemunha, e se recusou terminantemente a fazer um juramento. Disse ao Velho Jarvie que isso era contrário a alguma coisa nos Evangelhos. Pois bem, isso talvez funcionasse com Gambier ou Saumarez, ou alguém dado a leitura de panfletos religiosos, mas não com o Velho Jarvie, por Deus. Ele foi subjugado, lamento dizer; jamais consegui gostar dele... para lhe dizer a verdade, ele também fedia... mas tratava-se de um marujo toleravelmente bom, e não tinha vícios. Foi isso o que pretendi dizer quando afirmei que o senhor não faria objeção a um juramento... o *senhor* não é um fanático religioso.

– Não, certamente – confirmou Stephen. – Não sou um fanático. Fui criado por um filósofo, ou talvez devesse dizer um *philosophe*; e parte de sua filosofia ficou incutida em mim. Ele chamaria um juramento de infantilidade; uma futilidade, se voluntário, e convenientemente abdicado ou ignorado, se imposto. Pois algumas pessoas, hoje em dia, mesmo entre os seus marinheiros, são fracas o bastante para acreditar no pedaço de pão de Earl Godwin.

Seguiu-se uma longa pausa, enquanto o chá era trazido.

– Gosta de leite no seu chá, doutor? – quis saber Jack.

– Por favor – respondeu Stephen. Ele estava, obviamente, mergulhado em pensamentos: os olhos fixos no vazio e a boca franzida num silencioso assobio.

– Eu gostaria... – começou Jack.

– Sempre dizem que é fraqueza e imprudência mostrar-se em desvantagem para alguém – afirmou Stephen, interrompendo-o. – Mas o senhor falou comigo com tal sinceridade que não posso evitar de fazer o mesmo. A sua oferta, a sua sugestão, me é excessivamente tentadora, pois, além das considerações que mencionou com tanta condescendência e, às quais retribuo o mais cordialmente, estou em muito má situação aqui em Minorca. O paciente de quem eu cuidava até o outono morreu. Eu havia subentendido que era um homem de posses... ele tinha uma casa em Merrion Square... mas quando o Sr. Florey e eu fomos atrás de seus bens, antes de serem liquidados, nada encontramos, nem dinheiro nem cartas de crédito. Seus criados partiram subitamente, o que talvez explique tudo, mas os amigos dele não responderam às minhas cartas; a guerra ceifou o meu pequeno patrimônio na Espanha; e quando eu lhe disse, há pouco, que fazia muito tempo que não comia tão bem, não falei em sentido figurado.

– Oh, que coisa mais chocante! – exclamou Jack. – Sinto-me cordialmente pesaroso pelas suas dificuldades financeiras, e se a... a *res angusta* está pressionando, espero que me permita... – Sua mão estava no bolso do calção, mas Stephen Maturin retrucou "Não, não, não" uma dezena de vezes, sorrindo e assentindo. – Mas o senhor é muito bom.

"Sinto-me sinceramente pesaroso pelas suas dificuldades financeiras, doutor – repetiu Jack –, e sinto-me quase envergonhado em querer tirar proveito disso. Mas a minha *Sophie* tem de ter um médico... à parte de qualquer coisa, o senhor não faz ideia de quanto os marinheiros são hipocondríacos: eles adoram ser examinados, e uma tripulação sem alguém para cuidar dela, mesmo o mais inexperiente e imaturo assistente de cirurgião, não é uma tripulação de navio feliz... e, repito, trata-se de uma resposta direta às suas dificuldades imediatas. O pagamento é desprezível para um homem culto... cinco libras por mês... e me envergonho de mencionar isso, mas há a chance do dinheiro de presas, e acredito que haja certas gratificações, como a doação da princesa Anne, e um bônus para cada homem que pegar varíola. Isso é tirado do pagamento deles.

– Ora, quanto ao dinheiro, não estou preocupado com isso. Se o imortal Lineu conseguiu percorrer 8 mil quilômetros da Lapônia, vivendo com 25 libras, certamente eu consigo... Mas a coisa em si é realmente exequível? Com certeza terá de haver uma nomeação oficial. Uniforme? Instrumentos? Remédios, materiais médicos?

– Agora que levantou essas excelentes questões, é surpreendente quão pouco eu sei – frisou Jack, sorrindo. – Mas o Senhor o ama, doutor, e não podemos deixar que ninharias se intrometam no caminho. O senhor precisa ter uma licença da marinha, disso estou seguro; mas sei que o almirante lhe dará uma autorização no minuto em que eu solicitar a ele... e ficará feliz por fazê-lo. Quanto ao uniforme, não há nada em particular para cirurgiões, embora seja habitual um casaco azul. Instrumentos e assim por diante... nessa o senhor me pegou. Acredito que a Repartição Boticária enviará um baú para bordo; Florey saberá disso, ou qualquer um dos cirurgiões. Mas, de todo modo, siga diretamente para bordo. Vá assim que desejar... vá amanhã, digamos, e jantaremos juntos. A autorização levará mesmo algum tempo; portanto, faça essa viagem como meu convidado. Não será confortável... sabe, num brigue não há espaço para se movimentar livremente... mas isso o apresentará à vida naval; e se tiver um senhorio insolente, isso irá tapeá-lo instantaneamente. Deixe-me encher o seu cálice. E tenho certeza de que gostará dessa vida, pois ela é admiravelmente filosofal.

– Certamente – retrucou Stephen. – Para um filósofo, um estudioso da natureza humana, o que poderia haver de melhor? Os sujeitos de sua investigação estão aprisionados, incapazes de escapar ao seu olhar, as paixões deles, intensificadas pelos perigos da guerra, os riscos de sua profissão, o isolamento das mulheres e sua curiosa mas uniforme dieta. E pelo ardor do fervor patriótico, sem dúvida – com uma reverência para Jack. – É verdade que durante algum tempo no passado assumi maior interesse pelos criptógamos do que pelos meus semelhantes; mesmo assim, uma nau deve ser um teatro dos mais instrutivos para uma mente inquisitiva.

– Prodigiosamente instrutivo, eu lhe asseguro, doutor – afirmou Jack. – Como o senhor me faz feliz; ter Dillon como o imediato da *Sophie* e um médico de Dublin como o seu cirurgião... A propósito, são conterrâneos, é claro. Talvez conheça o Sr. Dillon.

– Há tantos Dillon – alegou Stephen, com uma gélida sensação instalando-se em seu coração. – Qual é o primeiro nome dele?

– James – informou Jack, olhando para a conta.

– Não – negou Stephen intencionalmente. – Não me lembro de ter conhecido nenhum James Dillon.

– Sr. Marshall – disse Jack –, avise ao carpinteiro, por favor. Tenho um convidado vindo para bordo; precisamos fazer o melhor possível para deixá-lo à vontade. É físico, um grande homem do ramo filosófico.

– Um astrônomo, senhor? – perguntou ansioso o mestre-arrais.

– Mais exatamente um botânico, pelo que me consta – explicou Jack. – Mas tenho grandes esperanças de que, se fizermos com que se sinta à vontade, talvez permaneça conosco como cirurgião da *Sophie*. Imagine as coisas excelentes que poderia fazer para a tripulação do barco!

– Certamente faria, senhor. Eles ficaram contrariados quando o Sr. Jackson foi para o *Pallas*, e substituí-lo por um físico seria uma grande braçada. Há um a bordo da nau capitânia e um em Gibraltar, mas nenhum outro em toda a esquadra, não que seja do meu conhecimento. Em terra, eles cobram um guinéu por visita; pelo menos, foi o que ouvi contar.

– Até mais, Sr. Marshall, até mais. Há água a bordo?

– Está toda a bordo e estocada, senhor, exceto pelas duas últimas pipas.

– Aí está o senhor, Sr. Lamb. Quero que dê uma olhada na antepara da minha câmara e veja o que pode fazer para torná-la um pouco mais espaçosa para um amigo; talvez consiga deslocá-la mais à frente uns 15 centímetros. Sim, Sr. Babbington, o que foi?

– Com sua licença, senhor, o *Burford* está sinalizando além do promontório.

– Muito bem. Agora, avise ao intendente, ao artilheiro-chefe e ao mestre-arrais que desejo vê-los.

Daquele momento em diante, o comandante da *Sophie* mergulhou nos relatórios do barco – o rol dos tripulantes, o livro das roupas e apetrechos, as licenças, o livro da enfermaria, o livro das despesas gerais, os gastos da artilharia, do mestre do navio e do carpinteiro, provisões recebidas e devolvidas e o relatório trimestral das mesmas, juntamente com os certificados de qualidade de bebidas alcoólicas, vinhos, chocolate e chá expedidos, sem falar do diário de bordo, cartas e outros livros – e por ter jantado extremamente bem e não lidar muito bem com os números, ele logo se atrapalhou. A maioria dos seus assuntos foi com Ricketts, o intendente de bordo, e, à medida que Jack ficava cada vez mais irritado, por causa de sua confusão, parecia-lhe detectar uma certa adulação no modo pelo qual o intendente lhe apresentava suas intermináveis somas e balancetes. Havia documentos, faturas, notificações de recebimento e recibos que lhe pediam para assinar; e ele sabia muito bem que de modo algum os entendia.

– Sr. Ricketts – falou, ao final de uma longa e enfadonha explicação que não lhe dizia coisa alguma –, aqui, no rol dos tripulantes, sob o número 178, está Charles Stephen Ricketts.

– Sim, senhor. Meu filho, senhor.

– Exatamente. Vejo que ele apareceu em 30 de novembro de 1797. Veio do *Tonnant*, o falecido *Princess Royal*. Não há idade junto ao nome dele.

– Ah, deixe-me ver: Charlie devia estar chegando aos 12 anos na ocasião, senhor.

– Foi promovido a marujo experimentado.

– Sim, senhor. Ha-ha!

Tratava-se de uma pequena fraude perfeitamente usual e corriqueira; mas era ilegal. Jack não sorriu. E prosseguiu:

– Marujo em 20 de setembro de 1798, e depois promovido a escrivão. Posteriormente, em 10 de novembro de 1799, foi promovido a aspirante.

– Sim, senhor – disse o intendente; não apenas estava ali o pequeno constrangimento de um marujo experimentado aos 11 anos, como também o ouvido aguçado do Sr. Ricketts captou a leve ênfase na palavra *promovido* e sua levemente incomum repetição. A mensagem que transmitia era esta: "Eu posso ser um péssimo homem de negócios, mas, se tentar algum truque financeiro comigo, estarei amarrado ao seu través e posso varrê-lo de balas da popa à proa. E tem mais: a promoção feita por um comandante pode ser desfeita por outro, e se o senhor perturbar o meu sono, por Deus, mando colocar o seu garoto no mastro e açoito a tenra pele rosada do traseiro dele, todos os dias, durante o resto da missão." A cabeça de Jack doía; os olhos estavam ligeiramente circundados de vermelho por causa do vinho do Porto, e havia neles uma nesga de ferocidade latente tão clara que o intendente entendeu o recado muito seriamente.

– Sim, senhor – disse outra vez. – Sim. Agora, eis a lista das despesas de estaleiro; deseja que eu explique em detalhes os diferentes tópicos, senhor?

– Se lhe aprouver, Sr. Ricketts.

Esse foi o primeiro contato direto e totalmente sob sua responsabilidade com a contabilidade, e ele não a apreciou muito. Mesmo um pequeno navio (e a *Sophie* mal excedia 150 toneladas) necessitava de uma fabulosa quantidade de provisões: barricas de carne de vaca, de porco e manteiga, todas numeradas e especificadas, grantonéis, tonéis e meios-tonéis de rum, bolachas duras às toneladas da Old Weevil, sopa em pó com a larga cabeça de flecha (marca de propriedade do governo britânico), além da pólvora do artilheiro-chefe (moída, granulada, da melhor), escovilhões, roscas, parafusos, rastilhos, agulhas de escorvar, buchas e projéteis variados – planquetas, correntes, cargas de metralha de vários tipos ou as simples normais – e os incontáveis objetos necessários (e também *muito* frequentemente desviados) para o mestre – os poleames, os moitões de rabicho, as talhas singelas e dobradas, as troças, os caçoulos singelos e dobrados, os moitões singelos com alça e os moitões gêmeos, sozinhos, formavam toda uma litania de Quaresma. Aqui Jack sentia-se mais em casa, pois a diferença entre um polé de candeliça e um polé de briol lhe era clara, como entre o dia e a noite, ou o certo e o errado – mais claro, ocasionalmente. Mas agora sua mente, acostumada a se atracar com problemas físicos concretos, estava completamente exausta; olhou, melancólico, acima dos livros engordurados com as páginas dobradas para marcá-las, empilhados na orla curva dos armários, e através das janelas da câmara, para o ar cintilante e o mar dançante. Passou a mão pela testa e falou:

– Cuidaremos do resto em outra ocasião, Sr. Ricketts. Por Deus, trata-se de uma maldita montanha de papel, com toda a certeza;

percebo que um escrivão é um membro muito necessário na tripulação de um navio. Isso me recorda que nomeei um jovem... ele virá hoje a bordo. Estou certo de que o senhor irá colocá-lo a par de seus deveres, Sr. Ricketts. Ele parece preparado e competente, e é sobrinho do Sr. Williams, o agente de presas. Creio que é uma vantagem para a *Sophie* estarmos em boa situação com o agente de presas, não, Sr. Ricketts?

– Certamente, senhor – concordou o intendente, com plena convicção.

– Agora preciso ir ao estaleiro com o mestre do navio, antes da salva de canhão da noite – avisou Jack, escapando para o ar livre. Ao pisar no convés, o jovem Richards surgiu a bombordo, acompanhado por um negro que media mais de 1,80 metro – Eis o jovem de quem lhe falei, Sr. Ricketts. E esse é o marujo que está me trazendo, Sr. Richards? Ele também me parece um sujeito bem robusto. Como se chama?

– Alfred King, com sua licença, senhor.

– Sabe amarrar uma vela, rizar e governar o navio, King?

O negro assentiu com a cabeça redonda; um belo clarão branco abriu-se em seu rosto quando ele resmungou alto. Jack franziu o cenho, pois aquele não era modo de se dirigir a um comandante no seu próprio tombadilho.

– Ora, senhor – falou com rispidez –, não existe uma língua civilizada dentro de sua cabeça?

Parecendo subitamente sombrio e apreensivo, o negro sacudiu a cabeça.

– Com a sua licença, senhor – interferiu o escrivão –, ele não tem língua. Os mouros a cortaram.

– Oh! – fez Jack, surpreso. – Bem, acomode-o lá na frente. Eu me ocuparei dele daqui a pouco. Sr. Babbington, leve o Sr. Richards para baixo e mostre-lhe o camarote dos aspirantes. Venha, Sr. Watt, precisamos chegar ao estaleiro antes de os cães ociosos pararem de trabalhar totalmente.

– Eis um homem recrutado para alegrar o seu coração, Sr. Watt – comentou Jack, enquanto o cúter atravessava velozmente o porto. – Eu gostaria de poder encontrar outra vintena ou mais como ele. Não parece muito entusiasmado com a ideia, não, Sr. Watt?

– Bem, senhor, com certeza, nunca deveria dizer não a um marujo de escol. E estou seguro de que poderíamos trocar alguns dos nossos marinheiros inexperientes... (não que tenham restado muitos, estando, como nós, há muito tempo em missão, e eles vão fugir, e a maioria do resto é ordinária, se não capaz)... – O mestre do navio não conseguiu encontrar o caminho para fora do seu parêntese e, depois de uma pausa com o olhar fixo, arrematou: – Mas, pela simples questão de número, não, senhor.

– Nem mesmo para recrutamento do trabalho de estiva?

– Ora, valha-me Deus, senhor, eles nunca somam meia dúzia, e cuidamos muito bem para que todos sejam pessoas difíceis e sujeitos sem qualificação. Com sua licença, senhor: os ociosos, os que não trabalham nos quartos de turno. Quanto ao simples número, por que não, senhor? Num brigue de três quartos, como a *Sophie*, é um quebra-cabeça acomodar todos eles entre os conveses, se é; com certeza, é um barquinho navegável, confortável, aconchegante como um lar, mas não é o que se pode chamar de espaçoso.

Jack não retrucou a isso, mas confirmou boa parte de suas impressões, e refletiu sobre elas até o bote chegar ao estaleiro.

– Comandante Aubrey! – exclamou o Sr. Brown, o oficial encarregado do estaleiro. – Deixe-me cumprimentá-lo com um aperto de mão, senhor, e lhe desejar felicidades. Estou contente em vê-lo.

– Obrigado, senhor; agradeço-lhe muito mesmo. – Apertaram-se as mãos. – É a primeira vez que o vejo em seu reino, senhor.

– Amplo, não? – destacou o oficial de marinha. – A fabricação de cabos é ali. A oficina de velas fica atrás do seu velho *Généreux*. Como eu gostaria que houvesse uma parede mais alta em volta do pátio de madeiras; o senhor não acreditaria na quantidade de ladrões fervorosos que há nesta ilha, que sobem sorrateiramente pela parede e carregam as minhas vergas; ou tentam carregar. É minha crença que, às vezes, são levados a isso pelos comandantes; mas, comandantes ou não, crucificarei o próximo filho da puta que encontrar apenas olhando para uma lingueta de cabrestante.

– É minha crença, Sr. Brown, que o senhor jamais será realmente feliz até não restar um só navio do rei no Mediterrâneo e poder andar pelo seu estaleiro e, todos os dias da semana, passar em revista toda uma tripulação de potes de tinta, sem expedir mais do que uma cavilha de madeira durante todo um ano.

– Ouça o que eu digo, meu jovem – começou o Sr. Brown, pousando a mão sobre a manga de Jack. – Apenas escute a idade e a experiência. Um *bom* comandante nunca deseja nada de um estaleiro. Ele se arruma com o que tem. Cuida muito bem dos materiais do rei: nunca algo é desperdiçado; paga a carena do casco com o refugo da cozinha; deixa os cabos bem protegidos envolvendo-os com material usado, e os enrola e os deixa bem guardados para que nunca haja qualquer aborrecimento em *qualquer lugar* da amarração; cuida das velas muito mais do que de sua própria pele, e nunca desfralda os sobrejoanetes... coisas detestáveis, desnecessárias, ostentosas, bugigangas. E o resultado é uma promoção, Sr. Aubrey, pois, como sabe, fazemos os nossos relatórios para o Almirantado, e eles têm o maior dos pesos possíveis. O que tornou Trotter um capitão de mar e guerra? O fato de ele ser o mais econômico comandante de navio da base naval. Alguns homens arrebentaram dois ou três mastaréus da gávea em um ano; Trotter, jamais. Tomemos o nosso bom comandante Allen. Ele nunca veio a mim com uma dessas terríveis listas tão compridas quanto a sua flâmula. E veja-o agora, no comando da mais bela fragata que se poderia desejar. Mas por que lhe digo tudo isso, comandante Aubrey? Sei muito bem que não é um desses jovens comandantes esbanjadores, que joga tudo pelo esgoto, não depois de todo o cuidado que teve com o *Généreux*. Além do mais, a *Sophie* é perfeitamente muito bem dotada em todos os aspectos possíveis. Exceto, compreensivelmente, no que se refere à pintura. Eu posso, com um grande transtorno para outros comandantes, conseguir para o senhor alguma tinta amarela, uma quantidade muito pouca de tinta amarela.

– Ora, senhor, eu ficaria grato por um pote ou dois – disse Jack, os olhos vagueando imprudentemente pelas vergônteas. – Mas o motivo real da minha vinda aqui foi para solicitar o favor do empréstimo dos seus duetos. Estou levando um amigo nessa viagem, e ele deseja ouvir em particular o seu dueto em si menor.

– O senhor os terá, comandante Aubrey – afirmou o Sr. Brown. – Pode estar certo de que os terá. No momento, a Sra. Harte está transcrevendo um deles para a harpa, mas eu os enviarei diretamente para o senhor. Quando zarpa?

– Assim que completar a aguada e o meu comboio estiver reunido.

– Isso será amanhã à noite, se o *Fanny* chegar; e a aguada não levará muito tempo. A *Sophie* só carrega dez toneladas. O senhor terá as partituras amanhã ao meio-dia, eu lhe prometo.

– Sou-lhe muito grato, Sr. Brown, infinitamente grato. Então, boa noite para o senhor, e apresente os meus respeitos à Sra. Brown e à Srta. Fanny.

– Cristo! – exclamou Jack, quando o alarido despedaçante do martelo do carpinteiro causou-lhe um sobressalto em meio ao sono. Ele apegou-se à suave escuridão o máximo possível, enterrando o rosto no travesseiro, pois sua mente andara em tal disparada que ele não conseguira tombar antes das 6 horas – aliás, foi sua aparição no convés, à primeira luz, examinando as velas e a mastreação, que suscitou o rumor de que ele estava em atividade. E esse fora o motivo do derradeiro ardor do carpinteiro, como também o da nervosa presença do taifeiro da praça d'armas (o taifeiro anterior do comandante tinha ido para o *Pallas*) pairando com o que era o invariável desjejum do comandante Allen – uma caneca de cerveja fraca, mingau de sêmola e carne fria.

Mas o sono não vinha; as batidas ecoantes do martelo bem ao lado do seu ouvido, seguidas absurdamente pelo som de cochichos entre o carpinteiro e seus ajudantes, davam essa certeza. Estavam na cabine de dormir dele, é claro. Jatos de dor dispararam pela cabeça de Jack, enquanto permanecia deitado.

– Acabem com esse maldito martelar – gritou, e quase que imediatamente veio a sobressaltada reação:

– Sim, senhor – e o leve som do movimento de pontas de pés se afastando.

Sua voz estava rouca.

– O que me deixou tão loquaz no dia de ontem? – falou, ainda deitado em seu catre. – Estou rouco como um corvo, de tanto falar. E o que me levou a fazer tão impetuoso convite? Um convidado de quem nada sei, num brigue minúsculo que mal vi. – Ponderou com desânimo sobre o extremo cuidado que se deve ter com companheiros de bordo – uma grande intimidade – quase como um casamento – a inconveniência de uma companhia pragmática, sensível, presunçosa – temperamentos incompatíveis confinados juntos em uma caixa. Em uma caixa: seu manual de marinharia e navegação – e como ele o havia decorado quando garoto, estudando cuidadosamente as impossíveis equações.

Que o ângulo YCB, no qual a verga se encontra braceada, seja chamado de orientação da vela, e expresso pelo símbolo b. Este é o complemento do ângulo DCI. Agora CI x ID = rad. x tan. DCI = I x tan. DCI = |: cotang. b. Donde, temos finalmente |: cotang. $b = A^1 \times B^1 \times tan.^2 x$, e A^1 cotang. $b = B \, tangente^2$, e $tan.^1 x = A/B \, cot$. Esta equação, evidentemente, determina a relação mútua entre a orientação da vela e a deriva...

– É *mesmo* bastante evidente, não, Jack querido? – disse uma voz esperançosa, e uma jovem bastante grande debruçou-se generosamente sobre ele (pois, nesse estágio de sua memória, tinha apenas 12 anos, um garotinho atarracado, e a alta e núbil Queeney velejava mais acima).

– Ora, não, Queeney – protestou o infante Jack. – Para lhe dizer a verdade, não é não.

– Bem – retrucou ela, com infatigável paciência. – Tente lembrar o que é uma cotangente, e vamos começar novamente. Vamos considerar o barco como uma caixa oblonga...

Por um momento, ele considerou a *Sophie* como uma caixa oblonga. Ele não tinha visto grande parte do barco, mas havia duas ou três coisas fundamentais a seu respeito das quais tinha absoluta certeza: uma, que era subequipado – talvez se saísse bem navegando à bolina cochada, mas seria uma lesma com o vento em popa; outra, era que o seu predecessor fora um homem de temperamento inteiramente diferente do dele; e outra, ainda, era que o pessoal da *Sophie* passara a se parecer com o seu comandante, um bom e completo comandante tranquilo e indolente, que nunca içou os sobrejoanetes, por mais bravo que pudesse ser quando o fizesse, mas o oposto completo de um pirata de Salé.

– Se a disciplina fosse combinada com o espírito de um pirata de Salé – observou Jack –, isso varreria os oceanos.

E sua mente mergulhou rapidamente na habitação do lugar-comum do dinheiro de presas que resultaria em se varrer os oceanos, mesmo deixando-os moderadamente limpos.

– Essa desprezível verga do grande – disse ele. – Confio em Deus que conseguirei dois canhões de 12 libras para perseguições. Mas as vigas do barco aguentarão? Mas, consigam ou não, a caixa pode se tornar um pouco mais do que um barco de combate... mais como uma verdadeira nau de guerra.

Enquanto os seus pensamentos oscilavam, do mesmo modo a baixa câmara iluminava-se firmemente. Um barco pesqueiro passou sob a popa da *Sophie*, carregado de atum e emitindo o estridente bramido de um búzio; quase ao mesmo tempo, o sol pipocou por trás do forte de St. Philip – ele, de fato, *pipocou*, achatado como uma rodela de limão no meio da névoa matutina, e libertou da terra o seu limbo com um nítido solavanco. Em pouco mais de um minuto o acinzentado da câmara havia sumido completamente: o teto da câmara avivou-se com a luz vislumbrante do mar encrespado, e um único raio, refletido de alguma superfície imóvel no distante cais, disparou pelas janelas da câmara, iluminando o casaco de Jack e sua resplandecente dragona. O sol ascendeu no interior de sua mente, obrigando a sua aparência obstinada a se alargar com um sorriso, e ele despendurou o casaco.

O SOL HAVIA ALCANÇADO o Dr. Maturin dez minutos antes, pois ele se encontrava em uma posição bem mais elevada; ele também mexeu-se e virou para o lado, pois também tinha dormido mal. A luminosidade, contudo, prevaleceu. Abriu os olhos e ficou encarando o vazio muito estupidamente; um momento antes, estivera tão estável, tão animado, tão feliz na Irlanda, com a mão de uma moça por baixo do braço, que sua mente desperta não conseguia admitir o mundo que via. O toque dela ainda era firme em seu braço, e até mesmo o seu odor estava presente: imprecisamente, apanhou as folhas esmagadas debaixo dele – *dianthus perfragrans*. O odor foi reclassificado – uma flor, nada mais – e o contato espectral, a firme pressão de dedos, desapareceu. Seu rosto refletia a mais penetrante infelicidade, e os olhos se enevoaram. Ele se afeiçoara excessivamente; e ela estava tão associada àquela época...

Estivera bastante despreparado para aquele golpe em particular, atingindo abaixo de qualquer armadura concebível, e por alguns minutos mal conseguira suportar a dor, mas ficou sentado ali, pestanejando diante do sol.

– Cristo! – exclamou, finalmente. – Outro dia. – Dito isso, seu rosto tornou-se mais recomposto. Levantou-se, bateu a poeira branca dos calções e apanhou o casaco para sacudi-lo. Com intenso dissabor, viu que o pedaço de carne que havia escondido do jantar do dia anterior tinha instilado gordura através do lenço e do bolso. "Que coisa assombrosamente estranha", pensou, "ficar transtornado por essa ninharia; porém, estou transtornado". Sentou-se e comeu o pedaço de carne (a parte central de uma costeleta de carneiro); e por um momento sua mente ocupou-se com a teoria da contrairritação, Paracelso, Cardan, Rhazes. Ele estava sentado na abside em ruínas da capela de St. Damian, bem no alto de Port Mahón, do lado norte, olhando abaixo para a grande enseada sinuosa do porto, e, mais além dela, para a vasta extensão de mar, um variegado azul com vias errantes; o sol impecável, um palmo de largura mais alto, elevava-se das bandas da África. Refugiara-se ali alguns dias antes, logo que o seu senhorio passara a revelar um tom incivilizado; não esperou por um escândalo, pois estava por demais desgastado emocionalmente para tolerar uma coisa dessas.

Logo percebeu as formigas que levavam embora as migalhas dele. *Tapinoma erraticum*. Elas seguiam em um constante fluxo de mão dupla atravessando a concavidade, ou vale, de sua peruca invertida, enquanto ela permanecia ali parecendo um ninho abandonado, apesar de outrora ter sido tão elegante quanto uma peruca de médico, como nunca fora vista em Stephen's Green. Elas iam apressadas, com os abdomes altos, acotovelando-se, chocando-se umas com as outras;

o olhar dele seguia as pequenas criaturas entadonhas, e, enquanto as observava, um sapo o observava; os olhos dos dois encontraram-se, e ele sorriu. Um sapo esplêndido: pesando duas libras, com brilhantes olhos castanho-amarelados. Como conseguia sobreviver no capim escasso e ralo daquela paisagem pedregosa e assolada pelo sol, tão cruel e ressecada, sem qualquer abrigo além de algumas ruínas de pedras descoradas, algumas baixas e rastejantes alcaparreiras espinhentas e um *cistus* cujo nome Stephen desconhecia? Mais extraordinariamente cruel e ressecada, pois o inverno de 1799-1800 fora excepcionalmente seco, as chuvas de março não haviam caído e, agora, o calor anual chegara mais cedo. Bem suavemente, ele esticou o dedo e alisou o pescoço do sapo; o sapo inchou um pouco e descruzou as patas; então, sentou-se docilmente e devolveu o olhar.

O sol ascendia e ascendia. A noite não fora fria em momento algum, mas, mesmo assim, o calor era agradável. Chascos pretos que deviam ter uma ninhada não muito longe dali: uma das menores águias do céu. Havia uma pele descascada de cobra no arbusto onde ele urinou, e suas pálpebras eram perfeitas, surpreendentemente cristalinas.

– O que devo pensar do convite do comandante Aubrey? – perguntou-se em voz alta, em meio àquele grande vazio de luz e ar – muito mais vasto para o pedaço de terra habitado lá embaixo e sua grande agitação, e os campos irregulares atrás, desaparecendo gradualmente em colinas disformes de um marrom pálido. – Teria sido simplesmente conversa de Jack? Contudo, ele foi uma companhia tão agradável e sincera. – Sorriu diante da lembrança. – Entretanto, que valor pode ser dado a isso...? Jantamos extremamente bem: quatro garrafas, possivelmente cinco. Não devo me expor a uma afronta. – Revisitou várias vezes a questão, argumentando contra as suas esperanças, mas, finalmente, chegando à conclusão de que, se conseguisse tornar o casaco passavelmente respeitável – e a poeira parecia estar saindo dele, ou pelo menos parecia disfarçada –, poderia visitar o Sr. Florey no hospital e conversar com ele, de um modo geral, sobre a profissão de cirurgião. Bateu as formigas para fora da peruca e ajustou-a na cabeça; então, ao descer em direção à beira do caminho – as espigas magenta dos gladíolos no capim alto –, a recordação daquele nome aziago deteve sua caminhada de passos largos. Como o pudera esquecer completamente durante o sono? Como era possível que o nome James Dillon não tivesse ocorrido à sua mente desperta?

"Contudo, é verdade que há centenas de Dillon", refletiu. "E muitos mais ainda deles se chamam James, é claro."

– *Christe* – cantarolava James Dillon à meia-voz, barbeando os pelos vermelho-dourados de seu rosto sob a luz que conseguia achar o seu caminho através da portinhola do canhão número 12 do *Burford*. – *Christe eleison. Kyrie*... – Havia menos devoção em James Dillon do que um certo desejo de não se cortar; pois, como muitos papistas, ele era um tanto dado à blasfêmia. A dificuldade das superfícies sob o nariz, entretanto, o silenciou, e quando o lábio superior ficou limpo, não conseguiu atingir a nota novamente. Em todo caso, sua mente se encontrava ocupada demais para ir atrás de uma neuma elusiva, pois estava para se apresentar ao novo comandante, um homem de quem dependiam o seu conforto e tranquilidade, sem falar da reputação, carreira e perspectivas de promoção.

Alisando a brilhante maciez, disparou para fora da praça d'armas e gritou para um fuzileiro:

– Escove apenas a traseira do meu casaco, está bem, Curtis? A minha arca já está pronta, e o saco de pão com livros irá com ela – avisou.
– O comandante está no convés?

– Ah, não, senhor – respondeu o fuzileiro. – O desjejum foi levado neste momento. Dois ovos bem-cozidos e um mole.

O ovo cozido mole era para a Srta. Smith, a fim de que ela se recuperasse da labuta noturna, como sabiam muito bem o fuzileiro e o Sr. Dillon; mas o olhar ciente do fuzileiro encontrou total falta de reação. A boca de James Dillon estreitou-se, e por um momento fugaz, enquanto subia rapidamente a escada para a súbita luminosidade do tombadilho, ela ostentou uma expressão completamente irritada. Ali, ele saudou o oficial de quarto e o primeiro-tenente do *Burford*.

– Bom dia. Um bom dia para o senhor. Meu Deus, o senhor está ótimo – disseram. – Ali está o navio, logo depois do *Généreux*.

Os seus olhos percorreram o movimentado porto; a luz praticamente tão horizontal que todos os mastros e velas ostentavam uma estranha importância, e as pequenas ondas saltitantes enviavam de volta um ofuscante lampejo.

– Não, não – disseram. – Depois da cábrea flutuante. A faluca o tinha ocultado. Ali... agora o senhor o vê?

Viu de fato. Ele tinha mirado muito mais alto, e o seu olhar havia passado bem acima da *Sophie*, enquanto o barco permanecia ali, não muito além de uma medida de cabo de distância, muito baixo na água. Apoiou ambas as mãos na amurada e olhou para a *Sophie*, sem pestanejar, com profunda atenção. Após um instante, pegou emprestada a luneta do oficial de quarto e voltou a fazer a mesma coisa, com um escrutínio mais minucioso. Pôde ver o brilho de uma dragona, cujo portador só poderia ser o seu comandante; e o pessoal a bordo estava tão ativo quanto abelhas prestes a enxamear. Ele estava preparado para um pequeno brigue, mas não para uma nau tão nanica quanto aquela. A maioria das chalupas de 14 peças carregava entre 200 e 250 toneladas; a *Sophie* mal conseguiria conter mais de 150.

– Gosto do pequeno tombadilho dele – comentou o oficial de quarto. – Ele era o *Vencejo* espanhol, não? E quanto a ser bem baixo, ora, qualquer coisa que se olhe de perto, a partir de um setenta e quatro, parece baixa.

Havia três coisas que todos sabiam a respeito da *Sophie*: uma, que diferentemente de todos os demais brigues, tinha um tombadilho; outra, que fora espanhola; e a terceira era que possuía uma bomba d'água de olmo no castelo de proa, ou seja, um tronco perfurado que se comunicava diretamente com o mar e que era usado para lavar o convés – na verdade, um equipamento insignificante, mas tão acima da categoria do barco que nenhum marinheiro que a visse ou ouvisse falar daquela bomba jamais a esquecia.

– Talvez os seus aposentos sejam um pouco apertados – observou o primeiro-tenente –, mas estou certo de que o senhor terá um período tranquilo e repousante, escoltando o tráfego marítimo pelo Mediterrâneo.

– Bem – começou James Dillon, incapaz de encontrar uma réplica animadora para aquela amabilidade possivelmente bem-intencionada. – Bem... – disse ele, com um filosófico encolher de ombros. – O senhor me consegue um bote? Eu gostaria de me apresentar o mais cedo possível.

– Um bote? Que Deus apodreça a minha alma – bradou o primeiro-tenente. – Quando menos eu esperar, me pedirão uma barcaça. Passageiros do *Burford* estão esperando pelo barco de suprimentos, Sr. Dillon; caso contrário, terão que ir nadando. – Ele encarou James com uma fria gravidade, até a risadinha do mestre do navio o trair, pois o Sr. Coffin era um grande troçador, um troçador mesmo antes do desjejum.

– Dillon, senhor, apresentando-se para o serviço, com a sua licença – declarou James tirando o chapéu sob o sol reluzente e revelando um resplandecente cabelo ruivo-escuro.

– Bem-vindo a bordo, Sr. Dillon – disse Jack, levando a mão ao seu chapéu e depois a estendendo, ao mesmo tempo em que o olhava com um desejo tão intenso de saber que tipo de homem ele era que seu rosto adotou uma acuidade quase ameaçadora. – O senhor seria bem-vindo em todo caso, porém muito mais esta manhã: temos um dia atarefado à nossa frente. Aí, na gávea! Algum sinal de vida no cais?

– Nada ainda, senhor.

– O vento está exatamente onde eu o quero – afirmou Jack, olhando pela centésima vez para as raras nuvens brancas velejando tranquilamente pelo céu perfeito. – Mas, com o barômetro ascendente, não dá para confiar nele.

– O seu café está pronto, senhor – avisou o taifeiro.

– Obrigado, Killick. O que foi, Sr. Lamb?

– Não tenho em parte alguma cavilhas de arganéu grandes o suficiente – explicou o carpinteiro. – Mas sei que há um monte delas no estaleiro. Posso mandar apanhar?

– Não, Sr. Lamb. Se quiser poupar sua vida, nem chegue perto desse estaleiro. Junte os grampos que possui; acenda a forja e faça uma argola utilizável. Isso não lhe tomará meia hora. Bem, Sr. Dillon, depois de se instalar confortavelmente lá embaixo, talvez queira vir e tomar uma xícara de café comigo, e lhe direi o que tenho em mente.

James desceu apressadamente para o compartimento de três cantos no qual ia viver, trocou rapidamente o uniforme de apresentação para calças e um velho casaco azul e reapareceu enquanto Jack ainda soprava pensativamente sua xícara.

– Sente-se, Sr. Dillon, sente-se – comandou. – Empurre esses papéis para o lado. Receio que seja uma beberagem deplorável, mas pelo menos está batizada, isso eu lhe garanto. Açúcar?

– Com licença, senhor – informou o jovem Ricketts –, o bote do *Généreux* está atracado a contrabordo, com os homens que foram recrutados para o trabalho de estiva.

– Todos eles?

– Todos, com exceção de dois, senhor, pois houve uma mudança.

Ainda segurando a xícara de café, Jack contorceu-se atrás da mesa e com um giro de corpo saiu pela porta. Preso às amarras maiores de bombordo encontrava-se o bote do *Généreux*, repleto de marujos, olhando para o alto, dando risadas e trocando ditos espirituosos ou simples troças e assobios com os antigos companheiros de bordo. O aspirante de marinha do *Généreux* fez continência e falou:

– Com os cumprimentos do comandante Harte, senhor, e ele informa que o recrutamento forçado pode ser poupado.

– Que Deus abençoe o seu coração, Molly – disse Jack e, mais alto: – Meus cumprimentos e o melhor dos agradecimentos ao comandante Harte. Faça a gentileza de mandá-los a bordo.

Eles não tinham muito boa aparência, refletiu, enquanto o moitão fixo do laís de verga içava os seus escassos pertences. Três ou quatro eram decididamente simplórios, e dois outros tinham aquele ar indefinido de homens de algumas regiões cuja inteligência os diferenciava dos companheiros, mas não tanto quanto eles imaginavam. Dois dos idiotas se encontravam bastante e horrivelmente sujos, e um havia conseguido trocar suas vestes de marujo por uma peça de roupa vermelha com restos de lantejoulas nela. Contudo, todos eles possuíam duas mãos; podiam todos segurar um cabo; e seria estranho se o mestre e seus ajudantes não conseguissem induzi-los a levantar peso.

– Ô do convés – bradou o aspirante na gávea. – Ô do convés. Há alguém se movimentando pelo cais.

– Está bem, Sr. Babbington. Pode descer agora e tomar o seu desjejum. Seis homens que pensei ter perdido para sempre – falou para James Dillon com intensa satisfação, seguindo de volta para a câmara. – Podem não ser muito agradáveis de se olhar... aliás, creio que precisamos nos equipar com uma banheira, se não quisermos ter um navio sarnento... mas eles nos ajudarão a içar o ferro. E espero içar o ferro, no mais tardar, às nove e meia. – Jack bateu de leve na madeira emoldurada de bronze do armário, e prosseguiu: – Vamos embarcar dois canhões compridos calibre 12 para tiro de perseguição, se eu os conseguir no depósito de artilharia. Mas, conseguindo ou não, vou tirar a chalupa daqui enquanto durar esta brisa, para testar sua capacidade de manobra. Vamos escolher uma dúzia de navios mercantes até Cagliari, e velejaremos esta noite, se todos estiverem aqui, e precisamos saber como o barco se comporta. Sim, Sr..., Sr...?

– Pullings, senhor, ajudante de navegação. O escaler do *Burford* está atracado a contrabordo, com um recrutamento.

– Um recrutamento para nós? Quantos?

– Dezoito, senhor. – *E alguns deles idiotas com a cara cheia de rum*, ele teria acrescentado, se tivesse tido a ousadia.

– Sabe algo a respeito deles, Sr. Dillon? – indagou Jack.

– Eu soube que o *Burford* tinha uma grande quantidade de pessoas do *Charlotte*, e algumas dos navios coletores com recrutamentos para Mahón, senhor, mas não ouvi falar de algumas estarem intencionadas para a *Sophie*.

Jack esteve a ponto de dizer: "E eu preocupado em ser despojado de tudo", mas se contentou em dar uma risadinha e se perguntar por que aquela cornucópia resolvera despejar-se sobre ele. "Lady Warren", foi a resposta, num lampejo de revelação. Riu novamente e falou:

– Agora, vou ao outro lado do cais, Sr. Dillon. O Sr. Head é como um homem de negócios, e ele me dirá se os canhões deverão ser conseguidos ou não dentro de meia hora. Se forem, vou desfraldar o meu lenço, e o senhor poderá começar a preparar para suspender. O que foi agora, Sr. Richards?

– Senhor – disse o pálido escrivão. – O senhor intendente falou que eu devo apresentar, todos os dias a esta hora, os recibos e as cartas para assinar, e o livro passado a limpo para ler.

– Tem razão – concordou Jack mansamente. – Todos os dias comuns. Na ocasião apropriada, o senhor aprenderá qual é o normal e qual não é. – Consultou seu relógio. – Aqui estão os recibos para os homens. Mostre-me o restante em outra ocasião.

A cena no convés não era muito distinta de Cheapside com seu movimento de rua: dois grupos sob as ordens do carpinteiro e de seus ajudantes preparavam os locais para os hipotéticos canhões de perseguição de proa e popa, e porções sortidas de marinheiros inexperientes e idiotas estavam paradas ao redor, do lado de sua bagagem, alguns olhando o trabalho com um ar interessado, fazendo comentários, e outros vadiando, boquiabertos e fitando o céu como se nunca o tivessem visto antes. Um ou dois tinham até mesmo subido para o sagrado tombadilho.

– Em nome de Deus, que confusão infernal é essa? – berrou Jack. – Sr. Watt, esta é uma nau do rei, e não o batelão de Margate. Você, senhor, saia daí.

Por um momento, até o seu genuíno assomo de indignação galvanizá-los à atividade, os suboficiais da *Sophie* o fitaram tristemente; ele captou as palavras "toda essa gente...".

– Vou para terra – prosseguiu. – Quando eu voltar, este convés vai apresentar uma aparência bem diferente.

Ele ainda tinha o rosto vermelho ao descer para o bote depois do aspirante. "Será que eles acham mesmo que deixarei em terra um homem fisicamente apto, se puder enfiá-lo a bordo?", perguntou-se. "Claro, os preciosos três quartos deles terão de acabar. E, ainda assim, será difícil arranjar um espaço com 35 centímetros."

O sistema de três quartos era um acordo humano que, vez por outra, permitia aos homens dormir uma noite inteira, visto que, com dois quartos, quatro horas eram o máximo que eles podiam esperar; mas, por outro lado, isso significava que metade dos homens tinha à disposição todo o espaço disponível para armar as suas macas de lona, já que a outra metade estava no convés.

– Dezoito mais seis são 24 – calculou Jack –, e 50 ou mais, digamos, 75. E desses, quantos devo colocar em turnos? – Ele fazia os cálculos para multiplicar esse número por 35, pois 35 centímetros era o espaço que o regulamento permitia para cada maca de dormir; e pareceu-lhe muito duvidoso que a *Sophie* possuísse algo como essa quantidade de espaço, qualquer que pudesse ser a sua tripulação oficial. Ainda fazia os cálculos quando o aspirante gritou:

– Parar de remar. Remos para o bote. – E eles beijaram delicadamente o desembarcadouro.

– Volte agora para o navio, Sr. Ricketts – ordenou Jack, num impulso. – Suponho que não vou me demorar, e isso pode poupar alguns minutos.

Por causa dos recrutados do *Burford*, porém, ele perdera sua chance: outros comandantes chegaram antes dele, e agora tinha de esperar a vez. Caminhou de um lado para o outro sob o brilhante sol da manhã, com alguém cuja dragona igualava-se à dele – Middleton, cuja influência maior fizera com que assumisse o comando do *Vertueuse*, o encantador barco corsário francês, que teria sido mesmo de Jack, se houvesse qualquer justiça no mundo. Ao trocarem mexericos navais do Mediterrâneo, Jack comentou que tinha ido ali atrás de dois canhões de 12.

– Você acha que o barco aguenta? – perguntou Middleton.

– Espero que sim. Os canhões de quatro são uma coisa deplorável, se bem que, devo confessar, os vaus da bateria do barco me preocupam.

– Bem, também espero que aguente – afirmou Middleton, sacudindo a cabeça. – De qualquer modo, você veio no dia certo: parece que Head ficará subordinado a Brown, e isso lhe causou tanto rancor que ele está se desfazendo do seu estoque como se fosse um peixeiro em fim de feira.

Jack já ouvira algo sobre essa mudança, na longa, longa disputa entre a Junta do Material Bélico e a Junta Naval, e desejou saber mais; porém, nesse momento, o comandante Halliwell vinha saindo, sorrindo com o rosto inteiro, e Middleton, que possuía alguns débeis restos de consciência, falou:

– Você pode tomar a minha vez. Devo demorar um século, com todas as minhas peças de artilharia para relacionar.

– Bom dia, senhor – cumprimentou Jack. – Eu sou Aubrey, da *Sophie*, e gostaria de conseguir dois longos de 12, se lhe aprouver.

Sem mudar a sua expressão melancólica, o Sr. Head indagou:

– O senhor sabe quanto eles pesam?

– Algo em torno de 33 quintais, creio eu.

– Trinta e três quintais, três libras, três onças e três *pennyweights*. Leve uma dúzia, comandante, se acha que ele vai aguentar.

– Obrigado, dois serão suficientes – retrucou Jack, com o olhar aguçado, para ver se estava sendo alvo de zombaria.

– Então eles são seus, e a responsabilidade é sua – afirmou o Sr. Head, com um suspiro, e fez algumas marcas secretas em uma tira de pergaminho gasta e amarfanhada. – Entregue isto ao mestre-armeiro e ele lhe dará o mais belo par que jamais o coração de um homem poderia desejar. Tenho também belos morteiros, se é que tem espaço.

– Sou extremamente grato ao senhor, Sr. Head – disse Jack, rindo de prazer. – Gostaria que o resto do serviço funcionasse do mesmo modo.

– Eu também, capitão, eu também – bradou o Sr. Head, o rosto tornando-se subitamente escuro de paixão. – Há alguns homens birrentos de traseiro frouxo... seres desprezíveis tocadores de flauta, arranhadores de rabeca, mendicantes de presentes, inventores de histórias, que o deixariam esperando um mês; mas eu não sou um deles. Capitão Middleton, senhor, peças de artilharia para o senhor, presumo.

Mais uma vez à luz do sol, Jack fez o sinal e, esquadrinhando entre mastros e velas entrecruzadas, avistou uma figura na gávea da *Sophie* curvar-se como se gritasse para o convés, antes de desaparecer, descendo por um brandal, como uma conta deslizando por um fio.

Presteza era o mecanismo de relógio do Sr. Head, mas o mestre-armeiro do depósito de material bélico não parecia ter ouvido falar nisso. Mostrou os dois canhões a Jack com a maior boa vontade.

– O mais belo par que o coração de um homem poderia desejar – disse ele, alisando os coletes das culatras enquanto Jack assinava o recibo; mas, depois disso, o humor do homem pareceu mudar. Havia vários outros comandantes na frente de Jack – o que é justo é justo, cada qual na sua vez. Os canhões de 36 se encontravam no caminho e teriam que ser deslocados antes – ele estava com extrema falta de ajudantes.

A *Sophie* já havia suspendido há muito tempo e estava agora habilmente atracada ao cais, sob os guindastes do porto. Havia mais ruído a bordo do que antes, mais ruído do que era adequado, mesmo com a relaxada disciplina do porto, e ele tinha certeza de que alguns dos homens já tinham conseguido se embebedar. Rostos ansiosos – uma grande parte agora menos ansiosa – olhavam de cima do costado para o seu comandante, enquanto ele andava de um lado para o outro, de um lado para o outro, num instante olhando para o relógio e num outro para o céu.

– Por Deus – gritou, batendo a mão na testa. – Que maldito idiota. Esqueci completamente do óleo. – Interrompendo as passadas, correu para o galpão, onde um terrível alarido revelava que o armeiro e seus ajudantes empurravam as carretas com os berços das peças de artilharia de Middleton em direção aos seus canos caprichosamente enfileirados. – Mestre-armeiro – chamou Jack –, venha dar uma olhada nos meus canhões. Passei a manhã com tanta pressa que acredito ter esquecido de lubrificá-los. – Com essas palavras, ele colocou, disfarçadamente, uma peça de ouro no ouvido de cada canhão, e um lento olhar de aprovação surgiu no rosto do armeiro. – Se o meu artilheiro-chefe não estivesse doente, ele teria me lembrado – acrescentou Jack.

– Ora, obrigado, senhor. Esse tem sido o costume, e confesso que não gostaria de ver morrerem os antigos métodos – declarou o armeiro, com uma rispidez ainda não dissipada; mas, então, animando-se progressivamente, ele falou: – Disse que está com pressa, comandante? Verei o que podemos fazer.

Cinco minutos depois o canhão de proa, caprichosamente içado pelos ouvidos, argolas, castão e boca, flutuava suavemente sobre o castelo de proa a meia polegada do seu lugar de repouso; Jack e o carpinteiro estavam de quatro, lado a lado, como se estivessem brincando de ursinhos, aguardando para escutar o ruído que as vigas e o madeirame do barco iam fazer depois que a pressão deixasse o pau de carga. Jack acenou com a mão, pedindo: "Vagarosamente,

vagarosamente agora." A *Sophie* estava em total silêncio, todo mundo observando atentamente, até mesmo a turma da limpeza com os seus baldes ficou em suspenso, do mesmo modo que a corrente humana que içou da margem o canhão calibre 12 para o lado e depois para baixo em direção ao ajudante de artilharia no paiol de munição. O canhão pousou, assentou-se firmemente; seguiu-se um rangido profundo, mas não insano, e a *Sophie* abicou ligeiramente.

– Sublime – exclamou Jack, inspecionando o canhão parado adiante, encaixado exatamente no local determinado. – Há muito espaço em toda a volta... é admirável, grandes oceanos de espaço – observou, recuando um passo. Em sua pressa para evitar ser pisoteado, o ajudante de artilharia, logo atrás, chocou-se com o vizinho, que atropelou o dele, iniciando uma reação em cadeia naquele apinhado espaço grosseiramente triangular entre o mastro do traquete e a roda de proa, que resultou na mutilação de um dos aprendizes e quase na morte por afogamento de outro. – Onde está o mestre do navio? Bem, Sr. Watt, quero ver as talhas armadas; o senhor vai precisar de um estropo nesse moitão. Onde está a contratalha?

– Quase pronta, senhor – avisou o suado e afobado mestre do navio. – Estou cuidando pessoalmente da costura dos cabos.

– Bem... – disse Jack, correndo para onde equilibrava-se o canhão de popa sob o tombadilho da *Sophie*, prestes a mergulhar para o fundo do barco, se a gravidade pudesse agir a seu modo – ... uma coisa simples como a costura de dois cabos não vai retardar por muito tempo um mestre de uma nau de guerra, creio eu. Coloque esses homens para trabalhar, Sr. Lamb, por favor; isto aqui não é o *Fiddler's Green*. – Consultou novamente o relógio. – Sr. Mowett – chamou, olhando para um jovem e alegre ajudante de navegação. A aparência alegre do Sr. Mowett mudou para outra, de extrema gravidade. – Sr. Mowett, conhece o Café Joselito?

– Sim, senhor.

– Então faça a bondade de ir até lá e perguntar pelo Dr. Maturin. Transmita-lhe os meus cumprimentos e que estou muito preocupado em dizer que não estaremos de volta ao porto na hora do jantar, mas que mandarei um bote, esta noite, a qualquer hora que ele queira marcar.

Eles não voltaram ao porto na hora do jantar, o que teria sido, aliás, uma impossibilidade lógica, já que ainda não haviam partido, mas deslizavam majestosamente por entre o apinhado de embarcações em direção ao canal navegável. Uma vantagem de você ter um pequeno barco com uma grande quantidade de homens a bordo é que pode executar manobras negadas aos grandes navios da esquadra, e Jack preferia esse árduo rastejamento a ser rebocado ou abrir caminho a vela com uma tripulação totalmente inquieta, tolhida em todos os seus hábitos consolidados e acotovelada com uma porção de estranhos.

No canal desimpedido, ele remara pessoalmente em volta da *Sophie*: analisou o barco de todos os ângulos e, ao mesmo tempo, avaliou as vantagens e desvantagens de enviar todas as mulheres para terra. Seria fácil descobrir a maioria delas, enquanto os homens estivessem jantando; não eram simplesmente as moças do local, que estavam ali para se divertir e por uns trocados, mas também as amantes semipermanentes. Se ele desse uma varrida agora, e outra pouco antes da verdadeira partida, talvez conseguisse limpar totalmente a chalupa. Não queria nenhuma mulher a bordo. Elas só causavam problemas, e com aquela recente fartura, causariam ainda mais. Por outro lado, havia uma certa falta de entusiasmo a bordo, uma falta de verdadeiro vigor, e ele não desejava transformar isso em melancolia, particularmente naquela tarde. Marinheiros eram tão conservadores quanto gatos, como ele sabia muito bem; dispunham-se a uma incrível labuta e fadiga, sem falar no perigo, mas isso era porque já fazia parte da rotina de suas vidas e, se assim não fosse, iriam apenas aumentar o nível de brutalidade. O barco estava muito baixo na água, com certeza: um pouco abicado e um pouco adernado para bombordo. Todo aquele peso extra teria ficado muito melhor abaixo da linha-d'água. Mas ele teria de ver como o barco se comportaria.

– Devo dar voz de rancho, senhor? – perguntou James Dillon, depois que Jack voltou para bordo.

– Não, Sr. Dillon. Precisamos tirar proveito desse vento. Assim que passarmos do cabo, eles podem descer. Os canhões estão presos e bem peiados?

– Sim, senhor.

– Então, vamos partir. Aos remos. A seus lugares para fazer vela.

O mestre trinou o seu apito e correu para o castelo de proa em meio a uma grande precipitação de pés e uma boa quantidade de berros.

– Recém-chegados para baixo. Silêncio lá. – Outra precipitação de pés. A tripulação normal da *Sophie* colocou-se a postos em seus lugares habituais, num silêncio mortal. Uma voz a bordo do *Généreux*, a 185 metros de distância, pôde ser ouvida, alta e clara: "A *Sophie* está suspendendo."

O barco permaneceu ali, balouçando levemente, ao largo do cais de Mahón, com os navios mercantes entre seu través e alheta de boreste e a cidade cintilante além deles. A brisa, um pouco a ré do través de bombordo, um vento setentrional, empurrava um pouquinho a popa redonda. Jack fez uma pausa, e depois gritou:

– Gajeiros, acima. – O apito repetiu a ordem, e instantaneamente os ovéns ficaram escuros com a passagem dos homens, correndo acima como se subissem uma escada em casa.

– Içar. Dispor as vergas. – Novamente os apitos, e os gajeiros agiram apressados nas vergas. Retiraram as voltas das bichas, os cabos que mantinham as velas fortemente enroladas nas vergas; juntaram os panos sob os braços e esperaram.

– Largar velas – veio a ordem, e, com isso, o estridente *pi-pi*, *pi-pi* do mestre e de seus ajudantes.

– Caçar as escotas. Caçar as escotas. Içar de leva arriba. Ânimo aí, na gávea do traquete, mexam-se. Escotas dos joanetes. Ala braços. Volta aos braços.

Um leve empurrão de cima adernou um pouco a *Sophie*, depois outro e mais outro, cada vez mais deliciosamente urgente, até se tornar um impulso constante; ela estava a caminho, e por todo o seu costado havia uma melodia de água agitada. Jack e seu imediato trocaram uma olhadela: não fora nada mau – a vela do mastaréu do joanete havia demorado, por causa de um mal-entendido, como se diria para um *novato* e se os seis Sophies reintegrados fossem apreciados sob aquela luz injuriosa, que levara a uma furiosa e silenciosa altercação na verga; e a manipulação de escota fora um tanto espasmódica;

mas não fora vergonhosa, e não teriam de aguentar o escárnio de outras naus de guerra presentes no porto. Houvera momentos na confusão da manhã quando cada qual temera exatamente isso.

A *Sophie* estendera as suas asas um pouco mais como um pombo sem pressa do que como um falcão ansioso, mas não tanto assim para que os olhares experientes de terra se demorassem nele com desaprovação; e quanto aos simples homens de terra, seus olhos estavam tão saciados com as idas e as vindas de todo tipo de embarcação, que ignoraram sua partida com evidente indiferença.

– PERDOE-ME, SENHOR – disse Stephen Maturin, tocando o chapéu em cumprimento a um cavalheiro de Marinha que se encontrava no cais –, mas eu poderia lhe perguntar se sabe qual é o navio chamado *Sophie*?

– Uma nau do rei, senhor? – quis saber o oficial, retribuindo a saudação. – Uma nau de guerra? Não há nenhum navio com esse nome... mas não estará se referindo à chalupa, senhor? À chalupa de guerra *Sophie*?

– Pode ser esse o caso, senhor. Nenhum homem seria capaz de me superar facilmente em ignorância de termos navais. O navio a que me refiro é comandado pelo comandante Aubrey.

– Exatamente, a chalupa, a chalupa de 14 peças de artilharia. Ela está quase que diretamente à sua frente, senhor, na mesma linha daquela casinha branca na extremidade.

– O navio com as velas triangulares?

– Não. Aquele é uma polaca de velas latinas. Algo mais à esquerda e um pouco mais além.

– Aquele naviozinho mercante arriado com dois mastros?

– Bem – com um sorriso –, ela está um pouco afundada na água, mas se trata de uma nau de guerra, isso eu lhe asseguro. E creio que está para partir. Sim. Veja as velas da gávea: caçadas. Já içaram a verga. Largaram os joanetes. O que falta mais? Ah, está tudo lá. Não feito com muita destreza, mas tudo está bem quando acaba bem, e a *Sophie* nunca teve um desempenho dos mais espertos. Veja, ela ganha seguimento. Vai alcançar a boca do porto com este vento, sem bracear.

– Já está velejando?

– Está, de fato. Já deve estar com uma velocidade de três nós... talvez quatro.

– Sou-lhe muito grato, senhor – disse Stephen, levantando o chapéu.

– Sou seu criado, senhor – retrucou o oficial, levantando o dele. Ficou olhando por um instante Stephen se afastar. – Devia ter perguntado se ele está bem? Demorei muito para isso. Contudo, ele agora parece bastante tranquilo.

Stephen tinha caminhado pelo cais para ver se a *Sophie* podia ser alcançada a pé ou se devia pegar um bote para cumprir seu compromisso do jantar; a conversa com o Sr. Florey persuadiu-o de que o compromisso não apenas devia ser cumprido, mas que o convite genérico informal era igualmente sério – uma sugestão eminentemente factível, e muito certamente exequível. Que gentil, muito mais do que gentil tinha sido Florey: explicara-lhe o serviço médico na Marinha Real britânica, levara-o para ver o Sr. Edwardes, do *Centaur*, executar uma amputação bastante interessante, o que eliminou os seus escrúpulos diante de uma experiência puramente cirúrgica, emprestara-lhe o Blane sobre doenças inerentes a marujos, o *Libellus de Natura Scorbuti*, de Hulme, o *Effectual Means*, de Lind, e o *Marine Practice*, de Northcote, e prometera-lhe conseguir pelo menos o meramente essencial em instrumentos, até ele ganhar sua ajuda de custo e o baú oficial. "Há trocartes, tenáculos e curetas às dúzias por toda parte do hospital, sem falar nas serras e raspadeiras de ossos."

Stephen permitira que sua mente se convencesse inteiramente, e a força de sua emoção ao ver a *Sophie*, as velas brancas e o casco baixo minguando rapidamente sobre o mar reluzente revelou-lhe o quanto ele ansiara pela perspectiva de um novo lugar e novos céus, uma vida e uma maior familiaridade com seu amigo, que agora seguia rapidamente para a ilha de quarentena, por trás da qual dentro em pouco sumiria.

Subiu para a cidade com a mente num curioso estado; sofrera tantas decepções recentemente que não lhe parecia possível conseguir suportar outra. E, mais ainda, ele permitira que todas as suas defesas debandassem – desarmadas. Foi enquanto as estava reagrupando e convocando suas reservas que os pés o levaram a passar diante do Café Joselito, e vozes disseram: "Lá está ele – chame – corra atrás dele – vai alcançá-lo, se correr."

Naquela manhã, não estivera no café, pois se tratava de uma questão de pagar por uma xícara de café ou por um bote para levá-lo até a *Sophie*, e, portanto, não se encontrara disponível para o aspirante, que agora vinha correndo atrás dele.

– Dr. Maturin? – indagou o jovem Mowett, e parou de imediato, um tanto quanto chocado pelo pálido fitar de aversão reptiliana. Contudo, transmitiu seu recado; e ficou aliviado ao notar que foi acolhido por um olhar bem mais humano.

– Agradeço a gentileza – disse Stephen. – Qual é a hora que imagina ser a mais conveniente, senhor?

– Oh, suponho que por volta das seis horas, senhor – retrucou Mowett.

– Então, às seis horas estarei nos degraus da Crown – afirmou Stephen. – Sou muito grato ao senhor, por sua diligência em me encontrar. – Separaram-se, cada qual com uma reverência, e Stephen disse a si mesmo: – Irei até o hospital, oferecer a minha ajuda ao Sr. Florey; ele está cuidando de uma fratura múltipla acima do cotovelo, que exigirá uma primeira resseção da junta. Gostei muito, desde quando senti o triturar de osso sob a minha serra – acrescentou, com um sorriso de antecipação.

CABO DE LA MOLA estava na alheta de bombordo em relação a eles: as rajadas perturbadoras e as calmarias causadas pelas elevações e vales ao longo da grande e sinuosa margem setentrional da enseada não mais os atingiam, e com uma quase constante tramontana de norte quarta a leste, a *Sophie* rumava veloz em direção à Itália, seguindo seus rumos com velas de gávea e de joanete com rizamento simples.

– Leve o barco o mais próximo possível do vento – comandou Jack. – Quanto ela vai conseguir, Sr. Marshall? Seis?

– Duvido que chegue a seis, senhor – alegou o mestre-arrais, sacudindo a cabeça. – Ela hoje está um pouco lenta, com o peso extra à frente.

Jack assumiu o timão, e ao fazê-lo uma última lufada vinda da ilha fez a chalupa vacilar, jogando espuma ao longo da amurada a sotavento, arrancando o chapéu de Jack da cabeça e desprendendo em ondas o cabelo amarelo brilhante para su-sudoeste. O mestre-arrais saltou atrás do chapéu, arrebatou-o do marujo que o havia resgatado no entrelaçado das macas, solícito. Ao ficar ao lado de Jack, limpou o penacho com seu lenço e entregou-o com ambas as mãos.

– O velho Sodoma e Gomorra é amável com o Louro – murmurou John Lane, um gajeiro, para o amigo Thomas Gross; Thomas piscou o olho e sacudiu o corpo, mas sem qualquer vestígio de censura – eles se preocupavam com o fenômeno, e não com qualquer juízo moral. – Bem, espero que ele não penalize a gente demais, só isso, companheiro – retrucou.

Jack deixou o barco seguir na direção do vento até a rajada cessar, e então, ao começar a levá-lo de volta, as mãos firmes nas malaguetas, entrou em contato direto com a essência viva da chalupa: a vibração sob sua palma, algo entre um som e um escoar, subiu diretamente pelo leme dela, e isso se juntou aos inumeráveis ritmos, o rangido e o zunido do casco e do aparelho. O vento límpido e penetrante varreu sua face esquerda, e, à medida que manobrava o leme, a *Sophie* respondia, mais depressa e nervosa do que ele esperara. Cada vez mais perto do vento. Todos olhavam fixo para cima e adiante: finalmente, a despeito de a bolina estar tão tesa quanto a corda de um violino, a vela do joanete do traquete estremeceu, e Jack folgou.

– Leste quarta a nordeste, uma meia a norte – observou satisfeito. – Governe assim – falou para o timoneiro e deu a ordem, a ordem há muito esperada e muito bem recebida, a do apito para o jantar.

Jantar, enquanto a *Sophie*, navegando à bolina cerrada com amuras a bombordo, se afastava para a parte mais distante das águas solitárias, onde as balas de canhão de 12 libras não causariam dano e onde o desastre podia passar despercebido: as milhas escorriam atrás do barco, sua esteira branca estendendo-se reta e exata um pouco a sudoeste. Jack olhou para ela, de sua janela à popa, com ar de aprovação: notável o reduzido abatimento do navio; e uma mão boa e firme devia estar governando, para manter aquela esteira tão perfeita no mar. Ele jantava sozinho – uma refeição espartana de ensopado de cabrito e repolho, misturados –, e foi só então que se deu conta de que não havia ninguém a quem pudesse transmitir as inúmeras observações de que se lembrava e que surgiam borbulhando em sua mente: aquela era a sua primeira refeição formal como comandante. Quase fez um comentário jocoso a respeito disso para o taifeiro (pois, também, estava muito exultante), mas se conteve. Não era apropriado.

– Com o tempo, eu me acostumarei – falou, e olhou novamente com carinhosa satisfação para o mar.

Os CANHÕES NÃO FORAM um sucesso. Mesmo com apenas metade de uma carga, o de perseguição de proa deu um recuo tão violento que, à terceira descarga, o carpinteiro subiu correndo para o convés, tão pálido e perturbado que toda a disciplina foi por água abaixo.

– Não faça isso, senhor! – gritou, cobrindo com a mão o ouvido do canhão. – Se o senhor pudesse ver as pobres curvas... e os contradormentes partiram-se em cinco lugares diferentes, meu Deus, ó Deus. – O pobre homem correu para o anel da culatra do canhão. – Pronto. Eu sabia. A minha trava foi arrastada pela metade nesse pobre material velho e fino. Por que não me falou, Tom? – berrou, com um olhar de repreenda para seu ajudante.

– Não tive coragem – disse Tom, baixando a cabeça.

– Não vai adiantar, senhor – alegou o carpinteiro. – Não com este vigamento aqui, não vai não. Não com este convés aqui.

Jack sentiu a cólera assomar – tratava-se de uma situação ridícula no apinhado castelo de proa, com o carpinteiro rastejando a seus pés em aparente súplica, esquadrinhando as fendas; e de modo algum aquela não era a maneira de se dirigir a um comandante. Mas não havia como resistir à total sinceridade do Sr. Lamb, principalmente porque Jack concordava secretamente com ele. A força do coice, todo aquele peso de metal atirando-se para trás e sendo impelido para cima com um zunido pela retranca era demais, excessivamente demais para a *Sophie*. Além disso, não havia realmente espaço para pôr o navio em funcionamento com dois canhões calibre 12 e seus apetrechos ocupando a maior parte do pouco espaço existente. Ele, porém, ficou amargamente decepcionado: uma bala de 12 libras era capaz de perfurar a 500 metros; podia enviar para o alto uma chuva de estilhaços letais, arrebentar uma verga, fazer um grande estrago. Com a mão, atirou uma para cima e a colheu, refletindo. Ao passo que, a qualquer distância, uma calibre quatro...

– E se o senhor disparar o outro – avisou o Sr. Lamb, com uma desesperadora coragem, ainda apoiado nas mãos e nos joelhos –, o seu convidado não terá um ponto seco onde ficar, pois as fendas se abririam de uma forma impiedosa.

William Jevons, da equipe do carpinteiro, subiu e cochichou: "Há um pé de água no poço", com um estrondo que poderia ter sido ouvido na gávea.

O carpinteiro levantou-se, colocou o chapéu, tocou na ponta dele e informou:

– Um pé de água no poço, senhor.

– Está bem, Sr. Lamb – retrucou Jack, placidamente. – Vamos bombeá-la de volta para fora. Sr. Day – falou, voltando-se para o artilheiro-chefe, que havia se esgueirado para o convés para disparar os canhões de 12 libras (e teria rastejado de sua sepultura, se tivesse estado nela). – Sr. Day, recolha e acomode os canhões, por favor. E, mestre, guarneça a bomba.

Ele alisou o cano quente do 12 libras, desapontado, e se encaminhou à ré. Não estava particularmente preocupado com a água: a *Sophie* estivera saltitando lepidamente naquele mar calmo vindo de través, e teria se saído muito bem, do seu jeito natural. Mas estava aborrecido com os canhões de perseguição, profundamente aborrecido, e olhou com uma abominação ainda maior para a grande verga.

– Deveremos arriar dentro em pouco os joanetes, Sr. Dillon – observou, apanhando o quadro com os rumos da derrota. Consultou-a mais como uma questão formal do que qualquer outra coisa, pois sabia muito bem onde se encontravam: com o senso que se desenvolve num verdadeiro marujo, ele estava ciente do vulto da terra, uma escura presença além do horizonte atrás dele – atrás de sua omoplata direita. Eles vinham seguindo firmemente a barlavento, e a navegação estimada mostrava quase bordadas uniformes – lés-nordeste seguido por oés-noroeste: haviam cambado cinco vezes (a *Sophie* não era tão veloz em subir no vento quanto ele poderia imaginar) e virou em roda uma vez; e eles estavam navegando a sete nós. Esses cálculos seguiram seu caminho na mente dele, e assim que procurou por ela a resposta estava pronta: "Mantenha este rumo por meia hora e depois coloque o barco quase de vento em popa – duas quartas distantes. Isso o levará para casa."

– Seria bom diminuir o pano agora – observou ele –, manteremos o nosso rumo por meia hora. – Dito isto, foi para baixo, pretendendo fazer algo sobre o grande volume de papéis que exigia a sua atenção: além de coisas como relatórios dos gêneros e os livros de pagamentos, havia o diário de bordo da *Sophie*, que lhe diria algo sobre o passado do navio, e o rol de tripulantes, que faria o mesmo pela sua tripulação. Ele folheou as páginas: "*Domingo, 22 de setembro de 1799, ventos NW, W, S, rumo N40W, distância 49 milhas, latitude 37°59'N longitude 9°38'W, Cabo São Vicente S27E 64 milhas. Tarde com brisas frescas e rajadas com chuva, vela largada e reduzida ocasionalmente. Manhã com violentas rajadas de vento, às 4 horas colhida a vela mestra redonda, às 6 horas vi um navio estranho navegar em direção ao sul, às 8 horas mais moderados, rizada a vela mestra redonda e armada, às 9 horas comuniquei-me com ele. Tratava-se de um brigue sueco com destino a Barcelona, com lastro. Ao meio-dia, tempo calmo, giro completo de proa.*" Dezenas de registros desse tipo de serviço; e de escolta de comboio. O tipo de ocupação diária simples, despojada, que constituía 95 por cento da vida do serviço; ou mais. "*Pessoas em atividades diversas, li os Artigos de Guerra... comboio em companhia, em vela do joanete e segundas velas de gáveas rizadas. Às 6 horas passei uma mensagem confidencial para duas naus de linha de batalha, que responderam. Todas as velas içadas, o pessoal empregado cuidando dos cabos velhos... bordadas ocasionais, na vela de gávea principal com três rizes... brisa leve, inclinada a calmaria... macas escovadas. Reunidos por divisões, li os Artigos de Guerra e puni Joseph Wood, Jno. Lakey, Matt. Johnson e Wm. Musgrave com 12 chibatadas, por embriaguez... Tarde com calmaria e neblina, às 17 horas remos e botes para nos afastar da costa, às 18h30 vim a fundear com ancorote em Cabo de la Mola S6W distância cinco léguas. Às 20h30 chegando a uma súbita ventania, fui obrigado a picar a amarra e fazer vela... li os Artigos de Guerra e executei o Serviço Divino... puni Geo. Sennet com 24 chibatadas, por desacato... Fra. Bechell, Robt. Wilkinson e Joseph Wood, por embriaguez..."*

Havia um bom número de registros dessa espécie: uma quantidade considerável de açoitamento, mas nada muito pesado – nenhuma das sentenças de cem chibatadas. Isso contradizia sua primeira impressão de relaxamento; ele teria de procurar mais cuidadosamente. Então, o rol dos marinheiros. *Geo. Williams, marinheiro de segunda classe, nascido em Bengala, apresentado como voluntário em Lisboa, em 24 de agosto de 1797, fugiu em 27 de março de 1798, em Lisboa. Fortunato Carneglia, aspirante, 21, nascido em Gênova, dispensado em 1º de julho de 1797 por ordem do contra-almirante Nelson por baixa de serviço. Saml. Willsea, marinheiro experimentado, nascido em Long Island, apresentado como voluntário no Porto, em 10 de outubro de 1797, fugiu do barco em 8 de fevereiro de 1799, em Lisboa. Patrick Wade, marinheiro inexperiente, 21, nascido no condado de Fermanagh, induzido em 20 de novembro de 1796, em Porto Ferraio, dispensado em 11 de novembro de 1799 para o Bulldog, por ordem do capitão Darley. Richard Sutton, tenente, incorporado em 31 de dezembro de 1796 por ordem do comodoro Nelson, deu baixa ao falecer em 2 de fevereiro de 1798, morto em ação com um navio corsário francês. Richard William Baldick, tenente, incorporado em 28 de fevereiro de 1798, por delegação do conde St. Vincent, dispensado em 18 de abril de 1800 para se incorporar ao Pallas por ordem de lorde Keith."* Na coluna Vestes de Marinheiros Mortos, havia a soma de 8 libras, 10 xelins e 6 *pence* em seu nome: obviamente, o saco de pertences do pobre Sutton fora leiloado como o de um marujo comum.

Jack, porém, não conseguia se concentrar na rígida coluna traçada a régua. O mar reluzente, de um azul mais escuro do que o céu, e a esteira branca através dele continuavam atraindo seu olhar para a janela de popa. Enfim, fechou o livro e se entregou ao luxo de admirar lá fora; se quisesse, podia ir dormir, refletiu e olhou em volta, apreciando sua esplêndida privacidade, a mais rara das mercadorias no mar. Como imediato no *Leander* e outros barcos de bom tamanho, e podia olhar pelas vigias da praça d'armas, é claro; mas nunca sozinho, nunca desacompanhado de presença humana e movimento. Era maravilhoso, mas acontece que, logo agora, ele ansiava por presença humana e movimento – sua mente estava por demais ávida e agitada para saborear em sua totalidade o encanto da solidão, embora soubesse que ela estava ali, e assim que o *ting-ting, ting-ting* das quatro badaladas soaram, ele estava lá em cima, no convés.

Dillon e o mestre-arrais encontravam-se de pé perto do canhão de quatro libras de boreste, e obviamente comentavam alguma parte da mastreação visível daquele ponto. Assim que ele apareceu, os dois foram para o lado de bombordo, seguindo o modo tradicional, deixando para Jack a sua privilegiada área do tombadilho. Foi a primeira vez que aquilo aconteceu com ele: não estava esperando – não tinha pensado naquilo –, e isso lhe provocou uma ridícula excitação de prazer. Mas também o privava de companhia, a não ser que chamasse James Dillon. Deu duas ou três voltas, olhando para cima em direção às vergas: elas estavam braceadas o mais pronunciado que os panos dos mastros principal e de proa permitiriam, mas não tão pronunciadas quanto deveriam ficar em um cenário ideal, e ele fez uma anotação mental para mandar o mestre-arrais colocar amantilhos atravessados nos ovéns – eles poderiam obter três ou quatro quartas.

– Sr. Dillon – disse ele –, faça a bondade de colocar mais pressão e ice a vela mestra redonda. Sul quarta a oeste com meio sul.

– Sim, sim, senhor. Duplo rizado, senhor?

– Não, Sr. Dillon, sem rizar – respondeu Jack, com um sorriso, e retomou sua marcha. Seguiram-se ordens por toda a sua volta, o pisotear, os apitos do mestre, os seus olhos abarcando toda a operação, com uma curiosa indiferença – curiosa porque seu coração batia forte.

A *Sophie* caiu suavemente para sotavento.

– Assim, assim – gritou o mestre-arrais na cabine de manobra, e o timoneiro estabilizou o barco; quando ele se colocou com o vento de popa, a vela latina sumiu em meio a uma massa de nuvens que rapidamente mergulhou nas partes de um comprido pano de vela empacotado, cinzento, inanimado; e imediatamente depois a vela mestra redonda apareceu, largada e adejante, por alguns segundos, e depois dominada, disciplinada e retangular, com suas escotas arrastadas à ré. A *Sophie* arremessou-se à frente, e quando Dillon gritou "Dar volta!", o barco já tinha aumentado a velocidade em pelo menos dois nós, mergulhando à vante e levantando à ré como se tivesse sido surpreendido pelo seu cavaleiro, o que talvez tivesse sido. Dillon mandou outro homem para o timão, para o caso de uma falha no vento guinar o barco a barlavento. A vela mestra redonda estava tão esticada quanto um tambor.

– Dirijo-me ao veleiro – disse Jack. – Sr. Henry, pode me conseguir outro pano naquela vela, vai colocar uma nesga plena na testa da vela?

– Não, senhor – respondeu positivamente o veleiro. – Não se ficar assim. Não com aquela verga, senhor. Veja toda aquela horrível camisa de pano que há lá agora... está mais como se poderia chamar de bexiga de porco, propriamente falando.

Jack foi até a amurada e olhou intensamente para o mar que corria ao lado, a longa curva que ele fazia ao se elevar acima do vazio sob a proa a sotavento: resmungou e voltou a encarar a verga mestra, um pedaço de madeira com mais de 30 pés de comprimento e afinando umas 7 polegadas a partir dos estropos, na parte do meio, e 3 na direção dos laises da verga, as extremidades.

"Parece mais um pé de cabra do que uma verga mestra", pensou, pela vigésima vez desde que havia pisado no barco. Observou a verga atentamente, enquanto a força do vento agia sobre ela: a *Sophie* agora não navegava mais depressa, e também não havia mais qualquer afrouxamento na carga; a verga arqueou, e pareceu a Jack que a ouviu gemer. Os braços da verga da *Sophie* foram à frente, é claro, afinal ela era um brigue, e o arqueamento era maior nos laises da verga, o que o aborreceu; mas havia, o tempo todo, algum grau de curvatura. Ele ficou parado ali, com as mãos atrás das costas, os olhos fixos nela; e os demais oficiais no tombadilho, Dillon, Marshall, Pullings e o jovem Ricketts estavam parados, atentos, sem falar, às vezes olhando para o seu novo comandante e às vezes para a vela. Não eram apenas os homens a especular, pois a maioria dos marinheiros mais experientes no castelo de proa havia se juntado àquele duplo exame minucioso – um fitar acima e depois um olhar de esguelha para Jack. Era um clima estranho. Agora que estavam de vento em popa, ou bem quase isso – isto é, agora que estavam indo na mesma direção do vento –, praticamente toda a melodia sumira da mastreação; o longo e lento movimento de arfagem da *Sophie* (nenhum mar cruzado para movê-la rapidamente) fazia pouco ruído; e, acrescido a isso, havia a tensa quietude dos homens murmurando entre si, para não serem ouvidos. A despeito de seu cuidado, porém, uma voz foi carreada até o tombadilho: "Ele vai destruir completamente o barco, se velejar assim com este vento."

Jack não ouviu isso: estava inteiramente inconsciente da tensão à sua volta, bem distante com seus cálculos sobre as forças opostas – sem dúvida, não eram cálculos matemáticos, e sim, mais exatamente, de avaliação; os cálculos de um cavaleiro com um novo cavalo entre os joelhos e um negro abismo se aproximando.

Em seguida, foi para baixo, e após ter olhado por algum tempo pela janela da popa, consultou a carta. Cabo de la Mola estaria agora a boreste – eles o avistariam muito em breve –, e isso acrescentaria um pouco mais de impulso ao vento, ao ser desviado ao longo da costa. Bem baixinho, assobiou *Deh vieni* e meditou: "Se eu conseguir algum sucesso nisto aqui, e se ganhar um manancial de dinheiro, várias centenas de guinéus, digamos, a primeira coisa que farei, após liquidar as dívidas, será ir a Viena, para a ópera."

James Dillon bateu na porta.

– O vento está aumentando, senhor – informou. – Posso colher a vela mestra, ou pelo menos rizá-la?

– Não, não, Sr. Dillon... não – disse Jack, sorrindo. Então, refletindo que era pouco justo deixar isso sob a responsabilidade do imediato, acrescentou: – Eu subirei ao convés dentro de dois minutos.

Aliás, ele chegou lá em menos de um, bem a tempo de ouvir o terrível estalido despedaçante.

– Soltar escotas! – gritou. – Pessoal para as adriças. Estingues da gávea. Guarnecer amantilhos. Arriar com força. Em acelerado.

Eles aceleraram a manobra: a verga era pequena: em pouco tempo ela estava no convés, a vela desenvergada, a verga nua e tudo aduchado.

– Infelizmente, rachou nas troças, senhor – lamentou o carpinteiro com tristeza. Ele ia ter um dia miserável por causa disso. – Eu poderia tentar reforçá-la, mas isso nunca é conveniente, creio.

Jack anuiu, sem qualquer expressão em particular. Atravessou até o corrimão da borda, colocou um pé sobre ele e alçou-se para o primeiro dos enfrechates; a *Sophie* elevou-se na vaga, e lá estava realmente o Cabo de la Mola, uma escura fatia de terra três quartas pelo través de boreste.

– Creio que precisamos dar um jeito nesse vigia – observou. – Leve o barco para o porto, Sr. Dillon, por favor. Ice a vela mestra e dê tudo o que ela consegue suportar. Não há um minuto a perder.

Quarenta e cinco minutos depois a *Sophie* pegava boia de amarração, e antes de o navio perder o seguimento, o escaler foi baixado para a água; a verga danificada já flutuava, e o bote seguiu apressadamente na direção do cais, rebocando-a atrás de si como uma cauda flutuante.

– Bem, eis aí o próprio traiçoeiro audaz e sorridente da esquadra – comentou o remador da proa, enquanto Jack subia correndo os degraus. – Trouxe a pobre e velha *Sophie*, já na primeira vez em que pisou nela, com apenas uma verga de pé, sua mastreação toda desconjuntada e metade da tripulação do navio bombeando água o dia inteirinho para salvar a prezada vida de cada homem no convés, e sabe-se lá sem nenhuma pausa para pitar um cachimbo. E ele sobe correndo os degraus como se o rei Jorge estivesse lá em cima para o sagrar cavalheiro.

– E pouco tempo para jantar, como nunca aconteceu – sublinhou uma voz baixa no meio do bote.

– Silêncio – bradou o Sr. Babbington, com o máximo de indignação que conseguiu demonstrar.

– Sr. Brown – disse Jack, com um olhar grave –, o senhor pode me fazer um serviço indispensável. Eu danifiquei irremediavelmente a minha verga mestra, inquieto-me em lhe dizer isso, mas preciso partir esta noite... o *Fanny* já chegou. Portanto, imploro que a condene e me forneça outra em seu lugar. Não, não se mostre chocado, meu caro senhor – pediu, segurando o braço do Sr. Brown e o levando na direção do escaler. – Vou lhe devolver os canhões de 12... pelo que soube, o fornecimento de material bélico agora está sob a sua responsabilidade... pois temo que a chalupa possa ficar sobrecarregada.

– Francamente – disse o Sr. Brown, olhando para o terrível abismo existente na verga, que a tripulação do escaler levantou em silêncio para sua inspeção. – Mas não há outra vergôntea no estaleiro pequena o suficiente para o senhor.

– Ora, senhor, está esquecendo o *Généreux*. Ele tem três vergas do joanete de proa sobressalentes, como também uma vasta quantidade de outras vergônteas; e o senhor seria o primeiro a admitir que tenho o direito moral a uma.

– Bem, o senhor pode experimentar, se quiser; pode içá-la, para nos deixar ver a sua aparência. Mas nada lhe prometo.

– Deixe que os meus homens a retirem, senhor. Eu me lembro exatamente onde elas estão guardadas. Sr. Babbington, quatro homens. Venham comigo agora. Mexam-se.

– Trata-se apenas de uma experiência, lembre-se disso, comandante Aubrey – gritou o Sr. Brown. – Ficarei observando os senhores a içarem.

– Isto é que eu chamo de uma vergôntea de verdade – afirmou o Sr. Lamb, ao lado da verga, esquadrinhando-a amorosamente. – Sem um nó, sem uma ondulação: uma vergôntea francesa, arriscaria dizer; 43 pés e danada de limpinha. O senhor poderá desfraldar nela uma vela mestra das boas, senhor.

– Sim, sim – fez Jack, impaciente. – O cabo já está no cabrestante?

– Cabo pronto para a manobra, senhor – veio a resposta, após um momento de pausa.

– Então, icem.

O cabo foi amarrado no terço da verga, e depois disposto ao longo dela quase até a extremidade de boreste, amarrado em meia dúzia de lugares, até os laises, com boças – pedaços de cordas tecidas para evitar deslizamentos; o cabo ia do lais de verga até o polé no mastaréu da gávea, descia através de outro polé no convés, e de lá para o cabrestante; desse modo, o cabrestante começou a elevar a verga da água, içou mais e mais na vertical, até chegar a bordo quase perpendicular, guiada cuidadosamente até o fim através do aparelho de suspender.

— Cortem a boça externa — ordenou Jack. O pedaço de cabo caiu e a verga se inclinou um pouco, segura pela seguinte: à medida que a verga subia, as outras boças eram cortadas, e quando a última se foi, a verga oscilou na posição, caprichosamente sob a gávea.

— Não vai adiantar, comandante Aubrey — gritou o Sr. Brown, chamando a atenção no tranquilo ar vespertino com o seu alarido. — É grande demais, e certamente será arrancada. É preciso serrar as laises e metade do terceiro quarto.

Estendida completamente e nua, como os travessões de uma imensa parelha de balanças, a verga realmente parecia um tanto quanto imensa.

— Fixar os amantilhos — comandou Jack. — Não, mais afastado. A meio do caminho do segundo quarto da verga. Folguem o cabo e deixem baixar. — A verga desceu para o convés e o carpinteiro saiu correndo para apanhar as ferramentas. — Sr. Watt — falou Jack para o mestre –, prepare apenas os amantilhos da verga, sim? — O mestre abriu a boca, fechou-a novamente e curvou-se lentamente para fazer o seu trabalho: em algum lugar fora de Bedlam os amantilhos foram colocados depois dos estribos, dos andorinhos, das talhas de fora da verga (ou um sapatilho para o gato da talha, se preferirem): e nenhum deles jamais foi preparado até que, na extremidade serrada, tivesse sido colocado o cunho da lais, a parte estreita para elas se apoiarem, com um olhal para evitar que escorregassem em direção ao meio. O carpinteiro reapareceu com uma serra e uma régua. — Tem uma plaina aí, Sr. Lamb? — quis saber Jack. — O seu ajudante vai apanhar uma plaina para o senhor. Desmonte o aro do pau da vela varredoura e aplaine as extremidades dos cunhos das laises, Sr. Lamb, por favor. — Lamb pasmou até entender o que Jack pretendia e, lentamente, desbastou as pontas da verga, raspando lascas, até elas revelarem um círculo novo e branco, do tamanho de um pãozinho de meio *penny*. — Já está bom — afirmou Jack. — Icem-na novamente e braceiem pelo redondo o tempo todo em relação ao cais. Sr. Dillon, preciso ir a terra; leve de volta os canhões para o cais do material bélico e mantenha-se à distância e à minha espera no canal. Precisamos partir antes da salva da noite. Ah, Sr. Dillon, todas as mulheres para terra.

– Todas as mulheres, sem exceção, senhor?
– Todas as sem certidão de casamento. Todas as prostitutas. Prostitutas são sublimes no porto, mas não combinam com o mar. – Fez uma pausa, desceu até sua câmara e voltou dois minutos depois, com um envelope estofando o bolso do peito. – Estaleiro novamente – gritou, ao pular para o bote.

– O senhor vai agradecer por seguir o meu conselho – comentou o Sr. Brown, recebendo-o nos degraus. – A verga, certamente, seria levada na primeira lufada de vento.

– Posso apanhar agora os duetos, senhor? – indagou Jack, com uma certa agonia. – Estou indo apanhar o amigo de quem lhe falei... um grande músico, senhor. Precisa conhecê-lo, da próxima vez que estivermos em Mahón; precisa consentir que eu o apresente à Sra. Brown.

– Será uma honra... uma grande felicidade – acedeu o Sr. Brown.

– Agora, para os degraus da Crown, e batam em retirada como heróis – disse Jack, retornando numa corrida trôpega com o livro: como tantos marinheiros, ele era um pouco gordo, e suava facilmente em terra. – Seis minutos exatos – observou, esquadrinhando o relógio em meio ao crepúsculo, ao chegarem à plataforma. – Ah, aí está o senhor, doutor. Espero que me perdoe por ter faltado com o senhor esta tarde. Shannahan, Bussell: vocês dois venham comigo. Os demais, permaneçam no bote. Sr. Ricketts, é melhor recuar umas 20 jardas e afastá-los da tentação. Vai me tolerar enquanto faço algumas compras, senhor? Não tive tempo para mandar coisa alguma, nem mesmo um carneiro, um presunto ou uma garrafa de vinho; por isso, receio que teremos sal, charque e o "bolo de casamento" da Old Weevil, durante a maior parte da viagem, com grogue com quatro partes de água para molhá-lo. Contudo, poderemos nos abastecer em Cagliari. O senhor deseja que os marujos levem a sua bagagem para o bote? A propósito – acrescentou, enquanto caminhavam lado a lado, com os marinheiros seguindo-os a uma certa distância –, antes que eu esqueça, é costume no serviço dar um adiantamento sobre o pagamento, por ocasião de uma nomeação; portanto, imaginando que o senhor não ia querer ser diferente, coloquei alguns guinéus neste envelope.

– Que regra mais humana – exclamou Stephen, parecendo feliz. – Todos tiram proveito disso com frequência?

– Invariavelmente – retrucou Jack. – Trata-se de um costume universal no serviço.

– Nesse caso – concedeu Stephen, apanhando o envelope – devo, indubitavelmente, cumpri-lo; claro, não quero parecer diferente, e sou muito grato ao senhor. Posso realmente usar um dos seus homens? Um violoncelo é um instrumento volumoso; quanto ao resto, há apenas uma arca e alguns livros.

– Então, vamos nos encontrar novamente um quarto depois da hora – sugeriu Jack. – Não desperdice um só momento, eu lhe imploro, doutor, pois estamos com uma pressa extrema. Shannahan, vá com o doutor e traga com toda a presteza a bagagem dele. Bussell, você vem comigo.

Quando o relógio bateu um quarto da hora, e a nota demorou-se no ar, indecisa, esperando pela meia hora, Jack falou:

– Coloquem a arca no xadrez de proa. Sr. Ricketts, acomode-se em cima da arca. Doutor, o senhor sente-se aqui e acalente o violoncelo. Sublime. Larga. Remar para ré, e agora à frente com firmeza.

Chegaram à *Sophie*, impeliram Stephen e seus pertences pelo costado acima – o costado de bombordo, para evitar cerimônia e garantir que ele fosse levado para bordo: eles tinham uma opinião muito desfavorável sobre marinheiros inexperientes para permitir que ele galgasse sozinho a despretensiosa altura da *Sophie* – e Jack conduziu-o ao camarote.

– Cuidado com a cabeça – alertou. – Aquele pequeno cubículo ali é seu: imploro que faça o possível para se sentir confortável e perdoe a minha falta de cerimônia. Preciso ir ao convés.

Subiu ao convés e chamou:

– Sr. Dillon, está tudo bem?

– Está tudo bem, senhor. Os 12 navios mercantes já fizeram o seu sinal.

– Ótimo. Dispare um canhão para eles e faça-se à vela, por favor. Creio que chegaremos ao porto com as velas do joanete, se esta brisa remanescente durar; e depois, ao deixarmos as águas protegidas pelo cabo, talvez façamos um afastamento respeitável da costa. Portanto, faça-se à vela; e, então, será a ocasião de estabelecermos os turnos. Um longo dia, Sr. Dillon?

– Um dia muito longo, senhor.

– Chegou um momento em que pensei que nunca terminaria.

3

Dois toques de sino do quarto d'alva encontraram a *Sophie* navegando firmemente em direção leste, ao longo do paralelo 39, com o vento apenas pela alheta. O barco inclinava não mais do que duas fiadas de chapas sob suas velas do joanete, e poderia ter largado suas velas principais se o monte amorfo de barcos mercantes na direção do seu vento não houvesse determinado viajar muito lentamente até o dia estar totalmente claro, sem dúvida por medo de tropeçar nas linhas de longitude.

O céu ainda estava cinzento, e era impossível dizer se era claro ou coberto com nuvens muito altas; mas o mar propriamente dito já tinha uma luz nacarada que pertencia mais ao dia do que à noite, e essa luz refletia nas grandes convexidades das velas de gávea, dando-lhes o lustro de pérolas acinzentadas.

– Bom dia – disse Jack para a sentinela à porta.

– Bom dia, senhor – respondeu a sentinela, movendo-se de um salto para a posição de sentido.

– Bom dia, Sr. Dillon.

– Bom dia, senhor – tocando o chapéu.

Jack inteirou-se da condição do tempo, da regulagem das velas e da probabilidade de uma manhã de tempo bom; inspirou fundo lufadas de ar puro, depois do denso bafio de sua cabine. Dirigiu-se à amurada, desvencilhada de macas a essa hora do dia, e olhou para os navios mercantes: estavam todos ali, vagueando em uma área não muito vasta de mar; e o que ele havia imaginado ser uma distante lanterna de popa ou uma luz de gávea incomumente alta era o velho

Saturno, baixo no horizonte e emaranhado no cordame deles. Agora para barlavento, e ele avistou uma sonolenta fileira de gaivotas, em uma lânguida disputa sobre um encrespado do mar – sardinhas ou anchovas, ou talvez aquelas espinhentas cavalinhas. O som rangente de moitões, o suave retesamento de cabos e panos de vela, o ângulo da cobertura de guarnição e a fileira curva dos canhões adiante dele enviavam um tal jorro de felicidade através de seu coração que ele quase deu um salto no local onde se encontrava parado.

– Sr. Dillon – falou, dominando o desejo de apertar a mão do imediato –, precisamos reunir a tripulação do navio antes do desjejum e decidir como vamos vigiá-los e alojá-los.

– Sim, senhor; no momento, as coisas estão meio confusas, com os novos recrutas não instalados.

– Pelo menos temos marinheiros suficientes... poderíamos facilmente combater dos dois lados, o que é mais do que qualquer nau de linha pode fazer. Embora eu tenha gostado muito de termos conseguido a sobra dos recrutas para o *Burford*, me parece que há uma proporção anormal de homens do prefeito de Londres entre eles. Não há antigos do *Charlotte*, suponho.

– Sim, senhor, temos um... o sujeito sem cabelo e com um lenço vermelho no pescoço. Ele foi um gajeiro do traquete, mas parece um tanto atordoado e muito estúpido.

– Uma triste ocorrência – observou Jack, sacudindo a cabeça.

– Sim – concordou James Dillon, olhando o vazio e vendo um saltitante espirro de fogo no ar parado, um navio de primeira classe flamejante da borla do mastro à linha-d'água, com oitocentos homens a bordo. – Podiam-se ouvir as chamas a uma milha de distância ou mais. E, às vezes, uma lâmina de fogo elevava-se e subia sozinha no ar, crepitando e ondulando como uma enorme bandeira. Foi exatamente numa manhã como esta, um pouco mais tarde, talvez.

– O senhor estava lá, julgo eu. Tem alguma ideia do motivo? As pessoas falam de uma máquina infernal levada para bordo por um italiano pago pelo Bonapartinho.

– Por tudo que ouvi, foi algum idiota que permitiu que fosse acondicionada palha na coberta de ré, perto do barril com os estopins para os canhões de salvas. A palha incendiou-se e atingiu imediatamente a vela mestra. Foi tão repentino que eles não conseguiram chegar aos estingues.

– Conseguiu salvar alguém do seu pessoal?

– Sim, alguns. Recolhemos dois fuzileiros e um artilheiro, mas ele se encontrava quase todo miseravelmente queimado. Salvaram-se muito poucos, não muito mais do que cem, acredito. Não foi uma ocorrência louvável, de modo algum. Muitos mais poderiam ter sido retirados, mas os botes hesitaram em avançar.

– Eles estavam pensando no *Boyne*, sem dúvida.

– Sim. Os canhões do *Charlotte* dispararam, quando o calor os atingiu, e todos sabiam que o paiol de munições poderia explodir a qualquer momento; mas, ainda assim... Todos os oficiais com quem falei disseram a mesma coisa... não havia como se aproximar com os botes. Foi a mesma coisa com o meu pessoal. Eu estava num cúter alugado, o *Dart*...

– Sim, sim, eu sei que estava – disse Jack, sorrindo de modo significativo.

– ... três ou quatro milhas na direção em que o vento soprava, e tínhamos de remar para nos aproximar. Mas não houve modo de induzi-los a remar com energia, correndo ou não risco de vida. Não havia um marinheiro ou grumete que se pudesse chamar de medroso de fogo de artilharia... aliás, tratava-se de um grupo de homens do melhor comportamento que se poderia desejar, para abordagem ou para atacar uma bateria de terra, ou para qualquer coisa que lhe aprouvesse. E os canhões do *Charlotte* não estavam apontados para nós, é claro... apenas disparavam ao acaso. Mas não, a sensação total no cúter era diferente; uma ação bastante diferente ou uma noite feia numa praia onde sopra o vento. E havia pouco a ser feito com uma tripulação totalmente de má vontade.

– Não – observou Jack. – Não há como forçar uma mente voluntariosa. – Lembrou-se de sua conversa com Stephen Maturin, e acrescentou: – Trata-se de uma contradição em termos. – Ele poderia prosseguir dizendo que uma tripulação totalmente perturbada em seus modos, limitada na questão do sono e privada de suas prostitutas, não era também a melhor das armas; mas ele sabia que qualquer comentário feito no convés de um barco com 78 pés e 3 polegadas de comprimento tinha a natureza de uma declaração pública. À parte de qualquer outra coisa, o mestre do navio manobrando a embarcação e o timoneiro na roda de leme estavam ao alcance de um braço. O mestre virou a ampulheta, e quando os primeiros grãos de areia iniciaram sua tediosa viagem de volta à metade que ativamente tinham acabado de esvaziar, ele chamou "George", com a voz baixa de uma ronda noturna, e a sentinela caminhou pesadamente adiante para dar três badaladas.

A essa altura não havia dúvida em relação ao céu: era de um puro azul, de norte a sul, com não mais do que um pequeno penumbramento violeta a oeste.

Jack subiu na amurada a barlavento, balouçou-se até as enxárcias e subiu pelas enfrechates. "Isso pode não parecer digno para um comandante", refletiu, fazendo uma pausa sob o vulto da gávea, a fim de ver quanto mais de folga os amantilhos cruzados poderiam dar à verga. "Talvez seja melhor eu subir pela clara da gávea." Desde a invenção dessas plataformas, um pouco mais acima do mastro, chamadas de cesto da gávea, os marinheiros tinham como questão de honra seguir para elas por uma rota estranha e tortuosa – pendurando-se nas arriegadas das enxárcias da gávea, que iam dos amantilhos perto do topo do mastro até as chapas na borla exterior do cesto: eles se agarravam nelas e se arrastavam como moscas, pendendo para trás cerca de 25 graus da vertical, até chegarem ao arco da gávea, e assim subir nela, ignorando a conveniente abertura quadrada ao lado do mastro propriamente dito, do qual as enxárcias levavam diretamente para a sua culminância natural – um caminho reto e seguro, com fáceis passadas do convés para o topo. Esse buraco, essa clara da gávea, era algo, digamos, jamais usado, exceto por aqueles que nunca tinham estado no mar ou pessoas de grande respeitabilidade, e quando Jack subiu por ele, causou em Jan Jackruski, marinheiro de segunda-classe, tal pavor desagradável que ele emitiu um leve grito.

– Pensei que o senhor fosse o próprio demônio – disse, em polonês.

– Qual é o seu nome? – quis saber Jack.
– Jackruski, senhor. Por favor, obrigado – falou o polonês.
– Mais atenção na vigia, Jackruski – disse Jack, movimentando-se facilmente acima pela enxárcia. Parou na gávea, passou um braço pelos ovéns do joanete e instalou-se confortavelmente nos vaus do joanete: numerosas horas ele passou ali, como castigo, durante a juventude – aliás, quando teve que começar a subir, era tão pequeno que podia facilmente sentar-se no vau do meio, deixar as pernas penduradas, inclinar-se à frente, envolver os braços no vau de vante e dormir, calçado firmemente, a despeito das desordenadas rotações de seu assento. Como ele dormia naqueles dias! Vivia com sono ou fome, ou ambos. E quão perigosamente alto aquilo lhe parecia. Fora mais alto, é claro, muito mais alto, no velho *Theseus* – algo cerca de 150 pés acima: e como aquilo balouçava nas imediações do céu! Ele enjoou uma vez, na gávea do velho *Theseus*, e o seu jantar seguiu direto pelo espaço, nunca mais foi visto. Mas, ainda assim, aquela era uma altura agradável, 87 pés, menos a profundidade da sobrequilha – digamos, 75. Isso lhe dava um horizonte de 10 ou 11 milhas. Esquadrinhou essas milhas de mar a barlavento – perfeitamente limpo. Nenhuma vela, nem uma leve falha na estreita linha do horizonte. A vela do joanete acima dele ficou subitamente dourada: nesse instante, duas quartas à amura de bombordo, com um crescente resplandecer de luz, o sol arremeteu o seu aro ofuscante. Por um prolongado momento somente Jack ficou iluminado pela luz do sol, destacado; então, a luz atingiu a vela de gávea, baixou viajando por ela, iluminou o tope do pau da vela redonda e logo chegou ao convés, inundando-o de popa a proa. Lágrimas brotaram de seus olhos, enevoaram sua visão, transbordaram, rolaram pelas faces: elas não se acomodaram nas rugas de seu rosto, mas pingaram, duas, quatro, seis, oito gotas redondas fugindo para sotavento através do quente ar dourado.

Curvando-se bem, para olhar por baixo da vela do joanete, fitou a sua carga, os navios mercantes: dois pinques, dois *snows*, um laúde do Báltico e o resto *barcas-longas*; todos ali, e o mais atrás estava fazendo vela. Já havia uma viva calidez no sol, e uma deliciosa ociosidade espalhou-se por seus membros.

– Não vai adiantar – disse ele: havia inúmeras coisas para serem cuidadas lá embaixo. Assoou o nariz e, com os olhos ainda fixados na serviola da verga comprimida, esticou-se na direção do brandal a barlavento. Sua mão envolveu-o mecanicamente, sem muito pensar, como se ele fosse a maçaneta de sua porta, e escorregou suavemente para o convés, pensando: "Um novo marinheiro inexperiente para cada guarnição de canhão talvez atenda bem."

Quatro badaladas. Mowett deitou na água a barquinha, esperou a extremidade vermelha ir até a popa e bradou "Virar!". "Parar!", gritou o mestre 28 segundos depois, com a pequena ampulheta perto dos olhos. Mowett pinçou o corder quase exatamente no terceiro nó, deu um puxão no pedaço de madeira e atravessou para marcar a giz "três nós" na lousa das milhas. O mestre correu para a ampulheta grande, virou-a e chamou "George" com uma voz firme e enérgica. O fuzileiro foi à frente e bateu as quatro badaladas vigorosamente. Um instante depois irrompeu o pandemônio, ou seja, pandemônio para o despertar de Stephen Maturin, que agora, pela primeira vez em sua vida, ouvia o anormal gemido, os estranhos e arbitrários intervalos do mestre e de seus ajudantes apitando "Recolher todas as macas". Ele ouviu um correr de pés e uma voz terrível bradando: "Todos os homens, todos os homens de bordo! Para fora! Para fora! Levantar e abitar! Acordar e levantar! Mexam as pernas! Para fora! Aqui vou eu, com uma faca afiada e uma consciência limpa!" Ouviu três tombos amortecidos, depois que três marinheiros inexperientes adormecidos tiveram, de fato, suas amarras cortadas: ouviu blasfêmias, gargalhadas, o impacto da ponta de um cabo, quando um ajudante do mestre sobressaltou um letárgico e aturdido marujo, e em seguida um pisotear muito maior, enquanto cinquenta ou sessenta homens subiam correndo pelas escotilhas com as suas macas, para guardá-las nas trincheiras.

No convés, os gajeiros de proa haviam acionado a ofegante bomba de olmo, enquanto os homens lavavam o castelo de proa com a água fresca do mar que bombeavam, os gajeiros lavavam o lado boreste do tombadilho, e os homens do tombadilho e todo o resto esfregavam com pedras até a água escorrer como leite ralo por causa do acréscimo à mistura de minúsculos fragmentos de madeira e calafetagem, e os grumetes e os ociosos – as pessoas que mal trabalhavam o dia todo – esgotavam-se na bomba de cadeia para remover do porão a água da noite, e a equipe do artilheiro-chefe mimava os 14 canhões calibre quatro; mas nada disso causara o efeito dos pés em disparada.

"Trata-se de alguma emergência?", especulou Stephen, saindo de seu beliche com uma ligeira cautela. "Uma batalha? Incêndio? Um terrível vazamento? E estão ocupados demais para me alertar... esqueceram que estou aqui?" Enfiou os calções o mais depressa que pôde e, empertigando-se energicamente, bateu com a cabeça numa viga com tal força que cambaleou e desabou sobre o armário, agarrando-o com ambas as mãos.

Uma voz falou com ele.

– O que foi que disse? – indagou, perscrutando em meio a uma névoa de dor.

– Eu perguntei: "Bateu a cabeça, senhor?"

– Bati – respondeu Stephen, olhando para a mão: espantosamente, não estava coberta de sangue – havia somente algo como uma mancha.

– São essas vigas velhas, senhor – falou no tom de voz didático e incomumente nítido, usado no mar com marinheiros inexperientes, ou em terra com os imbecis. – Precisa ter cuidado com elas, pois... elas... são... muito... baixas. – O olhar de Stephen de pura irritação chamou de volta o taifeiro ao bom senso de se ater à sua incumbência, e ele perguntou: – Deseja uma ou duas costeletas para o desjejum, senhor? Um desjejum caprichado? Matamos um novilho em Mahón, e ainda há alguns cortes de primeira.

– Aí está o senhor, doutor – bradou Jack. – Bom dia. Como dormiu?

– Na verdade, muito bem, obrigado. Esses beliches suspensos são uma invenção sublime, isso lhe garanto.

– O que vai querer para o desjejum? Lá do convés, senti o cheiro de bacon vindo da praça d'armas, e creio que se trata do melhor cheiro que já senti em toda a minha vida... o perfume do arábico fica para trás. O que diz de bacon com ovos, e depois, talvez, um bife para acompanhar? E café?

– O senhor leu inteiramente os meus pensamentos – berrou Stephen, que tinha grande imaginação para criar uma refeição. – E imagino que talvez haja cebolas e um antiescorbútico. – A palavra cebolas levou às suas narinas o cheiro delas fritando e a firme porém untuosa textura ao seu palato: engoliu dolorosamente em seco. – O que está havendo? – exclamou, pois os uivos e a turbulenta correria, como de bestas enlouquecidas, irromperam novamente.

– Os homens estão sendo chamados para o desjejum – informou Jack, com indiferença. – Providencie logo esse bacon, Killick. E o café. Estou faminto.

– Como eu dormi – comentou Stephen. – Um sono profundo, profundo, restaurador e tonificante... nenhum dos seus hipnógenos, nenhuma de suas tinturas de láudano se equipara a isso. Mas estou envergonhado da minha aparência. Dormi tão tarde que aqui estou eu, incivilizadamente com a barba por fazer e asqueroso, ao passo que o senhor está tão janota quanto um noivo. Desculpe-me por um momento.

Ao voltar, de barba feita, contou:

– Foi um cirurgião naval, um homem em Haslar, quem inventou essas modernas ligaduras arteriais; pensei nele há pouco, quando a navalha passou a poucos traços da parte externa da minha carótida. Quando o mar está agitado, certamente devem ter muitos terríveis ferimentos por cortes.

– Ora, não, não posso afirmar que tenhamos – retrucou Jack. – É uma simples questão de hábito, suponho. Café? O que temos é uma grande quantidade de catapora e rompimento de barrigas... como é mesmo a palavra culta?...

– Hérnia. O senhor me surpreende.

– Hérnia, exatamente. É muito comum. Eu arriscaria afirmar que metade dos ociosos são mais ou menos rompidos; é por isso que lhes damos as tarefas mais leves.

– Bem, não é tão surpreendente assim, agora que reflito sobre a natureza do serviço marítimo. E a natureza da diversão deles explica a catapora, é claro. Lembro-me de ter visto grupos de marujos em Mahón, extremamente exultantes, dançando e cantando com prostitutas imundas. Homens do *Audacious*, recordo-me, e do *Phaëton*: não me lembro de nenhum da *Sophie*.

– Não, os Sophies são um bando bem tranquilo em terra. Mas, em todo caso, eles não têm motivo para exultar, ou com o que exultar. Nenhuma presa, e portanto, é claro, nenhum dinheiro de presas. É apenas o dinheiro de presas que faz um marujo esbanjar o seu ouro em terra, pois ele vê muito pouco do seu pagamento. Que diz agora de um bife e outro bule de café?

– Concordo de todo o coração.

– Espero que possa ter o prazer de apresentá-lo ao meu imediato, durante o jantar. Ele parece um verdadeiro homem do mar, um sujeito cavalheiresco. Ele e eu temos uma manhã ocupada diante de nós: precisamos separar a tripulação e indicar a tarefa de cada um... precisamos observá-los e alojá-los, como dizemos. E preciso conseguir um criado para o senhor, como também um para mim e um patrão de embarcações. O cozinheiro da praça d'armas servirá muito bem.

– Vamos reunir a tripulação do barco para inspeção, Sr. Dillon, por favor – disse Jack.

– Sr. Watt – chamou James Dillon. – Reunir todos os homens para a inspeção.

O mestre do navio tocou o apito, os seus ajudantes apressaram-se lá embaixo, rugindo: "Reunir geral", e logo o convés da *Sophie*, entre o mastro principal e o castelo de proa, escureceu de gente, toda a sua população, até mesmo o cozinheiro, enxugando as mãos no avental, o qual ele embolou e enfiou dentro da camisa. Todos ficaram um tanto indecisos, a bombordo, nos dois quartos, com os novatos ligeiramente se acotovelando entre eles, parecendo maltrapilhos, humildes e desvalidos.

– Todos os homens prontos para a inspeção, senhor, com sua licença – disse James Dillon, levantando o chapéu.

– Muito bem, Sr. Dillon – retrucou Jack. – Prossiga.

Acionado pelo intendente, o escrivão trouxe à frente o livro do rol dos marinheiros, e o imediato da *Sophie* enunciou os nomes.

– Charles Stallard.

– Aqui, senhor – gritou Charles Stallard, marinheiro experimentado, apresentado como voluntário para o *St. Fiorenzo*, entrou para a *Sophie* em 6 de maio de 1795, com 20 anos. Não havia nenhum registro sob Infrações, nenhum sob Venéreas, nenhum sob Enfermaria; tinha enviado dez libras do exterior; obviamente, um homem de valor. Ele se dirigiu para boreste.

– Thomas Murphy.

– Aqui, senhor – respondeu Thomas Murphy, colocando o nó do dedo indicador na testa ao se movimentar para se juntar a Stallard, um gesto utilizado por todos os homens, até James Dillon chegar a Assei e Assou, sem qualquer nome cristão depois disso: marinheiros experimentados, nascidos em Bengala e levados para ali por que ventos estranhos? E eles, apesar de anos e anos na Marinha Real britânica, colocaram a mão na testa, depois no coração, curvando-se rapidamente enquanto o faziam.

– John Codlin. William Witsover. Thomas Jones. Francis Lacanfra. Joseph Bussell. Abraham Vilheim. James Courser. Peter Peterssen. John Smith. Giuseppe Laleso. William Cozens. Lewis Dupont. Andrew Karouski. Richard Henry... – E a chamada prosseguiu, com apenas o artilheiro-chefe, doente, e um certo Isaac Wilson deixando de responder, até se encerrar com os novatos e os grumetes: 89 almas, contando-se oficiais, marinheiros, grumetes e fuzileiros.

Começou, então, a leitura dos Artigos de Guerra, uma cerimônia que frequentemente acompanhava o serviço divino, e estava tão associada a ele na maioria das mentes que os rostos da tripulação adotavam um ar de piedosa monotonia diante das palavras "para melhor ordenação dos navios, naus de guerra e forças ao mar de Sua Majestade, dos quais, sob a boa providência de Deus, a riqueza, segurança e potência de seu reino dependem principalmente; é decretado pela maior Superioridade Majestática do rei, por e com o conselho e consentimento espiritual e temporal dos lordes e dos comuns, reunidos neste parlamento, e através da autoridade do mesmo, que a partir e depois do 25º dia de dezembro de 1749, os artigos e ordens que aqui se seguem, tanto em tempos de paz quanto em tempos de guerra, devem ser estritamente observados e postos em execução, do modo aqui mencionado", uma expressão que eles mantiveram impassível diante de "todos os oficiais superiores, e todas as pessoas em ou pertencentes aos navios ou belonaves de Sua Majestade, sendo culpados de juramentos profanos, blasfêmias, execrações, embriaguez, imoralidade, ou outros atos escandalosos, devem incorrer em punições de acordo com o que uma corte marcial julgar adequado impor". Ou diante da ecoante repetição de "sofrerá a morte". "Cada oficial-general, capitão de mar e guerra e capitão de fragata da esquadra que não... incentivar os suboficiais e demais homens a lutar corajosamente, sofrerá a morte... Se alguma pessoa da esquadra render-se traiçoeiramente ou covardemente ou pedir quartel – sendo condenado por isso por sentença de uma corte marcial, sofrerá a morte... Cada pessoa que, por covardia durante uma ação, recuar ou se mantiver recuada... sofrerá a morte... Cada pessoa, que, por covardia, negligência ou deslealdade se abstiver de perseguir qualquer inimigo, pirata ou rebelde, derrotado ou em fuga... sofrerá a morte... Se qualquer oficial, marinheiro, soldado ou outra pessoa da esquadra agredir qualquer um de seus oficiais superiores, sacar, ameaçar sacar ou levantar qualquer arma... sofrerá a morte... Se qualquer pessoa da esquadra cometer o anormal e detestável pecado do coito anal ou sodomia com homem ou animal, será punido com a morte." A morte ecoava do começo ao fim dos artigos; e mesmo onde as palavras eram pronunciadas incompreensivelmente, a morte tinha um excelente eco ameaçador, levítico, e a tripulação tirava um grave prazer disso tudo; era com o que eles estavam acostumados – era o que ouviam, no primeiro domingo de cada mês, e em todas as ocasiões extraordinárias como aquela. Achavam isso reconfortante para o espírito, e quando o grupo de baixo foi dispensado, os homens pareciam bem mais serenos.

– Muito bem – disse Jack, olhando em volta. – Deem o sinal 23 com dois canhonaços a sotavento. Sr. Marshall, vamos içar as velas mestras e as dos estais de vante, e assim que o senhor vir aquele pinque vindo com o resto do comboio, ice as sobrejoanetes. Sr. Watt, ordene diretamente que o veleiro e seus ajudantes trabalhem na vela mestra redonda, e mande os novos homens à popa, um por um. Onde está o meu escrivão? Sr. Dillon, vamos dar um jeito de padronizar a tabela de serviço. Dr. Maturin, permita-me que lhe apresente os meus oficiais...

Essa foi a primeira vez que Stephen e James ficaram cara a cara na *Sophie*, mas Stephen já tinha visto aquele rabicho ruivo flamejante com sua faixa preta, e estava soberbamente preparado. Mesmo assim, o choque do reconhecimento foi tão grande que seu rosto automaticamente adotou um ar de dissimulada agressão e da mais fria reserva. Para James Dillon, o choque foi muito maior; na pressa e com obrigações das 24 horas precedentes, não tivera chance de ouvir o nome do novo cirurgião, entretanto, a não ser por uma ligeira mudança de cor, ele não revelou qualquer emoção em particular.

– Gostaria de saber – disse Jack a Stephen, depois que a apresentação foi feita – se devo entretê-lo levando-o para olhar a chalupa, enquanto o Sr. Dillon e eu cuidamos de nossas tarefas, ou se prefere ficar no camarote.

– Nada me causaria maior prazer do que dar uma olhada no navio, estou certo disso – afirmou Stephen. – Uma complexidade muito elegante de... – sua voz ficou para trás.

– Sr. Mowett, tenha a bondade de mostrar ao Dr. Maturin tudo o que ele quiser ver. Leve-o à gávea da mestra... isso permite uma vista e tanto. Não se importa com um pouco de altura, não é, meu caro senhor?

– Ah, não – garantiu Stephen, olhando indistintamente para ele. – Não me importo.

James Mowett era um jovem tubiforme, aproximando-se dos 20 anos; vestia uma velha calça de pano de vela e uma camisa listrada Guernsey, uma veste justa de lã tricotada, que lhe dava muitíssimo a aparência de uma lagarta; e tinha uma espicha pendendo do pescoço, porque havia pretendido dar uma ajuda na feitura da nova vela mestra redonda. Observou Stephen atentamente, para deduzir que tipo de homem ele era, e com aquele misto de agradável cortesia e amizade deferente, que é natural em tantos marinheiros, fez sua reverência e perguntou:

– Bem, senhor, por onde prefere começar? Devemos ir diretamente para cima? De lá, o senhor pode ver toda a extensão do convés.

Toda a extensão do convés somava umas 10 jardas a ré e 16 a vante, e era perfeitamente visível de onde eles se encontravam, mas Stephen falou:

– Então vamos subir, sem dúvida. Vá à frente, e eu imitarei os seus movimentos da melhor maneira que puder.

Observou solícito, enquanto Mowett saltava para as enfrechates, e então, com a mente bem distante, içou-se lentamente atrás dele. James Dillon e ele tinham pertencido aos Irlandeses Unidos, uma sociedade que, em diferentes ocasiões, nos últimos nove anos, fora uma associação pública e aberta que exigia a emancipação de presbiterianos, dissidentes e católicos, e um governo representativo na Irlanda; uma sociedade secreta proscrita; um grupo armado numa rebelião aberta; e remanescentes derrotados e perseguidos. O levante foi sufocado em meio aos horrores habituais e, a despeito do perdão coletivo, a vida dos membros mais importantes corria perigo. Muitos foram traídos – o próprio lorde Edward Fitzgerald, logo no princípio –, e muitos se retiraram, desconfiando inclusive das próprias famílias, uma vez que os acontecimentos tinham dividido de uma forma terrível a sociedade e a nação. Stephen Maturin não temia qualquer traição vulgar, nem temia por sua pele, porque não dava valor a ela, mas sofrera tanto com as incalculáveis tensões, rancores e ódios que surgem do fracasso de uma rebelião que não conseguiria suportar qualquer decepção a mais, qualquer confronto recriminatório e hostil a mais, qualquer novo exemplo de um amigo tornar-se frio, ou pior. Sempre houvera um enorme desentendimento dentro da associação; e agora, em suas ruínas, era impossível, já que o contato diário se perdera, saber a posição de cada homem.

Ele não temia por sua pele, nem temia por si mesmo, mas, naquele momento, o seu corpo subindo a meio caminho da enxárcia deixava transparecer que, de sua parte, estava em estado de terror rapidamente crescente. Quarenta pés não são uma altura assim tão grande, mas parece mais elevada, aérea e precária quando não há nada além de uma escada transigente de cabos balouçantes sob os pés; e quando se encontrava na terceira parte da subida, gritos de "volta aos braços" no convés revelaram que as velas de estai estavam armadas e suas escotas puxadas à ré. Elas largaram, e a *Sophie* adernou mais uma ou duas fiadas de chapas do casco; isso coincidiu com o impulso do barco a sotavento, e a amurada passou lentamente sob o olhar para baixo de Stephen, seguida pelo mar – uma ampla extensão de água reluzente, muito distante abaixo, e diretamente sob ele. Seu aperto nas enfrechates aumentou com uma força cataléptica, e o progresso cessou;

permaneceu ali, catatônico, com os braços e as pernas estendidos, enquanto as variáveis forças da gravidade, do movimento centrífugo, do pânico irracional e do razoável pavor agiam sobre sua pessoa imóvel e firmemente aferrada, ora pressionando-o para baixo, de tal forma que o padrão quadriculado da enxárcia e suas enfrechates atravessadas ficassem impressos em sua fronte, ora puxando-o para trás, de modo que enfunasse como uma camisa pendurada para secar.

Um vulto escorregou abaixo pelo brandal à esquerda dele; mãos fecharam-se delicadamente em volta de seus tornozelos, e a voz alegre e jovial de Mowett falou:

– Agora, senhor, arrastando-se. Segure-se nos ovéns... os cabos verticais... e olhe para cima. Aqui vamos nós. – Seu pé direito movimentou-se firmemente para a enfrechate seguinte, e o esquerdo foi atrás; e, depois de mais uma hedionda investida oscilante para trás, durante a qual fechou os olhos e parou de respirar, a clara da gávea recebeu o seu segundo visitante do dia. Mowett tinha dado a volta em disparada pelas enxárcias da gávea e encontrava-se ali no topo para içá-lo através da abertura.

– Este é o cesto da gávea do grande, senhor – explicou Mowett, forçando-se para não notar o ar desfigurado de Stephen. – O outro ali, claro, é a gávea do traquete.

– Estou muito sensibilizado pela sua amabilidade em me ajudar a subir – observou Stephen. – Obrigado.

- Ora, senhor – bradou Mowett –, eu suplico... E aquela, abaixo de nós, é a vela do estai do grande, que acabaram de armar. E aquela é a vela de estai do traquete; o senhor nunca verá uma, a não ser numa nau de guerra.

– Aqueles triângulos? Por que se chamam de velas de estai? – indagou Stephen, falando de certa forma ao acaso.

– Ora, senhor, porque são montadas nos estais, deslizam por eles como cortinas, com aqueles anéis; no mar, nós as chamamos de urracas. Nós usávamos garrunchos, mas montamos urracas quando deixamos Cádiz, ano passado, e elas funcionaram muito melhor. Os estais são aqueles cabos grossos que descem inclinados, direto de cima a baixo.

99

– E entendo que a função deles é estender essas velas.

– Bem, senhor, eles as estendem, com certeza. Mas a função verdadeira deles é sustentar os mastros... estaiá-los à frente. Para evitar que caiam para trás quando o barco arfa.

– Quer dizer então que os mastros precisam de sustentação? – perguntou Stephen, caminhando cautelosamente pela plataforma e alisando o tope quadrado do mastro real e a base curva do mastaréu da gávea, duas robustas colunas paralelas – cerca de 3 pés de madeira entre elas, contando o espaço. – Eu mal poderia ter pensado nisso.

– Céus, senhor, eles cairiam pela borda afora, se não fosse isso. As enxárcias os sustentam nas laterais, e os brandais... estes aqui, senhor... na parte de trás.

– Entendo. Entendo. Diga-me – pediu Stephen, para manter o jovem falando a qualquer custo –, diga-me uma coisa: qual é o propósito desta plataforma, e por que o mastro é duplo a partir deste ponto? E para que serve este martelo?

– O cesto da gávea, senhor? Ora, além de amarrar e levar coisas para cima, ele vem a calhar, numa ação mais próxima, para os homens que usam armas portáteis: eles podem disparar para baixo, em direção ao convés do inimigo, e jogar recipientes explosivos com gases nocivos e granadas. E essas chapas aqui na borda sustentam as bigotas para os ovéns do mastaréu da gávea... o cesto da gávea fornece uma base larga para que os ovéns tenham um apoio: o cesto tem um pouco mais de 10 pés de largura. É a mesma coisa lá em cima. Existem os vaus do joanete, e eles distribuem os ovéns do mastaréu do joanete. Consegue vê-los, senhor? Ali em cima, onde está o vigia, além da verga da gávea.

– Você não pode explicar esse labirinto de cabos, madeiras e lonas sem usar termos náuticos, suponho. Não, não seria possível.

– Sem usar termos náuticos? Seria confuso fazer isso, senhor, mas tentarei, se quiser.

– Não, pois imagino que, na maioria dos casos, é apenas por esses nomes que são conhecidos. – O cesto da gávea da *Sophie* era dotado de suportes de ferro para a rede que protegia seus ocupantes em uma batalha, Stephen sentou-se entre dois deles, com um braço em volta de cada e as pernas penduradas, e sentiu conforto naquela sensação de estar firmemente agarrado ao metal, com madeira maciça sob as nádegas. O sol já estava bem alto no céu e lançava um brilhante padrão de luzes e sombras pronunciadas sobre o branco convés lá embaixo, linhas geométricas e curvas interrompidas apenas pela massa disforme da vela mestra redonda que o veleiro e os ajudantes haviam espalhado pelo castelo de proa. – Suponha que tomemos aquele mastro – sugeriu ele, gesticulando à frente com a cabeça, pois Mowett parecia estar receoso em falar demais e de ser enfadonho ao ilustrar além do que permitia seu posto –, e suponha que o senhor fosse designar os objetos principais desde a parte de baixo até em cima.

– Esse é o mastro do traquete, senhor. A parte de baixo nós chamamos de mastro real, ou apenas mastro do traquete; ele tem 49 pés de comprimento e está fixado na sobrequilha. É sustentado por enxárcias em ambos os lados... três pares de cada lado... e é estaiado à vante pelo estai do traquete, que desce até o gurupés; e o outro cabo, que corre paralelo com o estai do traquete, é um contraestai, para o caso de aquele se romper. Em seguida, cerca de um terço do caminho do topo do mastro do traquete, o senhor vê a encapeladura do estai do grande; o estai grande parte bem abaixo daqui e sustenta o mastro grande sob nós.

– Quer dizer que aquilo é um estai do grande – observou Stephen, olhando-o distraidamente. – Sempre ouvi falar dele. É realmente um cabo de aparência robusta.

– Dez polegadas, senhor – falou Mowett com orgulho. – E o contraestai tem sete. Depois, vem a verga do traquete, mas talvez fosse melhor eu terminar com os mastros, antes de seguir para as vergas. O senhor vê a gávea do traquete, o mesmo tipo de coisa sobre a qual nos encontramos agora? Ela repousa sobre curvatões e os vaus do joanete, cerca de um quinto do caminho acima do mastro do traquete; e, portanto, o comprimento restante do mastro real segue duplo com o mastaréu da gávea, exatamente como fazem estes dois aqui. O mastaréu da gávea, como vê, é aquela segunda extensão que segue para cima, a parte mais fina que se eleva acima do cesto. Nós o içamos lá de baixo e o fixamos no mastro real, bastante parecido como faz um fuzileiro ao encaixar

101

uma baioneta em seu mosquete; ele sobe através dos curvatões, e quando está alto o bastante, para que a abertura na base dele fique desimpedida, nós enfiamos uma cunha de mastaréu, encaixando-a com a marreta da gávea, que é esse martelo sobre o qual perguntou, e gritamos "Calçado!" e... – A explicação prosseguiu avidamente.

"Castlereagh pendurado no topo de um mastro e Fitzgibbon no outro", pensou Stephen, mas com apenas um enfastiado lampejo de espírito.

– ... e é estaiado à frente novamente no gurupés; o senhor pode ver justamente uma ponta da vela do estai do mastaréu do velacho, se esticar o pescoço desse modo.

A voz dele alcançou Stephen como um agradável fundo de cena diante do qual ele tentava ordenar os pensamentos. Em seguida, Stephen deu-se conta de uma pausa expectante: as palavras "mastaréu do velacho" e "esticar o pescoço" a haviam precedido.

– Sim, desse modo – falou. – E que comprimento teria esse mastaréu?

– Trinta e um pés, senhor, o mesmo deste aqui. Bem, logo acima do velacho o senhor pode ver a encapeladura do estai, que sustenta este mastaréu da gávea logo acima de nós. Depois vêm os curvatões e os vaus do mastaréu da gávea, onde fica alojado o outro vigia; em seguida, o mastaréu do joanete. Ele é estaiado e sustentado do mesmo modo que o mastaréu da gávea, só que, naturalmente, suas enxárcias são mais leves; e é estaiado à vante no pau da giba... está vendo a vergôntea que segue além do gurupés? É, por assim dizer, o mastaréu do gurupés. Tem 23 pés e 6 polegadas de comprimento. Refiro-me ao mastaréu do joanete, e não ao pau da giba. Este tem 24 pés.

– É um prazer ouvir um homem que conhece profundamente a sua profissão. É muito exato, senhor.

– Ah, espero que o comandante diga o mesmo, senhor – bradou Mowett. – Depois que entrarmos no porto de Gibraltar, para provisões, farei novamente o meu exame para imediato. Três comandantes mais antigos interrogam a gente; e, da última vez, um comandante muito perverso perguntou-me quantas braças eu precisaria para a aranha da vela mestra e qual era o comprimento do polé, um aparelho de laborar por onde passam as partes da aranha. Eu poderia responder a ele agora: são cinquenta braças de cabo de três quartos de polegada, embora pareça inacreditável, e o polé tem 14 polegadas. Creio que poderia dizer a ele qualquer coisa que jamais se tentou medir, exceto talvez a nova verga grande, e vou medi-la com a minha fita, antes do jantar. Gostaria de ouvir algumas dimensões, senhor?

– Gostaria, mais do que tudo.

– Bem, senhor, a quilha da *Sophie* tem 59 pés de comprimento; o convés da bateria, 78 pés e 3 polegadas; e o barco tem 10 pés e 10 polegadas de calado. O gurupés tem 34 pés, e eu já lhe falei de todos os outros mastros, exceto do grande, que tem 56 pés. A verga da vela de gávea... essa acima de nós, senhor... tem 31 pés e 6 polegadas; a do mastaréu do joanete maior, acima dela, 23 pés e 6 polegadas; e a do mastaréu do sobrejoanete, em cima de tudo, 15 pés e 9 polegadas. E o pau da varredoura... mas, antes, devo lhe explicar as vergas, senhor, ou não devo?

– Talvez o senhor deva.

– Elas são, de fato, muito simples.

– Fico feliz em saber disso.

– Bem, agora, o gurupés; há uma verga transversal, com a cevadeira colhida nela. É a verga da cevadeira, naturalmente. Depois, vindo para o mastro do traquete, a de baixo é a verga do traquete, e a grande vela redonda enrolada nela é a do traquete; a verga do velacho atravessa por cima dela; depois a do joanete de proa e a pequena do sobrejoanete com sua vela colhida. É a mesma coisa com o mastro grande, apenas a verga grande logo abaixo de nós não tem nenhuma vela envergada... se tivesse, seria chamada verga grande *redonda*, porque, com este tipo de aparelho, tem-se duas velas grandes, o papafigo redondo fixado na verga e a mezena ali, atrás de nós, uma vela latina fixada em uma carangueja por cima e numa retranca por baixo. A retranca tem 42 pés e 9 polegadas de comprimento, senhor, e 10,5 polegadas de lado a lado.

– Não me diga! Dez polegadas e meia? – Como fora absurdo fingir que não conhecia James Dillon, uma reação muito infantil, a mais habitual e perigosa de todas.

103

– Agora, terminando com as velas redondas, há as velas auxiliares, as varredouras e cutelos, senhor. Somente as içamos quando o vento está bem de través para ré, e elas ficam externamente às testas... as bordas das velas redondas... esticadas por paus que correm ao longo da verga por aros. O senhor pode vê-las tão claramente quanto...

– O que é isso?

– O apito do mestre do navio mandando os homens às enxárcias para largar o pano. Eles vão largar os sobrejoanetes. Venha para cá, senhor, por favor, ou será pisoteado pelos gajeiros.

Stephen mal colocou-se fora do caminho quando um enxame de marinheiros e grumetes disparou pela borda do cesto e correu rosnando acima pelas enxárcias do mastaréu da gávea.

– Agora, senhor, quando vier a ordem, vai vê-los largar o pano, e depois os homens no convés vão levar, para a posição desejada, primeiro, a escota de sotavento, porque o vento a sopra nessa direção, e ela vai mais fácil para a posição. Depois, a escota de barlavento, e, assim que os homens deixarem a verga, vão movimentar as adriças, e a vela será içada. Aí estão as escotas, passando pelo moitão com um remendo branco nele, e aquelas são as adriças.

Pouco depois, os sobrejoanetes foram içados, a *Sophie* adernou outra fiada de chapas, e o zunido da brisa no seu aparelho elevou-se meio-tom: os homens desceram menos apressadamente do que quando subiram; e o sino da *Sophie* soou cinco vezes.

– Diga-me – falou Stephen preparando-se para segui-los –, o que é um brigue?

– Este é um brigue, senhor; contudo, nós o *chamamos* de chalupa.

– Obrigado. E o que é um... isso, que está soando novamente?

– É apenas o mestre do navio, senhor: a vela grande deve estar pronta, e ele deseja que os homens a amarrem à verga.

> *Sobre o barco o audaz mestre voa*
> *Como um mastim rouco pela tempestade ele apregoa.*
> *Ainda se mostra diligente aos inábeis orientar,*
> *Aos experientes louvar e aos medrosos animar.*

– Ele parece muito desembaraçado com aquele bastão; fico imaginando por que não o derrubam. Então o senhor é um poeta? – observou Stephen, sorrindo; ele começava a sentir que seria capaz de enfrentar a situação.

Mowett riu alegremente e disse:

– Será mais fácil deste lado, senhor, com o barco adernado deste modo. Ficarei um pouco mais abaixo do senhor. Dizem que é uma ótima medida não olhar para baixo, senhor. Devagar agora. Devagar se vai longe. Ganhou o dia maravilhosamente. Aí está, senhor, todo *a-tanto*, pronto para prosseguir.

– Por Deus! – exclamou Stephen, batendo a poeira das mãos. – Alegro-me por ter descido. – Olhou para cima e novamente para baixo. "Eu não deveria ter pensado que era tão medroso", refletiu internamente e, em voz alta, sugeriu: – Agora vamos olhar lá embaixo?

– TALVEZ CONSIGAMOS ENCONTRAR um cozinheiro entre os novos recrutas – comentou Jack. – Isso me faz lembrar... Posso contar com o prazer de sua companhia para o jantar?

– Eu ficaria muito feliz, senhor – respondeu James Dillon com uma reverência. Estavam sentados à mesa da cabine, com o escrivão ao lado, e o rol dos tripulantes, o livro dos gastos gerais, o livro das descrições da *Sophie* e vários outros registros espalhados diante deles.

– Cuidado com essa vasilha, Sr. Richards – alertou Jack, quando a *Sophie* deu uma caprichosa guinada para sotavento, diante da brisa refrescante. – É melhor arrolhá-la e segurar com a mão o tinteiro de chifre. Sr. Ricketts, vamos ver esses homens.

Eles eram um bando sem brilho, comparado com os Sophies habituais. Mas, por outro lado, os Sophies estavam em casa: os Sophies estavam todos vestidos com as velhas roupas fornecidas pelo Sr. Ricketts, o que lhes dava uma tolerável aparência uniforme; e durante os últimos anos tinham sido toleravelmente bem-alimentados – seu alimento, pelo menos, fora adequado em volume. Os novatos, com três exceções, eram da cota de homens das regiões do interior, a maioria enviada pelo bedel; havia sete malditos bêbados de Westmeath, que tinham sido presos em Liverpool por arruaça e conheciam tão pouco do mundo (tinham vindo da lavoura, não mais) que quando lhes foi oferecida a opção entre a mais úmida das celas das cadeias comuns e a Marinha, escolheram esta, como um lugar mais seco; e havia um apicultor com um rosto imenso e lamentável e uma imensa barba em forma de naipe de espada, cujas abelhas tinham todas morrido; um colmeiro desempregado; alguns pais solteiros; dois alfaiates famintos; um doido manso. Aos mais esfarrapados foram dadas roupas pelos barcos que os acolheram, porém os demais ainda vestiam suas gastas calças de veludo cotelê ou velhos casacos de segunda mão – um camponês ainda vestia sua blusa folgada até os quadris. As exceções eram três marujos de meia-idade, o primeiro um dinamarquês chamado Christian Pram, segundo imediato de um levantino, e os outros dois, pescadores gregos de esponjas, cujos nomes pareciam ser Apollo e Turbid, forçados ao serviço por circunstâncias que permaneciam obscuras.

– Notável, notável – disse Jack, esfregando as mãos. – Creio que podemos nomear Pram imediatamente como contramestre... estamos carentes de um... e os irmãos Esponja, como marinheiros experimentados, assim que consigam entender um pouco de nossa língua. Quanto ao resto, todos marinheiros inexperientes. Agora, Sr. Richards, assim que terminar esses assentamentos, vá atrás do Sr. Marshall e diga-lhe que quero falar com ele.

– Creio que poderemos colocar nos quartos de serviço quase exatamente cinquenta homens, senhor – informou James, desviando o olhar dos seus cálculos.

– Oito homens de castelo de proa, oito de gávea do traquete... Sr. Marshall, entre, sente-se e dê-nos o benefício de suas luzes. Precisamos elaborar esta tabela de serviço e alojar os homens antes do jantar, não há um minuto a perder.

– E AQUI, SENHOR, é onde vivemos – mostrou Mowett, avançando a lanterna para o interior do camarote dos aspirantes. – Por favor, cuidado com a viga. Devo pedir a sua indulgência para o cheiro: provavelmente, deve ser o jovem Babbington aqui.

– Oh, não é não – berrou Babbington, movendo-se de um salto por trás de seu livro. – Você é *cruel*, Mowett – cochichou, com fervilhante indignação.

– Trata-se de um camarote bastante luxuoso, senhor, apesar de tudo – comentou Mowett. – Há alguma luz do gradil, como vê, e desce um pouco de ar quando as coberturas das escotilhas são tiradas. Lembro-me dos alojamentos do velho *Namur*, as velas costumavam apagar sozinhas por qualquer coisa naquele barco, e não tínhamos nada tão odorante quanto o jovem Babbington.

– Bem posso imaginar – disse Stephen, sentando-se e perscrutando-o em meio às sombras. – Quantos de vocês vivem aqui?

– Apenas três agora, senhor, estamos com dois aspirantes a menos. Os aspirantes mais jovens armam as suas macas perto do paiol da bolacha e costumavam ranchar com o artilheiro-chefe até ele adoecer gravemente. Agora, eles vêm para cá e comem a nossa comida e destroem os nossos livros com seus dedos gordurosos.

– Está estudando trigonometria, senhor? – indagou Stephen, cujos olhos já se haviam acostumado à escuridão e agora podiam distinguir um triângulo desenhado à tinta.

– Sim, senhor, se lhe aprouver – afirmou Babbington. – E acredito que estou para encontrar a resposta. – "E já teria encontrado, se esse grande estúpido não tivesse entrado sem pedir licença", acrescentou para si mesmo.

– *Numa maca de lona, em pensamentos mergulhada,*
A mente ativa, de senos e tangentes abarrotada,
Um aspirante reclina-se! Em cálculos perdidos,
Os esforços frustrados, vítima de um intrometido – declamou Mowett. – Sob minha palavra de honra, senhor, tenho muito orgulho disso.

– E deve ter mesmo – concordou Stephen, os olhos demorando-se nos pequenos barcos desenhados por toda a volta do triângulo. – E digam-me, por favor, o que quer dizer um navio, na linguagem do mar?

– Ele tem que ter três mastros de velas redondas, senhor – responderam, indulgentes –, e um gurupés; e os mastros têm que ser três... real, mastaréu da gávea e mastaréu do joanete... pois nunca chamamos uma polaca de navio.

– Não mesmo? – perguntou Stephen.

– Ah, não, senhor – bradaram convictos –, nem um laúde. Nem um xaveco; pois, embora possa *pensar* que xavecos tenham um gurupés, na verdade trata-se apenas de uma espécie de pequeno pau de retranca reforçado.

– Vou observar isso em particular – disse Stephen. – Suponho que os senhores já se acostumaram a viver aqui – observou, pondo-se cautelosamente de pé. – No início deve parecer um pouco confinado.

– Oh, senhor! – exclamou Mowett.

– Este humilde assento não deve ser de desagrado,
Foi onde nasceram, da esquadra britânica, os homens de ação!
Por mais baixo que seja, reverencie o local sagrado,
Pois formou um Hawke, um Howe!, para a nossa nação.

– Não o leve em consideração, senhor – bradou Babbington, aflito. – Ele não pretendeu desrespeitá-lo, eu lhe asseguro, senhor. São apenas os seus modos repulsivos.

– Ora, ora – fez Stephen. – Vamos ver o restante do... da embarcação, do meio de transporte.

Foram em frente e passaram por outra sentinela; e tateando o caminho ao longo do sombrio espaço entre dois gradis Stephen tropeçou em algo macio, que estrepitou e berrou furioso:

– Não enxerga por onde anda, seu maldito comedor de grama?

– Olhe aqui, Wilson, feche essa matraca – gritou Mowett. – Esse é um dos homens nos grilhões... está a ferros – explicou. – Não ligue para ele, senhor.

– Por que ele está a ferros?

– Por grosseria, senhor – respondeu Mowett, com certa afetação.

– Ora veja, eis um aposento satisfatoriamente amplo, apesar de um pouco baixo. É para os suboficiais, creio eu.

– Não, senhor. É aqui onde os homens rancham e dormem.

– E o restante deles, lá embaixo, presumo.

– Daqui, não há mais embaixo, senhor. Abaixo de nós fica o porão, com apenas um pedaço de plataforma, como uma espécie de bailéu do porão.

– Quantos homens há por aí?

– Contando com os marujos, 77, senhor.

– Então não podem dormir todos aqui: é fisicamente impossível.

– Com todo o respeito, senhor, eles dormem. Cada homem tem 14 polegadas para armar a sua maca, e eles as armam de popa a proa; pois bem, a viga da parte do meio do navio tem 25 pés e 5 polegadas, o que dá 22 lugares... o senhor pode ver os números escritos aqui em cima.

– Um homem não consegue deitar-se em 14 polegadas.

– Não, senhor, não muito confortavelmente. Mas consegue em 28, pois, como sabe, em um navio com dois quartos de serviço a cada momento, cerca de metade dos homens está no convés, para o seu turno, o que deixa livres os espaços deles.

– Mesmo em 28 polegadas, 2 pés e 4 polegadas, um homem deve esbarrar no seu vizinho.

– Ora, senhor, é toleravelmente próximo, com toda certeza, mas isso os deixa protegidos do tempo. Nós temos quatro fileiras, como pode ver: da antepara até esse vau; e também para este; e depois do vau com a lanterna pendurada diante dele; e a última entre aquela e da antepara de vante, perto da cozinha. O carpinteiro e o mestre têm seus camarotes ali em cima. A primeira fileira e parte da seguinte é para os fuzileiros; depois, vêm os marujos, três espaços e meio deles. Portanto, numa média de 20 macas por fila, conseguimos colocar todos dentro, a despeito do mastro.

– Mas isso deve ser um tapete contínuo de corpos, mesmo quando a metade dos homens está deitada aí.

– Bem, é mesmo, senhor.

– E onde ficam as janelas?

– Não temos nada parecido com o que o senhor chama de janelas – lastimou Mowett, sacudindo a cabeça. – Há as escotilhas e os gradis acima, mas, é claro, ficam quase sempre cobertos quando venta.

– E a enfermaria?

– Também não temos nada disso, senhor, por assim dizer. Mas os doentes têm macas de lona penduradas mais em cima da antepara de proa, a boreste, perto da cozinha; e tolera-se que eles usem a rotunda.

– O que é isso?

– Bem, não é exatamente uma rotunda, é mais uma pequena portinhola; não como numa fragata ou numa nau de linha. Mas serve.

– Para quê?

– Mal sei como explicar, senhor – alegou Mowett, enrubescendo. – Uma casa de necessidade.

– Uma sentina? Uma privada?

– Exatamente, senhor.

– Mas, como os outros homens fazem? Eles têm penicos?

– Ah, não, senhor, com todos os céus acima! Eles sobem na escotilha ali e ao longo das latrinas... pequenos lugares de ambos os lados da proa.

– Ao ar livre?!

– Sim, senhor.

– Mas o que acontece em um tempo inclemente?

– Mesmo assim, eles vão nas latrinas, senhor.

– E eles dormem em quarenta ou cinquenta aqui, sem janelas? Bem, se alguma vez um homem com a febre tifoide, ou a peste, ou a cólera-morbo pisar neste aposento, que Deus ajude todos vocês!

– Amém, senhor – completou Mowett, um tanto horrorizado com a irredutível e convincente certeza de Stephen.

– É UM JOVEM CAMARADA cativante – comentou Stephen, ao entrar no camarote.

– O jovem Mowett? Estou contente em ouvi-lo falar isso – disse Jack, que parecia exausto e atormentado. – Nada é mais agradável do que bons companheiros de bordo. Posso lhe oferecer um aperitivo? A nossa bebida de marinheiro, a que chamamos de grogue... já a conhece? No mar, ela desce agradavelmente. Simpkin, traga-nos um pouco de grogue. Sujeito condenado... é tão lento quanto Belzebu... Simpkin! Vamos logo com esse grogue. Que Deus putrefaça esse maldito filho da puta. Ah, aí está você. Eu precisava disso – falou, baixando o seu copo. – Que maldita manhã tediosa. Cada turno tinha de ter a mesma proporção de homens habilidosos nos vários postos e assim por diante. Discussões intermináveis. E – comentou, deslocando-se para mais perto do ouvido de Stephen – cometi uma daquelas infelizes gafes... Peguei a lista e li Flaherty, Lynch, Sullivan, Michael Kelly, Joseph Kelly, Sheridan e Aloysius Burke... os sujeitos que receberam a recompensa em Liverpool... e falei: "Mais desses malditos papistas irlandeses; nesse ritmo, metade da guarnição de boreste será formada por eles, e não conseguiremos passar, por causa dos terços"... Pretendi fazer uma graça, sabe. Então, notei uma maldita espécie de frieza e falei comigo mesmo: "Ora, Jack, seu maldito idiota, Dillon é da Irlanda, e ele considera isso um demérito nacional." Se bem que não pretendi nada tão mesquinho quanto um demérito nacional, é claro; só que detesto papistas. Então, tentei ajeitar as coisas com uns insultos bem-dirigidos contra o papa; mas talvez não tenham sido tão brilhantes quanto pensei, pois eles não pareceram resolver.

– E detesta papistas tanto assim? – perguntou Stephen.

– Ah, sim; e detesto burocracia. Mas os papistas são também uma turma muito desagradável, sabe, com confissões e tudo mais – disse Jack. – E eles tentaram explodir o parlamento. Meu Deus, como costumávamos guardar o Cinco de Novembro! Uma das minhas melhores amigas... não pode acreditar quão bondosa... ficou tão aborrecida quando sua mãe se casou com um deles que se dedicou totalmente à matemática e ao hebraico.. *aleph, beth*... embora fosse a moça mais linda por milhas em volta... ensinou-me navegação... esplêndida cabeça, que Deus a abençoe. Ela contou-me porções de coisas sobre os papistas: já esqueci de todas, mas eles são certamente uma turma muito desagradável. Não se pode confiar neles. Veja a rebelião que acabaram de fazer.

– Mas, meu caro senhor, os Irlandeses Unidos eram, a princípio, protestantes... os líderes deles eram protestantes. Wolfe Tone e Napper Tandy eram protestantes. Os Emmet, os O'Connor, Simon Butler, Hamilton Rowan e lorde Edward Fitzgerald eram protestantes. E toda a ideia da agremiação era unir protestantes, católicos e presbiterianos irlandeses. Foram os protestantes que tomaram a iniciativa.

– Ah? Bem, não sei muito a respeito, como vê... Pensei que fossem os papistas. Na época, eu me encontrava estacionado nas Índias Ocidentais. Mas, depois de uma grande quantidade dessa maldita burocracia, sinto-me bastante disposto a detestar papistas e protestantes também, e anabatistas e metodistas. E judeus. Não... não ligo a mínima. Mas o que realmente me vexa é eu ter cortado o rumo de Dillon desse modo; como eu estava dizendo, não há nada mais agradável do que bons companheiros de bordo. Ele passa por maus momentos, cumprindo o dever de um primeiro-tenente *e* cumprindo turno... novo navio... nova tripulação... novo comandante... e eu, particularmente, gostaria de deixá-lo à vontade. Sem haver um bom entendimento entre os oficiais, um navio não consegue ser feliz: e um navio feliz é o seu bom navio de combate... o senhor devia ouvir Nelson a esse respeito: eu lhe asseguro que é profundamente verdadeiro. Dillon virá jantar conosco, e eu veria com grande prazer se o senhor, como sempre... Ah, Sr. Dillon, entre e junte-se a nós num copo de grogue.

Em parte por motivos profissionais e em parte por causa de uma desatenção inteiramente natural, há muito Stephen estabelecera para si a prerrogativa do silêncio à mesa; e agora, do abrigo desse silêncio, ele observava James Dillon com particular atenção. Era a mesma cabeça pequena, mantida nas alturas; o mesmo cabelo ruivo-escuro, certamente e olhos verdes; a mesma pele boa e dentes ruins – outros mais já apodreciam; o mesmo ar de muito bem-educado; e, embora fosse esbelto e tivesse não mais do que a altura mediana, ele parecia ocupar mais espaço do que os 88,9 quilos de Jack Aubrey. A diferença principal era que a fisionomia de quem está prestes a gargalhar, ou que acabara de se lembrar de uma piada particular, havia desaparecido inteiramente – aniquilada: nenhum vestígio dela. Agora, era uma expressão grave e mal-humorada tipicamente irlandesa. Seus modos eram reservados, mas perfeitamente atenciosos e corteses – sem o menor aspecto de soturno ressentimento.

Comeram um aceitável rodovalho – aceitável depois de a camada de pasta de farinha e água ser raspada fora –, e depois o camareiro trouxe um presunto. Tratava-se de um presunto que só poderia ter saído de um porco que havia suportado longamente uma doença que o deixara aleijado, o tipo de presunto reservado para oficiais que compravam as próprias provisões; e somente um homem versado em anatomia patológica conseguiria trinchá-lo satisfatoriamente. Enquanto pelejava com os seus deveres de anfitrião e exortava o taifeiro a "agarrar vigorosamente a ponta do aríete" e "parecer vivo", James dirigiu-se a Stephen com um sorriso de colega-convidado e perguntou:

– Não é possível que eu já tenha tido o prazer de estar em sua companhia, senhor? Em Dublin, ou talvez em Naas?

– Não creio que eu tenha tido a honra, senhor. Frequentemente sou confundido com um primo meu, de mesmo nome. Dizem que há uma admirável semelhança, o que, confesso, me deixa constrangido, pois ele é um sujeito feio, com um ar sonso de informante de Castle em seu rosto. E o caráter de um informante é mais desprezível em nosso país do que em qualquer outro, não é mesmo? Corretamente, na minha opinião. Mas, apesar disso, eles enxameiam por lá. – Isto foi dito em um tom normal de conversa, alto o bastante para ser ouvido por seu vizinho, acima das palavras de Jack: "Devagar agora... eu gostaria que não estivesse tão infernalmente duro... ice a viga dele, Killick; não ligue para os seus dedos..."

– Comungo inteiramente com o seu modo de pensar – retrucou James, com um perfeito ar de concordância. – Aceita tomar um cálice de vinho comigo, senhor?

– De todo o coração.

Eles brindaram com um outro cálice do suco de abrulho, vinagre e acetato de chumbo, que fora vendido a Jack como sendo vinho, e depois se dedicaram, um com interesse profissional e o outro com estoicismo profissional, ao presunto mutilado de Jack.

O vinho do Porto, contudo, era respeitável, e depois que a toalha foi recolhida criou-se uma atmosfera mais tranquila e bem mais à vontade na câmara.

– Por favor, conte-nos sobre a ação no *Dart* – pediu Jack, enchendo o cálice de Dillon. – Tenho ouvido tantos relatos diferentes...

– Sim, por favor – insistiu Stephen. – Eu veria isso como um favor muito particular.

– Ora, não foi um incidente de muita importância – alegou James Dillon. – Apenas com um grupo desprezível de corsários... uma escaramuça entre pequenos barcos. Eu estava no comando temporário de um cúter alugado... um barco de um mastro de popa a proa, senhor, nada de grande tamanho... – Stephen fez uma reverência. – ... chamado *Dart*. Tinha oito canhões calibre quatro, o que era bastante bom; mas eu tinha apenas 13 homens e um menino para lutar contra eles.

Contudo, recebi ordens de transportar um mensageiro do rei e 10 mil libras em espécie para Malta; e o comandante Dockray pediu-me para ceder uma passagem para sua esposa e a irmã dela.

– Lembro-me dele como o primeiro-oficial do *Thunderer* – comentou Jack. – Um homem estimado, bom e gentil.

– Sim, ele era – disse James, sacudindo a cabeça. – Bem, nós pegamos um firme vento sudoeste na gávea, seguimos para mar alto, bordejamos 3 ou 4 léguas a oeste da ilha de Egadi e permanecemos um pouco a oeste do sul. Ele soprou depois do pôr do sol, e como tínhamos as damas a bordo e, além disso, poucos homens, pensei em seguir a ló da ilha de Pantelleria. O vento moderou à noite, o mar baixou, e lá eu me encontrava, às quatro e meia da manhã seguinte. Estava me barbeando, lembro-me muito bem, pois cortei o queixo...

– Ha! – fez Stephen, com satisfação.

– ... quando surgiu um grito de vela à vista e subi correndo ao convés...

– Estou certo de que o fez – observou Jack, rindo.

– ... e lá estavam três navios corsários franceses com velas latinas. Havia luz apenas o suficiente para enxergá-los, estando os cascos inteiramente dentro do alcance visual, e logo reconheci os dois mais próximos com minha luneta. Cada qual conduzia um canhão longo de bronze de seis libras e quatro canhões giratórios de proa de uma libra, e já tínhamos tido uma escaramuça com eles no *Euryalus*, quando fugiram de nós, é claro.

– Quantos homens havia neles?

– Ah, entre quarenta e cinquenta em cada um, senhor; e cada qual tinha talvez uma dúzia de mosquetões ou *patareroes* dos lados. E eu não tinha dúvidas de que o terceiro era exatamente assim. Eles já vinham há algum tempo aterrorizando o canal da Sicília, mantendo-se ao largo de Lampione e Lampedusa, para se reabastecer. Agora, estavam a sotavento de mim, permanecendo assim – desenhou em vinho, na mesa –, com o vento soprando da garrafa. Podiam ultrapassar-me, aproximar-se à bolina cochada, e claramente o plano deles era travar combate de ambos os bordos e abordar.

– Exatamente – concordou Jack.

– Então, levando tudo em consideração... as minhas passageiras, o mensageiro do rei, o dinheiro em espécie e a costa da Barbaria adiante de mim, se quisesse resistir... Achei que a melhor coisa a fazer era atacá-los separadamente, enquanto tinha a vantagem de barlavento e antes que os dois mais próximos conseguissem unir forças; o terceiro ainda estava a 3 ou 4 milhas de distância, bordejando a toda vela. Oito da tripulação do cúter eram marujos de escol, e o comandante Dockray mandara o seu patrão junto com as damas, um camarada bem forte chamado William Brown. Nós logo nos preparamos para a ação e demos três tiros de canhão. E devo dizer que as damas se comportaram com grande coragem: muito mais do que eu poderia desejar. Expressei para elas que o seu lugar era lá embaixo... no porão. Mas a Sra. Dockray não iria deixar que qualquer jovenzinho cabeça de vento lhe dissesse qual era o seu dever, sem que este possuísse uma dragona, e achava eu que a esposa de um capitão de mar e guerra com nove anos de serviço ia estragar sua musselina florida no bojo do meu barquinho? Ela mandaria a minha tia... o meu primo Ellis... o primeiro lorde do Almirantado... levarem-me à corte marcial por covardia, por temeridade, por não conhecer a minha obrigação. Ela conhecia disciplina e subordinação tão bem quanto qualquer mulher, ou melhor; e "Venha, meu bem", disse ela à Srta. Jones, "você colhe a pólvora e enche os cartuchos, e eu os carrego no meu avental". Por essa ocasião, a posição era esta... – redesenhou o esboço. – O corsário mais próximo estava a uma distância de dois cabos e a sotavento do outro: ambos tinham atirado por dez minutos, com os seus canhões de caça de proa.

– Qual é a medida de um cabo? – quis saber Stephen.

– Cerca de 200 jardas, senhor – explicou James. – Então, girei o timão... o barco era maravilhosamente veloz nas viradas... e rumei para abalroar com o aríete a meia-nau do francês. Com o vento em sua alheta, o *Dart* percorreu a distância em pouco mais de um minuto, o que foi ótimo, pois eles estavam nos atingindo sem dó. Eu mesmo o governei, até estarmos um pouco mais da distância de um disparo de pistola, e em seguida corri à frente para liderar o destacamento de abordagem, deixando a cana do leme com o moço de convés. Infelizmente, ele me entendeu mal, e deixou o corsário seguir bem mais à frente, e o atingimos à ré da mezena, o nosso gurupés levando embora os ovéns de bombordo da mezena, e uma boa parte da amurada e da enxárcia de popa e equipamento de popa. Desse modo, em vez de abordarmos, passamos por sua popa: o mastro da mezena dele, com o choque, caiu pela borda, e corremos para os canhões e despejamos uma bordada de artilharia conjunta pelo través. Havia homens suficientes apenas para manejar quatro canhões, com o mensageiro do rei e eu trabalhando em um, e Brown ajudando-nos a manejá-lo após ter disparado o dele. Aproei ao vento, para emparelhar a ló dele e ficar atravessado em sua proa, para impedi-lo de manobrar; mas, com a grande extensão de pano que eles tinham, como sabem, o *Dart* foi retardado por calmaria durante uns instantes, e trocamos fogo intenso enquanto nos mantínhamos assim. Finalmente, porém, avançamos com rapidez, encontramos novamente o nosso vento e viramos de bordo o mais rápido que conseguimos, bem de través para a roda de proa do francês... bem rápido, aliás, porque só podíamos contar com dois homens para alar as escotas, e o nosso pau de surriola bateu contra a verga do traquete dele, levando-a embora... a vela, que caiu sobre os canhões de caça e giratórios de proa. Quando fizemos a volta, nossa bateria de boreste estava pronta, e disparamos de tão perto que as buchas tocaram fogo na vela do traquete e nos destroços do mastro da mezena espalhados por todo o convés dele. Então, eles pediram clemência e arriaram velas.

– Muito bem, muito bem! – gritou Jack.

– Foi mais do que a tempo – prosseguiu James –, pois o outro corsário estava se aproximando depressa. Por algo como um milagre, os nossos gurupés e retranca ainda estavam firmes, e então eu disse ao comandante do barco corsário que certamente o afundaria se ele tentasse fazer vela e seguir diretamente para o seu navio acompanhante. Eu não podia dispor de nenhum homem para tomar posse do navio, não naquele momento.

– Claro que não.

– Então, lá estávamos nós, nos aproximando a bolinas opostas, e eles disparavam ao próprio capricho... tudo o que eles tinham.

Quando estávamos a 50 jardas de distância, desviei quatro quartas para clarear os canhões de boreste, dei-lhe uma descarga, em seguida orcei completamente e dei-lhe outra descarga de, talvez, 20 jardas. A segunda foi deveras extraordinária, senhor. Não imaginava que uma arma dessas era capaz de tal realização. Disparamos quando os canhões estavam no balanço descendente do navio, um pouquinho depois do que eu achava correto, e todos os quatro tiros atingiram o barco na linha-d'água, na altura de sua tona... eu os vi acertarem, todos na mesma fiada de chapas. Um momento depois, o pessoal de lá levantou os canhões... eles corriam de um lado para o outro e gritavam. Infelizmente, Brown dera um passo em falso, quando o nosso canhão recuou, e a carreta lacerou cruelmente o pé dele. Ordenei que descesse, mas ele não queria saber disso... ficou sentado lá e usou um mosquete... depois, deu vivas e disse que o francês estava afundando. E estava mesmo: primeiro, o convés inundou, e em seguida desceu, afundou direto, com as velas desfraldadas.

– Meu Deus! – exclamou Jack.

– Então, preparei-me para o terceiro, todos os marinheiros amarrando e emendando, pois o nosso aparelho estava em pedaços. Mas o mastro e a retranca estavam tão danificados... uma bala de seis libras passou raspando pelo mastro, e tinha tantos entalhes profundos... que não ousei colocar a pressão na vela. Portanto, receio que ele tenha escapado livre de nós, e não houve nada a fazer, a não ser seguir de volta para o primeiro corsário. Felizmente, eles tinham estado ocupados o tempo todo com o incêndio; caso contrário, teriam escapado. Levamos seis para bordo, a fim de acionar as nossas bombas, jogamos os mortos deles pela borda, mandamos o resto acunhar as escotilhas, para não entrar água, colocamos o barco a reboque, seguimos o curso para Malta, e chegamos dois dias depois, o que me surpreendeu, pois as nossas velas eram uma coleção de buracos amarrados com fios, e o nosso casco não se encontrava muito melhor.

– Recolheu os homens do tal que afundou? – perguntou Stephen.

– Não, senhor – respondeu James.

– Corsários, não – atalhou Jack. – Não com 13 homens e um garoto a bordo. Aliás, quais foram as suas baixas?

— Além do pé de Brown e alguns arranhões, não tivemos ninguém ferido, senhor, nem um só homem morto. Foi algo impressionante; mas, por outro lado, escapamos por muito pouco.
— E as deles?
— Foram 13 mortos, senhor. E 29 prisioneiros.
— E no corsário que afundou?
— Eram 56, senhor.
— E quantos havia no que fugiu?
— Bem, 48 homens, ou foi o que eles nos disseram. Mas esse não conta, senhor, já que fizemos apenas alguns disparos ao acaso, antes de se acovardarem.
— Bem, senhor — disse Jack —, eu o congratulo com toda sinceridade. Foi uma magnífica tarefa.
— Eu também — cumprimentou Stephen. — Eu também. Um cálice de vinho ao senhor, Sr. Dillon — falou, fez uma reverência e levantou seu cálice.
— Já sei — bradou Jack, com uma súbita inspiração. — Vamos beber ao renovado sucesso das tropas irlandesas e complicação para o papa.
— À primeira parte, dez vezes — alegou Stephen, rindo. — Mas nenhuma gota beberei à segunda, por mais voltairiano que eu possa ser. O pobre cavalheiro está às voltas com Bonapartinho, e, em sã consciência, isso já é complicação suficiente. Além do mais, ele é um beneditino muito culto.
— Então, desgraça para Bonapartinho.
— Desgraça para Bonapartinho — repetiram e esvaziaram os cálices.
— Vai me dar licença, senhor, espero — alertou Dillon. — Vou render turno no convés, dentro de meia hora, e gostaria antes de verificar como os homens estão guarnecendo. Quero agradecer pelo jantar mais do que agradável.
— Meu Deus, foi uma ação bem considerável — comentou Jack, depois que a porta se fechou. — Eram 146 contra 14, ou 15, se contar com a Sra. Dockray. É o tipo de coisa que Nelson teria feito... sem vacilar... direto contra eles.
— Conhece lorde Nelson, senhor?

– Tive a honra de servir sob o seu comando no Nilo – explicou Jack –, e de jantar duas vezes em sua companhia. – Seu rosto abriu-se em um sorriso, com a recordação.

– Posso lhe pedir para me contar que tipo de homem ele é?

– Ora, o senhor o estimaria de imediato, tenho certeza. Ele é muito leve... frágil... eu poderia levantá-lo... sem qualquer desrespeito... com uma das mãos. Mas, por outro lado, vê-se que é um homem muito grande. Há algo em filosofia chamado de partícula elétrica, não? Um átomo carregado, se é que me entende. Ele dirigiu-se a mim, em ambas as ocasiões. Na primeira, foi para dizer: "Posso importuná-lo para me passar o sal, senhor?"... E, desde então, sempre faço o possível para fazer isso do jeito dele... o senhor já deve ter notado. Mas, na segunda vez, eu tentava fazer o meu vizinho na mesa, um soldado, entender as nossas táticas navais... aproximação por barlavento, rompimento de linha e assim por diante... e durante uma pausa ele inclinou-se com um grande sorriso e disse: "Não liguem para manobras, partam sempre para cima deles." Nunca me esqueci disso: não liguem para manobras... partam sempre para cima deles. E nesse mesmo jantar contou a todos que alguém lhe ofereceu uma capa de barco numa noite fria e ele recusou, alegando que estava bem aquecido... o seu zelo pelo rei e pelo país o mantinha aquecido. Parece absurdo, do modo como eu lhe conto, não é mesmo? E se fosse outro homem, qualquer outro homem, a gente bradaria: "Ora, mas que coisa deplorável", e repudiaria isso como sendo mero entusiasmo; mas, com relação a ele, sentimos uma exaltação no peito e... Em nome do diabo, Sr. Richards, do que se trata? Entre ou saia, este é um bom amigo. Não fique parado na porta como um maldito galo de Quaresma.

– Senhor – falou o pobre escrivão –, o senhor disse que eu podia lhe trazer os papéis restantes antes do chá, e o seu chá já está vindo.

– Ora, ora, foi mesmo – disse Jack. – Meu Deus, que pilha infernal. Deixe-os aí, Sr. Richards. Darei uma olhada neles antes de chegarmos a Cagliari.

– Os de cima são os que o comandante Allen deixou para passar a limpo... só precisam ser assinados, senhor – avisou o escrivão, retirando-se.

Jack deu uma olhadela no topo da pilha, fez uma pausa e depois bradou:

– Eis aí! Aí está. Exatamente isso. Eis o serviço, do estingue à empunhadeira... a Marinha Real britânica, do cepo à pata da âncora. A gente se enche de fervor patriótico... e está pronto para mergulhar no íntimo da batalha... e lhe pedem para assinar esse tipo de coisa. – Passou para Stephen a folha de papel com a escrita caprichosa.

Chalupa *Sophie* de Sua Majestade
ao mar

Meu lorde,

Solicito ao senhor que, se lhe aprouver, ordene uma Corte Marcial para Isaac Wilson (marinheiro), pertencente à chalupa de guerra que tenho a honra de comandar, por ter cometido o Crime anormal de Sodomia com uma cabra, no aprisco, na noite de 16 de março.

Eu tenho a Honra de permanecer, meu lorde,
O seu mais obediente e mais humilde criado

Para Sua Ex.ª Lorde Keith, K.B. etc. etc.
Almirante do Azul.

– É estranho como a lei persiste na anormalidade da sodomia – observou Stephen. – Embora eu conheça pelo menos dois juízes que são pederastas; e, é claro, causídicos... O que vai acontecer com ele?

– Ora, será enforcado. Pendurado no lais de verga, e todos os navios da esquadra irão ver.

– Isso parece um pouco extremo.

– Claro que é. Ah, que maçada infernal... testemunhas passarão às dúzias pela nau capitânia, dias perdidos... A *Sophie* será motivo de risos. Por que denunciam essas coisas? A cabra deverá ser abatida... nada mais do que justo... e será servida ao sacana que o denunciou.

– Não pode deixar ambos em terra... em locais separados, se tiver uma forte opinião sobre essa questão moral... e velejar silenciosamente para longe?

– Bem – fez Jack, cuja irritação havia amainado. – Talvez haja algo de bom em sua sugestão. Uma xícara de chá? Toma com leite, senhor?

– Leite de cabra, senhor?

– Ora, suponho que sim.

– Talvez sem leite, então, por favor. O senhor me contou, creio, que o artilheiro-chefe estava enfermo. Seria uma ocasião conveniente para ver o que posso fazer por ele? Por favor, qual é o caminho para a praça d'armas?

– O senhor esperaria encontrá-lo lá, não é mesmo? Mas, de fato, atualmente, o camarote dele fica em outro lugar. Killick lhe mostrará. Numa chalupa, a praça d'armas é onde os oficiais comem.

Na própria praça d'armas o mestre-arrais espreguiçou-se e falou para o intendente:

– Há bastante espaço agora para os cotovelos, Sr. Ricketts.

– É verdade, Sr. Marshall – concordou o intendente. – Estamos vendo grandes mudanças atualmente. E como elas vão funcionar, não sei.

– Ah, acho que talvez funcionem bem o bastante – disse o Sr. Marshall, recolhendo lentamente as migalhas do colete.

– Todas essas extravagâncias – prosseguiu o intendente, num tom de voz baixo e dúbio. – A verga mestra. Os canhões. Os recrutas dos quais ele fingiu nada saber. Todos esses novos marinheiros para os quais não há espaço. As pessoas em turnos. Charlie me contou que há uma grande quantidade de murmúrios. – Sacudiu a cabeça na direção do alojamento dos marujos.

– Ouso dizer que há. Ouso dizer que há. Todos os métodos antigos mudados e todas as sujeiras antigas interrompidas. E ouso dizer que talvez sejamos um pouco volúveis, também, tão jovens e elegantes com a nossa dragona nova em folha. Mas se os oficiais de manobra mais antigos o apoiarem, então talvez eu ache que possa funcionar muito bem. O carpinteiro gosta dele. E também Watt, pois ele é um bom marujo, e isso é certo. E o Sr. Dillon também parece conhecer o seu ofício.

– Talvez, talvez – concedeu o intendente, que conhecia de muito tempo o entusiasmo do mestre-arrais.

– E, além do mais – prosseguiu o Sr. Marshall –, as coisas talvez fiquem mais animadas sob o novo comando. Os homens vão gostar, quando se acostumarem; e também os oficiais, estou certo. Tudo o que se quer é que os oficiais de manobra o apoiem, e navegaremos tranquilos.

– O quê? – fez o intendente, colocando a mão em concha no ouvido, pois o Sr. Dillon estava mandando movimentar os canhões, e em meio ao ribombo generalizado que acompanhava a operação, um estrondo mais alto obliterava a fala. Casualmente, foi esse permeante ribombo que tornou a conversa deles possível, pois, de um modo geral, não havia tal coisa como uma conversa particular em um barco com 26 jardas de comprimento, habitado por 96 homens, cuja praça d'armas tinha cômodos ainda menores imediatos a ele, resguardados por madeira muito fina e às vezes, aliás, nada mais do que lonas.

– Navegaremos tranquilos. Eu disse que, se os oficiais o apoiarem, navegaremos tranquilos.

– Talvez. Mas, se não o apoiarem – continuou o Sr. Ricketts –, se eles *não* o apoiarem, e se ele insistir em extravagâncias desse tipo... o que, acredito, é da natureza dele... então, ouso dizer que ele será trocado da velha *Sophie* tão depressa quanto o foi o Sr. Harvey. Pois um brigue não é uma fragata, muito menos uma nau de linha: você está bem em cima do seu pessoal, e ele pode se tornar um inferno ou fazer você sucumbir com a mesma facilidade com que se respira.

– Não precisa dizer a *mim* que um brigue não é uma fragata, nem mesmo uma nau de linha, Sr. Ricketts – frisou o mestre-arrais.

– Pode ser que eu não precise lhe dizer que um brigue não é uma fragata, nem mesmo uma nau de linha, Sr. Marshall – rebateu o intendente cordialmente –, mas quando se está no mar há tanto tempo quanto eu, Sr. Marshall, percebe-se que se requer muito mais de um comandante do que o conhecimento da arte de navegar. Qualquer maldito sujeito de chapéu alcatroado consegue manobrar um barco numa tempestade – prosseguiu num tom de menosprezo –, e qualquer dona de casa metida em calções consegue manter um convés limpo, e do mesmo modo as talhas de turco; mas isso requer uma cabeça – bateu na sua – e verdadeira firmeza e estabilidade, como também, para conduzir, ser um comandante de uma nau de guerra: e essas qualidades não se encontram em cada novato de meia-tigela... nem em qualquer metido a esperto – acrescentou, mais ou menos para si mesmo. – Não sei, tenho certeza.

4

O tambor vibrou e retumbou pelas escotilhas da *Sophie*. Pés surgiram correndo lá de baixo, um desesperado som apressado, que fez o já tenso bater de tambor parecer ainda mais urgente. Mas, fora os dos marinheiros inexperientes recém-recrutados, os rostos dos marujos eram de tranquilidade; pois se tratava da batida dos postos, um ritual vespertino que muitos tripulantes haviam executado umas 2 ou 3 mil vezes, cada qual correndo para um lugar em particular de um canhão a ser repartido ou para um determinado conjunto de cabos que ele conhecia de cor.

Ninguém, contudo, chamaria aquilo de um desempenho louvável. Muito havia sido mudado na velha e confortável rotina da *Sophie*; o guarnecimento dos canhões era diferente; uma vintena de preocupados marinheiros inexperientes, como carneirinhos, teve de ser empurrada e puxada para algo parecido com o lugar certo; e como a maioria dos novatos não podia ter permissão de fazer algo mais do que erguer algo sob supervisão, a meia-nau da chalupa ficou tão apinhada que os homens pisoteavam os dedos dos pés uns dos outros.

Dez minutos se passaram enquanto o pessoal da *Sophie* fervilhava no convés superior e suas gáveas de combate: Jack ficou parado, observando placidamente por ante a ré do timão, enquanto Dillon vociferava ordens, e os suboficiais e aspirantes disparavam furiosamente para lá e para cá, cientes do olhar do comandante e conscientes de que a aflição deles não melhorava em nada. Jack esperava algo trôpego, porém nada tão incrível quanto aquilo; mas seu bom humor natural e o prazer de sentir até mesmo o inepto agitar daquela máquina sob seu controle superava todas as outras emoções, mais justificadas.

– Por que eles fazem isso? – perguntou Stephen, ao lado dele. – Por que correm de um lado para o outro com tanta seriedade?

– A ideia é que cada homem deve saber exatamente aonde ir, no caso de ação... numa emergência – explicou Jack. – Não adiantaria nada se eles ficassem parados, pensando. As guarnições dos canhões já se encontram em seus postos, como vê; e também os fuzileiros do sargento Quinn, aqui. O pessoal do castelo de proa está lá, pelo que posso perceber; e ouso afirmar que os recrutas sem experiência logo estarão ordenados. Um capitão de brigada para cada canhão, como vê; e um escovilhador e um membro do destacamento de abordagem ao lado dele... o homem com o cinto e o sabre de abordagem; eles se juntam ao grupo de abordagem; e um mareador de panos, que abandona o canhão, se tivermos que bracear as vergas pelo redondo, por exemplo, em ação; e um bombeiro, aquele com o balde... sua tarefa é apagar qualquer incêndio que possa se iniciar. Agora lá está Pullings comunicando a Dillon que a sua divisão está pronta. Não vamos demorar muito agora.

Havia muita gente no pequeno tombadilho – o mestre-arrais na manobra, o contramestre na roda do leme, o sargento fuzileiro e seu pequeno grupo armado, o aspirante sinaleiro, parte dos componentes da guarda de ré, as guarnições dos canhões, James Dillon, o escrivão, e ainda outros – mas Jack e Stephen caminhavam de um lado para o outro, como se estivessem sozinhos, Jack investido da olímpica majestade de um comandante e Stephen colhido no interior de sua aura. Aquilo era bastante natural para Jack, que conhecia aquela pompa e circunstância desde criança, mas era a primeira vez que Stephen se via diante dela, e isso lhe causou uma sensação não totalmente desagradável de vigília da morte: ou os homens absortos e atentos do outro lado do vidro estavam todos mortos, uma mera fantasmagoria, ou ele estava – se bem que, nesse caso, fosse uma estranha e pequena morte, pois, embora estivesse acostumado a essa sensação de isolamento, de ser uma sombra descolorida em um silencioso submundo particular, ele agora tinha uma companhia, uma companhia audível.

– ... o seu posto, por exemplo, seria lá embaixo, no que chamamos de enfermaria de combate... não que seja uma enfermaria de verdade, não mais do que este castelo de proa é um castelo de proa de verdade, só por ser elevado; mas nós *chamamos* de enfermaria de combate... com as arcas dos aspirantes transformadas na sua mesa de operação e os seus instrumentos todos prontos.

– É lá onde eu deverei viver?

– Não, não. Nós vamos lhe arrumar algo melhor do que isso.

– Mesmo o senhor estando sob os Artigos de Guerra – disse Jack com um sorriso –, verá que ainda respeitamos o saber; pelo menos em relação ao espaço de 10 pés quadrados de privacidade, e tanto ar fresco no tombadilho quanto deseje respirar.

Stephen assentiu.

– Diga-me – falou, momentos depois, num tom de voz baixo. – Estando eu sob a disciplina naval, aquele sujeito ali poderia me açoitar? – Fez um gesto com a cabeça na direção do Sr. Marshall.

– O mestre-arrais? – bradou Jack, com uma inexpressiva surpresa.

– Sim – confirmou Stephen, olhando atentamente para ele, com a cabeça ligeiramente inclinada para a esquerda.

– Mas ele é um *mestre* – disse Jack. Se Stephen tivesse chamado a popa da *Sophie* de proa, ou o mastaréu de quilha, ele teria entendido imediatamente a situação; mas o fato de Stephen ter confundido a cadeia de comando, a relação de hierarquia entre um comandante e um mestre-arrais, de um oficial comissionado, apto para o comando, e um oficial auxiliar, subverteu de tal modo a ordem natural, solapando o universo sempiterno, que por um momento sua mente mal conseguiu abranger aquilo. Jack, porém, ainda que não fosse um notável erudito, nem conhecedor de hexâmetros, era razoavelmente rápido e, após arfar não mais do que duas vezes, falou: – Meu caro senhor, acredito que se deixou enganar pelas palavras *mestre* e *mestre e comandante*... termos ilógicos, devo confessar. O primeiro é subordinado ao segundo. Deve permitir-me que, em alguma ocasião, eu lhe explique a nossa hierarquia naval. Em todo caso, o senhor jamais será açoitado... não, não; o *senhor* não será açoitado – acrescentou, olhando com pura afeição e algo parecido com espanto para tão magnífico prodígio, para uma ignorância muito além do que qualquer coisa que mesmo a sua mente de amplo alcance já havia concebido.

James Dillon rompeu a parede de vidro.

– Marinheiros nos quartos, senhor, se lhe aprouver – disse ele, levantando o chapéu de três bicos.

– Ciente, Sr. Dillon – retrucou Jack. – Vamos exercitar os canhões grandes.

Um canhão quatro-libras pode não lançar um grande peso de metal e não ser capaz de perfurar dois pés de carvalho a meia milha de distância, como um .32, mas dispara uma bala maciça de ferro fundido de três polegadas a mil pés por segundo, o que é uma coisa terrível de se receber; e o canhão em si é uma máquina formidável. Seu cano tem 6 pés de comprimento; pesa 12 quintais; apoia-se numa pesada carreta de carvalho e, quando dispara, salta para trás como se estivesse violentamente vivo.

A *Sophie* possuía 14 desses, sete de cada lado; e os dois mais à popa, no tombadilho, eram de bronze reluzente. Cada canhão tinha uma guarnição de quatro homens e um marinheiro ou um grumete para trazer a pólvora do paiol. Cada grupo de canhões ficava a cargo de um aspirante ou um ajudante de navegação – Pullings ficava com os seis canhões dianteiros, Ricketts, os quatro de meia-nau, e Babbington, os quatro mais afastados à popa.

– Sr. Babbington, onde está o polvorinho deste canhão? – perguntou Jack friamente.

– Não sei, senhor – gaguejou Babbington, muito vermelho. – Ao que parece, ele se perdeu.

– Artilheiro de serviço – chamou Jack –, vá ao Sr. Day... não, ao seu ajudante, pois ele está doente... e pegue outro. – Sua inspeção não revelara nenhuma outra carência óbvia, mas depois de ver ambas as baterias de artilharia avançarem e recuarem uma dúzia de vezes, ou seja, quando os marinheiros fizeram toda a movimentação, mas sem dispararem de verdade os canhões, seu rosto ficou abatido e circunspecto. Eles eram extraordinariamente lentos. Obviamente, tinham sido treinados para disparar nada além de ambas as baterias de artilharia ao mesmo tempo – pouquíssimos disparos isolados. Pareceram muito contentes em levar delicadamente os canhões até a portinhola, ao ritmo do mais lento de todos eles: e todo o exercício teve um aspecto artificial, inexpressivo. Era verdade que o serviço de escolta prestado por uma chalupa não dava aos homens qualquer convicção apaixonada em relação à realidade vital dos canhões, mas mesmo assim... "Como eu gostaria de poder me dar o luxo de comprar alguns barris de pólvora", pensou ele, com a clara imagem das contas do artilheiro-chefe em sua mente: 49 meios-barris, menos sete do que a cota total da *Sophie*; 41 de grãos vermelhos grandes, sete deles de grãos brancos e grandes, pólvora reconstituída de potência duvidosa, e um barril de grão de primeira, para escorvar. Os barris continham 45 libras, e a *Sophie,* portanto, praticamente esvaziaria um a cada dupla salva. "Mesmo assim", prosseguiu, "creio que podemos dar alguns disparos: sabe Deus há quanto tempo essas cargas estão nos canhões. Além do mais" – acrescentou com uma voz dentro de sua voz interior, uma voz vinda de um nível muito mais profundo –, "imaginem o adorável odor."

– Muito bem – expressou-se em voz alta. – Sr. Mowett, faça a bondade de ir à minha câmara. Sente-se à mesa com o relógio e anote exatamente o tempo que transcorrer entre a primeira e a segunda descarga de cada canhão. Sr. Pullings, começaremos com sua guarnição. Número 1. Silêncio de popa a proa.

Um silêncio mortal baixou sobre a *Sophie.* O vento cantava uniformemente na sua retesada mastreação a barlavento, constante a duas quartas pela alheta. A guarnição número 1 umedecia os lábios nervosamente. O canhão deles estava na posição normal de descanso, amarrado firmemente à portinhola, trancafiado lá – ou seja, encarcerado.

– Liberar o canhão – ordenou Jack.

Eles soltaram as talhas que mantinham o canhão bem preso ao costado e cortaram os cabos de massa que prendiam fortemente a culatra e a imobilizavam. Com um leve guincho da carreta, o canhão revelou que estava livre: um homem segurava cada talha lateral, ou o balanço da *Sophie* (que tornava as talhas traseiras desnecessárias) levaria o canhão para o meio do barco antes do comando seguinte.

– Nivelar o canhão.

O escovilhador empurrou a alavanca por baixo da grossa culatra do canhão e com um rápido movimento levantou-o, ao mesmo tempo em que o capitão da guarnição número 1 enfiava a cunha de madeira um pouco mais além da metade inferior, levando o cano para a posição perfeitamente horizontal.

– Retirar a taipa.

Deixaram o canhão recuar: a culatra seguiu seu curso para trás, quando a boca ficou mais ou menos um pé para dentro do navio: o veleiro sacou a taipa esculpida e pintada que a obstruía.

– Meter em bateria o canhão.

Guarnecendo os cabos dos aparelhos laterais, eles os alaram de mão em mão, correndo com a carreta arduamente para o lado, colhendo os cabos e os enrolando caprichosamente em pequenas aduchas.

– Escorvar.

O capitão pegou a agulha de escorvar, enfiou-a no ouvido do canhão e perfurou o cartucho de flanela que se encontrava no interior, despejou a pólvora fina de seu polvorinho pelo orifício aberto e no fogão, calcando-a depois, diligentemente, com a dedeira. O escovilhador colocou a palma da mão sobre a pólvora, para evitar que o vento a soprasse, e o bombeiro protegeu o polvorinho a tiracolo atrás das costas.

– Apontar o canhão. – E, com a ordem, Jack acrescentou: – Nesta mesma posição – uma vez que ele não queria acrescentar, naquele estágio, nenhuma complicação de elevar ou descer para um tiro com pontaria. Dois da guarnição do canhão seguravam agora os aparelhos laterais; o escovilhador ajoelhado de um lado, com a cabeça afastada do canhão, soprava delicadamente o estopim de lenta combustão que retirara de seu pequeno cunhete de munição (pois na *Sophie* não se usava fecharia de pederneira); o grumete da pólvora estava parado com o cartucho seguinte, em sua cartucheira de couro, do lado boreste, imediatamente atrás do canhão; o capitão, que segurava a pranchada e abrigava sua agulha metálica, curvou-se sobre o canhão, olhando-o ao longo do cano.

– Fogo.

O estopim foi passado. O capitão calcou-o firme na escorva Durante uma infinitesimal centelha de tempo houve um silvo, um clarão, e então o canhão disparou, com o satisfatório estrondo de uma salva de uma libra e mais de pólvora fortemente prensada explodindo em um espaço confinado. Uma pontada de chama rubra na fumaça, pedaços voadores de bucha, o canhão recuando 8 pés sob o corpo arqueado do capitão e entre os membros de sua guarnição, o profundo som metálico da culatra quando ele deu o coice – tudo isso foi praticamente inseparável no tempo; e, antes que acabasse, veio a ordem seguinte:

– Tapar o ouvido do canhão – gritou Jack, observando o voo da bala, enquanto a fumaça branca corria vaporosa a sotavento. O capitão estocou a pranchada no ouvido do canhão; e a bala enviou para cima uma crista fugaz em meio ao mar picado, a 400 jardas a barlavento, e depois outra e mais outra guarnição, quicando na água por mais 50 jardas antes de afundar. A guarnição agarrou a talha de ré para segurar firmemente o canhão a bordo, por causa do balanço do navio.

– Limpar o canhão.

O escovilhador enfiou seu lambaz com ponta de lã de ovelha no balde do bombeiro, meteu o rosto no estreito espaço entre a boca do canhão e o costado, afastou a alça da portinhola e introduziu o lambaz na alma do canhão: girou-o caprichosamente e o retirou, enegrecido, com um pouquinho de fumaça agarrada.

– Carregar com cartucho.

O grumete da pólvora tinha pronta a estreita bolsa de tela: o escovilhador a enfiou, socando com firmeza. O capitão de brigada, que mantinha a agulha de escorvar no ouvido do canhão, para sentir a sua chegada, gritou:

– Colocado!

– Disparar o canhão.

A bala estava em sua grinalda para ser entregue, e a bucha na sua estopilha; mas um infeliz passo em falso fez com que a bala saísse rolando pelo convés em direção à escotilha de proa, com os ansiosos capitão de guarnição, escovilhador e grumete da pólvora seguindo sua rota errante. Finalmente, ela se juntou ao cartucho, com a bucha enfiada sobre ele, e Jack gritou:

– Enfiar o canhão... escorvar... apontar o canhão... fogo. Sr. Mowett – chamou, através da claraboia da cabine –, qual foi o intervalo?

– Foi de três minutos e 45 segundos, senhor.

– Deus do céu, Deus do céu! – exclamou Jack, quase para si mesmo. Não havia palavras no vocabulário à sua disposição para expressar a aflição que sentia. A divisão de Pullings parecia apreensiva e envergonhada: os membros da guarnição número 3 estavam nus da cintura para cima e tinham lenços amarrados na cabeça, para se protegerem do clarão e do estrondo: estavam cuspindo nas mãos, e o próprio Sr. Pullings estava mais nervoso do que nunca, remexendo aflito seus espeques, alavancas e lambazes.

– Silêncio. Liberar o canhão. Nivelar. Tirar a taipa. Meter em bateria o canhão.

Dessa vez foi bem melhor: um pouco mais de três minutos. Também, pudera, não deixaram a bala cair, e o Sr. Pullings ajudara a elevar o canhão e alar os cabos do aparelho de ré, fitando o céu, distraído, fazendo isso como se tentasse mostrar que não estava ali de fato.

Quanto mais eram disparados os canhões, mais aumentava a melancolia de Jack. As guarnições 1 e 3 não eram um bando de idiotas; aquela era a verdadeira média de tiro da *Sophie*. Arcaica. Antediluviana. E se tivesse havido qualquer problema para mirar, de colocar suportes para movimentar os canhões, levantá-los com pés de cabra e alavancas, teria sido ainda mais lento. O número 5 não disparou, a umidade atingira a pólvora, e o canhão teve de ser desensolvado e retirado. Isso podia acontecer em qualquer navio, mas era lamentável que também ocorresse duas vezes na bateria boreste.

A *Sophie* tinha virado para o vento para disparar os canhões de boreste, uma certa consideração para não disparar ao acaso contra o seu comboio, e o barco estava ali, tranquilamente arfando, quase sem seguimento, enquanto a última carga umedecida era extraída, quando Stephen, achando que naquela tranquilidade podia dirigir-se sem impropriedade ao comandante, falou para Jack:

– Diga-me, por favor, por que esses navios estão assim tão juntos? Estão palestrando... dando assistência mútua uns aos outros? – Ele apontou acima da caprichosa faxina de macas no filerete: Jack seguiu seu dedo e fitou por um inacreditável segundo o barco mais afastado do seu comboio, o *Dorthe Engelbrechtsdatter*, o laúde norueguês.

– Guarnecer postos de braceio – berrou. – Leme a bombordo. Virar por d'avante... depressa. Carregar a vela grande.

Lentamente, depois mais e mais depressa, com o vento todo em suas velas do traquete fortemente braceadas, a *Sophie* arribou. Agora, o vento estava ao largo a bombordo: momentos depois, o vento encontrava-se à popa, e mais um momento ainda, estabilizou-se em seu rumo, com o vento a três quartas pela alheta de boreste. Houve uma grande quantidade de pés correndo de um lado para o outro, com o Sr. Watt e seus ajudantes rugindo e apitando furiosamente, mas os Sophies manuseavam melhor as velas do que os canhões e pouco depois Jack pôde gritar:

– Bracear pelo redondo a grande! Cutelos! Sr. Watt, as boças da verga da gávea e as defensas... mas vejo que não preciso lhe dizer o que fazer.

– Sim, senhor – respondeu o mestre, afastando-se com um tilintar, já carregado com as boças para evitar que as vergas caíssem durante a ação.

– Mowett, pegue a luneta e diga-me o que vê. Sr. Dillon, não vá esquecer aquele tal vigia. Vamos arrancar o seu couro amanhã, se ele viver até lá. Sr. Lamb, tem prontos os seus tampos de vedação?

– Sim, senhor, estão prontos – respondeu o carpinteiro, sorrindo, pois não se tratava de um grande problema.

– Convés! – gritou o Sr. Mowett, do alto do retesado e distendido velame. – Convés! É um barco argelino... uma galera. Eles abordaram o laúde. Ainda não o tomaram. Creio que os noruegueses estão se defendendo como podem.

– Alguma coisa a barlavento? – berrou Jack.

Na pausa que se seguiu, podia-se ouvir o irritante estampido de pistolas vindo do norueguês, pelejando debilmente através das correntes de vento.

– Sim, senhor. Uma vela. Uma latina. O casco ainda não é visível. Não consigo distingui-la com certeza. Seguindo leste... firme a leste, creio.

Jack assentiu, olhando para cima e para baixo das duas baterias. Ele era um homem corpulento em qualquer ocasião, mas agora parecia ter pelo menos duas vezes mais o seu tamanho normal; os olhos brilhavam de um modo extraordinário, tão azuis quanto o mar, e um sorriso perene revelava um lampejo pelo escarlate vivo de seu rosto. Uma transformação parecida aconteceu com a *Sophie*; com a sua nova vela grande e gáveas imensamente ampliadas pelos cutelos e varredouras de cada lado das duas, o barco, como seu mestre e comandante, parecia ter duplicado de tamanho, enquanto irrompia pesadamente pelo mar.

– Bem, Sr. Dillon – bradou –, isto é um pouco de sorte, não é mesmo?

Stephen, olhando-os com curiosidade, notou que a mesma animação extraordinária havia dominado James Dillon – aliás, toda a tripulação estava tomada por um estranho entusiasmo. Perto dele, os fuzileiros verificavam as pederneiras de seus mosquetes, e um deles polia a fivela da cartucheira, bafejando nela e gargalhando contente entre os bafos cuidadosamente direcionados.

– Sim, senhor – concordou James Dillon. – Veio perfeitamente a calhar.

– Sinalize para o comboio orçar duas quartas a bombordo e reduzir a vela. Sr. Richards, anotou o tempo? Deve anotar, cuidadosamente, o tempo de tudo. Mas, Dillon, o que o sujeito devia estar pensando? Será que ele acha que estamos ocupados? Cegos? Contudo, não é hora de... Vamos abordar, é claro, se os noruegueses conseguirem aguentar tempo suficiente. De qualquer modo, detesto disparar numa galera. Creio que todos estão com as pistolas e sabres de abordagem a postos. Bem, Sr. Marshall – falou, virando-se para o mestre-arrais, que se encontrava em seu posto de combate, na roda do leme, e que agora era o responsável pela navegação da *Sophie*. – Quero que o senhor nos coloque bordo com bordo dos malditos mouros. Pode desfraldar as varredouras inferiores, se o barco aguentar. – Neste momento, o artilheiro-chefe rastejou escada acima. – Ora, Sr. Day – disse Jack –, estou contente em vê-lo no convés. Sente-se um pouco melhor?

– Muito melhor, senhor, obrigado – respondeu o Sr. Day –, graças ao cavalheiro – gesticulou com a cabeça em direção a Stephen. – Funcionou – disse ele, dirigindo a voz para o corrimão de popa. – Estou me apresentando para assumir o meu posto, senhor.

– Que bom... Isso me alegra muito. Contamos com um pouco de sorte, creio eu, artilheiro-chefe – comentou Jack.

– É, isso mesmo... mas funcionou, doutor; tranquilo como um sonho de uma donzela... isso mesmo – disse o artilheiro-chefe, olhando satisfeito para a milha ou mais de mar em direção ao *Dorthe Engelbrechtsdatter* e o corsário, e para a *Sophie*, com todos os canhões aquecidos, recém-carregados, a postos, totalmente prontos, suas guarnições ansiosas e o convés desimpedido para a ação.

– Aqui estávamos nós, nos exercitando – prosseguiu Jack, quase para si mesmo –, e esse cachorro imprudente remou na direção do vento para o lado mais afastado e atacou o laúde... No que ele estava pensando? E poderia agora estar indo embora com eles, se o nosso bom doutor não fizesse com que caíssemos em nós.

– Nunca houve um doutor como esse, isso eu garanto – afirmou o artilheiro-chefe. – Bem, agora acho melhor descer para o meu paiol de munição, senhor. Não estamos assim tão munidos de pólvora; e ouso afirmar que o senhor vai exigir um volume e tanto, ha-ha.

– Meu caro senhor – dirigiu-se Jack a Stephen, avaliando a crescente velocidade da *Sophie* e a distância que a separava do laúde envolvido na batalha, e nesse estado de vitalidade triplamente intensificada ele era perfeitamente capaz de, ao mesmo tempo, calcular, falar com Stephen e refletir acerca de mil variedades mutáveis –, meu caro senhor, prefere ir lá para baixo ou permanecer no convés? Talvez ache divertido subir no cesto da gávea maior, com um mosquete, junto com os atiradores de escol, e acertar alguns vilões.

– Não, não, não – exclamou Stephen. – Eu condeno a violência. O meu papel é curar em vez de matar; ou, pelo menos, matar com boas intenções. Por favor, deixe-me assumir o meu lugar, o meu posto, na enfermaria de combate.

– Esperava que dissesse isso – afirmou Jack, apertando-lhe a mão. – Contudo, não gostaria de tê-lo sugerido ao meu convidado. Isso vai servir de imenso consolo para os marinheiros... aliás, para todos nós. Sr. Ricketts, mostre a enfermaria de combate ao Dr. Maturin. E ajude ao assistente de cirurgião com os baús.

Uma chalupa com um calado de meros 10 pés e 10 polegadas não era capaz de rivalizar, no porão, com uma nau de linha, em questão de escuridão úmida e sufocante, mas o *Sophie* saía-se espantosamente bem, e Stephen foi obrigado a pedir outra lanterna para verificar e dispor seus instrumentos e o parco suprimento de ataduras, gazes, torniquetes e compressas. Sentou-se ali, com o *Marine Practice* de Northcote, bem junto da luz, lendo atentamente: "após cortada a pele, ordene ao mesmo assistente para abri-la o máximo possível; em seguida, corte circundando a carne e os ossos". Então, Jack desceu. Ele havia colocado as botas hessianas e a espada, e portava um par de pistolas.

– Posso usar o aposento ao lado? – perguntou Stephen, acrescentando em latim para não ser entendido pelo assistente de cirurgião: – Talvez os pacientes se sintam desencorajados, se me virem consultando minhas fontes impressas.

– Certamente, certamente – bradou Jack, furtando-se ao latim. – Tudo o que desejar. Vou deixar estas pistolas com o senhor. Nós vamos abordar, se conseguirmos alcançá-los; por outro lado, como sabe, eles podem tentar nos abordar... não dá para afirmar ao certo... esses malditos barcos argelinos costumavam estar apinhados de gente. Cães sanguinários, todos eles – acrescentou, gargalhando com entusiasmo e sumindo no meio da escuridão.

Jack estivera apenas alguns minutos debaixo das cobertas, mas quando retornou ao tombadilho a situação mudara por completo. Os argelinos haviam tomado o laúde, que se afastava com o vento do norte à popa; eles tinham largado a vela seca do barco, e estava claro que pretendiam ir embora com ele. A galera estava ao comprido, afastada do laúde pela sua alheta de boreste: permanecia lá, imóvel, com os remos, 14 remos enormes de cada lado, voltados em direção à *Sophie*, suas enormes velas latinas rizadas frouxamente nas vergas – uma embarcação comprida, baixa, elegante, mais extensa do que a *Sophie*, porém muito mais frágil e estreita: obviamente, muito mais veloz, e, obviamente, em mãos mais ativas. Tinha um aspecto singularmente letal, reptiliano. Sua intenção era claramente enfrentar a *Sophie*, ou, pelo menos, retardá-la até a turma de apresamento distanciar o laúde, com o vento, mais ou menos uma milha em direção à segurança da noite que se aproximava.

A distância era agora um pouco mais de um quarto de milha, e, com um suave fluxo contínuo, as posições relativas mudavam perpetuamente: a velocidade do laúde aumentava, e em quatro ou cinco minutos estaria à distância de um cabo a sotavento da galera, que continuava movimentando-se por lá com os remos.

Uma fugaz nuvem de fumaça surgiu na proa da galera, uma bala zuniu acima do barco, à altura dos vaus reais do mastaréu da gávea, seguindo-se, na metade de um piscar de olhos, o forte estrondo do canhão que a disparou.

– Anote o tempo, Sr. Richards – ordenou Jack ao pálido escrivão. O grau de sua palidez havia mudado e os olhos saltavam do rosto. Jack correu adiante, bem a tempo de ver o clarão do segundo canhão da galera. Com um enorme ruído de oficina de ferreiro, a bala atingiu a pata da melhor âncora da *Sophie*, dobrou-a ao meio e fez com que ricocheteasse mais distante no mar.

– Um canhão de 18 libras – observou Jack para o mestre do navio, parado ali, no seu posto do castelo de proa. "Talvez até mesmo um de 24. Oh, que falta fazem os meus 12 canos longos", ajuntou para si mesmo. A galera não tinha artilharia em ambos os bordos, naturalmente, e os canhões eram montados na popa e na proa; pela luneta, Jack pôde verificar que a bateria de vante consistia em dois canhões pesados, um menor e alguns rotatórios; e, é claro, a *Sophie* ficaria exposta ao tiro de enfiada durante toda a aproximação. Agora, foram os rotatórios que dispararam, um grande ruído seco e crepitante. Jack retornou ao tombadilho. – Silêncio de proa a popa – gritou acima do murmúrio abafado e nervoso. – Silêncio. Liberar os canhões. Nivelar. Retirar a taipa. Meter em bateria os canhões. Sr. Dillon, eles têm de ser levados o mais à frente possível. Sr. Babbington, diga ao artilheiro-chefe que o próximo disparo será em cadeia. – Uma bala de 18 libras acertou o costado da *Sophie* a bombordo entre os canhões números 1 e 3, provocando uma

135

chuva de estilhaços afiados de madeira, alguns pedaços com dois pés de comprimento e pesados: ela prosseguiu em sua rota ao longo do convés apinhado, derrubou um fuzileiro e chocou-se contra o mastro grande, sua força quase esgotada. Um horrível "Ah, ah, ah" revelou que algumas das lascas tinham feito o seu trabalho; um momento depois, dois marujos surgiram correndo e carregaram o colega para baixo, deixando uma trilha de sangue ao passarem.

– Os canhões estão prontos? – berrou Jack.

– Todos prontos, senhor – veio a resposta, após uma pausa ofegante.

– Primeiro, a bateria de boreste. Disparem enquanto aproamos ao vento. Disparem acima. Para os mastros. Bem, Sr. Marshall, vamos lá.

A *Sophie* deu uma guinada de 45 graus fora do seu rumo, oferecendo a alheta de boreste à galera, a qual, instantaneamente, enviou outra bala de 18 libras a meia-nau, pouco acima da linha-d'água, o seu profundo e ressonante impacto surpreendendo Stephen Maturin, enquanto ele colocava uma ligadura em volta da sangrenta artéria femoral de William Musgrave, quase fazendo com que ele errasse a laçada. Mas agora os canhões da *Sophie* reagiam, e a bateria de boreste disparou duas sequências sucessivas: o mar além da galera elevou-se com penachos brancos, e o convés da *Sophie* foi envolvido por fumaça, a acre e penetrante fumaça de pólvora. Quando o sétimo canhão disparou, Jack gritou:

– Do outro lado!

A proa da *Sophie* girou para a bateria de bombordo. O redemoinho de fumaça clareou a sotavento do barco: Jack viu a galera disparar toda a sua bateria frontal e movimentar-se rapidamente com a potência dos remos, a fim de evitar o fogo da *Sophie*. A galera disparava alto, no balanço ascendente do navio, e uma de suas balas atingiu o estai do mastaréu da gávea e arrancou um grande naco de madeira da pega. O pedaço ricocheteou lá em cima e caiu justamente na cabeça do artilheiro-chefe, no exato momento em que ele a colocava para fora através da escotilha principal.

– Ânimo nesses canhões de boreste – bradou Jack. – Leme a meio. – Sua intenção era fazer a chalupa virar de bordo com amuras a bombordo, pois, se conseguisse disparar outra salva por boreste, surpreenderia a galera quando ela estivesse se movimentando da esquerda para a direita.

A um rugido abafado do canhão número 4, seguiu-se um terrível grito guinchado: na pressa, o escovilhador não limpara totalmente o canhão, e a nova carga explodiu em seu rosto, quando ele a calcou. Arrastaram-no para longe, reescovilharam, recarregaram o canhão e o enfiaram na portinhola. Toda a manobra, porém, fora lenta demais; toda a bateria de boreste fora lenta demais: a galera fizera a volta – ela conseguia girar como um pião, com todos aqueles remos movendo a água para trás – e afastava-se rapidamente no rumo sudoeste, com o vento pela sua alheta de boreste e as enormes velas latinas estendidas de cada lado – levantadas como orelhas de lebre, conforme diziam. O laúde estava agora a sudeste; já se encontrava agora a meia milha de distância, e os rumos de ambos divergiam rapidamente. A guinada tinha tomado uma quantidade surpreendente de tempo – perderam uma quantidade surpreendente de distância.

– Meia quarta a bombordo – ordenou Jack, de pé na amurada a sotavento e olhando fixamente para a galera, que estava quase diretamente à frente da *Sophie*, um pouco mais de 100 jardas distante, e progredindo. – Cutelos do joanete, Sr. Dillon, e leve um canhão para a proa, por favor. Ainda temos as cavilhas de arganéu dos canhões calibre 12.

Pelo que podia enxergar, não tinham causado dano algum à galera: disparar baixo teria significado acertar diretamente nos bancos apinhados de remadores cristãos acorrentados aos remos; disparar alto... Sua cabeça moveu-se abruptamente para o lado, o chapéu disparou pelo convés: uma bala de mosquete dos corsários havia rasgado sua orelha. Ela pareceu totalmente entorpecida sob sua mão investigativa, e escorria sangue. Desceu da amurada, esticou a cabeça para o lado, a fim de sangrar a barlavento, ao mesmo tempo em que a mão direita protegia do fluxo a preciosa dragona.

– Killick – gritou, curvando-se para manter os olhos na galera sob o tesado arco da vela grande retangular –, traga-me um casaco velho e outro lenço. – Enquanto se trocava, olhava fixamente para a galera, que havia disparado duas vezes com o seu único canhão de ré, ambos os tiros indo um pouco distante. "Meu Deus, eles manejam com rapidez aquele canhão de 12", refletiu. Os cutelos do joanete estavam largados; a marcha da *Sophie* aumentou; agora, ganhava velocidade perceptivelmente. Jack não foi o único a notar, e vivas foram dados no castelo de proa e seguiram por bombordo quando as guarnições dos canhões ouviram a notícia.

– O canhão de perseguição de proa está pronto, senhor – informou James Dillon sorrindo. – O senhor está bem, senhor? – perguntou, ao ver sangue na mão e no pescoço de Jack.

– Um arranhão... nada demais – retrucou Jack. – O que me diz da galera?

– Nós a estamos alcançando, senhor – respondeu Dillon, e, mesmo falando baixo, houve um arrebatamento extraordinariamente exultante em sua voz. Ele ficara terrivelmente perturbado pela repentina aparição de Stephen, e, apesar de suas inúmeras obrigações atuais terem impedido muitas reflexões sucessivas, a sua mente como um todo, com exceção da parte imediatamente frontal, estava repleta de preocupações inexprimíveis, angústia e sombras negras e incoerentes de pesadelos: ele desejava a agitação no convés da galera com uma ânsia descomedida.

– Estão abafando o pano – afirmou Jack. – Veja só aquele vilão na vela mestra. Pegue a minha luneta.

– Não, senhor. Certamente não – rebateu Dillon, fechando furiosamente a luneta com um estalido.

– Bem – disse Jack –, bem... – Uma bala 12 libras atravessou as varredouras inferiores de boreste da *Sophie*, dois buracos, um exatamente atrás do outro, e zuniu mais quatro ou cinco pés além deles, um borrão visível, quase roçando nas macas. – Nós nos daríamos bem com um ou dois dos artilheiros deles – observou Jack. – Gajeiro do topo de mastro! – chamou.

– Senhor? – surgiu a voz distante.

– O que me diz da vela a barlavento?

– Aproximando-se, senhor, aproximando-se da dianteira do comboio.

Jack assentiu.

— Que os capitães e os sargentos de artilharia preparem o caça de proa. Eu mesmo vou apontá-lo.

— Pring está morto, senhor. Algum outro capitão?

— Cuide disso, Sr. Dillon.

Ele encaminhou-se para a frente.

— Nós vamos pegá-la, senhor? — indagou um marujo grisalho, um dos membros do grupo de abordagem, com a agradável familiaridade de um momento de crise.

— Espero que sim, Cundall, espero mesmo que sim — respondeu Jack. — Pelo menos, daremos uma bombardada nela.

"Aquele cachorro", disse a si mesmo, fitando acima da massa de mira o convés argelino. Ele sentiu surgir o início da arfagem ascendente da proa da *Sophie*, enfiou o rastilho no ouvido do canhão, ouviu o sibilar, o ruído despedaçante e o guincho da carreta quando o canhão coiceou.

— Hurra, hurra — bramiram os homens no castelo de proa. Houve apenas um buraco na vela mestra da galera, cerca de meio caminho acima, mas foi o primeiro disparo que conseguiram acertar em cheio. Mais três disparos e ouviram um deles atingir algo metálico na popa da galera.

— Prossiga, Sr. Dillon — disse Jack, endireitando-se. — Apanhe a minha luneta, ali.

O sol agora estava tão baixo que ficava difícil de enxergar, enquanto ele balançava com o movimento do mar, protegendo o instrumento óptico com a mão à distância e concentrando toda a sua potência nas duas figuras com turbantes vermelhos, atrás do canhão de popa da galera. Uma bala de mosquetão atingiu a abita de boreste da *Sophie*, e ele ouviu um marujo despejar uma enfiada de obscenidades enfurecidas.

— John Lakey recebeu algo cruel — comentou uma voz em tom baixo, bem perto, atrás dele. — Nos colhões. — O canhão disparou a seu lado, mas antes que a fumaça lhe ocultasse a galera ele se decidiu. O argelino estava, de fato, abafando o pano: afrouxando as escotas para que as velas, aparentemente cheias, não puxassem com força total:

era por isso que a velha, gorda, frouxa e pesada *Sophie*, debatendo-se furiosamente e quase prestes a romper-se toda, ganhava terreno da galera esguia, mortal e plasticamente bela. O argelino o estava guiando: aliás, poderia escapar a qualquer momento. Por quê? A fim de atraí-lo para longe, a sotavento do laúde, era esse o motivo: junto com a real possibilidade de desarvorá-lo, varrê-lo a bala à vontade (independente do vento) e, igualmente, apresar a *Sophie*. Do mesmo modo, atraí-lo a sotavento do comboio, para que, com o velejo a barlavento, ele talvez se apoderasse de uma meia dúzia. Olhou por cima do ombro esquerdo para o laúde. Mesmo se este fizesse a volta, eles ainda o alcançariam, pois se tratava de uma criatura muito lenta – não tinha gáveas e, é claro, nem joanetes – muito mais lenta do que a *Sophie*. Entretanto, em tão pouco tempo, naquele rumo e naquela velocidade, ele jamais conseguiria alcançar o laúde, exceto levando o barco à orça, andando aos bordos, com a escuridão baixando rapidamente. Não adiantaria. Seu dever era bastante claro: a opção indesejada, como sempre. E aquele era o momento da decisão.

– Fogo amplo – ordenou, enquanto o canhão era disposto. – Bateria de boreste: preparar. Sargento Quinn, cuide dos homens com as armas leves. Quando estivermos com a galera exatamente pelo través, mirem bem baixo na cabine à popa dos bancos dos remadores. Disparem à ordem de comando. – Ao se virar e correr de volta para o tombadilho, captou o olhar do rosto de James Dillon enegrecido de pólvora, um olhar, se não de fúria ou de algo pior, pelo menos de amarga contrariedade. – Marinheiros aos braços – ordenou, mentalmente abandonando a ideia, deixando para depois. – Sr. Marshall, leve o barco em direção ao laúde. – Ele ouviu o gemido dos marinheiros, uma exalação universal de decepção, e disse: – Todo o leme!

"Nós vamos pegá-lo desprevenido e lhe dar algo para se lembrar da *Sophie*", acrescentou para si mesmo, de pé bem atrás da peça de quatro libras de boreste. Àquela velocidade, a *Sophie* inverteu o bordo rapidamente: ele se agachou, meio curvado, a respiração presa, todo o seu ser concentrado no brilho central do comprido bronze e da variante paisagem marinha à sua frente. A *Sophie* virou, virou: os remos da galera iniciaram uma furiosa movimentação, agitando o mar, porém era tarde demais. Um décimo de segundo antes de ele ter a galera exatamente pelo través e pouco antes de a *Sophie* alcançar a metade de seu movimento descendente, ele gritou: "Fogo!", e a bateria disparou, tão decidida quanto uma nau de linha, juntamente com cada mosquete existente a bordo. A fumaça clareou e vivas elevaram-se no ar, pois havia um enorme buraco do lado da galera, e os mouros corriam de um lado para o outro, desordenados e aflitos. Com a luneta, Jack pôde ver o canhão de caça de popa destroçado e vários corpos caídos no convés: mas o milagre não acontecera – ele não havia destroçado o leme, nem a esburacara desastrosamente abaixo da linha-d'água. Contudo, não havia mais problemas a se esperar da galera, refletiu, desviando a atenção desta e a dirigindo para o laúde.

– E, ENTÃO, DOUTOR – disse ele, surgindo na enfermaria de combate –, como está se saindo?

– Toleravelmente bem, obrigado. A batalha recomeçou?

– Ah, não. Foi apenas um disparo de través à proa do laúde. A galera está além do horizonte em su-sudoeste, e Dillon acabou de pegar um bote para ir lá e libertar os noruegueses... Os mouros penduraram uma camisa branca e pediram clemência. Malditos bandidos.

– Fico contente em ouvir isso. É realmente impossível costurar a pele de alguém com a sacudida dos canhões. Posso ver a sua orelha?

– Foi apenas um tiro de raspão. Como estão os pacientes?

– Creio que talvez possa me responsabilizar por quatro ou cinco deles. O homem com a terrível incisão na coxa... Disseram-me que foi uma lasca de madeira: isso é verdade?

– Sim, é. Um enorme pedaço de duro carvalho afiado, voando pelos ares, é capaz de cortar uma pessoa de maneira espantosa. E geralmente isso acontece.

– ... ele está reagindo excepcionalmente bem; e já emplastrei o pobre sujeito com a queimadura. Sabia que o calcador da pólvora foi trespassado exatamente na parede superior do bíceps, errando por pouco o nervo cubital? Mas não posso cuidar do artilheiro-chefe aqui embaixo... não com esta luz.

– O artilheiro-chefe? O que há de errado com o artilheiro-chefe? Pensei que o senhor o tinha curado.

– E curei. Da mais horrível prisão de ventre autoinduzida que já tive o privilégio de ver, provocada por uma intensa ingestão de quinino... de quinino autoadministrado. Mas, agora, senhor, trata-se de uma fratura com deformação do crânio, e preciso usar a trefina: ali está ele, deitado... percebe o estertor característico?... e creio que estará em segurança até a manhã. Assim que o sol nascer, porém, terei de tirar o topo de seu crânio com a minha serrinha. Verá o cérebro do artilheiro-chefe, senhor – acrescentou com um sorriso. – Ou, pelo menos, a *dura-máter* dele.

– Deus do céu, Deus do céu! – murmurou Jack. Uma profunda depressão começava a dominá-lo, um anticlímax. Uma pequena e maldita escaramuça por tão pouco, e dois bons homens mortos. O artilheiro-chefe quase certamente morto, pois nenhum homem conseguiria sobreviver com o cérebro exposto, era contra o bom senso, e os outros, com toda a facilidade, talvez morressem... eles costumavam fazer isso. Se não fosse pelo maldito comboio, talvez ele pudesse apresar a galera... dois podem fazer o mesmo jogo. – O que foi agora? – gritou, quando irrompeu um clamor no convés.

– Eles estão agindo à moda antiga a bordo do laúde, senhor – informou o mestre-arrais, quando Jack chegou ao tombadilho, em meio ao crepúsculo. O mestre-arrais era de uma longínqua região do norte, Órcadas, Shetland, ou isto ou um defeito natural em sua fala o levava a trocar o *er* pelo *ar*, uma peculiaridade que se tornava mais marcante num momento de nervosismo. – Dá para *var* que aqueles sodomitas infernais voltaram a *fazar* a sua farra.

– Coloque-nos a contrabordo, Sr. Marshall. Destacamento de abordagem, venha comigo.

A *Sophie* braceou as vergas para evitar mais danos, aquartelou seu velacho e deslizou serenamente para a lateral do laúde. Jack alcançou a mesa das enxárcias no costado do norueguês e lançou-se acima através da destroçada rede de abordagem, seguido por um grupo sombrio de aparência selvagem. Sangue no convés: três corpos. Cinco mouros sombrios estavam recuados contra a antepara do camarote do tombadilho de ré, protegidos por James Dillon: o negro mudo, Alfred King, com um machado de abordagem na mão.

– Tirem esses prisioneiros daí – ordenou Jack. – Coloquem-nos no porão de proa. O que houve, Sr. Dillon?

– Não sei direito, senhor, mas acho que os prisioneiros devem ter tentado atacar King entre os conveses.

– Foi isso que aconteceu, King?

O negro continuava olhando fixamente – os companheiros seguravam os seus braços –, e a resposta que ele deu poderia significar qualquer coisa.

– Foi isso que aconteceu, Williams? – indagou Jack.

– Não sei, senhor – respondeu Williams, tocando no chapéu e com o olhar parecendo vidrado.

– Foi isso que aconteceu, Kelly?

– Não sei, senhor – disse Kelly, com o nó do dedo batendo na testa e com o mesmo olhar vago.

– Onde está o mestre-arrais do laúde, Sr. Dillon?

– Senhor, parece que os mouros o jogaram pela borda afora.

– Meu Deus! – bradou Jack. Entretanto, essa coisa não era incomum. Um ruído furioso atrás dele revelou que a notícia havia chegado à *Sophie*. – Sr. Marshall – chamou, indo para a amurada –, cuide desses prisioneiros, sim? Não quero nenhuma asneira. – Olhou de cima a baixo do convés, de cima a baixo da mastreação: muito pouco dano. – O senhor vai levar o laúde para Cagliari, Sr. Dillon – falou baixinho, bastante irritado com aquela selvageria. – Leve os homens de que necessitar.

Voltou para a *Sophie*, muito, muito circunspecto. Porém mal se passou um minuto depois que ele tinha alcançado o seu próprio tombadilho uma voz condenável dentro dele falou: "Nesse caso, o barco é uma presa, como sabe, e não um salvamento." Ele a desaprovou com um franzido de testa, chamou o mestre do navio e passou a andar pelo brigue, decidindo a ordem dos reparos mais urgentes. O barco sofrera danos surpreendentes para uma tão breve escaramuça, durante a qual não foram trocados mais que cinquenta disparos – o barco era um exemplo flutuante do que era capaz de fazer uma artilharia superior. O carpinteiro e dois de sua turma estavam no costado, pendurados em berços, tentando tapar um buraco bem perto da linha-d'água.

– Não vai dar para consertar direito, senhor – informou o Sr. Lamb em resposta à indagação de Jack. – Estamos meio afundados, e não vejo como enfiar um tampão, não neste rumo.

– Então vamos virar de bordo para o senhor, Sr. Lamb. Mas me avise assim que o buraco estiver tapado. – Ele olhou, além do mar que escurecia, para o laúde, que agora, mais uma vez, assumia o seu lugar no comboio: virar de bordo significava seguir imediatamente para o laúde, e este se tornara estranhamente caro ao seu coração. "Carregado com vergas, carvalho alemão, estopa, alcatrão de Estocolmo, massame", aquela voz interior continuou avidamente. "Ele talvez valha 2 ou 3 mil... até mesmo 4". – Sim, Sr. Watt, certamente – disse ele em voz alta. Subiram para o cesto da gávea e olharam a pega danificada.

– Foi o pedaço que fez o serviço na cabeça do pobre Sr. Day – comentou o mestre do navio.

– Então foi isso? Realmente um grande pedaço perverso. Mas não devemos perder as esperanças. O Dr. Maturin vai fazer uma... vai fazer uma coisa prodigiosamente habilidosa com uma serra, assim que houver luz. Ele precisa de iluminação para essa coisa... algo incomumente engenhoso, ouso dizer.

– Ah, sim, tenho certeza, senhor – bradou o mestre num tom caloroso. – Ele só pode ser um cavalheiro muito inteligente, não resta dúvida. Os marinheiros estão muito contentes. "Quanta consideração", disseram, "serrar a perna de Ned Evans e deixá-la tão bem aparada, e costurar as partes pudendas de John Lakey com tanto capricho; como também todo o resto; e ele está, assim por dizer, a passeio... como um visitante."

– É *mesmo* magnânimo – disse Jack. – Muito magnânimo, concordo. Vamos precisar de um tipo de trinca de gurupés aqui, Sr. Watt, até o carpinteiro poder cuidar da pega, cabos grossos bem tesados, e que Deus nos ajude se tivermos que arriar os mastaréus de gávea.

Observaram mais meia dúzia de outros pontos, Jack desceu, fazendo uma parada para contar o seu comboio – agora muito próximo e ordenado depois do susto – e foi para a câmara. Ao se deixar afundar sobre o comprido armário acolchoado, descobriu que estava prestes a dizer: "Vai três", pois a sua mente ocupava-se em calcular três oitavos de 3.500 libras – ele já havia fixado essa quantia como o valor do *Dorthe Engelbrechtsdatter*. Pois três oitavos (menos um deles para o almirante) seriam a sua parte do lucro. Não era a dele, de modo algum, a única mente ocupada com números, pois todos os demais homens registrados nos livros da *Sophie* tinham direito a uma parte – Dillon e o mestre-arrais, um oitavo para os dois; o cirurgião (se a *Sophie* tivesse lançado um oficialmente em seus livros), o mestre, o carpinteiro e ajudantes de navegação, mais um oitavo; os aspirantes, os suboficiais e o sargento dos fuzileiros, outro oitavo, ao passo que o resto da tripulação dividiria a quarta parte restante. E era tão maravilhoso ver o quanto mentes ativas não dispostas ao pensamento abstrato movimentavam esses números, esses símbolos, para cima e para baixo, calculando a quantia correta do paioleiro dos cabos até o último vintém. Ele apanhou um lápis para fazer a soma de forma correta, sentiu-se envergonhado, empurrou-o para o lado, hesitou, pegou-o novamente e escreveu os números, bem pequeninos, em diagonal, no canto de uma folha, afastando rapidamente o papel de sua frente, ao ouvir uma batida na porta. Tratava-se do ainda molhado carpinteiro, vindo informar que os tampões tinham sido colocados, e que não havia mais do que 18 polegadas de água no poço.

– O que é menos da metade do que eu esperava, depois daquela terrível salva que a galera nos deu, disparando tão para baixo. – Fez uma pausa e lançou para Jack um estranho olhar de esguelha.

– Bem, isso é sublime, Sr. Lamb – afirmou Jack, após um instante.

Mas o carpinteiro não se mexeu; permaneceu ali, pingando nos quadrados de lona pintada, criando, finalmente, uma poça. Então, desatou:

– O que, se é verdade a respeito do laúde, e dos pobres noruegueses jogados pela borda afora... talvez feridos, também, o que deixou o senhor justamente furioso, por causa de uma mera crueldade... que malefícios eles causariam, se tivessem sido bem-sucedidos? De qualquer modo, os suboficiais da *Sophie* gostariam de ofertar ao cavalheiro – gesticulou com a cabeça na direção da câmara noturna, a habitação temporária de Stephen Maturin – uma parte do quinhão deles, para fazer justiça, como um sinal de... reconhecimento pela... sua conduta, considerada muito nobre por todos os marinheiros.

– Com licença, senhor – falou Babbington –, o laúde está sinalizando.

No tombadilho, Jack viu que Dillon hasteara um pano multicor – obviamente, tudo o que o *Dorthe Engelbrechtsdatter* possuía –, o que expressava, entre outras coisas, que ele tinha peste a bordo e que estava prestes a fazer vela.

– Virar em roda – comandou. E quando a *Sophie* estava à distância de um cabo do comboio, ele chamou: – Ô do laúde.

– Senhor – surgiu a voz de Dillon através do mar intermédio –, terá o prazer de saber que todos os noruegueses estão a salvo.

– O quê?

– Os... noruegueses... estão... todos... a salvo. – Os dois barcos se aproximaram. – Eles se esconderam num lugar secreto no alvaçuz da proa... alvaçuz da proa – prosseguiu Dillon.

– Ah... alvaçuz da proa – murmurou o contramestre na roda do leme; pois a *Sophie* era todo ouvidos, num silêncio religioso.

– A todo o pano adiante – berrou Jack, furioso, e as gáveas estremeceram, influenciadas pela emoção do contramestre. – Mantenha a todo pano adiante.

– Está a todo o pano adiante, senhor.

– E o mestre-arrais pediu – continuou a voz distante – se podíamos mandar um cirurgião a bordo, porque um dos seus homens machucou o dedão do pé, ao descer correndo a escada.

– Fale para o mestre-arrais, que eu mandei dizer – gritou Jack, numa voz que quase alcançou Cagliari, o rosto vermelho pelo esforço e a furiosa indignação –, diga ao mestre-arrais para ele pegar o dedão do homem e... enfiar.

Ele foi para baixo, pisando forte, 875 libras mais pobre, com a aparência amarga e desagradável.

Essa, porém, não era uma expressão que o seu semblante adotasse facilmente, nem por muito tempo; e quando ele pisou no cúter para ir a bordo do navio do almirante no ancoradouro de Gênova, o rosto tinha praticamente recuperado sua jovialidade natural. Manteve a gravidade, é claro, pois uma visita ao formidável lorde Keith, almirante do Azul e comandante em chefe do Mediterrâneo, era assunto sério. Sua seriedade, ao sentar-se nas escotas de popa, cuidadosamente lavadas, acepilhadas e aduchadas, afetou o seu patrão e a tripulação do cúter, e seguiram adiante remando com sobriedade, mantendo os olhos principalmente para dentro de bordo. Contudo, ainda assim, eles iam alcançar a nau capitânia cedo demais, e Jack, olhando para o relógio, pediu que eles contornassem o *Audacious* e arvorassem os remos. Dali, ele poderia ver a baía inteira, com cinco naus de linha e quatro fragatas a 2 ou 3 milhas da terra, e próximo da costa um enxame de canhoneiras e embarcações com morteiros; elas estavam bombardeando resolutamente a nobre cidade que se elevava íngreme em uma extensa curva na entrada da baía – ancoradas ali, envoltas na fumaça que elas próprias produziam, disparando bombas nas edificações comprimidas umas contra as outras, no lado mais afastado do distante molhe. Os barcos pareciam pequenos à distância; as casas, igrejas e palácios pareciam menores ainda (apesar de bem nítidos naquele suave ar transparente), como se fossem brinquedos; mas o contínuo trovejar dos disparos e a intensa resposta da artilharia francesa no litoral pareciam estranhamente próximos, ao alcance, reais e ameaçadores.

Os dez minutos necessários se passaram; o cúter da *Sophie* aproximou-se da nau capitânia; e, em resposta ao "Ô do barco", o patrão gritou "*Sophie*", querendo dizer que seu comandante estava a bordo. Jack subiu pelo costado, com a formalidade devida, foi cumprimentado no tombadilho, apertou a mão do comandante Louis e foi conduzido à câmara do almirante.

Ele tinha toda razão de estar contente consigo mesmo: levara o comboio a Cagliari, sem perdas; trouxera outro a Livorno e estava ali exatamente na hora marcada, apesar da calmaria ao largo de Monte Cristo – a despeito de tudo isso, porém, ele estava extraordinariamente nervoso, e sua mente, tão repleta de lorde Keith que, ao não ver nenhum almirante naquela enorme câmara repleta de luz, mas apenas uma mulher jovem bem rechonchuda de costas para a janela, ele abriu a boca como uma carpa qualquer.

– Jackie querido – exclamou a mulher –, como você está bonito, todo elegante. Deixe-me ajeitar a sua gravata. Oh, Jackie, você parece tão assustado como se eu fosse um francês.

– Queeney! A velha Queeney! – gritou Jack, apertando-a para si e lhe dando um enorme beijo afetuoso e ruidoso.

– Maldito seja, diabos... para o inferno, bando de moloides – berrou uma furiosa voz escocesa, e o almirante entrou na câmara, vindo pelo corredor da popa. Lorde Keith era um homem alto e grisalho, com uma bela cabeça leonina, e os olhos disparavam faíscas de raiva.

– Este é o jovem de quem lhe falei, almirante – disse Queeney, ajeitando no lugar a gravata preta alta do pálido Jack e acenando-lhe com a aliança de casamento. – Eu costumava dar banho nele e levá-lo para a minha cama, quando ele tinha pesadelos.

Essa talvez não fosse a melhor das recomendações possíveis para um almirante perto dos 60 anos e recém-casado, mas pareceu dar certo.

– Oh! – fez o almirante. – Sim. Eu tinha me esquecido. Perdoe-me. Tenho tantos comandantes sob o meu comando, e alguns deles não passam de uns devassos...

– "E alguns deles não passam de uns devassos", disse ele, olhando-me de cima a baixo com aqueles malditos olhos frios – contou Jack, enchendo o cálice de Stephen e estirando-se confortavelmente no armário. – E tive praticamente certeza de que ele me reconheceu das únicas três vezes em que estivemos juntos – e cada vez pior do que a outra. A primeira foi no cabo da Boa Esperança, no velho *Reso*, quando eu era aspirante: na ocasião, ele era o comandante Elphinstone. Chegou a bordo apenas dois minutos após o comandante Douglas ter me rebaixado para marinheiro, e perguntou: "Por que essa criança está chorando?" E o capitão Douglas respondeu: "Este jovem infeliz é um libertino; eu o coloquei no mastro, que é para ele aprender o seu dever."

– Esse é o local mais conveniente para aprender? – indagou Stephen.

– Bem, é mais fácil para eles ensiná-lo a ser submisso – disse Jack, sorrindo –, pois podem prendê-lo a um estrado no tabordão e açoitá-lo com o azorrague, o nosso "gato de nove caudas", até você perder o fígado e a consciência. Colocar no mastro significa rebaixar um aspirante... degradá-lo, para que ele deixe de ser o que chamamos de um jovem cavalheiro e passe a ser tratado como um marinheiro de segunda. Ele se torna um marinheiro de segunda; dorme e come com eles; e pode ser agredido por qualquer homem que tenha um bastão ou uma corda na mão, como também ser açoitado. Nunca imaginei que ele pudesse fazer isso realmente, embora tenha me ameaçado várias vezes; pois ele era amigo do meu pai e eu achava que tinha afeto por mim... o que realmente tinha. Mas, apesar disso, cumpriu a ameaça, e lá estava eu, rebaixado, e ele me manteve assim durante seis meses antes de me promover novamente para aspirante. No final, fiquei grato a ele, pois passei a conhecer a coberta de baixo de ponta a ponta. Mas, na ocasião, berrei como um bezerro... chorei como uma menina qualquer, ha-ha.

– O que fez o comandante tomar uma decisão tão drástica?

– Ah, foi por causa de uma moça, uma bela moça negra chamada Sally – lembrou Jack. – Ela apareceu no escaler das compras e eu a escondi no paiol dos cabos. Mas o capitão Douglas e eu discordávamos em muitas outras coisas... na maior parte, obediência e sair da cama pela manhã, e respeito pelo mestre-escola (nós tínhamos um mestre-escola a bordo, um bêbado chamado Pitt) e um prato de tripa. Na segunda vez em que lorde Keith me viu foi quando eu era o quinto do *Hannibal*, e o nosso primeiro-tenente era o maldito idiota do Carrol... Se existe algo que eu mais deteste do que estar em terra é ficar sob as ordens de um maldito idiota que não é marujo. Ele era tão repulsivo, tão intencionalmente repulsivo, prendendo-se a pequenas questões triviais de disciplina, que fui obrigado a lhe perguntar se ele queria se encontrar comigo em algum lugar fora do navio. Era exatamente o que ele queria: correu para o comandante e falou que eu o tinha desafiado. O comandante Newman disse que era bobagem, mas que eu precisava me desculpar. Mas eu não podia fazer isso, pois não havia nada para pedir desculpas... eu estava com a razão, sabe. E lá fui eu, levado à presença de meia dúzia de capitães de mar e guerra e dois almirantes: lorde Keith era um dos almirantes.

– O que aconteceu?

– Petulância... Fui repreendido oficialmente por petulância. E houve uma terceira vez... mas não vou entrar em detalhes – disse Jack. – É uma coisa curiosa, sabe – prosseguiu, fitando pela janela de popa com um brando e ingênuo olhar de admiração –, uma coisa prodigiosamente curiosa, mas não deve haver muitos homens que sejam malditos idiotas sem serem marujos, que consigam galgar postos na hierarquia da Marinha Real... refiro-me a homens desinteressados, é claro... e aconteceu de eu servir sob as ordens de não menos do que dois deles. Na ocasião, eu achava que realmente tinha sido passado para trás... minha carreira terminada, suprimida, ai de mim, pobre Borwick. Passei oito meses em terra, tão melancólico quanto esse sujeito da peça, ia à cidade sempre que podia me dar o luxo, o que não acontecia frequentemente, e fazia ponto na maldita sala de espera do Almirantado. Acreditava mesmo que nunca mais iria para o mar... um tenente com meio soldo pelo restante da vida. Se não tivesse sido pelo meu violino, e a caça à raposa, quando conseguia um cavalo, penso que teria me enforcado. Aquele Natal foi a última vez em que vi Queeney, creio, exceto apenas uma vez em Londres.

– Ela é uma tia, uma prima?

– Não, não. Nenhum parentesco. Mas nós dois praticamente fomos criados juntos... ou melhor, ela praticamente *me* criou. Sempre me lembro dela como uma moça grande, e não uma criança, embora certamente não haja dez anos de diferença entre nós. Que criatura amorosa e bondosa. Eles eram proprietários da Damplow, a casa vizinha à nossa... ficava praticamente no nosso quintal... e depois que a minha mãe morreu, ouso dizer que passava tanto tempo lá quanto em casa. Mais – completou, refletindo e fitando o indicador de ângulo de leme no alto. – Conhece o Dr. Johnson... o do Dicionário Johnson?

– Claro – exclamou Stephen, com um olhar invulgar. – O mais respeitável, o mais agradável dos modernos. Discordo de tudo o que ele diz, exceto quando fala da Irlanda, mas eu o respeito; e o adoro por causa de sua biografia de Savage. E tem mais uma coisa: ele participou do sonho mais nítido que já tive em minha vida, não faz uma semana. É estranho tê-lo mencionado no dia de hoje.

– Sim, não é mesmo? Foi um grande amigo deles, até a mãe deles fugir e se casar com um italiano, um papista. Queeney ficou terrivelmente contrariada por ter um papista como padrasto, como pode imaginar. Não que ela jamais o tivesse visto, porém. "Tudo menos um papista", dizia. "Afirmo que preferia mil vezes o Negro Frank." Por causa disso, naquele ano, queimamos uns 13 sujeitos, um atrás do outro... deve ter sido em 1783 ou 1784... não muito depois da Batalha dos Santos. Depois disso, elas se instalaram na Damplow, mais ou menos permanentemente... isto é, as meninas e a prima mais velha delas. A querida Queeney. Creio que já falei dela antes, não? Foi ela quem me ensinou matemática.

– Acredito que sim: uma professora de hebraico, se não me engano.

– Exatamente. Seções cônicas e o Pentateuco penetraram em mim com a facilidade com que eu acariciava a mão dela com a minha. A querida Queeney. Achava que ela ia virar uma solteirona, embora fosse tão bonita; pois como um homem poderia namorar uma moça que sabe hebraico? Parecia um desperdício; uma pessoa de temperamento tão amável deveria ter uma grande família, prodigiosa em filhos. Mas, não obstante, aqui está ela, casada com o almirante, e, portanto, houve um final feliz... se bem que, sabe, ele seja espantosamente velho... cabelos brancos, chegando aos 60, ousaria afirmar. Você, como médico, acha que... quero dizer, é possível...?

– *Possibilissima.*

– Hein?

– *Possibile è la cosa, e naturale* – cantou Stephen, num tom estridente e rangente, bem diferente da sua voz normal, que não era desagradável. – *E se Susanna vuol, possibilissima* – dissonante, mas bem próximo para se reconhecer o Fígaro.

– Sério? *Sério?* – insistiu Jack, com intenso interesse. Então, após uma pausa para refletir: – Podemos tentar fazer um dueto com isso, improvisar... Ela se juntou a ele em Livorno. E lá estava eu, achando que era por meu próprio mérito, reconhecido afinal, e que os ferimentos honrosos – gargalhando intensamente – valeram a minha promoção. Ao passo que, sem dúvida, foi a querida Queeney, não percebe? Mas não lhe contei o melhor... e isso, certamente, devo a ela. Nós vamos fazer um cruzeiro de seis semanas pelas costas da França e da Espanha, até o cabo Nao!

– É? E isso é bom?

– Sim, sim! Muito bom. Chega de escoltar comboios, entende? Chega de se envolver com essa turma de bandidos marinheiros de água doce desprezíveis e navios mercantes se arrastando para lá e para cá pelo mar. Os franceses e os espanhóis, seu tráfego, seus portos, seus suprimentos... esses são os nossos objetivos. Lorde Keith foi muito sério sobre a grande importância de destruir o comércio deles. Aliás, foi muito incisivo a esse respeito... é tão importante quanto as grandes ações de nossa esquadra, segundo ele; e muito mais lucrativo. O almirante levou-me para um canto e alongou-se bastante sobre esse assunto... ele é um comandante muito perspicaz, sagaz; não é um Nelson, é claro, porém está muito acima do normal. Alegro-me por Queeney estar com ele. E não estaremos sob as ordens de ninguém, o que é maravilhoso. Nenhum velho calvo para nos dizer: "Jack Aubrey, siga para Livorno com esses porcos para abastecer a esquadra", tornando quase impossível a menor esperança de uma presa. Dinheiro de presa – bradou, sorrindo e estapeando a coxa; e o fuzileiro de sentinela, do outro lado da porta, que ouvia atentamente, sacudiu a cabeça e também sorriu.

– Você é muito apegado a dinheiro? – perguntou Stephen.

– Eu o amo apaixonadamente – respondeu Jack, com a verdade tilintando nítida em sua voz. – Sempre fui pobre e anseio por ser rico.

– Correto – disse o fuzileiro.

– O meu querido e velho pai também sempre foi pobre – prosseguiu Jack. – Mas tão mão-aberta quanto um dia de verão. Ele me dotou de 50 libras anuais, como mesada, quando eu era um aspirante, o que, naqueles dias, era uma quantia incomumente generosa... ou teria sido, se ele tivesse conseguido persuadir o Sr. Hoare a pagá-la depois do primeiro trimestre. Meu Deus, como sofri no velho *Reso...* contas do rancho, lavanderia, eu ficando maior do que o meu uniforme... é claro que eu amo o dinheiro. Mas creio que precisamos ir... o sino deu duas badaladas.

Jack e Stephen foram convidados à praça d'armas a fim de provarem o leitão comprado em Livorno. James Dillon estava à espera, para as boas-vindas, juntamente com o mestre-arrais, o intendente e Mowett, quando eles mergulharam na escuridão: a praça d'armas não tinha janelas de popa, nem janela corrediça, mas apenas uma nesga de claraboia à vante, pois, embora a disposição da *Sophie* deixasse lugar para uma confortável câmara de comandante (realmente luxuosa, se as pernas do comandante fossem serradas um pouco acima do joelho), desobstruída pelos costumeiros canhões, isso significava que a praça d'armas ficava num convés abaixo do espardeque e assentados numa espécie de dormente, não muito diferente de uma coberta do porão.

Para início de conversa, o jantar foi um divertimento um tanto frio, formal, apesar de iluminado por um esplêndido lustre de prata bizantino, que Dillon tomou de uma galera turca, embora regado por um vinho extraordinariamente bom, pois, para os padrões navais, Dillon era próspero, até mesmo rico. Todos se comportavam bem, de um modo anormal: Jack deveria dar o tom, como muito bem sabia – isso era esperado dele, e era sua prerrogativa. Mas aquela espécie de deferência, aquela atenta concentração a cada observação sua exigia que as palavras que pronunciasse merecessem a atenção que despertavam – uma situação cansativa para um homem acostumado à conversa humana natural, com suas constantes interrupções, contradições e a comum desatenção. Ali, tudo o que ele dizia era correto; e logo sua vivacidade começou a se curvar sob o fardo. Marshall e o intendente Ricketts permaneciam calados, dizendo apenas por favor e obrigado, comendo com uma pavorosa precisão; o jovem Mowett (um colega convidado) também estava silencioso, é claro; Dillon só falava amenidades; mas Stephen Maturin estava mergulhado em profundo devaneio.

Foi o porco que salvou o melancólico festim. Impelido por um tropeção do taifeiro, que coincidiu com um súbito balanço da *Sophie*, ele deixou a travessa, à porta da praça d'armas, e disparou para o colo de Mowett. Depois dos urros e da algazarra subsequentes, todos voltaram a ser humanos, permanecendo naturais o bastante para Jack chegar ao ponto pelo qual ansiava desde o início do jantar.

– Bem, cavalheiros – disse ele, após beberem à saúde do rei –, tenho notícias que, acredito, os deixarão contentes; embora eu deva pedir a indulgência do Sr. Dillon para falar nesta mesa de assuntos relacionados ao serviço. O almirante nos proporcionou um cruzeiro, por nossa própria conta, até o cabo Nao. E persuadi o Dr. Maturin a permanecer a bordo, para nos costurar quando a violência dos inimigos do rei nos dilacerar.

– Hurra! Muito bem! Viva, viva! Excelente notícia! Ótimo! Escutem só isso – todos gritaram, mais ou menos ao mesmo tempo, e pareceram muito felizes. Havia tanta amizade sincera em seus rostos que Stephen ficou intensamente comovido.

– Lorde Keith ficou encantado, quando lhe contei – prosseguiu Jack. – Disse que nos invejava muito... não há médico na nau capitânia... ficou *pasmado* quando lhe contei sobre o cérebro do artilheiro-chefe... pediu a luneta para ver o Sr. Day tomando sol no convés... e redigiu de próprio punho a nomeação do doutor, algo do qual eu nunca tinha ouvido falar que tivesse acontecido antes no serviço.

Nem nenhum dos presentes – a nomeação precisava ser comemorada: três garrafas de vinho do Porto, muito bem, Killick, copos cheios até a borda –, e, enquanto Stephen permanecia sentado ali, olhando modestamente para a mesa, todos se levantaram, encolheram as cabeças sob as vigas, e cantaram:

– *Hurra, hurra, hurra,*
Hurra, hurra, hurra,
Hurra, hurra, hurra,
Hurra.

– Só tem uma coisa, porém, de que não gosto – falou, enquanto a nomeação era passada com reverência em volta da mesa –, e é essa tola insistência na palavra *cirurgião*. "Por este, eu o nomeio *cirurgião*... assuma o seu cargo como *cirurgião*... juntamente com o soldo e vitualhas habituais do *cirurgião* da citada chalupa." Trata-se de uma falsa descrição; e uma falsa descrição é um anátema contra a mente filosófica.

– Tenho certeza de que é um anátema contra a mente filosófica – afirmou James Dillon. – Mas é assim que funciona a mente naval. Tomemos, por exemplo, a palavra *chalupa*.

– Sim – confirmou Stephen, estreitando os olhos em meio ao atordoamento do vinho do Porto, ao tentar se lembrar da definição que ouvira.

– Bem, uma chalupa, como sabem, é um barco de um mastro, com uma armação latina. Mas, na Marinha, uma chalupa de guerra pode ter a armação de galera... pode ter três mastros.

– Ou tomemos a *Sophie* – bradou o mestre-arrais, ansioso para fornecer sua migalha de ajuda. – Na verdade, é um brigue, como sabe, doutor, com os seus dois mastros. – Levantou dois dedos, para o caso de o homem de terra não captar totalmente a grandeza daquele número. – Mas, assim que o comandante Aubrey pisou nele, ora, também se tornou uma chalupa de guerra, pois um brigue é comandado por um capitão-tenente.

– Ou tomemos a mim – interrompeu Jack. – Sou chamado de comandante, mas, na verdade, sou apenas um mestre e comandante.

– Ou o lugar onde os marinheiros dormem, lá na frente – observou o intendente, apontando. – Falando corretamente, e também oficialmente, aquilo é um convés de bateria, embora nunca haja um canhão nele. *Nós* chamamos de espardeque ou convés de mastros... embora, também, não tenha mastros... mas alguns continuam chamando de convés de bateria, e chamam de convés superior o verdadeiro convés de bateria. Ou tomemos este brigue, que não é mesmo um brigue de verdade, não com uma vela mestra redonda; ele é mais uma espécie de *snow*, ou um hermafrodita.

– Não, não, meu caro senhor – exclamou James Dillon –, nunca deixe uma palavra afligir seu coração. Nós temos, na verdade, uns supostos criados do comandante, que são, na verdade, aspirantes; temos, registrados em nossos livros, uns supostos marinheiros de primeira que mal usam calções... eles se encontram a milhas de distância e ainda cursam a escola; nós juramos que não substituímos brandais, mas os substituímos constantemente; e fazemos outros juramentos em que ninguém acredita... não, não, o senhor pode chamar a si mesmo do que quiser, desde que cumpra com o seu dever. A Marinha fala por símbolos, e podemos nos ajustar ao significado que escolhermos para as palavras.

5

A cópia passada a limpo do diário de bordo da *Sophie* estava escrita com a extraordinariamente bela e elegante caligrafia de David Richards, mas, em todos os demais aspectos, era exatamente igual a qualquer outro diário de bordo do serviço. Seu tom semiletrado, oficial, extremamente tedioso, jamais variava; relatava a abertura da barrica de carne nº 271 e a morte do assistente de cirurgião exatamente com a mesma inflexão, e nunca mudava para a prosa humana, nem mesmo para registrar a primeira presa da chalupa.

Quinta-feira, 28 de junho, ventos variáveis, SE variando a S, rumo S50W, distância 63 milhas. – Latitude 42º32'N, longitude 4º17'E, Cabo Creus S76ºW 12 léguas. Ventos moderados e céu nublado à tarde, às 7h primeiro rizo nos joanetes. Pela manhã, tempo id. Exercícios com os canhões grandes. As pessoas em atividades ocasionais.

Sexta-feira, 29 de junho, curso S rumo E... Aragem e tempo bom. Exercícios com os canhões grandes. À tarde, reparos nos cabos. Pela manhã, ventos moderados e tempo nublado, terceiro rizo na vela de gávea, envergamos outro velacho e o rizamos fortemente, ventos fortes às 4h, ferramos a vela mestra redonda, às 8h ventos mais moderados, rizamos a vela mestra redonda e a desfraldamos. Ao meio-dia, calmaria. Partiu desta vida Henry Gouges, assistente de cirurgião. Exercitamos os canhões grandes.

Sábado, 30 de junho, leve aragem tendendo à calmaria. Exercitamos os canhões grandes. Castigados Jno. Shannaham e Thos. Yates com 12 açoites por embriaguez. Abatemos um novilho pesando 530 libras. Reserva de água: três toneladas.

Domingo, 1º de julho... Reunida para inspeção a tripulação do navio, por divisões, lidos os Artigos de Guerra e executado o Serviço Divino e lançado às profundezas o corpo de Henry Gouges. Ao meio-dia, tempo id.

Tempo idem: mas o sol mergulhou em direção a um horizonte ocidental de intenso roxo plúmbeo, intumescente de nuvens brancas empilhadas, e ficou claro para cada marujo a bordo que o tempo não permaneceria idem por muito tempo. Os marujos, escarrapachados no castelo de proa e penteando ou trançando os longos cabelos uns dos outros, explicavam aos marinheiros inexperientes que aquelas compridas vagas de sul e leste, aquele estranho calor pegajoso, que vinha igualmente do céu e da superfície vítrea do mar grosso, e aquela aparência terrivelmente ameaçadora do sol, significavam que estava para haver uma dissolução de todos os vínculos naturais, uma sublevação apocalíptica, certamente uma noite tempestuosa pela frente. Os marinheiros tinham bastante tempo para deprimir seus ouvintes, já com os ânimos abatidos por causa da estranha morte de Henry Gouges (ele dissera: "Ha-ha, marujos, estou fazendo 50 anos hoje. Deus do céu...", e morreu ali mesmo, sentado e ainda segurando intacto o seu grogue) – eles tinham bastante tempo, pois se tratava de um domingo à tarde, quando era natural o castelo de proa ficar coberto de marinheiros durante o descanso, os rabos de cavalo desfeitos. Alguns dos mais dotados tinham rabichos que podiam enfiar para dentro do cinto; e agora esses ornamentos estavam soltos e sendo penteados, escorridos quando ainda se encontravam molhados, ou bastos quando secos e ainda desengordurados, davam aos seus proprietários uma aparência estranhamente medonha e agourenta, como oráculos; o que aumentava a intranquilidade dos marinheiros inexperientes.

Os marujos exageraram; mas, apesar de todos os seus esforços, certamente não conseguiram aumentar os acontecimentos, pois o vendaval sudeste recrudesceu depois de sua primeira rajada de aviso, ao final do último turno de serviço, tornando-se uma imensa corrente de ar bramindo no turno de meia-noite às 4 horas, uma torrente tão sobrecarregada de chuva morna que os homens na roda do leme precisavam baixar a cabeça e colocar a mão em concha na lateral da boca para poder respirar. O mar encapelava cada vez mais: não tinha a altura das grandes vagas do Atlântico, porém era mais escarpado, e, de certo modo, mais perverso; suas cristas irrompiam espumantes diante deles, como se quisessem correr até as gáveas da *Sophie*, e eram altas o bastante para retardá-la, enquanto ela permanecia ali, posta à capa, navegando com vela de estai para tempestade. Tratava-se de algo que o barco conseguia fazer esplendidamente bem: ele podia não ser muito veloz; podia não parecer perigoso ou refinado; mas, com os mastaréus do joanete bem firmados no convés, os canhões duplamente calçados e as escotilhas fechadas, deixando apenas uma pequena abertura para a escada de popa, e com mil milhas de espaço de mar a sotavento, ele se mantinha protegido das intempéries e despreocupado como um êider. Era, também, um barco espantosamente enxuto, observou Jack, enquanto a *Sophie* escalava a cremosa escarpa de uma onda, deslizava elegantemente a crista arfante por baixo de sua proa e descia suavemente pelo cavado. Ele ficou parado com um braço em volta de um brandal, vestido com uma jaqueta de pano alcatroado e um par de ceroulas de calicô: os ondeantes cabelos louros, que usava soltos e compridos em homenagem a lorde Nelson, ficavam lisos para trás, na crista de cada onda, e mergulhavam nos cavados intermediários – um anemômetro natural –, e ele observava o processo regular e irreal em meio à luz difusa da lua precipitante. Com grande prazer, viu cumprida, e até mesmo superada, a sua previsão sobre as qualidades da *Sophie* como navio marítimo.

– Ele é extraordinariamente enxuto – falou para Stephen, que, preferindo morrer a céu aberto, se arrastara para o convés, se amarrara a um balaústre, e agora se encontrava mudo, molhado e amedrontado, atrás dele.

– Hein?

– Ele... é... extraordinariamente... enxuto.

Stephen franziu o cenho, impaciente: aquela não era hora para amenidades.

Mas o sol nascente engoliu o vento, e por volta das 7h30 da manhã seguinte tudo o que restava da tempestade era o mar grosso e uma fila de nuvens baixas sobre o distante golfo de Lyon, a noroeste; o céu era de uma inacreditável pureza e o ar lavado estava tão limpo que Stephen pôde ver a cor dos pés bamboleantes do petrel que atravessou patinhando a esteira da *Sophie* a cerca de 20 jardas de distância.

– Eu me lembro do *fato* de extremo e extenuante terror – disse ele, mantendo os olhos no passarinho –, mas a *natureza intrínseca* da emoção agora me escapa.

O homem na roda do leme e o contramestre na manobra trocaram um olhar escandalizado.

– Não é diferente do caso de uma mulher no parto – prosseguiu Stephen, mudando para o corrimão de popa, a fim de manter o petrel à vista, e falando bem mais alto. O homem na roda do leme e o contramestre entreolharam-se apressados: isso era terrível, alguém poderia ouvir. O cirurgião da *Sophie*, o abridor (em plena luz do dia e diante do entranhado convés principal) do crânio do artilheiro-chefe – *Lázaro* Day, como agora o chamavam – era por demais valioso, mas não dava para se prever até onde poderia ir em questões de impropriedades. – Eu me lembro de uma ocasião...

– Vela à vista! – gritou o vigia, para alívio de todos no tombadilho da *Sophie*.

– Em que direção?

– A sotavento. Duas quartas, três quartas de través. Uma faluca. Em perigo... as escotas pendentes.

A *Sophie* virou, e logo quem estava no convés pôde enxergar a faluca distante à medida que subia e descia no mar bastante agitado. Não tentava escapar, alterar o curso, sequer capear, apenas permanecia ali, com os frangalhos de vela agitando-se aos bafejos irregulares do vento que escasseava. Nem mostrou qualquer cor em resposta ou reação ao chamado da *Sophie*. Não havia ninguém no timão, e quando se aproximaram, os que tinham lunetas puderam ver a barra mover-se de um lado para o outro, quando a faluca deu uma guinada.

– Tem um corpo a bordo – avisou Babbington, todo contente.

– Vai ser complicado baixar um bote num mar assim – observou Jack, mais ou menos para si mesmo. – Williams, coloque o barco alinhado, por favor. Sr. Watt, deixe alguns homens a postos, para usar o pau de carga. O que acha desse barco, Sr. Marshall?

– Bem, senhor, creio que é de Tânger ou talvez de Tetuan... em todo caso, da extremidade da costa...

– Aquele homem na escotilha morreu de peste – afirmou Stephen Maturin, fechando sua luneta.

Um silêncio seguiu-se à sua declaração, e o vento suspirou através das enxárcias a barlavento. A distância entre os barcos diminuía rapidamente, e agora todos podiam ver uma forma enfiada na escotilha de ré, com talvez mais duas abaixo dela; um corpo seminu entre o emaranhado de equipamentos perto do timão.

– Mantenham o barco a toda velocidade – ordenou Jack. – Doutor, está bem certo do que diz? Tome a minha luneta.

Stephen olhou através dela por um instante e a devolveu.

– Não há dúvida possível – afirmou. – Vou apenas juntar umas coisas numa bolsa e iremos lá. Pode haver sobreviventes.

Agora, a faluca estava quase tocando, e um geneta domesticado – um bicho comum em barcos da Barbaria, por causa dos ratos – estava de pé na amurada, olhando ansiosamente para cima, prestes a saltar. Um velho sueco chamado Volgardson, o mais bondoso dos homens, jogou um lambaz, que desequilibrou o animal, e todos os marinheiros ao longo do costado o perseguiram e berraram, para afugentá-lo.

– Sr. Dillon – disse Jack –, vamos de amura a boreste.

Imediatamente, a *Sophie* ganhou vida – o apito do mestre do navio estridulou, marinheiros correram para os postos, um alvoroço geral, e em meio ao alarido, Stephen bradou:

– Eu insisto em um bote... Eu protesto...

Jack segurou-o pelo cotovelo e o impeliu com delicada violência para a câmara.

– Meu caro senhor – falou –, receio que não possa insistir, ou protestar: saiba que se trata de motim, e o senhor seria enforcado. Se colocar o pé na faluca, mesmo que não traga o contágio, teremos de içar a bandeira amarela e seguir para Mahón. E sabe o que isso significa. Malditos quarenta dias mortais na ilha, de quarentena, e um tiro, se o senhor se perder do lado de fora da paliçada, é isso que vai acontecer. E mesmo se trouxer ou não a peste, a metade dos marinheiros vai morrer de pavor.

– Está dizendo que vamos seguir direto, sem dar assistência àquela embarcação?

– Sim, senhor.

– Eles ficarão por conta própria?

– Exatamente.

O diário de bordo não chamou a atenção para esse incidente; em todo caso, dificilmente poderia encontrar uma linguagem oficial apropriada para dizer que o cirurgião da *Sophie* sacudiu o punho diante do capitão da *Sophie*; e desvencilhou-se da coisa toda com um dissimulado *avistada uma faluca: e, às 11h15, viramos de bordo*, pois estavam ansiosos para chegar à anotação mais feliz em anos (o comandante Allen fora um azarado: a *Sophie* não só permanecera confinada o tempo todo ao serviço de escolta em sua época, como também, sempre que ele seguia em um cruzeiro, o mar se mostrava vazio à sua frente – jamais conseguiu uma presa)... *Pela tarde, ventos moderados e tempo bom, joanetes içados, abrimos a barrica nº 113 de carne de porco, parcialmente deteriorada. Às 19h avistamos um navio estrangeiro para oeste, fizemos vela em perseguição.*

Para oeste, nesse caso, significava quase diretamente a sotavento da *Sophie*; e fazer vela significava desfraldar tudo o que possuíam – mezenas, gáveas, os cutelos dos joanetes e os sobrejoanetes, é claro, e até mesmo as suplementares, como a bujarrona – pois a perseguição fora feita contra uma polaca de tamanho razoável com latinas na vante e velas mezena e redonda no mastro grande, e, portanto, francesa ou espanhola – quase certamente uma boa presa, se conseguisse ser apanhada. Esse, sem dúvida, era o ponto de vista da polaca, pois ela se encontrava quase estacionária, aparentemente remendando o mastro grande danificado pela tempestade, quando um barco avistou o outro pela primeira vez; mas a *Sophie* escotou a vela do joanete antes que a proa da polaca estivesse diante do vento, e esta fugiu de repente com todo o velame que conseguiu estender – uma polaca muito suspeita, sem disposição para ser surpreendida.

A *Sophie*, com sua abundância de marinheiros treinados a fazer-se à vela rapidamente, percorreu 2 milhas para 1 da polaca, no primeiro quarto de hora; mas, assim que a caça estendeu todo o pano possível, a velocidade de ambos tornou-se praticamente igual. Com o vento a duas quartas na sua alheta e com a vantagem da enorme vela mestra redonda, a *Sophie*, porém, ainda era a mais veloz, e quando ambas atingiram a velocidade máxima, esta fazia mais de 7 nós contra 6 da polaca. Ainda restavam, porém, 4 milhas entre os dois, e dentro de três horas estaria escuro como breu – a lua só sairia às 2h30 da madrugada. Havia a esperança, a esperança bastante razoável, de que a caça tivesse algo rompido, por causa do esforço, pois a polaca certamente passara por uma noite difícil; e mais de uma luneta a vigiava do castelo de proa da *Sophie*.

Jack permaneceu ali, junto à roda de proa, desejando que a chalupa avançasse com todas as suas forças, sentindo que o seu braço direito talvez não fosse de grande valia para um canhão de proa. Voltou a atenção para as velas e como estas bolsavam, esquadrinhou a água elevando-se na onda de popa do barco e deslizando veloz ao longo do seu liso costado negro; e pareceu-lhe que, com o seu atual trim, as velas de ré pressionavam um pouco demais para baixo o pé da roda de proa do barco – que a pressão excessiva nos panos podia estar atrapalhando o seu progresso – e ordenou que afrouxassem o sobrejoanete do grande. Raramente dera ele uma ordem mais relutantemente obedecida, mas o cordel da barquinha provou que estava certo: a *Sophie* deslizou com um pouco mais de facilidade, um pouco mais rápido, com o impulso do vento mais à frente.

O sol se pôs além da amura boreste, o vento começou a recuar para o norte, soprando em rajadas, e a escuridão varreu o céu atrás deles: a polaca continuava a três quartos de milha adiante, mantendo o curso em direção oeste. Quando o vento rondou para o través, eles bracearam as velas de estai e a vela grande de popa a proa. Olhando acima para a orientação do sobrejoanete do traquete e mandando fazer um braceado mais pronunciado, Jack conseguia enxergar perfeitamente bem; mas, ao olhar para baixo, o crepúsculo estava no convés.

Agora, com as velas auxiliares largadas, a caça – ou o espectro da caça, um pálido borrão revelando-se aqui e ali em meio às ondas – podia ser vista do tombadilho, e ali, com a luneta, ele subiu no salto de vante, e ficou fitando através da escuridão que se concentrava rapidamente, de vez em quando dando uma ordem, num baixo tom de voz, de conversa.

A luz foi diminuindo, diminuindo, e então sumiu: subitamente, a polaca tinha praticamente desaparecido. O quadrante do horizonte, que havia mostrado aquela leve mas muito interessante palidez balouçante, agora era um mar grosso e vazio, com a estrela Regulus ascendendo sobre ele.

– Vigia do mastro – chamou –, o que está enxergando dela?

Uma longa pausa.

– Nada, senhor. Ela não está lá.

Justamente. E agora, o que faria? Ele quis pensar: quis pensar ali, no convés, em contato mais próximo possível com a situação – com o vento variante em seu rosto, o brilho da bitácula ao alcance da mão e sem ser interrompido por ninguém. E isso as convenções e a disciplina do serviço admitiam que fizesse. A sagrada inviolabilidade de um comandante (tão ridícula, às vezes, tal a tentação da pompa disparatada) o resguardava, e sua mente pôde correr solta. Em uma ocasião, ele viu Dillon afastar Stephen dali às pressas, mas sua mente prosseguiu na busca inquebrantável pela resposta do problema. A polaca tinha alterado a rota, ou o estaria fazendo naquele momento; a questão era: aonde esse novo rumo a levaria, ao alvorecer? A resposta dependia de uma grande quantidade de fatores – se eram franceses ou espanhóis, se estavam voltando para casa ou indo para o exterior, se eram astutos ou simplórios e, acima de tudo, quais eram as suas qualidades como velejadores. Ele tinha uma clara noção disso, por ter seguido a polaca a cada momento com a máxima atenção durante as últimas horas; portanto, construindo o seu raciocínio (se tal processo instintivo pode ser chamado por esse nome), baseado nessas certezas e considerável estimativa do resto, ele chegou à conclusão. A polaca virara em roda; era possível que tivesse ficado parada no caminho, com as velas recolhidas, para escapar à detecção, enquanto a *Sophie* passava por ela, na escuridão, em direção ao norte; porém, tendo ou não feito isso, ela agora estaria a todo pano, navegando à bolina cochada para Agde ou Sète, atravessando a esteira da *Sophie* e confiando na potência de suas latinas de impulsioná-la velozmente e levá-la toda a barlavento e, desse modo, para a segurança, antes do raiar do dia. Nesse caso, a *Sophie* precisava imediatamente virar de bordo e seguir a barlavento sem usar muito pano: isso levaria a polaca a sotavento do barco à primeira luz do dia; pois era provável que estivessem contando apenas com suas velas de traquete e a mezena – mesmo durante a perseguição, eles tinham poupado o mastro principal avariado.

Ele entrou no camarote do mestre-arrais e, apertando os olhos por causa da claridade, verificou a posição em que estavam; verificou-a novamente com os cálculos de Dillon e foi para o convés dar as ordens.

– Sr. Watt – disse ele –, vou virar por d'avante, e desejo que toda a operação seja executada em silêncio. Nada de apitos, nada de sobressaltos, nada de gritos.

– Não haverá apitos, senhor – confirmou o mestre do navio, e saiu correndo, falando: – A seus lugares para virar por d'avante – num sussurrado rouco, estranhamente curioso ao ouvido.

A ordem e sua execução causaram um efeito estranhamente forte: com quase toda a certeza de ter tido uma clara revelação, Jack percebeu que os homens estavam inteiramente com ele; e por um momento fugaz uma voz lhe disse que era melhor ele estar certo, ou jamais desfrutaria novamente aquela confiança ilimitada.

– Muito bem, Assou – falou para o marinheiro indiano na roda do leme, e a *Sophie* orçou suavemente. – Leme de ló – observou, e normalmente esse grito ecoaria de um horizonte a outro. Em seguida: – Obras das velas de estai, salta as escotas! – Ele ouviu os pés descalços correrem e as escotas das velas de estai roçarem acima das estais. Esperou e esperou, até o vento estar a uma quarta da proa a barlavento do barco e, em seguida, um pouco mais alto: – Ala e larga a vela grande! – O barco virou por d'avante, e agora abria a proa rapidamente.

O vento soprou forte em sua outra face. – Alar e largar – falou, e os quase invisíveis homens de meia-nau caçaram os braços das vergas de boreste como se fossem veteranos do castelo de proa. As bolinas a barlavento se retesaram: a *Sophie* ganhou seguimento.

Logo o barco estava seguindo lés-nordeste, navegando à bolina cerrada, com as gáveas rizadas, e Jack foi para baixo. Ele não esperava que algo estivesse à vista através de suas janelas de popa, e não valia a pena ficar encharcado pelos golpes do mar através das janelas, e então caminhou, curvando-se, até a praça d'armas. Ali, para sua surpresa, encontrou Dillon (certamente, era o quarto de Dillon lá embaixo; mas, se fosse ele, Jack jamais teria deixado o convés) jogando xadrez com Stephen, enquanto o intendente lia para ambos trechos do *Gentleman's Magazine*, com comentários.

– Não se incomodem, cavalheiros – bradou ele, quando todos se levantaram de um salto. – Vim apenas rogar por um instante a sua hospitalidade.

Eles o acolheram muito bem – apressaram-se com cálices de vinho, biscoitos doces e a mais recente Lista da Marinha – mas ele era um intruso: perturbou sua tranquila sociabilidade, exauriu a crítica literária do intendente e interrompeu o xadrez do mesmo modo que um raio do Olimpo. Stephen agora ranchava ali, é claro – seu camarote era o pequeno armário entabuado depois da lanterna pendurada –, e já se comportava como se pertencesse àquela comunidade. Jack sentiu-se tristemente magoado e, após conversar um pouco (um intercâmbio seco e constrangido, foi o que lhe pareceu), voltou novamente para o convés. Assim que o viram assomar sob o pálido brilho da escotilha, o mestre-arrais e o jovem Ricketts afastaram-se silenciosamente para bombordo, e Jack retomou a solitária caminhada da grinalda de popa até a mais distante bigota de ré.

No início do turno de meia-noite às 4 horas o céu nublou e, perto das duas badaladas, desabou uma chuvarada de través, as gotas sibilando na bitácula. A lua saiu, um mortiço objeto descambado que mal se distinguia. O estômago de Jack se retorcia, atormentado de fome, mas ele continuou a caminhada, a cada volta olhando mecanicamente para a escuridão a sotavento.

Três badaladas. O cabo da guarda informou a meia-voz que tudo estava bem. Quatro badaladas. Havia tantas outras possibilidades, tantas coisas que a caça poderia ter feito, em vez de ter desviado para sotavento e orçado em direção a Sète: centenas de outras coisas.

– O que significa isso? Andando pela chuva só de camisa? Isso é loucura – exclamou a voz de Stephen logo atrás dele.

– Shhh – fez Mowett, o oficial de serviço, que não o havia interceptado.

– Loucura. Pense no ar noturno... na umidade... no fluxo dos humores. Se o seu dever exige que caminhe pelo ar noturno, precisa usar uma roupa de lã. Isso, uma roupa de lã para o comandante! Eu mesmo vou apanhá-la.

Cinco badaladas, e outra chuvarada leve. A rendição de turno no timão, e a repetição sussurrada do rumo, o relatório de rotina. Seis badaladas, e a insinuação de uma escuridão mais esmaecida a leste. O sortilégio do silêncio parecia mais forte do que nunca; marinheiros foram na ponta dos pés marear as vergas e, pouco antes das sete badaladas, o vigia tossiu e gritou alto apenas o suficiente para ser ouvido, quase como se se desculpasse.

– Ô do convés. Convés, senhor. Acho que eles estão ali, no través de boreste. Eu acho...

Jack enfiou a luneta no bolso da jaqueta com capuz que Stephen lhe trouxera, correu para o topo do mastro, enroscou-se firmemente no cordame e assestou a luneta na direção do braço que apontava. Os primeiros presságios cinzentos da alvorada pelejavam por entre o aguaceiro turbilhonante e as baixas nuvens dilaceradas a sotavento; e ali, as latinas brilhando tenuemente, encontrava-se uma polaca, não mais do que a meia milha de distância. Em seguida, a chuva voltou a ocultá-la, mas não antes de Jack ver que se tratava realmente de sua presa, e que havia perdido o topo do mastro principal na altura da pega.

– Você é um camarada genial, Anderssen – falou, batendo no ombro dele.

À indagação muda e à atenção do jovem Mowett e de todos do quarto no convés, ele respondeu com um sorriso, que tentou manter dentro dos limites, e as palavras:

– Ela se encontra logo a nosso sotavento. Leste pelo sul. Pode iluminar a chalupa, Sr. Mowett, e mostrar-lhe nossa força: não quero que ela faça nenhuma bobagem, como disparar um canhão... e talvez machucar um dos nossos. Avise-me quando for abordá-la. – Dito isso, retirou-se, pedindo uma luz e algo quente para beber. De sua cabine ouviu a voz de Mowett, dissonante e guinchante com a emoção daquele admirável comando (ele teria morrido feliz por Jack), e, sob suas ordens, a *Sophie* aproou ao vento, as asas estendidas.

Jack apoiou-se de costas na curva fileira de janelas de popa e deixou que a versão de café de Killick descesse aos goles para o seu estômago gratificado; e, ao mesmo tempo, a calidez da bebida espalhou-se por todo o corpo, como também uma onda vigorosa de consolidada, pura e comedida felicidade – uma felicidade que um outro comandante (lembrando de sua própria primeira presa) talvez tivesse registrado no diário de bordo, apesar de ela não estar especificamente mencionada ali: *22h30 viramos em roda, às 23h com papa-figos, vela de gávea rizada. Pela manhã, tempo nublado e chuva. 4h30 presa observada E quarta a S, distância meia milha. Orçamos e tomamos posse da id., que se revelou ser* L'Aimable Louise, *polaca francesa carregada com milho e mercadorias diversas para Sète, com cerca de 200 toneladas, seis peças de artilharia e 19 homens. Enviada com um oficial e oito homens para Mahón.*

– PERMITA QUE EU ENCHA o seu cálice – pediu Jack com a maior benevolência. – Este é bem melhor do que o nosso normal, presumo.

– Melhor, delicioso, e muito, muito mais forte... uma bebida saudável e fortificante – declarou Stephen Maturin. – Trata-se de um requintado Priorato. Priorato, de trás de Tarragona.

– Requintado é... extraordinariamente requintado. Mas, voltando à presa, o principal motivo pelo qual estou muito contente é que isso dá ânimo aos homens, como se diz; e me dá a chance de respirar mais aliviado. Temos um agente de presas ótimo... ele me deve um favor... e estou convencido de que nos adiantará uns cem guinéus. Posso distribuir sessenta ou setenta com a tripulação, e, finalmente, comprar alguma pólvora. Não há nada melhor para esses homens do que tomar uma bebedeira em terra e, para isso, eles precisam de dinheiro.

– Mas eles não vão fugir? Você tem falado frequentemente na deserção... o grande mal da deserção.

– Quando eles receberem o dinheiro que lhes é devido pela presa e se fixarem na ideia de que haverá mais pela frente, não desertarão. Não em Mahón, pelo menos. E, além do mais, sabe, eles farão os exercícios de canhões com muito mais empenho... não pense que não sei o que andavam murmurando, pois realmente tenho exigido muito deles. Mas agora verão que há algum sentido nisso... Se eu conseguir alguma pólvora (não ouso usar muito mais do que a cota), vamos colocar guarnições de bombordo contra guarnições de boreste, e turno de serviço contra turno de serviço disputando um belo prêmio; e, com isso e mais aquilo, e a criação de uma rivalidade, não perderei a esperança de tornar a nossa artilharia pelo menos tão perigosa para os outros como o é para nós mesmos. E então... Ah, Deus, como estou com sono... poderemos levar mais a sério o nosso cruzeiro. Eu tenho um plano para o serviço noturno, permanecendo perto da costa... mas, antes, preciso lhe dizer como penso em dividir o nosso tempo. Uma semana ao largo do cabo Creus e depois de volta a Mahón, para suprimentos e água, principalmente água. Depois, avizinhar-se de Barcelona, e ao longo da costa... ao longo da costa... – bocejou prodigiosamente: duas noites sem dormir dois quartilhos do Priorato da *Aimable Louise* o abatiam com um irresistível peso suave, cálido, delicioso. – Onde eu estava mesmo? Ah, Barcelona. Depois, ao largo de Tarragona, Valência... Valência... a água é o grande problema, claro. – Ficou sentado ali, piscando por causa da luz, meditando comodamente; e ouviu a distante voz de Stephen discorrer sobre a costa da Espanha. Ele a conhecia muito bem até Denia, podia mostrar-lhe muitos remanescentes interessantes das ocupações fenícia, grega, romana, visigoda e árabe; e certamente ambas as espécies de garças dos pântanos de Valência; o estranho dialeto e a índole sanguinária dos valencianos; a boa possibilidade real de flamingos...

OS VENTOS DESFAVORÁVEIS da *Aimable Louise* tinham agitado o tráfego mercante por todo o Mediterrâneo ocidental, levando os navios bem distante de suas rotas pretendidas; e não se passaram duas horas após eles terem enviado sua presa para Mahón, a primeira boa presa gorda, avistaram mais duas embarcações, uma *barca-longa* rumando para oeste, e também um brigue, ao norte, aparentemente seguindo em direção ao sul. O brigue foi a opção óbvia, e mudaram o curso para interceptá-lo, ao mesmo tempo em que o vigiavam de perto: ele velejava bem placidamente com as velas baixas e gáveas, ao passo que a *Sophie* içou os sobrejoanetes e velas dos joanetes e adernou rapidamente com amuras a bombordo, com o vento uma quarta a mais, adernando tanto que sua mesa de enxárcias a sotavento estava sob a água; e quando as rotas dos dois convergiram, os Sophies ficaram atônitos ao ver que o barco estranho era extraordinariamente parecido com o deles, até mesmo o exagerado ângulo entre o gurupés e o plano horizontal.

– Trata-se de um brigue, sem dúvida – atestou Stephen, de pé na amurada ao lado de Pullings, um grande e silencioso ajudante de navegação.

– Sim, senhor, isso mesmo; e mais exatamente parecido com o nosso, só mesmo vendo para crer. Se lhe aprouver, pode olhar pela minha luneta, senhor.

– Obrigado. Uma excelente luneta... bem nítida. Mas devo me arriscar a discordar. Aquele navio, aquele brigue, é de um desprezível amarelo, ao passo que o nosso é preto com uma faixa branca.

– Ora, isso não passa de uma pintura, senhor. Veja só o tombadilho dele, com o pequeno e extravagante salto na parte de ré, exatamente como o nosso... não se vê muito disso, mesmo nestas águas. Veja o arrufamento do gurupés. E ele deve ter o mesmo calado que a gente, padrão do Tâmisa, com dez toneladas ou menos. Eles devem ter tido o mesmo projeto, saído do mesmo estaleiro. Mas há três forras de rizes na gávea de proa. Portanto, como pode ver, trata-se apenas de um navio mercante, e não uma nau de guerra como a gente.

– Vamos tomá-lo?

– Duvido, pois isso é bom demais para ser verdade; mas talvez a gente tome.

– As cores espanholas, Sr. Babbington – disse Jack, e olhando para cima Stephen viu o pavilhão amarelo e vermelho subir para o topo.

— Estamos navegando sob cores falsas — cochichou Stephen. — Isso não é simplesmente hediondo?

— Como?

— Grave, moralmente indefensável?

— Ora, senhor, sempre fazemos isso, no mar. Mas mostraremos as nossas próprias cores no último minuto, pode ter certeza, antes mesmo de dispararmos um canhão. É justo. Olhe só agora para ele... está despregando uma bandeira dinamarquesa, e aposto como não é mais dinamarquês do que a minha avó.

Mas os acontecimentos provaram que Thomas Pullings estava enganado.

— *Prigue* dinamarquês *Clomer*, senhor — falou o mestre-arrais dele, um velho dinamarquês bêbado com olhos pálidos circundados de vermelho, ao mostrar para Jack os seus documentos na câmara —, comandante Ole Bugge. Couro e *gortura* de porco de *Drípoli* para *Parcelona*.

— Bem, comandante — disse Jack, verificando cuidadosamente os documentos, documentos genuínos —, estou certo de que me perdoará por esse incômodo... temos que fazer isso, como sabe. Deixe-me lhe oferecer um cálice deste Priorato; disseram-me que é um dos bons do gênero.

— É mais do que *pom* — afirmou o dinamarquês, ao se esgotar a maré púrpura —, é um excelente *finho*. Comandante, posso lhe perguntar, por favor, a sua posição?

— O senhor veio ao lugar certo, para se informar sobre posição, comandante. Temos o melhor navegador do Mediterrâneo. Killick, chame o Sr. Marshall. Sr. Marshall, o comandante B... O cavalheiro gostaria de saber a nossa posição.

No convés, os Clomers e os Sophies olhavam os barcos uns dos outros com profunda satisfação, como às suas imagens refletidas em um espelho: a princípio, os Sophies tinham achado que a semelhança era uma espécie de liberdade tomada pelos dinamarqueses, mas caíram em si quando o seu paioleiro dos cabos e o seu companheiro de bordo Anderssen chamaram os conterrâneos do outro lado da água, falando estrangeiro com a facilidade com que se respira, para a silente admiração de todos os que contemplavam.

Jack levou o capitão Bugge para o costado com particular amabilidade; um caixote de Priorato foi baixado para o bote dinamarquês; e, curvando-se sobre a amurada, Jack gritou atrás dele:

– Eu o colocarei a par, da próxima vez em que nos encontrarmos.

O capitão não tinha alcançado o *Clomer* e as vergas da *Sophie* já rangiam e giravam, levando-a à bolina cochada, ao mesmo tempo em que se acomodava em seu novo rumo, nordeste quarta a norte.

– Sr. Watt – observou Jack, olhando para cima –, assim que tivermos um momento de sobra, precisaremos de fasquias atravessadas na vela gata de vante e de ré. Não estamos velejando tão perto do vento como eu desejaria.

"O que está havendo?", quis saber a tripulação, depois que todas as velas foram ajustadas e içadas desse modo, e todos os cabos do convés, colhidos em aduchas, para satisfação do Sr. Dillon; e não demorou muito para a notícia ser transmitida do taifeiro da praça d'armas para o taifeiro do intendente, e deste para o seu ajudante, o paioleiro de mantimentos, que contou na cozinha e, desse modo, para o resto do brigue – a notícia de que o dinamarquês, tendo um sentimento de amizade pela *Sophie*, por causa da semelhança deste com o seu próprio barco, e agradecido pela civilidade de Jack, informara-lhe sobre um barco francês que se encontrava não muito distante do horizonte setentrional, uma chalupa sobrecarregada, com uma vela grande remendada, que estava arribando ao porto de Agde.

Mudando de amuras sucessivamente, a *Sophie* bordejava pela brisa refrescante, e na quinta pernada uma nesga branca surgiu a nor-nordeste, longe demais e estável demais para ser uma gaivota distante. Tratava-se, com certeza, da chalupa francesa: pela descrição que o dinamarquês fizera da mastreação dela, não houve mais dúvidas, depois da primeira meia hora; mas o seu comportamento era tão estranho que só foi possível ficar totalmente convencido disso depois que ela ficou ali, balouçante, diante dos canhões da *Sophie* e os botes irem para lá e para cá pela via marítima, transferindo os taciturnos prisioneiros. Em primeiro lugar, a chalupa, aparentemente, não tinha vigia de espécie alguma, e somente quando não havia mais de 1 milha de água entre os dois foi que ela notou o canhão de proa; e, mesmo assim, ainda hesitou, acenou, aceitou a segurança da bandeira tricolor, para depois rejeitá-la, fugindo lentamente demais e tarde demais, só para parar dez minutos depois, em meio a uma agitação de sinais de rendição e acenando com veemência depois do primeiro disparo de advertência.

Os motivos do comportamento da chalupa ficaram claros para James Dillon, assim que ele a abordou, apresando-a: o carregamento do *Citoyen Durand* era de pólvora – estava tão abarrotado que a pólvora lotava todo o porão e continuava em barris alcatroados no convés; e o seu jovem mestre-arrais tinha levado a esposa ao mar. Ela estava grávida do seu primeiro filho, e a noite difícil, a perseguição e o temor de uma explosão a tinham levado a entrar em trabalho de parto. James era destemido, como qualquer marujo, mas os gemidos contínuos logo atrás da antepara do camarote e a terrível característica rouca, áspera, animal, dos gritos que irrompiam em meio aos gemidos, e o seu alto volume, o aterrorizaram. Olhou fixamente o marido pálido, perturbado, molhado de lágrimas, com o rosto tão amedrontado quanto o dele.

Deixando Babbington solitário no comando, ele correu de volta para a *Sophie* e explicou a situação. Ao som da palavra *pólvora*, o rosto de Jack se iluminou; mas, diante da palavra *bebê*, ele pareceu bastante inexpressivo.

– Receio que a pobre mulher esteja morrendo – alegou James.

– Bem, certamente eu não sei – disse Jack, hesitante; e então conseguiu dar um significado ao remoto e pavoroso ruído que ouvia bem mais claramente. – Chame o doutor – ordenou a um fuzileiro.

Agora que a emoção da caçada havia terminado, Stephen estava no seu posto habitual, próximo da bomba de olmo, esquadrinhando através de sua válvula as camadas externas do Mediterrâneo iluminadas pelo sol; e quando lhe disseram que havia uma mulher no barco apresado tendo um bebê, ele falou:

– Sim. Foi o que imaginei. Achei ter reconhecido o som. – E demonstrou toda a indicação de retornar ao seu lugar.

– Não pode mesmo fazer nada a respeito? – perguntou Jack.

– Tenho certeza de que a pobre mulher está morrendo – afirmou James.

Stephen encarou-os com o seu olhar estranhamente inexpressivo e disse:

– Vou até lá.

– Bem, isso está em boas mãos, graças a Deus. E você falou que a carga do convés também é pólvora? – falou Jack.

– Sim, senhor. A coisa toda é uma loucura.

– Sr. Day... Ah, Sr. Day. Conhece as marcas francesas, Sr. Day?

– Ora, sim, senhor. São muito parecidas com as nossas, só que os tambores deles com os melhores grãos têm um anel branco em volta do vermelho; e os meios-tonéis deles pesam 35 libras.

– Dispõe de espaço para quantos, Sr. Day?

O artilheiro-chefe pensou.

– Apertando bem a pilha dos fundos, talvez eu acondicione 35 ou 36, senhor.

– Então faça isso, Sr. Day. Há muita coisa danificada a bordo da chalupa... posso ver daqui... que precisaremos retirar para evitar que se estrague ainda mais. Portanto, é melhor o senhor ir lá e escolher o que há de melhor. E poderemos usar também a lancha dela. Sr. Dillon, não podemos confiar esse paiol flutuante a um aspirante; o senhor levará a chalupa para Mahón, assim que a pólvora for transferida. Leve os homens que julgar adequados e tenha a bondade de mandar o Dr. Maturin de volta com a lancha... estamos precisando demais de uma. Deus nos ama, que presa formidável! Estou profundamente pesaroso por infligir-lhe isso, Dillon, mas sabe que não há outra maneira.

– Está bem, senhor. Presumo que devo levar comigo o mestre-arrais da chalupa. Seria desumano desalojá-lo.

– Ora, sem dúvida, sem dúvida. Pobre sujeito. Mas que... que bela pescaria.

Os mortais barriletes viajaram pelas águas intermediárias, subiram e sumiram no bojo da *Sophie*; do mesmo modo, meia dúzia de melancólicos franceses, com seus sacos ou baús de viagem; mas não havia a costumeira atmosfera festiva – os Sophies, mesmo os chefes de família, pareciam culpados, preocupados, apreensivos; os pavorosos gritos ininterruptos iam e vinham; e quando Stephen surgiu na amurada, para avisar que precisava permanecer a bordo, Jack rendeu-se à obscura justiça dessa privação.

O *Citoyen Durand* deslizava suavemente pela escuridão em direção a Minorca, uma brisa constante atrás dele. Agora que os gritos haviam cessado, Dillon colocou um homem confiável no timão, visitou o pequeno grupo de guarda na cozinha e desceu para o camarote. Stephen estava se lavando, e o marido, arrasado e aniquilado, segurava a toalha com as mãos inclinadas.

– Espero... – começou James.

– Ah, sim, sim – afirmou Stephen, decidido, virando-se para olhá-lo. – Um parto perfeitamente normal; apenas um pouco demorado, talvez; mas nada fora dos padrões. Agora, meu amigo – dirigindo-se ao comandante –, é melhor tirar esses baldes do caminho; e recomendo que, depois, se deite um pouco. *Monsieur* teve um filho – acrescentou.

– Meus parabéns, senhor – disse James. – E os meus melhores votos de pronto restabelecimento à *madame*.

– Obrigado, senhor, obrigado – replicou o comandante, os olhos voltando a se inundar. – Rogo que comam alguma coisinha... que se sintam em casa.

E foi o que fizeram, sentaram-se cada qual em uma confortável poltrona e comeram a montanha de bolos acumulados para o batizado, na semana seguinte, em Agde, do bebê apressado. Ficaram ali, sentados, relaxando, enquanto, no aposento ao lado, a pobre mulher dormia, finalmente, com o marido segurando-lhe a mão e o enrugado bebê rosado roncando no colo dela. Ali embaixo agora havia silêncio, um silêncio de assombrosa quietude; e fazia silêncio no convés, com o vento sempre na mesma direção impelindo suavemente a chalupa a seis nós constantes, e com a rigorosa precisão náutica de uma nau de guerra limitada a um suave e ocasional "Como ela vai indo, Joe?". Havia quietude; e, naquela caixa palidamente iluminada, eles viajavam pela noite, embalados pela vagas serenas: um pouquinho depois desse silêncio e desse lento palpitar rítmico e ininterrupto, eles poderiam estar em qualquer lugar da Terra – sozinhos no mundo –, inteiramente em outro mundo. No camarote, os pensamentos deles estavam distantes, e Stephen não tinha mais qualquer sensação de movimento de ou para qualquer ponto em particular – pouca sensação de movimento, ainda menos do que a do momento presente.

– Só agora – disse em voz baixa – estamos tendo a oportunidade de conversar. Eu esperava essa ocasião com grande impaciência; e, agora que ela chegou, percebo que, de fato, há pouco para se dizer.

– Talvez absolutamente nada – retrucou James. – Acredito que entendemos um ao outro perfeitamente.

Isso era bastante verdadeiro. Era bastante verdadeiro, no que dizia respeito ao cerne da questão; mas, mesmo assim, eles conversaram durante todas as horas restantes de recolhida privacidade.

– Creio que a última vez em que o vi foi na casa do Dr. Emmet – lembrou James, após longa e reflexiva pausa.

– Não. Foi em Rathfarnham, com Edward Fitzgerald. Eu estava saindo da casa de veraneio, quando você e Kenmare chegaram.

– Rathfarnham? Sim, sim, é claro. Agora me recordo. Foi logo depois da reunião do Comitê. Eu recordo... Você estava morando com lorde Edward, creio eu.

– Nós nos relacionamos muito bem, na Espanha. Na Irlanda, passei a vê-lo cada vez menos, com o passar do tempo; ele tinha amigos de quem eu não gostava ou em quem não confiava, e sempre fui muito moderado... moderado demais... para sempre. Contudo, Deus sabe o quanto eu estava repleto de desvelo pela humanidade como um todo, repleto de republicanismo naqueles dias. Você lembra do teste?

– Qual deles?
– O teste que começa com *Você é firme?*
– *Sou.*
– *O quanto é firme?*
– *Tão firme quanto um junco.*
– *Então prossiga.*
– *Na verdade, na confiança, na unidade e liberdade.*
– *O que tem na mão?*
– *Um ramo verde.*
– *Onde ele nasceu?*
– *Na América.*

– *Onde ele floresceu?*
– *Na França.*
– *Onde o vai plantar?*
– Não, esqueci o resto. Saiba que não foi o teste que fiz. Longe disso.
– Não, estou certo de que não foi. Mas eu fiz: naquela época, a palavra *liberdade* me parecia reluzir de significados. Mas, mesmo naquela ocasião, eu era cético em relação à *unidade*... a nossa sociedade fez tantas associações estranhas. Padres, deístas, ateus e presbiterianos; republicanos visionários, utopistas e homens que simplesmente desgostavam dos Beresford. Pelo que recordo, você e seus amigos, a princípio, eram todos pela emancipação.
– Emancipação e reforma. Eu, por mim, não tinha noção de nenhuma república; nem os meus amigos do Comitê, é claro. Com a Irlanda no seu presente estado, uma república rapidamente se tornaria algo um pouco melhor do que uma democracia. O gênio do país é inteiramente oposto a uma república. Uma república católica! Que absurdo.
– É conhaque naquele caixote?
– É.
– A propósito, a resposta da última parte do teste era *Na coroa da Grã-Bretanha*. Os copos estão bem atrás de você. Eu sei que foi em Rathfarnham – prosseguiu Stephen – porque eu tinha passado a tarde inteira tentando persuadir lorde Edward a não prosseguir com o seu plano arrasador para o levante: disse-lhe que era contrário à violência... sempre fui... e, mesmo que não fosse, eu iria cair fora se ele persistisse com aqueles planos malucos, visionários... e que eles seriam a sua ruína, a ruína de Pamela, a ruína de sua causa e a ruína de sabe Deus quantos homens corajosos e dedicados. Ele me deu aquele seu olhar amável e perturbado, como se lamentasse por mim, e disse que precisava se encontrar com você e Kenmare. Ele, absolutamente, não tinha me entendido.
– Tem notícias de lady Edward... de Pamela?
– Apenas que está em Hamburgo e que a família cuida dela.
– Foi a mulher mais bonita que já vi, e a mais bondosa. Ninguém é tão corajoso.

"Sim", pensou Stephen, e tomou seu conhaque.

– Naquela tarde – falou –, gastei mais energia do que jamais gastei em toda a minha vida. Já naquela ocasião, eu não ligava mais para qualquer causa ou qualquer teoria de governo sobre a Terra; não teria levantado um dedo pela independência de qualquer nação, imaginada ou real; mesmo assim, tive de argumentar com muito mais ardor, como se eu estivesse repleto do mesmo entusiasmo dos primeiros dias da Revolução, quando todos nós transbordávamos de virtude e amor.

– Por quê? Por que teve de falar com ele desse modo?

– Porque eu precisava convencê-lo de que seus planos eram desastrosamente tolos, que eram conhecidos em Castle e que ele estava cercado de traidores e informantes. Argumentei o mais firme e convincentemente possível... melhor do que jamais havia conseguido... mas ele não me escutou. Sua atenção vagueava. "Olhe", disse ele, "há um papo-roxo no teixo da vereda." Tudo o que ele sabia era que eu lhe fazia oposição, e, portanto, trancou a mente; se realmente fosse *capaz* de acompanhar meu raciocínio, o que talvez não fosse. Pobre Edward! *Tão firme quanto um junco*; e tantos à sua volta eram tão tortos quanto um homem consegue ser... Reynolds, Corrigan, Davis... Ah, que lamentável!

– E você não levantaria sequer um dedo, nem para propósitos moderados?

– Não. Depois que a revolução na França se desencaminhou, assumi uma frieza inexprimível. E agora, com o que vi em 1798, em ambos os lados, a iníqua loucura e a iníqua crueldade brutal, passei a sentir tamanha náusea de homens em massa, e de causas, que não atravessaria este aposento para reformar o parlamento, ou para impedir a união, ou para concretizar o milênio. Lembre-se de que falo somente por mim mesmo... trata-se apenas da minha verdade... mas, para mim, é indiferente um homem que faça parte de um movimento ou de uma multidão. Ele é desumano. E nada tenho a ver com nações ou nacionalismo. O único sentimento que tenho... pelo que eles são... é pelos homens como indivíduos; a minha lealdade, seja qual for, é somente para com as pessoas físicas.

– O patriotismo não resolverá?

– Minha cara criatura, já dei por encerrados todos os debates. Mas você sabe tão bem quanto eu que patriotismo é uma palavra; e uma palavra que geralmente passa a significar *meu país, certo ou errado*, o que é abominável, ou então *meu país está sempre certo*, o que é imbecil.

– Mas, no outro dia, você impediu o comandante Aubrey de tocar "Croppies Lie Down".

– Ora, eu não sou coerente, é claro; principalmente em relação a pequenas coisas. Quem é? Sabe, ele não conhecia o significado da música. Ele nunca esteve na Irlanda, e se encontrava nas Índias Ocidentais por ocasião do levante.

– E eu estava no cabo da Boa Esperança, graças a Deus. Foi terrível?

– Terrível? Não consigo, através de qualquer possível capacidade das palavras, expressar para você a mancada, o atraso, a confusão e a estupidez assassinas de tudo. Aquilo não conseguiu nada; retardou a independência por cem anos; semeou o ódio e a violência; gerou uma raça vil de informantes e coisas como o major Sirr. E, incidentalmente, nos tornou uma presa para qualquer eventual informante chantagista. – Fez uma pausa. – Mas, com relação a essa música, em parte fiz aquilo porque me é desagradável ouvi-la, e em parte porque havia vários marinheiros irlandeses por perto, ouvindo, e nenhum deles era orangista; e seria lamentável que eles passassem a odiar o comandante, sem que nem de leve passasse pela sua mente insultá-los.

– Você gosta muito dele, creio.

– Se gosto? Sim; talvez. Eu não o chamaria de um amigo do peito... não o conheço há muito tempo... mas sou muito afeiçoado a ele. Lamento por você não ser.

– Eu também lamento. Vim propenso a gostar. Tinha ouvido falar que ele era rebelde e excêntrico, mas um bom marujo, e fiquei muito propenso a gostar. Mas não se manda nos sentimentos.

– Não. Mas isso é curioso: pelo menos é curioso para mim, o ponto mediano de estima... aliás, mais do que estima... entre vocês. Há algum deslize em particular que reprove nele? Se eu ainda tivesse 18 anos, perguntaria: "O que há de errado com Jack Aubrey?"

– E talvez eu respondesse: "Tudo, já que ele tem um comando e eu não tenho." – disse James, sorrindo. – Mas, ora vamos, não posso criticar o seu amigo na sua frente.

– Ah, ele tem defeitos, é claro. Sei que é intensamente ambicioso, no que se refere à sua profissão, e impaciente contra qualquer restrição. A minha preocupação é saber apenas no que ele ofendeu você. Ou é simplesmente *non amo te, Sabidi*?

– Talvez seja isso: é difícil expressar. Ele é capaz de ser uma companhia bastante agradável, é claro, mas há ocasiões em que demonstra aquela particularmente adiposa insensibilidade arrogante dos ingleses... e há certamente uma coisa que me aflige... sua enorme cobiça por presas. A disciplina e o treinamento da chalupa são mais parecidos com os de um navio corsário faminto do que com os de um navio do rei. Quando estávamos perseguindo aquela polaca deplorável, ele não conseguiu deixar o convés durante toda a noite... alguém até poderia pensar que estávamos atrás de uma nau de guerra, com alguma honra ao final da caçada. E esta presa aqui mal tinha se afastado da *Sophie* quando ele voltou a exercitar os grandes canhões, rugindo ambas as bandas de artilharia.

– Um corsário é algo desairoso? Pergunto por pura ignorância.

– Bem, um corsário está no mar por um motivo completamente diferente. Um corsário não luta pela honra, mas pelo lucro. Trata-se de um mercenário. O lucro é a sua *raison d'être*.

– E o exercício com os grandes canhões pode não ter em vista uma finalidade mais honrosa?

– Ah, certamente. Posso muito bem estar sendo injusto... ciumento... carente de generosidade. Imploro o seu perdão, se o ofendi. E confesso de bom grado que ele é um excelente marujo.

– Meu Deus, James, já nos conhecemos há bastante tempo para dizer o que pensamos, sem qualquer ofensa. Pode alcançar para mim a garrafa?

– Bem, então – disse James –, se posso falar livremente, como se estivesse em um quarto vazio, eu lhe direi o seguinte: penso que o incentivo que ele dá àquele sujeito, o tal de Marshall, é indecente, para não usar uma palavra mais grosseira.

– Será que eu o estou entendendo agora?
– Você sabe a respeito desse homem?
– O que tem esse homem?
– Ele é um pederasta.
– Talvez.
– Possuo prova positiva. Eu a tenho em Cagliari, para o caso de ser necessária. E ele está apaixonado pelo comandante Aubrey... Labuta? Como um escravo de galé... esfregaria o convés com pedrinhas, se deixassem; vai ao encalço dos marinheiros com mais desvelo do que o mestre do navio, tudo para conseguir um sorriso dele.

Stephen assentiu.

– Sim – concordou. – Mas certamente não acha que Jack Aubrey tenha os mesmos gostos dele.

– Não. Mas creio que está a par deles, e é por isso que incentiva o sujeito. Oh, isso é muito indecente, um modo sujo de falar... fui longe demais. Talvez eu esteja bêbado. Nós quase esvaziamos a garrafa.

Stephen deu de ombros.

– Não. Mas você está redondamente enganado, sabe? Posso lhe assegurar, falando com toda a seriedade da sobriedade, que ele não faz ideia disso. Jack não é muito esperto em alguns aspectos e, na sua visão simples de mundo, pederastas são perigosos apenas para grumetes que carregam pólvora e meninos de coro de igreja, ou para aquelas criaturas epicenas que se encontram nos bordéis do Mediterrâneo. Fiz uma tortuosa tentativa de esclarecê-lo um pouco, mas ele pareceu muito conhecedor e me disse: "Não venha falar para *mim* de traseiros e vícios; passei a vida inteira na Marinha."

– Então, certamente, ele deve carecer um pouco em questão de penetração?

– James, espero que não tenha havido nenhum *mens rea* nesse comentário.

– Preciso ir ao convés – anunciou James, consultando o relógio. Voltou algum tempo depois, após ter observado a rendição do serviço na roda do leme e verificado a derrota do barco; trouxe consigo uma lufada de ar fresco da noite, e permaneceu sentado, em silêncio, até ela ter-se dispersado diante da suave calidez da lâmpada. Stephen tinha aberto outra garrafa.

– Há ocasiões em que não sou totalmente justo – afirmou James, alcançando o seu copo. – Sou muito suscetível, eu sei; mas, às vezes, quando está cercado por bíblias e ouve seu canto tolo e vulgar, você explode de raiva. E como você não pode explodir em uma direção, explode na outra. Trata-se de uma tensão contínua, como *você*, mais do que qualquer um, bem deve saber.

Stephen olhou para ele muito atentamente, mas nada disse.

– Você sabia que eu era católico? – perguntou James.

– Não – respondeu Stephen. – Eu sabia que alguém de sua família era, é claro; mas, quanto a você... Isso não o deixa em uma situação difícil? – perguntou hesitante. – Com o tal juramento... as leis penais...?

– Nem um pouco – afirmou James. – Minha consciência está perfeitamente tranquila, no que se refere a isso.

"É o que pensa, meu pobre amigo", disse Stephen para si mesmo, servindo-se de outro copo, para ocultar sua expressão.

Por um momento pareceu que James Dillon levaria o assunto adiante, mas ele não o fez: algum delicado equilíbrio foi alterado, e agora a conversa prosseguiu indefinidamente sobre amigos comuns e os deliciosos dias que usufruíram juntos no que parecia um passado muito distante. Quantas pessoas eles tinham conhecido! Quão valiosas, ou divertidas, ou respeitáveis tinham sido algumas delas! Na conversa, secaram a segunda garrafa, e James subiu novamente ao convés.

Voltou para baixo meia hora depois e, ao entrar no camarote, falou como se estivesse retomando uma conversa interrompida:

– E, é claro, há toda essa questão da promoção. Vou lhe contar, apenas para o seu ouvido secreto e embora pareça odioso, que pensei que me dariam um comando depois daquela questão do *Dart*; e ter sido passado para trás me amargura cruelmente. – Fez uma pausa, e depois perguntou: – Quem foi que disse que conseguiu mais do que com a prática?

– Selden. Mas, no seu caso, imagino que os rumores estão por todo canto; pelo que sei, foi um caso comum de interesses. Preste atenção, eu não defendo a sublime castidade... simplesmente afirmo que, no caso de Jack Aubrey, essa observação é irrelevante.

– Bem, seja como for, procuro a promoção: como qualquer outro marujo, eu a tenho em alta conta, e é por isso que lhe digo isso com toda a simplicidade. E estar sob as ordens de um comandante caçador de presas não é o caminho mais rápido para ela.

– Bem, nada sei de questões navais, mas fico imaginando, fico imaginando, James, se não é fácil demais para um homem abastado desprezar o dinheiro... equivocar-se com os motivos verdadeiros... prestar atenção demais a simples palavras e...

– Por Deus, está me chamando de rico?

– Eu cavalguei em suas terras.

– São três quartos de montanha e um quarto de pântano; e, mesmo se eles pagassem o aluguel pelo restante, daria apenas algumas centenas por ano... mal chegaria a mil.

– Você me enche de compaixão. Jamais vi um homem admitir que fosse rico ou que estivesse dormindo: talvez o pobre e o alerta possuam alguma vantagem moral. De que modo ela se origina? Mas, retornando... claro que ele é um comandante tão corajoso quanto se poderia desejar, e, como qualquer homem, propenso a liderar você em ações gloriosas e notáveis!

– Você garantiria a coragem dele?

"Eis, finalmente, o verdadeiro gravame", pensou Stephen e disse:

– Não garantiria; eu não o conheço bem o bastante. Mas ficaria pasmado, *pasmado*, se ele se revelasse um covarde. O que o faz pensar que ele seja covarde?

– Não digo que seja. Eu lamentaria muito se dissesse algo contra a coragem de um homem, sem provas. Mas deveríamos ter tomado aquela galera. Com mais vinte minutos, poderíamos tê-la abordado e levado.

– É? Nada sei sobre essas coisas e, na ocasião, eu estava lá embaixo; mas sei que a única coisa prudente a fazer foi dar meia-volta, para proteger o resto do comboio.

– A prudência é uma grande virtude, é claro – frisou James.

– Correto. E uma promoção significa muito para você, não?

– Claro que sim. Um oficial nunca valerá um peido até ser bem-sucedido e, finalmente, hastear o seu pavilhão. Mas percebo pelos seus olhos que me acha inconsistente. Entenda a minha posição: não quero nenhuma república... sou partidário de instituições estáveis, consolidadas, e da autoridade, desde que não seja uma tirania. Tudo o que peço é um parlamento independente que represente os homens responsáveis do reino, e não simplesmente uma esquálida parcela de correligionários e caçadores de cargos públicos. Isso exposto, sinto-me totalmente feliz com as relações de amizade inglesas, totalmente feliz com os dois reinos: sou capaz de brindar à lealdade sem me engasgar, isso eu lhe garanto.

– Por que está apagando a lanterna?

James sorriu.

– Já amanheceu – informou, gesticulando com a cabeça em direção à luz cinza e fria na janela da cabine. – Vamos para o convés? Por essa ocasião, já devemos estar avistando as terras altas de Minorca, ou avistaremos dentro em breve; e creio que posso lhe prometer alguns daqueles pássaros que os marinheiros chamam de fura-buxo, se levarmos o barco em direção ao rochedo de Fornells.

Mas, com um dos pés na escada, James virou-se e olhou no rosto de Stephen.

– Não sei dizer o que me possuiu para eu falar com tanto rancor – disse, passando a mão pela testa, aparentando igualmente infelicidade e aturdimento. – Não creio que jamais tenha feito isso antes. Nunca me expressei bem... sempre fui inábil, impreciso, sem dizer o que realmente pretendia. Nós nos entendíamos mais antes de eu abrir a boca.

6

O Sr. Florey, o cirurgião, era solteiro; possuía uma enorme casa na parte alta de Santa Maria, e, em virtude da ampla e confortável consciência de um celibatário, ele convidou o Dr. Maturin a se hospedar com ele, sempre que a *Sophie* estivesse no porto para abastecimento ou reparos, deixando, à sua disposição, um aposento para sua bagagem e coleções – um aposento que já abrigava o *hortus siccus* que o Sr. Cleghorn, cirurgião-chefe da guarnição por quase trinta anos, havia colecionado em incontáveis volumes poeirentos.

Era uma casa fascinante para meditação, recuando no próprio cume do rochedo de Mahón e projetando-se, a uma altura estonteante, para o cais dos navios mercantes – tão alta que os ruídos e a agitação do porto eram impessoais, não mais do que um acompanhamento para o pensamento. O quarto de Stephen ficava nos fundos, do fresco lado setentrional, dando vista para o mar; e ele se encontrava ali sentado, diante da janela aberta, os pés numa bacia com água, escrevendo em seu diário, enquanto os andorinhões (comuns, pálidos e alpinos) corriam guinchando pelo ar tórrido e palpitante entre ele e a *Sophie*, igual a um brinquedo, bem distante, do outro lado do porto, amarrado ao desembarcadouro de provisões.

"Quer dizer então que James Dillon é católico", escreveu com a sua caligrafia minúscula e secreta. "Ele não era. Ou melhor, não era um católico no sentido de que isso fizesse qualquer diferença marcante em seu comportamento, ou tornasse a afirmação de juramento algo intoleravelmente doloroso. De modo algum ele era um homem religioso. Teria havido alguma conversão, alguma mudança loiolista? Espero que não. Quantos católicos ocultos estarão no serviço militar? Eu gostaria de lhe perguntar, mas isso seria indiscrição. Lembro-me do coronel Despard me dizer que, na Inglaterra, o bispo Challoner distribuía uma dúzia de dispensas por ano, durante os ocasionais acolhimentos do sacramento de acordo com o rito anglicano. O coronel T, das revoltas de Gordon, era católico. Será que a afirmação de Despard se referia apenas ao exército? Na ocasião, não pensei em perguntar a ele. Pergunta: será essa a causa do agitado estado mental de James Dillon? Sim, creio que sim. Alguma forte pressão, certamente, está em ação. E mais: me parece que se trata de um período crítico para ele, um climatério menor – um período que vai estabelecê-lo naquela rota particular da qual nunca mais sairá, mas irá perseverar pelo resto de sua vida. Sempre me pareceu que, ao passar por esse período (no qual nós três nos encontramos, mais ou menos), os homens adotam a sua personalidade permanente; ou há aqueles cuja personalidade o adotam. Euforia, arrebatamento tempestuoso antes disso; depois, alguma chance de concatenação, ou alguma predileção oculta (ou, mais exatamente, tendência inerente) entra em ação, e o homem se vê na estrada da qual não consegue sair e tem de prosseguir, tornando-a cada vez mais funda (uma vala ou um canal), até ele se perder em sua mera personalidade – persona –, e não mais é humano, mas uma acreção de qualidades pertencentes à sua personalidade. James Dillon foi um ser encantador. Agora, está se fechando. É estranho – devo dizer angustiante? – como a jovialidade se vai: a mente festiva, o regozijo emanando naturalmente. A autoridade é sua grande inimiga – a presunção de autoridade. Conheço poucos homens com mais de 50 anos que me pareçam inteiramente humanos: e praticamente nenhum que tenha exercido uma duradoura autoridade. Os capitães de mar e guerra antigos daqui; o almirante Warne. Homens atrofiados (atrofiados em essência; e não, infelizmente, em barriga). Pompa, uma dieta insalubre, motivo de irascibilidade, um prazer pago tarde demais e a um preço muito alto, como se deitar com uma amante venérea. Contudo, lorde Nelson, de acordo com Jack Aubrey, é tão decente e sincero e amável como alguém poderia desejar. Assim, aliás, de muitas maneiras é o próprio JA; apesar de uma certa imprudente arrogância de poder revelar-se de tempos em tempos. A jovialidade *dele*, em todo caso, permanece. Quanto tempo durará? Que mulher, causa política, decepção, ferimento, doença, filho rebelde, derrota, que estranho e surpreendente acidente a levará embora? Mas estou preocupado com James Dillon: ele é mercurial como sempre foi – ou mais –, só que agora isso é dez oitavas mais baixo e num tom mais sombrio; e, às vezes, receio que, num estado de espírito cruel, ele cometa dano a si mesmo. Eu daria muito para que ele se tornasse um amigo cordial de Jack Aubrey. Eles são bem parecidos em muitos aspectos, e James foi feito para a amizade: quando ele perceber que está equivocado sobre a conduta de JA, conseguirá voltar atrás? Mas descobrirá ele algum dia isso, ou que JA é o foco do seu dissabor? Nesse caso, há pouca esperança, pois o dissabor, a disputa interna, às vezes, deve ser muito forte em um homem tão desprovido de humor (em ocasiões) e tão exigente na questão da honra. Ele é forçado, com mais frequência do que a maioria dos homens, a reconciliar o irreconciliável; e é o menos qualificado a fazê-lo. E, diga o que disser, ele sabe tão bem quanto eu que corre o perigo de um terrível confronto: suponha se tivesse sido ele a prender Wolfe Tone em Lough Swilly? E se Emmet persuadir os franceses a invadirem? E se Bonaparte virar amigo do papa? Não é impossível. Mas, por outro lado, JD *é* uma criatura mercurial, e se acaso, numa fase ascendente, viesse a gostar de JA como deveria, ele não mudaria – nunca haveria um afeto mais leal. Eu daria muita coisa para torná-los amigos."

Ele suspirou e largou a pena. Largou-a sobre a tampa de um frasco de vidro no qual havia uma das mais belas áspides que já vira, grossa, venenosa, focinho arrebitado, enroscada em álcool etílico, com as pupilas fendidas olhando para ele através do vidro. A áspide foi um dos frutos dos dias que passaram em Mahón antes de a *Sophie* chegar, com uma terceira presa amarrada à popa, uma tartana espanhola de bom tamanho. Ao lado da áspide jaziam dois resultados visíveis da atividade da *Sophie*: um relógio e uma luneta. O relógio marcava 20 minutos depois da hora, e então ele pegou a luneta apontou para a chalupa. Jack continuava a bordo, notável em seu melhor uniforme, a meia-nau, queixando-se com Dillon e com o mestre do navio sobre algum aspecto do cordame superior: todos eles apontavam para cima e inclinavam o corpo de um lado para o outro, numa ridícula harmonia.

Curvando-se sobre o parapeito da pequena sacada, ele percorreu com a luneta o cais na direção da ponta do porto. Quase que imediatamente, viu o familiar rosto escarlate de George Pearce, marinheiro de segunda, jogado para trás, virado para o céu, num êxtase jubiloso: com ele estava um pequeno grupo de colegas marujos, ao longo de um amontoado de adegas de vinho lineares que se estendiam na direção dos curtumes; eles matavam o tempo jogando pedrinhas para quicar na água tranquila. Esses homens pertenciam à tripulação que havia feito duas presas e tiveram permissão de permanecer em terra, ao passo que os demais Sophies continuavam a bordo. Ambos os grupos, contudo, haviam participado da primeira distribuição de dinheiro das presas; e olhando com mais atenção o brilho prateado dos mísseis que resvalavam na água e o frenético mergulhar de meninos nus no pútrido fundo raso, Stephen viu que os marinheiros estavam se livrando de suas riquezas do modo mais abreviado conhecido pelo homem.

Agora, um bote se afastava da *Sophie*, e através da lente ele viu o patrão da embarcação acalentando o estojo do violino de Jack com resoluta e consciente dignidade. Stephen recostou-se, tirou um dos pés da água – já tépida – e fitou-o por um momento, refletindo sobre a anatomia comparativa dos membros inferiores dos mamíferos superiores – em cavalos, em símios – no Pongo dos viajantes africanos, ou no Jocko de M. de Buffon – esportivo e gregário na juventude, taciturno, rabugento e retraído na velhice. Qual era a verdadeira condição de Pongo? "Quem sou eu?", pensou, "para afirmar que o jovem e alegre macaco, de certo modo, não é simplesmente a crisálida, a pupa do velho sombrio e solitário? Que o segundo estágio não é a inevitável culminação natural – a verdadeira condição de Pongo, infelizmente?"

– Eu estava meditando sobre Pongo – disse em voz alta, quando a porta se abriu e Jack entrou com um olhar de ansiosa expectativa, carregando um maço de partituras.

– Tenho certeza de que estava – bradou Jack. – Também acho uma maldita coisa meritória em que se pensar. Agora, seja um bom camarada e tire o outro pé dessa bacia... por que, diabos, o colocou aí?... e calce suas meias, por favor. Não temos um momento a perder. Não, as meias azuis, não, nós vamos avançar para a Sra. Harte... para a festa dela.

– Devo vestir meias de seda?

– Certamente precisa vestir meias de seda. E se apressar, meu caro camarada: vamos nos atrasar, se você não desfraldar um pouco mais de pano.

– Você vive apressado – comentou Stephen, irritado, tateando por entre os seus pertences.

Uma cobra de Montpellier saiu deslizando com um seco ruído farfalhante e atravessou o quarto com uma série de curvas extraordinariamente elegantes, a cabeça umas 18 polegadas acima do chão.

– Ah! – gritou Jack, saltando para cima de uma cadeira. – Uma cobra!

– Estas servem? – perguntou Stephen. – Tem um buraco em uma delas.

– É venenosa?

– Extremamente. Eu ousaria dizer que ela vai atacá-lo em breve. Tenho muito poucas dúvidas a esse respeito. Se eu colocar as meias de seda sobre as minhas meias de lã penteada, o buraco não vai aparecer: mas, por outro lado, vou sufocar com o calor. Você não acha que está excepcionalmente quente?

– Puxa, deve ter duas braças de comprimento. Diga-me, é realmente venenosa? Você jura que é?

– Se você enfiar a mão pela garganta dela, até os dentes de trás, pode ser que encontre algum veneno; mas não de outra maneira. *Malpolon monspessulanus* é uma serpente muito inocente. Penso em levar uma dúzia a bordo, para os ratos... ah, se eu tivesse mais tempo, e se não fosse essa tola e mesquinha perseguição aos répteis... Que figura deplorável a sua, aí nessa cadeira. *Barney, Barney, gamo ou corça, / Para fora do Channel Row você me força* – cantou para a serpente; esta, surda como uma víbora, o que ela era, ficou olhando contente para o rosto de Stephen, enquanto ele a levava de volta.

A primeira visita que fizeram foi à casa do Sr. Brown, do estaleiro, onde, após os cumprimentos, apresentações e felicitações pela boa sorte de Jack, tocaram o quarteto em si bemol de Mozart, atacando-o com diligência e boa vontade, a senhorita tocando uma viola melodiosa, embora frágil. Eles nunca haviam tocado juntos, nunca ensaiado aquela obra em particular, e o som resultante era estridente ao extremo; mas desfrutaram um grande prazer, ali, no meio da plateia, a Sra. Brown e um gato branco, tricotando tranquilamente, perfeitamente satisfeita com a execução.

Jack estava com o entusiasmo dilacerado, mas seu grande respeito pela música o manteve em conformidade com o decoro durante todo o quarteto. Foi durante a pequena refeição que se seguiu – duas galinhas, uma língua glaceada, leite batido com vinho, açúcar e canela, manjar e bolo de queijo – que ele começou a se soltar. Como estava com sede, tomou, sem perceber, duas ou três taças de espumante Sillery: logo seu rosto ficou vermelho e ainda mais alegre, a voz mais decididamente masculina, e a risada, mais frequente: contou a todos uma versão meio fantasiosa, melhor do que antes, da história sobre Stephen ter serrado a cabeça do artilheiro-chefe e depois tê-la arrumado novamente: e, de tempos em tempos, seus brilhantes olhos azuis vagueavam na direção do busto da senhorita, que a moda daquele ano (exagerada por causa da distância de Paris), mandava cobrir com nada mais do que um pedaço muito, muito pequeno de gaze.

Stephen emergiu do seu devaneio e viu a Sra. Brown com o olhar grave, a senhorita olhando recatada para o prato abaixo, e o Sr. Brown, que também havia bebido bastante, iniciando uma história que não teria qualquer possibilidade de acabar bem. A Sra. Brown fazia grandes concessões a oficiais que tinham estado muito tempo no mar, principalmente àqueles que voltavam de um cruzeiro bem-sucedido e estavam resolvidos a se divertir; mas fazia menos ao marido, e conhecia a tal história de antigamente, como também aquele olhar vidrado.

– Venha, meu bem – disse ela para a filha. – Creio que agora teremos que deixar os cavalheiros a sós.

A FESTA DE MOLLY HARTE foi um grande e heterogêneo acontecimento, com a presença de quase todos os funcionários, eclesiásticos, civis, mercadores e notáveis de Minorca – havia tanta gente que ela precisou estender um toldo no pátio do *señor* Martinez para conter todos os convidados, ao mesmo tempo em que a banda militar do Forte St. Philip tocava para eles do local onde era normalmente o escritório do comandante.

– Permita-me apresentar meu amigo... meu amigo particular e cirurgião, Dr. Maturin – anunciou Jack, conduzindo Stephen até a anfitriã. – Sra. Harte.

– Seu criado, madame – disse Stephen, fazendo um rapapé.

– Estou muito contente em vê-lo aqui, senhor – falou a Sra. Harte, preparando-se imediatamente para antipatizar, muito mesmo, com ele.

– Dr. Maturin, comandante Harte – prosseguiu Jack.

– Prazer – disse o comandante Harte, já antipatizando com ele, mas por um motivo totalmente oposto, olhando por cima da cabeça de Stephen e esticando dois dedos somente um pouco adiante de sua pendente barriga. Stephen encarou deliberadamente os dedos, deixou-os ali oscilantes, e movimentou a cabeça em reverência, numa bem-educada insolência que combinava exatamente com a acolhida do homem, o que levou Molly Harte a dizer a si mesma: "Eu vou gostar desse homem." Eles se afastaram, para dar lugar a outros, pois a maré enchia depressa – os oficiais de Marinha chegaram todos na hora marcada, com apenas segundos de diferença entre eles.

– Eis o sortudo Jack Aubrey – gritou Bennet do *Aurore*. – Palavra de honra, rapazes, vocês se saíram muito bem. Eu mal consegui atracar em Mahón, por causa da quantidade de suas capturas. Desejo-lhes sorte com uma porção delas; mas precisam deixar alguma coisa para nós, os velhos excêntricos, nos aposentarmos. Hein? Hein?

– Ora, senhor – disse Jack, gargalhando e ficando mais vermelho ainda –, foi apenas sorte de principiante... ela logo acabará, estou certo, e voltaremos a chupar o dedo.

Havia uma meia dúzia de oficiais de Marinha em volta dele, contemporâneos e mais antigos; todos o parabenizaram, alguns com tristeza, outros com um pouco de inveja, mas todos com aquela boa vontade que Stephen vinha notando com muita frequência na Marinha. Enquanto eles derivavam como um pelotão na direção de uma mesa com três enormes poncheiras e um regimento de taças sobre ela, Jack lhes contou, com uma desinibida riqueza de jargões do mar, como se comportou exatamente cada presa. Ouviram em silêncio, com aguçada atenção, assentindo em alguns pontos e fechando os olhos parcialmente; e Stephen observou para si mesmo que, em alguns níveis, era possível a comunicação total entre os homens. Depois disso, tanto ele quanto a sua atenção vaguearam; portando uma taça de ponche feito com áraque, ele assumiu sua posição ao lado de uma laranjeira e ali permaneceu de pé, aparentando contentamento, ora olhando os uniformes de um lado, ora do outro, além da laranjeira, onde havia sofás e cadeiras baixas, com mulheres sentadas neles, à espera de que os homens lhes trouxessem gelados e *sorbets*; à espera, no que dizia respeito aos marujos, em vão. Elas suspiravam pacientemente e torciam para que maridos, irmãos, pais e amantes não ficassem bêbados demais; e, acima de tudo, que nenhum deles brigasse.

O tempo passou; um redemoinho na lenta corrente rotativa da festa levou o grupo de Jack para perto da laranjeira, e Stephen ouviu-o dizer:

– O tempo fechou no mar, esta noite.

– Está tudo bem, Aubrey – retrucou quase que imediatamente um capitão de mar e guerra. – Mas os seus Sophies costumavam ser uma turma de homens calmos e decentes em terra. Como agora eles têm alguns trocados no bolso, criam confusões desnecessárias, como se fossem... bem, sei lá. Como se fossem um bando de babuínos enlouquecidos. Eles agrediram cruelmente a tripulação da barcaça do meu primo Oaks, sob o absurdo pretexto de terem um médico a bordo e, portanto, com o direito de atracar na frente de uma barcaça pertencente a uma nau de linha que tem apenas um cirurgião... um pretexto bem absurdo. Os trocados no bolso fizeram com que perdessem a cabeça.

– Lamento pelos homens do comandante Oaks que foram agredidos, senhor – desculpou-se Jack, com um apropriado ar de preocupação. – Mas esse fato é verdadeiro. Nós temos um médico a bordo... um homem espantoso com uma serra ou um clister. – Jack fitou-o de um modo bastante benevolente. – Ele estava comigo agorinha mesmo. Abriu o crânio do nosso artilheiro-chefe, içou o cérebro dele, ajeitou-o e o colocou de volta... nem consegui olhar, isso eu lhes garanto, cavalheiros... mandou um armeiro pegar a coroa de um arnês, martelar para afinar e transformá-la numa pequena cúpula, sabem, ou uma bacia, e com ela cobriu os miolos, aparafusou e cerziu por cima o escalpo com a habilidade de um veleiro. Isso é que eu chamo de um verdadeiro médico... nada dessas malditas pílulas e protelação. Ora, aqui está ele...

Eles o cumprimentaram gentilmente, insistiram em que tomasse uma taça de ponche – outra taça de ponche –, que todos já haviam tomado bastante; tratava-se de um ponche bastante saudável, excelente, apropriado para um dia tão quente. A conversa prosseguiu, com apenas Stephen e um certo comandante Nevin permanecendo um pouco calados. Stephen notou um ar meditativo e absorto nos olhos do comandante Nevin – um ar que lhe era muito familiar – e não se surpreendeu ao ser levado para longe dali, atrás da laranjeira, onde ouviu, na confidente voz baixa, fluente e séria do comandante Nevin, a sua dificuldade de digerir até mesmo os pratos mais simples. Há anos a dispepsia do comandante Nevin desafiava o conhecimento, há *anos*, senhor; mas ele tinha certeza de que ela cederia aos poderes superiores de Stephen; era melhor que ele fornecesse ao Dr. Maturin todos os detalhes que conseguisse lembrar, pois se tratava de um caso bastante singular e interessante, como Sir John Abel lhe dissera – Stephen conhecia Sir John? –, mas, para ser franco (baixando a voz e olhando furtivamente em volta), ele precisava admitir que havia certa dificuldade na... na *evacuação*, também... Sua voz prosseguia, em tom baixo e urgente, e Stephen permanecia com as mãos nas costas, a cabeça baixa, o rosto inclinado com seriedade, numa atitude atenta. Ele não estava, de fato, desatento, mas sua atenção não estava toda tomada para não deixar de ouvir Jack bradar: "Ah, sim, sim! O resto, certamente, virá para terra... eles estão enfileirados na amurada, vestidos com roupa de terra, dinheiro no bolso, os olhos esbugalhados e os paus medindo 1 jarda." Ele mal pôde evitar de ouvir isso, pois Jack tinha excelente voz, que se projetava à distância, e seu comentário encaixou-se por acaso num daqueles curiosos silêncios que ocorrem mesmo em reuniões muito numerosas.

Stephen deplorou o comentário; deplorou o efeito que causou nas damas do outro lado da laranjeira, que se levantaram e se afastaram dali com muitos olhares indignados; deplorou muito mais, porém, o rosto rubro de Jack, o ar de louca alegria em seus olhos inflamados e seu triunfante "Não precisam se apressar, senhoras... eles só terão permissão para deixar a chalupa depois da salva da noite."

Uma decidida onda repentina de conversas elevou-se e afogou qualquer possibilidade de observações adicionais desse tipo, e o comandante Nevin discorria novamente sobre o seu cólon quando Stephen sentiu uma mão em seu braço, e lá estava a Sra. Harte, sorrindo para o comandante Nevin de tal modo que ele recuou e se perdeu atrás das poncheiras.

– Dr. Maturin, por favor, leve embora o seu amigo – pediu Molly Harte, com um tom de voz baixo e premente. – Diga-lhe que o seu navio está em chamas... diga-lhe qualquer coisa. Apenas leve-o daqui... ele causará a si mesmo um *enorme* dano.

Stephen fez que sim. Baixou a cabeça, caminhou diretamente para o grupo, segurou Jack pelo cotovelo e disse:

– Venha, venha, venha – num estranho e imperativo meio cochicho, fazendo uma reverência para aqueles cuja conversa havia interrompido. – Não há um momento a perder.

– Quanto mais cedo nos fizermos ao mar, melhor – murmurou Jack Aubrey, parecendo ansioso em meio à luz mortiça sobre o cais de Mahón. Aquele bote seria a própria lancha do barco com o resto dos homens que saíram de licença, ou seria um mensageiro do gabinete do furioso e virtuoso comandante mais antigo, transmitindo ordens que iriam interromper o cruzeiro da *Sophie*? Ainda estava um pouco alquebrado por causa dos excessos da noite, mas a parte mais sóbria de sua mente lhe assegurava, de tempos em tempos, que ele não fizera nenhum bem a si mesmo, que uma medida disciplinar poderia ser tomada contra ele, sem que ninguém a achasse injusta ou opressora, e que se encontrava excessivamente avesso a qualquer encontro imediato com o comandante Harte.

Uma aragem soprava de oeste – um vento incomum, e que trazia todo o cheiro fétido e desagradável dos curtumes, vagueando úmido por ali. Mas serviria para ajudar a *Sophie* a seguir pela comprida enseada e sair para o mar. Para o mar, onde não seria traído pela própria língua; onde Stephen não poderia assumir ares desagradáveis de autoridade e onde Babbington, aquele garoto infernal, não precisaria ser resgatado de uma velha da cidade. E onde James Dillon não poderia se bater em um duelo. Ele ouvira apenas um boato a respeito, mas tudo não passou de um daqueles insignificantes e mortais incidentes de guarnição após o jantar, que lhe poderia ter custado a patente de capitão-tenente – embora fosse o mais valioso oficial com quem Jack já tivesse navegado, apesar de todo o seu formalismo e imprevisibilidade.

O bote reapareceu sob a popa do *Aurore*. Era mesmo a lancha, e estava repleta de marinheiros que haviam saído de licença: ainda havia uma ou duas almas festivas entre eles, mas no geral os Sophies que conseguiam andar pareciam bem diferentes daqueles que somente tinham ido a terra – em primeiro lugar, estavam sem nenhum dinheiro, sombrios, abatidos e amparados uns nos outros. Os que não conseguiam andar, jaziam numa fileira com os corpos recuperados anteriormente. Jack perguntou:

– Qual é a contagem, Sr. Ricketts?

– Todos a bordo, senhor – informou o aspirante, fatigado. – Com exceção de Jessup, o ajudante do cozinheiro, que quebrou a perna ao cair das Pigtail Steps, e Sennet, Richards e Chambers, da gávea do traquete, que foram a George Town com alguns soldados.

– Sargento Quinn?

Mas não havia condições de ter uma resposta do sargento Quinn: ele devia, e conseguiu, ficar de pé, rígido, mas sua única reação foi "Sim, senhor", e bater continência para qualquer coisa que estivesse à sua frente.

– Todos os fuzileiros, menos três, estão a bordo, senhor – falou James reservadamente.

– Obrigado, Sr. Dillon – disse Jack, olhando adiante, novamente em direção à cidade: algumas luzes pálidas se agitavam contra a escuridão do rochedo. – Então, creio que podemos suspender.

– Sem esperar pelo resto da água, senhor?

– Quanto já temos? Duas toneladas, creio. Sim, vamos apanhá-la em outra ocasião, juntamente com os nossos extraviados. Agora, Sr. Watt, guarnecer postos de suspender; e que isso seja feito em silêncio, por favor.

Ele falou isso em parte por causa de uma cruel aguilhoada agonizante em sua cabeça, o que tornava extraordinariamente desagradável a perspectiva de gritos e bramidos, e em parte porque queria que a partida da *Sophie* não despertasse qualquer atenção que fosse. Felizmente, o barco estava atracado com espias singelas de vante e de ré; portanto, não houve o lento içar de ferros, nem pisadas fortes e corridas para o cabrestante, nem o áspero guincho do polé; em todo caso, os membros da tripulação comparativamente sóbrios estavam por demais extenuados para qualquer coisa que não fosse um suspender rápido, silencioso e amargo – sem prostitutas alegres, sem dinheiro, sem amigos leais jamais, jamais, naquele cinzento fedor de uma alvorada de bebedeira excessiva. Felizmente, também, Jack havia mandado cuidar dos reparos, materiais e provisões (fora aquele maldito último carregamento de água) antes que ele ou mais alguém tivesse colocado o pé em terra; e raramente ficara mais agradecido do que quando a bujarrona da *Sophie* enfunou e sua proa girou, apontando em direção ao leste na direção do mar, um navio consertado, provido de água e bem abastecido, iniciando sua viagem de volta à independência.

Uma hora depois estavam no estreito, com a cidade e seu mau cheiro mergulhados na neblina atrás deles, e o reluzente mar a céu aberto adiante. O gurupés da *Sophie* apontava quase que exatamente para a intensa luz branca no horizonte, que revelava o nascer do sol, e o vento estava virando para o norte, refrescante ao mudar de direção. Alguns dos cadáveres da noite começavam a se mexer, desajeitados. Em breve, uma mangueira seria dirigida a eles, o convés voltaria ao seu estado normal e a rotina diária da chalupa recomeçaria.

UMA ATMOSFERA de irascível conformação pairava sobre a *Sophie*, enquanto ela seguia o seu tedioso e frustrante caminho para sul e oeste, em direção à sua área de cruzeiro, através de calmarias, incertas brisas e ventos de proa – ventos que se tornaram tão perversos, assim que se fizeram ao largo, que a pequena ilha del Aire, além da extremidade oriental de Minorca, demorava-se obstinadamente no horizonte setentrional, às vezes maior, às vezes menor, mas sempre presente.

Quinta-feira, e toda a tripulação foi convocada pelo apito para testemunhar um castigo. Os dois turnos colocaram-se de ambos os lados do convés principal, com o cúter e a lancha sendo rebocados atrás para dar mais espaço: os fuzileiros estavam alinhados, com a habitual precisão, desde o canhão de ré número 3; e o pequeno tombadilho estava apinhado de oficiais.

– Sr. Ricketts, onde está o seu espadim? – perguntou Dillon bruscamente.

– Eu o esqueci, senhor. Peço-lhe desculpas, senhor – sussurrou o aspirante.

– Coloque-o imediatamente, e não se atreva a vir para o convés vestido de maneira imprópria.

O jovem Ricketts lançou um olhar de culpa para o comandante enquanto disparava convés abaixo, e ele não percebeu nada além de comprovação na carranca de Jack. Na verdade, a concepção de Jack era idêntica à de Dillon: aqueles infelizes iam ser açoitados, e tinham direito a que isso fosse feito com a devida cerimônia – todos os marinheiros presentes e sérios, os oficiais com seus chapéus galonados de ouro e espadas, o homem do tambor presente para rufar seu instrumento.

Henry Andrews, o cabo da guarda, declinou um a um os acusados: John Harden, Joseph Bussell, Thomas Cross, Timothy Bryant, Isaac Isaacs, Peter Edwards e John Surel, todos acusados de embriaguez. Ninguém teve algo a dizer a favor deles: nenhum deles teve algo a dizer a seu favor.

– Uma dúzia para cada – exclamou Jack. – E se houvesse alguma justiça na terra, você receberia duas dúzias, Cross. Um sujeito responsável como você... um ajudante do artilheiro-chefe... devia se envergonhar.

Era costume, na *Sophie*, os açoites serem levados a efeito no cabrestante, e não sobre um estrado: os homens avançaram abatidos, lentamente despindo as camisas e adaptando o corpo ao cilindro atarracado; e a faxina do mestre, John Bell e John Morgan, amarraram os pulsos deles para os lados, mais por formalidade do que por qualquer outra coisa. Em seguida, John Bell aproximou-se, agitando o azorrague, o "gato de nove caudas", com o olhar em Jack. Este assentiu e ordenou:

– Prossiga.

– Um – anunciou solenemente o mestre do navio, quando as nove tiras com nós zuniram no ar e se chocaram contra as costas tensas do marujo. – Dois. Três. Quatro...

E assim prosseguiu; e, mais uma vez, o olhar frio e acostumado de Jack percebeu o modo habilidoso como o auxiliar do mestre fazia as pontas com os nós baterem contra o próprio cabrestante, sem parecer que estivesse fazendo qualquer favorecimento a um companheiro de bordo. "Isso não tem problema", refletiu, "mas ou eles estão penetrando no depósito de bebidas, ou algum filho da puta trouxe um estoque de aguardente para bordo. Se eu o descobrir, vai haver um açoitamento adequado no gradil, e não haverá esse tipo de truque." Aquela quantidade de embriagados era mais do que a normal: sete em um dia. Não era a mesma coisa com a bebedeira que os homens tomaram em terra, pois já havia acabado – e não passava de uma lembrança; e quanto ao estado de paralisia dos marujos que foram carregados pela água do embornal, quando a chalupa se afastou da costa, isso também foi esquecido – ficou por conta do jeito descuidado do porto, da relaxada disciplina do cais, e não se voltou contra ninguém. Mas aquilo era completamente diferente. Ainda no dia anterior, ele hesitara em fazer os exercícios com os canhões depois do jantar, por causa do grande número de marinheiros de quem ele desconfiava terem se excedido: seria fácil demais para um bêbado idiota enfiar o pé debaixo de uma carreta no recuo ou a cara diante da boca de um canhão. E, no final das contas, fez apenas com que eles corressem de um lado para o outro, sem disparar.

Diferentes navios tinham diferentes tradições de se expressar: os antigos Sophies mantinham-se calados, mas Edwards (um dos novos marujos) fora recrutado do *King's Fisher*, onde não se mantinham calados, e, à primeira fustigada, ele emitiu um enorme "Oh" uivante, que perturbou tanto o jovem ajudante do mestre que as duas ou três seguintes vacilaram incertas no ar.

– Vamos com isso, John Bell – exclamou o mestre, repreendendo-o, não por causa de algum tipo de maldade em relação a Edwards, a quem julgava com a plácida imparcialidade de um açougueiro pesando uma costela de cordeiro, mas porque a execução de um serviço tinha de ser adequada; e o restante das vergastadas pelo menos deu a Edwards alguma desculpa para o seu dilacerante crescendo. Dilacerante, aliás, para o próprio John Surel, um pobre homenzinho da cota de Exeter, que nunca tinha sido surrado antes, e agora acrescentava o crime da incontinência ao da embriaguez; mas ele foi açoitado assim, miseravelmente, chorando e bramindo de um modo deplorável, enquanto o aturdido Bell batia nele com força e rapidez, para acabar logo com aquilo.

"Como isso pareceria inteiramente bárbaro a um espectador que não está acostumado", refletiu Stephen. "E quão pouco importa àqueles que estão. Embora aquele rapaz pareça se importar." Babbington, realmente, estava parecendo um pouco pálido e aflito, quando a tarefa aparentemente interminável chegou ao fim, com o choroso Surel sendo entregue a seus envergonhados companheiros de rancho e levado embora às pressas.

Mas quão passageira foi a palidez e a aflição daquele jovem cavalheiro! Não se passaram dez minutos depois de o marujo do lambaz ter removido todos os vestígios do local e Babbington voava pelo cordame superior, em perseguição a Ricketts, com o escrivão pelejando trabalhosa e cuidadosamente a uma grande distância atrás.

– Que travessura é aquela? – indagou Jack, vendo formas vagas através do fino pano do sobrejoanete.

– São os jovens cavalheiros, excelência – falou o contramestre.

– Isso me faz lembrar – disse Jack. – Quero falar com eles.

Não demorou muito para a palidez e a aflição estarem de volta, e por um bom motivo. Os aspirantes tinham por obrigação fazer observações ao meio-dia, para determinar a posição do barco, as quais deviam anotar em um pedaço de papel. Esses pedaços de papel eram chamados de *obras dos jovens cavalheiros*, e eram entregues ao comandante pelo fuzileiro sentinela, com as palavras "As obras dos jovens cavalheiros, senhor", às quais o comandante Allen (um homem indolente e condescendente) se acostumara a responder "... as obras dos jovens cavalheiros", e jogava os papéis pela janela.

Até então, Jack andara ocupado demais cuidando da eficiência de sua tripulação para prestar muita atenção à educação dos seus aspirantes de Marinha, mas, no dia anterior, ele havia olhado os pedaços de papel, e estes, com uma unanimidade bastante suspeita, haviam indicado a *Sophie* em 39°21'N, o que era bem razoável, mas também em uma longitude que só poderia ter alcançado abrindo caminho pela cordilheira atrás de Valência a uma profundidade de 37 milhas.

– Qual é a intenção de vocês ao me mandarem esse disparate? – perguntou aos dois.

Na verdade, não se tratava de uma pergunta respondível, nem as outras que ele apresentou, e eles, aliás, não tentaram respondê-las, mas concordaram que não estavam ali para se divertir nem pela beleza de sua masculinidade, mas, em vez disso, para aprender uma profissão; que os seus diários (os quais tinham ido apanhar) também não eram precisos, nem completos ou atualizados, e que o gato do navio os teria redigido melhor; que no futuro teriam de prestar mais atenção nas observações e na navegação estimada do Sr. Marshall; que iriam plotar a carta diariamente com ele e que nenhum homem era digno de se tornar tenente, muito menos arcar com um comando ("Que Deus me perdoe", disse Jack, num aparte interior), se for incapaz de dizer a posição do seu navio, se não imediatamente, pelo menos num espaço de um minuto – não, num espaço de trinta segundos. Além disso, teriam de mostrar os seus diários, todos os sábados, com letra clara e legível.

"Vocês *são* capazes de escrever decentemente, suponho. Caso contrário, irão aprender com o escrivão." Os dois acharam que eram capazes, sim, senhor, estavam certos disso, fariam o melhor possível. Mas ele não pareceu convencido e mandou que se sentassem sobre aquele armário, pegassem aquelas penas e aqueles pedaços de papel e lhe passassem aquele livro acolá, o qual serviria admiravelmente para eles lerem de cabo a rabo.

Foi por isso que Stephen, fazendo uma pausa na sua enfermaria para refletir sobre o caso do paciente cujo pulso batia fraco e espacejado sob os seus dedos, ouviu a voz de Jack, anormalmente lenta, grave e terrível, transportada pelo ventilador que levava o ar fresco lá para baixo.

– O tombadilho de uma nau de guerra pode, com toda a justiça, ser considerado como uma escola nacional para educação de grande parcela de nossa juventude; é ali que eles adquirem o hábito da disciplina e se instruem sobre todas as interessantes minúcias do serviço. Pontualidade, limpeza, diligência e decisão são inculcados normalmente, como também o hábito da sobriedade e até mesmo da abnegação são adquiridos, já que nunca deixam de mostrar sua enorme utilidade. Aprendendo a *obedecer* também se aprende a *mandar*.

"Ora, ora, ora", disse Stephen a si mesmo, e em seguida voltou a concentrar o pensamento totalmente na pobre e abatida criatura com lábio leporino na maca a seu lado, um recente marinheiro inexperiente que pertencia ao quarto de boreste.

– Quantos anos você deve ter, Cheslin? – indagou.

– Ah, não sei lhe dizer, senhor – respondeu Cheslin, com um vislumbre de impaciência em sua apatia. – Acho que devo ter uns 30 anos, ou um pouco mais. – Uma longa pausa. – Eu tinha 15 quando o meu velho pai morreu; eu poderia contar as colheitas de frente para trás, se me concentrasse nisso. Mas não consigo me concentrar, senhor.

– Não. Escute, Cheslin: você vai ficar muito doente se não comer. Vou pedir uma sopa para você, e precisa tomá-la toda.

– Obrigado, senhor, tenho certeza disso. Mas não há comida boa para mim, e duvido que me deixem comer, qualquer uma.

– Por que você lhes revelou a sua profissão?

Cheslin não respondeu de pronto e ficou encarando estupidamente o vazio.

– Eu arriscaria dizer que estava bêbado. Foi esse grogue forte e mortal deles. Mas nunca achei que eles iam ficar tão apavorados. Apesar do pessoal de Carborough e da região mais além também não gostar muito de falar nisso.

Nesse momento, o apito chamou os marinheiros para o jantar, e a entrecoberta-alojamento, o comprido espaço atrás da divisória de lona que Stephen havia colocado para dar um pouco de proteção à enfermaria, encheu-se com o tumulto de homens famintos. Um tumulto ordeiro, porém: cada grupo de oito homens disparou para seu próprio lugar, mesas pendentes surgiram, baixando instantaneamente de vigas, travessas repletas de carne de porco salgada (outra prova de que era quinta-feira) e ervilhas saíram da cozinha, e o grogue, que o Sr. Pullings acabara de misturar na barrica de água perto do mastro principal, foi levado religiosamente para baixo, cada homem se afastando do caminho, para que nenhuma gota caísse.

Uma fila dupla formou-se imediatamente diante de Stephen, e ele passou pelo meio, percorrendo os rostos sorridentes e olhares afáveis de ambos os lados; percebeu que alguns dos homens em cujas costas ele havia passado óleo, mais cedo naquela manhã, tinham uma aparência bastante alegre, principalmente Edwards, pois, por ser negro, exibia um sorriso que brilhava muito mais branco na escuridão; mãos atenciosas afastaram um banco de seu caminho, e um grumete foi agarrado e torcido violentamente em seu próprio eixo e intimado a "não dar as costas para o doutor, cadê a porra da sua educação?". Gentis criaturas; rostos bondosos; mas eles estavam matando Cheslin.

– ESTOU COM UM CASO curioso na enfermaria – relatou ele a James, ao se sentarem para digerir figos secos com a ajuda de um cálice de vinho do Porto. – Ele está morrendo de inanição; ou morrerá, a não ser que eu o tire de seu torpor.

– Como se chama?

– Cheslin; tem lábio leporino.

– Eu o conheço. É um meia-nau... do turno de boreste... não é bom como homem nem como animal.

– É? Mesmo assim, em uma ocasião, ele andou prestando um serviço singular para homens e mulheres.

– Como assim?

– Ele foi um "comedor de pecados".

– Deus do céu!

– Você derramou o seu Porto.

– Você tinha que me falar sobre ele? – queixou-se James, enxugando a corrente de vinho.

– Ora, praticamente acontece a mesma coisa com a gente. Quando um homem morria, Cheslin era chamado; havia um pedaço de pão sobre o peito do morto; ele o comia e absorvia os pecados do outro. Em seguida, colocavam uma moeda de prata em sua mão e o expulsavam da casa, cuspiam nele e jogavam pedras, enquanto ele saía correndo.

– Eu pensava que hoje em dia isso não passasse de uma lenda – observou James.

– Não, não. É bastante comum, só que ninguém comenta. Mas parece que os marujos encaram isso com mais temor do que as outras pessoas. Cheslin deixou isso escapar e todos se voltaram contra ele imediatamente. Seu grupo de rancho o expulsou; os outros não falam com ele, nem permitem que coma ou durma perto deles. Não há nenhum problema físico com ele, porém ele vai morrer em cerca de uma semana, a não ser que eu possa fazer alguma coisa.

– Devia colocá-lo no passadiço e lhe dar cem chibatadas, doutor – bradou o intendente do camarote onde fazia o lançamento de seus cálculos. – Quando eu fazia a rota da Guiné, entre as guerras, havia uns tipos de negros chamados *whydwas*, ou *whydoos*, que costumavam morrer às dúzias na rota do meio, pelo simples desespero de serem levados para longe de sua terra e de seus amigos. A gente costumava salvar uma porção deles despertando-os com açoitadas pelas manhãs. Por isso, nenhuma gentileza vai adiantar para esse sujeito, doutor: no final das contas, as pessoas vão simplesmente sufocá-lo, ou enforcá-lo, ou jogá-lo pela borda. Eles, os marinheiros, toleram muita coisa, menos um Jonas, um azarado. É como um corvo branco... os outros o bicam até a morte. Ou um albatroz. A gente pega um albatroz... é fácil, com um fio... pinta uma cruz vermelha no peito dele e os outros o estraçalham antes de uma virada de ampulheta. Já demos muitas gargalhadas com eles, ao largo do cabo da Boa Esperança. Mas os marujos nunca vão deixar esse sujeito se envolver com eles, nem que nosso serviço dure cinquenta anos; não é mesmo, Sr. Dillon?

– Nunca – confirmou James. – Por que, em nome de Deus, ele veio parar na Marinha? É um voluntário, não um homem recrutado à força.

– Imagino que ele tenha se cansado de ser um corvo branco – aventou Stephen. – Mas não vou perder um paciente por causa de preconceitos de marujos. Ele deve ser deixado fora do alcance das maldades dos outros e, se ele se recuperar, será o meu assistente de cirurgião, um cargo segregado. Isso porque o rapaz atual...

– Com sua licença, senhor, mas o comandante envia seus cumprimentos e pergunta se deseja ver algo extraordinariamente filosófico – berrou Babbington, ao entrar disparado como uma bala.

Depois da penumbra da praça d'armas, o branco resplendor do convés tornava quase impossível enxergar, mas, por entre os olhos apertados, Stephen conseguiu distinguir o Velho Esponja, o grego mais alto, de pé numa poça de água perto das malaguetas de boreste, ainda pingando e segurando com grande deleite uma peça de revestimento de cobre. À sua direita, estava Jack, mãos nas costas e um ar feliz de triunfo no rosto; à esquerda, a maioria do pessoal do quarto esticava o pescoço para observar. O grego levou a placa corroída de cobre um pouco mais à frente e, observando atentamente o rosto de Stephen, ele a virou lentamente. Do outro lado havia um pequeno peixe escuro com um disco cefálico, preso firmemente no metal.

– Uma rêmora! – exclamou Stephen, com todo o assombro e prazer que o grego e Jack haviam antecipado, e mais ainda. – Tragam um balde! Seja delicado com a rêmora, meu bom Esponja, meu honesto Esponja. Oh, que felicidade ver a verdadeira rêmora!

O Velho Esponja e o Jovem Esponja, durante a calmaria, tinham estado no costado raspando as cracas que retardavam o caminho da *Sophie*: através da água clara, eles podiam ser vistos rastejando pelos cabos afundados presos a redes com chumbo, prendendo a respiração durante dois minutos a cada vez, e às vezes mergulhando por baixo da quilha e emergindo feliz do outro lado. Mas foi somente agora que os olhos acostumados do Velho Esponja haviam detectado o inimigo comum deles escondido sob a fiada das chapas de resbordo. A rêmora era tão forte que certamente arrancou o revestimento, explicaram para ele; mas isso não era nada – ela era tão forte que seria capaz de manter a chalupa imóvel, ou quase imóvel, num forte vendaval! Mas eles a tinham agarrado – as travessuras daquela cadela tinham chegado ao fim –, e agora a *Sophie* deslizaria como um ganso. Por um momento Stephen esteve disposto a argumentar, apelar para o bom senso, para o fato de se tratar de um peixe com nove polegadas, para a exiguidade de suas barbatanas; mas ele era sensato demais e estava feliz demais para ceder a essa tentação e, ciosamente, levou o balde para a sua câmara, a fim de comungar em paz com a rêmora.

E ele era por demais um filósofo para se deixar perturbar, um pouco depois, quando uma agradável aragem surgiu acima do mar encrespado pela alheta de bombordo, e a *Sophie* (livre da malvada rêmora) adernou com o vento num suave e estável velejo, que a levou adiante a 7 nós, até o pôr do sol, quando o homem no tope do mastro gritou: "Terra à vista! Terra pela bochecha de boreste."

7

A terra em questão era o cabo de la Nao, o limite meridional de sua área de cruzeiro: ele se elevava ali contra o horizonte ocidental, uma escura certeza, rijo na imprecisão ao longo da orla do céu.

– Excelente aterragem, Sr. Marshall – observou Jack, descendo da gávea, onde estivera escrutinando o cabo pela luneta. – O astrônomo real **não** teria feito melhor.

– Obrigado, senhor, obrigado – agradeceu o mestre-arrais, que havia realmente feito uma série de esmeradas observações lunares, além das efetuadas normalmente, para determinar a posição da chalupa. – Fico muito feliz pelo... beneplácito... – Seu vocabulário lhe faltou, e ele encerrou sacudindo a cabeça e batendo as mãos para se exprimir. Era curioso ver aquele sujeito corpulento, um formidável homem de feições duras, movido por um sentimento que requeria um tipo de manifestação gentil e refinada; e mais de um marujo trocou olhares com um companheiro de bordo. Jack, porém, não tinha disso qualquer noção que fosse – sempre atribuíra a escrupulosa e esmerada navegação do Sr. Marshall e seu zelo como oficial de manobras à sua natural excelência e qualidades náuticas; e, em todo caso, a mente dele, naquele momento, estava bastante inclinada a exercitar os canhões na escuridão. Eles encontravam-se bem distantes da terra para ser ouvidos, com o vento soprando de través; e, apesar de ter havido uma grande melhoria na artilharia da *Sophie*, Jack não conseguia descansar em paz sem alguma tentativa diária de se aproximar da perfeição.

– Sr. Dillon – falou –, quero que a guarnição de boreste dispare em competição com a guarnição de bombordo, na escuridão. Sim, eu sei – prosseguiu, reagindo à objeção expressa no rosto surpreso do imediato –, mas, se o exercício for executado *da* luz *para* a escuridão, até mesmo os tripulantes mais incompetentes não ficarão sob os seus canhões nem irão se arremessar pela borda. Portanto, vamos preparar dois barris, por favor, para o exercício à luz do dia, e outros dois, com uma lanterna, um archote, ou qualquer coisa desse tipo, para a noite.

Desde a primeira vez em que assistira à repetição de um exercício (quanto tempo parecia ter passado desde então), Stephen preferia evitar a representação: desgostava da detonação dos canhões, do cheiro da pólvora, da probabilidade de ferimentos dolorosos nos homens e da certeza de um céu vazio de pássaros e, por isso, passava o tempo lá embaixo, lendo, com meio ouvido atento ao som de algum acidente – era muito fácil algo dar errado, com um canhão sendo empurrado às pressas em um convés balançando e se inclinando. Naquela noite, porém, ele subiu, ignorando o alarido que se aproximava, com a pretensão de seguir adiante até a bomba de olmo – a bomba de olmo, cuja tampa dedicados marujos desmontavam para ele duas vezes por dia –, para aproveitar a luz declinante que iluminava as partes inferiores do brigue; e Jack exclamou:

– Ah, aí está o senhor, doutor. Sem dúvida, deve ter vindo ao convés para ver os progressos que fizemos. É uma visão encantadora observar os grandes canhões dispararem, não é mesmo? E esta noite vai vê-los na escuridão, o que é melhor ainda. Meu Deus, devia ter visto no Nilo! E ouvido! Como teria ficado feliz!

A melhoria do poder de fogo da *Sophie* foi de fato impressionante, mesmo para um espectador não militar como Stephen. Jack imaginara um sistema que era igualmente generoso com o madeiramento da chalupa (que, realmente, não conseguia suportar uma bombardada conjunta) e bom para emulação e regularidade: o canhão a sotavento, disparava primeiro, e, no instante de seu recuo total, o vizinho dele atirava – uma descarga sequencial, com o disparo do último canhão ainda capaz de ser visto em meio à fumaça. Jack explicou tudo isso, enquanto o cúter com os barris a bordo era puxado para a luz mortiça.

– É claro – acrescentou – que faremos os disparos sem ter uma grande linha de tiro... somente o bastante para três disparos. Como eu desejaria quatro!

As guarnições dos canhões estavam nuas da cintura para cima: suas cabeças, amarradas com os lenços de seda preta, pareciam ciosamente atentas, à vontade e competentes. Haveria um prêmio, é claro, para qualquer canhão que acertasse o alvo, porém um melhor para a guarnição que disparasse o mais veloz, sem quaisquer tiros ao acaso, os quais a desqualificariam.

O cúter estava distante a ré a sotavento – sempre surpreendeu a Stephen notar o quanto corpos que deslizavam suavemente pelo mar podiam parecer quase juntos num instante e, depois, ao se observar novamente, milhas distantes um do outro, sem qualquer esforço aparente ou ímpetos de velocidade – e o barril balouçando-se nas ondas. A chalupa virou de bordo e seguiu serenamente sob velas de gávea para passar à distância de um cabo a barlavento do barril.

– Faz pouco sentido ficar mais distante – observou Jack, com o seu relógio em uma das mãos e um pedaço de giz na outra. – Não podemos atingir com toda a potência.

Os momentos passaram. O barril surgiu mais evidente à proa.

– Liberar os canhões – gritou James Dillon. O cheiro do estopim já rodopiava ao longo do convés. – Nivelar os canhões... tirar a taipa... enfiar nas portinholas.... escorvar... apontar... fogo.

Foi como um enorme malho atingindo a pedra em intervalos de meio segundo, admiravelmente regular: a fumaça afastou-se rapidamente, ondeando em uma comprida coluna adiante do brigue. Foi a linha de artilharia de bombordo que havia disparado, e a guarnição de boreste, na ponta dos pés e esticando os pescoços para conseguir qualquer posição mais vantajosa, observou invejosa o alcance dos projéteis: eles caíram longe demais, 30 jardas além, mas muito bem agrupados. A guarnição de bombordo ocupou-se com concentrado furor em seus canhões, escorvando, socando, levantando, baixando: suas costas reluziam e até mesmo o suor escorria.

O barril não estava exatamente de través quando a descarga seguinte de artilharia o destroçou totalmente.

– Dois minutos e cinco segundos – disse Jack, com uma risadinha. Sem nem sequer parar para festejar, a guarnição de bombordo acelerou adiante; os canhões foram elevados, o enorme malho repetiu suas sete pancadas, espuma explodiu em volta das aduelas destroçadas. Os escovilhadores e calcadores apressaram-se, as turmas, grunhindo, enfiaram os canhões carregados nas portinholas, levantando-os com espeques e aparelhos de laborar até onde conseguiam ir; mas os destroços já estavam muito distantes à ré – eles simplesmente não conseguiriam atingi-los na quarta descarga.

– Não importa – gritou Jack. – Foi muito parecido. Seis minutos e dez segundos. – A guarnição de bombordo deu um suspiro unissonante. Ela havia se esgotado para a quarta salva, e superar os seis minutos, como bem sabia que a guarnição de boreste conseguiria.

De fato, a guarnição de boreste alcançou cinco minutos e 57 segundos; mas, por outro lado, ela não atingiu o seu barril e, na anônima escuridão, houve uma boa quantidade de críticas audíveis "aos sacanas inescrupulosos, que atiraram de qualquer maneira, às cegas e afoitamente – tudo para vencer. E a pólvora a 16 *pence* a libra".

O dia cedera lugar à noite, e Jack observou com profunda satisfação que isso fez muito pouca diferença no convés. A chalupa avançou no vento, orçando e indo com amuras por outro bordo, e singrou na direção da tremeluzente labareda do terceiro barril. As bandas de artilharia dispararam uma após a outra, línguas escarlates rompendo através da fumaça; os grumetes da pólvora percorriam rapidamente o convés, atravessavam as divisórias de pano grosso, passavam pelas sentinelas até o paiol e voltavam com os cartuchos; as guarnições dos canhões arfavam e grunhiam; os estopins ardiam: o ritmo dificilmente mudava.

– Seis minutos e 42 segundos – anunciou Jack após a última, olhando o relógio bem de perto, à luz da lanterna. – O quarto de serviço de bombordo leva o prêmio. Um exercício nada desabonador, não acha, Sr. Dillon?

– Muito melhor do que eu esperava, senhor, devo confessar.

– Bem, agora, meu caro senhor – disse Jack a Stephen –, que acha de um pouco de música, se é que os seus ouvidos não estão entorpecidos? Podemos convidá-lo, Sr. Dillon? O Sr. Marshall, creio eu, está de serviço no horário.

– Obrigado, senhor, muito obrigado. Mas sabe que a música é um triste desperdício para mim... pérolas para porcos.

— Estou muito satisfeito com o exercício desta noite — afirmou Jack, afinando o violino. — Agora sinto que posso me aproximar da costa com a consciência mais tranquila... sem arriscar demais a pobre chalupa.

— Alegro-me por você estar contente; e, certamente, os marujos pareceram manejar as peças de artilharia com formidável destreza; por outro lado, permita-me insistir em que essa nota não é um lá.

— Não é? — bradou Jack, aflito. — E esta, está melhor?

Stephen fez que sim, bateu o pé três vezes, e eles atacaram o divertimento minorquino do Sr. Brown.

— Notou o meu movimento naquele trecho pump-pump-*pump*? — perguntou Jack.

— Sim, de fato. Muito vivaz, muito ágil. Notei que você não atingiu a prateleira suspensa nem a lâmpada com o seu arco. E só rocei de leve o armário uma vez.

— Creio que o importante é não pensar nisso. Esses sujeitos, chocalhando os canhões para lá e para cá, não pensam nisso. Movimentar aparelhos de içar, escovilhar, acender os estopins, enfiar nas portinholas... isso passa a ser mecânico. Estou muito satisfeito com eles, particularmente o 3 e o 5 da guarnição de bombordo. Eu lhe asseguro que, no início, não passavam de um bando de desajeitados.

— Você tem sido espantosamente dedicado em torná-los competentes.

— Ah, sim, não há um momento a perder.

— Bem... não acha essa ideia de pressa opressiva... extenuante?

— Deus do céu, não. Faz parte de nossa vida tanto quanto carne de porco salgada... muito mais do que corrente de maré. No mar, tudo pode acontecer em cinco minutos... ha-ha, devia ter ouvido lorde Nelson! No caso de uma artilharia, uma única descarga pode derrubar um mastro e, com isso, vencer uma batalha; e não se sabe, de uma hora para outra, quando se terá que disparar uma. No mar, não dá para prever.

Como isso era profundamente verdadeiro. Um olho que tudo vê, um olho capaz de penetrar na escuridão, teria enxergado a esteira da fragata espanhola *Cacafuego* costeando Cartagena, uma esteira que, certamente, teria atravessado a da *Sophie*, se a chalupa não tivesse se demorado um quarto de hora para afundar os seus barris vazios; mas foi a *Cacafuego* que passou silenciosamente a 1,5 milha a oeste da *Sophie*, e uma não avistou a outra. O mesmo olho teria visto uma boa quantidade de navios nas vizinhanças do cabo de la Nao, uma vez que, como Jack sabia muito bem, todos que procediam de Almería, Alicante ou Málaga tinham de contornar aquele promontório: o olho teria notado, em particular, um pequeno comboio dirigindo-se a Valência sob a proteção de uma carta de corso; e veria que a rota da *Sophie* (se persistisse nela) o levaria próximo da costa e a barlavento do comboio, na meia hora antes da alvorada.

– Senhor, senhor – sussurrou Babbington no ouvido de Jack.

– Silêncio, querida – murmurou o comandante, cuja mente sonhadora estava ocupada com um sexo inteiramente diferente. – Hã?

– O Sr. Dillon disse: luzes de gávea ao largo, senhor.

– Ah! – exclamou Jack, instantaneamente acordado, e subiu correndo para o convés cinza, vestido com o camisão de dormir.

– Bom dia, senhor – cumprimentou James, batendo continência e oferecendo a sua luneta.

– Bom dia, Sr. Dillon – devolveu Jack, tocou na touca de dormir, em resposta, e apanhou a luneta. – Que direção?

– Bem de través, senhor.

– Por Deus, você tem ótima visão – exclamou Jack, baixando a luneta, limpando-a e voltando a esquadrinhar em meio à mutável neblina do mar. – Dois. Três. Talvez um quarto.

A *Sophie* estava ali, à capa, com o velacho adiante do mastro e a vela de gávea quase cheia, uma contrabalançando a outra, enquanto permanecia bem abaixo do escuro rochedo. O vento – o que havia de vento – era uma baforada, precária, do nor-noroeste, rastejando pela morna encosta; mas agora, com a terra ficando mais quente, ele sem dúvida mudaria de direção para nordeste, ou até mesmo direto para o próprio leste. Jack segurou as enxárcias.

– Vamos avaliar a posição lá de cima – disse ele. – Que Deus e o diabo levem esses camisões.

A luz aumentou; a reduzida névoa revelou cinco navios em uma linha dispersa, ou seja, amontoados; estavam todos visíveis, e o mais próximo não estava a mais do que um quarto de milha de distância. Iam de norte para o sul, primeiro o *Gloire*, um corsário de Toulon com mastreação completa e 12 peças de artilharia de oito libras, fretado por um rico comerciante de Barcelona chamado Jaume Mateu, a fim de proteger os seus dois *settees*, o *Pardal* e o *Xaloc*, com seis canhões cada, o segundo transportando uma valiosa (e ilegal) carga de mercúrio, sem pagar direitos aduaneiros; o *Pardal* estava a sotavento na alheta do corsário; em seguida, quase a contrabordo do *Pardal*, mas a barlavento e a apenas 400 ou 500 jardas da *Sophie*, estava o *Santa Lucia*, um *snow* napolitano, uma presa pertencente ao *Gloire*, repleto de legalistas franceses presos em sua passagem por Gibraltar; depois, vinha o segundo *settee*, o *Xaloc*; e, finalmente, uma tartana que se juntara ao grupo ao largo de Alicante, feliz pela proteção contra piratas da Barbaria, cartas de corso minorquinas e cruzeiros britânicos. Eram todos barcos um tanto pequenos; todos corriam perigo em alto-mar (e era por isso que se mantinham próximos da costa – um modo incômodo e perigoso de viajar, em comparação com o longo curso do mar aberto, mas isso lhes permitia correr para o abrigo das baterias costeiras); e se algum deles, sob uma luz mais forte, notou a *Sophie*, afirmou: "Ora, um pequeno brigue, rastejando próximo da terra; para Denia, sem dúvida."

– O que acha do navio? – quis saber Jack.

– Não dá para contar suas portinholas, com esta luz. Parece um pouco pequeno para uma das corvetas dele de 18 peças de artilharia. Mas, em todo caso, tem grande potência; e é a proteção avançada do comboio.

– Sim. – Isso era certo. O navio permaneceu ali, a barlavento do comboio, enquanto o vento mudava de direção e eles contornavam o cabo. A mente de Jack começava a funcionar velozmente. O fluxo de séries de possibilidades corria suavemente diante do seu critério: era igualmente o comandante do outro navio e da chalupa a seus pés.

– Posso fazer uma sugestão, senhor?

– Pode – respondeu Jack com um tom de voz seco. – Desde que não tenhamos de convocar um conselho de guerra... eles nunca decidem nada. – Ele havia chamado Dillon ali para cima em consideração ao fato de ele ter detectado o comboio; não queria de modo algum consultá-lo, nem a qualquer outro homem, e esperava que Dillon não se intrometesse no fluxo de suas ideias com qualquer comentário que fosse, mesmo sensato. Somente uma pessoa podia lidar com aquilo: o mestre e comandante da *Sophie*.

– Talvez seja melhor eu mandar os homens para os seus postos, senhor – falou James, friamente, pois a insinuação fora eminentemente clara.

– Está vendo aquele pequeno *snow* relaxado entre nós e o navio? – indagou Jack, interrompendo-o. – Se bracearmos levemente pelo redondo a verga do traquete, em dez minutos ficaremos a 100 jardas dele, e ele nos ocultará do navio. Entende o que quero dizer?

– Sim, senhor.

– Com o cúter e a lancha cheia de homens, poderá tomá-lo antes que ele se dê conta. Você fará barulho, e o navio vai aproar ao vento, para proteger o *snow*: ele não terá seguimento para bordejar... precisará virar em roda; e você colocará o *snow* de vento em popa, eu poderei passar pela abertura e disparar uma ou duas vezes enquanto ele vira, e, ao mesmo tempo, talvez derrubar uma verga a bordo do *settee*. Convés – chamou, num tom de voz mais ou menos alto –, silêncio no convés. Mandem esses homens para baixo – pois o rumor espalhara-se, e os homens corriam acima pela escotilha. – Enviem o destacamento de abordagem... Seria aconselhável enviarmos todos os nossos negros: são sujeitos fortes, e os espanhóis têm medo deles... a chalupa precisa se preparar para a ação, revelando o mínimo possível, e os homens devem ficar prontos para partir para os seus postos. Mas todos permanecendo lá embaixo, fora de vista; todos, menos uma dúzia. Precisamos parecer um navio mercante. – Ele balançou-se na borda do cesto da gávea, o camisão encapelando-se em volta de sua cabeça. – Os cabos para tesar as enxárcias podem ser cortados, mas nenhum outro preparativo deve ser visto.

– E as macas, senhor?

– Sim, por Deus! – exclamou Jack, e fez uma pausa. – Precisamos trazê-las para cima com a maior rapidez, ou lutaremos sem elas... uma maldita situação incômoda. Mas não deixe ninguém subir ao convés antes de o destacamento de abordagem partir. A surpresa é tudo.

Surpresa, surpresa. A surpresa de Stephen foi ser acordado com um puxão e "Postos de combate, senhor, postos de combate", e descobrir-se em meio a uma extraordinariamente intensa ação silenciosa – pessoas correndo em meio a um escuro quase como breu –, nenhuma fonte de luz – o delicado tinir de armas sendo entregues discretamente –, o destacamento de abordagem movendo-se furtivamente pelo bordo que dava para a terra e embarcando nos botes, de dois em dois e três em três – os ajudantes do mestre ciciando "Sophie, guarnecer os postos de combate, toda tripulação preparada", num tom mais próximo possível de um grito sussurrado – suboficiais e sargentos verificando suas turmas, silenciando os idiotas da *Sophie* (o barco tinha uma cota satisfatória), que insistiam em querer saber o quê? o quê? e por quê? A voz de Jack chamou em meio à escuridão:

– Sr. Ricketts. Sr. Babbington.

– Senhor?

– Quando eu ordenar, os senhores e os gajeiros devem subir imediatamente: joanetes e velas redondas largadas instantaneamente.

– Sim, senhor.

Surpresa. A lenta e crescente surpresa do sonolento quarto de folga a bordo do *Santa Lucia*, ao olhar aquele brigue que vagueava para cada vez mais perto: será que queriam fazer-lhes companhia?

– É o tal dinamarquês que vive percorrendo a costa, para cima e para baixo – afirmou Jean Wiseacre. O pasmo deles foi repentino e total ao avistarem dois botes surgindo por trás do brigue e disparando pela água. Após o primeiro momento de descrença, fizeram o melhor que podiam: correram para os mosquetes, pegaram os sabres de abordagem e começaram a soltar um canhão; mas cada qual dos sete homens agia por conta própria, e tiveram menos de um minuto para se decidir; portanto, quando os ruidosos Sophies se engancharam nas amarras de vante e principal e despejaram-se através do costado, a tripulação da presa recebeu-os com não mais do que um tiro de mosquete, dois de pistola e um desanimado embate de espadas. Um momento depois, os quatro mais ativos tinham corrido para a mastreação, um, disparado para baixo, e dois permaneciam caídos no convés.

Dillon abriu a porta do camarote com um chute, encarou o jovem imediato do navio de corso, juntamente com uma pesada pistola na mão, e perguntou:

– O senhor se rende?

– *Oui, monsieur* – balbuciou o rapaz.

– Para o convés – ordenou Dillon, sacudindo a cabeça. – Murphy, Bussell, Thompson, King, para as coberturas das escotilhas. Depressa com isso. Davies, Chambers, Wood, acionem as escotas. Andrews, aquartelar a bujarrona.

Ele correu para o timão, afastou um corpo do caminho e virou o leme. O *Santa Lucia* arribou lentamente, e, depois, mais e mais rápido. Olhando por cima do ombro, viu soltarem-se as velas dos joanetes da *Sophie*, e quase ao mesmo tempo as do traquete, do estai do grande e a grande com retranca: curvando-se, para enxergar por baixo do traquete do *snow*, ele viu um navio avante dele começando a virar em roda – fazer a volta diante do vento e mudar de amuras a outro bordo para resgatar a presa.

Havia grande atividade a bordo dele; havia grande atividade a bordo dos outros três barcos do comboio – homens correndo para lá e para cá, gritos, apitos, batidas distantes de um tambor –, mas, naquela brisa suave e com tão pouco pano desfraldado, todos eles se moviam com a lentidão de um sonho, seguindo silenciosamente as suaves curvas predestinadas. Velas eram largadas por todo lado, mesmo assim, os barcos não tiravam vantagem delas, e por causa da lentidão deles, Dillon teve a estranhíssima impressão de silêncio – um silêncio rompido um instante depois, quando a *Sophie* passou rente à bochecha de bombordo do *snow*, com a sua bandeira hasteada, e deu-lhe um cumprimento retumbante. Somente ela produzia um razoável bigode de proa e, com um rebentar de orgulho, James viu que o barco tinha todas as velas desferradas, retesadas e já atraía a força do vento. As macas foram empilhadas a uma incrível velocidade – ele viu duas caírem pela borda –, e, no tombadilho, agarrando-se à

213

balaustrada, Jack levantou o chapéu bem alto e gritou "Muito bem, senhor", enquanto eles passavam. Em resposta, o destacamento de abordagem saudou com urros os companheiros de bordo; ao fazerem isso, a atmosfera de terrível ferocidade mortal no convés do *snow* também mudou inteiramente. Saudaram novamente e do *snow*, sob as escotilhas, surgiu em resposta um uivo generalizado.

A *Sophie*, todas as velas desfraldadas, seguia a quase 4 nós. O *Gloire* tinha pouco mais de velocidade suficiente para manobrar e já estava comprometido com seu movimento de mudança de direção – já estava ocupado com a guinada gradual na direção em que o vento soprava, o que levaria a sua popa desprotegida para o fogo da *Sophie*. Havia menos de um quarto de milha entre eles, e a distância diminuía rapidamente. Mas o francês não era tolo; Jack viu a vela de gávea estender-se no mastro, e as vergas grande e de proa braceadas para que o vento impelisse a popa, afastando-a para sotavento, invertendo o movimento – pois o leme já não contava.

– Tarde demais, meu amigo, creio eu – disse Jack. O raio de ação estreitava-se. Trezentas jardas. Duzentas e cinquenta. – Edwards – falou para o capitão do canhão mais próximo da popa. – Dispare na proa do *settee*.

O tiro, de fato, atravessou o traquete do *settee*. Este folgou as adriças, as velas baixaram rapidamente e uma figura apressada correu à popa para levantar sua bandeira e baixá-la enfaticamente. Contudo, não havia tempo para cuidar do *settee*.

– Orçar – ordenou Jack. A *Sophie* aproximou-se do vento: a vela do traquete tremeu uma vez e voltou a se encher. O *Gloire* estava logo à vante da conteira dos canhões. – Assim, assim – disse ele e, por toda a linha de artilharia, ouviu os grunhidos e os arquejos, enquanto os canhões eram movimentados só um pouco para mantê-los na direção correta.

As guarnições estavam silenciosas, exatamente posicionadas e tensas; os escovilhadores, ajoelhados, com os estopins acesos na mão, sopravam-nos delicadamente para mantê-los acesos e olhavam rigidamente para o interior do barco; os capitães, agachados, fitavam, além dos canos, as desprotegidas popa e alheta.

– Fogo. – A palavra foi abafada pelo estrondo; uma nuvem de fumaça ocultou o mar, e a *Sophie* tremeu na quilha. Jack estava, inconscientemente, enfiando a camisa para dentro dos calções, quando percebeu que faltava alguma coisa. Havia algo de errado com a fumaça: um súbito deslocamento do vento, uma súbita rajada de nordeste, fez a fumaça escoar para ré; e, no mesmo instante, a chalupa panejou e a proa guinou para boreste.

– Marinheiros, bracear as vergas – bradou Marshall, corrigindo o leme, para levar o barco de volta para o vento. E ele voltou, se bem que lentamente, e a segunda banda de artilharia rugiu: mas a lufada também havia girado a popa do *Gloire*. No intervalo de segundos, Jack tivera tempo de ver o que a popa e a alheta dele tinham padecido: janelas da câmara e a pequena galeria despedaçadas; que levava 12 peças de artilharia; e que a bandeira era da França.

A *Sophie* tinha perdido muito de seu seguimento, e o *Gloire*, agora de volta à direção original amurado a bombordo, ganhava rapidamente velocidade; os barcos seguiram velejando em rumos paralelos, mareados à bolina cerrada diante da brisa caprichosa, a *Sophie* um pouco à ré. Eles velejavam lado a lado, dando surriadas um no outro num alarido quase contínuo e em meio a uma persistente fumaça, branca, cinza-escura e iluminada com vibrantes estocadas rubras de fogo. Sem parar: a ampulheta foi virada, o sino tiniu, a fumaça adensou-se: o comboio sumiu à ré.

Não havia nada a dizer, nada a fazer: os capitães dos canhões tinham suas ordens e as obedeciam com esplêndida intrepidez, disparando para o casco, disparando o mais depressa que conseguiam; os aspirantes encarregados das divisões percorriam de um lado a outro a linha de artilharia, dando uma mão, lidando com qualquer princípio de confusão; os grumetes da pólvora e dos cartuchos corriam para lá e para cá do paiol com perfeita regularidade; o mestre e seus ajudantes, olhando para o alto, vagavam à procura de danos na mastreação do navio; nas gáveas, os mosquetes dos atiradores de escol estrepitavam intensamente. Jack ficou ali, parado, refletindo: um pouco afastados, à sua esquerda, mal se esquivando enquanto as balas passavam por eles sibilando ou atingiam o casco da chalupa (um enorme baque despedaçante), estavam o escrivão e Ricketts, o aspirante do tombadilho. Uma bala irrompeu pela compacta trincheira de macas, percorreu alguns pés adiante dele, bateu num suporte de ferro e perdeu sua força nas macas do outro lado – uma bala de oito libras, ele notou, enquanto rolava em sua direção.

O francês estava disparando alto, como de costume, e de modo bastante furioso: no mundo azul pacífico, e sem fumaça a barlavento, ele viu a água se agitar cerca de 50 jardas pela proa e à popa deles – principalmente pela proa. Pela proa: diante dos clarões que iluminavam o lado mais distante da nuvem e da alteração do som, ficou claro que o *Gloire* estava avançando rapidamente. Isso não podia acontecer.

– Sr. Marshall – ordenou, apanhando o seu porta-voz –, nós vamos atravessar pela popa dele. – Ao levantar o porta-voz, surgiu um tumulto e uma gritaria à frente: um canhão havia sido atingido; talvez dois. – Cessar-fogo aí – gritou com toda a força. – Preparar canhões de bombordo.

A fumaça clareou. A *Sophie* começou a virar para boreste, movimentando-se para atravessar a esteira do inimigo e levar sua guarnição de bombordo a apontar para a popa do *Gloire*, varrendo toda a sua extensão. Mas o *Gloire* não queria saber disso: como se alertado por uma voz interna, o seu comandante mudara a posição do leme cinco segundos depois de a *Sophie* ter feito o mesmo, e agora, com a fumaça voltando a clarear, Jack, perto das macas de bombordo, viu-o em seu corrimão de popa, a 150 jardas de distância, um elegante homenzinho grisalho, olhando fixo para trás. O francês alcançou um mosquete às suas costas e, pousando os cotovelos no corrimão, mirou muito decididamente para Jack. A coisa era extraordinariamente pessoal: Jack sentiu um retesamento involuntário dos músculos do rosto e do peito – uma tendência a prender a respiração.

– Os sobrejoanetes, Sr. Marshall – indicou. – Ele está se afastando de nós. – O fogo de artilharia tinha cessado, quando os canhões deixaram de aproar ao vento e, em meio à tranquilidade, ele percebeu os tiros de mosquete quase como se fossem em seu ouvido. No mesmo segundo, Christian Pram, o timoneiro, soltou um grito esganiçado e caiu de lado, arrastando consigo a roda do leme, o antebraço sulcado do punho ao cotovelo. A proa da *Sophie* ficou de frente para o vento e, apesar de Jack e Marshall terem virado o leme para a frente, a vantagem tinha sido perdida. A guarnição de bombordo só poderia ser levada à posição de tiro se fosse feita uma outra volta, o que significaria perder mais distância; e não podia haver mais perda de distância. A *Sophie* agora estava a umas boas 200 jardas atrás do *Gloire*, na sua alheta boreste, e a única esperança era ganhar velocidade, para ficar na linha de tiro e reiniciar a batalha. Jack e o mestre-arrais entreolharam-se simultaneamente: tudo que podia ser feito, estava feito – o vento estava por demais à frente para as varredouras.

Ele olhou adiante, observando a agitação a bordo da presa, a ligeira mudança em sua esteira, o que poderia significar um movimento para boreste – o *Gloire*, por sua vez, atravessando a proa da *Sophie*, varrendo-a de popa a proa e aproando ao vento para proteger o comboio dispersado. Mas olhou em vão. O *Gloire* manteve o rumo. Havia avançado adiante da *Sophie*, mesmo sem as velas do mastaréu do sobrejoanete, mas agora elas estavam içadas: e a brisa também era mais generosa com ele. Enquanto observava, as lágrimas beirando as pálpebras, por causa da concentração de seu olhar contra os raios do sol, uma inclinação do vento pendeu o barco e a água correu espumosa a sotavento dele, a sua esteira alongando-se mais e mais. O comandante de cabelos grisalhos disparava persistentemente, um homem a seu lado passando-lhe mosquetes carregados, e uma bala cortou um enfrechate a dois pés da cabeça de Jack. Agora, porém, eles estavam quase além do alcance de tiros de mosquete, mas, em todo caso, a indefinível fronteira entre a animosidade pessoal e um conflito anônimo fora ultrapassada – isso não o afetou.

– Sr. Marshall – falou –, por favor, emparelhe até conseguirmos cumprimentá-lo. Sr. Pullings... Sr. Pullings, dispare quando os canhões estiverem apontados para o alvo.

A *Sophie* desviou uma, duas, três quartas de seu curso. O canhão de proa disparou, e foi seguido numa sequência uniforme pelo resto da bateria de bombordo. Ansiosos demais, que pena: eles estavam com elevação correta, mas as pancadas na água mostraram 20 e até 30 jardas à ré. O *Gloire*, mais atento à segurança do que à honra, e um tanto quanto esquecido de seu dever ao *señor* Mateu, o invingado *Gloire* não guinou para revidar e seguiu bolinando. Por se tratar de um navio, podia velejar cingido mais perto do vento do que a *Sophie*, e não teve escrúpulos em fazê-lo, aproveitando ao máximo o favorecimento da brisa. Estava, claramente fugindo. Com os disparos seguintes da banda de artilharia, duas balas pareceram atingi-lo, e uma certamente atravessou a sua gata. Mas o alvo diminuía a cada minuto, à medida que os seus rumos divergiam e a esperança também diminuía.

Oito descargas depois Jack deteve os disparos. Eles haviam danificado o navio seriamente e arruinado sua aparência, mas não conseguiram picar sua mastreação para deixá-lo ingovernável, nem tinham avariado qualquer mastro ou verga vital. E, certamente, haviam fracassado em fazer com que ele voltasse e lutasse de lais de verga para lais de verga. Jack fitou o drapejante *Gloire*, decidiu-se e ordenou:

– Vamos seguir novamente para o cabo, Sr. Marshall. Su-sudoeste.

Espantosamente, a *Sophie* fora pouco afetada.

– Há algum reparo que não possa esperar meia hora, Sr. Watt? – indagou, distraidamente dando volta em uma malagueta um cabo de riza que se soltara.

– Não, senhor. O veleiro estará ocupado por uns tempos; mas o navio não lançou nenhuma corrente ou vergalhão contra nós, e não dilacerou nossa mastreação; nem chegou perto. Pouca habilidade, senhor, pouca habilidade. Ao contrário daquele velho e perverso turco e dos fragmentos afiados que *ele* nos enviou.

– Então, apite para os homens fazerem o desjejum e deixe os nós e os remendos para depois. Sr. Lamb, que danos encontrou?

– Nada abaixo da linha-d'água, senhor. Há quatro buracos bem feios a meia-nau e as portinholas dos canhões 2 e 4 quase reduzidas a uma só: é o que há de pior. Nada comparado ao que fizemos com ele, o sodomita – acrescentou a meia-voz.

Jack foi adiante ver o canhão avariado. Uma bala do *Gloire* havia destroçado a antepara onde ficavam presas as cavilhas de arganéu traseiras, justamente quando o número 4 dava o coice. O canhão, parcialmente refreado do outro lado, girou, atingindo o seu vizinho em movimento, derrubando-o. Por incrível sorte, os dois homens que deveriam ter sido esmagados entre ambos não estavam ali – um lavava no balde do bombeiro o sangue de um arranhão no rosto, e o outro tinha corrido para apanhar mais estopins –, e por outra incrível sorte o canhão havia tombado em vez de sair correndo mortiferamente pelo convés.

– Bem, Sr. Day – disse ele –, se não tivemos sorte por um lado, tivemos por outro. O canhão poderá ir para a proa, até o Sr. Lamb nos fornecer novas cavilhas de arganéu.

Enquanto caminhava à ré, tirando o casaco no caminho – subitamente, o calor tornou-se insuportável –, ele percorreu com os olhos o horizonte sul-ocidental. Nenhum sinal do cabo de la Nao em meio à névoa que se dissipava: nenhuma vela à vista. Jack não percebera a subida do sol, mas ali estava ele, bem alto no céu; eles deviam ter percorrido um caminho surpreendentemente longo.

– Por Deus, como gostaria do meu café! – exclamou, voltando abruptamente a um presente no qual, mais uma vez, o tempo normal fluía constante, e o apetite importava. – Contudo – refletiu –, preciso ir lá embaixo. – Ali era o lado feio: ali era onde se via o que acontece quando o rosto de um homem e uma bala de ferro se encontram.

– Comandante Aubrey – disse Stephen, fechando ruidosamente seu livro, no instante em que viu Jack na enfermaria de combate. – Tenho uma grave reclamação a fazer.

– Estou inquieto para ouvi-la – retrucou Jack, esquadrinhando as sombras e temendo pelo que poderia enxergar.

– Andaram mexendo na minha áspide. É o que estou lhe dizendo, senhor, andaram mexendo na minha áspide. Fui ao meu camarote, três minutos atrás, para apanhar um livro e o que vejo? A minha áspide dessecada... isso mesmo, *dessecada*.

– Apresente-me a conta do açougue e depois trataremos da sua áspide.

– Bah... alguns poucos arranhões, um homem com o antebraço moderadamente retalhado, uns estilhaços para retirar... nada de grande monta... meras ataduras. Tudo o que vai encontrar na enfermaria é um persistente caso de gonorreia, com febre baixa e uma reduzida hérnia inguinal; e o tal antebraço. Agora, a minha áspide...

– Nenhum morto? Nenhum ferido grave? – bradou Jack, o coração aliviado.

– Não, não, não. Agora, a minha áspide... – Ele a levara para bordo, conservada em álcool etílico; e, em algum momento, em época muito recente, uma mão criminosa havia apanhado o vidro, tomado todo o álcool e deixado a áspide seca, retorcida, ressequida.

– Lamento muito – disse Jack. – Mas o sujeito não vai morrer? Não terá de fazer um vomitório?

– Não, não terá: e é por isso que é tão vexatório. O maldito homem, pior do que um bárbaro, o ladrão bêbado, não vai morrer. Tratava-se do melhor álcool duplamente destilado.

– Por favor, venha tomar o desjejum comigo, em minha câmara; um quartilho de café e uma costeleta bem-assada entre você e a áspide vai cuidar da picada... vai aliviar... – Em seu estado de excelente humor, Jack estava muito próximo de um dito espirituoso; ele o sentiu pairar por ali, quase ao alcance; mas, de algum modo, escapou, e ele se contentou em gargalhar o mais alegremente que permitia a decência da vexação de Stephen, e observou: – O maldito vilão nos escapou; e receio que tenhamos de fazer uma tediosa viagem de volta. Será, *será* que Dillon conseguiu tomar o *settee*, ou ele também conseguiu fugir?

Tratava-se de uma curiosidade natural, uma curiosidade compartilhada por todos a bordo da *Sophie*, exceto Stephen; mas ela não seria satisfeita naquela manhã, nem ainda durante algum tempo após o sol ter atravessado o meridiano. Por volta do meio-dia o vento parecia algo muito próximo de uma calmaria; as velas recém-amarradas adejavam, pendendo com flácidas protuberâncias de suas vergas, e os homens trabalhando nas que haviam sido esfarrapadas precisavam ser protegidos por um toldo. Era um daqueles dias intensamente úmidos, quando o ar não alimenta, e estava tão quente, que, mesmo com toda a sua avidez em recuperar o destacamento de abordagem, garantir a presa e seguir para a costa, Jack não conseguia ter o ânimo de ordenar a utilização dos remos. Os homens tinham manobrado o barco toleravelmente bem (embora, sem dúvida, os canhões ainda fossem lentos demais) e demonstrado diligência em consertar os danos infligidos pelo *Gloire*. "Vou deixá-los em paz até o turno de 16 às 20 horas", refletiu.

O calor pressionava acima do mar; a fumaça da chaminé da cozinha pairava pelo convés, juntamente com o cheiro do grogue e de mais ou menos um quintal de carne salgada que os Sophies haviam devorado na hora do jantar: o blem-blem regular do sino surgia a intervalos tão longos que, muito antes de o *snow* ser avistado, pareceu a Jack que a feroz batalha daquela manhã devia pertencer a outra era, outra vida ou, de fato (se não fosse o cheiro de pólvora que subsistia no travesseiro sob sua cabeça), a outro tipo de experiência – a uma história que ele havia lido. Esticado no armário sob a janela da popa, Jack revolvia a mente, revolveu-a novamente, mais devagar, e mais uma vez, e, assim, mergulhou bem fundo e para bem longe.

Acordou de repente, revigorado, calmo e perfeitamente ciente de que a *Sophie* havia deslizado suavemente durante um tempo considerável, com uma brisa que inclinava o barco algumas fiadas de chapa de casco, levando o seu talão mais alto do que a proa.

– Lamento que esses malditos jovens o tenham acordado, senhor – disse o Sr. Marshall, com solícita aflição. – Eu os mandei para os topos dos mastros, mas receio que tenha sido tarde demais. Berrando e esganiçando como um bando de babuínos. Malditas sejam as suas travessuras.

Apesar de em geral ser particularmente aberto e franco, Jack retrucou de imediato:

– Ora, eu não estava dormindo. – No convés, olhou de relance para o topo dos dois mastros, onde os aspirantes fitavam ansiosos abaixo, para saber se o delito deles fora notificado. Ao fazer contato visual com Jack, eles imediatamente olharam para o outro lado, com grande demonstração de respeito pelo dever, na direção do *snow* e do *settee* que o acompanhava, aproximando-se rapidamente da *Sophie*, impelidos pela brisa oriental.

"Aí vem ele", disse Jack para si mesmo, com intensa satisfação. "E pegou o *settee*. Um ótimo camarada, ativo... um marujo notável." Seu coração encheu-se de afeto por Dillon – teria sido mais fácil deixar a segunda presa escapar, enquanto dominava a tripulação do *snow*. Realmente, deve ter exigido um tremendo esforço da parte dele para dominar os dois, pois o *settee* não respeitou um só momento a sua rendição.

– Muito bem, Sr. Dillon – bradou, quando James foi para bordo, conduzindo uma figura com um uniforme esfarrapado e desconhecido. – O barco tentou fugir?

– *Tentou*, senhor – frisou James. – Permita-me que lhe apresente o capitão La Hire, da artilharia real francesa. – Eles tiraram os chapéus, fizeram uma reverência e apertaram-se as mãos. La Hire falou *"Appy"* num tom de voz baixo e *pénétré*, e Jack disse *"Domestique, monsieur"*.

– O *snow* era uma presa napolitana, senhor – continuou Dillon. – O capitão La Hire foi bom o bastante para assumir o comando dos passageiros legalistas franceses e dos marujos italianos, mantendo a tripulação da presa sob controle, enquanto avançávamos para tomar posse do *settee*. Lamento informar que a tartana e o outro *settee* estavam longe demais a barlavento, na ocasião em que fizemos o apresamento, e devem ter fugido para a costa... estão sob a proteção dos canhões da bateria em Almoraira.

– Ah? Daremos uma olhada na baía, quando atravessarmos com os prisioneiros. Muitos prisioneiros, Sr. Dillon?

– Apenas cerca de vinte, senhor, já que as pessoas do *snow* são nossas aliadas. Estavam a caminho de Gibraltar.

– Quando foram capturadas?

– Ah, trata-se de uma bela presa, senhor... já faz uns bons oito dias.

– Tanto melhor. Diga-me, houve algum problema?

– Não, senhor. Ou apenas muito pouco. Atingimos na cabeça dois da tripulação da presa, e houve uma rixa boba a bordo do *settee*... um homem levou um tiro de pistola. Espero que esteja tudo bem aqui, senhor.

– Sim, sim... não houve mortes, nem ferimentos sérios. O navio fugiu de nós depressa demais para causar muitos danos: velejou quatro milhas para as nossas três, mesmo sem os mastaréus do sobrejoanete. Um excelente navegador, dos mais prodigiosos.

Jack teve a impressão de que um fugaz ar reservado atravessou o rosto de James Dillon, ou talvez se tenha revelado em sua voz; mas, na pressa das coisas a serem feitas, presas a inspecionar, prisioneiros com os quais lidar, ele não soube dizer por que aquilo o afetara de um modo tão desagradável, até duas ou três horas depois, quando a impressão foi reforçada, ou, pelo menos, semidefinida.

Ele estava em sua cabine; espalhada sobre a mesa, a carta do cabo de la Nao, com o cabo de Almoraira e Punta Ifach projetando-se de sua volumosa parte inferior, e o pequeno povoado de Almoraira ao fundo da baía entre eles: a seu lado direito estava sentado James; à sua esquerda, Stephen; e, diante dele, o Sr. Marshall.

– ... e tem mais – dizia ele –, o doutor contou-me que o espanhol falou que o outro *settee* tem uma carga de mercúrio escondida em sacos de farinha e, portanto, devemos ter muito cuidado ao lidar com *ele*.

– Ah, é claro – exclamou James Dillon. Jack olhou-o secamente, depois baixou o olhar para a carta e o desenho de Stephen: ele mostrava uma pequena baía com um povoado e uma torre quadrada ao fundo. Um baixo quebra-mar seguia 20 ou 30 jardas mar adentro, virava à esquerda durante mais 50 e terminava em uma saliência rochosa, formando, assim, uma enseada protegida de todos os lados, menos do vento sudoeste. Íngremes rochedos seguiam da direita do povoado, circundando a ponta nordeste da baía. Do outro lado havia uma praia arenosa em toda a extensão da torre, até a ponta sudoeste, onde os rochedos voltavam a se erguer. "Será que esse sujeito acha que sou covarde?", pensou. "Que desisti da caçada porque optei por não me ferir e corri de volta atrás da presa?" A torre dominava a entrada da enseada; ficava cerca de 20 jardas ao sul do povoado e da praia de cascalho, de onde saíam os barcos pesqueiros. – E esta saliência ao final do quebra-mar – disse em voz alta –, vocês diriam que tem 10 pés de altura?

– Provavelmente mais. Já faz oito ou nove anos que estive lá – explicou Stephen –, portanto, não posso ter certeza; mas a capela sobre ela resiste às ondas altas das tempestades de inverno.

– Então, certamente protegerá o nosso casco. Agora, com a chalupa ancorada com uma espia no cabo, assim – fez com o dedo uma linha da bateria para a rocha e depois para o ponto –, deverá ficar toleravelmente a salvo. O barco dispara o fogo mais pesado possível, sobre o quebra-mar e acima da torre. Os botes do *snow* e do *settee* desembarcam na angra do doutor – apontou para a pequena reentrância logo depois da ponta sudoeste – e nós corremos o máximo que pudermos ao longo da praia, e tomamos a torre pelos fundos. Faltando 20 jardas para ela, disparamos o foguete, e você afasta os canhões para bem longe da bateria, mas continua disparando sem cessar.

– Eu, senhor? – bradou James.

– Sim, o senhor; eu vou para terra. – Não havia como contestar a decisão daquela afirmação, e depois de uma pausa ele prosseguiu, detalhando o planejamento. – Digamos dez minutos de corrida da angra até a torre e...

– Se me permite, leve em consideração vinte minutos – alegou Stephen. – Os seus homens corpulentos e de compleição sanguínea com frequência morrem subitamente devido a um esforço exagerado sob o calor. Apoplexia... congestão.

– Eu gostaria, eu *gostaria* que não dissesse esse tipo de coisa, doutor – pediu Jack, com um tom baixo de voz. Todos olharam para Stephen, com certo ar de censura, e Jack acrescentou: – Ademais, eu não sou corpulento.

– O comandante tem uma constituição física elegante – observou o Sr. Marshall.

As CONDIÇÕES eram perfeitas para o ataque. O restante do vento oriental daria impulso à *Sophie*, e a brisa que sopraria da terra, quando a lua estivesse acima do horizonte, a levaria para mar alto, juntamente com qualquer coisa que conseguissem a mais. Em sua demorada inspeção no topo do mastro, Jack havia localizado o *settee* e alguns outros navios atracados na parede interna do quebra-mar, como também uma fileira de barcos de pesca parados ao longo da costa: o *settee* encontrava-se na extremidade da capela do quebra-mar, bem defronte aos canhões da torre, umas 100 jardas do outro lado da enseada.

"Posso não ser perfeito", meditou, "mas, por Deus, não sou covarde; e se não conseguirmos trazer aquele barco, então, por Deus, eu o incendiarei onde se encontra." Essas meditações, porém, não duraram muito. Do convés do *snow* napolitano ele observou a *Sophie* contornar o cabo de Almoraira, nos três quartos de escuridão, e postar-se na baía, enquanto as duas presas, com os botes a reboque, se afastavam para a ponta do outro lado. Com o *settee* já aportado ali, não havia possibilidade de surpresa para a *Sophie* e, antes que esta ancorasse, teria de suportar o fogo da bateria. Se fosse haver alguma surpresa, ela estaria nos botes: a noite estava agora bastante escura para as presas serem vistas atravessando o lado de fora da baía, a fim de desembarcar os botes na angra de Stephen, depois da ponta – "um dos poucos lugares que conheço onde os andorinhões de papo branco constroem ninhos". Jack observou-o seguir com delicada e extrema ansiedade, dilacerado pela ânsia de estar em ambos os lugares ao mesmo tempo. As possibilidades de um medonho fracasso inundavam sua mente: os canhões de costa (qual seria o tamanho deles?, Stephen foi incapaz de dizer) atingindo sem parar o casco da *Sophie*, as pesadas bombardadas atravessando ambos os costados, falta de vento, ou soprando inutilmente em direção à terra; gente insuficiente deixada a bordo para remar o barco e tirá-lo do raio de ação dos disparos; os botes errando o caminho. Tratava-se de uma tentativa imprudente, absurdamente temerária.

– Silêncio de popa a proa – gritou com estridência. – Querem acordar todo o litoral?

Ele não fizera ideia de quão profundamente gostava de sua chalupa: sabia exatamente como ela se deslocaria – o rangido particular da verga grande no zarro, o sussurro do leme ampliado pela caixa de ressonância da popa; e a travessia da baía parecia-lhe intoleravelmente demorada.

– Senhor – avisou Pullings –, creio que já temos o promontório em nosso través.

– Tem razão, Sr. Pullings – disse Jack, estudando-o com sua luneta. – Vejam as luzes do povoado apagando-se, uma a uma. Leme a bombordo, Algren. Sr. Pullings, mande um homem competente para a amarra: a profundidade local deve ser de 20 braças. – Foi até o corrimão de popa e chamou por sobre a água negra: – Sr. Marshall, estamos navegando em direção a terra.

A alta fatia de terra negra, bem-pronunciada contra a menos sólida escuridão de um céu estrelado: ela aproximava-se cada vez mais, eclipsando silenciosamente a estrela Arcturus, em seguida toda a Corona — eclipsando até mesmo Vega, bem alta no céu. O chapinhar do prumo de mão n'água, a imutável recitação monótona do homem na mesa de enxárcias a barlavento: "Na profundidade nove; profundidade nove; na marca sete; e cinco e um quarto; cinco menos um quarto..."

Adiante, surgiu a palidez da angra abaixo do rochedo, e uma leve margem branca de uma onda marulhante.

– Certo – exclamou Jack, e o *snow* orçou, a vela do traquete recuando como uma criatura consciente. – Sr. Pullings, o seu destacamento para a lancha. – Quatorze homens passaram rapidamente por ele e sobre a borda para o interior do bote rangente: cada marinheiro usando sua faixa branca no braço. – Sargento Quinn. – Seguiram-se os fuzileiros, os mosquetes brilhando debilmente, as botas ruidosas sobre o convés. Alguém roçou a barriga de Jack. Tratava-se do capitão La Hire, um voluntário incorporado aos soldados, procurando a mão dele.

– Boa sorte – desejou, apertando-a.

– Muito *merci* – disse Jack, acrescentando "*mon captain*" por cima do costado; e nesse momento um clarão iluminou o céu, seguido pelo profundo martelar de um grande canhão. – O cúter está ao lado? – perguntou Jack, os olhos acostumados ao escuro quase ofuscados pelo clarão.

– Aqui, senhor – disse a voz do patrão da embarcação, logo abaixo dele. Jack girou por cima da amurada e pulou.

– Sr. Ricketts, onde está a lanterna furta-fogo?

– Sob o meu casaco, senhor.

– Acenda-a na popa. Remar à vante. – O canhão voltou a falar, seguido quase que imediatamente por mais dois juntos: estavam testando a linha de tiro, isso era certo; mas se tratava de um canhão com um rugido maldito de alto. Um calibre 36? Olhando em volta, ele pôde ver os quatro botes atrás de si, uma linha tênue diante do assomo do *snow* e do *settee*. Mecanicamente, alisou as pistolas e a espada: raramente sentira-se mais nervoso, e todo o seu ser estava concentrado no ouvido direito, à espera do som do grupo de artilharia da *Sophie*.

O cúter deslizava rápido na água, os remos rangendo diante da investida dos homens, e os próprios homens grunhindo intensamente por causa do esforço.

– Levantar remos – comandou baixinho o patrão, e poucos segundos depois o bote arremessou-se sibilando sobre o cascalho. Os homens saíram de dentro e o arrastaram antes de a lancha chegar à terra, seguida pelo bote do *snow* com Mowett, pelo escaler com o mestre do navio e pela lancha do *settee* com Marshall.

A pequena praia estava apinhada de gente.

– O cabo, Sr. Watt? – quis saber Jack.

– Aí vem ele – disse uma voz, e sete canhões dispararam, fracos e indistintos, atrás do rochedo.

– Aqui estamos nós, senhor – gritou o mestre, carregando no ombro duas aduchas de cabo de uma polegada.

Jack segurou a ponta de uma, dizendo:

– Sr. Marshall, segure na sua, e cada homem para o seu nó. – Da mesma forma ordenada, como se fosse haver uma reunião de divisões a bordo da *Sophie*, os marinheiros assumiram seus lugares. – Pronto? Prontos aí? Então, vamos partir.

Jack rumou para a ponta, onde a praia estreitava para alguns pés sob o rochedo, e atrás dele, firme na corda com nós, corria a sua metade da tropa de desembarque. Havia um furioso borbulhar estimulante crescendo em seu peito – a espera acabara –, tratava-se do *agora* propriamente dito. Chegaram à ponta e imediatamente surgiram ofuscantes fogos de artifício diante deles, e o barulho aumentou dez vezes: a torre disparava com três, quatro lancetadas de um vermelho intenso, bem baixas, e logo acima do solo, e a *Sophie*, suas velas de gávea rizadas vistas claramente sob os clarões irregulares que iluminavam todo o céu, martelando com um excelente fogo repentino e vibrante, atingindo o quebra-mar para enviar lascas de pedra voadoras, desencorajando qualquer tentativa de rebocar o *settee* para terra. Pelo que Jack podia julgar, a partir do seu ângulo de visão, o barco estava na posição exata em que eles haviam determinado na carta, com o escuro volume da capela rochosa pelo través de bombordo. A torre, porém, ficava mais distante do que havia imaginado. Sob o seu deleite – aliás, do seu algo próximo ao êxtase – ele podia sentir o corpo labutando, as pernas erguendo-o lentamente adiante, enquanto as botas afundavam na terra mole. Ele não podia, *não* podia cair, pensou, após um tropeção; e depois, novamente, ao som de um homem baixando pelo cabo de Marshall. Protegeu os olhos dos clarões e, com um esforço incrivelmente violento, olhou adiante para a batalha, sulcou a terra repetidas vezes, as batidas do coração quase sufocando a mente, sem avançar quase nada. Mas, de repente, o solo ficou mais duro, e como se tivesse se livrado de uma carga pesando dez pedras, disparou, correndo, correndo muito. Aquela era uma areia comprida, silenciosa, e por todo o caminho às suas costas podia ouvir a respiração rouca, arfante, pesada do grupo de desembarque. A bateria, finalmente, estava vindo na direção deles, e, através das brechas do parapeito, ele conseguiu enxergar vultos apressados manejando os canhões espanhóis. Um disparo da *Sophie*, ao ricochetear na capela rochosa, silvou sobre suas cabeças; e então um redemoinho na brisa trouxe uma lufada de fumaça da pólvora da torre.

Estaria na hora do foguete? A fortaleza estava bem próxima – eles podiam ouvir as vozes altas e o ruído surdo das carretas. Mas os espanhóis estavam totalmente ocupados em responder aos disparos da *Sophie*: eles puderam aproximar-se um pouco mais, um pouco mais, e mais ainda. Todos agora rastejavam harmonicamente, visíveis uns para os outros sob os clarões e a incandescência geral.

– O foguete, Bonden – murmurou Jack. – Sr. Watt, as fateixas. Verificar as armas, todo mundo.

O mestre do navio prendeu aos cabos as pequenas âncoras de três garras; o patrão plantou o foguete, incandesceu a isca e ficou à espera, alimentando-a. Em meio ao tremendo alarido da bateria, ouviu-se um leve estalido metálico e o afrouxar de cintos; o forte ofegar diminuiu.

– Prontos? – sussurrou Jack.

– Prontos, senhor – sussurraram os oficiais.

Ele se curvou. O pavio chiou; e o foguete partiu, uma trilha vermelha e uma forte explosão azul.

– Vamos – gritou Jack, e sua voz foi abafada por um forte bramido vibrante: "Hurra, hurra!"

Correram, correram. Despejaram-se no fosso seco, pistolas fuzilaram através de vãos de portas e janelas, os homens, cabos acima, enxamearam o parapeito, berrando e berrando; uma gritaria borbulhante. A voz do patrão em seu ouvido: "Dê a mão, parceiro." A dilacerante dureza da pedra, e lá estava ele, em cima; brandindo a espada, uma pistola na outra mão; não havia, porém, ninguém contra quem lutar. Os artilheiros, fora os dois caídos no chão e outro ajoelhado e curvado sobre seu ferimento, perto da grande lanterna acobertada atrás dos canhões, saltavam da muralha, um por um, e corriam para o povoado.

– Johnson! Johnson! – gritou Jack. – Encrave esses canhões. Sargento Quinn, acenda uma fogueira depressa. Ponha fogo nos cravos.

Com um pé de cabra, o capitão La Hire tentava danificar o mecanismo de disparo do aquecido canhão de 24 libras.

– É melhor explodir – disse ele. – Fazer tudo ir pelos ares.

– *Vous savez* fazer ir pelos ares?

– *Eh, pardi* – retrucou La Hire, com um sorriso convincente.

– Sr. Marshall, o senhor e todo o pessoal sigam ao longo do quebra-mar. Os fuzileiros deverão ficar em forma, na extremidade, em direção a terra, sargento, atirando o tempo todo, vejam ou não vejam alguém. Sr. Marshall, vire o *settee* de bordo, e solte as velas. O capitão La Hire e eu vamos explodir o forte.

– Por Deus – exclamou Jack –, detesto escrever cartas oficiais. – Seus ouvidos continuavam tinindo por causa da tremenda explosão (um segundo paiol de pólvora, em uma câmara abaixo da primeira, iludiu os cálculos do capitão La Hire), e nos olhos ainda nadavam as formas amarelas da saltitante árvore incandescente com meia milha de luz; a cabeça e o pescoço doíam terrivelmente por todo o lado esquerdo, onde seus longos cabelos foram queimados – o escalpo e a face foram horrivelmente chamuscados e contundidos; sobre a mesa, diante dele, encontravam-se quatro tentativas de cartas insatisfatórias; e, a sotavento da *Sophie*, encontravam-se três presas, seguindo com premência para Mahón, diante de um vento favorável, enquanto, bem longe, atrás deles, a fumaça ainda se elevava de Almoraira.

– Escute esta, por favor – pediu –, e diga-me se tem boa gramática e linguagem apropriada. Começa como as outras: Sophie, *ao mar;* *Meu lorde, tenho a honra de o inteirar que, de conformidade com as minhas ordens, segui para o cabo de la Nao, onde avistei um comboio de três veleiros sob a condução de uma corveta francesa com 12 peças de artilharia.* Em seguida, eu falo do *snow*... apenas tocando de leve no embate, com uma indireta à sua *vivacidade*... e chego à tropa de desembarque. *Como aparentemente o restante do comboio fugiu para a proteção dos canhões da bateria de terra de Almoraira, decidiu-se que deveria ser tentada uma interceptação, o que foi, felizmente, realizado, a bateria (uma torre quadrada contendo quatro canhões de 24 libras) foi explodida às 2h27, tendo os barcos prosseguido para a ponta SSW da baía. Três tartanas, que estavam fundeadas e amarradas, tiveram de ser incendiadas, mas o settee foi apresado, depois que se revelou ser o Xaloc, contendo uma preciosa carga de mercúrio oculta em sacos de farinha.* Meio tosco, não? Contudo, eu prossigo. *Ao desvelo e ao desempenho do tenente Dillon, que assumiu a chalupa de guerra de Sua Majestade a qual eu tenho a honra de comandar, e manteve um fogo incessante contra o molhe e a bateria, estou deveras agradecido. Todos os oficiais e marujos comportaram-se tão bem que seria uma insídia particularizar; mas preciso reconhecer a cortesia de monsieur La Hire, da artilharia real francesa, que voluntariamente ofereceu os seus serviços em preparar e acender o material combustível para explodir o paiol de pólvora, ficando um tanto quanto contundido e chamuscado. A seguir, a lista dos mortos e feridos: John Hayter, fuzileiro, morto; James Nightingale, marujo, e Thomas Thompson, marujo, ferido. Eu tenho a honra de ser, meu lorde* etc. O que você acha?

– Bem, pelo menos está mais clara do que a anterior – comentou Stephen. – Embora eu ache que *aleivosia* fique melhor do que *insídia*.

– Aleivosia, é claro. Eu sabia que havia algo que não estava bem caprichado. *Aleivosia*. Uma palavra notável: ouso dizer que se escreve com S, não?

A *Sophie* estava ao largo de San Pedro: na última semana, o barco estivera extraordinariamente ocupado, e rapidamente aperfeiçoava a sua técnica, de permanecer, durante o dia, bem além do horizonte, enquanto as forças militares da Espanha percorriam o litoral de cima a baixo à procura dela, e então aproximar-se da costa, durante a noite, para brincar de diabo com os pequenos portos e o comércio costeiro, nas horas que precediam a alvorada. Tratava-se de um modo perigoso e altamente pessoal de agir; exigia um preparativo muito cuidadoso; necessitava de grandes e contínuas quantidades de sorte; e vinha obtendo um sucesso espantoso. Também exigia muito das pessoas da *Sophie*, pois quando elas estavam distantes da costa, Jack as exercitava impiedosamente nos canhões, e James, num modo ainda mais rápido no manejo das velas. James era um oficial tão inflexível quanto qualquer outro do serviço: gostava de um navio limpo, havendo ou não ação, e não havia expedição de interceptação ou ao alvorecer escaramuças que não terminassem em um convés reluzente e bronzes resplandecentes. Ele era *detalhista*, como diziam; mas o seu zelo pela pintura bem-acabada, velas colhidas com perfeição, vergas braceadas pelo redondo, gáveas limpas e cabos colhidos à inglesa era, na realidade, superado pelo prazer de levar toda aquela frágil e bela edificação para um contato imediato com os inimigos do rei, os quais poderiam fazê-la em pedaços, espatifá-la, queimá-la ou afundá-la. O pessoal da *Sophie* resistia a tudo isso com um espírito maravilhoso, porém era uma tripulação ansiosa, repleta de ideias exatas do que fazer no instante em que pisasse em terra, ao saltar do bote da licença – repleta, também, com a toleravelmente exata noção da mudança no relacionamento no tombadilho: o visível respeito e a atenção de Dillon em relação ao comandante, desde Almoraira, o caminhar juntos, para lá e para cá, e as frequentes consultas mútuas não tinham passado despercebidos; e, é claro, a conversa na mesa da praça d'armas, durante a qual o imediato usou os termos mais elogiosos para se referir à ação na praia, foi imediatamente repetida por toda a chalupa.

– A não ser que a minha conta esteja errada – disse Jack, levantando a vista do papel –, nós tomamos, afundamos ou queimamos 27 vezes o nosso próprio peso, desde o início deste cruzeiro; e, juntando-se todos, eles poderiam ter disparado 42 canhões contra nós, contando com os canhões giratórios. É isso que o almirante quer dizer com torcer as asas dos espanhóis; e – gargalhando ruidosamente –, se colocar alguns milhares de guinéus em nossos bolsos, tanto melhor.

– Posso entrar, senhor? – perguntou o intendente, surgindo na porta aberta.

– Bom dia, Sr. Ricketts. Entre, entre e sente-se. Esses são os números de hoje?

– Sim, senhor. E receio que não ficará contente. O segundo barril de água da fileira de baixo partiu em cima, e deve ter perdido uns cinquenta galões.

– Então, teremos de rezar por chuva, Sr. Ricketts – sugeriu Jack. Quando o intendente se foi, porém, ele voltou-se tristemente para Stephen. – A minha felicidade seria completa, se não fosse essa maldita água: está tudo maravilhoso... as pessoas se comportam bem, está sendo um cruzeiro encantador, não há doenças... Se ao menos eu tivesse completado a nossa água em Mahón... Mesmo com uma escassa ração, utilizamos meia tonelada por dia, por causa de todos esses prisioneiros e nesse calor; a carne precisa ser umedecida, e precisamos de água para misturar no grogue, e estamos nos lavando com a água do mar. – A ideia de Jack estava toda voltada para as rotas marítimas ao largo de Barcelona, talvez a confluência mais movimentada do Mediterrâneo: poderia ser a culminância do cruzeiro. Agora, ele teria de arribar para Minorca, e de modo algum sabia que tipo de recepção o esperaria por lá, ou que tipo de ordens; não restava muito tempo de seu cruzeiro, e ventos caprichosos ou um caprichoso comandante poderiam engoli-lo inteiramente – e quase certamente o fariam.

– Se é água fresca que está querendo, posso lhe mostrar um riacho não muito longe daqui, onde poderá encher todos os barris que quiser.

– Por que nunca me disse isso? – bradou Jack, sacudindo-o pela mão e com um ar de encantamento. Uma aparência desagradável, pois o lado esquerdo do rosto, cabeça e pescoço ainda revelavam um vermelho e azul babuínico e brilhava sob o sebo medicinal de Stephen, e através do sebo elevava-se um novo friso de cabelos louros; tudo isso, e mais a sua outra face marrom-escura e barbeada, davam-lhe uma fisionomia cruel, degenerada, às avessas.

– Você nunca perguntou.

– Desguarnecido? Sem baterias?

– Nem mesmo uma casa, quanto mais um canhão. Contudo, o lugar foi habitado outrora, pois há as ruínas de uma vila romana no cume de um promontório, e ainda dá para ver a estrada sob as árvores e pela vegetação rasteira... cistos e lentiscos. Sem dúvida, eles usavam a nascente: é notável e talvez, imagino, tenha verdadeiras qualidades medicinais. O pessoal da roça a utiliza em casos de impotência.

– E você acha que consegue encontrar?

– Sim – respondeu Stephen. Ficou sentado por um momento, a cabeça baixa. – Escute – falou –, pode me fazer uma gentileza?

– De todo o coração.

– Tenho um amigo que vive a 2 ou 3 milhas para o interior. Gostaria que me deixasse em terra e voltasse a me apanhar, digamos, 12 horas depois.

– Está bem – concordou Jack. Era muito justo. – Está bem – repetiu, olhando para o lado, a fim de esconder o sorriso de entendimento que se espalhou por seu rosto. – É o período da noite que você quer passar em terra, presumo. Iremos lá esta noite... Tem certeza de que não seremos surpreendidos?

– Toda certeza.

– ... Enviarei novamente o cúter um pouco depois do nascer do sol. Mas e se eu for forçado a ficar longe da terra? O que você faria?

– Estarei na praia na manhã seguinte, ou na manhã depois dela... em toda uma série de manhãs, se for preciso. Preciso ir – disse ele, levantando-se ao som do sino, o ainda débil sino que o seu novo assistente de cirurgião tocava para informar que os doentes estavam agrupados. – Não confio naquele sujeito sozinho com os remédios. – O comedor de pecados inventara uma maldade para fazer com os companheiros de bordo: descobriu-se que ele andava colocando greda branca moída no mingau deles, sob a alegação de que se tratava de uma substância muito mais ativa e muito mais funesta; e se os seus antagonistas tivessem ingerido o suficiente, a enfermaria teria ficado limpa dias atrás.

O CÚTER, SEGUIDO pela lancha, ia remando com grande atenção através da cálida escuridão, com Dillon e o sargento Quinn vigiando ambos os lados da enseada, inteiramente arborizados; e quando as embarcações estavam a 200 jardas do rochedo, foram recebidos pela emanação dos pinheiros-mansos, misturada com o odor dos cistos – era como respirar outro elemento.

– Se remarem um pouco mais para a direita – orientou Stephen –, talvez evitem as pedras onde vivem os pitus. – Apesar do calor, ele levava o casaco preto sobre os ombros, e sentado acotovelado, ali nas escotas de popa, mirava com singular intensidade para o interior da enseada, que ia se estreitando, a aparência mortalmente pálida.

O riacho, na época da cheia, havia formado uma pequena barra, e sobre ela o cúter encalhou; todos saltaram, para fazê-lo flutuar, e dois marinheiros carregaram Stephen para terra. Pousaram-no delicadamente, bem além da marca de preamar, apelaram para que tomasse cuidado com todos aqueles galhos perigosos que se espalhavam pelo chão, e voltaram correndo para apanhar o casaco dele. Caindo e caindo, a água formara uma bacia na rocha no ponto mais alto da praia, e ali os marujos encheram os barris, enquanto os fuzileiros montavam guarda nas duas extremidades.

– Que jantar mais agradável – observou Dillon, sentado ao lado de Stephen em uma pedra lisa e confortável, bem conveniente para as coxas e nádegas dos dois.

– Raramente tenho comido melhor – comentou Stephen. – No mar, nunca. – Jack conseguira o cozinheiro francês do *Santa Lucia*, um voluntário legalista, e estava engordando como um boi de corte. – E você também nunca deixou a sua verve fluir tão copiosamente.

– Isso é frontalmente contra a etiqueta naval. À mesa de um comandante, você só fala quando lhe dirigem a palavra, e para concordar; trata-se de um entretenimento toleravelmente melancólico, mas é esse o costume. E, afinal de contas, ele representa o rei, suponho. Mas senti que devia colocar a etiqueta de lado e fazer um esforço pessoal... tentar fazer a coisa civilizada mais do que o habitual. Como sabe, não tenho sido muito justo com ele... longe disso – acrescentou, gesticulando com a cabeça em direção à *Sophie* –, e foi generoso em me convidar.

– Ele adora uma presa. Mas apresar navios não é o seu principal interesse.

– Exatamente. E, a propósito, posso afirmar que nem todo mundo sabe disso... ele faz a si mesmo uma injustiça. Não acredito, por exemplo, que os marinheiros saibam disso. Se não fossem mantidos sob controle pelos oficiais disciplinados, o mestre do navio e o artilheiro-chefe, e, devo admitir, também pelo tal sujeito Marshall, acho que haveria problemas com eles. Poderá ser sempre assim; dinheiro de presa é embriagador. E do dinheiro de presa para roubo de carga e pilhagem não é um grande passo... já houve algumas. E da pilhagem e embriaguez para a infração total e o próprio motim não é um caminho tão longo assim. Motins sempre acontecem em navios onde a disciplina é frouxa demais ou severa demais.

– Você se equivoca, é claro, quando diz que não o conhecem: homens iletrados têm um formidável discernimento em relação a essas questões... alguma vez ouviu falar que a reputação de um povoado era enganosa? É o discernimento, que parece se dissipar, com um pouco de instrução, do mesmo modo como, de alguma forma, desaparece a habilidade de se lembrar de poesias. Conheci camponeses capazes de recitar 2 ou 3 mil versos. Mas afirma, realmente, que a nossa disciplina é relaxada? Isso me surpreende, se bem que eu conheça muito pouco das coisas navais.

– Não. O que é chamado comumente de disciplina é bastante severo entre nós. Eu me refiro a uma outra coisa... as relações intermediárias, poderíamos chamar assim. Um comandante é obedecido por seus oficiais porque ele mesmo é obediente; na essência, não se trata de uma coisa pessoal; e segue daí para baixo. Se ele não obedece, a cadeia se enfraquece. Como sou circunspecto, gratuitamente. É naquele pobre soldado sem sorte em Mahón que penso, ao trazer toda essa moralidade para a minha mente. Você pode achar que não acontece muito frequentemente, que você é tão divertido quanto Garrick num jantar, mas depois, na hora da ceia, se pergunta: por que Deus fez o mundo?

– Eu acho. Qual é a ligação com o soldado?

– Nós lutávamos pelo dinheiro de presas. Ele dizia que toda essa coisa era injusta... ele era muito zangado e muito pobre. Mas nós, os oficiais do mar, estávamos na Marinha apenas por esse motivo. Eu lhe disse que estava enganado e ele me disse que eu mentia. Caminhávamos por aqueles compridos jardins ao final do cais... Jevons, do *Implacable*, estava comigo... e tudo se acabou em dois passos. Pobre sujeito estúpido e desajeitado: ele foi direto à minha questão. O que foi, Shannahan?

– Excelência, os barris estão cheios.

– Então, firmem bem os tampões, e vamos levá-los para o mar.

– Adeus – disse Stephen, levantando-se.

– Vamos deixá-lo aqui, então?

– Sim. Vou subir, antes que fique muito escuro.

Contudo, teria de ficar estranhamente escuro para que os seus pés errassem aquele caminho. A trilha serpenteava acima, atravessava e voltava a atravessar o riacho, e era mantida aberta por esporádicos pescadores atrás de pitus, homens impotentes que iam se banhar no lago e alguns poucos viajantes; e a mão dele estendeu-se sozinha atrás do galho que o ajudaria a passar sobre um lugar mais fundo – um galho lustrado por muitas mãos.

Subiu e subiu: e o ar cálido suspirava por entre os pinheiros. Em determinado ponto, ele trepou em uma pedra nua e ali, maravilhosamente distante e bem embaixo, já remavam os barcos com seu comboio quase afundado de barris, não muito diferente dos ovos espacejados do sapo comum; então, a trilha retornou por baixo das árvores, e ele só voltou a emergir quando se encontrava sobre o tomilho e a relva curta, no cume redondo de um promontório salientando-se sem vegetação em meio ao mar de pinheiros. A não ser por uma névoa violeta nas colinas distantes e uma surpreendente faixa amarela no céu, toda cor havia sumido; mas ele viu balouçantes caudas curtas e brancas afastando-se e, como esperava, ali estavam as formas quase invisíveis e espectrais de curiangos girando e arremessando-se, rodeando a cabeça como fantasmas. Sentou-se em uma grande pedra onde estava escrito *Non fui non sum non curo** e gradualmente os coelhos voltaram, aproximando-se mais e mais, até ficarem a

---

*"Não fui, não sou, não me preocupo." (*N. do E.*)

barlavento, e ele poder ouvir claramente o seu rápido mordiscar no tomilho. Pretendia ficar sentado ali até a alvorada, a fim de organizar uma continuidade em sua mente, se isso pudesse ser feito: o amigo (apesar de existir) fora mero pretexto. Silêncio, escuridão e aqueles incontáveis odores familiares e a calidez da terra tinham se tornado (a seu modo) tão necessários para ele quanto o ar.

– Creio que já podemos ir – sugeriu Jack. – Não fará mal chegarmos antes do tempo, pois eu gostaria de esticar um pouco as pernas. Em todo caso, quero encontrá-lo o mais cedo possível; estou intranquilo com ele em terra. Há ocasiões em que sinto que não deveria ser permitido que Stephen ficasse sozinho; mas, por outro lado, há ocasiões em que sinto que ele poderia comandar uma esquadra, ou quase.

A *Sophie* mantivera um rumo afastado da terra, e agora se encerrava o turno de meia-noite às 4, com James Dillon rendendo o mestre-arrais. Eles poderiam aproveitar a vantagem de estar com toda a tripulação no convés para bordejar a chalupa, observou Jack, limpando o orvalho do corrimão de popa e curvando-se sobre ele para olhar abaixo o cúter sendo rebocado à ré, claramente visível na fosforescência de leite quente do mar.

– Foi ali onde abastecemos, senhor – informou Babbington, apontando para cima, na praia em meio às sombras. – E se não estivesse tão escuro, o senhor poderia ver a pequena trilha por onde o doutor subiu daqui.

Jack aproximou-se para olhar a trilha e avistar a bacia; caminhou com passos pesados, pois ainda não prevaleciam as suas pernas de andar em terra. O chão não subia e descia como num convés, mas, à medida que caminhava de um lado para o outro à meia-luz, o corpo foi se acostumando à rigidez da terra, e em pouco tempo as pernas passaram a transportá-lo com mais facilidade, com movimentos menos toscos e bruscos. Ele refletiu sobre a natureza do solo, diante do surgimento lento e irregular da luz – uma progressão espasmódica –, diante da agradável transformação do seu imediato desde a escaramuça em Almoraira e diante da curiosa mudança ocorrida com o mestre-arrais, que, às vezes, ficava bastante taciturno. Dillon possuía, em casa, uma matilha de cães de caça, 35 parelhas – realizara algumas esplêndidas caçadas –; devia ser uma região campestre de primeira e ter fantásticas e resistentes raposas para resistirem por tanto tempo – e Jack tinha grande respeito por um homem capaz de caçar com uma matilha de cães. Dillon, obviamente, conhecia bastante sobre caça e sobre cavalos; porém era estranho ele se importar tão pouco com o barulho que os seus cachorros faziam, pois os latidos de uma melodiosa matilha...

A salva de aviso da *Sophie* arrancou-o bruscamente da plácida meditação. Virou-se, e ali estava a fumaça pairando abaixo de seu costado. Um sinal estava sendo içado apressadamente, mas sem a luneta não dava para distinguir as bandeiras com aquela luz: a chalupa virou de popa para o vento e, como se o barco pudesse sentir a perplexidade da mente dele, regrediu para o mais antigo dos sinais, as velas do joanete desprendidas e as escotas solecadas, para dizer: *velas estranhas à vista*; e deu ênfase à informação com um segundo disparo de canhão.

Jack consultou o relógio e, ansioso diante dos pinheiros imóveis e silenciosos, pediu:

– Empreste-me sua faca, Bonden – e apanhou do chão uma grande pedra achatada. *Regrediar*, riscou nela (a consciência de um sigilo adaptando-se em sua mente), com a hora e as suas iniciais. Jogou-a no alto de um pequena pilha, lançou um último olhar desesperançoso para o bosque e pulou para bordo do bote.

No momento em que o cúter ficou a contrabordo, as vergas da *Sophie* rangeram ao virar, as velas foram largadas e o navio apontou direto para o mar.

– Vasos de guerra, senhor, tenho quase certeza – disse James. – Achei que o senhor gostaria que fôssemos para alto-mar.

– Exatamente, Sr. Dillon – afirmou Jack. – Pode me emprestar a sua luneta?

No topo do mastro, com o fôlego retornando e a luz do dia mais clara sobre o mar brilhante e sem névoa, ele pôde enxergá-los claramente. Dois navios a barlavento, vindo rápido do sul, com todas as velas içadas: vasos de guerra atrás de uns trocados. Ingleses? Franceses? Espanhóis? Havia mais vento adiante, e eles deviam estar fazendo uns bons 10 nós. Olhou por cima do ombro esquerdo, para a saliência de terra inclinando-se a leste do mar. A *Sophie* teria um trabalho infernal para contornar aquele cabo antes que o alcançassem; porém, o barco devia fazer isso, ou ficaria encurralado. Sim, eram vasos de guerra. Estavam agora com o casco visível e, embora ele não conseguisse contar as portinholas, provavelmente eram fragatas grandes, fragatas com 36 peças de artilharia: com certeza, fragatas.

Se a *Sophie* contornasse o cabo antes, talvez tivesse uma chance: e se navegasse através de águas rasas entre a ponta e o recife adiante dele talvez ganhasse uma meia milha, pois nenhuma fragata de grande calado conseguiria segui-lo ali.

– Vamos mandar o pessoal tomar o desjejum, Sr. Dillon – falou. – E, depois, ficar a postos para a ação. Se houver algum conflito, é melhor enfrentá-lo de barriga cheia.

Mas houve poucas barrigas que se encheram com grande apetite a bordo da *Sophie*, naquela manhã reluzente; uma espécie de impaciente rigidez impedia que a aveia e a bolacha dura descessem normal e tranquilamente; e mesmo o café de Jack, recém-torrado e recém-moído, desperdiçou o seu perfume no tombadilho, enquanto os oficiais se mantinham muito cuidadosamente aferindo os respectivos rumos, velocidades e pontos prováveis de convergência: duas fragatas a barlavento, uma costa hostil a sotavento e a probabilidade de ficar encurralado na baía – era o suficiente para embotar qualquer apetite.

– Ô do convés – chamou o vigia de dentro da pirâmide das bem apertadas velas içadas –, ele está içando sua bandeira, senhor. Bandeira azul.

– Sim – retrucou Jack –, já imaginava. Sr. Ricketts, responda com a mesma.

Agora, todas as lunetas da *Sophie* estavam voltadas para o mastro do joanete de proa da fragata mais próxima, à espera do sinal reservado; pois, embora qualquer um pudesse içar uma bandeira azul, somente um navio do rei era capaz de mostrar o sinal secreto de reconhecimento. E lá estava ele: uma bandeira vermelha à proa, seguida um momento depois por uma bandeira branca e uma flâmula no mastro grande, e um débil estrondo de um canhão a barlavento.

Toda a tensão afrouxou-se imediatamente.

– Muito bem – falou Jack. – Responda e depois revele o nosso número. Sr. Day, três disparos lentos a sotavento.

– É o *San Fiorenzo*, senhor – informou James, ajudando o aturdido aspirante com o livro de sinais, cujas páginas belamente coloridas poderiam fugir ao controle diante da brisa refrescante. – E está sinalizando para falar com o comandante da *Sophie*.

"Deus do céu", exclamou Jack internamente. O comandante do *San Fiorenzo* era Sir Harry Neale, que fora imediato do *Resolution* quando Jack era o seu mais jovem aspirante e, posteriormente, seu comandante no *Success*: tratava-se de um grande adepto da pontualidade, da limpeza, da perfeição no vestir e da hierarquia. Jack estava com a barba por fazer; os cabelos que lhe restavam iam em todas as direções; o sebo azulado de Stephen cobria metade do seu rosto. Mas não dava para evitar aquilo.

– Vamos, então, vamos arribar – disse ele, e disparou para a sua câmara.

– Aí ESTÁ VOCÊ, finalmente – exclamou Sir Harry, olhando-o com visível aversão. – Por Deus, comandante Aubrey, precisa se cuidar.

A fragata parecia enorme; ao lado da *Sophie*, os seus altos mastros pareciam os de uma nau de linha de primeira classe; acres de um claro convés se estendiam de um lado a outro. Ele teve uma ridícula e ao mesmo tempo dolorosa sensação de estar sendo esmagado e reduzido ao menor dos tamanhos, como também, ao mesmo tempo, rebaixado de uma posição de autoridade total a uma de total subserviência.

– Perdoe-me, senhor – disse ele, inexpressivo.

– Bem, venha para a câmara. Sua aparência não mudou muito, Aubrey – observou, gesticulando na direção de uma cadeira. – Contudo, estou muito contente por este encontro. Estamos abarrotados de prisioneiros e pretendo descarregar cinquenta deles para o seu barco.

– Lamento, senhor, lamento sinceramente, não poder obsequiá-lo, pois a chalupa já está apinhada de prisioneiros.

– *Obsequiar*, foi o que disse? Vai me obsequiar, senhor, obedecendo ordens. Está ciente de que sou um superior hierárquico, senhor? Além do mais, sei muito bem que anda enviando tripulações de presas para Mahón: esses prisioneiros podem ocupar o espaço delas. De qualquer modo, poderá levá-los para terra em poucos dias; portanto, não vamos mais falar sobre isso.

– Mas e o meu cruzeiro, senhor?

– Estou menos preocupado com o seu cruzeiro, senhor, do que com o bem do serviço. Vamos fazer a transferência o mais rápido possível, pois tenho outras ordens que deverá cumprir. Estamos atrás de um navio americano, o *John B. Christopher*. Ele está indo de Marselha para os Estados Unidos, com escala em Barcelona, e esperamos encontrá-lo entre Maiorca e o continente. Entre os passageiros deve estar levando dois rebeldes dos Irlandeses Unidos: o primeiro, um padre católico chamado Mangan, e o outro, um sujeito que atende pelo nome de Roche, Patrick Roche. Eles devem ser desembarcados, à força, se necessário. Provavelmente, devem estar usando nomes franceses, têm passaportes franceses e falam francês. Eis as descrições deles: *um homem magro e de altura mediana, cor da pele marrom e cabelos castanho-escuros, mas usa uma peruca; nariz adunco, queixo pronunciado, olhos cinza, e um grande sinal perto da boca.* Esse é o pároco. O outro é *um homem alto e robusto, com cerca de 1,80 metro de altura, cabelos negros e olhos azuis, por volta dos 35 anos, tem o dedo mínimo da mão esquerda cortado e caminha retesado, por causa de um ferimento na perna.* É melhor o senhor levar estas folhas impressas.

– Sr. Dillon, prepare-se para receber 25 prisioneiros do *San Fiorenzo* e 25 do *Amelia* – disse Jack. – E, depois, vamos nos juntar à perseguição de alguns rebeldes.

– Rebeldes? – bradou James.

– Sim – confirmou Jack, distraído, olhando além dele para a bolina frouxa do velacho e interrompendo para gritar uma ordem. – Sim. Por favor, dê uma olhada nessas escotas, quando tiver um tempo de folga... tempo de folga, realmente.

– Mais cinquenta bocas? – queixou-se o intendente. – O que acha disso, Sr. Marshall? Trezentas e trinta rações completas. Onde, em nome de Deus, vou conseguir tudo isso?

– Devíamos seguir direto para Mahón, Sr. Ricketts, é isso o que tenho a dizer, e que se dane o cruzeiro. Cinquenta é impossível, e isso é indiscutível. O senhor nunca viu dois oficiais tão aborrecidos em toda a sua vida. Cinquenta!

– Mais cinquenta arruaceiros – afirmou James Sheehan –, e todos vivendo numa comodidade imperial. Jesus, Maria e José.

– E imaginem só o nosso pobre doutor ali sozinho, no meio daquelas malditas árvores... e talvez até existam corujas. Que Deus amaldiçoe o serviço, digo eu, e o... *San Fiorenzo* e também o maldito *Amelia*.

– Sozinho? Duvido muito, camarada. Mas que o serviço vá para o inferno, como disse.

Foi nesse clima que a *Sophie* se distanciou para noroeste, externamente, ou para a extremidade direita, da enorme nau de linha. O *Amelia* direcionara meias-gáveas para o seu través de bombordo, e o *San Fiorenzo*, à mesma distância da costa que o *Amelia*, já se encontrava fora de vista da *Sophie* e na melhor posição para capturar qualquer presa mais vagarosa que surgisse. Entre eles, podiam supervisionar 60 milhas de Mediterrâneo sob o céu claro; e, desse modo, velejaram o dia todo.

Foi realmente um longo dia, repleto e movimentado – o porão de vante para desocupar, os prisioneiros para alojar e vigiar (muitos deles homens de barcos corsários, uma tripulação perigosa), três navios mercantes pesados e lerdos para apresar (todos neutros e todos com má vontade de ficar ao pairo; mas um deles reportou um navio, possivelmente americano, reforçando o avariado mastaréu do velacho, a dois dias de viagem a barlavento) e a incessante orientação de velas no tempestuoso vento mutável, incerto e perigoso, para acompanhar as fragatas – no máximo, a *Sophie* conseguia apenas evitar uma desgraça. E estava com gente a menos: Mowett, Pullings e o velho Alexander, um confiável contramestre, estavam fora, nas presas, juntamente com quase um terço de seus melhores homens, e, portanto, James Dillon e o mestre tinham de se revezar. O humor também escasseou e a lista dos infratores aumentou com o passar do dia.

"Eu não pensava que Dillon pudesse ser tão selvagem", pensou Jack, quando o seu imediato bradou na gávea do traquete, obrigando o lacrimoso Babbington e seu reduzido grupo de gajeiros a içar novamente o cutelo da gávea de bombordo, pela terceira vez. Era verdade que a chalupa seguia adiante numa velocidade esplêndida (para ela); mas, de certo modo, era lamentável ter de açoitar o barco daquele modo e atormentar os homens – tratava-se de um alto preço a pagar. Contudo, era o trabalho de Dillon, e certamente ele não devia interferir. A mente de Jack voltou a se ocupar com os seus muitos problemas e a se preocupar com Stephen: era pura loucura aquela perambulação por uma costa hostil. E, mais uma vez, ficou profundamente insatisfeito consigo mesmo, por causa do seu desempenho a bordo do *San Fiorenzo*. Um flagrante abuso de autoridade: ele devia ter enfrentado aquilo com mais firmeza. Porém, ali estava ele, mãos e pés atados pelas Instruções Impressas e os Artigos de Guerra. E, por outro lado, havia o problema dos aspirantes. A chalupa precisava de pelo menos mais dois, um mais jovem e um mais velho: perguntaria a Dillon se havia algum rapaz que ele desejasse indicar – primo, sobrinho, afilhado; tratava-se de um elogio e tanto que um comandante fazia ao seu imediato, o que não era incomum quando eles se gostavam. Quanto ao mais velho, queria alguém com experiência, melhor ainda quem pudesse servir imediatamente como ajudante do mestre-arrais. Seus pensamentos fixaram-se no patrão das embarcações, um excelente marujo e capitão do cesto da gávea maior; a seguir, passou a considerar os aspirantes pertencentes à segunda coberta. Ele preferia, de longe, ter alguém que viesse de baixo, um marinheiro comum como o jovem Pullings, à maioria dos jovens cujas famílias podiam se dar o luxo de mandá-los para o mar... Se os espanhóis capturassem Stephen Maturin, eles o fuzilariam como espião.

Estava quase escuro quando lidaram com o terceiro navio mercante, e Jack estava abatido pela fadiga – olhos vermelhos e irritados, ouvidos quatro vezes mais aguçados e a sensação de que havia uma corda apertada em volta das têmporas. Passara o dia todo no convés, um dia aflito que começara duas horas antes da alvorada, e ele adormeceu quase antes de pousar a cabeça. Contudo, naquele breve intervalo, sua mente obscurecida teve tempo para dois acometimentos de intuição: o primeiro, que estava tudo bem com Stephen Maturin; e o outro, que *não estava* com James Dillon.

– Eu não fazia ideia de que ele se importava tanto com o cruzeiro; embora, sem dúvida, ele também tenha se afeiçoado a Maturin: um sujeito estranho – falou, adormecendo logo em seguida.

Mergulhando, mergulhando, num sono perfeito de um homem jovem, um pouco gorducho e saudável – um sono cor-de-rosa; mas não tão profundo para não acordar bruscamente, poucas horas depois, inquieto e franzindo a testa. Vozes baixas e prementes, que discutiam, atravessaram como um sussurro pela janela de popa: por um momento, pensou em alguma surpresa, o ataque de um barco, uma abordagem noturna; mas, então, com a mente mais desperta, reconheceu as vozes como sendo as de Dillon e de Marshall, e mergulhou de volta. "Entretanto", perguntou sua mente, muito tempo depois, e ainda adormecida, "o que fazem os dois, a esta hora da noite, no tombadilho, se estão se revezando? Ainda não ocorreram as oito badaladas." Como se para confirmar o seu comentário, o sino da *Sophie* bateu três vezes e, de vários pontos por toda a chalupa, surgiram em resposta os gritos de *está tudo bem*. Mas não estava. O barco não estava sob a mesma pressão de vela. O que faltava? Vestiu o roupão às pressas e foi para o convés. A *Sophie* não apenas tinha reduzido vela, como também apontava para lés-nordeste quarta a leste.

– Senhor – disse Dillon, dando um passo à frente –, isso é de minha inteira responsabilidade. Rejeitei a opinião do mestre-arrais e ordenei que guinasse. Creio que há um navio na bochecha de boreste.

Jack fitou a névoa prateada – luar e céu semiencoberto: as vagas tinham aumentado. Não viu navio algum, nem luz: mas isso nada provava. Apanhou o quadro com o registro dos rumos e olhou a mudança realizada.

– Em pouco tempo estaremos na costa de Maiorca – disse ele, bocejando.

– Sim, senhor; foi por isso que tomei a liberdade de reduzir vela.

Tratava-se de uma extraordinária transgressão da disciplina. Mas Dillon o sabia muito bem, ao fazê-la: não havia qualquer bom motivo para informar isso a Jack publicamente.

– De quem é o turno atual?

– Meu, senhor – disse o mestre-arrais. Ele falou baixo, mas com um tom de voz quase tão áspero e anormal quanto o de Dillon. Havia estranhas correntes agindo ali; muito mais fortes do que qualquer desacordo sobre a luz de algum navio.

– Quem está no topo do mastro?

– Assei, senhor.

Assei era um lascar inteligente e confiável.

– Assei, olá!

– Olá – veio o piado da escuridão acima.

– O que está vendo?

– Não vejo nada, senhor. Vejo estrelas, nada mais.

Por outro lado, porém, não poderia haver nada óbvio em relação a um tal lampejo fugaz. Dillon, provavelmente, estava certo: ele jamais teria feito uma coisa tão extraordinária assim. Contudo, tratava-se de um rumo danado de estranho.

– Está convencido dessa luz, Sr. Dillon?

– Totalmente convencido, senhor... e bastante feliz.

Feliz foi a mais estranha palavra para se ouvir dizer naquela voz áspera. Jack nada falou por uns instantes; em seguida, alterou o rumo em uma quarta e meia para o norte, e passou a andar de um lado para o outro, a sua caminhada habitual. Por volta das quatro badaladas do sino a luz passou a aumentar depressa no leste e ali, realmente, encontrava-se a escura presença de terra pela amura de boreste, indistinta em meio a vapores que pairavam sobre o mar, apesar de a abóbada celeste estar clara, algo entre azul e escuridão. Ele desceu para vestir umas roupas, e quando a camisa ainda estava sobre sua cabeça, ouviu o grito de que uma vela fora avistada.

O navio surgiu velejando de dentro de uma faixa de névoa acastanhada, bem à vista a duas milhas a sotavento, e assim que clareou, a luneta de Jack captou o mastaréu do velacho reforçado, contendo não mais do que uma vela de gávea rizada. Estava tudo claro; estava tudo evidente: Dillon estivera perfeitamente certo, é lógico. Ali estava a presa deles, se bem que estranhamente fora de sua rota normal; ela devia ter virado de bordo, algum tempo atrás, ao largo da ilha Dragonera, e agora seguia lentamente o seu caminho em direção ao canal desimpedido para o sul; em mais ou menos uma hora a desagradável missão estaria cumprida, e ele sabia muito bem o que faria por volta do meio-dia.

– Muito bem, Sr. Dillon – bradou. – Muito bem mesmo. Não poderíamos tê-lo alcançado em um lugar melhor; eu não teria acreditado, tão distante para leste do canal. Mostre-lhe a nossa bandeira e dispare um canhão.

O *John B. Christopher* mostrou-se um pouco covarde diante do que se poderia provar um faminto navio de guerra, ansioso para impressionar todos os seus marinheiros ingleses (ou qualquer um da brigada de abordagem que se considerasse inglês), mas não teve a mínima chance de escapar, acima de tudo com um mastaréu de gávea avariado e os mastaréus do joanete caídos no convés; portanto, após uma leve agitação de panos e a tendência a cair para sotavento, o navio alterou a posição das velas de gávea, exibiu a bandeira americana e esperou o bote da *Sophie*.

– O senhor deve ir – disse Jack a Dillon, que continuava curvado sobre a sua luneta, como se fascinado com algum detalhe da mastreação do americano. – O senhor fala francês melhor do que qualquer um de nós, agora que o doutor está longe; e, afinal de contas, foi o senhor quem encontrou o navio neste local extraordinário... ele é sua descoberta. Quer novamente os papéis impressos, ou... – Jack parou subitamente. Ele já vira bastante embriaguez na Marinha: almirantes, capitães de mar e guerra e comandantes bêbados, grumetes com 10 anos embriagados, e ele próprio já fora antes carregado para bordo em um carrinho de mão; mas abominava a embriaguez em serviço, abominava mesmo, demais, e, acima de tudo, àquela hora da manhã. – Talvez seja melhor o Sr. Marshall ir – falou friamente. – Avise o Sr. Marshall.

– Ah, não, senhor – bradou Dillon, recompondo-se. – Eu lhe peço desculpas... foi algo momentâneo... já estou perfeitamente bem. – E, realmente, a palidez suarenta e o fixo olhar vidrado haviam sumido, substituídos por um rubor doentio.

– Bem – disse Jack hesitante e, no momento seguinte, James Dillon gritava ordens para a tripulação do cúter e corria de um lado para outro, verificando as armas do bote, cravando as pederneiras de suas próprias pistolas, senhor de si mesmo o mais claramente possível. Com o cúter lado a lado e prestes a ser impulsionado, ele falou:
– Talvez eu deva lhe pedir desculpas pelas escotas, senhor. Refrescarei a minha memória durante a travessia.

Orientando levemente as velas, a *Sophie* mantinha-se a amura de bombordo do *John B. Christopher*, pronta para varrê-lo com disparos e atravessar sua proa a qualquer sinal de problema. Mas não houve nenhum. Uns gritos mais ou menos zombeteiros de "Paul Jones" e "Como vai o rei Jorge?" flutuaram do castelo de proa do *John B. Christopher*, e os sorridentes membros das guarnições de canhões, parados ali, preparados para explodir os seus primos e mandá-los para um mundo melhor sem a menor hesitação ou rancor, teriam prazerosamente respondido na mesma moeda, mas o comandante deles não queria nada disso – tratava-se de uma missão odiosa, não havia tempo para divertimentos. Ao primeiro grito de "Boston beans", ele repreendeu:

– Silêncio de popa a proa. Sr. Ricketts, anote o nome desse homem.

O tempo passava. Em sua tina, o estopim queimava, volta a volta. Por todo o convés a atenção se dispersava. Um pelicano passou acima, com seu branco reluzente, e Jack descobriu-se pensando aflito em Stephen, desatento ao seu dever. O sol ascendia, ascendia.

Agora, finalmente, o destacamento de abordagem estava no passadiço do americano, pulando para o cúter: e lá estava Dillon, sozinho. Ele respondia educadamente ao mestre-arrais e aos passageiros na amurada. O *John B. Christopher* braceava – o estranho sotaque do seu imediato, apressando os homens a "movimentar os diachos desses braços", ecoou pelo mar – e movimentava-se em direção ao sul. O cúter da *Sophie* remava pelo espaço intermediário.

No caminho de ida, James não sabia o que iria fazer. O dia todo, desde que ouvira falar da missão da esquadra, ele fora soterrado por um senso de fatalidade; e agora, embora tivesse tido horas para pensar no assunto, ainda não sabia o que faria. Movimentava-se como se estivesse em um pesadelo, subiu pelo costado do americano sem a mínima vontade própria; e sabia, é claro, que encontraria o padre Mangan. Apesar de ter feito todo o possível, menos um inequívoco motim ou afundar a *Sophie*, para evitar o encontro; apesar de ter alterado o rumo e reduzido vela e chantageado o mestre-arrais para executar aquilo, ele sabia que acabaria por encontrá-lo. Mas o que não sabia, o que não previra, era que o padre ameaçaria denunciá-lo se ele não fizesse vista grossa. Ele antipatizou com o homem no momento em que os dois se reconheceram, mas naquele exato primeiro momento tomou uma decisão – não havia a mínima possibilidade de ele bancar o policial e levar os homens dali. E então veio a ameaça. Por um segundo ele teve a certeza total de que aquilo não o afetava nem um pouco, mas, antes de atingir a respiração seguinte, a esqualidez da situação tornou-se intolerável. Foi obrigado a ganhar tempo e fingir que examinava todos os outros passaportes a bordo, até conseguir recuperar o controle. Ele sabia que não havia saída, que qualquer caminho que tomasse seria desonroso; jamais, porém, imaginara que a desonra fosse tão dolorosa. Ele era um homem orgulhoso; o satisfeito olhar malicioso de padre Mangan feriu-o mais do que tudo que já havia experimentado; e com a dor do ferimento veio uma nuvem de dúvidas intoleráveis.

O bote tocou o costado da *Sophie*.

– Não há os tais passageiros a bordo, senhor – informou.

– Tanto melhor – retrucou Jack, contente, e levantou o chapéu e saudou o comandante americano. – Oeste, um meio ao sul, Sr. Marshall; e guarde esses canhões, por favor. – O requintado perfume de café vagueou acima, vindo da escotilha de ré. – Dillon, venha tomar o desjejum comigo – convidou, segurando-o firmemente pelo braço. – Você ainda está com uma aparência fantasmagoricamente pálida.

– Vai me desculpar, senhor – sussurrou James, desvencilhando-se com um olhar de total aversão. – Ainda estou um pouco fora de ordem.

8

— Encontro-me totalmente perplexo, palavra de honra; e é por isso que estou lhe expondo tudo, confiando totalmente em sua franqueza... Encontro-me totalmente perplexo: para mim, é humanamente impossível imaginar que tipo de delito... Não foi porque desembarquei na ilha Dragonera aqueles prisioneiros monstruosamente injustos (embora, certamente, ele tenha desaprovado isso), pois o problema começou antes disso, de manhã bem cedo. – Stephen ouvia circunspecto, atento, sem interromper; e, muito lentamente, voltando atrás, para detalhes que deixara passar, e indo mais à frente, para corrigir a sua cronologia por antecipação, Jack despejou diante dele a história de sua relação com James Dillon: boa, má; boa, má; com aquela última extraordinária decaída, não apenas inexplicável, mas estranhamente dolorosa, por causa da simpatia que crescera, além da estima. Havia, também, a conduta inexplicável de Marshall; mas isso era irrelevante.

Com o máximo de preocupação, Jack reiterou os seus argumentos sobre a necessidade de ter um navio feliz para comandar uma eficiente máquina de combate: citou exemplos de casos positivos e negativos; e sua plateia ouvia e aprovava. Contudo, Stephen não conseguia usar a sua sensatez para solução de qualquer uma dessas dificuldades, nem (como Jack, de certo modo desprezível, gostaria) oferecer os seus préstimos, pois ele era simplesmente um interlocutor idealizado, e o seu corpo pensante estava a 30 léguas para sul e oeste, através de uma imensidão de mar. Uma imensidão inclemente e um mar agitado: após dias frustrantes de calmaria, leves aragens e depois um forte sudoeste, o vento desviou para leste, durante a noite, e agora soprava uma tormenta sobre as ondas, que aumentou durante o dia, fazendo a *Sophie* seguir palpitando, com gáveas e papa-figos com duplo rizado, o mar encapelado quebrando sobre a proa a barlavento e molhando o vigia no castelo com um agradável borrifo, adernando James Dillon enquanto ele permanecia de pé no tombadilho comungando com o diabo, e sacudindo o beliche no qual Jack silenciosamente arengava na escuridão.

Sua vida era excessivamente movimentada; porém, depois que penetrava na solidão inviolável, no momento em que passava pela sentinela à porta de sua câmara, isso lhe permitia boa quantidade de tempo para reflexão. Que não se desperdiçava com trocados, em ouvir três quartos de uma escala em uma trêmula flauta transversa ou em política naval.

– Eu falarei com Stephen, quando formos apanhá-lo. Falarei do modo mais genérico, sobre o consolo que é para um homem ter a bordo um amigo confiável; e sobre a singularidade desta vida de marujo, que, num momento, se vê tão envolvido com os companheiros de bordo, no meio de toda aquela confusão na praça d'armas, que mal consegue respirar, muito menos tocar algo além de uma jiga no violino, e a seguir é atirado a um tipo de solidão de eremita, algo que jamais conheceu antes.

Em momentos de tensão, Jack Aubrey tinha duas reações principais: ou se tornava agressivo, ou se tornava amoroso; ele ansiava ou pela violenta catarse da ação, ou por aquela de fazer amor. Ele adorava uma batalha; ele adorava uma prostituta.

– Até entendo por que alguns comandantes levam com eles uma mulher para o mar – refletiu. – Além do prazer, pense no *refúgio* de mergulhar numa cálida, intensa, afetuosa... – Paz. – Eu *gostaria* que houvesse uma garota nesta câmara – acrescentou, após uma pausa.

Esse despojamento, essa incompreensão aberta e admitida, limitava-se apenas à sua câmara e ao seu companheiro espectral; o fantasma exteriorizado do comandante da *Sophie* não era nada hesitante a respeito disso, e ele seria um observador excepcionalmente perspicaz para lhe dizer que a nascente amizade entre ele e o seu imediato fora abreviada. O mestre-arrais, contudo, era um observador e tanto, pois, apesar de a realmente horrenda aparência de Jack, quando ferido e ensebado, ter causado repugnância por um momento, ao mesmo tempo o fato óbvio de Jack passar a gostar de James Dillon despertou um ciúme que agiu em sentido contrário. Além disso, o mestre-arrais vinha sendo tratado de um modo que não deixava nenhum espaço para dúvidas, em termos quase bem diretos, e, assim, por um motivo inteiramente diferente, ele observava o comandante e o imediato com dolorosa aflição.

– Sr. Marshall – chamou Jack na escuridão, e o pobre homem saltou, como se uma pistola tivesse sido disparada atrás dele –, quando o senhor acha que avistaremos terra?

– Em cerca de duas horas, senhor, se este vento se mantiver.

– Sim, eu acho que é demais – afirmou Jack, olhando acima, para a mastreação. – Creio, contudo, que já pode apertar uns rizes e, se houver algum afrouxamento, ice os joanetes... avance a toda velocidade possível. E, por favor, Sr. Marshall, mande me chamar quando a terra for avistada.

Pouco menos de duas horas depois ele reapareceu, para ver a remota linha irregular à amura de boreste: Espanha, com a singular montanha que os ingleses chamavam de colina Cume de Ovo, alinhada com o melhor ferro de proa, e sua baía balneável, portanto, diretamente à frente.

– Por Deus, o senhor é um navegador de escol, Sr. Marshall – exclamou, baixando a luneta. – Merece ser mestre-arrais da esquadra.

Contudo, eles levariam uma hora para chegar lá, e agora que o acontecimento estava tão próximo e ao alcance, não mais totalmente teórico, Jack descobriu quão ansioso estava de fato – quão demasiadamente lhe interessava o resultado.

– Mande o patrão da embarcação à proa, sim? – pediu, retornando para a câmara, depois de fazer uma meia dúzia de voltas desajeitadas.

Barret Bonden, patrão da embarcação e capitão do cesto da gávea maior, era inusitadamente jovem para o seu posto; uma criatura com um ar franco, mas sem brutalidade, alegre, perfeitamente em seu lugar e, é claro, um marinheiro de escol – criado no mar desde a infância.

– Sente-se, Bonden – convidou Jack, um pouco intencionalmente, pois o que ele estava para oferecer era o tombadilho, nada menos, e a possibilidade de avanço ao próprio pináculo da hierarquia naval. – Estive pensando... você gostaria que eu o indicasse para aspirante?

– Oh, não, senhor, de modo algum – respondeu Bonden, de imediato, os dentes reluzindo no escuro. – Mas agradeço muito pela sua consideração, senhor.

– Oh! – fez Jack, tomado de surpresa. – Por que não?
– Não tenho instrução, senhor. Ora – rindo alegremente –, tudo o que sei fazer é ler a lista de quarto, soletrar ela bem devagar; e já sou velho demais para mudar de rota. E, além do mais, como vou parecer, apetrechado como um oficial? Um limpador de chaminés; e os meus companheiros de rancho rindo a bandeiras despregadas e gritando: "Ei, olhem o superior."
– Muitos de nossos melhores oficiais começaram na segunda coberta – lembrou Jack. – Eu também, certa ocasião, trabalhei na segunda coberta – acrescentou, arrependendo-se da sequência, assim que a pronunciou.
– Sei disso, senhor – disse Bonden, e seu sorriso voltou a brilhar.
– Como é que soube?
– Temos um sujeito, no quarto de boreste, que foi seu companheiro de bordo, senhor, no velho *Reso*, ao largo do cabo da Boa Esperança.
"Oh, meu Deus! Oh, meu Deus!", berrou Jack internamente. "Nunca o percebi. E lá estava eu, mandando todas as mulheres para terra, honrado como um *Pompous* Pilatos, e eles sabiam o tempo todo... ora, ora." E, em voz alta, com uma certa frieza:
– Bem, Bonden, pense no que falei. Seria uma pena você ser desperdiçado.
– Se me permite ser atrevido, senhor – disse Bonden, levantando-se e ficando ali, de pé, subitamente constrangido, desajeitado e desconcertado –, tem o George da minha tia Sloper... George Lucock, o gajeiro da gávea do traquete, do quarto de bombordo. Ele é um estudante aplicado, consegue escrever tão miúdo que mal dá para se ver; nem mais jovem eu sou e ele é mais dócil, senhor, ah, muito mais dócil.
– Lucock? – exclamou Jack, duvidoso. – É apenas um rapazinho. Ele não foi açoitado semana passada?
– Foi, senhor; mas foi apenas o canhão dele que levou a melhor outra vez. E ele não conseguiu evitar a secura, só que estava de serviço.
– Bem – disse Jack, refletindo que talvez pudesse haver melhor recompensa do que uma garrafa (se bem que nenhuma tão estimada) –, ficarei de olho nele.

252

Aspirantes de marinha eram a sua preocupação, durante o tedioso passeio.

– Sr. Babbington – falou, de repente, parando a caminhada para lá e para cá. – Tire as mãos dos bolsos. Quando foi a última vez que escreveu para casa?

O Sr. Babbington estava numa idade em que quase todas as perguntas causam uma reação de culpa, e aquela era, de fato, uma acusação válida. Ele enrubesceu e disse:

– Não sei, senhor.

– Pense, senhor, pense – pediu Jack, o rosto sereno anuviando-se inesperadamente. – De que porto o senhor enviou? Mahón? Gênova? Livorno? Gibraltar? Bem, não importa. – Não havia nenhuma sombra que pudesse ser localizada naquela praia distante. – Não importa. Escreva uma carta bonita. Duas páginas, no mínimo. E mande-a para mim, amanhã, com suas tarefas diárias. Transmita os meus cumprimentos ao seu pai e lhe diga que os meus banqueiros são os Hoare. – Pois Jack e a maioria dos demais comandantes administravam para jovens a mesada paga a seus pais. – Hoare – repetiu ele, distraído, uma ou duas vezes –, os meus banqueiros são os Hoare. – E um feio e cocoricante ruído reprimido fez com que se virasse.

O jovem Ricketts estava agarrado ao tirador da talha do mastro grande, na tentativa de se equilibrar, mas sem muito sucesso. Contudo, o olhar frio de Jack gelou a diversão do rapaz, e ele só foi capaz de responder se escrevera aos pais recentemente com um audível "Não, senhor", que saiu meio trêmulo.

– Então, fará a mesma coisa: duas páginas, em letra miúda, e sem pedidos de quadrantes, chapéus com galões ou cabides – ordenou Jack, e algo disse ao aspirante que aquela não era uma ocasião para argumentar, para lembrar que o seu amado pai, o seu único parente, mantinha uma comunicação diária, até mesmo horária, com ele. Aliás, essa percepção do estado de tensão de Jack era geral por todo o brigue. "O Louro anda num raro estado de nervosismo para apanhar o doutor", diziam. "Cuidado com os azedumes." E quando foi dado o apito para ferrar as macas, os marujos que precisavam passar por ele, para guardá-las na trincheira de boreste do tombadilho, olharam-no nervosamente de soslaio; um deles, tentando ficar de olho no mestre do navio, no salto de vante do convés e no seu comandante, tudo ao mesmo tempo, caiu de cara no chão.

Mas o Louro não era o único a estar ansioso, de modo algum, e quando Stephen Maturin finalmente foi avistado ao sair do meio das árvores e atravessar a praia para encontrar o escaler, uma exclamação generalizada de "Lá está ele!" irrompeu da meia-nau ao castelo de proa, em desafio à boa disciplina: "Hurra!"

– Como estou *tão* feliz em vê-lo – bradou Jack, quando Stephen tateou o seu caminho para bordo, empurrado e puxado por mãos bem-intencionadas. – Como tem passado, meu caro senhor? Venha logo tomar o desjejum... eu o retardei de propósito. Como está se sentindo? Toleravelmente revigorado, espero. Toleravelmente revigorado?

– Estou muito bem, obrigado – respondeu Stephen, que realmente parecia um pouco menos cadavérico, enrubescido que estava diante do prazer da visível felicidade com o seu retorno. – Vou dar uma olhada na minha enfermaria e depois partilharei do seu bacon com o maior prazer. Bom dia, Sr. Day. Tire o seu chapéu, por favor. A cabeça está muito boa, muito boa: o senhor nos dá reputação, Sr. Day. Mas nada de se expor ao sol, ainda... recomendo o uso de uma grossa peruca galesa. Cheslin, um bom dia para você. Tem cuidado bem dos nossos pacientes, espero.

– Essa – disse ele, um pouco engordurado de bacon –, essa foi a questão que exercitou a minha mente por um bom tempo durante essa ausência. O meu assistente pagaria aos homens com a mesma moeda? Eles voltariam a persegui-lo? Com que rapidez ele poderia conseguir uma nova identidade?

– Identidade? – perguntou Jack, servindo-se de mais café. – Identidade não é algo com que se nasce?

– A identidade a que me refiro é algo que paira entre um homem e o resto do mundo: a linha divisória entre o ponto de vista que ele tem de si mesmo e o ponto de vista que têm dele... pois cada um, é claro, afeta o outro continuamente. Um fluxo recíproco, senhor. Não há nada absoluto nesta minha identidade. Se você, você pessoalmente, passar alguns dias na Espanha, no momento presente, verá que vai mudar, sabe, por causa da opinião generalizada que há por lá de que é um infame, severo e brutal vilão assassino, um homem odioso.

– Ouso dizer que eles estão aborrecidos – observou Jack, sorrindo. – E ouso dizer que me chamam de Belzebu. Mas isso não me torna Belzebu.

– Não torna? Não torna? Ah! Bem, seja como for, você tem perturbado, tem abalado, em um grau assombroso, os interesses comerciais ao longo da costa. Há um homem rico, chamado Mateu, que se encontra terrivelmente exasperado com você. O mercúrio pertencia a ele e, por se tratar de contrabando, não estava segurado; do mesmo modo, o navio que você abordou em Almoraira; e a carga da tartana incendiada em Tortosa... a metade pertencia a ele. Ele é bem-relacionado com os ministros. Conseguiu tirá-los de sua indolência e eles lhe deram autorização e aos amigos para fretarem um dos seus vasos de guerra...

– *Fretar* não, meu caro senhor: nenhuma pessoa física pode *fretar* um vaso de guerra, uma embarcação nacional, um navio do rei, nem mesmo na Espanha.

– É? Talvez eu tenha usado o termo errado; frequentemente, em questões navais, uso o termo errado. Tanto faz. Um navio de força, não apenas para proteger o comércio costeiro, porém muito mais para perseguir a *Sophie*, que agora é perfeitamente bem-conhecida, tanto pelo nome quanto pela descrição. Eu soube disso pelo próprio primo de Mateu, quando dançamos...

– Você dançou? – exclamou Jack, muito mais chocado do que se Stephen tivesse dito "quando assamos um bebê para comer".

– Certamente que dancei. Por que eu não dançaria, diga-me, por favor?

– Certamente que dançou... e de um modo extraordinariamente gracioso, tenho certeza. Só estranhei... Mas você *dançou* mesmo?

– Dancei. Não viajou pela Catalunha, senhor, creio eu.

– Eu não.

– Então, devo dizer-lhe que, nessa região, nas manhãs de domingo, à saída da igreja, é costume pessoas de todas as idades e condições

255

dançarem; portanto, dancei com Ramon Mateu i Cadafalch, na praça diante da catedral de Tarragona, aonde eu tinha ido para ouvir a *Missa Brevis* de Palestrina. A dança é algo particular deles, uma dança de roda chamada sardana; e se me ceder o seu violino, poderei lhe dar uma mostra de uma que tenho em mente. Embora, como deve imaginar, eu não passe de um amador estridente que zurra uma rabeca.

Tocou.

– Uma melodia encantadora, com certeza. Tem um certo toque mouro, não? Mas dou-lhe a minha palavra de que fico arrepiado só de imaginar você perambulando pelo campo... por portos... por cidades. Pensei que ficaria em terra, junto com a sua amiga, escondido no quarto dela... ou coisa assim...

– Mas eu lhe disse que eu podia andar à vontade por aquela região, sem questionamentos ou um só momento de perturbação, não disse?

– Sim, disse, disse. – Jack refletiu por um momento. – E, é claro, se quisesse, poderia descobrir que navios e comboios estariam de partida, quais eram os esperados, o tipo de carga e assim por diante. Até mesmo os próprios galeões, arriscaria afirmar.

– Certamente que eu poderia – retrucou Stephen –, se resolvesse bancar o espião. Trata-se de uma curiosa e aparentemente ilógica postura, a que torna correto e natural falar sobre os inimigos da *Sophie*; entretanto, além de qualquer questionamento, é algo errado, desonroso e indecente falar das vítimas dele, não é mesmo?

– É – concedeu Jack, olhando-o pensativo. – Tudo é feito de acordo com as conveniências, não resta dúvida. Mas me fale sobre esse navio de força. De que ordem ele é? Quantas peças de artilharia carrega? Onde se encontra?

– *Cacafuego* é o seu nome.

– *Cacafuego? Cacafuego?* Nunca ouvi falar nele. Bem, pelo menos não deve ser uma nau de linha. Como está aparelhado?

Stephen fez uma pausa.

– Sinto-me envergonhado em dizer que não perguntei – confessou. – Mas, pela satisfação com que o seu nome foi pronunciado, presumo que deve ser algum galeão enorme e prepotente.

– Bem, vamos tentar nos manter fora do caminho dele; e, como ele sabe como parecemos, precisamos tentar mudar a nossa aparência. É formidável o que podem fazer uma demão de tinta e uma faixa longitudinal no costado, ou mesmo uma bujarrona estranhamente remendada ou um mastaréu da gávea ripado... A propósito, suponho que lhe contaram, no bote, por que fomos forçados a deixá-lo ilhado.

– Contaram-me sobre as fragatas e a abordagem ao americano.

– Sim, e também foi algo de grande valor. Não havia tais pessoas a bordo... Dillon vasculhou o navio por quase uma hora. Fiquei muito contente, pois me lembro que você me contou que, no geral, os Irlandeses Unidos eram boas criaturas... muito melhores do que esses outros sujeitos, cujos nomes esqueci. *Steel boys*, *white boys*, orangistas?

– Irlandeses Unidos? Pensei que se tratasse de franceses. O que me contaram foi que a busca no navio americano tinha sido atrás de uns franceses.

– Eles apenas fingiam ser franceses. Isto é, se estivessem realmente a bordo, estariam se passando por franceses. Foi por isso que mandei Dillon, que fala a língua muito bem. Mas, sabe, eles não estavam lá; e, na minha opinião, a coisa toda foi um grande disparate. Como disse, fiquei contente, mas isso parece ter perturbado Dillon de um modo muito estranho. Creio que ele devia estar ansioso para botar as mãos neles; ou, então, ficou muito apoquentado por nosso cruzeiro ter sido abreviado. Desde então... bem, não devo entediá-lo com tudo isso. Ouviu falar nos prisioneiros?

– Que as fragatas fizeram a bondade de transferir cinquenta dos delas para vocês?

– Simplesmente por uma questão de comodidade! Não foi, de modo algum, pelo bem do serviço. Uma coisa vergonhosa, inescrupulosa! – berrou Jack, os olhos arregalados, diante da lembrança. – Mas me livrei deles. Assim que acabamos com os americanos, alcançamos o *Amelia*, informamos que não tínhamos encontrado as pessoas que estavam sendo procuradas e fizemos o nosso sinal de despedida; e, umas duas horas depois, em vista de um bom vento, desembarcamos cada um dos sujeitos na ilha Dragonera.

– Longe de Maiorca?

– Exatamente.
– Mas isso não é errado? Não será repreendido... enfrentará uma corte marcial?

Jack tremeu e, batendo a mão na madeira, exclamou:
– Por favor, nunca pronuncie essas palavras desagradáveis. O simples som delas é o suficiente para estragar o dia.
– Mas não vai se meter numa enrascada?
– Não, se eu entrar em Mahón com uma enorme e retumbante presa a reboque – retrucou Jack, gargalhando. – Por enquanto, sabe, talvez tenhamos apenas tempo suficiente para ir em frente e ficar ao largo de Barcelona, se o vento ajudar... enfiei isso na cabeça. Teremos tempo apenas de um ou dois ataques rápidos e então seguiremos para Mahón, com tudo que tenhamos conseguido capturar, pois certamente, com o nosso número tão reduzido, não posso dispor de outra tripulação para conduzir uma presa. E, certamente, não poderemos nos demorar muito, ou teremos de comer as nossas botas.
– Mesmo assim...
– Não fique tão preocupado, meu caro doutor. Não havia ordens específicas de onde desembarcá-los, ordem alguma; e, é claro, pagarei o preço de cada cabeça. Além do mais, estou coberto: todos os meus oficiais concordaram formalmente que a nossa escassez de provisões nos forçou a fazer isso... Marshall e Ricketts, e até mesmo Dillon, embora ele tenha censurado o fato e ficado muito agastado com tudo isso.

A *SOPHIE* CHEIRAVA a sardinha grelhada e tinta fresca. Encontrava-se a 15 milhas do cabo de Tortosa, em total calmaria, chafurdando nas ondas oleosas; e a fumaça azul das sardinhas, que haviam sido adquiridas à noite de uma *barca-longa* pesqueira (fora comprada toda a quantidade apanhada), ainda pairava, enjoativa, nas cobertas inferiores, velas e cordame, meia hora depois do jantar.

O mestre do navio comandava um grande grupo de trabalho, pendurado no costado, espalhando tinta amarela sobre o caprichado branco e preto do estaleiro; o veleiro e uma dúzia de homens com luvas de palma e agulhas ocupavam-se com uma comprida e estreita faixa de lona que estava sendo preparada para disfarçar a natureza bélica do barco; e o imediato o circundava com o escaler, para avaliar o efeito. Ele estava acompanhado apenas pelo cirurgião, e dizia:

– ... tudo, eu fiz tudo em meu poder para evitar isso. *Tudo*, indo além de todas as medidas. Alterei o rumo, diminuí vela... coisa impensável no serviço... chantageei o mestre-arrais para tal; e, mesmo assim, pela manhã, lá estava o navio, duas milhas a nosso sotavento, onde, de nenhum modo concebível, tinha o direito de estar. Olá, Sr. Watt! Seis polegadas mais abaixo e por toda a volta.

– Ainda bem. Se outro homem tivesse ido a bordo, eles teriam sido apanhados.

Uma pausa, e James falou:

– Ele curvou-se sobre a mesa, tão perto de mim que senti o seu hálito fedorento no meu rosto, e com aquele odioso olhar amarelo, falou coisas horríveis. Eu já havia me decidido, como lhe falei; contudo, a coisa toda pareceu como se eu tivesse cedido a uma ameaça vulgar. E, dois minutos depois, tive certeza disso.

– Mas você não cedeu; trata-se de uma obsessão doentia. Aliás, isso não está muito longe da depressão: tome cuidado com esse pecado, James, eu lhe imploro. Quanto ao resto, é lamentável que você se preocupe tanto. O que isso pode significar, em longo prazo?

– Um homem teria de estar três quartos dormente para não se preocupar; e totalmente dormente diante do senso do dever, para dizer o mínimo... Sr. Watt, assim vai ficar bom.

Stephen estava sentado ali, analisando a vantagem de dizer "Não odeie Jack Aubrey por causa disso; não beba demais; não destrua a si mesmo por algo que não vai persistir", comparando com a desvantagem de provocar uma explosão; pois, apesar de sua aparente calma, James Dillon, em um estado de deplorável exacerbação, tinha o pavio curto. Stephen não conseguiu se decidir, deu de ombros, levantou a mão direita, a palma virada para cima, num gesto que significava "Bah, deixa para lá", e observou para si mesmo: "Contudo, esta noite vou forçá-lo a tomar um purgante... pelo menos, isso eu *posso* fazer... e uma reconfortante mandrágora; e, em meu diário, escreverei: 'JD, exigido a bancar o Judas, com a mão direita ou a esquerda, e odiando a necessidade (a absoluta necessidade), concentrou todo o seu ódio no pobre JA, o qual é um notável exemplo do processo humano, pois, de fato, JD não tem aversão a JA – longe disso.'"

– Pelo menos – comentou James, recuando para a *Sophie* –, espero que, depois de toda essa desonrosa prevaricação, possamos entrar em ação. Trata-se de uma maravilhosa maneira de um homem se reconciliar consigo mesmo; e, às vezes, com todos os demais.

– O que faz aquele sujeito, no tombadilho, vestido com colete de couro de búfalo?

– É Pram. O comandante Aubrey está vestindo-o como um oficial dinamarquês; faz parte do nosso plano de disfarce. Não se lembra do colete amarelo que o mestre do *Clomer* usava? Era costume entre eles.

– Não. Diga-me, esse tipo de coisa acontece frequentemente no mar?

– Ah, sim. Trata-se de um legítimo *ruse de guerre*. Com frequência, também desorientamos o inimigo com sinais falsos... qualquer um, menos o de navio em perigo. Cuidado aí, com a tinta fresca.

Nesse momento, Stephen caiu direto no mar – no espaço exíguo de mar entre o bote e o costado da chalupa, ao se afastarem um do outro. Ele afundou imediatamente, emergiu no instante em que os dois se aproximaram, bateu a cabeça entre ambos e voltou a afundar, borbulhando. A maioria das pessoas da *Sophie* que sabia nadar pulou para a água, Jack entre eles; e outros vieram correndo, trazendo croques, um pau de pica-peixe, duas pequenas fateixas, um horrendo gancho farpado preso a uma corrente; mas foram os irmãos Esponja que o encontraram, cinco braças abaixo (ele tinha ossos grandes para o seu tamanho, nenhuma gordura e meia bota com solado chumbado), e o carregaram para cima, as roupas mais para pretas do que o normal, o rosto mais branco, e escoando água, furiosamente indignado.

Não foi um acontecimento de marcar época, mas teve a sua utilidade, já que forneceu à praça d'armas um tópico de conversa em um momento em que estava sendo necessário um trabalho árduo para se manter a aparência de uma comunidade civilizada. A maior parte do tempo, James passou triste, desatento e silencioso; os olhos estavam injetados, por causa do grogue que ingeriu, mas isso não parecia alegrá-lo nem sequer embriagá-lo. O mestre-arrais estava quase igualmente retraído, e permanecia sentado ali, de quando em quando furtando olhares dissimulados para Dillon. Portanto, quando todos se sentaram à mesa, dedicaram-se um tanto exaustivamente ao assunto da natação – o fato de ser uma raridade entre os marujos, suas vantagens (a preservação da vida; o prazer de se deixar levar pela água, em climas adequados; o transporte de um cabo para a terra, numa emergência), suas desvantagens (o prolongamento da agonia da morte em um naufrágio, ou ao cair pela borda afora sem ser visto; contrariar a natureza – se Deus quisesse que o homem nadasse etc.), a curiosa inabilidade das focas jovens de nadar, a utilização de bexigas, a melhor maneira de aprender e praticar a arte da natação.

– O único modo correto de nadar – ensinou o intendente pela sétima vez – é juntar as mãos como se estivesse rezando – apertou os olhos, juntou as mãos exatamente – e jogá-las para a frente, assim. – Dessa vez, derrubou a garrafa, que quicou violentamente na travessa com peixe, ovos e cebola picados, de lá mergulhou no molho espesso, e foi parar no colo do Sr. Marshall.

– Eu sabia que ia *fazer* isso – reclamou o mestre-arrais, dando um salto para trás e se limpando. – Você devia *sabar*. Eu lhe avisei: "Cedo ou tarde, vai derrubar a maldita garrafa"... você não vai *podar* nadar, tagarelando como a porra de uma lontra. E estragou a minha melhor calça de nanquim.

– Não foi de propósito – alegou o intendente, taciturno; e o restante da noite transcorreu num clima de desânimo total.

Aliás, enquanto a *Sophie* bordejava seguidamente para ganhar barlavento, em direção ao norte, o barco não podia ser descrito como uma chalupa muito alegre. Na sua bela e pequena câmara, Jack lia a Lista da Marinha de Steel e sentia-se desanimado, não porque, novamente, tivesse comido demais, nem tanto por causa do grande número de homens superiores hierárquicos a ele na lista, mas por estar por demais ciente daquele clima a bordo. Ele não sabia qual era a natureza exata dos complicados tormentos que habitavam Dillon e Marshall. Não sabia que, a 3 jardas dele, James Dillon tentava resistir ao desespero com uma série de orações e uma pálida tentativa de demissão, enquanto a totalidade de sua mente, que não estava ocupada com a crescente prece mecânica, transformava sua desastrosa perturbação em ódio pela ordem estabelecida, pela autoridade e, desse modo, por comandantes, e por todos aqueles que, nunca tendo um momento de conflito de dever ou honra em suas vidas, poderiam condená-lo imediatamente. E embora Jack pudesse ouvir os sapatos do mestre-arrais comprimindo o convés algumas polegadas acima de sua cabeça, não tinha a possibilidade de adivinhar a singular perturbação emocional e nauseante temor de desmascaramento que enchia o amoroso coração daquele homem. Mas sabia muito bem que o seu mundo estanque e autocontido encontrava-se irremediavelmente descompassado, e ele foi assediado pelo deprimente sentimento de fracasso – de não ter sido bem-sucedido no que se propusera fazer. Ele gostaria muito de perguntar a Stephen Maturin os motivos de seu fracasso; gostaria muito de conversar com ele sobre assuntos sem importância e tocar um pouco de música, mas sabia que um convite para ir à câmara do comandante era o mesmo que uma ordem, no mínimo porque a recusa era algo extraordinário – isso lhe fora incutido fortemente, na outra manhã, ao ficar pasmado com a recusa de Dillon. Onde não havia igualdade, não havia companheirismo; quando um homem era obrigado a dizer "Sim, senhor", sua concordância de nada valia, mesmo sendo verdadeira. Ele se conscientizara dessas coisas por toda a sua vida no serviço; eram perfeitamente evidentes; mas nunca imaginou que se aplicariam tão completamente, e com *ele*.

Mais abaixo da chalupa, no quase deserto camarote dos aspirantes, a melancolia era ainda mais profunda: os jovens, aliás, estavam chorando. Desde que Mowett e Pullings tinham ido com as presas, os dois restantes estavam se revezando nos turnos, o que significava que nenhum deles conseguia mais do que quatro horas de sono – difícil naquela idade de preguiça e sonolência, que os atraía para suas macas quentinhas; além do mais, ao escreverem obedientemente suas cartas, deram um jeito de se cobrirem de tinta, e tinham sido duramente repreendidos por causa da aparência; e mais: Babbington, incapaz de pensar em *algo para escrever*, encheu as páginas com perguntas ao pai sobre todos que habitavam a sua casa e o povoado, seres humanos, cachorros, cavalos, gatos, aves, e até mesmo o grande relógio da sala, e o fez a tal ponto que agora estava repleto de uma devastadora nostalgia. Ele também tinha medo de que os cabelos e os dentes caíssem e os ossos amolecessem, já que chagas e pústulas cobriam o seu rosto e corpo – o resultado inevitável do contato com prostitutas, como lhe havia assegurado o sábio e experiente escrivão Richards. O infortúnio do jovem Ricketts provinha de uma fonte completamente diferente: seu pai havia lhe falado em uma transferência para um navio de transporte de material ou de transporte de tropas, por ser mais seguro e muito mais confortável, e o jovem Ricketts aceitara a perspectiva da separação com extraordinária firmeza, mas agora parecia que não haveria a separação – que ele, o jovem Ricketts, também teria de ir, arrancado da *Sophie* e da vida que amava tão apaixonadamente. Marshall, ao vê-lo cambaleando de cansaço, mandara que fosse para baixo, e ali estava ele, sentado em seu baú, o rosto apoiado nas mãos, às 3h30 da madrugada, cansado demais até mesmo para rastejar até sua maca; e as lágrimas estilavam por entre os dedos.

Entre os marinheiros havia muito menos tristeza, embora houvesse muitos homens – bem mais do que o normal – que aguardavam sem nenhum prazer a manhã de quinta-feira, quando seriam açoitados. A maioria dos demais nada tinha de positivo para estar amuada, além do trabalho árduo e das poucas provisões; porém, não obstante, a *Sophie* já se constituía de uma tal comunidade que cada homem a bordo tinha consciência de que havia algo fora dos eixos, algo mais do que a irritabilidade de seus oficiais – o quê, eles não sabiam dizer; mas essa coisa fazia com que eles perdessem a habitual afabilidade. O clima pesado do tombadilho infiltrava-se adiante, chegando até o curral da cabra, a manjedoura, e mesmo os próprios escovéns.

A *Sophie*, então considerada como uma entidade, não estava no melhor de sua forma, ao avançar pela noite impelida por uma moribunda tramontana; nem mesmo pela manhã, quando o vento norte por barlavento foi seguido (como costumava acontecer com frequência naquelas águas) por névoas espiraladas do sudoeste, adoráveis para quem não precisa navegar um barco através delas, próximas da costa e precursoras de um dia escaldante. Mas essa condição não era nada em comparação com o tenso alerta, sem falar da melancolia, e até mesmo pavor, que Stephen descobriu, ao pisar no tombadilho, exatamente ao nascer do sol.

Ele fora acordado pelo tambor chamando todos para os seus postos. Seguiu direto para a enfermaria de combate, e lá, com a ajuda de Cheslin, arrumou os instrumentos. Um rosto brilhante e ansioso lá em cima havia anunciado "um xaveco extraordinariamente grande contornando o cabo, bem à frente da costa". Ele fez um leve gesto de admissão, e, após um instante, desceu para amolar sua faca *catlin* para amputação; em seguida, amolou as lancetas, e depois a serra dentada, com uma pequena pedra de amolar que havia comprado em Tortosa para esse fim. O tempo passou, e o rosto foi substituído por um outro, um rosto bastante alterado e pálido, que lhe transmitiu os cumprimentos do comandante com o pedido para que ele subisse ao convés.

— Bom dia, doutor — disse Jack, e Stephen notou que o sorriso dele era forçado, e o olhar, grave e cauteloso. — Parece que vamos lidar com algo poderoso. — Fez um sinal com a cabeça, na direção de um navio comprido, esguio e admiravelmente belo, um vermelho reluzente contra os soturnos rochedos que se encontravam atrás. Para o seu tamanho (quatro vezes o volume da *Sophie*), afundava bastante na água, mas uma espécie de plataforma volante completava sua popa, salientando-se bem além do seu painel, enquanto uma singular projeção como um bico avançava pela proa uns bons 20 pés além da roda de proa. Seus mastros principal e de gávea sustentavam imensas e recurvadas vergas latinas duplas e adelgaçadas, cujas velas deixavam o vento sudeste transbordar para permitir que a *Sophie* se aproximasse; e, mesmo àquela distância, Stephen notou que as vergas também eram vermelhas. O seu costado de boreste, defronte para a *Sophie*, tinha nada menos do que 16 portinholas, e o seu convés estava extraordinariamente apinhado de homens.

— Uma fragata-xaveco com 32 canhões — informou Jack —, e só pode ser espanhola. Suas portinholas inclinadas nos enganaram totalmente... até o último momento pensamos que fosse um navio mercante... e todos os seus homens estavam lá embaixo. Sr. Dillon, suma de vista com um pouco mais de gente, disfarçadamente. Sr. Marshall, três ou quatro homens, não mais do que isso, para rizar o velacho... devem fazer isso lentamente, como marinheiros de água doce. Anderssen, grite novamente algo em dinamarquês e faça esse balde oscilar pelo costado. – Em voz mais baixa, para Stephen: – Está vendo só, que raposa? As portinholas abriram dois minutos atrás e estavam bem escondidas atrás daquela maldita pintura. E, embora estivesse pensando em içar suas vergas de velas redondas... olhe só o mastro de proa... ele pode subir aquela latina num instante e nos alcançar de imediato. Precisamos manter este rumo... não temos escolha... e ver se conseguimos distraí-lo. Sr. Ricketts, está com as bandeiras prontas? Dispa imediatamente a sua jaqueta e jogue-a no armário. Sim, aí vem ele. – Um canhão foi disparado do tombadilho da fragata; a bala passou raspando a proa da *Sophie*, e as cores espanholas surgiram, ao clarear a fumaça do tiro de alerta. – Vá em frente, Sr. Ricketts – disse Jack. A bandeira dinamarquesa surgiu na ponta da verga da carangueja, seguida pela bandeira amarela de quarentena no mastro de proa. – Pram, suba aqui e agite os braços. Dê ordens em dinamarquês. Sr. Marshall, aproxime-se desajeitadamente até a distância de meio cabo. Não mais do que isso.

Mais e mais perto. Silêncio mortal a bordo da *Sophie*: pairava no ar uma tagarelice vinda do xaveco. Parado atrás de Pram, só de camisa e calções – sem o casaco do uniforme –, Jack segurava a roda de leme. – Olhe só quanta gente – falou, meio para si mesmo e meio para Stephen. – Deve haver trezentos ou mais. Eles vão nos saudar dentro de alguns minutos. Agora, senhor, Pram vai lhes dizer que somos dinamarqueses, saídos há poucos dias de Argel; peço que o ajude, em espanhol, ou em qualquer outra língua que achar adequada, se houver necessidade.

A saudação surgiu clara em meio ao mar matinal.

– Que brigue é esse?

– Fale alto e claro, Pram – ordenou Jack.

– *Clomer!* – gritou o contramestre, metido no colete de couro de búfalo, e, debilmente, dos rochedos, veio de volta o grito de "*Clomer!*", com a mesma insinuação de desafio, embora bastante reduzida.

— Aquartelar lentamente o velacho, Sr. Marshall — murmurou Jack —, e mantenha os homens nas vergas. — Ele murmurou, pois sabia muito bem que os oficiais da fragata estavam com suas lunetas apontadas para o tombadilho, e uma convincente falácia lhe garantia que as lunetas também aumentariam a sua voz.

O seguimento do brigue começou a diminuir e, ao mesmo tempo, os grupos compactos a bordo do xaveco, suas brigadas de artilharia, passaram a se dispersar. Por um momento, Jack pensou que estava tudo encerrado e seu coração, até então tranquilo, começou a saltar e latejar. Mas não. Um bote estava sendo baixado.

— Talvez não consigamos evitar esta ação — observou. — Sr. Dillon, os canhões estão preparados para disparo duplo, acredito.

— Triplo, senhor — respondeu James e, olhando para ele, Stephen viu aquele olhar de louca felicidade que notara com muita frequência nos anos precedentes: o olhar contido de uma raposa prestes a fazer algo totalmente insano.

A brisa e a corrente continuavam movendo a *Sophie* na direção da fragata, cujos tripulantes estavam retornando à tarefa de mudar de um aparelho latino para um redondo: enxameavam densamente as enxárcias, olhando com curiosidade para o dócil brigue, que estava para ser abordado pela lancha deles.

— Pram, saúde o oficial — mandou Jack, e Pram foi para a amurada. Ele emitiu, à moda do mar, uma alta e enfática declaração, em dinamarquês; mas num ridículo jargão de língua franca misturado com dinamarquês. E não apareceu nenhuma forma reconhecível da palavra "Argel" — apenas o termo dinamarquês para *Costa da Barbaria*, repetido em vão.

O remador de proa estava para jogar o gancho quando Stephen, falando com sotaque escandinavo, mas num espanhol perfeitamente compreensível, bradou:

— Vocês têm algum cirurgião a bordo do seu navio que saiba lidar com a peste?

O remador baixou o gancho. O oficial que o acompanhava perguntou:

— Por quê?

– Alguns dos nossos homens adoeceram em Argel, e estamos com medo. Não sabemos o que pode ser.

– Remar para ré – ordenou o oficial aos seus marujos. – Onde foi que disse que pararam?

– Algiers, Alger, Argel; foi lá que alguns homens foram à terra. Por favor, qual é a aparência da peste? Inchação? Íngua? Pode vir dar uma olhada neles? Por favor, senhor, guarneça este cabo.

– Remar para ré – voltou a dizer o oficial. – E eles desembarcaram em Argel?

– Sim. Pode nos enviar o seu cirurgião?

– Não. Pobres criaturas. Que Deus e Sua Mãe preservem vocês.

– Podemos ir lá apanhar medicamentos? Por favor, deixe-me ir no seu bote.

– Não – exclamou o oficial, benzendo-se. – Não, não. Mantenham distância ou dispararemos em vocês. Continuem pelo mar... o mar vai curá-los. Que Deus esteja com vocês, pobres criaturas. E feliz viagem. – Ele pôde ser visto ordenando ao remador de proa que jogasse o gancho ao mar, e a lancha voltou rapidamente para o xaveco vermelho vivo.

Eles agora encontravam-se a uma distância dentro do alcance auditivo, e uma voz da fragata gritou algumas palavras em dinamarquês; Pram respondeu; então, uma figura alta e esguia no tombadilho, obviamente o comandante, perguntou se eles tinham visto uma chalupa de guerra, um brigue.

– Não – responderam; e quando os barcos começaram a se afastar mais um do outro, Jack sussurrou:

– Pergunte o nome dele.

– *Cacafuego* – surgiu a resposta acima da vasta vereda de mar. – Feliz viagem.

– Feliz viagem para vocês também.

– Então é essa a tal fragata – comentou Stephen, olhando atentamente para o *Cacafuego*.

– Uma fragata-*xaveco* – corrigiu Jack. – Bem vistosa, com todas aquelas vergas, Sr. Marshall, e nenhum sinal de pressa. Uma fragata-xaveco. Uma mastreação maravilhosamente curiosa. Não existe nada mais veloz, suponho... larga de través, para conduzir uma enorme pressão de vela, mas com um piso bem estreito... mas precisa de uma tripulação prodigiosamente grande; pois, como sabem, quando navega próximo ao vento, usa velas latinas, mas, quando o vento é moderado, direto na popa ou imediações, elas têm de ser baixadas para o convés, e, em seu lugar, içam as redondas: uma trabalheira e tanto. Precisa ter, no mínimo, trezentos homens. Ela está mudando agora para o aparelho redondo, o que significa que seguirá para a costa; portanto, vamos nos manter na direção sul... já tivemos o suficiente de sua companhia. Sr. Dillon, vamos dar uma olhada na carta.

– Deus do céu! – exclamou ele, na câmara, batendo as mãos e dando risadinhas. – Achei que, desta vez, estávamos fritos... queimados, afundados e destruídos; enforcados, estripados e esquartejados. Esse doutor é mesmo uma joia! E quando ele agitou o cabo virador e implorou gravemente para eles embarcarem? Eu entendi o que disse, apesar de ter falado depressa. Ha-ha! Hein? Não acha que foi a coisa mais engraçada deste mundo?

– Realmente, muito engraçada, senhor.

– *Que vengan*, disse ele, todo piedoso, sacudindo o cabo, e eles recuando, tão graves e solenes quanto um bando de corujas. *Que vengan!* Ha-ha... Puxa vida. Mas o senhor não parece muito divertido.

– Para lhe dizer a verdade, senhor, fiquei tão admirado com as nossas manobras de aproximação que mal tive tempo de apreciar a piada.

– Ora – disse Jack, sorrindo –, o que achou que íamos fazer? Abalroá-lo como se fôssemos um aríete?

– Eu estava convencido de que íamos atacá-lo – disse James, arrebatado. – Estava convencido de que era a sua intenção. Fiquei encantado.

– Um brigue com 14 peças de artilharia contra uma fragata com 32? Não está falando sério.

– Claro que estou. Quando eles estavam se dedicando ao içamento, e metade do pessoal se encontrava ocupada nos mastros, a nossa guarnição de artilharia e armas leves os teria feito em pedaços e, com este vento, poderíamos abordá-los antes que tivessem tempo de se recuperar.

– Ora, vamos! Isso tampouco teria sido um ataque muito honroso.

– Talvez eu não seja um bom julgador do que é honroso, senhor – retrucou Dillon. – Falo como um mero combatente.

Mahón, e a *Sophie* viu-se envolta pela própria fumaça, ao disparar ambas as bandas de artilharia para os lados e uma descarga acima, para saudar o pavilhão do almirante a bordo do *Foudroyant*, cujo imponente volume se encontrava entre Pigtail Steps e o cais de material bélico.

Mahón e os homens licenciados entupiram-se com carne de porco fresca assada e pão, até um estado de estrondoso ardor, de estrondosa alegria: barris de vinho com torneiras fluentes, uma hecatombe de porcos, rebanhos de jovens damas, de longe e de perto.

Jack estava sentado teso na cadeira, as mãos suando, a garganta ressequida e rija. As sobrancelhas de lorde Keith eram pretas, entremeadas com marcantes pelos prateados, e por baixo delas ele dirigiu um olhar frio, sombrio e penetrante para o outro lado da mesa.

– Quer dizer então que foi levado a isso por necessidade?

Referia-se aos prisioneiros deixados na ilha Dragonera; aliás, ele se ocupara do assunto quase desde o início da entrevista.

– Sim, milorde.

O almirante não disse nada por algum tempo.

– Se o senhor tivesse sido levado a isso por uma carência de disciplina – falou lentamente –, por um desprezo em submeter os seus critérios àqueles que são seus superiores, eu seria forçado a ter uma concepção mais séria sobre esse assunto. Lady Keith tem muita estima pelo senhor, comandante Aubrey, como sabe; e eu mesmo ficaria entristecido em ver o senhor prejudicar as suas possibilidades; portanto, permita-me que lhe fale com toda a franqueza...

Jack soube que aquilo seria desagradável, assim que viu o rosto sério do secretário, mas estava sendo muito pior do que as suas piores expectativas. O almirante estava extraordinariamente bem informado; tinha todos os detalhes – reprimenda oficial por impertinência, descaso de ordens em ocasiões expressas, reputação por liberdade indevida, por imprudência, e até mesmo por insubordinação, rumores de comportamento impróprio em terra, embriaguez e assim por diante. O almirante não via a menor possibilidade de promoção hierárquica para capitão de mar e guerra, se bem que o comandante Aubrey não se preocupasse muito com isso – muitos dos homens nunca chegavam sequer a comandantes de navios de guerra de menor porte; e os comandantes de navios menores eram um grupo de homens muito respeitados. Mas seria confiado a um homem o comando de um navio de guerra de primeira classe, se fosse ele propenso a enfiar na cabeça combater no mar de acordo com as próprias noções de estratégia? Não, não havia a mínima probabilidade, a não ser que ocorresse algo muito extraordinário. E, de modo algum, a folha corrida do comandante Aubrey era o que se poderia desejar. Lorde Keith expressava-se firmemente, com muita justiça e com muita precisão nos seus fatos e na sua dicção; a princípio, Jack havia apenas sofrido, envergonhado e constrangido; mas, com o prosseguimento daquilo, sentiu um ardor em alguma parte do coração, ou um pouco mais embaixo, o início daquele jorro crescente de cólera furiosa que poderia tomar conta dele. Baixou a cabeça, pois era certo que se revelaria em seus olhos.

– Entretanto, por outro lado – prosseguiu lorde Keith –, o senhor possui uma qualidade primordial em um comandante. Tem sorte. Nenhum de meus outros cruzeiros causou tantos estragos no comércio do inimigo; nenhum conseguiu nem sequer a metade das presas. Portanto, quando voltar de Alexandria, vou lhe dar outro cruzeiro.

– Obrigado, milorde.

– Isso causará um certo grau de ciúmes, um certo grau de críticas, mas sorte é algo que raramente dura... pelo menos é a experiência que tenho... e devemos aproveitá-la enquanto está do nosso lado.

Jack transmitiu o seu reconhecimento e, educadamente, agradeceu ao almirante por sua gentileza em lhe dar conselhos, enviou os seus respeitos – seus carinhosos respeitos, se assim pudesse se expressar – a lady Keith e retirou-se. Mas o fogo em seu coração queimou tanto, apesar do prometido cruzeiro, que precisou se esforçar para que as palavras fossem pronunciadas suavemente. E havia uma tal expressão em seu rosto, ao sair, que a sentinela à porta mudou sua expressão de aberta ironia para outra, como a de uma madeira impassível, surda e muda.

"Se aquele desprezível do Harte se atrever a usar o mesmo tom comigo", disse Jack a si mesmo, ao caminhar pela rua e espremer um cidadão contra a parede, "ou algo parecido, arranco o seu nariz da cara, e que se dane a Marinha."

– Mercy, minha querida – rosnou ao entrar na Crown, no meio do caminho –, seja boazinha e traga-me um cálice de *vino* e um *copito* de aguardente. Malditos sejam todos os almirantes – falou, deixando que o jovem vinho verde fragrante descesse fresco e curasse a sua garganta.

– Mas ele é um velho e bondoso almirante, caro *capitano* – afirmou Mercedes, batendo o pó de suas lapelas azuis. – Ele vai lhe dar um cruzeiro, quando o senhor retornar de Alexandria.

Jack empinou um olhar malicioso para ela e observou:

– Mercy, *querida*, se você soubesse a metade sobre os navios espanhóis do que sabe dos nossos, como me faria feliz, *felix*. – Entornou a dose ardente de conhaque e pediu outro cálice de vinho, aquela apaziguadora e honesta beberagem.

– Eu tenho uma tia – informou Mercedes – que sabe muita coisa.

– É mesmo, minha querida? Tem mesmo? – perguntou Jack. – Você vai me falar sobre ela esta noite. – Beijou-a distraidamente, enfiou mais firmemente o chapéu com galões sobre a nova peruca e disse: – Agora, aquele desprezível.

Aconteceu, porém, que o comandante Harte o recebeu com bem mais do que a cortesia habitual, parabenizou-o pelo ataque a Almoraira – aquela bateria era uma maldita maçada; acertou três vezes o casco do *Pallas* e derrubou um mastaréu da gávea do *Emerald*; já devíamos ter cuidado dela há muito tempo – e convidou-o para jantar.

– E leve o seu cirurgião, por favor. Minha esposa pediu-me especialmente que o convidasse.

– Tenho certeza de que ele ficará muito contente, se já não tiver um compromisso. A Sra. Harte está bem, acredito. Preciso transmitir-lhe os meus respeitos.

– Ah, ela está muito bem, obrigado. Mas não adiantará ir visitá-la esta manhã... ela saiu para cavalgar com o coronel Pitt. Como ela consegue fazer isso, neste calor, não entendo. A propósito, o senhor poderá me fazer um favor, se lhe aprouver. – Jack olhou-o atentamente, mas não se comprometeu. – O investidor do meu dinheiro quer mandar o filho para o mar... e o senhor tem uma vaga para aspirante: é bastante simples. Ele é um sujeito perfeitamente respeitável, e sua esposa cursou a mesma escola de Molly. O senhor conhecerá ambos no jantar.

DE JOELHOS, E O QUEIXO no nível do tampo da mesa, Stephen observava o louva-a-deus macho avançar cautelosamente para a louva-a-deus fêmea. Ela era um belo espécime verde listrado, e mantinha-se de pé, apoiada nas quatro patas traseiras, o par frontal, pendendo com devoção; de vez em quando, um tremor fazia o seu pesado corpo oscilar acima dos finos membros suspensos e, a cada vez, o macho castanho recuava. Ele avançava lateralmente, o corpo paralelo ao tampo da mesa, as compridas e dentadas patas predatórias frontais estendendo-se, tentativamente, e as antenas apontadas adiante: mesmo sob uma luz forte, Stephen conseguia enxergar o curioso brilho interno de seus enormes olhos ovais.

A fêmea, propositadamente, girou a cabeça num ângulo de 45 graus, como se estivesse olhando para ele.

– Será isso aceitação? – perguntou Stephen, elevando a lupa para detectar algum possível movimento nas antenas dela. – Concordância?

O macho castanho, certamente, achou que era, e em três passadas estava sobre a fêmea; as pernas dele seguraram as tégminas dela; as antenas dele encontraram as dela e começaram a golpeá-las. Além de uma abundante palpitação vibratória, por causa do peso adicional, ela não apresentou qualquer reação aparente, nenhuma resistência; e em pouco tempo teve início a forte cópula ortóptera. Stephen ajustou o relógio e anotou o tempo num livro aberto no chão.

Minutos se passaram. O macho aliviou um pouco a pressão. A fêmea movimentou um pouco a cabeça triangular, girando-a levemente da esquerda para a direita. Através da lente, Stephen pôde ver suas mandíbulas laterais se abrirem e se fecharem; em seguida, houve uma confusão de movimentos tão rápidos que, apesar de todo o cuidado e extrema atenção, ele não conseguiu acompanhar. E então a cabeça do macho estava fora do corpo, presa ali, como um limão cortado, sob a curva dos verdes braços louvadores da fêmea. Ela deu-lhe uma mordida, e o brilho dos olhos se apagou; às suas costas, o macho continuava copulando, mais fortemente do que antes, todas as inibições afastadas.

– Ah! – exclamou Stephen com intensa satisfação, e anotou novamente o tempo.

Dez minutos depois a fêmea retirou três pedaços do comprido tórax do parceiro, acima da junta coxal superior, e os comeu, aparentando apetite, deixando cair diante de si migalhas de casca quitinosa. O macho continuava copulando, ainda firmemente ancorado nas patas traseiras.

– Aí está você – bradou Jack. – Estive à sua espera durante 15 minutos.

– Ah! – exclamou Stephen, levantando-se sobressaltado. – Queira me desculpar. Queira me desculpar. Conheço a importância que dá à pontualidade... isso é bastante meritório. Ajustei meu relógio para o início da cópula – explicou, muito delicadamente cobrindo com uma caixa vazia perfurada a louva-a-deus e o seu jantar. – Agora, já posso sair com você.

– Não, não pode – afirmou Jack. – Não com essa meia bota infame. Por que, afinal de contas, mandou revesti-la com chumbo?

Em outra ocasião, ele teria recebido uma resposta bastante brusca, mas estava claro para Stephen que Jack não passara uma manhã agradável com o almirante, e tudo o que ele disse, ao trocar o calçado, foi:

– Você não precisa de cabeça, nem de coração, para ser tudo o que uma fêmea pode querer.

– Isso me faz lembrar – disse Jack. – Você tem alguma coisa para manter a minha peruca no lugar? Aconteceu a coisa mais ridícula quando eu ia atravessando a praça: Dillon estava do outro lado, de braços dados com uma mulher... a irmã do governador Wall, creio eu... e, como pode imaginar, respondi à sua saudação com particular atenção. Levantei o chapéu acima da cabeça, e a maldita peruca foi junto. Pode rir, pois foi engraçado pra diabo, é claro; mas eu teria dado uma nota de cinquenta libras para não ter parecido ridículo diante dele.

– Eis um pedaço de esparadrapo – mostrou Stephen. – Deixe-me dobrá-lo ao meio e grudá-lo em sua cabeça. Lamento profundamente por ter havido esse... constrangimento entre Dillon e você.

– Eu também – retrucou Jack, curvando-se na direção do esparadrapo; e em seguida, com um súbito irromper de confiança, por estarem em um lugar diferente, em terra, sem nenhum tipo de relacionamento de alto-mar, ele falou: – Em toda a minha vida nunca fiquei tão desnorteado, sem saber o que fazer. Ele praticamente me acusou... nem mesmo gosto de pronunciar isso... de falta de ousadia, depois daquela história com o *Cacafuego*. O meu primeiro impulso foi pedir-lhe uma explicação e exigir satisfação, naturalmente. Tratava-se de uma situação muito particular... de qualquer modo, seria: cara, eu ganho; coroa, você perde; pois, se eu fosse para cima dele, ora, ele perderia, é claro; e se ele fizesse o mesmo comigo, estaria fora da Marinha antes que você conseguisse dizer "faca", o que resultaria no mesmo para ele.

– James é apaixonadamente afeiçoado ao serviço, com toda certeza.

– E, em qualquer um dos casos, a *Sophie* ficaria num estado lamentável... maldito o homem que é um tolo. Por outro lado, ele é o melhor imediato que alguém poderia desejar... duro, mas não um senhor de escravos; um excelente marujo; e você não precisa se preocupar com o dia a dia da chalupa. Quero pensar que não foi isso que ele quis dizer.

– Certamente, ele não pretendeu contestar a sua coragem – disse Stephen.

– Não? – questionou Jack, encarando Stephen e equilibrando a peruca com a mão. – Você gostaria de jantar na casa dos Harte? – perguntou após uma pausa. – Eu preciso ir e ficaria feliz com a sua companhia, se não tiver outro compromisso.

– Jantar? – gritou Stephen, como se a comida tivesse acabado de ser inventada. – Jantar? Ah, sim, ficarei encantado... deleitado.

– Por acaso não tem um espelho, tem? – quis saber Jack.

– Não. Não. Mas há um no quarto do Sr. Florey. Podemos passar por lá, ao sair.

A despeito de um sincero prazer em se sentir bem, de ter colocado o seu melhor uniforme e a dragona, Jack não fazia a mínima ideia sobre a sua aparência e, até aquele momento, mal pensara nela por mais do que dois minutos. Mas, agora, após encarar o espaço demorada e pensativamente, ele perguntou:

– Suponho que estou expondo bastante o meu lado hediondo, não?

– Está – respondeu Stephen. – Ah, sim. E muito.

Jack havia cortado o resto do cabelo depois que aportaram, e comprara a peruca para cobrir a cabeça podada; porém, não havia nada para esconder o rosto queimado, o qual, além disso, tinha apanhado sol apesar do sebo medicinal de Stephen, nem a tumefação de sua testa e o olho machucado, que agora se encontravam no estágio amarelado com um contorno azul; e, desse modo, sua aparência do lado esquerdo não era muito diferente do grande mandril do oeste africano.

Depois que terminaram a negociação na casa do agente de presas (que agradável recepção – quantas mesuras e sorrisos), eles se encaminharam para o jantar. Ao deixar Stephen contemplando uma perereca no chafariz do pátio, Jack avistou Molly Harte, sozinha por um momento, na tarde fresca.

– Minha nossa, Jack – exclamou, encarando-o. – Uma peruca?

– É apenas provisória – explicou Jack, caminhando rapidamente em sua direção.

– Tome cuidado – cochichou ela, indo para trás de uma mesa de jaspe, ônix e calcedônia, três pés de largura, sete e meio de comprimento e 19 quintais. – Os criados.

– No caramanchão esta noite? – cochichou ele de volta.

Ela sacudiu a cabeça e, com uma forte expressão facial, falou, sem emitir um som: "*Indisposée.*" Em seguida, num tom de voz baixo, mas audível, um tom cordato:

– Deixe-me lhe falar sobre essas pessoas que virão jantar, o casal Ellis. Ela era de uma dessas famílias de classe, creio eu... de qualquer modo cursou comigo a escola da Sra. Capell. É muito mais velha, é claro. Depois, casou-se com esse Sr. Ellis, do centro financeiro de Londres. Trata-se de um homem respeitável, bem-criado, extremamente rico, e cuida com muita inteligência do nosso dinheiro. Sei que o comandante Harte deve a ele enormes favores; e conheço Laetitia desde pequena; portanto, trata-se de um duplo... como é mesmo que se diz... vínculo? Eles querem mandar o filho para o mar, e me daria um grande prazer se...

– Eu faria qualquer coisa em meu poder para lhe dar prazer – disse Jack penosamente. As palavras *nosso dinheiro* tinham agido nele como uma profunda punhalada.

– Dr. Maturin, estou tão contente por ter podido vir – bradou a Sra. Harte, virando-se em direção à porta. – Tenho uma dama muito instruída para lhe apresentar.

– É mesmo, madame? Alegro-me em ouvir isso. Por favor, em que ela é instruída?

– Ah, em tudo – respondeu a Sra. Harte alegremente; e essa, aliás, parecia ser também a opinião de Laetitia, pois ela, imediatamente, forneceu a Stephen sua opinião sobre o tratamento do câncer e sobre a conduta dos Aliados – preces, amor e evangelismo era a resposta, em ambos os casos. Ela era uma estranha criaturinha, de rosto inexpressivo, igual a uma boneca, igualmente recatada e extremamente convencida, apesar de assustadoramente jovem; falava lentamente, com um estranho movimento de contorção do tronco, encarando a barriga ou o cotovelo do interlocutor, e, por causa disso, suas explicações levavam algum tempo. O marido era um homem alto, olhos aquosos e mãos úmidas, com uma expressão mansa e evangélica, e genuvalgo: se não fosse pelos tais joelhos muito juntos, ele pareceria exatamente um mordomo. "Se esse homem sobreviver", refletiu Stephen, enquanto Laetitia tagarelava sobre Platão, "sofrerá muito; seria melhor que se enforcasse. Constipação, hemorroidas, pé chato."

Sentaram-se então para jantar, e Stephen descobriu que a Sra. Ellis era a sua vizinha da esquerda. Do lado direito estava a Srta. Wade, uma moça sem atrativos, afável e com um esplêndido apetite; a seguir vinha Jack, depois a Sra. Harte e, à direita dela, o coronel Pitt. Stephen estava envolvido com a Srta. Wade em uma detalhada discussão sobre os méritos comparativos do pitu e da lagosta verdadeira quando uma voz insistente à sua esquerda irrompeu tão fortemente que foi impossível ignorá-la.

– Mas não entendo... segundo ele falou, o senhor é um médico de verdade; por que, então, está na Marinha? Por que está na Marinha, se é um médico de verdade?

– Indigência, madame, indigência. Porque, em terra, enemas não valem ouro. E, é claro, por causa de um ardente desejo de derramar sangue pelo meu país.

– O cavalheiro está gracejando, meu amor – disse o marido dela, do outro lado da mesa. – Com todas essas presas, ele é um *homem muito fervoroso*, como dizemos em Londres. – Aquiesceu e deu um sorriso malicioso.

– Oh! – exclamou Laetitia, num sobressalto. – Ele é espirituoso. Preciso tomar cuidado com ele, ora essa! Mas mesmo assim precisa cuidar também dos marinheiros comuns, Dr. Maturin, e não apenas dos aspirantes e oficiais: isso deve ser horrendo.

– Ora, madame – contrapôs Stephen, olhando-a com curiosidade, pois para uma mulher tão pequena e angelical ela havia ingerido uma quantidade espantosa de vinho, e seu rosto começava a se cobrir de manchas vermelhas. – Ora, madame, eu os corto só um pouco, isso eu lhe garanto. Óleo de "gato de nove caudas" é o meu remédio habitual.

– Tem toda razão – afirmou o coronel Pitt, falando pela primeira vez. – No meu regimento, não admito reclamações.

– O Dr. Maturin é admiravelmente severo – disse Jack. – Frequentemente, quer que eu mande açoitar os marinheiros, para tirá-los de seu torpor e, ao mesmo tempo, abrir suas veias. Cem chicotadas no passadiço equivalem a uma pedra de enxofre com melado, é o que sempre dizemos.

– *Isso* é que é disciplina – falou a Sra. Ellis, confirmando com a cabeça.

Stephen sentiu uma estranha ausência no joelho, o que significava que o seu guardanapo havia escorregado para o chão; mergulhou atrás dele e, na tenda oculta abaixo, contemplou 24 pernas, seis pertencentes à mesa, e 18 aos seus companheiros de rancho temporários. A Srta. Wade tinha tirado os sapatos; a mulher à frente dela deixara cair um lencinho retorcido; a reluzente bota militar do coronel Pitt pressionava o pé direito da Sra. Harte, e sobre o esquerdo – a alguma distância do direito – repousava o menos volumoso sapato com fivela de Jack.

Um prato seguia-se a outro, a indiferente comida minorquina cozida em água inglesa, o indiferente vinho batizado com suco de uva verde minorquina; e, em determinado momento, Stephen ouviu a sua vizinha dizer:

– Eu soube que os senhores mantêm um elevado tom moral em seu navio.

Mas, bem a tempo, a Sra. Harte levantou-se e seguiu mancando ligeiramente para a sala de estar; os homens reuniram-se à cabeceira da mesa e o turvo vinho do Porto circulou sem parar.

O vinho finalmente fizera o Sr. Ellis desabrochar; o recato e a timidez derreteram e escoaram pelo monte de opulência, e ele discorreu sobre disciplina para os comensais – ordem e disciplina eram de primordial importância; a família, a família *disciplinada*, era a pedra angular da civilização cristã; oficiais comandantes eram (como se poderia dizer) os pais de suas numerosas famílias, e o amor deles demonstrava-se pela firmeza. Firmeza. Seu amigo Bentham, o cavalheiro que havia escrito *Defesa da usura* (o livro deveria ter sido impresso em ouro), tinha inventado uma máquina de açoitar. Firmeza e terror, pois as duas grandes motivações do mundo eram ganância e medo, cavalheiros. Que vissem a Revolução Francesa, a vergonhosa rebelião na Irlanda, sem falar – olhando maliciosamente para os rostos petrificados – das coisas desagradáveis em Spithead e no Nore – tudo ganância, e devia ser sufocada pelo medo.

O Sr. Ellis sentia-se claramente à vontade na casa do comandante Harte, pois, sem pedir licença, foi até o aparador, abriu a porta revestida de chumbo, retirou o urinol e, olhando por cima do ombro, fez o que devia. Sem uma pausa, declarou que, felizmente, as classes mais baixas olhavam os cavalheiros de baixo para cima, com naturalidade, e os amavam à sua maneira humilde; somente cavalheiros eram dignos de ser oficiais. Deus assim ordenara, disse ele, abotoando a aba dos calções; e ao se sentar novamente à mesa observou que conhecia uma casa onde aquele objeto era de prata – prata maciça. A família era uma boa coisa: ele faria um brinde à disciplina. O castigo era uma boa coisa: ele faria um brinde ao castigo, em *todas* as suas formas. Poupem o castigo e estraguem a criança – amai e castigai.

– O senhor deveria nos visitar numa manhã de quinta-feira e ver como os ajudantes do mestre "amai" os nossos transgressores – sugeriu Jack.

O coronel Pitt, que estivera olhando fixamente o banqueiro com indisfarçável e tedioso desprezo, soltou uma gargalhada e depois foi embora, pedindo que o desculpassem, pois precisava cuidar de assuntos do regimento. Jack estava prestes a ir atrás quando o Sr. Ellis pediu que ficasse – rogou o favor de umas palavrinhas.

– Presto uma boa quantidade de serviços para a Sra. Jordan e tenho a honra, a grande honra, de ter sido apresentado ao duque de Clarence – começou, para causar impressão. – O senhor já o encontrou?

– Conheço Sua Alteza – disse Jack, que fora companheiro de bordo desse hanoveriano singularmente sem atrativos, irascível, insensível e tirânico.

– Ousei mencionar o *nosso* Henry, e disse que esperávamos fazer dele um oficial, e o duque condescendeu em aconselhar que o mandássemos para o mar. Pois bem, minha esposa e eu refletimos cuidadosamente e preferimos um pequeno barco a um navio de linha, porque estes, às vezes, são muito *misturados*, se é que me entende. E minha esposa é muito exigente... ela é uma plantageneta; além do mais, alguns desses comandantes querem que os seus jovens cavalheiros tenham uma pensão de cinquenta libras anuais.

– Sempre insisto para que os seus amigos garantam para os meus aspirantes pelo menos cinquenta – alegou Jack.

– Oh! – fez o Sr. Ellis, um pouco frustrado. – Oh! Mas ouso afirmar que coisas muito boas podem ser adquiridas de segunda mão. Não que eu me importe com isso... no início da guerra todos nós, da Igreja, enviamos um comunicado a Sua Alteza dizendo que o apoiaríamos com nossas vidas e fortunas. Não ligo para cinquenta libras, ou *mesmo mais*, desde que o navio seja distinto. A Sra. H, velha amiga da minha esposa, nos falou sobre o senhor; e, além do mais, o senhor é um rematado tóri, como eu. E, ontem, avistamos o tenente Dillon, que é sobrinho de lorde Kenmare, pelo que sei, e possui uma pequena e boa propriedade... ele me pareceu um verdadeiro cavalheiro. Pois bem, senhor, resumindo, se aceitar meu garoto, ficarei muito agradecido. E, permita-me acrescentar – falou, com uma constrangida jocosidade, indo claramente contra todos os seus conceitos – que, com o meu íntimo conhecimento e experiência do mercado, o senhor não se arrependerá. Eu lhe conseguirei vantagens, posso assegurar, he-he.

– Vamos nos juntar às damas – sugeriu o comandante Harte, já enrubescendo pelo seu convidado.

– O melhor será levá-lo ao mar por cerca de um mês – propôs Jack, levantando-se. – Desse modo, poderemos ver se ele gosta do serviço. E, se isso lhe convém, voltaremos a conversar depois.

Jack desculpou-se com Stephen ao segurar-lhe o braço e conduzi-lo abaixo de Pigtail Steps, onde as lagartixas arremessavam-se ao longo da tórrida parede.

– Lamento tê-lo envolvido nisso. Eu não fazia ideia de que Molly Harte fosse capaz de oferecer um jantar tão deplorável... não sei o que deu nela. Notou aquele soldado?

– O de escarlate e dourado, com botas?

– Sim. Ele é o exemplo perfeito do que afirmo: que o Exército é dividido em duas espécies... a mais afável e cortês que se poderia desejar, como a do meu velho tio, e a outra, formada de brutamontes pesadões e desajeitados como esse sujeito. Inteiramente diferente da Marinha. Tenho visto isso repetidas vezes, e continuo sem entender. Como podem as duas espécies conviver? Espero que ele não seja um incômodo que a sra. Harte, que às vezes é muito independente e indefesa, um tanto quanto insuspeita, tenha de suportar.

– O homem cujo nome esqueci, o tal investidor, é um notável e curioso objeto de estudo – comentou Stephen.

– Ah, ele! – exclamou Jack, com total carência de interesse. – O que se pode esperar de um sujeito que passa o dia inteiro sentado, pensando em dinheiro? E esse tipo de gente nunca aguenta o vinho que toma. Harte provavelmente deve muito a ele, para recebê-lo em sua casa.

– Ah, com certeza se trata de uma criatura maçante, ignorante, superficial e terrivelmente idiota, mas eu o achei verdadeiramente fascinante. O burguês puro em um estado de fermentação social. É o tipo característico de quem sofre de constipação, hemorroidas, o genuvalgo de ombros caídos, pés chatos voltados para fora, mau hálito, enormes olhos fixos, a dócil autossatisfação; e, é claro, você notou aquela insistência feminina a respeito da autoridade e do castigo, depois que ele ficou completamente bêbado? Eu apostaria que ele está *muito próximo* da impotência: isso deve ser por conta da incansável tagarelice da esposa, o seu desejo de predominância, absurdamente combinado com aqueles modos de menina, e o seu cabelo ralo... ela ficará calva em cerca de um ano.

– Seria bom se todo mundo fosse impotente – observou Jack, sombrio. – Pouparia o mundo de muitos problemas.

– E, tendo visto os pais, estou impaciente para conhecer esse jovem, o fruto de suas genitálias estranhamente desestimulantes: será ele um monstro deplorável? Um pequeno ser? Ou terá havido a resiliência da infância...?

– Ouso afirmar que ele será o pequeno e maldito inconveniente de sempre; mas, pelo menos, quando voltarmos de Alexandria, saberemos se dá para fazer algo com ele. Não temos compromisso de levá-lo no restante da missão.

– Você disse Alexandria?

– Sim.

– No Baixo Egito?

– Sim. Não lhe contei? Vamos levar uma mensagem para a esquadra de Sir Sidney Smith, antes do nosso próximo cruzeiro. Como sabe, ele está vigiando os franceses.

– Alexandria – exclamou Stephen, parando no meio do cais. – Que felicidade! Não sei por que você não gritou de prazer, no momento em que me viu. Que almirante indulgente... *pater classis*... Oh, como prezo esse homem ilustre!

– Ora, não será mais do que subir e descer o Mediterrâneo, com cerca de 6 léguas em cada trecho da viagem, com a pequena e preciosa chance de avistar uma presa, na ida ou na volta.

– Não imaginava que você fosse tão materialista – bradou Stephen. – Que vergonha. Alexandria é um solo clássico.

– Que seja – disse Jack, a afabilidade e o prazer na vida voltando a inundá-lo, ao ver a satisfação de Stephen. – E, com sorte, ouso dizer que também poderemos ter uma vista das montanhas de Cândia. Mas venha, precisamos ir para bordo. Se continuarmos parados aqui, acabaremos atropelados.

9

"É ingratidão minha queixar-me", escreveu ele, "mas quando penso que poderia ter percorrido as areias escaldantes da Líbia, repletas (como nos conta Goldsmith) de serpentes de diferentes peçonhas; que eu poderia ter calcado com os pés a praia de Canopo, ter contemplado o íbis, as miríades de pernaltas de Mareota e talvez até mesmo o próprio crocodilo; que passei rapidamente pela costa setentrional de Cândia, com o monte Ida o dia todo à vista; que, em dado momento, Citera encontrava-se a não mais do que meia hora distante e, apesar dos meus apelos, nenhuma parada foi feita, nenhuma ordem de 'virar de bordo' foi dada; e quando reflito sobre as maravilhas que se encontravam a tão pouca distância de nossa derrota – as Cíclades, o Peloponeso, a grande Atenas, e, contudo, nenhum desvio tolerado, nem mesmo por metade de um dia – ora, então sou obrigado a refrear o desejo de que a alma de Jack Aubrey vá para o inferno. Entretanto, por outro lado, quando examino estas anotações não como uma série de potencialidades irrealizadas, mas como o registro de realizações positivas, quantos motivos não tenho para uma exultação racional! O mar homérico (exceto a terra homérica); o pelicano; o grande tubarão branco, que os marinheiros tão gentilmente pescaram; os pepinosdo-mar; *euspongia mollissima* (a mesma com a qual Aquiles recheou o seu elmo, segundo Poggio); a indefinível gaivota; as tartarugas! Por outro lado, essas semanas estiveram entre as mais tranquilas que já passei: talvez estivessem, talvez, entre as mais felizes, se eu não soubesse que JA e JD poderiam matar um ao outro, do modo mais civilizado do mundo, no ponto seguinte de terra; pois, ao que parece, essas coisas não podem ter lugar no mar. JA continua profundamente magoado com algumas observações em relação ao *Cacafuego* – acredita que foram reflexões sobre a sua coragem. E JD, apesar de agora estar mais quieto, no geral, é imprevisível: está repleto de ira e infelicidade contidas, que vão aflorar, de algum modo; porém, não ouso dizer quando. Não é muito diferente de estar sentado sobre um barril de pólvora em uma ativa ferraria, com as faíscas voando ao redor (as faíscas de minha metáfora sendo as causas de desagrados)."

Realmente, mas, fora essa tensão, essa nuvem passageira, teria sido difícil imaginar um modo mais agradável de passar o fim do verão do que navegando por toda a extensão do Mediterrâneo com o máximo de velocidade que a chalupa podia voar. O barco voava um pouco mais depressa, visto que Jack encontrara a sua melhor condição de navegabilidade, recarregara o seu porão para derrabá-lo e restaurara os mastros para o caimento pretendido pelos seus construtores espanhóis. E, mais ainda, os irmãos Esponja, com uma dúzia de nadadores da *Sophie*, instruídos por eles, tinham passado cada momento das demoradas calmarias nas águas gregas (o elemento nativo dos dois) raspando o fundo do navio; e Stephen ainda se lembrava de uma tardinha em que, sentado por ali, em meio à cálida e crescente obscuridade do crepúsculo, contemplava o mar; mal havia um encrespado na superfície e, mesmo assim, a *Sophie* colhia vento suficiente com seus joanetes para desenhar através da água uma comprida e reta esteira sussurrante, linha reluzente com fantasmagórica fosforescência, visível por um quarto de milha atrás dele. Dias e noites de incrível pureza. Noites quando a constante brisa jônica enfunava a vela mestra redonda – nenhum bracear foi necessário durante os turnos que se revezavam – e ele e Jack, no convés, rabequeando, rabequeando, perdidos em sua música, até o orvalho desafinar suas cordas. E dias quando a perfeição da alvorada era tamanha, o vazio tão completo, que os homens quase temiam falar.

Uma viagem cujos dois extremos eram inatingíveis – uma viagem bastante em si mesma. E, no simples plano físico, tratava-se de uma chalupa bastante tripulada, agora que os tripulantes das guarnições de presa estavam todos novamente a bordo: não havia nenhum grande volume de serviço; um moderado senso de premência; uma rotina constante, dia após dia: e, dia após dia, o exercício com os canhões grandes, que, um por um, diminuíam os segundos, até o dia a 16º31'E, quando a guarnição de bombordo conseguiu disparar três descargas em exatamente cinco minutos. E, acima de tudo, um tempo extraordinariamente bom e (fora uma lânguida semana, mais ou menos, de calmaria a leste, um pouco depois de terem deixado a esquadra de Sir Sidney) ventos consideráveis: tanto assim que, quando soprou um moderado levantino, logo quando a crônica escassez de água tornou necessário seguir para Malta, Jack comentou, intranquilo:

– É bom demais para durar. Receio que, em breve, a gente vá ter de pagar por isso.

Ele tinha um desejo muito particular de fazer uma viagem rápida, uma viagem surpreendentemente rápida que convencesse lorde Keith de sua inquebrantável atenção ao dever, sua confiabilidade; nada do que já ouvira na vida adulta o deprimira tanto (após uma reflexão) do que as observações do almirante sobre a promoção para *post-captain*. Elas tinham sido gentilmente sérias; totalmente convincentes; e obcecavam sua mente.

– Não entendo por que se preocupa tanto com um simples título... um título toleravelmente bizantino – observou Stephen. – Afinal de contas, já é chamado de comandante Aubrey, e continuará sendo chamado de comandante Aubrey depois dessa eventual promoção, pois, pelo que me consta, ninguém jamais fala "capitão de mar e guerra Fulano de Tal". Não será, certamente, um impertinente desejo por simetria... um anseio por duas dragonas?

– Isso, é claro, não ocupa grande parte do meu pensamento, junto com a avidez pelos 18 pence a mais por dia. Mas me permita, senhor, salientar que está enganado em tudo que afirmou. Atualmente, sou chamado de comandante apenas por cortesia... dependo da cortesia de um maldito bando de pessoas insignificantes, do mesmo modo que cirurgiões, por cortesia, são chamados de doutor. Você ia gostar, se qualquer grosseiro perverso o chamasse de Sr. M, quando resolvesse ser descortês? Ao passo que, quando, algum dia, eu for promovido a *post*, serei chamado comandante por direito; mas, mesmo assim, apenas mudarei o meu lambaz de um ombro para o outro. Só terei o direito de usar duas dragonas depois de três anos de serviço. Não. O motivo pelo qual todo oficial do mar, de posse de suas faculdades mentais, anseia tão ardentemente ser promovido a *post* é o seguinte: depois que você pula essa cerca, ora, você está lá! Meu caro senhor, você está lá! O que quero dizer é: daí em diante, tudo o que você tem a fazer é manter-se vivo para, em pouco tempo, tornar-se almirante.

– E esse é o auge da felicidade humana?

– Claro que é – bradou Jack, encarando-o. – Não lhe parece evidente?

– Ah, certamente.

– Bem – prosseguiu Jack, sorrindo diante da perspectiva –, então, uma vez que você está lá, tendo ou não navio, vai subindo na lista, de acordo com a antiguidade, numa ordem perfeita... contra-almirante do azul, contra-almirante do branco, contra-almirante do vermelho, vice-almirante do azul e assim por diante, subindo sempre... sem um maldito mérito ou seleção. É assim que funciona. Subindo até o ponto em que haja interesse, ou sorte, ou o beneplácito dos seus superiores... na maioria, um bando de mulheres velhas. Você tem de ser submisso a eles... sim, senhor; não, senhor; com sua permissão, senhor; sou o seu mais humilde servidor... Está sentindo o cheiro desse carneiro? Vai jantar comigo, não? Convidei o oficial e o aspirante de quarto.

Acontece que o oficial em questão era Dillon, e o aspirante temporário, o jovem Ellis. Jack decidira, bem antes, que não deveria haver qualquer ruptura evidente, nenhum arraigado retraimento descortês, e uma vez por semana convidava o oficial (e, às vezes, o aspirante) do turno das emendas para jantar, fosse quem fosse; e ele, por outro lado, era convidado uma vez por semana a jantar na praça d'armas. Dillon aquiescera tacitamente a esse acordo e, exteriormente, havia uma perfeita urbanidade entre os dois – um estado de coisas, em sua vida diária, que era bastante auxiliado pela invariável presença de outras pessoas.

Por essa ocasião, Henry Ellis já fazia parte da mesa de ambos. Ele demonstrara ser um rapaz normal, mais agradável do que o contrário: a princípio, mostrou-se excessivamente tímido e modesto, e era vergonhosamente motivo de zombarias por parte de Babbington e Ricketts, mas agora, tendo encontrado o seu lugar, era dado, de certa forma, à tagarelice. Não, porém, à mesa do comandante: sentava-se empertigado, mudo, as pontas dos dedos e as bordas das orelhas em carne viva de tanta limpeza, os cotovelos colados nos flancos, comendo como um lobo nacos de carneiro, que engolia inteiros. Jack gostou do rapaz desde o início, e como achava que um convidado à sua mesa merecia consideração, convidou Ellis para tomar um cálice de vinho com ele, sorriu afável e comentou:

– Esta manhã vocês estavam recitando uns versos na gávea do traquete. Versos sublimes, ouso afirmar... versos do Sr. Mowett? O Sr. Mowett é um ótimo versejador. – E era, realmente. Sua peça sobre a fixação da nova vela mestra foi admirada por toda a chalupa; mas, infelizmente, ele também foi obrigado a escrever, como parte de sua descrição geral:

Branca como as nuvens sob o fulgor do meio-dia,
Seu traseiro brilhou nas águas translúcidas.

Na ocasião, essa parelha de versos praticamente acabou com sua autoridade perante os aspirantes mais jovens; e era essa parelha que eles andavam recitando na gávea do traquete, esperando, com isso, provocá-lo ainda mais.

– Por favor, pode recitá-la para nós? Tenho certeza de que o doutor vai adorar ouvir.

– Ah, sim, por favor – pediu Stephen.

O infeliz rapaz enfiou na boca um grande pedaço de carneiro, ficou um tanto amarelo e reuniu no coração toda a coragem de que conseguiu dispor. E disse "Sim, senhor", fixou os olhos na janela de popa e começou:

– *Branca como as nuvens sob o fulgor do meio-dia/ Seu t...* – a voz tremeu, desfaleceu, reviveu tão tênue quanto um fantasma desesperado e guinchou o *"Seu traseiro"*, porém não conseguiu continuar.

– Um verso danado de bom – bradou Jack, depois de uma ligeira pausa. – Edificante, também. Dr. Maturin, um cálice de vinho para o senhor?

Mowett apareceu, como um espírito, um pouco atrasado para a sua deixa, e falou:

– Peço-lhe desculpas, senhor, por interrompê-lo, mas há um navio com velas de gávea a três quartas na bochecha de boreste.

Durante toda aquela viagem dourada eles não tinham visto quase nada em alto-mar, além de alguns caíques em águas gregas e um navio de transporte de tropas em sua viagem da Sicília para Malta, e por isso, quando finalmente o recém-chegado se aproximou o bastante para que suas gáveas e algum vestígio de seu papa-figo fossem vistos do convés, ele foi observado com uma intensidade muito maior do que a normal. A *Sophie* deixara naquela manhã o canal da Sicília e dirigia-se para oés-noroeste, com o cabo Teulada na Sardenha na direção norte quarta a nordeste a 23 léguas, ventos moderados a nordeste, e apenas cerca de 250 milhas de mar entre ele e Port Mahón. O estranho parecia navegar a oés-sudoeste ou algo para o sul, como se fosse para Gibraltar ou talvez Orã, e rumava a noroeste quarta a norte da chalupa. Essas rotas, se persistissem, se cruzariam; mas, no momento, não havia como prever quem atravessaria a esteira do outro.

Um observador distante teria visto a *Sophie* adernar ligeiramente quando toda a sua gente se concentrou ao longo do boreste, teria notado a conversa animada no castelo de proa esmorecer, e teria sorrido ao ver dois terços da tripulação e os oficiais, simultaneamente, apertarem os lábios, quando o barco distante içou os joanetes. Isso significava quase certamente uma nau de guerra; quase certamente uma fragata; se não uma nau de linha. E os joanetes não tinham sido escotados com bom aspecto marinheiro – certamente não como seria do gosto da Marinha Real britânica.

– Faça o sinal secreto, Sr. Pullings. Sr. Marshall, comece a se afastar vagarosamente. Sr. Day, preparar o canhão.

A bandeira vermelha elevou-se no mastro do traquete, como uma bola perfeita, e abriu-se vigorosamente, desprendendo-se à frente, enquanto a bandeira branca e a flâmula eram exibidas acima, no mastro principal, e um único canhão disparava a barlavento.

– Bandeira azul, senhor – informou Pullings, grudado em sua luneta. – Vermelha no grande. Azul com retângulo branco no centro do traquete.

– Marinheiros para bracear – gritou Jack. – Sudoeste quarta a sul e meio sul – disse ele ao homem na roda de leme, pois aquele sinal era a resposta de seis meses atrás. – Sobrejoanetes e varredouras e cutelos. Sr. Dillon, por favor, diga-me o que acha dele.

James subiu nos vaus do joanete e apontou a luneta para o barco distante: assim que a *Sophie* se estabilizou no seu novo rumo, cortando a ondulação ao sul, ele compensou o movimento do barco com um movimento pendular da mão mais afastada e fixou o estranho dentro de seu círculo brilhante. O lampejo do bronze do canhão de proa, sob o sol da tarde, piscou para ele do outro lado do mar. Tratava-se, com certeza, de uma fragata; ainda não dava para contar as portinholas, mas era uma fragata armada com grosso calibre: quanto a isso, não havia dúvida. Um navio elegante. Ele também estava içando as varredouras; e tinha dificuldade em armar uma retranca.

– Senhor – chamou o aspirante do cesto da gávea maior, descendo de lá –, Andrews acha que é o *Dédaigneuse*.

– Olhe novamente com a minha lente – pediu Dillon, passando-lhe a luneta, o melhor da chalupa.

– Sim. É o *Dédaigneuse* – confirmou o marujo, um homem de meia-idade com um colete vermelho seboso sobre o tronco nu bronzeado. – O senhor pode ver a nova proa curva dentada. Fui prisioneiro a bordo dele umas três semanas ou mais; tirado de um navio-carvoeiro.

– Com que ele está armado?

– Vinte e seis peças de artilharia de 12 libras na coberta principal, senhor, 18 canos longos de oito no tombadilho e castelo de proa e um longo de 12 como caça de proa. Eles costumavam me fazer dar um polimento neles.

– É uma fragata, senhor, é claro – informou James. – E Andrews, do cesto da gávea maior, um homem sensato, diz que se trata do *Dédaigneuse*. Ele esteve prisioneiro lá.

– Bem – disse Jack, sorrindo –, que sorte a noite estar se aproximando. – O sol, realmente, ia se pôr dentro de quatro horas; o crepúsculo não durava muito naquelas latitudes; e aquela era a fase escura da lua. O *Dédaigneuse* teria de navegar quase dois nós mais rápido do que a *Sophie* para alcançá-la, e ele achava que não havia probabilidade de a fragata conseguir fazer isso – estava fortemente armada, mas não era famosa por navegar, como o *Astrée* ou o *Pomone*. De todo modo, Jack ocupou toda a mente para fazer sua querida chalupa correr o máximo de sua velocidade. Era possível que não conseguisse escapulir no meio da noite – ele participara de uma perseguição com 32 horas de duração por mais de 200 milhas de mar, na própria base das Índias Ocidentais – e cada verga contava. No momento, a chalupa tinha o vento praticamente na alheta de bombordo, não muito distante do seu melhor ponto de navegação, e fazia uns bons sete nós. De fato foi tanta a presteza com que a sua numerosa e bem-treinada tripulação ajustou os sobrejoanetes e varredouras, que nos primeiros 15 minutos a chalupa pareceu estar ganhando velocidade da fragata.

"Gostaria que isso durasse", pensou Jack, olhando acima para o sol através da fraca textura da lona da vela de gávea. As prodigiosas chuvas do Mediterrâneo ocidental, o sol grego e os ventos perfurantes tinham removido cada partícula do revestimento do fabricante, como também a maior parte do corpo do pano, e o seio da vela e os rizes mostravam-se frágeis e flácidos: o suficiente para colher o vento, mas, se fossem tentar uma competição de bordejos com a fragata, aquilo só poderia terminar em lágrimas – eles nunca chegariam tão perto.

Não durou. Assim que o casco da fragata sentiu o efeito total das velas que havia estendido calmamente, ela recuperou a perda e começou a alcançar a *Sophie*. A princípio, foi difícil ter-se certeza disso – um distante lampejo triplo no horizonte, com um vestígio de escuridão abaixo, no cume da elevação –, mas em 15 minutos o casco da fragata passou o tempo todo a ser visível do tombadilho da

Sophie, e Jack largou a antiquada vela cevadeira deles, afastando-se mais meia quarta.

No corrimão de popa, Mowett explicava a função dessa vela a Stephen, pois a *Sophie* a tinha desfraldado, com um vergueiro do pano preso em volta da extremidade do pau da giba, havendo nela uma argola de ferro correndo por um cabo, uma coisa curiosa em uma nau de guerra, é claro; e Jack encontrava-se de pé ao lado do canhão de quatro libras mais à ré de boreste, com os olhos registrando cada movimento a bordo da fragata e a mente calculando os riscos envolvidos em ajustar as varredouras dos joanetes naquela brisa refrescante, quando surgiu uma confusa algazarra à frente e o grito de *homem ao mar*. Quase no mesmo instante, Henry Ellis, arrastado pela torrente ligeiramente curva debaixo dele, o rosto esforçando-se para ficar acima da água, atônito. Mowett jogou-lhe o tirador da talha de turco vazia. Ambos os braços esticaram-se para agarrar o cabo esvoaçante: a cabeça afundou – as mãos perderam o controle. Em seguida, ele estava bem mais atrás, agitando-se na esteira.

Todos os rostos se voltaram para Jack. Sua expressão era terrivelmente dura. Os olhos arremessaram-se do rapaz para a fragata que se aproximava a 8 nós. Em dez minutos, seria perdida uma milha ou mais: o dano das varredouras panejando — o tempo para retomar a velocidade do barco. Noventa homens correndo perigo. Essas considerações e muitas outras, inclusive a percepção da extrema intensidade dos olhares dirigidos a ele, a lembrança do caráter odioso dos pais dele, a qualidade do rapaz como uma espécie de convidado, o protegido de Molly Harte, passaram voando pela sua mente acelerada antes que a respiração presa de Jack voltasse a fluir.

– Escaler ao mar – falou asperamente. – Atenção, de popa a proa. Atenção. Sr. Marshall, orçar.

A *Sophie* aproou ao vento: o escaler foi lançado na água. Poucas ordens precisaram ser dadas. As vergas giraram, suas grandes extensões de pano encolheram, adriças, estingues e carregadeiras correram através de seus moitões praticamente sem uma palavra; e, mesmo com sua fria fúria sombria, Jack admirou a tranquila competência da operação.

Penosamente, o escaler arrastava-se pelo mar, para voltar a atravessar a curva da esteira da *Sophie*: lenta, lentamente. Eles olhavam pelas laterais do bote, cutucando com um croque. Interminavelmente. Agora, pelo menos, eles tinham voltado; estavam a um quarto do caminho de volta; e, pela luneta, Jack viu todos os remadores recuarem violentamente para o fundo do bote. Um deles remava com tanta força que seu remo quebrou, impelindo-o para trás.

– Jesus, Maria... – murmurou Dillon ao lado dele.

A *Sophie* andava lentamente, já um pouco mais adiante, quando o escaler emparelhou e o rapaz afogado foi içado a bordo.

– Morto – disseram. – Fazer velas – disse Jack.

Novamente, as manobras quase silenciosas seguiram-se uma à outra, com admirável rapidez. Excessiva rapidez. O barco ainda não estava em seu rumo, não tinha alcançado metade de sua velocidade anterior quando se ouviu um terrível estalido despedaçante, e a verga do joanete do traquete rachou.

Então, as ordens dispararam: levantando a vista do corpo molhado de Ellis, Stephen viu Jack emitir três rodadas de termos técnicos para Dillon, que os retransmitiu, pormenorizados, através do seu tubo acústico, para o mestre e os gajeiros enquanto voavam para o topo do mastro; viu-o dar ordens em separado ao carpinteiro e seus ajudantes; calcular as forças alteradas que agiam sobre a chalupa e ordenar ao timoneiro um rumo de acordo com elas; olhar por cima do ombro para a fragata e depois baixar a vista com um olhar agudo e atento.

– Há alguma coisa que você possa fazer por ele? Precisa de ajuda?

– O coração dele parou – respondeu Stephen. – Mas eu gostaria de tentar... daria para ele ser pendurado pelos calcanhares no convés? Lá embaixo não há espaço.

– Shannahan. Thomas. Deem uma mão. Peguem a talha volante e aquele mialhar. Sigam expressamente as ordens do Dr. Maturin. Sr. Lamb, esse reforço...

Stephen mandou Cheslin apanhar lancetas, charutos, e um fole na cozinha; ao mesmo tempo, o inerte Henry Ellis foi içado livremente acima do convés, ele o sacudiu duas ou três vezes para a frente, o rosto para baixo e a língua bamboleante, e esvaziou alguma água de dentro do rapaz.

– Mantenham-no nesta posição – orientou, e sangrou-o atrás das orelhas. – Sr. Ricketts, faça a bondade de me acender esse charuto. – E a parte da tripulação da *Sophie*, que não estava ocupada com o reforço da verga, com o envergamento da nova vela e seu içamento, com o contínuo marear das velas e com as furtivas olhadelas em direção à fragata, teve a inexprimível satisfação de ver o Dr. Maturin soprar fumaça de tabaco para o interior do fole, enfiar a ponta deste no nariz do paciente e, enquanto o seu assistente mantinha a boca de Ellis e a outra narina tapadas, soprar o fumo acre para os seus pulmões, ao mesmo tempo em que sacudia o corpo suspenso, a fim de que o fole, num momento, pressionasse o diafragma dele, e, num outro momento, não. Arfadas, engasgos, um vigoroso manejo do fole, mais fumaça, mais, mais arfadas constantes, tosse. – Já podem descê-lo – falou Stephen aos marujos fascinados. – É óbvio que ele nasceu para ficar pendurado.

Nesse meio-tempo a fragata percorreu uma grande extensão de mar, e agora as suas portinholas podiam ser contadas sem a utilização de uma luneta. Tratava-se de uma fragata equipada com canhões de grosso calibre – sua banda de artilharia era capaz de despejar trezentas libras de metal contra as 28 da *Sophie* –, mas estava sobrecarregada, e, mesmo com aquele vento moderado, progredia arduamente. As ondas quebravam regularmente sob a proa, enviando espuma para cima, e ela tinha um ar penoso. Perceptivelmente, ainda ganhava terreno da *Sophie*. "Mas", disse Jack a si mesmo, "aposto que, com aqueles tripulantes, eles vão acabar com os sobrejoanetes antes de ficar escuro." Seu atento escrutínio da navegação do *Dédaigneuse* o convencera de que a fragata tinha uma porção de marinheiros inexperientes a bordo, se não uma tripulação toda ela nova – nada incomum em navios franceses. "Contudo, antes disso, eles podem tentar um tiro de alcance."

Olhou acima, para o sol. Ele ainda estava bem distante do horizonte. E depois de Jack ter ido uma centena de vezes do corrimão de popa ao canhão, do canhão ao corrimão de popa, o sol continuava a uma grande distância do horizonte, exatamente no mesmo lugar, brilhando com imbecilizado bom humor entre a esteira arqueada da vela da gávea e a verga, ao passo que a fragata havia chegado visivelmente mais perto.

Enquanto isso, o dia a dia da chalupa prosseguia, quase que automaticamente. No início do turno de 16 às 20 horas, foi tocado o apito de rancho geral; e, às duas badaladas do sino, quando Mowett estava deitando a barquinha na água, James Dillon perguntou:

– Devo tocar postos de combate, senhor? – Ele falou um pouco hesitante, pois não tinha certeza da opinião de Jack; e os olhos dele estavam fixados além do rosto de Jack, no *Dédaigneuse*, aproximando-se com uma impressionante exibição de panos, brilhantes sob o sol, o seu bigode branco dando a impressão de uma velocidade ainda maior.

– Ah, sim, sem dúvida. Vamos ouvir a leitura do Sr. Mowett; e depois, sem dúvida, mande tocar os postos de combate.

– Sete nós e quatro braças, senhor, com sua licença – falou Mowett para o imediato, que se virou, bateu no chapéu e repetiu a informação para o comandante.

O rufar do tambor, o estrondo de pés descalços no porão, convés e alojamentos ecoantes; em seguida, o demorado processo de coser crescentes para gáveas e joanetes; o envio para cima de brandais extras de reforço para os topos dos mastros dos joanetes (pois Jack estava determinado a dar mais vela durante a noite); uma centena de minuciosas variações na envergadura, tensão e ângulo das velas – tudo isso levava tempo; mas o sol ainda se demorava, e o *Dédaigneuse* ainda continuava chegando mais, mais e mais perto. A fragata vinha com muita vela no topo, e muito mais à popa: porém tudo a bordo dela parecia ser feito de aço – não havia desaparelhado e tampouco (a maior esperança de Jack) virado por davante, a despeito de algumas guinadas violentas durante o último turno de serviço, que devem ter gelado o coração de seu comandante.

– Por que ele não movimenta para barlavento a saia de sua vela grande e a alivia um pouco? – perguntou Jack. – Que cão pragmático.

Tudo o que poderia ser feito a bordo da *Sophie* fora feito. Os dois barcos corriam silenciosamente através do cálido e generoso mar da tardinha; e a fragata, constantemente, ganhando terreno.

– Sr. Mowett – chamou Jack, parando ao final de sua caminhada. Mowett saiu do meio do grupo de oficiais a bombordo do tombadilho, todos fitando pensativos o *Dédaigneuse*. – Sr. Mowett... – fez uma pausa. Lá de baixo, mal perceptível através da música do vento de alheta e o rangido da mastreação, vinham fragmentos de uma suíte para violoncelo. O jovem ajudante de navegação mostrou-se atento, pronto e submisso, inclinando adiante, na direção do comandante, o corpo tubiforme, numa atitude respeitosa, contínua e inconscientemente adaptada ao demorado e premente movimento de saca-rolhas da chalupa. – Sr. Mowett, talvez o senhor queira me fazer a bondade de recitar a sua peça sobre a nova vela mestra. Eu gosto muito de poesia – acrescentou, com um sorriso, ao ver o ar de desconfiada aflição de Mowett, e a tendência para negar tudo.

– Bem, senhor – disse Mowett, hesitante, com uma voz baixa e humana; e tossiu, e depois, com uma voz completamente diferente, um tanto grave e afinada, começou "A Nova Vela Mestra", e foi em frente:

> *– A vela mestra, pelas tempestades rasgada,*
> *Em tiras flutuantes esvoaça, desenvergada.*
> *Com rizes fixadas, outra é logo preparada,*
> *Ascende, e sob a verga, é desfraldada*
> *Em cada lais, o cabo do gurutil vai ficar,*
> *E suas empuniduras e mialhares vão se ajustar.*
> *Com essa tarefa cumprida, os braços há que brandear,*
> *Depois, para a armação, o punho de amura, arrastar.*
> *E, enquanto é baixada a candeliça de sotavento,*
> *Retesam-se as escotas, e é cumprido o intento.*

– Excelente... sublime – bradou Jack, dando-lhe um tapinha no ombro. – Bom o bastante para a *Gentleman's Magazine*, dou-lhe a minha palavra. Quero ouvir mais.

Mowett, modestamente, olhou para baixo, inspirou fundo e recomeçou "Versos ao Acaso":

> *– Ah, se fosse minha de Maro a sagrada arte,*
> *De despertar nos corações o sentimento,*
> *Eu, por certo, sem igual e por toda parte,*
> *Prantearia os horrores de uma costa a sotavento.*

– Ah, uma costa a sotavento – murmurou Jack, sacudindo a cabeça. Neste instante, ele ouviu o primeiro tiro de calibragem em distância da fragata. O surdo martelar do caça de proa da *Dédaigneuse* pontuou os 120 versos do poema de Mowett, mas eles não viram nenhum tiro cair até o limbo inferior do sol tocar o horizonte, quando uma bala de 12 libras passou repicando a 20 jardas de distância ao longo do costado de boreste da chalupa, exatamente quando Mowett chegava à desditosa parelha:

> *– Atônitos diante do terror da aproximação da morte,*
> *Em seus corações só há lugar para lamentar a sorte.*

E ele sentiu-se obrigado a parar e explicar:
 – É claro, senhor, que eles são apenas marujos da marinha mercante.
 – Ora, isso não deixa de ser muita consideração – observou Jack. – Mas receio que agora terei de interrompê-lo. Por favor, diga ao intendente que precisamos de três de suas maiores barricas, e que devem ser levadas para o castelo de proa. Sr. Dillon, Sr. Dillon, vamos fazer uma balsa para carregar a lanterna de popa e mais três ou quatro menores; e que isso seja feito às escondidas, atrás do traquete.

Um pouco antes da hora habitual Jack mandou acender a grande lanterna de popa da *Sophie*, e ele mesmo foi até a janela da câmara, para ver se as janelas de popa estavam tão visíveis quanto desejava; e, com a intensificação do crepúsculo, também viram luzes surgirem na fragata. E mais: viram desaparecer os seus sobrejoanetes do grande e sobregata. Agora, com os sobrejoanetes colhidos, o *Dédaigneuse* tornou-se uma negra silhueta, destacada contra o céu violeta; e seu canhão de proa cuspia vermelho-alaranjado a mais ou menos cada três minutos, a estocada revelando-se bem antes de o som alcançá-los.

Depois que Vênus se pôs à amura de boreste (e a luz das estrelas diminuiu sensivelmente com sua partida), a fragata deixou de disparar por meia hora: sua posição só era revelada pelas luzes, e não mais ganhava terreno – quase certamente não ganhava nenhum.

– Arriar a balsa na popa – ordenou Jack, e a canhestra geringonça desceu balouçante pelo costado, chocando-se com o pau da varredoura e tudo mais que conseguisse alcançar: ela levava uma lanterna de popa sobressalente num mastro da altura do corrimão de popa da *Sophie* e quatro lanternas menores enfileiradas abaixo.

– Cadê aquele camarada jeitoso e ágil? – perguntou Jack. – Lucock.

– Senhor?

– Quero que desça até a balsa e acenda as lanternas no mesmo instante em que a semelhante a bordo for apagada.

– Sim, senhor. Acender uma quando a outra se apagar.

– Leve esta furta-fogo e prenda um cabo em volta da cintura.

Tratava-se de uma operação complicada, com o mar batendo e a chalupa espirrando água à sua volta; e sempre havia a possibilidade de algum sujeito intrometido, com uma luneta, a bordo do *Dédaigneuse* captar uma figura agindo estranhamente à ré da popa da *Sophie*; mas logo foi feito, e Lucock voltou por cima do corrimão de popa para o tombadilho.

– Muito bem – disse Jack baixinho. – Larguem suas amarras.

A balsa afastou-se mais à ré, e ele sentiu a *Sophie* dar um salto à frente, ao ficar livre de seu reboque. Tratava-se de uma imitação bem apreciável, se bem que balouçava demais; e o mestre do navio havia colocado um cruzado com cabos usados para simular o caixilho da janela.

Jack fitou-a por um momento e depois ordenou:

– Estais do joanete. – Os gajeiros desapareceram lá em cima, e todos no convés ficaram à escuta, com grave atenção, imóveis, olhando um para o outro de esguelha. O vento diminuíra uma ninharia, mas havia aquela verga avariada; e, em todo caso, seria uma pressão muito grande de pano...

As novas velas foram caçadas; os brandais extras retesaram-se; a voz da mastreação subiu, no todo, um quarto de tom; a *Sophie* avançou mais rapidamente pelo mar. Os gajeiros reapareceram e foram para o lado dos seus companheiros atentos, olhando de quando em vez em direção à ré, para as luzes minguantes. Nada desaparelhou; a pressão foi aliviada um pouco; e, de repente, a atenção de todos foi totalmente transferida, pois o *Dédaigneuse* recomeçara a disparar. Outra vez, outra vez e outra vez; então, o seu costado iluminado apareceu, quando a fragata guinou para descarregar na balsa toda a sua banda de artilharia – uma visão bem impressionante, uma longa fileira de intensos clarões e um enorme e soturno bramido. Contudo, isso não causou qualquer dano à balsa, e uma discreta e satisfeita risadinha elevou-se do convés da *Sophie*. Descarga após descarga – a fragata parecia estar raivosa –, e, finalmente, as luzes da balsa se apagaram, todas de uma só vez.

"Será que ele vai pensar que afundamos?", perguntou-se Jack, olhando para trás, em direção ao distante costado da fragata. "Ou descobriu que foi enganado? Será que ele vai manter o rumo? Em todo caso, julgo que ele não vai achar que segui diretamente em frente."

Uma coisa era julgar, contudo, outra bem diferente era acreditar de corpo e alma, e o surgimento das Plêiades encontrou Jack no tope de mastro, a luneta oscilando constantemente de nor-noroeste a lés-nordeste; a primeira claridade ainda o encontrou ali, e até mesmo o nascer do sol, embora por aquela ocasião estivesse claro que eles ou tinham superado por completo a fragata, ou ela tinha estabelecido uma nova rota, pelo leste ou pelo oeste, em perseguição.

– Oés-noroeste é mais provável – observou Jack, apunhalando o mestre do navio com a luneta, para fechá-la, e apertando os olhos para protegê-los da intolerável luminosidade do sol nascente. – Era isso que eu teria feito. – Baixou resoluta e pesadamente através da mastreação, entrou pisando duro na câmara, mandou chamar o mestre-arrais para determinar sua atual posição e fechou os olhos por um momento, até a chegada dele.

Estavam a 5 léguas de distância de cabo Bougaroun, no norte da África, era o que parecia, pois haviam percorrido mais de 100 milhas durante a perseguição, muitas delas na direção errada.

– Precisamos voltar a proa para a linha do vento... para o vento que houver (pois ele andara rondando para o sul e diminuindo a intensidade durante todo o turno de meia-noite às quatro horas), e nos manter o mais próximos dele possível. Mas, mesmo assim, duvido que façamos uma rápida travessia. – Recostou-se e voltou a fechar os olhos, pensando em dizer "Ainda bem que a África não se deslocou meia quarta para norte durante a noite", e sorriu com a ideia, caindo rapidamente no sono.

O Sr. Marshall fez algumas observações que não obtiveram resposta, então o contemplou por alguns instantes e, em seguida, com infinita ternura, levantou os pés de Jack para cima do armário, protegeu a parte de trás da cabeça dele com uma almofada, enrolou suas cartas e saiu na ponta dos pés.

Adeus, realmente, a uma rápida travessia. A *Sophie* desejava navegar para noroeste. O vento, quando soprava, *vinha* de noroeste. Mas, dias a fio, ele não fez coisa alguma e tiveram de remar por 12 horas a fio para alcançar Minorca, onde chegaram rastejando no extenso porto, com as línguas penduradas para fora, já que a água tinha sido reduzida para um quarto da ração durante os últimos quatro dias.

E MAIS: TAMBÉM tiveram que sair de lá se arrastando, a lancha e o cúter rebocando-os, com os homens furiosos, penosamente nos remos, enquanto o fedor dos curtumes os perseguia, espalhando-se pela simples penetração no ar parado e fétido.

– Que lugar decepcionante – comentou Jack, olhando para trás desde a ilha da Quarentena.

– Você acha? – indagou Stephen, que tinha ido para bordo com um pernil enrolado em pano de vela, um pernil bem fresco, presente do Sr. Florey. – A mim me parece que tem os seus encantos.

– Ora, afinal de contas, você é bastante afeiçoado a sapos – comentou Jack. – Sr. Watt, esses homens têm de se esforçar mais nos remos, creio eu.

A mais recente decepção, ou melhor, vexame – algo insignificante, mas vexatório –, fora singularmente gratuita. Ele tinha dado a Evans, do bombardeiro *Aetna*, uma carona em seu bote, embora fosse fora de seu caminho, pois teve de atravessar por todos os barcos de provisões e de transportes do comboio de Malta; e Evans, olhando para a dragona dele, daquele seu jeito vulgar, perguntara:

– Onde adquiriu o seu lambaz?

– No Paunch.

– Foi o que imaginei. Sabe, no Paunch, elas são 90 por cento latão; há muito pouco ouro de verdade em suas franjas. Logo você vai notar.

Inveja e antipatia. Ele já ouvira vários comentários desse tipo, todos sugeridos pelos mesmos malditos motivos desprezíveis: de sua parte, nunca antipatizou com qualquer homem por lhe darem um cruzeiro, nem por ter sorte com presas. Não que ele tampouco tivesse tido muita sorte com presas – não tinha ganhado nada próximo do que as pessoas imaginavam. O Sr. Williams o havia recebido de cara feia: parte da carga do *San Carlo* não fora condenada, já que havia sido consignada por um grego ragusano sob proteção britânica; as despesas com o tribunal de presas tinham sido muito altas; e realmente, na situação atual, mal valia a pena despachar para o destino alguns dos barcos menores. Além disso, o estaleiro fizera um escândalo infantil, por causa da verga do joanete – um mero graveto, legitimamente consumido. E os brandais. Mas, acima de tudo, Molly Harte não estivera lá por mais do que uma única tarde. Viajara para ficar com lady Warren, em Ciudadela: um compromisso muito demorado, dissera ela. Ele não havia feito ideia do quanto aquilo lhe importava, quão profundamente isso afetaria a sua felicidade.

Uma série de decepções. Mercy e o que ela tinha a lhe dizer fora bastante agradável: mas isso foi tudo. Lorde Keith partira dois dias antes, querendo saber se o comandante Aubrey não havia informado sobre a chegada dele, e o comandante Harte foi rápido em avisá-lo. Mas os horríveis pais de Ellis ainda não tinham deixado a ilha, e ele e Stephen foram obrigados a suportar a hospitalidade dos dois – a única ocasião na vida de Jack em que ele viu meia garrafa de um insignificante vinho branco ser dividida por quatro. Decepções. Os próprios Sophies, agraciados com um adiantamento de dinheiro de presas, haviam se comportado mal; muito mal, mesmo para os padrões de comportamento do porto. Quatro foram presos por estupro; quatro ainda não tinham retornado da zona do meretrício quando a *Sophie* zarpou; um fraturou a clavícula e o pulso. "Selvagens bêbados", disse, olhando-os friamente; e, de fato, muitos dos marujos novatos remando, naquele momento, pareciam repulsivos – sujos, ainda entorpecidos, barbados; alguns ainda com suas melhores roupas de terra, todas fétidas e babadas. Um cheiro de ar viciado com fumaça, tabaco mascado, suor e perfume de bordel. "Eles não ligam para o castigo. Vou promover aquele negro mudo a ajudante do mestre. King é o nome dele. E preparar um gradil adequado: isso fará com que eles se preocupem com o que vai acontecer." Decepções. As peças de lonas genuínas para as velas número 3 e 4, que ele havia encomendado e pagado do próprio bolso, não haviam chegado. Cordas de violino estavam em falta nas lojas. A carta de seu pai falava em tons ansiosos e quase entusiasmados sobre as vantagens de um novo casamento, da grande conveniência de uma mulher para supervisionar o trabalho doméstico, da recomendável condição de casado, de *todos* os pontos de vista, em especial o da sociedade – a sociedade exige do homem. Posto hierárquico era uma questão de menor importância, disse o general Aubrey: uma mulher obtém o seu posto de homem; *bondade de coração* era o importante; e um bom coração, Jack, e mulheres danadas de boas encontram-se até mesmo em cozinhas de cabanas; a diferença entre 64 e vinte e tantos tinha *pouquíssima importância*. As palavras "um velho garanhão para uma jovem..." estavam marcadas com uma cruz, e uma seta apontando para "supervisionar o trabalho doméstico" dizia: "Algo parecido com o seu primeiro-tenente, ouso afirmar."

Ele olhou para o seu imediato no tombadilho, que mostrava ao jovem Lucock como segurar um sextante e trazer o sol para o horizonte. Todo o ser de Lucock revelava um contido mas intenso prazer em entender aquele mistério, cuidadosamente explicado, e (mais genericamente) em seu ângulo de elevação; a visão dele causou o primeiro impulso na mudança do negro humor de Jack e, no mesmo instante, decidiu seguir para o sul da ilha e visitar Ciudadela – ele veria Molly –, talvez houvesse algum tolo desentendimento, que ele logo esclareceria – os dois passariam juntos uma hora primorosa nos jardins de muro alto que dava vista para a baía.

Além de St. Philip, uma linha escura desenhada diretamente no mar mostrava um ar deslizante, a esperança de uma brisa do oeste:

depois de duas horas suarentas sob o calor crescente, eles chegaram lá, içaram a lancha e o cúter e se prepararam para fazer vela.

– Pode rumar para a ilha del Aire – disse Jack.

– Quase ao sul, senhor? – perguntou o mestre-arrais, surpreso, pois norte, contornando Minorca, era o caminho mais direto para Barcelona, e o vento seria o suficiente.

– Sim, senhor – retrucou Jack, secamente.

– Sul quadra a oeste – falou o mestre-arrais para o timoneiro.

– Sul quadra a oeste, sim, senhor – respondeu este, e as velas de proa enfunaram-se com uma delicada urgência.

O ar em movimento vinha do mar alto, limpo, salgado e pronunciado, empurrando toda esqualidez à sua frente. A *Sophie* adernou apenas uma ninharia, com a vida fluindo atrás de si, e Jack, avistando Stephen vindo para a popa, da sua bomba de olmo, exclamou:

– Meu Deus, que primor estar de volta ao mar. Em terra, você não se sente como um texugo dentro de um barril?

– Um texugo dentro de um barril? – questionou Stephen, pensando nos texugos que conhecia. – Não me sinto.

Os dois conversaram, de um modo tranquilo e desconexo, sobre texugos, lontras, raposas – a caça à raposa –, exemplos da surpreendente, ardilosa, pérfida, resistente e duradoura memória das raposas. Caça ao cervo. Ao javali. Enquanto conversavam, a chalupa seguia próxima e ao longo da costa minorquina.

– Lembro-me de comer javali – disse Jack, o bom humor quase recuperado. – Lembro-me de comer guisado de javali na primeira vez em que tive o prazer de jantar com você; e você me disse o que era. Ha-ha, você se recorda daquele javali?

– Sim, e lembro que, ao mesmo tempo, discorremos sobre a língua catalã, o que me faz lembrar de algo que devia ter lhe contado ontem à noite. James Dillon e eu fomos além de Ulla, para ver alguns antigos monumentos de pedra... druídicos, sem dúvida... e dois camponeses dialogaram à distância, referindo-se a nós. Vou lhe relatar a conversa. Primeiro camponês: "Está vendo esses heréticos andando por aqui, tão cheios de si? O ruivo, sem dúvida, é descendente de Judas Iscariotes." Segundo camponês: "Por onde quer que os ingleses andem, as ovelhas se extraviam e abortam; são todos iguais; gostaria que as tripas deles saltassem para fora. Aonde eles vão? De onde eles vieram?" Primeiro camponês: "Eles estão indo ver a naveta e a taula em Xatart: eles vieram do barco de dois mastros disfarçados, que está defronte ao armazém de Bep Ventura. Eles vão partir na alvorada de terça-feira, para um cruzeiro de seis semanas, pela costa de Castellon até o cabo Creus. Eles andaram pagando vinte xelins por uma vintena de porcos. Eu também gostaria que as tripas deles saltassem para fora."

– Não vejo muita originalidade no seu segundo camponês – comentou Jack, acrescentando, num tom melancólico e admirado: – Eles não parecem gostar dos ingleses. Entretanto, como sabe, nós temos protegido a maioria deles nesses últimos cem anos.

– É assombroso, não é mesmo? – observou Stephen Maturin. – Mas a minha questão é mais exatamente insinuar que, no geral, o nosso aparecimento talvez não seja tão inesperado como você supõe. Há um intenso comércio de pescadores e contrabandistas entre aqui e Maiorca. A mesa do governador espanhol é abastecida com os nossos pitus de Fornells, nossa manteiga de Xambo e queijo de Mahón.

– Sim, entendi a sua questão, e estou bastante agradecido a você pela atenção...

Uma forma escura pairava adiante da sombria encosta do rochedo pelo través de boreste – uma enorme envergadura pontuda: agourenta como o destino. Stephen soltou um grunhido suíno, arrancou a luneta de debaixo do braço de Jack, afastou-o com o cotovelo e se acocorou diante da amurada, pousando nela a lente, e focou com grande intensidade.

– Um abutre-barbudo! É um abutre-barbudo! – berrou. – Um abutre-barbudo *jovem*.

– Bem – reagiu Jack instantaneamente, sem um segundo de hesitação –, ouso dizer que ele esqueceu de fazer a barba esta manhã. – Seu rosto vermelho se enrugou, os olhos reduziram-se a duas fendas azuis brilhantes e deu um tapa na coxa, curvando-se em um tal paroxismo de mudo júbilo, prazer e satisfação que, apesar de toda a rigorosa disciplina de *Sophie*, o homem na roda do leme não conseguiu evitar a contaminação e irrompeu num estrangulado "Hu, hu, hu", instantaneamente contido pelo contramestre na manobra do navio.

– HÁ OCASIÕES – afirmou James mansamente – em que entendo a sua parcialidade em relação ao seu amigo. Ele tira imenso prazer do menor fiapo de espirituosidade, mais do que qualquer homem que já conheci.

Era o quarto do mestre-arrais; o intendente estava distante, mais à frente, discutindo suas contas com o mestre; Jack encontrava-se em sua câmara, o ânimo ainda elevado, uma parte da mente imaginando um novo disfarce para a *Sophie*, e a outra festejando (por antecipação) a consequência de seu encontro noturno com Molly Harte. Ela ficaria tão surpresa ao vê-lo em Ciudadela, tão grata: como eles seriam felizes! Stephen e James jogavam xadrez na praça d'armas: o furioso ataque de James, baseado no sacrifício de um cavalo, um bispo e dois peões, tinha quase chegado ao seu ponto culminante de erro, e por um demorado e plácido período de tempo Stephen ficara imaginando como poderia evitar o xeque-mate dele, em três ou quatro jogadas, por qualquer outro meio menos óbvio do que derrubar o tabuleiro. Ele decidiu (James importava-se terrivelmente com essas coisas) esperar até o tambor tocar, para o guarnecimento dos postos, e, enquanto isso, abanava no ar pensativamente a sua rainha, cantarolando a "Black Joke".

– Parece – disse James, jogando as palavras no silêncio – que pode haver algum perigo de paz. – Stephen apertou os lábios e fechou um olho. Ele também ouvira esse rumor em Port Mahón. – Portanto, rezo a Deus para que possamos ter um pouco de ação de verdade, antes que seja tarde demais. Estou muito curioso em saber o que você pensa disso: a maioria dos homens acha totalmente o contrário do que havia esperado... com amor nisso. É bastante decepcionante e, apesar disso, não se pode esperar que comece novamente. É a sua vez, sabe?

– Estou perfeitamente ciente disso – rebateu Stephen secamente. Olhou para James e ficou surpreso com o ar de despida e indefesa aflição em seu rosto. O tempo não estava realizando o que Stephen esperava, de modo algum. O navio americano continuava ali, no horizonte.

– E você acha que ainda não tivemos nenhuma ação? – perguntou.

– Essas escaramuças? Eu estava imaginando algo em uma escala bem maior.

– Não, Sr. Watt – disse o intendente, ticando o último item no acordo particular, através do qual ele e o mestre ganharam 13,5 por cento em toda uma gama de materiais que se localizavam na fronteira de seus respectivos reinos –, o senhor pode falar o que quiser, mas esse jovem vai acabar perdendo a *Sophie*; e tem mais: vai fazer com que a gente leve na cabeça ou acabemos prisioneiros. E não desejo passar os meus últimos dias em uma prisão francesa ou espanhola, muito menos acorrentado a um remo de uma galé argelina, tomando chuva, pegando sol, sentado sobre a minha própria sujeira. E também não quero que o meu Charles leve na cabeça. É por isso que estou me transferindo. Esta é uma profissão que tem os seus riscos, isso lhe asseguro, e concordo que ele corra esses riscos. Mas me entenda, Sr. Watt: estou disposto a que ele corra os riscos normais da profissão, e não esses. Não aventuras como ataque sangrento àquela grande bateria; nem ficar perto da costa durante a noite – como se fôssemos donos do lugar; nem apanhar água aqui, ali e em qualquer lugar, só para ficar fora mais um pouco; nem ir atrás de tudo que se vê, sem se importar com o tamanho ou o número. A grande chance é importante, mas não devemos pensar apenas na grande chance, Sr. Watt.

– É verdade, Sr. Ricketts – concordou o mestre. – E não posso dizer que tenha ficado contente com aquelas fasquias atravessadas na vela gata. Mas o senhor acertou em cheio ao afirmar que é tudo por causa da grande chance. Veja só esta espia: um cabo melhor do que esse o senhor não verá. E não há nele um só fio ruim – disse, puxando uma ponta com a sua espicha. – Veja por si mesmo. E por que não há um só fio ruim nele, Sr. Ricketts? Porque não veio do estaleiro do rei, exatamente por isso. O Sr. Pão-duro, intendente Brown, nem botou os olhos nele. Foi o Louro que o comprou, do seu próprio bolso, como também a tinta sobre a qual o senhor está sentado. – É por isso, seu maldoso e miserável filho de uma vaca sifilítica, ele teria continuado se não fosse um tipo de homem pacífico e tranquilo, e se o tambor não tivesse começado a tocar para o guarnecimento de postos.

– Chamem o meu patrão de embarcação – pediu Jack, depois que o tambor bateu o recolher.

A ordem foi transmitida: à ordem o patrão de embarcações, à ordem o patrão de embarcações, vamos marinheiro, mexa-se marinheiro, mais depressa marinheiro, está encrencado marinheiro, o marinheiro vai ser crucificado, ha-ha-ha, e Barret Bonden apareceu.

– Bonden, quero que os tripulantes fiquem com a melhor das aparências: lavados, barbeados, cabelo aparado, chapéus de palha, camisa Guernsey e fitas.

– Sim, senhor – respondeu Bonden, com o rosto impassível e o coração transbordante de perguntas. Barbeados? Cabelos aparados? Numa terça-feira? Eles se revezavam na limpeza, nas quintas e domingos; mas fazer a barba numa terça – numa terça e no mar! Ele correu para o barbeiro do navio e, depois que metade da tripulação estava tão rosada e macia como a arte seria capaz de transformá-los, as respostas às suas perguntas apareceram. Eles contornaram o cabo Dartuch e Ciudadela surgiu à vista na bochecha de boreste; mas, em vez de navegarem direto para nordeste, a *Sophie* guinou para a cidade, navegando sob uma profundidade de 15 braças, seu velacho panejando, a um quarto de milha do molhe.

– Onde está Simmons? – quis saber James, rapidamente passando em revista a tripulação do cúter.

– Baixado, por motivo de doença, senhor – disse Bonden e, em voz baixa: – É o aniversário dele, senhor.

James anuiu. Mas a substituição por Davies não foi muito inteligente, pois embora fosse de bom tamanho e rechesasse o chapéu de palha com a *Sophie* bordada na fita, ele era de um intenso negro azulado e podia acontecer tudo, menos o fato de ele não ser notado. Contudo, agora não havia mais tempo para qualquer outra providência, pois ali já se encontrava o comandante, elegante no seu melhor uniforme, sua melhor espada e chapéu com galões dourados.

305

– Espero não demorar mais do que uma hora, Sr. Dillon – informou Jack, com uma estranha mistura de constrangida rigidez e disfarçada excitação; e quando o mestre trinou o apito, ele desceu para o escovado e brilhante cúter. Bonden fora mais criterioso do que James Dillon: a tripulação do cúter poderia ter todas as cores do arco-íris, ou mesmo ser multicolorida, pois não era com isso que o comandante Aubrey se importava naquele momento.

O sol se pôs num céu um tanto quanto perturbado; os sinos de Ciudadela tocaram para o ângelus, e o da *Sophie* para o último turno de serviço do dia; a lua saiu, quase cheia, nadando acima gloriosamente por trás de Black Point. Foi dado o apito para as macas. Deu-se a rendição do serviço. Contaminados pela paixão de Lucock por navegação, todos os aspirantes fizeram observações da lua, enquanto ela se elevava, e da posição das estrelas, uma por uma. Oito badaladas e o turno de meia-noite às 4 horas. As luzes de Ciudadela se apagaram todas.

– Cúter se aproximando, senhor – informou finalmente a sentinela, e, 10 minutos depois, Jack subiu pelo costado. Estava muito pálido e, sob o intenso luar, parecia cadavérico: um buraco negro como boca e olhos encovados.

– Ainda está no convés, Sr. Dillon? – indagou, com a tentativa de um sorriso. – Vamos fazer vela, por favor; a cauda do vento nos levará para fora daqui – falou e encaminhou-se hesitante para sua câmara.

10

"Maimônides tem uma narrativa sobre um tocador de alaúde, o qual, em certa ocasião, solicitado a tocar, descobriu que havia esquecido não apenas a peça solicitada, como também toda a arte da execução, o dedilhar, tudo", escreveu Stephen. "Às vezes, sinto o temor de que me aconteça a mesma coisa; não se trata de um temor irracional, já que, certa vez, experimentei uma privação de natureza semelhante: quando era garoto, ao voltar para Aghamore, retornando após uma ausência de oito anos, fui visitar Bridie Coolan, e ela falou comigo em irlandês. Sua voz me era intimamente familiar (também, pudera, ela fora a minha ama de leite); como também as entonações e mesmo as palavras em si; contudo, nada conseguia entender – as palavras que ela emitia não tinham significado algum. Fiquei pasmo com a minha perda. O que isso me traz à mente é a descoberta de que não sei mais o que os meus amigos sentem, pretendem, ou mesmo o que querem dizer. É claro que JA teve uma séria decepção em Ciudadela, que ele sente mais profundamente do que eu poderia supor que fosse possível nele; e é claro que JD continua em um estado de grande infelicidade; entretanto, além disso, não sei quase nada mais – eles não falam e não consigo mais olhar dentro deles. Certamente, a minha própria suscetibilidade não ajuda. Preciso me vigiar contra uma forte e crescente tendência a me entregar a uma conduta obstinada e mal-humorada – a conduta da afronta (bastante fomentada pelo desejo de exercício); mas confesso que, por mais que eu os ame, gostaria que ambos fossem para o inferno, com suas soberbas e egocêntricas questões de honra e incentivos míopes entre si sobre feitos notáveis que poderão muito bem acabar em morte desnecessária. Na morte *deles*, que é da conta deles: mas também na *minha*, para não dizer do restante do pessoal do navio. Uma tripulação massacrada, um navio afundado e as minhas coleções destruídas – isso não pesa coisa alguma em seus escrúpulos. Há um ato sistemático de julgar inúteis todos os demais aspectos da existência, que me irrita. Passo a metade do meu tempo purgando-os, sangrando-os, prescrevendo dieta magra e soporíferos. Ambos comem muito além dos limites, e bebem muito além dos limites, principalmente JD. Às vezes, receio que se fecharam para mim porque combinaram se encontrar na próxima vez em que formos para terra, e eles sabem muito bem que eu iria detê-los. Como eles atormentam o meu próprio espírito! Se *eles* tivessem de esfregar os conveses, içar as velas, limpar as latrinas, já teriam cessado esses estados melancólicos. Não tenho nenhuma paciência com eles. São estranhamente imaturos para homens de suas idades e posições: se bem que, realmente, supõe-se que, se não fossem assim, não estariam aqui – os maduros, os ponderados não embarcariam em um navio de guerra –, não seriam vistos errando pelo mar em missões de violência. Apesar de toda a sensibilidade (e ele tocou a sua transcrição da 'Deh vieni' com uma delicadeza verdadeiramente primorosa, pouco antes de chegarmos a Ciudadela), JA, de muitas maneiras, condiz bem mais com um chefe de piratas do Caribe de cem anos atrás; e, apesar de toda a sua perspicácia, JD corre perigo de se tornar um fanático – um Loyola dos nossos dias, se não levasse antes uma bordoada na cabeça ou tivesse o corpo trespassado. Minha mente está muito inquieta com aquela conversa infeliz..."

A *Sophie*, para espanto de sua gente, não havia seguido para Barcelona, após deixar Ciudadela, mas para oés-noroeste; e ao raiar do dia, contornando o cabo Salou, à distância de um grito da costa, tinha avistado um navio de cabotagem espanhol sobrecarregado com cerca de duzentas toneladas, armado (mas sem disparar) com seis peças de seis libras – avistara o barco em direção à terra, pontualmente, como se o encontro tivesse sido marcado com semanas de antecedência e o comandante espanhol houvesse cumprido o horário combinado até a fração de minuto.

– Uma aventura comercial bastante lucrativa – comentou James, observando a presa desaparecer no leste, em direção aos ventos favoráveis de Port Mahón, enquanto eles guinavam, bordejando, para ganhar barlavento, em direção à sua área de cruzeiro ao norte, uma das rotas marítimas mais movimentadas do mundo. Mas essa (apesar de infeliz por si mesma) não era a conversa a que Stephen se referia.

Não. Ela aconteceria mais tarde, depois do jantar, quando ele estava no tombadilho com James. Os dois conversavam, de um modo tranquilo e informal, sobre as diferenças entre os hábitos nacionais – o dos espanhóis, de dormirem tarde da noite; o modo dos franceses, de deixarem a mesa todos juntos, homens e mulheres, e irem direto para a sala de estar; o hábito irlandês de ficar com o vinho até um dos convidados sugerir que seja passado; o modo inglês de deixar isso para o anfitrião; a espantosa diferença entre os hábitos de duelos.

– Embates são mais incomuns na Inglaterra – observou James.

– São, realmente – admitiu Stephen. – Fiquei admirado quando estive pela primeira vez em Londres, ao descobrir que a arrogância de um homem não se manifestava sem mais nem menos.

– Sim – concordou James. – A noção sobre questões de honra são totalmente diferentes nos dois reinos. Há algum tempo, sem resultado, fiz uma provocação a um inglês, que na Irlanda teria exigido um duelo. *Nós* chamaríamos isso de timidez extraordinária; ou a palavra seria covardia? – Ele deu de ombros e estava para prosseguir quando a gaiuta do tombadilho se abriu e a cabeça de Jack e seus maciços ombros apareceram. "Sinceramente, nunca imaginei que um rosto pudesse parecer tão sombrio e cruel", pensou Stephen.

"Será que JD falou isso de propósito?", escreveu ele. "Não tenho certeza, embora desconfie que sim – isso foi apenas uma parcela de todas as observações que ele vinha fazendo recentemente, observações que podiam não ser intencionais, apenas uma falta de tato, mas tudo se destina a mostrar uma sensata cautela, e, na verdade, uma odiosa centelha de desprezo. Não sei. Outrora, eu teria sabido. Mas tudo o que sei agora é que, quando JA está furioso com seus superiores, aborrecido por causa da subordinação do serviço, espicaçado por seu agitado e inquieto temperamento, ou (como atualmente) dilacerado por causa da infidelidade de sua amante, ele recorre à violência como um lenitivo – à ação. JD, impelido por fúrias inteiramente diferentes, faz o mesmo. A diferença é que, enquanto acredito que JA simplesmente anseie por uma barulheira despedaçante, imensa atividade mental e corporal, e o senso envolvente do momento presente, tenho muito receio de que JD queira mais." Ele fechou o caderno e ficou fitando a capa por um longo momento, distante, muito distante, até uma batida trazê-lo de volta à *Sophie*.

– Sr. Ricketts – indagou ele –, em que posso servi-lo?

– Senhor – disse o aspirante –, o comandante mandou perguntar: o senhor poderia, por favor, ir ao convés e olhar a costa?

– À ESQUERDA DA FUMAÇA, em direção ao sul, aquela é a colina de Montjuich, com o grande castelo; e a saliência à direita é Barceloneta – informou Stephen. – E, elevando-se ali, atrás da cidade, pode-se ver Tibidabo: foi lá que avistei o meu primeiro falcão de pés vermelhos, quando eu era menino. Depois, continuando reto de Tibidabo, da Catedral para o mar, fica o Moll de Santa Creu, com seu grande porto mercantil: e para a esquerda dele, a bacia onde ficam os navios e as canhoneiras do rei.

– Muitas canhoneiras? – quis saber Jack.

– Ouso afirmar que isso nunca fez parte dos meus estudos.

Jack assentiu e olhou aguçadamente em volta da baía para fixar mais uma vez na mente os seus detalhes e, inclinando-se, chamou:

– Convés? Arriar; bem devagar agora. Babbington, mexa-se com esse cabo.

Stephen elevou-se seis polegadas em sua posição no topo do mastro, e com os braços cruzados, para evitar que as mãos involuntariamente agarrassem cabos, vergas e moitões que passavam, e com Babbington e sua agilidade de macaco acompanhando o ritmo e içando-o na direção do brandal a barlavento, ele desceu através do vácuo estonteante até o convés, onde o retiraram do casulo no qual tinha sido hasteado até o alto, pois ninguém a bordo tinha a menor dúvida sobre suas qualidades como marujo.

Ele agradeceu, distraidamente, e foi para baixo, onde os ajudantes do veleiro costuravam Tom Simmons dentro de sua maca.

– Estamos apenas esperando pelo disparo, senhor – informaram; e enquanto conversavam apareceu o Sr. Day, carregando uma rede com balas de canhão da *Sophie*.

– Achei que eu mesmo devia cuidar disso – falou o artilheiro-chefe, acomodando, com mãos habilidosas, as balas sob os pés do jovem. – Nós fomos companheiros de bordo no *Phoebe*; se bem que, nessa época, ele vivesse doente – acrescentou, rapidamente, reconsiderando.

– Ah, sim: Tom nunca foi saudável – afirmou um dos ajudantes do veleiro, cortando um fio com o dente canino quebrado.

Essas palavras, e uma certa sutil consideração incomum, tinham a pretensão de confortar Stephen, que havia perdido o seu paciente: apesar de todos os seus esforços, o coma de quatro dias havia evoluído para o estágio derradeiro.

– Diga-me, Sr. Day – perguntou ele depois que os veleiros se foram –, quanto Tom bebeu? Já perguntei aos amigos dele, mas me deram respostas evasivas... na verdade, mentiram.

– Claro que mentiram, senhor, pois é contra a lei. Quanto ele bebeu? Bem, Tom era um sujeito popular, e, portanto, ouso dizer que ele tomou a ração inteira, com exceção talvez de um gole ou dois, para molhar a comida. Isso daria perto de um quarto de galão.

– Um quarto de galão. Bem, é muita coisa, mas me surpreende isso ter matado um homem. Numa mistura de três para um, isso monta a mais ou menos seis onças... inebriante, mas certamente não letal.

– Deus do céu, doutor! – exclamou o artilheiro-chefe, olhando-o com afetuosa compaixão –, não foi uma mistura. Foi de rum.

– Um quarto de galão de rum? De rum puro? – berrou Stephen.

– Exatamente, senhor. Cada homem recebe o seu meio quartilho num dia, duas vezes, e isso dá um quarto de galão para cada rancho, para o jantar e para a ceia: e é aí que a água é adicionada. Valha-me Deus! – exclamou, rindo baixinho e dando tapinhas no cadáver no meio dos dois –, se eles recebessem apenas meio quartilho de grogue com três medidas de água, teríamos de enfrentar um maldito motim. E com toda razão.

– Meio quartilho de bebida por dia para cada homem? – espantou-se Stephen, corando de raiva. – Um copo grande? Preciso contar ao comandante... insistirei em que tudo seja despejado pela borda afora.

– E, ASSIM, ENTREGAMOS o seu corpo às profundezas – entoou Jack, fechando o livro.

Os colegas de rancho de Tom Simmons inclinaram o gradil: seguiram-se o ruído de lona escorregando, uma leve pancada na água e uma comprida trilha de bolhas elevando-se da água clara.

– Agora, Sr. Dillon – disse ele, ainda com algo na voz do tom formal da leitura que fizera –, creio que podemos prosseguir com os armamentos e a pintura.

A chalupa estava fundeada, bem além do horizonte a partir de Barcelona; e pouco depois de Tom Simmons ter chegado ao fundo, a 400 braças, ela já estava a caminho de se tornar um *snow* pintado de branco e a parte superior de preto, com uma extensão de cabo mantido rígido na vertical – para se passar por mastro de vela de carangueja do barco; enquanto, ao mesmo tempo, a pedra de amolar montada no castelo de proa girava constantemente, colocando um fio mais amolado, uma ponta mais aguçada, em sabres de abordagem, piques, machados de abordagem, baionetas dos marinheiros, espadins dos aspirantes, espadas dos oficiais.

A *Sophie* estava numa grande agitação, como seria de se esperar, mas havia uma curiosa austeridade em meio a tudo: era natural que os colegas de rancho de um marujo estivessem tristes, após o funeral no mar, como também todo o pessoal do seu quarto (pois Tom Simmons era benquisto – caso contrário, jamais teria ganhado um presente de aniversário tão mortal); mas essa solenidade afetava toda a tripulação do navio, e não houve nenhuma daquelas estranhas explosões de canções no castelo de proa, nem o irromper das piadas habituais. A atmosfera era tranquila, reflexiva, de forma alguma irritada ou sombria, mas – Stephen, deitado em seu beliche (ele estivera acordado a noite toda com o pobre Simmons), tentava encontrar uma definição – opressiva? – temerosa? – agourenta? Mas, a despeito de todo o chocante e intenso ruído do Sr. Day e sua guarnição, revisando os paióis de cartuchos, descamando quaisquer ferrugem ou irregularidade que houvesse nas balas, e rolando-as de volta para baixo de uma superfície ecoante, centenas e centenas de balas de canhão de quatro libras estrepitando, rosnando e se chocando, Stephen adormeceu antes de conseguir encontrá-la.

Ele acordou ao som do próprio nome.

– O Dr. Maturin? Não, certamente não pode falar com o Dr. Maturin – disse a voz do mestre-arrais, na praça d'armas. – Pode deixar o recado comigo, que transmitirei a ele, na hora do jantar, se ele já tiver acordado.

– Vim perguntar a ele qual seria o remédio para um cavalo frouxo – gargantou Ellis, agora cheio de dúvidas.

– E quem o mandou perguntar isso a ele? Aquele vilão do Babbington, aposto. Mas que vergonha, ser tão bobo depois de tantas semanas no mar!

Aquela atmosfera em particular, portanto, não havia chegado ao camarote dos aspirantes; ou, se chegara, já havia se dissipado. Que vida particular os jovens levavam, meditou Stephen, quão distante: a felicidade deles inteiramente independente das circunstâncias. Ele pensava na própria infância – a então intensidade do presente –, a felicidade sem ser uma questão de retrospecção nem do momento por vir –, quando o uivar do apito do mestre para o jantar fez o seu estômago dar um súbito aperto triturante, e ele girou as pernas para o lado.

– Estou me tornando um animal marítimo – observou.

Aqueles eram os dias abundantes de início de um cruzeiro; ainda havia pão na mesa, e Dillon, de pé e curvado sob as vigas, para trinchar um excelente lombo de carneiro, avisou:

– Você vai notar a mais prodigiosa transformação quando subir ao convés. Não somos mais um brigue mas um *snow*.

– Com um mastro a mais – explicou o mestre-arrais, levantando três dedos.

– De fato? – surpreendeu-se Stephen, passando o seu prato. – Por favor, para que serve isso? Velocidade, conveniência, melhor aparência?

– Para enganar o inimigo.

A refeição prosseguiu com considerações sobre a arte da guerra, os méritos comparativos do queijo de Mahón e de Cheshire, e a surpreendente profundidade do Mediterrâneo a apenas curta distância da terra; e, mais uma vez, Stephen notou a curiosa habilidade (o resultado, sem dúvida, de muitos anos no mar e a tradição de gerações de marujos apinhados) com a qual, mesmo um homem tão rude quanto o intendente, ajudava a manter a conversa em curso, serenando antipatias e tensões – geralmente com trivialidades, mas com um fluxo suficiente para tornar o jantar não apenas suportável, mas até mesmo razoavelmente agradável.

– Cuidado, doutor – alertou o mestre-arrais, firmando-o por trás da escada interna. – O barco está começando a jogar.

Estava realmente, e embora o convés da *Sophie* estivesse a apenas pouca altura do que se poderia chamar de sua subaquática praça d'armas, o movimento ali em cima era espantosamente maior: Stephen cambaleou, segurou-se em um balaústre e ficou olhando para ele, expectante.

– Onde está a sua grande e prodigiosa transformação? – berrou.
– Onde está o terceiro mastro para enganar o inimigo? Onde está o divertimento em se pregar uma peça num homem de terra, onde está a espirituosidade? Dou-lhe minha palavra de honra, Sr. Cômico de Farsa, que qualquer vagabundo dos pântanos embriagado de uísque caseiro seria mais sutil. Não percebe que isso é muito errado?

– Oh, senhor – bradou o Sr. Marshall, chocado com a súbita e extrema ferocidade do olhar de Stephen –, dou-lhe minha palavra de honra... Sr. Dillon, eu lhe suplico...

– Caro companheiro de bordo, anime-se – disse James, conduzindo Stephen ao estribo tal cabo robusto que seguia paralelo ao mastro principal e cerca de seis polegadas por ante a ré dele. – Quero assegurar-lhe que, aos olhos de um marujo, isto é um mastro, um terceiro mastro; e logo verá nele algo como uma vela latina do mastro grande parecida com uma pequena vela latina de carangueja, *ao mesmo tempo como uma vela seca na verga acima de nossas cabeças*. Nenhum marujo a bordo de um navio jamais nos tomará por um brigue.

– Bem – disse Stephen –, acredito em você, Sr. Marshall, e peço o seu perdão por lhe falar de modo tão irascível.

– Ora, senhor, teria que ser irascível e meio para me abalar – alegou o mestre-arrais, que estava ciente da afeição de Stephen por ele, e valorizava isso enormemente. – Ao que parece, eles pegaram um vento para o sul – comentou, gesticulando com a cabeça nessa direção.

A grande vaga estava se formando ao largo da distante costa africana, e embora as pequenas ondas de superfície a disfarçassem, a subida e a descida do horizonte mostravam os seus demorados e uniformes intervalos. Stephen podia muito bem imaginar a onda quebrando alta contra as pedras da costa catalã, correndo pelas praias de seixos e recuando com um áspero e monstruoso refluxo.

– Espero que não chova – falou, pois, por várias e várias vezes, no início do outono, ele observara o mar aumentar de volume em meio à calmaria, seguindo-se um vento sul-oriental, e um rebaixado céu amarelo, despejando chuva morna e borriscante sobre as uvas, na ocasião exata em que se encontravam prontas para ser colhidas.

– Vela à vista – gritou o vigia.

Tratava-se de uma tartana de tamanho médio, bastante afundada na água, colhendo a fresca brisa oriental, obviamente proveniente de Barcelona; e, agora, encontrava-se a duas quartas da amura de bombordo.

– Que sorte isto não ter acontecido uma hora atrás – disse James. – Sr. Pullings, informe ao comandante que há uma vela estranha a duas quartas da amura de bombordo. – Antes que ele tivesse terminado de falar, Jack estava no convés, a pena ainda na mão e um ar de excitação incendiando seus olhos.

– Faça-me a gentileza... – pediu, ao entregar a pena a Stephen, e correu para o topo do mastro como se fosse um garoto.

O convés formigava de marinheiros, removendo os objetos do serviço matinal, mareando o pano, enquanto, furtivamente, mudavam o rumo para interceptar a tartana distante da terra, e corriam de um lado para o outro com as cargas pesadas; e depois de Stephen chocar-se com eles uma ou duas vezes e se fartar de ouvir "Com licença, senhor" e "Ora, seu...", "Oh, desculpe, senhor" rugir em seu ouvido, penetrou serenamente na câmara, sentou-se sobre o armário de Jack e ficou refletindo sobre a natureza de uma comunidade – sua realidade –, a diferença entre cada um dos indivíduos que a compunham – a comunicação interna, como se realizava.

– Ora, aí está você – exclamou Jack, ao retornar. – Receio que seja apenas o barco velho de um mercador. Eu estava esperando algo melhor.

– Mas vai apresá-lo assim mesmo, suponho.

– Ah, sim. Ouso dizer que vamos, mesmo se virar de bordo neste minuto. Mas estou esperando fazer uma limpeza, como chamamos. Você não imagina como isso age em sua mente... os seus purgantes e sangrias não são nada em comparação. Ruibarbo e sene. Diga-me, se não estivermos impedidos, vamos fazer um pouco de música esta noite?

– Isso me daria um grande prazer – afirmou Stephen. Olhando agora para Jack, ele podia perceber qual seria a sua aparência quando o fogo da juventude tivesse se extinguido: cruel, sombrio, autoritário, se não selvagem e rabugento.

– Sim – disse Jack e hesitou, como se fosse falar muito mais. Entretanto, não falou, e após um instante voltou para o convés.

A *Sophie* deslizava rapidamente pela água, não tendo largado mais pano e sem mostrar qualquer tipo de inclinação para se aproximar da tartana – o constante e sensato curso de um *snow* com destino a Barcelona. Passada meia hora, puderam ver que a tartana levava quatro canhões, carecia de tripulantes (o cozinheiro ajudava nas manobras) e ostentava um desagradável ar negligente de barco neutro. Contudo, quando a tartana se preparou para virar de bordo para o seu lado meridional, a *Sophie* içou rapidamente as velas de estai, largou os joanetes e manteve-se com surpreendente velocidade – surpreendente, aliás, para a tartana, que sentiu falta das estais e perdeu seguimento na mudança de rumo a bombordo.

Meia milha depois o Sr. Day (ele adorava apontar um canhão) desferiu um tiro atravessando o pé da roda de proa da tartana, e ela permaneceu parada, com a verga baixada, até a *Sophie* ficar lado a lado e Jack chamar o comandante dela para vir a bordo.

– Ele lamenta, cavalheiro, mas não pode; se pudesse, ele iria com prazer, cavalheiros, mas rebentou o fundo da lancha – disse ele, por intermédio de uma adorável jovem, presumivelmente a Sra. Tartana, ou o equivalente. – Em todo caso, ele é apenas um ragusano, um neutro com destino a Ragusa, lastrado. – O homenzinho escuro bateu no seu bote, para confirmar: estava mesmo furado.

– Que tartana é essa? – gritou novamente Jack.

– *Pola* – disse a jovem.

Ele ficou parado, avaliando: estava de péssimo humor. Os dois barcos subiam e desciam. Atrás da tartana a terra aparecia com cada movimento acima, e, para aumentar sua irritação, ele viu um barco pesqueiro ao sul, seguindo de vento em popa, com outro atrás – *barcas-longas* de visão aguçada. Os Sophies permaneciam parados, fitando a mulher em silêncio: lambiam os lábios e engoliam.

A tartana não estava lastrada – uma mentira burra. E ele também duvidava que fosse de construção ragusana. Mas *Pola*... era esse mesmo o nome correto?

– Coloquem o cúter a contrabordo – ordenou. – Sr. Dillon, quem temos a bordo que fala italiano? John Baptist é italiano.

– E Abram Codpiece, senhor – um nome dado pelo intendente.

– Sr. Marshall, leve Baptist e Codpiece e cumpra as suas obrigações na tartana... olhe os seus papéis... olhe no porão... esquadrinhe a câmara, se for necessário.

O cúter foi levado para o lado, o patrão da embarcação, com todo o cuidado, usando uma escora para mantê-lo afastado da tinta fresca, e os homens fortemente armados baixando sobre ele através de um cabo pendente do lais da verga principal, bem mais dispostos a quebrar o pescoço ou se afogar do que estragar a bela pintura preta, tão fresca e caprichada.

Remaram a pequena distância e abordaram a tartana: Marshall, Codpiece e John Baptist desapareceram no camarote: ouviu-se uma voz feminina elevar-se, furiosa, e depois um grito penetrante. Os homens no castelo de proa começaram a saltitar e virar os rostos brilhantes uns para os outros.

Marshall reapareceu.

– O que o senhor fez com essa mulher? – gritou Jack.

– Derrubei-a com um soco, senhor – respondeu Marshall, fleumático. – A tartana não é mais ragusana do que eu. O comandante só fala a língua franca, segundo Codpiece, e nada de um italiano correto; a moça tem uma porção de papéis espanhóis no avental; o porão está repleto de fardos consignados para Gênova.

– Que grosseiro infame, bater em uma mulher – falou James bem alto. – E pensar que temos de ranchar com tal sujeito.

– Espere até se casar, Sr. Dillon – observou o intendente, com uma risadinha.

– Muito bem-feito, Sr. Marshall – disse Jack. – Muito bem mesmo. Quantos marujos? Como são eles?

– Oito, senhor, contando com os passageiros: feios, valentões intratáveis.

– Então, mande-os para cá. Sr. Dillon, homens aptos para a tripulação da presa, por favor. – Enquanto ele falava, começou a chover, e com as primeiras gotas veio um som que fez todas as cabeças a bordo se virarem e, portanto, naquele momento, o nariz de cada homem apontava para nordeste. Não foi um trovão. Foi um canhão.

– Amarre esses prisioneiros – gritou Jack. – Sr. Marshall, faça companhia a eles. Não se importa em tomar conta da mulher?

– Não me importo, senhor – respondeu Marshall.

Cinco minutos depois estavam a caminho, seguindo na diagonal sobre as ondas e através da chuva torrencial, num contínuo movimento de saca-rolha. Eles agora estavam com o vento pelo través, e embora tivessem largado os joanetes quase que imediatamente, em menos de meia hora deixaram a tartana para trás.

Stephen fitava a comprida esteira além do corrimão de popa, a mente a milhas de distância, quando se deu conta de alguém puxando delicadamente seu casaco. Virou-se e viu Mowett sorrindo para ele e, a alguma distância atrás de Mowett, Ellis, de quatro, cuidadosa e desesperadamente, vomitando num pequeno buraco quadrado na borda, uma saída de água.

– Senhor, senhor – alertou Mowett –, está se molhando.

– Sim – confirmou Stephen; e após uma pausa, acrescentou: – É a chuva.

– Exatamente, senhor – disse Mowett. – Não gostaria de ir para baixo, para se livrar dela? Ou devo lhe trazer uma capa de lona impermeável?

– Não. Não. Não. É muita bondade. Não... – falou Stephen, a atenção vagueando, e Mowett, tendo fracassado na primeira parte de sua missão, seguiu alegremente para a segunda: esta era parar com o assobio de Stephen, o que deixava a sentinela da popa e os homens do tombadilho, e a tripulação em geral, muito nervosos e inquietos.

– Posso lhe falar algo de náutica, senhor... ouviu os canhões novamente?

– Se lhe aprouver – disse Stephen, desenrugando os lábios.

– Pois bem, senhor – prosseguiu Mowett, apontando além do sibilante mar cinza, na direção geral de Barcelona –, aquilo é o que chamamos de costa a sotavento.

– É? – fez Stephen, com um certo interesse iluminando os seus olhos. – O fenômeno do qual vocês tanto desgostam? Não será um mero preconceito... uma fraca crença supersticiosa tradicional?

– Ah, não, senhor – bradou Mowett e explicou a natureza do abatimento, a perda de distância a barlavento ao virar em roda, a impossibilidade de bordejar com um vento muito forte, a inevitabilidade de derivar a sotavento, ficando ensacado em uma baía com um vendaval soprando logo atrás e o impenetrável horror dessa situação. Sua explicação era pontilhada pelo surdo ribombo de tiros de canhão, por vezes um baixo e contínuo rugido durante meio minuto, por vezes uma única e brusca detonação. – Oh, como eu gostaria de saber o que é isso – bradou ele, interrompendo o discurso e se esticando na ponta dos pés.

– Não precisa temer – afirmou Stephen. – Logo o vento vai soprar na direção das ondas... isso costuma acontecer perto do dia da festa de São Miguel. Se ao menos fosse possível proteger os vinhedos com um enorme guarda-chuva.

Mowett não era o único a se perguntar o que era aquilo: o comandante e o imediato da *Sophie*, cada qual ansioso por causa daquele tumulto e da mais do que humana expectativa de uma batalha, estavam lado a lado no tombadilho, infinitamente distantes um do outro, todos os seus sentidos distendidos na direção nordeste. Quase todos os outros membros da tripulação estavam igualmente atentos; como também os do *Filipe V*, um corsário espanhol com sete peças de artilharia.

A chalupa fugia velozmente da chuva ofuscante, uma negra tempestade um pouco à ré do través do bordo de terra, seguindo o som da batalha com todo o pano que conseguia aguentar. Eles viram um ao outro no mesmo momento: o *Filipe V* disparou, exibiu sua bandeira, recebeu em resposta uma descarga de artilharia, percebeu o erro, virou o leme e seguiu direto de volta para Barcelona, com o forte vento em sua alheta de bombordo, as enormes latinas enfunando e bamboleando loucamente com o balanço do navio.

O leme da *Sophie* virou um segundo depois do leme do corsário; as taipas dos canhões de boreste tinham sido retiradas; mãos em concha protegiam o estopim crepitante e a escorva.

– Todos apontando para a popa dele – berrou Jack, e as alavancas e barras elevaram os canhões em cinco graus. – Tiros em sequência. Disparem quando o alvo estiver sob mira. – Ele girou duas malaguetas da roda do leme, e os canhões 3 e 4 dispararam. Instantaneamente, o corsário deu uma guinada, como se pretendesse abordar; mas, então, a sua adejante mezena pendeu sobre o convés, voltou a enfunar e foi-se embora de vento em popa. Um disparo havia atingido a cabeça da madre do seu leme, e, sem ele, não podia manobrar nenhuma vela de popa. Remos compridos estavam sendo usados para governar o navio, e eles manejavam furiosamente a verga da mezena. Seus dois canhões de bombordo dispararam, e um deles atingiu a *Sophie* com o mais estranho dos sons. Mas a bombardada seguinte da chalupa, um cuidadoso e concentrado disparo no raio de ação de uma pistola, juntamente com uma saraivada de mosquetaria, pôs fim a toda resistência. Apenas 12 minutos após ter sido disparado o primeiro canhão, sua bandeira foi arriada, e irrompeu um hurra ardente e feliz, cheio de contentamento – marinheiros dando palmadas uns nas costas dos outros, apertando-se as mãos, gargalhando.

A chuva tinha parado e estava sendo desviada para oeste, envolta em um cinza denso, riscando o porto, agora muito mais perto.

– Tome posse dele, Sr. Dillon, por favor – ordenou Jack, olhando acima para o cata-vento. O vento estava mudando de direção, como fazia frequentemente naquelas águas, depois da chuva, e logo estaria vindo claramente do sudoeste.

– Algum dano, Sr. Lamb? – perguntou, quando o carpinteiro subiu para informar.

– Dou-lhe parabéns pela captura, senhor – disse o carpinteiro. – Nenhum dano, por assim dizer; nenhum dano es-tru-tu-ral; mas aquela única bala fez a maior bagunça na cozinha... derrubou as panelas e deslocou a chaminé.

– Já daremos uma boa olhada nisso – prometeu Jack. – Sr. Pullings, os canhões de vante não estão presos adequadamente. Mas que diabos! – berrou. As guarnições dos canhões estavam estranhas, e até assustadoramente desordenadas, e terríveis pensamentos passaram velozes pela sua mente, até perceber que eles tinham ficado cobertos pela tinta preta fresca e a fuligem da cozinha: e agora, no entusiasmo de suas emoções, aqueles mais distantes à vante estavam besuntando os companheiros. – Basta dessa asneira dos demônios...

Que Deus apodreça os seus... olhos – bradou, com uma poderosa voz de comando de batalha. Ele raramente praguejava, fora o seu habitual "Maldito seja" ou uma blasfêmia não intencional, e os homens, que, em todo caso, esperavam que ele tivesse ficado bem mais contente com a tomada de um belo corsário, ficaram totalmente mudos, recorrendo apenas a um revirar de olhos ou uma piscadela para transmitir uma compreensão mútua e uma alegria secreta.

– Ó do convés – gritou Lucock da gávea. – Há canhoneiras vindo de Barcelona. Seis. Oito... nove... onze atrás deles. Talvez mais.

– Baixar lancha e escaler – gritou Jack. – Sr. Lamb, atravesse, por favor, e veja o que pode ser feito pelo governo dele.

Posicionar os barcos no lais de verga e lançá-los naquele mar picado não era brincadeira de criança, mas os homens estavam com os espíritos elevados e se esforçaram na talha como maníacos – era como se estivessem cheios de rum e ainda não tivessem perdido nenhuma de suas habilidades. Risadas abafadas continuavam irrompendo: foram amortecidas pelo grito de vela a barlavento – um navio que poderia colocar a chalupa entre dois fogos – e depois ressuscitadas pela notícia de que se tratava da presa deles, a tartana.

Os botes foram para lá e para cá; os prisioneiros soturnos ou carrancudos foram encaminhados para baixo, para o porão de proa, os troncos inchados com pertences pessoais; podia-se ouvir o carpinteiro e sua turma trabalhando com as enxós, para fazer uma nova cana do leme; Stephen segurou Ellis, quando este passava em disparada.

– Quando cessou o seu enjoo, senhor?

– Exatamente quando os canhões começaram a disparar, senhor – respondeu Ellis.

Stephen assentiu.

– Foi o que imaginei – disse ele. – Eu o estive observando.

O primeiro tiro mandou para cima uma coluna de espuma, na altura do mastaréu da gávea, exatamente entre os dois navios. "Uma competência danada de boa para um tiro de calibragem", pensou Jack, "e uma maldita e enorme bala."

As canhoneiras ainda se encontravam a 1 milha de distância, mas avançavam com uma rapidez surpreendente, direto para o olho do vento. Cada uma das três mais à frente portava um canhão cano longo de 36 e era impelida por trinta remos. Mesmo a 1 milha, um tiro casual de uma delas poderia perfurar a *Sophie* de um lado a outro. Ele precisou conter o violento impulso de mandar o carpinteiro se apressar.

– Se uma bala de 36 libras não o apressou, nada que eu faça poderá conseguir isso – observou, caminhando de um lado para o outro, a cada volta com um olho no cata-vento e nas canhoneiras. Todas as sete mais à frente haviam calibrado o alcance de tiro, e agora havia disparos espasmódicos, a maioria caindo perto, mas alguns silvando ao passar bem acima. – Sr. Dillon – gritou para o outro lado da água, após meia dúzia de guinadas e o espirrar de uma bala que mergulhou na onda bem à ré e molhou a sua nuca. – Sr. Dillon, vamos transferir depois o resto dos prisioneiros. E faça-se a vela, assim que achar conveniente. Ou gostaria que lhe passássemos um cabo de reboque?

– Não, obrigado, senhor. A cana do leme será enviada dentro de dois minutos.

– Nesse meio-tempo poderemos bombardeá-las um pouco, por garantia – refletiu Jack, pois agora os silenciosos Sophies pareciam um tanto quanto tensos. – Pelo menos a fumaça nos ocultará um pouco. Sr. Pullings, os canhões de bombordo podem disparar à vontade.

Isso foi muito mais agradável, com o estrondo, o ribombo, a fumaça e a imensa e atenta atividade; e Jack sorriu, ao ver a seriedade de cada homem no canhão de cobre mais próximo a ele, enquanto olhavam fixamente para ver onde caía o seu tiro. Os disparos da *Sophie* estimularam as canhoneiras a irromper em atividade mais intensa, e o insípido mar cinza ocidental cintilava com os clarões diante de uma linha de frente com cerca de um quarto de milha.

Babbington estava à frente de Jack, apontando. Virando-se, Jack viu Dillon chamando em meio ao alarido: a nova cana de leme fora encaixada.

– Fazer-se a vela – disse ele: o velacho da *Sophie*, que estava aquartelado, soltou-se e enfunou. Velocidade era necessária, e, largando todas as velas do traquete, ele levou a chalupa a sotavento de través para ré, antes de orçar para nor-noroeste. Isso carregou a chalupa mais perto das canhoneiras e de través à linha de frente delas: os canhões de bombordo disparavam continuamente, os tiros do inimigo quicavam na água ou passavam acima, e por um momento o ânimo de Jack elevou-se a um imoderado nível de prazer diante da ideia de se arremessar para o meio das canhoneiras – de perto, elas eram simplórias desajeitadas. Mas, então, refletiu que estava com as presas e que Dillon ainda tinha uma quantidade perigosa de prisioneiros a bordo; e deu a ordem de bracear acentuadamente as vergas.

Ao mesmo tempo, as presas subiram no vento e, com tranquilos cinco ou seis nós, deslizaram pelo mar. As canhoneiras continuaram a perseguição por meia hora, mas, com a luz diminuindo e o alcance aumentando à impossibilidade, uma a uma viraram e se dirigiram de volta a Barcelona.

– Eu toquei muito mal – queixou-se Jack, pousando o arco do violino.

– O seu coração não estava na música – alegou Stephen. – Foi um dia movimentado... um dia fatigante. No entanto, um dia satisfatório.

– Sim, claro – afirmou Jack, o rosto de certo modo se iluminando. – Sim, certamente. Eu me sinto extraordinariamente feliz. – Uma pausa. – Você se lembra de um sujeito chamado Pitt, com quem jantamos certo dia em Mahón?

– O soldado?

– Sim. Pois bem, você diria que ele é bem-apessoado... bonito?

– Não. Ah, não.

– Fico contente em ouvi-lo dizer isso. Tenho muita consideração pela sua opinião. Diga-me – acrescentou, depois de uma longa pausa –, você já notou como as coisas voltam à sua mente quando está deprimido? É como antigos ferimentos que se abrem novamente quando se tem escorbuto. Não que eu tenha esquecido por um só momento o que Dillon me disse naquele dia, mas isso tem exasperado o meu coração, e andei remoendo essa coisa há um dia ou mais. Concluí que preciso pedir a ele uma explicação... Claro que deveria ter feito isso antes. E o farei assim que chegarmos ao porto; a não ser, é óbvio, que os próximos dias tornem isso desnecessário.

– Pom, pom, pom, pom – fez Stephen, em uníssono com o violoncelo, olhando para Jack: havia um ar excessivamente sério naquele rosto pesado e sombrio, uma espécie de luz vermelha em seus olhos nublados. – Estou chegando à conclusão de que as leis são a causa principal da infelicidade. Não se trata simplesmente do caso de nascer sob uma lei que requer uma outra para ser obedecida... você conhece os versos; não tenho memória para poesia. Não, senhor: é nascer sob meia dúzia, que requerem outras cinquenta para serem obedecidas. Há porções de leis paralelas em diferentes níveis, que nada têm a ver umas com as outras, e são absolutamente contraditórias. Você, agora... você deseja fazer algo que os Artigos de Guerra e (como já me explicou) as regras da generosidade proíbem, mas que a sua atual noção de lei moral e a sua atual noção da questão de honra exigem. Isso é apenas um exemplo daquilo que é tão comum quanto respirar. O asno de Buridan morreu miseravelmente entre manjedouras equidistantes, atraído primeiro para uma, e depois para outra. Por outro lado, com uma ligeira diferença, há as tais duplas lealdades... outra grande fonte de tormento.

– Dou-lhe a minha palavra de honra de que não entendo o que quer dizer com dupla lealdade. Só se pode ter um rei. E o coração de um homem só pode estar em um lugar de cada vez, a não ser que ele seja um patife.

– Que disparate você está afirmando, com toda a certeza – retrucou Stephen. – Que "despautério", como dizem os oficiais de marinha; trata-se de uma simples questão de observação normal que um homem pode sinceramente afeiçoar-se a duas mulheres ao mesmo tempo... a três, a quatro, a um surpreendente número de mulheres. Contudo – alegou –, você, sem dúvida, sabe mais dessas coisas do que eu. Não. O que eu tinha em mente eram as lealdades mais amplas, os conflitos mais gerais... o americano ingênuo, por exemplo, antes de contaminarem a prole; a desapaixonada Jacobita de 45; os padres católicos da França de hoje... franceses de muitas convicções, dentro e fora da França. É tanta dor; e quanto mais é honesto o homem, pior a dor. Mas ali, pelo menos, o conflito é direto: a mim me parece que um volume maior de confusão e aflição surge dessas divergências menos evidentes... a lei moral, a civil, a militar, as leis das propriedades comuns, o código de honra, o costume, as regras da vida prática, da civilidade, da conversa amorosa, da cortesia, sem falar do cristianismo daqueles que as praticam. Às vezes todas e, de fato, geralmente divergentes; nenhuma, jamais, em uma relação inteiramente harmoniosa com o resto; e a um homem exige-se perpetuamente que escolha uma em vez da outra, talvez (no caso dele em particular) a sua contrária. É como se cada uma de nossas cordas estivesse afinada de acordo com sistemas completamente diversos... é como se o pobre asno estivesse cercado por 24 manjedouras.

– Você é um antinomiano – declarou Jack.

– Eu sou um pragmático – rebateu Stephen. – Venha, vamos terminar o nosso vinho, e eu lhe prepararei uma dose de... *requies Nicholai*. Talvez amanhã você tenha de fazer uma sangria: já se passaram três semanas desde que fez a última.

– Bem, engolirei a sua dose – disse Jack. – Mas vou lhe dizer uma coisa... amanhã à noite eu estarei no meio daquelas canhoneiras e deverei fazer uma sangria. E não creio que eles vão apreciar isso.

A QUANTIDADE DE ÁGUA doce da *Sophie* para banho era pouquíssima, e não havia sabão em estoque. Os homens que se sujaram de preto, e um ou outro com a tinta, permaneceram mais escuros do que seria agradável; e os que trabalharam na cozinha destroçada, cobrindo-se de gordura e fuligem dos panelões e do fogão, pareciam, se é que é possível, pior – eles ficaram com uma aparência curiosamente bestial e selvagem, piorada naqueles que tinham cabelos louros.

– Os únicos sujeitos com uma aparência respeitável são os negros – comentou Jack. – Eles continuam todos a bordo, creio eu.

– Davies foi com o Sr. Mowett no corsário, senhor – informou James –, mas o resto continua conosco.

– Contando os homens que ficaram em Mahón e os tripulantes das presas, com quantos a menos estamos no momento?

– Trinta e seis, senhor. Somos 54, todos conferidos.

– Ótimo. Isso nos dá mais espaço para nos mexermos. Deixe que eles durmam o máximo possível, Sr. Dillon. Estaremos de pé à meia-noite.

O verão tinha voltado após a chuva – um ar suave, constante, tramontano, morno e limpo, e havia uma fosforescência no mar. As luzes de Barcelona piscavam com um brilho incomum, e sobre a parte central da cidade flutuava uma nuvem luminosa: as canhoneiras, vigiando qualquer aproximação do porto, poderiam ser distinguidas claramente contra esse fundo, antes de avistarem a escurecida *Sophie* – elas encontravam-se mais afastadas do que o habitual e, obviamente, estavam em alerta.

"Assim que elas começarem a vir para cima de nós", refletiu Jack, "largaremos os joanetes, navegaremos em direção ao farolete laranja, depois vamos orçar no último instante, e nos enfiaremos entre as duas da extremidade setentrional da linha de frente." Seu coração tinha uma batida constante e uniforme, um pouco mais rápida do que o normal. Stephen havia-lhe retirado dez onças de sangue, e ele achava que, por causa disso, se sentia muito melhor. De todo modo, sua mente estava tão clara e aguçada como seria de desejar.

O limbo superior da lua apareceu acima do mar. Uma canhoneira disparou: uma nota grave e ressoante – a voz de um velho cão solitário.

– A luz, Sr. Ellis – ordenou Jack, e um sinal luminoso azul, destinado a confundir o inimigo, elevou-se nas alturas. Ele foi respondido com os sinais espanhóis, disparos para o alto de luzes coloridas, e depois outro tiro de canhão, bem distante, à direita.

– Joanetes – falou. – Jeffreys, navegue na direção daquela luz laranja.

Era esplêndido: a *Sophie* deslizava veloz, preparada, confiante e feliz. Mas as canhoneiras não estavam vindo como ele esperava. Num momento, uma girava e disparava, e depois outra; mas, no geral, estavam recuando. Para instigá-las, a chalupa deu uma guinada e colocou sua banda de artilharia disparando entre elas – com algum resultado, a se julgar por um gemido distante. No entanto, as canhoneiras continuaram a recuar.

– Malditas sejam – exclamou Jack. – Elas estão tentando nos atrair. Sr. Dillon, vela de carangueja e velas de estai. Vamos nos arremeter para cima daquele sujeito mais à frente.

A *Sophie* rodou rápido e colocou o vento ao largo, adernando tanto que a negra água sedosa lambia os batentes de bombordo, e navegou na direção da canhoneira mais próxima. Mas, agora, as outras mostravam o que podiam fazer, se quisessem: todas se voltaram num instante e mantiveram uma saraivada contínua, enquanto a canhoneira escolhida fugia, recuando para longe e deixando a popa da *Sophie* desprotegida na direção delas. Um disparo de raspão de um 36 libras fez todo o casco repicar; outro, atravessou todo o convés em uma altura logo acima da cabeça; dois brandais facilmente rompidos caíram sobre Babbington, Pullings e o timoneiro, derrubando-os; um pesado moitão chocou-se sozinho contra a própria roda do leme, ao mesmo tempo em que James saltava para segurar as malaguetas.

– Vamos virar de bordo, Sr. Dillon – disse Jack: e, poucos momentos depois, a *Sophie* voltou a subir no vento.

Os homens que trabalhavam na chalupa movimentavam-se com a irrefletida fluência da longa prática; mas, vistos subitamente sob os clarões dos disparos das canhoneiras, eles pareciam se contorcer como tantas marionetes. Logo depois da ordem de "Alar e largar", houve seis disparos numa rápida sucessão, e ele viu os fuzileiros na escota da vela grande numa rápida série de movimentos galvânicos – poucas polegadas entre cada iluminação –, mas, em todos os aspectos, mantinham exatamente a mesma concentrada e diligente expressão de homens labutando com toda a sua pujança.

– À bolina cochada, senhor? – perguntou James.

– Uma quarta a menos – disse Jack. – Mas, devagarinho, devagarinho: vamos ver se conseguimos *atraí-los*. Arrie uns dois pés a verga da gávea e soleque os amantilhos de boreste... vamos aparentar como se estivéssemos desarvorados. Sr. Watt, os brandais do joanete são a nossa prioridade.

E, desse modo, todos eles seguiram de volta através das mesmas milhas de mar, a *Sophie* atando e costurando, as canhoneiras em perseguição e disparando constantemente, a velha lua ascendendo a leste com sua habitual indiferença.

Não havia muita convicção na perseguição, mas, mesmo assim, pouco depois de James Dillon ter informado o término dos reparos essenciais, Jack falou:

– Se virarmos por d'avante e içarmos todas as velas com a rapidez de um raio, creio que poderemos interceptar esses sujeitos pesadões pelo lado da terra.

– Todos os marinheiros para virar o navio de bordo – ordenou James. O mestre do navio tocou o apito e, correndo para o seu posto na bolina da gávea, Isaac Isaacs falou com intensa satisfação para John Lakey:

– Vamos interceptar esses dois sacanas pesadões pelo lado da terra.

E teriam feito isso, se um disparo infeliz não tivesse atingido a verga do joanete do traquete. Eles salvaram a vela, mas a velocidade do barco caiu imediatamente e as canhoneiras avançaram, avançaram e avançaram, até ficarem a salvo atrás do seu molhe.

– Agora, Sr. Ellis – disse James, enquanto a luz da alvorada mostrava o quanto a mastreação da chalupa havia sofrido durante a noite –, eis aqui a mais sublime oportunidade de aprender a sua profissão; bem, ouso dizer que há o suficiente para mantê-lo ocupado até o pôr do sol, ou até mais, com toda a variedade de costuras, nós, forrações e percintas que pode desejar. – Ele estava extraordinariamente alegre, e, de quando em vez, ao percorrer apressadamente o convés, trauteava ou cantava uma espécie de canção.

Havia também o içamento da nova verga, alguns buracos de bala a ser reparados e uma nova trinca do gurupés a ser fixada, pois o estranho ricochete de raspão cortara metade das voltas, sem sequer ter tocado no madeirame – algo que os marujos mais velhos a bordo jamais haviam visto, um prodígio a ser registrado no diário de bordo. A *Sophie* permanecia ali, sem ser importunada, sendo ajeitada durante todo aquele agradável dia ensolarado, mais movimentada do que uma colmeia, alerta, preparada, encrespando-se com belicosidade. Havia uma curiosa atmosfera a bordo: os homens sabiam muito bem que velejariam muito em breve, talvez para algum ataque na costa, talvez em uma expedição de interceptação; o humor deles era afetado por várias coisas – pelas capturas do dia anterior e da última terça-feira (o consenso era que cada homem valia 14 guinéus a mais do que quando embarcou); pela contínua seriedade do seu comandante; pela forte convicção a bordo de que ele tinha informações secretas sobre as viagens dos espanhóis e pela súbita estranha alegria, ou mesmo leviandade, do imediato deles. James Dillon encontrara Michael e Joseph Kelly, Matthew Johnson e John Melsom entre os conveses, ocupados em surrupiar coisas a bordo do *Filipe V*, um grave delito, merecedor de corte marcial (apesar de haver o costume de se fazer vista grossa pelo furto de qualquer coisa acima das escotilhas), e algo que ele particularmente abominava como sendo "um maldito hábito de corsários"; mesmo assim, não os denunciou. Eles continuavam perscrutando-o por trás de mastros, vergas e botes; e o mesmo faziam os seus companheiros culpados, pois os Sophies eram muito dados à rapinagem. O resultado de todos esses fatores era uma estranha atividade atenta e silenciosamente alegre, com um leve toque de aflição.

Com todo mundo tão ocupado, Stephen sentia escrúpulos ao ir até a bomba de olmo, através da qual, sem a tampa, ele observava diariamente as maravilhas das profundezas, e onde a sua presença agora era tão habitual que ele poderia ser a própria bomba, por todas as restrições que ele impôs às conversações entre os homens; mas ele captava aquele estado e partilhava da intranquilidade que o produzia.

No jantar, James parecia estar no auge de sua euforia; ele convidara informalmente Pullings e Babbington, e a presença dos dois, juntamente com a ausência de Marshall, deu à refeição um certo ar de festividade, apesar do silêncio ruminante do intendente de bordo. Stephen ficou observando Dillon, quando ele se juntou ao coro da canção de Babbington, ao retumbar

> *E esta é a lei, que irei proclamar*
> *Até o dia da minha morte, senhor,*
> *Que, qualquer rei que venha a reinar,*
> *Eu serei o Vigário de Bray, senhor,*

num constante rugido.

– Muito bem – gritou James, batendo na mesa. – Agora, uma rodada de vinho, para todos tomarem um trago, e depois deveremos voltar para o convés, embora seja terrível um anfitrião dizer tal coisa.

Que alívio, voltar a lutar contra navios do rei, em vez desses malditos corsários – observou, a propósito de coisa alguma, quando os aspirantes e o intendente se retiraram.

– Que criatura romântica é você, com toda certeza – comentou Stephen. – Uma bala disparada por um canhão corsário faz o mesmo buraco que uma do rei.

– Eu, romântico? – bradou James, com verdadeira indignação, uma centelha de fúria iluminando os olhos verdes.

– Sim, meu caro – confirmou Stephen, inalando rapé. – A seguir, vai me falar do seu direito divino.

– Bem, pelo menos até você, com suas loucas ideias entusiastas de nivelamento, não vai negar que o rei é a única fonte de honra, não é mesmo?

– Eu não – afirmou Stephen. – Nem por um momento.

– Na última vez em que estive em casa – contou James, enchendo o cálice de Stephen –, acordamos o velho Terence Healy. Ele foi arrendatário do meu avô. E há uma canção, que eles cantavam lá, que passou o dia todo no fundo de minha mente... não consigo trazê-la à tona para poder cantá-la.

– É uma canção irlandesa ou inglesa?

– A letra, pelo menos, é em inglês. Um trecho diz assim:
Oh, os gansos selvagens, voando, voando, voando,
Os gansos selvagens sobre o mar cinza nadando.

Stephen assobiou um compasso, com o seu pio desagradável, e cantou:
Eles nunca voltarão, pois o cavalo branco cabriolou,
Cabriolou, cabriolou
O cavalo branco no prado verde cabriolou.

– É isso... é isso. Bendito seja – berrou James e saiu, cantarolando, para ver se a *Sophie* já havia reunido o máximo de sua força.

O barco saiu para o mar ao pôr do sol, com uma grande demonstração de adeus para sempre, e ajustou o rumo sensatamente para Minorca. Pouco antes do alvorecer, voltou a se aproximar da costa, ainda com a mesma boa brisa um pouco a leste do norte. Mas, agora, havia nela uma leve friagem outonal, e uma umidade que trazia fungos de faia à mente de Stephen; e, sobre a água, jaziam impalpáveis névoas deslizantes, algumas delas incomumente marrons.

A *Sophie* estava navegando com amuras a boreste, no rumo oés-noroeste; fora dado o apito para as macas serem ferradas e acondicionadas nas trincheiras; o cheiro de café e bacon frite misturava-se nos redemoinhos que rodopiavam a barlavento de sua retesada carangueja. Vasta, à amura de bombordo, a névoa marrom ainda ocultava o vale de Llobregat e a desembocadura do rio, porém, mais distante, costa acima, em direção à obscurecida cidade assomando ali no horizonte, o sol nascente havia queimado toda a névoa, com exceção de algumas manchas – as que permaneceram deviam ser promontórios, ilhas e bancos de areia.

– Eu sei, eu *sei*, as canhoneiras estão tentando nos atrair para alguma armadilha – afirmou Jack –, e ando me perguntando qual é. – Jack não era muito bom em disfarçar, e Stephen convenceu-se de imediato que ele sabia muito bem qual era a natureza da armadilha, ou pelo menos fazia uma boa ideia do que provavelmente seria.

O sol ascendeu à superfície da água, fazendo coisas maravilhosas com as cores dela, levantando novas neblinas, dissolvendo outras, enviando delicados padrões de sombra por entre os cabos retesados da mastreação e as curvas perfeitas das velas, baixando-os para o convés branco, agora mais branco por estar sendo esfregado, até chegar ao ruído esmerilhante das pedrinhas de esfregar convés: com um rápido mas imperceptível movimento, ele deu luz a um cabo azul-acinzentado e revelou um grande navio a três quartas na bochecha de boreste, navegando para o sul terra abaixo. O vigia avisou que ele estava lá, mas numa voz trivial e formal, pois quando a barreira de nuvem se dissolveu, sua silhueta era totalmente visível do convés da *Sophie*.

– Muito bem – disse Jack, fechando a luneta, após uma demorada olhada. – O que acha dele, Sr. Dillon?

– Sem dúvida, penso que se trata daquele nosso velho amigo, senhor – respondeu James.

– Eu também. Marear a estai do grande, e vamos orçar para nos aproximar. Lambazes para popa e secar o convés. E mande os homens fazerem o desjejum imediatamente, Sr. Dillon. Gostaria de tomar uma xícara de café com o doutor e comigo? Seria uma pena desperdiçá-lo.

– Com prazer, senhor.

Quase não houve conversa durante o desjejum deles. Jack disse:

– Suponho que gostaria de colocar meias de seda em todos nós, não, doutor?

– Por que cargas-d'água meias de seda?

– Ora, todo mundo diz que isso facilita para um cirurgião, se ele tiver de cortar uma pessoa.

– Sim. Sim, certamente. Por favor, não deixe de colocar meias de seda.

Nenhuma conversa, mas havia uma notável sensação de afável companheirismo, e Jack, ao se levantar para vestir o casaco do uniforme, falou para James:

– Sabe, você está absolutamente certo – como se eles tivessem passado toda a refeição falando sobre a identidade do navio estranho.

De volta ao convés, ele viu que era o próprio, é claro: o navio avistado era o *Cacafuego*; ele havia alterado o rumo para encontrar a *Sophie* e estava no ato de marear os seus cutelos e varredoura. Pela luneta, Jack pôde ver o brilho rubro de seu costado ao sol.

– Todos os marinheiros à popa – ordenou, e enquanto esperavam a tripulação se reunir, Stephen pôde ver que um sorriso continuava se estendendo pelo rosto dele, e tinha de fazer um esforço consciente de reprimi-lo e manter uma aparência grave.

– Homens – falou Jack, olhando-os prazeroso. – Esse, a barlavento, é o *Cacafuego*, como sabem. Sei que alguns de vocês não ficaram contentes quando, da última vez, nós o deixamos ir sem cumprimentá-lo; mas, agora, com a nossa artilharia como a melhor da esquadra, bem, é outra coisa. Portanto, Sr. Dillon, vamos nos preparar para a ação, por favor.

Quando ele começou a falar, talvez metade dos Sophies o olhava com uma nítida excitação prazerosa; talvez um quarto parecesse um pouco perturbado; e o restante, tinha rostos abatidos e aflitos. A felicidade contida, porém, irradiava do comandante e do imediato deles e vivas espontâneos e prazerosos emitidos pela primeira metade da tripulação transformaram tudo de uma forma maravilhosa; e ao se dedicarem a movimentar a chalupa, não havia mais do que quatro ou cinco que pareciam desanimados – os demais pareciam estar fazendo um passeio.

O *Cacafuego*, no momento com pano redondo, seguia paralelo à costa, numa curva constante para o oeste, a fim de ficar a barlavento e em direção ao mar em relação à *Sophie*; e a *Sophie* navegava à bolina cochada desse modo, quando ficaram uma boa meia milha de distância lado a lado, a chalupa permaneceu totalmente aberta a uma saraivada da banda de artilharia da fragata, a fragata de 32 canhões.

– O agradável de se combater com os espanhóis, Sr. Ellis – comentou Jack, sorrindo para os grandes olhos redondos e o rosto solene do rapaz –, não é porque eles sejam covardes, pois não o são, mas é que eles nunca, nunca estão prontos.

O *Cacafuego* já havia quase chegado à posição pretendida por seu comandante: disparou um canhão e hasteou as cores da Espanha.

– A bandeira americana, Sr. Babbington – pediu Jack. – Isso lhes dará algo em que pensar. Anote o tempo, Sr. Richards.

A distância agora diminuía rapidamente. Segundo após segundo, e não minuto após minuto. A *Sophie* dirigia-se à ré do *Cacafuego*, como se pretendesse atravessar sua esteira; e a chalupa não poderia apontar canhão algum. A bordo reinava o silêncio total, enquanto cada homem se mantinha pronto para a ordem de virar de bordo – uma ordem que talvez não viesse antes da descarga de artilharia.

– Preparar a nossa bandeira – disse Jack em voz baixa; e mais alto: – Agora, Sr. Dillon.

– Leme a ló. – E o apito do mestre soou quase que ao mesmo tempo; a *Sophie* girou na quilha, içou bandeira inglesa, estabilizou-se no novo rumo, largou o pano e seguiu à bolina cerrada diretamente para o costado do espanhol. O *Cacafuego* disparou imediatamente, uma estrondosa bombardada que passou acima e no meio dos joanetes da *Sophie*, fazendo quatro buracos, nada mais. Os Sophies deram vivas, sem exceção, e permaneceram tensos e ansiosos diante de seus canhões com cartuchos triplos.

– Elevação máxima. Nenhum tiro até tocarmos – gritou Jack, num tom de voz formidável, observando os galinheiros, as caixas e os trastes sendo jogados pela borda da fragata. Por entre a fumaça ele pôde enxergar patos nadando para longe de uma gaiola e um gato, numa caixa, tomado pelo pânico. O cheiro de fumaça de pólvora chegou até eles, e a névoa que se dispersava. Mais próximo, mais próximo: no último momento, eles se aproximariam a sotavento da fragata, privando-a do vento necessário para se mover, mas eles teriam espaço suficiente... Ele agora podia ver os círculos negros das bocas dos canhões da fragata e, ao observá-las entrar em erupção, os brilhantes clarões em meio à fumaça e a grande muralha branca formada por esta esconderam o costado da fragata. Novamente, alto demais, notou, mas não houve nenhum espaço para qualquer emoção particular quando ele procurou, através das falhas da fumaça, colocar a chalupa diretamente diante da mesa de enxárcias principal da fragata.

– Todo o leme! – gritou. Seguiu-se o ruído rangente e: – Fogo!

A fragata-xaveco estava baixa na água, mas a *Sophie* estava mais baixa ainda. Com as vergas presas na mastreação do *Cacafuego*, ela permaneceu parada ali, os seus canhões abaixo do nível das portinholas da fragata. A *Sophie* disparou diretamente no convés do *Cacafuego*, e a primeira bombardada, a uma distância de 6 polegadas, causou uma violenta devastação. Seguiu-se um silêncio momentâneo, depois dos vivas dos Sophies e, naquela pausa de meio segundo, Jack pôde ouvir uma confusa gritaria no tombadilho espanhol. Então os canhões espanhóis voltaram a falar, dessa vez de forma irregular, mas imensamente alto, disparando três pés acima da cabeça dele.

A banda de artilharia da *Sophie* disparava numa esplêndida sucessão, um-dois-três-quatro-cinco-seis-sete, com meia pulsação ao final, e o ronco das carretas; e na quarta ou quinta pausa, James agarrou o braço de Jack e gritou:

– Eles deram a ordem de abordar.

– Sr. Watt, afastar o navio – gritou Jack, dirigindo à frente o seu tubo acústico. – Sargento, preparado. – Um dos brandais do *Cacafuego* tinha caído a bordo da *Sophie*, obstruindo a carreta de um canhão; ele o colocou em volta de um balaústre e, ao olhar para cima, um enxame de espanhóis surgiu no costado do *Cacafuego*. Os fuzileiros e a guarnição de armas leves deram-lhes uma desconcertante saraivada, e eles hesitaram. A distância aumentava, à medida que o mestre, na proa, e o grupo de Dillon, na popa, agiam empurrando os paus. Em meio ao estalido das pistolas, alguns espanhóis tentavam pular, e outros tentavam lançar fateixas; algumas caíram do lado de dentro, outras do lado de fora. Os canhões da *Sophie*, agora a 10 pés do costado da fragata, atingiram bem no meio dos panos tremulantes e abriram sete dos mais pavorosos buracos.

A proa do *Cacafuego* arribou: estava dirigida quase para o sul, e a *Sophie* tinha todo o vento de que necessitava para se colocar a contrabordo novamente. Mais uma vez, o alarido trovejante bramiu e ecoou no céu, com os espanhóis tentando baixar seus canhões, tentando disparar para baixo com mosquetes e pistolas apontados ao acaso acima do costado, para matar as guarnições da artilharia. A tentativa deles era muito corajosa – um homem ficou se equilibrando lá em cima para disparar, até ser atingido três vezes –, mas pareciam totalmente desorganizados. De novo, por duas vezes, eles tentaram abordar, e a cada vez a chalupa guinava, detendo-os com uma terrível carnificina, distanciando-se por cinco ou dez minutos, atingindo as obras mortas, antes de se aproximar novamente para dilacerar suas entranhas. Agora os canhões estavam tão quentes que mal podiam ser tocados; a cada salva, escoiceavam furiosamente. As lanadas silvavam e queimavam ao penetrar, e os canhões tornavam-se cada vez mais perigosos para as suas guarnições e para os inimigos.

E por todo esse tempo os espanhóis disparavam e disparavam, de forma irregular e espasmódica, mas sem cessar. O cesto da gávea do grande da *Sophie* fora atingido várias vezes, e agora estava em frangalhos – grandes pedaços de madeira caindo sobre o convés, balaústres, macas. A verga do traquete estava sustentada apenas pelos cabos. A mastreação pendia em todas as direções, e as velas tinham inúmeros buracos: buchas em chamas voavam o tempo todo para bordo, e a guarnição de boreste, que não estava acionando seus canhões, corria de um lado para o outro, com baldes cheios de água. Contudo, em meio a toda a confusão, o convés da *Sophie* revelava um belo padrão de movimento – a pólvora e as balas sendo transportadas paiol acima, as guarnições dos canhões com o seu constante suspender-disparar-baixar, um ferido, um morto sendo carregado para baixo, seu lugar imediatamente assumido por outro, sem uma só palavra, cada homem atento, atravessando a densa fumaça – sem colisões, sem acotovelamentos, quase sem ser preciso nenhuma ordem.

"Entretanto, agora não devemos ser mais do que um casco", refletiu Jack: era inacreditável que nenhum mastro ou verga ainda tivesse desabado; mas isso não poderia durar. Curvando-se na direção de Ellis, falou em seu ouvido:

– Corra até a cozinha. Mande o cozinheiro virar de cabeça para baixo todas as panelas e todos os panelões sujos de fuligem. Pullings, Babbington, cessem os disparos. Lançar o pau para abordagem, lançar o pau para abordagem. Aquartelar velas de gáveas. Sr. Dillon, deixe os homens da guarnição de boreste escurecerem o rosto na cozinha, depois que eu falar com eles. Homens, homens – gritou, enquanto o *Cacafuego* progredia lentamente adiante –, precisamos abordar a fragata e tomá-la. A hora é esta... agora ou nunca... agora, ou não haverá outra chance... agora, enquanto está cambaleante. Daqui a cinco minutos, ela será nossa. Machados e espadas, e vamos lá... o pessoal de boreste vai escurecer o rosto na cozinha e avançar com o Sr. Dillon... e o restante de ré irá comigo.

Ele disparou para baixo. Stephen tinha quatro feridos silenciosos e dois cadáveres.

– Vamos abordar a fragata – anunciou Jack. – Preciso do seu ajudante... de cada marujo a bordo. Você vem?

– Eu não – disse Stephen. – Posso ficar na roda do leme, se quiser.

– Sim... faça isso. Então vamos – bradou Jack.

Do convés atulhado de detritos e por entre a fumaça, Stephen avistou o altaneiro tombadilho do xaveco cerca de 20 jardas adiante, na bochecha de bombordo. A tripulação da *Sophie*, em dois grupos, o primeiro com os rostos lambuzados de preto, vindo correndo da cozinha e reunindo-se na proa, e o outro já na popa, enfileiraram-se na borda – o intendente pálido, o olhar fixo, imoderado; o artilheiro-chefe piscando ao emergir da escuridão abaixo; o cozinheiro com seu cutelo; o paioleiro de mantimentos; o barbeiro de bordo e até o assistente de cirurgião estavam lá. Stephen notou o seu lábio leporino arreganhado num sorriso, enquanto ele afagava o espigão curvo de um machado de abordagem e falava sem parar: "Eu acerto os sacanas, eu acerto os sacanas, eu acerto os sacanas." Alguns canhões dos espanhóis ainda disparavam no vazio.

– Bracear – gritou Jack, e as vergas começaram a girar para as velas da gávea se encherem. – Caro doutor, sabe o que fazer? – Stephen fez que sim, agarrou as malaguetas e sentiu a vida na roda do leme. O contramestre afastou-se e apanhou um sabre de abordagem com um soturno olhar de prazer. – Doutor, como se diz mais 50 homens, em espanhol? – perguntou Jack.

– *Otros cincuenta.*

– *Otros cincuenta* – repetiu Jack, olhando o rosto dele com um sorriso bastante afetuoso. – Agora, coloque-nos a contrabordo, por favor. – Assentiu novamente para ele, encaminhou-se para a borda-falsa, o timoneiro logo atrás, e içou-se, o corpo volumoso mas ágil, e permaneceu ali, segurando-se na enxárcia mais à proa e brandindo a espada, um comprido e pesado sabre de cavalaria.

Com buracos e tudo mais, as velas da gávea foram largadas: a *Sophie* foi se emparelhando. Stephen deu todo o leme: o esmigalhar triturante, o tanger de alguns cabos se partindo, um tranco, e rapidamente os dois navios estavam lado a lado. Com um vasto urro estridente, de proa a popa, os Sophies saltaram para o costado da fragata.

Jack pulou por cima da borda-falsa destroçada, caindo direto sobre um canhão em movimento, quente e fumegante, e o escovilhador avançou para ele com seu ferro. Jack desviou-se para o lado da cabeça do escovilhador, este se abaixou rapidamente, e ele saltou sobre o ombro encurvado do homem para o convés do *Cacafuego*.

– Vamos, vamos – bradou, e correu adiante, enfrentando furiosamente a guarnição do canhão, que fugiu, e depois os espigões e as espadas que se opunham a ele – havia centenas, *centenas* de homens apinhando o convés, ele notou; e o tempo todo continuava gritando "Vamos!".

Por alguns momentos os espanhóis recuaram, como se atordoados, e cada um dos homens e grumetes da *Sophie* avançou para bordo, a meia-nau e sobre a proa: os espanhóis bateram em retirada para trás do mastro principal, mas ali eles reuniram forças. E agora a luta era violenta; de vez em quando, eram dados e recebidos golpes cruéis – uma densa massa de homens em um combate, tropeçando entre vergônteas, mal tendo espaço para cair, batendo, machadando, atirando uns nos outros; e lutas separadas de dois ou três homens juntos nas bordas, berrando como bestas. Na parte menos compacta da batalha principal, Jack abrira caminho umas 3 jardas: surgiu um soldado à sua frente e, enquanto suas espadas colidiam, um piqueiro atingiu-o sob o braço direito, arrancou a carne de suas costelas e puxou o pique para enfiá-lo novamente. Boden, imediatamente atrás dele, disparou a pistola, arrebentando a parte inferior da orelha de Jack e matando o piqueiro no ato. Jack fintou o soldado, desferiu dois golpes rápidos e cortantes e enfiou com uma terrível força a espada no ombro dele. A luta cessou: o soldado caiu. Jack retirou com esforço a espada presa no osso e olhou rapidamente de vante à ré.

– Isto não vai adiantar – falou.

Adiante, sob o castelo de proa, o evidente peso e número de trezentos espanhóis, já recuperados da surpresa, faziam os Sophies recuarem, criando uma sólida cunha entre o seu grupo e o de Dillon na proa. Dillon necessitava de apoio. A qualquer segundo a maré iria refluir. Jack pulou para cima de um canhão e com um grito que rasgou sua garganta urrou:

– Dillon, Dillon, a prancha de boreste! Siga para o talabardão de boreste! – Por um momento fugaz, no canto do seu campo de visão, ele percebeu Stephen mais distante, abaixo, no convés da *Sophie*, segurando a roda do leme e olhando para cima de forma abrangente. – *Otros cincuenta* – gritou ele, por via das dúvidas; e enquanto Stephen assentia e gritava alguma coisa em espanhol, Jack correu de volta para a luta, a espada no alto e a pistola esquadrinhando.

Nesse instante houve um terrível grito estridente no castelo de proa, um furioso e doloroso avanço em direção à extremidade do talabardão e uma luta desesperada; algo cedeu, e a densa massa de espanhóis no meio-navio virou-se para ver aqueles rostos negros correrem em direção a eles, por trás. Uma confusa agitação em volta do sino da fragata, gritos de toda espécie, os enegrecidos Sophies urrando como loucos enquanto se juntavam aos amigos, tiros, o estrépito de armas, o ruidoso e desordenado pisotear de uma retirada, todos os espanhóis atravancados na meia-nau, comprimidos, incapazes de reagir. Os poucos que se encontravam no tombadilho correram adiante, pelo lado de bombordo, para tentar organizar o pessoal, reagrupá-lo para o combate, pelo menos separar os inúteis fuzileiros.

O oponente de Jack, um marujo baixote, contorceu-se para trás do cabrestante, e Jack recuou para fora da multidão. Olhou de um lado a outro a parte livre do convés.

– Bonden – gritou, puxando o braço dele. – Vá arriar aquela bandeira.

Bonden correu para a popa, saltando por cima do comandante espanhol morto. Jack chamou e apontou. Centenas de olhos, mirando de relance, encarando ou subitamente olhando para trás, sem entender direito, viram a bandeira do *Cacafuego* baixar – suas cores derrotadas.

Acabara.

– Parar a luta – gritou Jack, e a ordem foi retransmitida pelo convés. Os Sophies se afastaram da multidão comprimida na meia-nau, e os homens que lá se encontravam jogaram as armas no chão, subitamente desencorajados, amedrontados, frios e decepcionados. O mais graduado oficial espanhol sobrevivente pelejou para sair do meio da multidão na qual estivera preso e entregou sua espada a Jack.

– Fala inglês, senhor? – perguntou Jack.

– Eu entendo a língua, senhor – respondeu o oficial.

– Os homens devem ir para o porão, senhor, imediatamente – disse Jack. – Oficiais no convés. Marinheiros no porão. Lá embaixo, no porão.

O espanhol deu a ordem: a tripulação da fragata começou a se enfileirar nas escotilhas. Ao fazerem isso, os mortos e feridos ficaram visíveis – uma massa emaranhada a meia-nau, muitos outros à vante, corpos isolados por toda parte – e dessa forma, também, o verdadeiro número de atacantes ficou claro.

– Mais depressa, mais depressa – bradou Jack, e os seus homens apressaram os prisioneiros para baixo, arrebanhando-os rapidamente, pois eles compreendiam o perigo tanto quanto o seu comandante.
– Sr. Day, Sr. Watt, coloquem alguns canhões deles... aquelas caronadas... apontadas para as escotilhas. Carreguem com metralha... há bastante na grinalda da popa. Onde está o Sr. Dillon? Transmitam a ordem ao Sr. Dillon.

A ordem foi transmitida, mas não houve nenhuma resposta. Ele estava caído bem ali, perto do talabardão de boreste, onde se travou a luta mais desesperada, a alguns passos do pequeno Ellis. Quando Jack o levantou, pensou que estivesse apenas ferido; mas, ao virá-lo, viu o grande ferimento no coração.

11

Chalupa *Sophie* de Sua Majestade
ao largo de Barcelona

Senhor,
Tenho a honra de lhe informar que a chalupa de guerra que tenho a honra de comandar, após uma perseguição mútua e uma ação acalorada, capturou uma fragata-xaveco espanhola com 32 peças de artilharia, sendo 22 canhões de cano longo de 12 libras, oito de nove libras e duas caronadas de grosso calibre, denominada *Cacafuego*, comandada por dom Martin de Langara, tripulada por 319 oficiais, marujos e fuzileiros. A disparidade de forças tornou necessária a adoção de algumas medidas que julgo terem sido decisivas. Resolvi abordar, o que foi realizado quase sem perdas; e após uma violenta luta corpo a corpo as cores espanholas foram obrigadas a se render. Tenho, contudo, a lamentar a perda do capitão-tenente Dillon, que tombou no auge da ação, ao liderar o seu grupo de abordagem,

e a do Sr. Ellis, um extranumerário; ao passo que o Sr. Watt, o mestre do navio, e cinco marinheiros ficaram gravemente feridos. Para render a justa homenagem à audaciosa conduta e ao impetuoso ataque do Sr. Dillon, eu não me sinto à altura.

"Eu o vi por um instante", dissera Stephen. "Eu o vi por entre a brecha de duas portinholas transformadas em uma: eles estavam combatendo a pistolas, e foi quando você gritou de cima daquela escada para a meia-nau; e ele estava na frente – rostos negros atrás. Eu o vi abater de pistola um homem com um pique, atravessar a espada num sujeito que havia derrubado o mestre do navio e avançar para um casaco vermelho, um oficial. Após alguns rápidos movimentos, ele capturou a espada desse homem com a sua pistola, e a estocou diretamente nele. Mas a espada atingiu o osso esterno ou uma placa de metal, dobrou e quebrou-se na arremetida; com as seis polegadas restantes, ele o apunhalou com mais rapidez do que conseguiria enxergar – força e rapidez inconcebíveis. Você não acreditaria na felicidade estampada em seu rosto. A luz em seu rosto!"

Devo permitir-me afirmar que não poderia ter havido maior regularidade, nem maior conduta fria e determinada revelada por homens, do que pela tripulação da *Sophie*. O grande empenho e a boa conduta do Sr. Pullings, um aspirante consumado e imediato interino, a quem rogo recomendar a atenção de Vossa Senhoria, e ao mestre do navio, carpinteiro, artilheiro-chefe e suboficiais, a quem estou particularmente em débito.

Tenho a honra de ser etc.

Força do *Sophie* no início da ação: 54 oficiais, marinheiros e grumetes. Quatorze peças de artilharia de quatro libras. Três mortos e oito feridos.

Força do *Cacafuego* no início da ação: 274 oficiais, marinheiros e extranumerários. Quarenta e cinco fuzileiros. Canhões: 32.

O comandante, o contramestre e 13 homens mortos; 41 feridos.

Ele releu tudo, mudou o "Eu tenho a honra" da primeira página para "Eu tenho o prazer", e assinou a carta com Jno. Aubrey, e a endereçou a M. Harte, Esqr. – não para lorde Keith, infelizmente, pois o almirante estava do outro lado do Mediterrâneo, e tudo passava pelas mãos do comandante local mais antigo.

Tratava-se de uma carta passável; não muito boa, apesar de seus esforços e revisões. Ele não tinha destreza com uma pena. Mesmo assim, a carta fornecia os fatos – alguns deles – e, embora estivesse datada "ao largo de Barcelona", como era o costume, na verdade ela fora escrita em Port Mahón, no dia seguinte à sua chegada, e não continha qualquer falsidade: ele achava que fizera justiça a todo mundo – fizera, pelo menos, toda a justiça que pôde, pois Stephen Maturin insistira para ser deixado de fora. Mas, mesmo se a carta tivesse sido um modelo de eloquência naval, ainda assim seria inteiramente inadequada, como perceberia qualquer oficial de marinha, ao lê-la. Por exemplo, falava da batalha como algo isolado no tempo, observada friamente, combatida razoavelmente e claramente relembrada, ao passo que quase tudo de real importância aconteceu antes ou depois do fulgor da batalha; e, mesmo nesse caso, ele mal poderia dizer o que fora mais importante. Com relação ao período posterior à vitória, ele era incapaz de recapitular a sequência exata, sem o diário de bordo: era tudo um borrão impreciso de trabalho incessante e extrema aflição e cansaço. Trezentos homens enfurecidos para serem contidos por duas dúzias, que também precisavam levar a presa de 600 toneladas para Minorca através de um mar ameaçador e alguns ventos abomináveis; quase todo o aparelho vertical e móvel da chalupa para ser renovado, mastros a serem reforçados, vergas a trocar, velas novas para amarrar, e o mestre do navio entre os seriamente feridos; aquela viagem incerta à beira de um desastre, com pouca ajuda do céu e do mar. Um borrão, e uma sensação de opressão; uma sensação mais da derrota do *Cacafuego* do que da vitória da *Sophie*; e uma pressa perpetuamente exaurida, como se fosse tudo no que realmente consistisse a vida. Uma névoa pontilhada por poucos claros luminosos.

Pullings, ali no ensanguentado convés do *Cacafuego*, berrando em seu ouvido surdo que as canhoneiras estavam vindo de Barcelona;

sua determinação em disparar nelas a banda de artilharia da fragata que não fora afetada; o seu incrédulo alívio ao finalmente vê-las fazer a volta e sumir no horizonte ameaçador – por quê?

O som que o despertou no meio do turno de meia-noite às 4 horas: um grito baixo escalando quartos de tons ou menos e aumentando de volume até um uivo estridente, depois uma rápida série de palavras pronunciadas ou cantadas, novamente o grito crescente e o estrídulo – os irlandeses da tripulação velando James Dillon, estirado ali com uma cruz nas mãos e lanternas na cabeça e nos pés.

Os enterros. Aquele rapaz, Ellis, na maca, com a bandeira costurada em volta dele, parecendo um chouriço, e agora, ao recordar, seus olhos voltaram a se anuviar. Ele havia chorado e chorado, as lágrimas escorrendo pelo rosto enquanto os corpos eram jogados pelo costado e os fuzileiros davam as suas salvas.

"Meu Deus", pensou. "Meu Deus." A redação da carta e trazer aquilo de volta à mente fizeram refluir toda a tristeza. Uma tristeza que havia perdurado desde o final da ação até morrer a brisa sobre eles, a algumas milhas do cabo de la Mola, quando dispararam insistentes canhões pedindo um navegador e ajuda; uma tristeza que, contudo, travou uma batalha perdida contra a alegria invasora. Ele levantou a vista, ao tentar determinar o momento em que a alegria invadiu, acariciando a orelha ferida com a ponta da pluma de sua pena; e pela janela da câmara viu a elevada prova de sua vitória, atracada no estaleiro; seu ileso bombordo na direção da *Sophie*, e a pálida água do dia outonal refletindo o vermelho e o dourado brilhante de sua pintura, tão orgulhosa e elegante quanto no primeiro dia em que a viu.

Talvez tenha sido quando recebeu a primeira, inacreditável e surpreendente congratulação de Sennet, do *Bellerophon*, cujo escaler foi o primeiro bote a alcançá-lo; depois, foram Butler, do *Naiad*, e o jovem Harvey, Tom Widdrington e alguns aspirantes, juntamente com Marshall e Mowett, quase enlouquecidos de pesar por não terem tomado parte na ação, mas mesmo assim resplandecentes com a glória refletida neles. Os barcos deles levaram a *Sophie* e sua presa a reboque; seu pessoal substituiu os marujos exaustos e os ociosos na guarda dos prisioneiros; Jack sentiu o peso acumulado daqueles dias e noites baixar sobre ele como uma nuvem macia e coagente, e foi dormir em meio às perguntas de todos. O maravilhoso dormir, e acordar no porto tranquilo, para receber um curto bilhete, sem assinatura e com envelopes duplos, de Molly Harte.

Talvez tenha sido aí. Que a alegria, o imenso e dilatante prazer o tenham dominado, quando acordou. Ele sofria, claro que sofria, sofria amargamente pela perda dos companheiros de bordo – teria dado o braço direito para salvá-los – e, misturada à sua dor por Dillon, havia uma culpa, cuja causa e natureza lhe escapavam; mas a dor por um oficial da ativa em uma guerra em curso era intensa em vez de duradoura. A sensata e objetiva razão lhe dizia que não houvera muitas ações bem-sucedidas realizadas por um único navio contra oponentes tão desiguais e, a não ser que ele fizesse algo espetacularmente insensato, e, a não ser que ele explodisse tão espetacularmente como o *Boyne*, a coisa seguinte que lhe aconteceria seria sair no *Gazette* – a promoção para capitão de mar e guerra.

Com qualquer tipo de sorte, lhe seria dada uma fragata; e sua mente percorria aqueles navios de raça pura – *Emerald, Seahorse, Terpsichore, Phaëton, Sibylle, Sirius,* os felizes *Ethalion, Naiad, Alcmène* e *Triton,* o veloz *Thetis. Endymion, San Fiorenzo, Amelia...* dezenas deles: mais de uma centena comissionada. Teria ele algum direito a uma fragata? Nem tanto: um barco com 20 peças de artilharia de um *capitão de mar e guerra* estaria mais à sua altura, algo de sexta classe. Não tinha muito direito a uma fragata. Também não tinha muito direito de derrotar o *Cacafuego*; nem de fazer amor com Molly Harte. Contudo, ele o fizera. Na carruagem dos correios, num caramanchão, em outro caramanchão, a noite toda. Talvez fosse por isso que ele estivesse agora tão sonolento, tão propenso a cochilar, pestanejando agradavelmente diante do futuro, como se este fosse o brilho de dinheiro. E talvez fosse por isso que os seus ferimentos doíam tanto. O corte no ombro esquerdo tinha aberto na extremidade. Como ele o tinha conseguido, não sabia dizer; mas apareceu ali, ao final da ação, e Stephen o havia costurado, ao mesmo tempo que fizera os curativos nos ferimentos de pique na frente de seu peito (uma atadura para os dois) e prendera uma espécie de curativo no que lhe restara da orelha.

Cochilar, porém, não adiantaria. Aquele era o momento de seguir com a maré alta, de fazer uma arremetida para conseguir uma fragata, de agarrar a sorte enquanto ela estava ao alcance, trazê-la para bordo. Escreveria imediatamente para Queeney, e meia dúzia de cartas a mais naquela tarde, antes da festa – talvez para o seu pai, também, ou será que o velho iria novamente se aproveitar daquilo? Ele era o pior sujeito imaginável em tramas, intrigas, ou em manobrar o diminuto interesse que eles tinham pelos membros mais importantes da família – por mérito, o pai jamais teria chegado ao posto de general. Entretanto, a carta oficial seria a primeira delas, e Jack levantou-se cuidadosamente, ainda sorrindo.

Aquela era a primeira vez em que ele se encontrava tão exposto em terra, e embora fosse cedo não pôde deixar de notar os murmúrios e as pessoas apontando à sua passagem. Levava a carta para o gabinete do comandante mais antigo, e o pesar, os abalos, se não de consciência ou de princípios, então pelo menos de decência, que o haviam perturbado em seu caminho de subida pela cidade, e mais ainda na antessala, desapareceram com as primeiras palavras do comandante Harte.

– Bem, Aubrey – disse ele sem se levantar –, queremos congratulá-lo pela sua prodigiosa sorte novamente, pelo que soube.

– É muito gentil, senhor – retrucou Jack. – Eu lhe trouxe o comunicado oficial.

– Ah, sim – exclamou o comandante Harte, segurando a carta a uma certa distância e olhando-a com presunçosa negligência. – Eu a remeterei imediatamente. O Sr. Brown informou-me que é praticamente impossível o estaleiro daqui fornecer metade do que deseja... ele me pareceu assombrado por você querer tanta coisa. Como, diabos, conseguiu destruir tantas vergas? E aquela quantidade absurda de aparelhos? Os seus remos longos foram destruídos? Não há remos aqui. Não acha que o seu mestre está exagerando? O Sr. Brown diz que não existe uma fragata na base, nem mesmo uma nau de linha, que tenha precisado de tanto massame.

– Se o Sr. Brown puder me dizer como tomar uma fragata com 32 peças de artilharia, sem se destruir algumas vergas, eu seria muito grato a ele.

345

– É, sei como é, nesses repentinos ataques-surpresa... entretanto, tudo o que posso dizer é que terá de ir a Malta, para a maior parte do que está pedindo. O *Northumberland* e o *Superb* fizeram uma limpeza aqui. – A intenção dele de ser tão rabugento era tão evidente que suas palavras tiveram pouco efeito; mas o golpe seguinte ultrapassou a guarda de Jack e atingiu o alvo. – Já escreveu para os pais de Ellis? Este tipo de coisa – observou, batendo no comunicado oficial – é muito fácil: qualquer um pode fazer. Mas não invejo você em relação ao outro. Não sei o que eu mesmo diria... – Mordendo a junta do polegar, ele disparou um olhar furioso por baixo das sobrancelhas, e Jack teve a certeza moral de que o revés financeiro, o infortúnio, o desastre, ou fosse o que fosse, o afetava muito mais do que a devassidão de sua esposa.

Jack, aliás, escrevera essa carta, como também as demais – ao tio de Dillon e às famílias dos marinheiros –, e pensava nelas, ao atravessar o pátio, com um ar sombrio no rosto. Um vulto sob o escuro portão deteve-se, obviamente observando-o. Tudo que Jack conseguiu ver no túnel que dava para a rua foi um contorno e as duas dragonas de um capitão de mar e guerra mais graduado ou um almirante, e embora estivesse pronto para bater continência, sua mente continuava vazia quando o outro deu um passo à frente para a luz do sol, apressando-se com a mão estendida.

– Comandante Aubrey, creio. Sou Keats, do *Superb*. Meu caro senhor, permita-me que o cumprimente de todo o coração... realmente uma vitória esplêndida. Acabo de rebocar a sua captura com a minha barcaça e estou assombrado, senhor, *assombrado*. Ficou muito destruído? Pode dispor de qualquer serviço... meu mestre, carpinteiro, veleiro. O senhor me daria o prazer de jantar a bordo, ou já tem compromisso? Ouso dizer que o senhor é... Toda mulher de Mahón gostaria de exibi-lo. Que vitória!

– Ora, senhor, eu lhe agradeço cordialmente – bradou Jack, enrubescendo, com um franco e indisfarçável prazer ingênuo, e retribuindo a pressão da mão do comandante Keats com tal veemência capaz de causar uma dormente crepitação seguida por uma despedaçante aguilhoada de dor. – Agradeço-lhe infinitamente, por sua gentil opinião. Não há nada que eu valorize mais, senhor. Para lhe dizer a verdade, estou comprometido com um jantar com o governador, e ficarei para o concerto, depois; mas, se eu puder lhe implorar o empréstimo do seu contramestre e de um pequeno grupo... o meu pessoal está quase todo extraordinariamente fatigado, realmente esgotado... sim, eu estimaria isso de bom grado, na verdade, um grande alívio enviado pelo céu.

– Então será feito. E ficarei muito feliz por isso – disse o comandante Keats. – Em que direção está indo, senhor? Subindo ou descendo?

– Descendo, senhor. Tenho marcado um encontro com... com uma pessoa, na Crown.

– Então os nossos caminhos são iguais – declarou o comandante Keats, segurando o braço de Jack; ao atravessarem a rua, para caminhar pela sombra, ele gritou para um amigo: – Tom, venha ver quem trago a reboque. Este é o comandante Aubrey, da *Sophie*! O senhor conhece o comandante Grenville, estou certo.

– Isso me dá um grande prazer – gritou o assustador Grenville, cheio de cicatrizes de batalha, abrindo um sorriso de um olho só: apertou a mão de Jack e, imediatamente, convidou-o para jantar.

Jack recusara mais cinco convites, quando ele e Keats se separaram diante da Crown: de bocas que ele respeitava, ouvira as frases "A ação mais perfeita de que tenho notícia", "Causaria regozijo em Nelson" e "Se há justiça na Terra, uma fragata será comprada pelo governo e entregue ao comandante Aubrey para comandá-la". Ele vira olhares de sincero respeito, boa vontade e admiração nos rostos de marinheiros e oficiais novatos que passavam pelas ruas apinhadas; e dois comandantes superiores a ele, sem sorte na captura de presas e conhecidos pela sua inveja, atravessaram a rua correndo para cumprimentá-lo, com generosidade e consideração.

Ele entrou e subiu a escada para o seu quarto, despiu o casaco e sentou-se.

– Isto deve ser o que chamam de eflúvio – falou, tentando definir alguma coisa feliz, receosa, comovente, clerical e não muito distante das lágrimas no coração e no peito. Permaneceu sentado ali: a sensação perdurando; aliás, ficando mais forte; e quando Mercedes entrou correndo, ele a fitou com branda benevolência, um olhar bondoso e fraternal. Ela entrou correndo, apertou-o apaixonadamente e despejou uma torrente de catalão em seu ouvido, terminando com:

– Bravo, bravo comandante... bom, *bonito* e bravo.

– Obrigado, obrigado, Mercy querida; sou infinitamente grato a você.

– Diga-me – falou, após uma pausa conveniente, tentando mudar para uma posição mais confortável (uma moça rechonchuda: umas boas dez pedras de peso) –, *diga me*, você seria uma boa criatura, *bona creatura*, e apanhar um pouco de *negus* gelado para mim? *Sangria colda? Sede, soif,* muita sede, eu lhe garanto, minha cara.

– Sua tia tinha toda a razão – disse ele, pousando o caneco enfeitado e limpando a boca. – O barco de Vinaroz estava exatamente lá, e encontramos o falso ragusano. Portanto, aqui, *acqui, aqui* está a recompensa da tia, *a recompenso de tua tia*, minha cara – tirou dos calções uma bolsa de couro – *y aqui* – retirando um elegante embrulho com um lacre – está um pequeno *regalo para vous*, querida.

– Presente? – berrou Mercedes, pegou-o com um olho faiscante e rapidamente desfez a fita de seda, o papel de seda, o algodão de joalheiro, e encontrou uma pequena e bela cruz de diamante num cordão. Ela deu um gritinho esganiçado, beijou-o, arremessou-se para o espelho, deu mais uns gritinhos – iik, iik! – e voltou com a joia lampejando no pescoço. Ajeitou-se na parte de baixo, intumesceu na de cima, como uma pomba-papo-de-vento, e baixou o seio, os diamantes cintilando na concavidade. – Gosta dele? Gosta dele? Gosta dele?

Os olhos de Jack ficaram menos fraternos, oh, bem menos fraternos, a glote endureceu e o coração começou a disparar.

– Ah, sim, eu gosto dele – concordou, rouco.

– Timely, senhor, mestre do *Superb* – exclamou uma voz formidável, à abertura da porta. – Oh, peço-lhe desculpas, senhor.

– De modo algum, Sr. Timely – disse Jack. – Estou muito contente em vê-lo.

"Talvez tenha sido melhor", refletiu Jack, ao descer novamente a escada da fábrica de cordas, deixando para trás um grande número de hábeis e ativos membros do *Superb*, arrastando ruidosamente um novo conjunto de enxárcias, "pois há muita coisa a fazer. Mas que moça adorável..." Ele agora estava a caminho do jantar com o governador. Essa, pelo menos, era a sua intenção; mas o seu confuso estado mental, voltando ao passado e avançando para o futuro, juntamente com a relutância de parecer estar se exibindo, como diziam os marujos, na rua principal, levou-o através de becos escuros repletos do fedor de vinho recém-fermentado com os sedimentos púrpura na sarjeta, até a igreja franciscana no topo da colina. Ali, convocando toda a sua acuidade para o presente, tomou uma nova direção; e, consultando o relógio com um pouco de ansiedade, caminhou apressadamente ao longo do arsenal, passou pela porta verde da casa do Sr. Florey, deu uma rápida olhada para cima e seguiu noroeste uma quadra a norte, para a Residência.

ATRÁS DA PORTA VERDE e alguns pavimentos acima, Stephen e o Sr. Florey já estavam sentados para uma refeição casual, distribuída por onde havia espaço sobre mesas e cadeiras avulsas. Desde que voltaram do hospital, eles vinham dissecando um bem-conservado golfinho, que se estendia sobre um banco alto perto da janela, ao lado de algo coberto por um pano.

– Alguns comandantes acreditam que a melhor política é incluir cada caso de matança ou incapacidade temporária – comentou o Sr. Florey –, pois uma enorme conta de açougueiro fica parecendo bem no *Gazette*. Outros não incluem nenhum homem que não esteja praticamente morto, pois um pequeno número de baixas significa um comando cuidadoso. Creio que a sua lista está próxima do meio-termo ideal, se bem que, talvez, um pouco cautelosa... você a está vendo do ponto de vista da promoção do seu amigo, não?

– Exatamente.

– Sim... Permita-me que lhe ofereça uma fatia desta carne fria. Por favor, alcance-me uma faca afiada... a carne, acima de tudo, *precisa ser cortada bem fina*, para ter melhor sabor.

— Esta está sem fio – disse Stephen. – Experimente a *catlin*. – Ele virou-se para o golfinho. – Não está aqui – falou, olhando por baixo de uma nadadeira. – Onde podemos tê-la deixado? Ah! – levantando o pano –, aqui está a outra. Que lâmina: aço suíço, sem dúvida. Vejo que você começou a sua incisão pelo ponto hipocrático – observou, ao levantar um pouco mais o pano e fitar a jovem dama sob ele.

— Talvez seja melhor lavar a faca – sugeriu o Sr. Florey.

— Ora, uma esfregadela vai resolver – disse Stephen, usando um canto do pano. – A propósito, qual foi a causa da morte? – perguntou, deixando cair o tecido.

— É uma boa pergunta – afirmou o Sr. Florey, trinchando uma primeira fatia e a levando para o condor amarrado pela perna a um canto do aposento. – É uma boa questão, mas estou inclinado a acreditar que a surra fez o seu trabalho antes da água. Essas fraquezas amorosas, desatinos... Sim. A promoção do seu amigo. – O Sr. Florey fez uma pausa, fitou a comprida faca amputadora de lâmina dupla e a agitou solenemente sobre a articulação. – Se você suprir um homem de chifres, ele talvez lhe dê uma chifrada – declarou, com um ar desinteressado, observando dissimuladamente para ver o efeito que poderia ter causado sua afirmação.

— É verdade – concordou Stephen, jogando para o condor um pedaço de cartilagem. – Geralmente, *fenum habent in cornu*. Mas, certamente – afirmou, sorrindo para o Sr. Florey –, não está generalizando em relação aos chifrudos? Não poderia ser mais específico? Ou será que está se referindo à pessoa debaixo do lençol? Sei que o senhor fala de dentro do seu excelente coração, e asseguro-lhe que nenhum grau de franqueza é capaz de ser ofensivo.

— Bem – disse o Sr. Florey –, a questão é que o seu jovem amigo... o nosso jovem amigo, digamos assim, pois tenho uma verdadeira estima por ele, e considero que essa ação vai carrear um grande crédito para o serviço, para todos nós... o nosso jovem amigo tem sido muito indiscreto; como também a dama. Está me entendendo, acredito.

— Ah, certamente.

— O marido ressente-se disso, e ele encontra-se em tal posição que poderá satisfazer esse ressentimento, a não ser que o nosso amigo seja muito cuidadoso... tome uma cautela extraordinária. O marido não pedirá um duelo, pois não é o estilo dele... um sujeito desprezível. Mas poderá montar uma armadilha, para apanhá-lo em um ato de desobediência e, desse modo, levá-lo à corte marcial. O nosso amigo é mais conhecido por seu arrojo, sua iniciativa e sua boa sorte do que por rigoroso senso de subordinação; e alguns dos comandantes mais antigos daqui estão sentindo uma boa dose de ciúme e constrangimento com o sucesso dele. E tem mais: ele é um tóri, ou sua família é; e o marido e o atual ministro da Marinha são *whigs* raivosos, uns cães *whigs* arengueiros. Está me entendendo, Dr. Maturin?

– Certamente, e sou muito grato pela sua sinceridade em me dizer isso: confirma o que eu tinha em mente, e farei tudo ao meu alcance para conscientizá-lo da delicadeza de sua situação. Se bem que, palavra de honra – acrescentou com um suspiro –, nesse caso, há ocasiões em que nada além da pura ablação do membro viril resolveria.

– Essa, geralmente, é a parte pecante – atestou o Sr. Florey.

O ESCRIVÃO DAVID RICHARDS também jantava, mas comia no seio da família.

– Como todos sabem – falou para a multidão respeitosa –, a posição de escrivão do comandante é a mais perigosa em uma nau de guerra: ele fica o tempo todo ali, no tombadilho, ao lado do comandante, com a lousa e o relógio, para anotar comentários, e todos os armamentos leves e boa parte dos canhões grandes concentram o seu fogo nele. Mesmo assim, ele precisa permanecer ali, apoiando o comandante com sua compostura e seus conselhos.

– Oh, Davy – exclamou sua tia –, e ele pede os seus conselhos?

– Se ele pede os meus conselhos, madame? Ha-ha, juro pela palavra sagrada.

– Não blasfeme, Davy querido – rebateu a tia automaticamente. – Não é distinto.

– "Oh, jovem Sr. Richards", disse ele, quando o cesto da gávea maior começou a cair à nossa volta, rasgando o ripamento do tombadilho como se fosse lã de luva, "eu não sei o que fazer. Declaro que estou totalmente perdido." "Só tem uma coisa a fazer, senhor", disse eu. "Abordá-los. Abordá-los de popa a proa, e dou-lhe a minha palavra sagrada de que a fragata será nossa em cinco minutos." Pois bem, madame e primos, como não gosto de me vangloriar, confesso que levamos dez minutos; mas valeu a pena, pois ganhamos uma bela fragata-xaveco recém-revestida de cobre como nunca se viu. E quando fui à popa, depois de apunhalar o escrivão do comandante espanhol, o comandante Aubrey apertou a minha mão, e com lágrimas nos olhos. "Richards, todos nós deveríamos ser muito gratos a você", disse ele. "Senhor, o senhor é muito bondoso", disse eu, "mas não fiz nada mais do que qualquer eficiente escrivão de comandante faria". "Bem", disse ele, "então está bem". – Ele tomou um gole da cerveja *porter* e prosseguiu: – Quase falei para ele: "Eu tenho uma sugestão, Louro"... pois a gente o chama de Louro, entre nós do serviço, sabem, do mesmo modo como me chamam de Davy Infernal ou Richards Trovejante... "basta me promover para aspirante a bordo do *Cacafuego*, quando ele for comprado pelo governo, e estaremos quites." Talvez eu faça isso, amanhã, pois sinto que tenho a índole do comando. Ele deve obter 12 mil libras, 13 libras a tonelada, não crê, senhor? – perguntou ao tio. – Não afetamos muito o casco dele.

– Sim – confirmou o Sr. Williams, lentamente. – Se for comprado pelo governo, obterá isso, e o seu carregamento, muito mais; o comandante A vai tirar uns 5 mil líquidos, além da recompensa pela captura; e a sua parte será, vejamos, 263, 14 e dois. *Se* ele for comprado pelo governo.

– O que quer dizer, tiozinho, com o seu *se*?

– Ora, o que quero dizer é que uma *certa pessoa* faz as compras do Almirantado; e essa *certa pessoa* tem uma esposa que não é nada reservada; e essa *certa pessoa* pode estorvar horrivelmente. Ó Louro, Louro, por que motivo fazes isso, Louro? – indagou o Sr. Williams, para indizível espanto de suas sobrinhas. – Se ele cuidasse dos seus afazeres, em vez de bancar Yardo, o touro reprodutor, ele...

– Foi ela quem se engraçou para o lado dele – berrou a Sra. Williams, que nunca mais deixou o marido terminar uma frase, desde o "sim" que ele pronunciara na Trinity Church, Plymouth Dock, em 1782.

– A promíscua! – bradou sua irmã solteirona; e os olhos das sobrinhas giraram em direção a ela, ainda mais arregalados.

– A assanhada – clamou a Sra. Thomas. – O primo da minha Paquita foi o condutor da sege na qual ela desceu para o cais; e jamais se poderia imaginar...

– Ela devia ser açoitada pela cidade, na traseira de uma carroça, e como eu gostaria de ter o chicote.

– Ora vamos, minha cara...

– Eu sei o que está pensando, Sr. W – protestou sua esposa –, e é melhor parar agora mesmo. Aquela cadela asquerosa; desprezível.

A REPUTAÇÃO DA DESPREZÍVEL fora realmente abalada, muita coisa transparecera nos meses recentes, e a esposa do governador recebeu-a com a maior frieza possível; a aparência de Molly Harte, porém, havia melhorado a olhos vistos – antes, tratava-se de uma mulher bonita, e agora era indiscutivelmente bela. Ela e lady Warren chegaram juntas para o concerto, e a pequena tropa de soldados e marinheiros tinha esperado do lado de fora, para receber a carruagem das duas: agora, apinhavam-se em volta dela, resfolegando e agitando-se numa agressiva competição, enquanto suas esposas, irmãs e até mesmo namoradas permaneciam sentadas em desalinhados grupos soturnos, a distância, mudas, olhando com os lábios apertados para o vestido escarlate quase escondido em meio ao ajuntamento de uniformes.

Os homens recuaram quando Jack apareceu, e alguns retornaram para as suas acompanhantes, que lhes perguntaram se não achavam a Sra. Harte muito velha, malvestida, uma perfeita desmazelada? Que pena, na idade dela, coitada. Devia ter no mínimo 30, 40, 45 anos. Luvas de renda! Elas não tiveram a ideia de vestir luvas de renda. Aquela luz forte era impiedosa com ela; e, certamente, não era bizarro usar todas aquelas pérolas enormes?

Ela era, de certo modo, uma prostituta, pensou Jack, olhando-a com um intenso ar de aprovação, enquanto Molly permanecia parada ali, a cabeça elevada, perfeitamente ciente do que as mulheres estavam falando, e as desafiando: ela era, de certo modo, uma prostituta, mas essa noção estimulou o apetite dele. Ela só se interessava pelos bem-sucedidos, mas, com o *Cacafuego* fundeado ao lado da *Sophie*, Jack achava isso perfeitamente aceitável.

Após alguns momentos de conversa vazia – uma dissimulação que Jack achou ter cumprido com particular brilhantismo, *alas* –, todos seguiram, como uma turba farfalhante, para o salão de música, Molly Harte sentou-se belíssima ao lado da harpa, e o restante acomodou-se nas pequenas cadeiras douradas.

– O que vamos ouvir? – quis saber uma voz atrás dele e, virando-se, Jack viu Stephen, empoado, respeitável, exceto por ter esquecido de vestir a camisa, e ansioso pelo divertimento.

– Algo de Boccherini... uma peça para violoncelo... e o trio de Haydn que adaptamos. E a Sra. Harte vai tocar harpa. Venha sentar-se a meu lado.

– Bem, suponho que terei de fazer isso – disse Stephen –, pois a sala está muito apinhada. Espero desfrutar esse concerto: será o último que ouviremos em muito tempo.

– Disparate – exclamou Jack, sem se importar. – Ali está o grupo da Sra. Brown.

– Depois disto, estaremos a caminho de Malta. A ordem está sendo redigida neste exato momento.

– A chalupa não está pronta para se fazer ao mar – alegou Jack. – Você deve estar equivocado.

Stephen deu de ombros.

– Eu soube através do próprio secretário.

– Maldito patife... – bradou Jack.

"Shhh", fizeram as pessoas em volta dos dois; o primeiro-violino inclinou a cabeça, movimentou o arco, e num instante estavam todos arremetendo, enchendo a sala com uma deliciosa complexidade sonora, preparando a meditativa canção do violoncelo.

– EM GRANDE PARTE – comentou Stephen –, Malta é um lugar decepcionante. Mas, pelo menos, encontrei uma quantidade bastante considerável de cilas no litoral: essas eu conservei num cesto trançado.

– E é mesmo – concordou Jack. – Embora, sabe Deus, apesar de Pullings, eu não tenha do que me queixar. Eles nos equiparam com generosidade, exceto pelos remos longos... ninguém teria sido mais atencioso do que o mestre atendente... e nos receberam como se fôssemos imperadores. Você acha que uma das suas cilas, de um modo geral, seria uma coisa boa para aprumar um homem? Eu me sinto mais desanimado do que um gato castrado... bem avariado.

Stephen olhou-o atentamente, tomou seu pulso, olhou a língua, fez perguntas sórdidas e o examinou.

– Será uma das feridas que não está indo bem? – indagou Jack, alarmado, diante da seriedade do outro.

– Trata-se de uma ferida, se quiser denominar assim – respondeu Stephen. – Mas não da nossa batalha com o *Cacafuego*. Alguma dama de suas relações tem sido liberal demais com os favores dela, por demais dadivosa.

– Deus do céu! – exclamou Jack, a quem nunca tinha acontecido aquilo.

– Não se preocupe – tranquilizou Stephen, comovido pelo pavor de Jack. – Em pouco tempo gozará de boa saúde: não é problema, quando isso está no início. Não lhe fará mal um recolhimento, beber nada além do que água de cevada adoçada e comer mingau, mingau ralo... nada de carne de carneiro, nada de vinho ou bebidas alcoólicas. Se o que Marshall me contou sobre a travessia para oeste nesta época do ano é verdade, juntamente com a nossa parada em Palermo, você certamente se encontrará de novo em uma situação de arruinar a sua saúde, perspectivas, raciocínio, feições e felicidade, quando avistarmos o cabo de la Mola.

Ele deixou a câmara com o que pareceu a Jack uma desumana carência de preocupação, e seguiu diretamente para baixo, onde misturou uma bebida e um pó da enorme provisão que ele (como todos os demais cirurgiões navais) mantinha continuamente à disposição. Impulsionado pelo vento gregal, vindo em lufadas de Delamara Point, a guinada a sotavento da *Sophie* pendeu além da conta.

– Foi além da conta – observou Stephen, balançando como um marujo experiente, ao despejar o excesso em um frasco de vinte dracmas. – Mas não tem importância. Vai servir para o jovem Babbington. – Arrolhou o frasco, colocou-o em uma estante com fechadura, contou os demais, com os seus gargalos etiquetados, e retornou à câmara. Ele sabia muito bem que Jack agiria de acordo com a antiga crença dos homens do mar de que *mais é melhor* e, se não fosse vigiado de perto, tomaria doses como se estivesse no outro mundo. E permaneceu ali, refletindo sobre a transferência de autoridade de um para o outro neste tipo de relação (aliás, de autoridade em potencial, pois os dois nunca haviam entrado em choque), enquanto Jack arfava e sentia ânsias de vômito por causa do nauseante remédio. Desde que Stephen Maturin enriquecera, com a primeira presa deles, passara a adquirir grandes quantidades de assa-fétida e castóreo, para tornar seus medicamentos mais repugnantes em sabor, odor e textura do que quaisquer outros da esquadra; e logo percebeu o efeito – seus pacientes mais resistentes *sabiam* com todo o seu ser que estavam sendo purgados.

– Os ferimentos do comandante o estão perturbando – avisou na hora do jantar –, e não deverá aceitar o convite da praça d'armas, amanhã. Eu o estou mantendo confinado à câmara e aos mingaus.

– Ele ficou muito machucado? – quis saber, respeitosamente, o Sr. Dalziel. O Sr. Dalziel foi uma das decepções de Malta: todos a bordo esperavam que Thomas Pullings fosse promovido a tenente, mas o almirante enviou um dos seus candidatos, um primo, o Sr. Dalziel de Auchterbothie e Sodds. Ele havia abrandado o fato com um bilhete particular, prometendo "manter em mente o Sr. Pullings e fazer uma menção especial a ele ao Almirantado", mas continuou a mesma coisa – Pullings permaneceu como ajudante de navegação. Ele não foi "feito" – e essa foi a primeira mancha na vitória deles. O Sr. Dalziel sentia isso, e era especialmente conciliador; embora, de fato, tivesse pouca necessidade de o ser, pois Pullings era a mais despretensiosa criatura na Terra, penosamente acanhado, exceto no convés do inimigo.

– Sim – confirmou Stephen –, ficou. Tem ferimentos de espada, pistola e pique. E, sondando mais profundamente, encontrei um pedaço de metal, um projétil que ele tinha recebido na Batalha do Nilo.

– O bastante para perturbar qualquer homem – afirmou o Sr. Dalziel, o qual, apesar de não ser sua culpa, nunca vira uma matança, e se ressentia desse fato.

– É correto, doutor – quis saber o mestre-arrais –, eu dizer que o aborrecimento pode abrir os ferimentos? Ele deve estar aborrecido cruelmente, por não estarmos em nossa área de cruzeiro, com a estação avançando.

– Sim, certamente – concordou Stephen. E, certamente, Jack tem motivo para estar aborrecido, como todos os demais a bordo: ser enviado para Malta, tendo, em todo caso, o direito de navegar em águas ricas e excelentes, é muito duro, e piorou muito mais por causa do persistente rumor de um galeão marcado pelo destino e pela espionagem particular de Jack feita para a *Sophie*... um galeão, ou mesmo galeões, uma porção de galeões que, neste momento, podem estar se movendo furtivamente pela costa da Espanha, e encontram-se a 500 milhas de distância.

Eles estavam extremamente impacientes para voltar ao cruzeiro, aos 37 dias que lhes deviam, 37 dias inúteis; pois, embora houvesse muitos homens a bordo que possuíam mais guinéus do que jamais haviam possuído em xelins em terra, não havia um só deles que não ansiasse ardentemente por mais. O cálculo aproximado era que a parte de um marujo comum estaria na casa das cinquenta libras, e mesmo os que haviam sido sangrados, pisoteados, chamuscados e surrados na ação achavam isso um bom salário para uma manhã de trabalho – de longe, muito mais interessante do que o incerto xelim por dia que poderiam receber no arado ou na tecelagem, em terra, ou mesmo as oito libras mensais oferecidas, segundo se dizia, pelos aflitos comandantes de navios mercantes.

Ações em conjunto bem-sucedidas, disciplina fortemente conduzida e um alto grau de competência (fora o Maluco Willy, o lunático da *Sophie*, e alguns poucos casos irrecuperáveis, cada homem e menino a bordo agora sabia manusear e rizar uma vela e governar o navio) haviam fundido todos em um só corpo extraordinariamente unido, perfeitamente familiarizados com o navio e seus hábitos. Ainda bem, pois o novo imediato não era nenhum excelente marujo, e já o haviam livrado de várias mancadas, enquanto a chalupa navegava para oeste, o mais depressa possível, através de duas terríveis tempestades, de um violento alto-mar e de calmarias enlouquecedoras, a *Sophie* chafurdando nas altas vagas, a proa seguindo em todas as direções da agulha e o gato de bordo tão enjoado quanto um cachorro. O mais depressa possível, pois todo o seu pessoal não apenas passara um mês pensando em voltar à costa do inimigo, como também os oficiais estavam extremamente ansiosos por notícias de Londres, do *Gazette* e da reação oficial às suas façanhas – a patente de capitão de mar e guerra para Jack e, talvez, um adiantamento para todo o resto.

Foi uma travessia que mereceu elogios para o estaleiro de Malta, como também pela excelência da tripulação, pois naquelas mesmas águas a *Utile*, uma chalupa de 16 canhões, foi a pique durante a segunda tempestade que enfrentou – ela virou por d'avante para seguir de vento em popa, cerca de 20 milhas ao sul de onde eles se encontravam, e toda a tripulação havia perecido. Mas o tempo abrandou no último dia, enviando-lhes uma tramontana constante para uma vela de gávea rizada: avistaram as terras altas de Minorca pela manhã, realizaram seu trabalho um pouco depois do jantar e contornaram o cabo de la Mola antes de o sol estar a meio caminho de descida do céu.

Com todos vivos, mais uma vez, embora um pouco menos bronzeados por causa do confinamento, Jack olhou ansioso para as nuvens de vento acima do monte Toro, com a sua promessa de um contínuo bom tempo para o norte, e disse:

– Assim que estivermos no estreito, Sr. Dalziel, vamos baixar os botes e começar a levar as pipas para o convés. Poderemos começar o abastecimento de água à noite e seguir caminho pela manhã, assim que possível. Não há um momento a perder. Mas vejo que o senhor já está com ganchos nas vergas e nos estais... muito bem – acrescentou com uma risadinha e foi para a sua câmara.

Foi a primeira vez que o pobre Sr. Dalziel ouviu falar aquilo: mãos silenciosas, que conheciam os hábitos de Jack muito melhor do que ele mesmo, haviam previsto a ordem, e o pobre homem sacudiu a cabeça com toda a filosofia que conseguiu reunir. Dalziel encontrava-se em uma posição difícil, pois, embora fosse um oficial respeitoso e consciencioso, não tinha a menor possibilidade de qualquer tipo de comparação com James Dillon: o antigo imediato permanecia presente, de uma forma extraordinária, na mente da tripulação que ajudara a formar – sua dinâmica autoridade, imensa habilidade técnica e de marinheiro cresciam na memória de todos.

Jack pensava nele quando a *Sophie* deslizou pela comprida enseada e passou, um após outro, pelos familiares riachos e ilhas: eles estavam com a ilha hospital pelo través, e ele pensava no ruído muito menor que James Dillon costumava fazer, quando ouviu o grito de "Embarcação à vista" no convés, e, mais distante, o grito em resposta, que significava a aproximação de um comandante. Ele não ouviu direito o nome, mas, um instante depois, Babbington, parecendo apavorado, bateu em sua porta para anunciar:

– A baleeira do comandante mais antigo está atracando a contrabordo, senhor.

O caturro foi grande no convés, com Dalziel tentando fazer três coisas ao mesmo tempo, enquanto aqueles que deviam se manter alinhados na lateral da chalupa tentavam parecer respeitáveis em meio à pressa exacerbada. Poucos comandantes teriam disparado de detrás de uma ilha daquela maneira; poucos teriam importunado um navio prestes a atracar; e a maioria, mesmo em uma emergência, se lhe fosse dada essa chance, teria concedido aos tripulantes alguns minutos de cortesia; mas não o comandante Harte, que subiu pelo costado o mais depressa que pôde. As ordens foram apitadas e gritadas; os poucos oficiais vestidos adequadamente permaneceram rígidos, as mãos nuas; os fuzileiros apresentaram armas, e um deles deixou cair o mosquete.

– Bem-vindo a bordo, senhor – bradou Jack, que se encontrava tão caridoso com o atual mundo reluzente que era capaz de até mesmo sentir prazer em ver aquele rosto inadequado, apesar de familiar. – Creio que é a primeira vez que temos a honra.

O comandante Harte saudou o tombadilho esboçando um movimento em direção ao chapéu e fitou com cuidadoso desgosto os encardidos *boys* de cabo, os fuzileiros com suas cananas tortas, a montanha de pipas de água e a pequenina, dócil e gorducha cadela creme do Sr. Dalziel, que se intrometera à frente, no único espaço vazio, e ali, alheia a tudo e a todos, as orelhas arriadas, assim como todo o corpo, dedicava-se ao ato de produzir uma imensurável poça.

– Costuma manter o seu convés nesse estado, comandante Aubrey? – quis saber ele. – Por mais piedoso que se possa ser, está parecendo mais uma loja de penhores de Wapping do que o convés de um navio do rei.

– Oh, não, senhor – retrucou Jack, ainda no melhor humor do mundo, pois a pasta de lona encerada do Almirantado sob o braço de Harte só podia conter uma promoção a capitão de mar e guerra em nome de J. A. Aubrey, Esqr., e conduzida com prazerosa rapidez. – O senhor pegou a *Sophie* na hora da passagem de serviço, receio. Quer vir à câmara, senhor?

Os tripulantes mantinham-se aceitavelmente ocupados, enquanto o barco carregava e preparava-se para atracar, mas estavam acostumados com a sua chalupa e, igualmente, acostumados com o seu ancoradouro, pois uma desproporcional quantidade da atenção deles era dedicada a ouvir as vozes que vinham da cabine.

– Depois disso, será o Velho Jarvie – cochichou Thomas Jones para William Witsover, com um sorriso amarelo. Aliás, esse sorriso amarelo foi praticamente geral por ante à ré do mastro grande, onde aqueles que estavam ao alcance do ouvido rapidamente concluíram que o seu comandante estava sendo arrasado. Eles o amavam demais e o seguiriam para onde quer que fosse; mas se sentiam agradavelmente divertidos ao imaginar o seu comandante sendo preso, despido, jogado em cima do carvão, levando uma repreensão.

– Quando dou uma ordem, espero que ela seja prontamente obedecida – gesticulou com a boca Robert Jessup em silenciosa ostentação a William Agg, o ajudante do contramestre.

– Silêncio aí – gritou o mestre-arrais, que não estava conseguindo ouvir.

Mas logo o sorriso amarelo sumiu, primeiro no rosto dos homens mais brilhantes próximos à claraboia, e depois no daqueles ao alcance de seus olhos comunicativos, gestos expressivos e caretas significativas, e daí por diante. E quando o ferro de proa foi lançado ao mar, o cochicho circulou: "Nada de cruzeiro."

O comandante Harte reapareceu no convés. Viram-no ser encaminhado à sua barcaça com rígida cerimônia, em meio a uma atmosfera de silenciosa desconfiança, bastante reforçada pelo ar de pétrea circunspecção no rosto do comandante Aubrey.

O cúter e a lancha começaram imediatamente a transportar a água; o escaler levou o intendente para terra, para provisões e o correio; barcos de mascates aproximaram-se com as suas delícias habituais; e o Sr. Watt, como também os demais Sophies que haviam sobrevivido aos ferimentos, saiu às pressas do hospital, para ver o que aqueles sacanas de Malta haviam feito com sua mastreação.

Para eles, os companheiros de bordo gritaram:

– Sabem de uma coisa?
– O quê, companheiros?
– Não sabem mesmo?
– Contem para nós, companheiros.

"Não vai mais haver cruzeiro, é isso", disseram. "Já esgotamos tudo, segundo o Velho Escroto Filho da Puta; já esgotamos o nosso tempo." "Usamos todo ele, indo para Malta." "Os nossos 37 dias!" "Vamos escoltar aqueles malditos cargueiros até Gibraltar, é isso que vamos fazer; e muito obrigado pelos nossos esforços durante o cruzeiro." "O *Cacafuego* não foi comprado aqui – foi vendido para os malditos mouros, por 18 *pence* e uma libra de merda, a porra do xaveco mais veloz que já se viu." "A gente demorou muito a voltar: 'Não precisa me dizer', disse ele, 'pois eu sei muito bem'." "E nada no *Gazette* sobre a gente, e o Bode Velho não trouxe a patente do Louro." "Dizem que o barco não estava em situação regular, e o comandante dele não tinha sido comissionado – tudo uma porção de mentiras." "Ah, se eu tivesse os colhões dele nas minhas mãos, sabem o que eu faria? Eu..."

A essa altura foram interrompidos por uma peremptória mensagem do tombadilho, transmitida pela ponta de um cabo acionado por um membro da faxina do mestre; mas a apaixonada indignação deles prosseguiu através do que imaginavam ser cochichos, e se o comandante Harte reaparecesse naquele momento, talvez tivessem irrompido em um ruidoso motim e o arremessado para o porto. Estavam furiosos por causa de sua vitória, furiosos por causa deles mesmos e furiosos por causa de Jack; e sabiam perfeitamente bem que as reprimendas de seus oficiais eram desprovidas de convicção; a ponta do cabo era mais como um lenço flutuante; e até mesmo o novato Dalziel ficou chocado com o tratamento dado a eles, pelo menos no que sugeriam os boatos, as escutas às escondidas, as conjecturas, as conversas em barcos de mascates e a ausência do adorável *Cacafuego*.

Aliás, o tratamento dado a eles era mais desprezível do que diziam os rumores. O comandante da *Sophie* e o seu cirurgião estavam sentados à mesa da câmara, em meio a uma montanha de papéis, pois Stephen Maturin andara ajudando com a burocracia, além de redigir respostas e cartas dele mesmo, e agora eram 3 horas da madrugada; a *Sophie* balouçava delicadamente nas amarras, e a apinhada tripulação roncava durante toda a longa noite (um dos raros prazeres da vigília num porto). Jack não tinha ido para terra – não tinha intenção de ir; e agora, o silêncio, a falta de uma ação de verdade, o longo tempo sentado com uma pena e tinta pareciam tê-los isolado do mundo em sua cela iluminada; e isso fazia a conversa dos dois, que teria sido indecente, em quase qualquer outra ocasião, parecer bastante normal e natural.

– Você conhece aquele sujeito, o tal de Martinez? – indagou Jack mansamente. – O homem cuja casa é partilhada pelos Harte?

– Eu *sei* dele – respondeu Stephen. – É um especulador, uma espécie de pretenso rico, a metade proletária.

– Pois bem, ele conseguiu o contrato para transporte da correspondência... um trabalho dos diabos, com certeza... e comprou aquela banheira deplorável, o *Ventura*, para transporte costeiro. O barco nunca navegou 6 milhas em uma hora desde que foi lançado ao mar, e teremos de escoltá-lo até o Rochedo. Bem satisfatório, você diria. Sim, mas *nós* vamos pegar o malote, colocá-lo a bordo, quando estivermos fora do quebra-mar, e depois voltar direto para cá, sem desembarcar ou nos comunicar com Gibraltar. E vou lhe contar outra coisa: ele não enviou o meu comunicado oficial pelo *Superb*, que seguiria para o Mediterrâneo dois dias depois de nossa partida, nem pelo *Phoebe*, que ia direto para casa; e aposto com você, dando-lhe todas as vantagens que quiser, que a carta continua aqui, naquele malote seboso. E tem mais: tenho toda a certeza, como se a tivesse lido, de que a carta anexa dele está repleta de suas fantasiosas irregularidades sobre o comando do *Cacafuego*, aquele sofisma a respeito da posição dos oficiais. Desconcertantes insinuações e protelações. É por isso que não há nada no *Gazette*. Nenhuma promoção, tampouco: aquela pasta do Almirantado continha apenas as ordens que ele recebeu, para o caso de eu querer vê-las por escrito.

– Claro, o motivo dele é óbvio até para uma criança. Quer provocar você, para que tenha um acesso. Espera que cometa uma desobediência e arruíne a sua carreira. Rogo para que não fique *cego* de raiva.

– Ora, não bancarei o idiota – rebateu Jack, com um sorriso de certo modo obstinado. – Mas, quanto a me provocar, confesso que ele tem sido admiravelmente bem-sucedido. Duvido que eu pudesse dedilhar uma escala, pois minhas mãos tremem só de pensar nessa coisa – disse ele, ao apanhar o violino.

E enquanto o violino ia do topo do armário para cima do seu ombro, pensamentos puramente egoístas e pessoais surgiram espontâneos em sua mente, não em sucessão, mas como um feixe: as semanas e os meses de preciosa antiguidade de posto escapulindo. Douglas do *Phoebe*, Evans, da base das Índias Ocidentais, e um homem chamado Raitt, a quem não conhecia, já tinham conseguido; figuravam no mais recente *Gazette*, e agora estavam à frente dele na imutável lista de capitão de mar e guerra; ele ficaria para sempre em posição inferior a eles. Tempo perdido; e aqueles perturbadores rumores de paz. E uma profunda, quase irreconhecível suspeita, um temor de que tudo talvez desse errado: nenhuma promoção; o alerta de lorde Keith verdadeiramente profético. Aconchegou o violino debaixo do queixo, retesou a boca e levantou a cabeça, ao fazer isso: e o retesar da boca foi o bastante para descarregar uma torrente de emoções. O rosto enrubesceu, a respiração ficou pesada, os olhos se arregalaram e, por causa da extrema contração das pupilas, ficaram mais azuis; a boca retesou-se ainda mais, e, com ela, sua mão direita.

As pupilas contraem-se simetricamente em um diâmetro cerca de um décimo de uma polegada, anotou Stephen no canto de uma página. Houve um alto e decidido estalido, um melancólico e confuso tangido, e, com uma ridícula expressão de dúvida e espanto e aflição, Jack ficou segurando o violino, todo desconjuntado e anormal, com o braço quebrado.

– Ele quebrou – bradou. – Ele quebrou. – Juntou as partes quebradas com infinito cuidado e as manteve no lugar. – Eu não teria deixado isso acontecer, por nada neste mundo – alegou em voz baixa. – Conheço esta rabeca desde menino, desde que passei a usar calções.

A INDIGNAÇÃO COM o tratamento dado à *Sophie* não ficou confinada à chalupa, mas, naturalmente, era mais forte ali, e enquanto a tripulação acionava o cabrestante para levantar ferros, ela cantava uma nova canção, uma canção que nada devia à casta musa do Sr. Mowett.

> *Velho Harte, velho metido a princês,*
> *Filho raivoso de um peido francês.*
> *Ei, oh, bate o pé e avança,*
> *Bate o pé e avança, bate o pé e avança*
> *Ei, oh, bate o pé e avança.*

O flautista de pernas cruzadas, na extremidade do cabrestante, baixou a flauta e cantou a suave parte solo:

> *Diz o velho Harte para a sua Molly,*
> *Ó, o que vejo ali?*
> *É o audaz comandante da* Sophie
> *Com o seu violino... fi-fi-fi.*

Então, o coro voltou a marcar o ritmo:

> *Velho Harte, velho metido a princês,*
> *Filho raivoso de um peido francês.*

James Dillon jamais teria permitido aquilo, mas o Sr. Dalziel não fazia a mínima ideia das alusões, e a canção prosseguiu sem parar, até a amarra estar toda embaixo, aduchada, fedendo desagradavelmente ao limo de Mahón, e a *Sophie* içou as bujarronas e braceou em volta a verga do velacho. O barco ia passar pelo través do *Amelia*, o qual não via desde a ação com o *Cacafuego*, e imediatamente o Sr. Dalziel observou que a mastreação da fragata estava repleta de homens, todos segurando os chapéus no alto e voltados para a *Sophie*.

– Sr. Babbington – disse ele baixinho, para o caso de estar equivocado, pois vira isso acontecer apenas uma vez anteriormente –, transmita ao comandante, com os meus respeitos, que acredito que o *Amelia* vai nos dar vivas.

Jack chegou pestanejando ao convés quando rugiu o primeiro viva, uma despedaçante onda com um alcance de 25 jardas. Depois veio o apito seguinte do mestre do *Amelia*, e o viva, no momento exato em que estava com todo o seu costado voltado para ele; e então o terceiro. Ele e os seus oficiais permaneceram rígidos, com os chapéus na mão, e assim que o último viva desapareceu acima do cais, ecoando para lá e para cá, Jack gritou "Três vivas para o *Amelia*!", e os Sophies, embora mergulhados no serviço da chalupa, responderam como heróis, rubros de prazer e por causa da energia necessária para responder adequadamente aos vivas – imensa energia, pois eles conheciam as boas maneiras. Então o *Amelia*, agora distante à ré, gritou "Mais um viva", e depois se calou.

Foi um generoso cumprimento, um distinto bota-fora, e deu-lhes um grande prazer; mesmo assim, não aplacou nos Sophies o seu profundo senso de injustiça – não evitou que eles berrassem "Devolvam-nos os nossos 37 dias", como uma espécie de lema ou senha na entrecoberta, e mesmo acima das escotilhas, quando eles ousavam – isso não os impedia totalmente de realizar suas tarefas, e os dias e as semanas que se seguiram foram mais tediosos que o normal.

O breve interlúdio no porto de Port Mahón fora excepcionalmente ruim para a disciplina. Um dos resultados de sua feroz contração em um único desafiador corpo maltratado foi que a hierarquia (em suas gradações mais sutis) tinha praticamente desaparecido por um tempo; e, entre outras coisas, o cabo da guarda deixara que os homens feridos de volta ao serviço levassem bexigas e odres repletos de conhaque espanhol, anisete e um líquido incolor que diziam ser gim. Um número desgraçadamente grande de homens havia sucumbido aos seus efeitos, entre eles o capitão da gávea do traquete (paralítico) e os dois ajudantes do mestre. Jack rebaixou Morgan e promoveu Alfred King, o negro mudo, conforme a ameaça que fizera – um ajudante do mestre *mudo*, certamente, seria mais terrível, mais embaraçoso; principalmente um com um braço tão forte.

– E, Sr. Dalziel – disse ele –, finalmente, vamos instalar um gradil apropriado no passadiço. Eles não dão a mínima para o açoite no cabrestante, e vou acabar com essa maldita bebedeira, de qualquer maneira.

– Sim, senhor – respondeu o imediato. E depois de uma ligeira pausa: – Wilson e Plimpton vieram me dizer que será muito doloroso serem açoitados por King.

– Claro que será muito doloroso. Eu espero, sinceramente, que seja muito *doloroso*. É para isso que eles serão açoitados. Eles estavam bêbados, não estavam?

– Completamente, senhor. Disseram que era o Dia de Ação de Graças deles.

– Em nome de Deus, o que eles têm para dar graças? E o *Cacafuego* foi vendido para os argelinos.

– Eles são das colônias, senhor, e parece que, nesses lugares, eles festejam. Contudo, não é em relação ao açoite que eles fazem objeção, senhor, mas à cor do açoitador.

– Bah – fez Jack. – Eu lhe direi que homem deverá ser açoitado, se isso continuar – falou, curvando-se e olhando de soslaio pela janela da câmara –, e será o mestre-arrais daquele maldito paquete. Dê-lhe um tiro de canhão, não muito distante de sua popa, e mande que ele mantenha sua posição.

O deplorável paquete vinha passando por maus bocados, desde que deixara Port Mahón. Ele esperava que a *Sophie* navegasse direto para Gibraltar, mantendo-se bem ao largo, fora de vista dos corsários e, certamente, longe do alcance das baterias da costa. Mas, embora a *Sophie* ainda não fosse nenhum Flying Childers,* apesar de todos os melhoramentos, era capaz, mesmo assim, de navegar 2 milhas para uma do paquete, tanto à bolina cerrada quanto a um largo, e fazia o máximo de sua superioridade prevalecer seguindo pela costa, esquadrinhando cada baía e angra, obrigando o paquete a se manter voltado para o lado do mar, a não muita distância e num alto estado de pavor.

Até então, aquela busca ávida, como a de um cão *terrier*, tinha levado a nada além de algumas ligeiras trocas de disparos com os canhões da costa, pois as severas ordens restritivas que Jack recebera não permitiam qualquer perseguição, e garantiam, com quase toda certeza, que ele não conseguisse presa alguma. Essa objeção, porém, era totalmente secundária: ação era o que ele procurava; e naquela conjuntura, refletiu, daria quase qualquer coisa por um descomplicado e direto embate frontal com algum navio do seu tamanho.

E, assim pensando, subiu para o convés. A brisa que vinha do mar estivera diminuindo durante toda a tarde, e agora desfalecia em arquejos irregulares; embora a *Sophie* ainda a recebesse, o paquete estava quase inteiramente bonançoso. A boreste, a alta costa rochosa marrom inclinava-se de norte a sul com uma espécie de saliência, um pequeno cabo, um promontório com as ruínas de um castelo mourisco, pelo través do navio, talvez a uma milha de distância.

– Está vendo aquele cabo? – perguntou Stephen, que o estava fitando, com um livro aberto pendurado na mão, o polegar marcando a linha. – É o cabo de Roig, o limite marítimo da fala catalã: Orihuela fica um pouco mais para o interior, e depois de Orihuela não se ouve mais o catalão... temos Múrcia, e o bárbaro jargão andaluz. Já na aldeia, além do promontório, eles falam como mouriscos... algaravia, lenga lenga, rezinga. – Apesar de liberal em todos os outros aspectos, Stephen Maturin não tolerava os mouros.

– Tem uma aldeia por ali? – indagou Jack, os olhos se iluminando.

---

*Primeiro grande cavalo puro-sangue de corrida, importado da Síria por volta de 1704. (*N. do E.*)

— Bem, uma vila: você logo a verá. — Uma pausa, enquanto a chalupa sussurrava pela água parada e a paisagem girava imperceptivelmente. — Estrabão nos conta que os antigos irlandeses consideravam uma honra serem comidos pelos parentes... uma forma de enterro que mantinha a alma na família — disse ele, agitando o livro.

— Sr. Mowett, faça a bondade de ir apanhar a minha luneta. Desculpe, caro doutor; estava me falando de Estrabão.

— Pode-se dizer que ele é nada mais do que Eratóstenes redivivo, ou devo dizer com novo aparelho?

— Sim, sem dúvida. Há um sujeito cavalgando a uma furiosa velocidade ao longo do cume do rochedo, sob aquele castelo ali.

— Está indo para a vila.

— Sim, está. Eu agora a estou vendo, abrindo-se atrás da rocha. Também vejo algo mais — acrescentou, quase para si mesmo. A chalupa deslizava constantemente, e constantemente a baía rasa girava, revelando um amontoado de casas brancas à beira-mar. Havia três barcos ancorados a alguma distância, um quarto de milha ao sul da aldeia: dois *houaris* e um pinque, navios mercantes de pouco tamanho, mas sobrecarregados.

Mesmo antes de a chalupa ir na direção deles, havia grande atividade em terra, e cada olho a bordo dotado de uma luneta podia ver pessoas correndo de um lado para o outro, botes sendo diligentemente lançados e remados para os navios ancorados. Logo puderam ser vistos homens correndo para lá e para cá dos barcos mercantes, e o som de sua veemente discussão elevava-se claramente acima do mar vespertino. Em seguida, vieram os gritos rítmicos, enquanto eles trabalhavam nos molinetes, içando os ferros: largaram as velas e seguiram direto para a costa.

Jack fitou a terra durante algum tempo, com um intenso ar calculista no olhar: se o mar não subisse, seria fácil rebocar os navios com espia — fácil tanto para ele quanto para os espanhóis. Por garantia, suas ordens não deixaram lugar para uma expedição de interceptação. Contudo, o inimigo dependia do seu comércio costeiro —, estradas execráveis — comboios de mulas, ridículos para qualquer coisa volumosa — nem valia a pena falar em carroças —, lorde Keith fora muito enfático nesse ponto. E era dever dele tomar, queimar, afundar ou destruir. Os Sophies encaravam Jack: todos sabiam muito bem o que ele estava pensando, mas também tinham uma noção bem clara das suas ordens – aquele não se tratava de um cruzeiro, mas do estrito serviço de um comboio. Eles encararam tanto que as areias do tempo se esgotaram. Joseph Button, o fuzileiro sentinela, cuja função era virar a ampulheta de meia hora, no instante em que se esvaziasse, e tocar o sino, foi despertado de sua contemplação do rosto do comandante Aubrey por cotoveladas, beliscões, por gritos abafados de "Joe, Joe, acorda, Joe, seu gordo filho da puta", e finalmente pela voz do Sr. Pullings no ouvido dele:

– Button, vire essa ampulheta.

O último tinido do sino esmoreceu e Jack ordenou:

– Virar por d'avante, Sr. Pullings, por favor.

Com a suave perfeição de uma curva, e quase imperceptíveis gritos e apitos de "Preparar para virar – leme a ló – larga amuras sobre bolinas – ala e larga a vela grande", a *Sophie* orçou, enfunou e seguiu de volta para o distante paquete, ainda bonançoso num macio leito de mar violeta.

A *Sophie* também perdeu o vento, após amarrar algumas milhas além do pequeno cabo, e ali permaneceu, ao crepúsculo e sob o sereno que caía, com as velas flácidas e disformes.

– Sr. Day – pediu Jack –, faça a bondade de preparar alguns barris de pólvora... digamos uma meia dúzia. Sr. Dalziel, a não ser que o vento venha a soprar, creio que precisaremos dos botes por volta da meia-noite. Dr. Maturin, vamos nos regozijar e divertir.

A diversão deles consistiu em traçar pautas e copiar um dueto emprestado, repleto de semifusas.

– Por Deus! – exclamou Jack, levantando a vista, os olhos debruados de vermelho, depois de mais ou menos uma hora –, estou ficando velho demais para isso. – Pressionou as mãos contra os olhos, e as manteve assim durante algum tempo; em outro tom de voz completamente diferente, falou: – Passei o dia todo pensando em Dillon. O dia inteiro, de quando em quando, estive pensando nele. Você mal consegue imaginar o quanto sinto falta dele. Depois que você citou aquele sujeito dos clássicos, ele me veio à mente... pois, sem dúvida, era a respeito dos irlandeses; e Dillon era irlandês. Embora nem parecesse... ele nunca foi visto bêbado, quase nunca gritava com alguém, falava como um cristão, a criatura mais cavalheiresca do mundo, não era de intimidar as pessoas... Deus do céu! Meu caro amigo, meu caro Maturin, peço o seu perdão. Eu digo coisas infernais... Arrependo-me extremamente delas.

– Tá, tá, tá – fez Stephen, pegando uma pitada de rapé e sacudindo a mão de um lado para o outro.

Jack puxou a corda do sino e, através dos vários ruídos do navio, todos mudos em meio à calmaria, ele ouviu a rápida batida do seu taifeiro.

– Killick – pediu –, traga-me umas duas garrafas daquele Madeira com selo amarelo, e alguns biscoitos do Lewis. Não consigo que ele faça um bolo de sementes aromáticas decente – explicou para Stephen –, mas esses *"petty" fours* descem toleravelmente bem, e dão um relevo ao vinho. Agora, este vinho – comentou, olhando atentamente através do cálice – me foi presenteado em Mahón, pelo nosso agente, e foi engarrafado no ano em que o eclipse velou tudo. Eu o ofereço como penitência, cônscio do meu pecado. À sua boa saúde, senhor.

– À sua, meu caro. Trata-se de um vinho extraordinariamente velho. Seco, porém melífluo. De escol.

– Eu digo essas coisas infernais – prosseguiu Jack, matutando enquanto bebiam da garrafa –, e não entendo direito, na ocasião, embora veja as pessoas vermelhas como o diabo, franzindo o cenho, e os meus amigos fazendo "pst, pst", e, então, digo a mim mesmo: "Você perdeu novamente o barlavento, Jack." Normalmente, com o tempo, percebo a incorreção, mas já é tarde demais. E receio que, desse jeito, eu tenha irritado Dillon o bastante. – E, olhando para baixo, tristemente: – Mas você sabe que não fui o único. Não pense que o tenha perseguido de algum modo... só o mencionei como um exemplo de que mesmo um homem bem-nascido é às vezes capaz de disparates, pois sei que ele não teve a intenção... mas, certa vez, Dillon também me magoou muito. Ele usou a palavra *comercial* quando conversávamos bastante cordialmente sobre a tomada de presas. Tenho certeza de que não foi por mal, do mesmo modo como não é por mal que faço agora essas reflexões descorteses; mas isso sempre esteve entalado em minha garganta. Este é um dos motivos pelos quais estou tão feliz...

Toc-toc na porta.

– Com licença, excelência. O ajudante de cirurgião está todo enrascado, senhor. O jovem Sr. Ricketts engoliu uma bala de mosquete e não estão conseguindo tirar. Por favor, senhor, ele vai morrer sufocado.

– Com licença – desculpou-se Stephen, pousando cuidadosamente o seu cálice e cobrindo-o com um lenço de bolinhas vermelhas, uma bandana.

– Está tudo bem... você conseguiu...? – perguntou Jack, cinco minutos depois.

– Talvez, em medicina, não consigamos fazer tudo o que desejamos – respondeu Stephen, com uma branda satisfação –, mas, pelo menos, podemos dar um vomitório que resolve, creio eu. O que estava dizendo, senhor?

– *Comercial* foi a palavra – frisou Jack. – Comercial. E é por isso que estou tão feliz em fazer essa pequena expedição em botes esta noite. Pois, apesar de as ordens que recebi não permitirem tomar aqueles navios, terei de ficar à espera do paquete, e nada vai me impedir de incendiá-los. Não perco tempo; e a mente mais escrupulosa nada poderá dizer, a não ser que se trata do empreendimento mais anticomercial imaginável. É tarde demais, é claro... essas coisas sempre ocorrem tarde demais... mas será de grande satisfação para mim. E como James Dillon teria se deliciado com isso! A coisa ideal para ele! Lembra-se dele com os botes em Palamós? E em Palafrugell?

A lua saiu. O céu repleto de estrelas girou em seu eixo, enviando as Plêiades bem para o alto. Era um céu de meio de inverno (apesar do tempo cálido e imóvel) antes do lançamento, o cúter e o escaler foram trazidos para o lado do navio, e o grupo de desembarque pulou para dentro deles, os marinheiros com suas jaquetas azuis, usando braçadeiras brancas. Encontravam-se a 5 milhas da presa, mas já nenhuma voz se elevava além de um sussurro – algumas risadas abafadas e o tinir de armas sendo passadas –, e quando eles remaram com remos amortecidos, fundiram-se tão silenciosamente com a escuridão que em dez minutos, mesmo forçando os olhos, Stephen os perdeu totalmente de vista.

– Você ainda os enxerga? – perguntou ele ao mestre do navio, aleijado por causa do ferimento e encarregado da chalupa na ocasião.

– Só consigo ver no escuro o comandante olhando para a agulha – respondeu o Sr. Watt. – Um pouco à ré do turco.

– Tente com a minha luneta – sugeriu Lucock, o único aspirante deixado a bordo.

– Gostaria que isso já tivesse acabado – disse Stephen.

– Eu também, doutor – concordou o mestre do navio. – E gostaria de estar com eles. É muito pior para a gente que fica a bordo. Aqueles camaradas estão todos juntos, se divertindo, e o tempo passa depressa como na feira de Horndean. Mas, aqui estamos nós, poucos e ralos, sem nada para fazer a não ser esperar, e a areia entalada na ampulheta. Vai parecer como tivessem passado anos e anos até termos notícias deles, senhor, como certamente notará.

Horas, dias, semanas, anos, séculos. Por uma vez, houve um agourento clangor bem no alto – flamingos a caminho do mar Menor, ou talvez tão longe quanto os pântanos de Guadalquivir; mas, na maior parte, a escuridão transfigurante, quase uma negação do tempo.

Os clarões da mosquetaria e os subsequentes estalidos dos tiros não vieram do pequeno arco onde os olhos dele estavam concentrados, mas bem mais à sua direita. Teriam as embarcações se extraviado? Seguido para o lado oposto? Estaria ele olhando para a direção errada?

– Sr. Watt – indagou –, eles estão no lugar certo?

– Ah, não, senhor – respondeu o mestre do navio com tranquilidade. – E se conheço alguma coisa disso, o comandante os está levando para o caminho errado.

Os estalidos continuavam e continuavam e, nos intervalos, uma débil gritaria podia ser ouvida. Então, à esquerda dali, surgiu o brilho de um vermelho intenso; a seguir, um segundo, e um terceiro; e, imediatamente, o terceiro cresceu enormemente, uma língua de fogo que lambeu acima e ainda mais acima, um formidável repuxo de luz – um navio inteiro carregado com azeite de oliva em chamas.

– Meu Deus todo-poderoso – murmurou o mestre, imobilizado pela estupefação.

– Amém – disse um dos tripulantes que fitavam em silêncio.

A labareda aumentou: à luz dela, conseguiram ver os outros incêndios e a fumaça, um tanto pálidos em comparação; enxergaram toda a baía, a vila; o cúter e a lancha afastando-se da praia, e o escaler avançando para encontrá-los; e tudo que estava em volta, atrás, as colinas marrons, nítidas, com partes iluminadas e na sombra.

A princípio, a coluna fora perfeitamente reta, como um cipreste; mas, depois do primeiro quarto de hora, a ponta começou a pender para o sul e para a terra, em direção às colinas, e a nuvem de fumaça acima desprendeu-se para longe, como uma comprida mortalha, iluminada por baixo. O brilho era algo de grandioso, e Stephen viu gaivotas vagueando entre a chalupa e a terra, todas seguindo para o fogo. "Isto vai atrair cada coisa viva , refletiu, aflito. "Qual será a conduta dos morcegos?"

Logo os dois terços superiores começaram a pender fortemente, e a *Sophie* passou a balançar, com as ondas batendo no costado de bombordo.

O Sr. Watt saiu do seu demorado estado de assombro, para dar as ordens necessárias, e, voltando para a amurada, comentou:

– Eles vão ter que remar bastante, se isto continuar.

– Não podemos virar para apanhá-los? – quis saber Stephen.

– Não com este vento mudando de direção a três quartas e aqueles velhos bancos de areia ao largo do promontório. Não, senhor.

Outra revoada de gaivotas passou baixo sobre a água.

– As chamas estão atraindo todos os seres vivos num raio de milhas – salientou Stephen.

– Não se preocupe, senhor – tranquilizou o mestre do navio. – Em uma hora ou duas haverá luz do sol, e então eles não vão ligar para isso, não vão mesmo.

– Iluminou todo o céu – observou Stephen.

E também iluminou o convés do *Formidable*, do comandante Lalonde, um belo navio de primeira linha, de construção francesa, com oitenta peças de artilharia, ostentando na mezena o pavilhão do contra-almirante Linois; ele se encontrava a 6 ou 7 milhas da costa, na sua rota de Toulon para Cádiz, e com ele, em linha adiante, navegava o resto da esquadra: o *Indomptable*, oitenta peças, do comandante Moncousu; o *Desaix*, 74, do comandante Christy-Pallière (um esplêndido marujo); e a *Muiron*, uma fragata com 38 canhões, que até recentemente pertencera à República de Veneza.

– Vamos entrar na baía, para ver o que está havendo – disse o almirante, um cavalheiro moreno, de cabeça redonda, pequeno e lépido, vestido com calções vermelhos, o próprio homem do mar; e, poucos momentos depois, as guindas de lanternas coloridas foram içadas. Os navios viraram de bordo, em sucessão, com uma tranquila eficiência que honraria qualquer navio da Marinha em circulação, pois, na maioria, faziam parte da esquadra Rochefort, e como também eram comandados por eficientes oficiais profissionais, estavam repletos de marinheiros de escol.

Eles seguiram para as proximidades da costa, com amuras a boreste, com um grau de sobra, chegando junto com a luz do dia, e ao serem vistos pelo convés da *Sophie*, foram saudados com júbilo. Os botes tinham acabado de chegar à chalupa, após uma longa e cansativa remada, e os navios de guerra franceses não foram avistados tão cedo quanto deveriam, mas foram avistados a tempo e, de imediato, cada um dos homens esqueceu a fome, a fadiga, os braços doloridos, o frio e o corpo molhado, pois o rumor percorreu instantaneamente a chalupa – "Os nossos galeões estão vindo aí, entregues de bandeja!" As riquezas das Índias, Nova Espanha e Peru: lingotes de ouro no lugar de lastro. Desde que a tripulação tomara conhecimento de que Jack tinha informações secretas sobre os embarques dos navios espanhóis, houvera o persistente rumor de um galeão, e agora ele havia sido concretizado.

A esplêndida chama ainda saltava em direção às colinas, embora menos palidamente, por causa do romper da alvorada ao longo do céu oriental; mas, na alegre animação de ajeitar todas as coisas, de aprontar tudo para a perseguição, ninguém mais quis observar aquilo – toda vez que um homem conseguia levantar a vista de sua tarefa, seus olhares disparavam, ávidos e encantados, através de 3 ou 4 milhas de mar, para o *Desaix*, e para o *Formidable*, agora a uma distância considerável à ré.

Foi difícil afirmar quando, exatamente, todo o encanto se desfez: com certeza, o taifeiro do comandante ainda calculava o custo da abertura de um pub na Hunstanton Road quando levou uma xícara de café para Jack, no tombadilho, e o ouviu dizer: "Uma péssima situação, Sr. Dalziel", e percebeu que a *Sophie* não mais seguia em direção aos supostos galeões, mas navegava para longe deles o mais depressa possível, a bolina cochada, com tudo que conseguia usar, incluindo bonetes e até mesmo monetas.

Por essa ocasião, o *Desaix* estava com o casco visível – e já há algum tempo –, como também o *Formidable*: atrás da nau capitânia surgiam os joanetes e as gáveas do *Indomptable*, e, mais ao mar, a umas duas milhas dele a barlavento, as velas da fragata beiravam a linha do céu. Tratava-se de uma péssima situação; mas a *Sophie* tinha a vantagem do barlavento, a brisa era incerta, e ele poderia ser confundido com um brigue mercante sem importância – algo com que uma esquadra atarefada não se ocuparia por mais de uma hora, mais ou menos: eles não se encontravam em uma situação séria demais, concluiu Jack, baixando a luneta. O comportamento do apinhado de homens no castelo de proa do *Desaix*, o de modo algum extraordinário desfraldar de panos, e incontáveis e indefiníveis ninharias, o convenceram de que ele não estava com o jeito de um navio em uma grave perseguição mortal. Mas, mesmo assim, como ele se deslocava rapidamente! Sua proa francesa redonda e elegante, de linhas suaves, alta e espaçosa, e as velas achatadas e retesadas, belamente talhadas, levavam-no suavemente sobre a água, velejando tão docemente quanto o *Victory*. E era bem conduzido: seria capaz de navegar ao longo de uma trilha riscada no mar. Jack esperava atravessar adiante de sua proa antes que o navio tivesse satisfeito a curiosidade sobre o incêndio na costa e, desse modo, levá-lo a balouçar tanto que ele desistiria, o almirante acabaria por dar o sinal de regressar.

– O do convés – avisou Mowett do topo do mastro. – A fragata tomou o paquete.

Jack assentiu, movimentando a luneta na direção do infeliz *Ventura*, e depois, além do setenta e quatro, para a nau capitânia. Esperou: talvez cinco minutos. Aquela era a etapa crucial. E agora, de fato, surgiram sinais a bordo do *Formidable*, sinais com um tiro de canhão para enfatizá-los. Mas não eram sinais de regressar, infelizmente. O *Desaix*, instantaneamente, chegou-se ao vento, não mais interessado na costa: seus sobrejoanetes apareceram, foram caçados e içados com tal vigorosa celeridade que fez Jack embicar a boca num silencioso assobio. Mais panos apareceram também a bordo do *Formidable*; e agora o *Indomptable* aproximava-se rapidamente, todas as velas soltas, deslizando velozmente com uma refrescante brisa.

Estava claro que o paquete havia revelado quem era a *Sophie*. Mas estava claro, também, que o sol ascendente tornaria a brisa ainda mais incerta, e talvez a tragasse completamente. Jack levantou os olhos para os panos da *Sophie*: estava tudo lá, é claro; e, no momento, tudo estava enchendo, a despeito do vento incerto. O mestre-arrais estava na manobra do navio; Pram, o contramestre, na roda do leme, tirando tudo o que ela era capaz de oferecer, a pobre, velha e gorda chalupa. E cada homem estava em seu posto, pronto, em silêncio e atento: não havia nada que ele pudesse dizer ou fazer; seus olhos, porém, fitaram os panos surrados e descaídos do Almirantado, e seu coração afligiu-o cruelmente por ter perdido tempo – por não ter comprado suas próprias velas de gávea, feitas de pano decente, mesmo sem autorização.

– Sr. Watt – ordenou um quarto de hora depois, olhando para as manchas transparentes de calmaria no mar alto –, preparar os remos longos.

Poucos minutos depois o *Desaix* hasteou sua bandeira e disparou os canhões de proa; e como se o duplo ribombar estrondoso tivesse arrebatado o ar, as opulentas curvas de suas velas desmoronaram, adejaram, enfunaram momentaneamente e voltaram a solecar. A *Sophie* conservou a brisa por mais dez minutos, mas esta também se extinguiu para a chalupa. Antes que ela perdesse o caminho – muito antes –, todos os remos que Malta lhe permitira (quatro curtos, infelizmente) estavam do lado de fora, e a chalupa rastejava constantemente adiante, cinco homens em cada punho, e os remos longos vergando perigosamente diante do arremesso e empuxo prementes e concentrados, indo direto para o que seria o olho do vento, se ainda houvesse algum soprando. Tratava-se de um trabalho pesado, muito pesado; e, de repente, Stephen notou que havia um oficial em quase cada um dos remos. Ele se adiantou para um dos poucos lugares vagos e, no espaço de quarenta minutos, toda a pele sumiu das palmas de suas mãos.

– Sr. Dalziel, deixe o quarto de boreste tomar o desjejum. Ah, aí está o senhor, Sr. Ricketts. Creio que podemos servir uma ração dupla de queijo... não haverá nada quente durante algum tempo.

– Se me permite dizer, senhor – falou o intendente, com um mortiço olhar malicioso –, imagino que, em breve, haverá algo extraordinariamente quente.

A guarnição de boreste, sumariamente alimentada, assumiu os remos perseverantes, enquanto os companheiros de bordo foram comer o seu biscoito com queijo e grogue, com dois presuntos da praça d'armas – uma refeição rápida e intranquila, pois lá fora o vento encrespava o mar, encapelando-o duas quartas. Os navios franceses colheram o vento primeiro, e este batia para ver como as velas altas e de alto alcance faziam os navios avançar um pouco mais do que em um sopro. A dianteira duramente conseguida da *Sophie* foi desfeita em vinte minutos; e antes que suas velas colhessem o vento, o *Desaix* já provocava uma onda com a sua proa, bigodes que podiam ser vistos do tombadilho. As velas da *Sophie*, agora, já colhiam, mas aquela velocidade rastejante não adiantaria.

– Recolher os remos – comandou Jack. – Sr. Day, alisar os canhões pela borda afora.

– Sim, senhor – disse o artilheiro-chefe, energicamente, mas os seus movimentos foram estranhamente lentos, anormais e refreados, enquanto fazia saltar o reparo, como os de um homem caminhando na borda de um rochedo, movido apenas pela força de vontade.

Stephen voltou para o convés, as mãos caprichosamente enluvadas. Viu a guarnição dos canhões de bronze de quatro libras de boreste do tombadilho com pés de cabra e espeques nas mãos, e um olhar em comum de aflição, quase uma medrosa preocupação, esperando pelo jogo do mar: ele veio, e a turma impeliu delicadamente o lampejante canhão bem polido pela borda – o belo número 14 deles por cima do costado. O choque com a água coincidiu exatamente com um esguicho levantado, não mais do que 10 jardas distantes, por uma bala do caça de proa do *Desaix*, e o canhão seguinte foi pela borda afora com menos cerimônia. Quatorze pancadas na água com meia tonelada cada; em seguida, as pesadas carretas também passaram por cima da amurada, depois deles, deixando de cada lado das portinholas escancaradas as retrancas cortadas e as talhas desenganchadas – uma devastação de dar pena.

Ele olhou para a frente, e depois à ré, e compreendeu a situação: apertou os lábios e retirou-se para o corrimão de popa. A *Sophie*, mais leve, ganhava velocidade minuto a minuto, e, como todo o seu peso fora retirado bem acima da linha-d'água, ela nadava aprumada – adernando pouco com o vento.

O primeiro tiro do *Desaix* fustigou a vela do joanete, mas os dois seguintes foram longe demais. Ainda havia tempo para manobras – para muitas manobras. Principalmente, refletiu Jack, ele ficaria muito surpreso se a *Sophie* não conseguisse virar em roda duas vezes mais depressa do que o setenta e quatro.

– Sr. Dalziel – disse ele –, vamos cambar e voltar novamente. Sr. Marshall, deixe o barco adquirir toda a velocidade. – Seria por demais desastroso se a Sophie não virasse na segunda bordada: e aqueles ventos fracos não eram do que o barco gostava: ele nunca dava o que tinha de melhor até haver um pouco de mar correndo à sua frente e pelo menos uma rizadura nas velas de gávea.

– Preparar para virar por d'avante... – O apito tocou, a chalupa orçou, voltando a proa para a linha do vento, virou lindamente por d'avante com amuras a bombordo: suas bolinas ficaram retesadas como cordas de harpa, antes mesmo que o setenta e quatro tivesse tempo de iniciar sua guinada.

O giro, porém, começou; o *Desaix* estava virando por d'avante; suas vergas estavam orçando; o costado quadriculado começou a aparecer; e Jack, através da luneta, vendo o primeiro vestígio da banda de artilharia, gritou:

– É melhor ir lá para baixo, doutor. – Stephen foi, mas não além do camarote, e ali, o pescoço esticado na janela de popa, viu o casco do *Desaix*, de popa a proa, sumir no meio da fumaça, talvez um quarto de minuto após a *Sophie* ter iniciado a inversão de curva. A maciça bombardada, com 928 libras de ferro, mergulhou numa vasta área de mar, longe do través de boreste e insuficiente, exceto pelas duas balas de 36 libras, que zuniram ameaçadoras pela mastreação, deixando um rastro flácido e pendente de cordame. Por um momento, pareceu que a *Sophie* talvez não virasse – que permaneceria sem vento, impotente, perderia toda a sua vantagem e ficaria exposta a uma outra saudação daquele tipo, com a pontaria mais exata. Mas um leve sopro de ar em suas recuadas velas do traquete empurrou o barco em curva, e lá estava ele de volta à sua amura anterior, ganhando velocidade antes que as pesadas vergas do *Desaix* fossem firmemente braceadas – antes que a sua primeira manobra fosse completada de todo.

A chalupa tinha ganhado, talvez, um quarto de milha. "Mas eles não me deixarão fazer isso novamente", refletiu Jack.

O *Desaix* estava orçando com amuras a boreste, recuperando bem a perda; e, o tempo todo, disparava constantemente com os caças de proa, enviando os tiros com notável precisão à medida que a distância estreitava, errando por pouco, ou melhor, tosquiando as velas, forçando a chalupa a dançar a cada poucos minutos, e cada vez perdendo ligeiramente velocidade. O *Formidable* permanecia na outra amura para evitar que a *Sophie* escapasse por ali, e o *Indomptable* navegava em direção oeste para, numa área de mais ou menos meia milha, orçar com o mesmo propósito. Os perseguidores da *Sophie* estavam aproximadamente em uma linha de frente, à ré, aproximando-se com velocidade enquanto a chalupa navegava à vante. A nau capitânia de oitenta peças já havia guinado para disparar uma descarga a uma distância não muito improvável; e o implacável *Desaix*, com curtos bordejos, fazia isso a cada volta. O mestre e seus ajudantes estavam ocupados em fazer remendos, e havia alguns buracos terríveis nas velas; mas, até então, nada de essencial fora atingido, e ninguém havia sido ferido.

— Sr. Dalziel — ordenou Jack —, jogue as provisões pela borda, por favor.

As coberturas das escotilhas foram retiradas, e os porões, esvaziados no mar — barris de carne salgada, barris de carne de porco, biscoitos às toneladas, ervilhas, aveia, manteiga, queijo, vinagre. Pólvora, balas. Derramaram a água e a bombearam pela borda afora. Uma bala de 24 perfurou o casco da *Sophie* logo abaixo do painel de popa, e, ao mesmo tempo, as bombas passaram a esguichar a água do mar, como também a água doce.

— Veja como o carpinteiro está se saindo, Sr. Ricketts — ordenou Jack.

— Provisões colocadas pela borda afora — informou o imediato.

— Muito bem, Sr. Dalziel. Agora, as âncoras e vergônteas. Mantenha apenas o ancorote.

— O Sr. Lamb mandou dizer que há um pé e meio de água no poço — informou o aspirante, ofegando. — Mas já colocou um bujão satisfatório no buraco da bala.

Jack anuiu, olhando para trás, na direção da esquadra francesa. Não havia mais qualquer esperança de escapar deles à bolina cerrada. Mas, caso ele arribasse, virando rápida e inesperadamente, talvez conseguisse passar safo através da linha deles; e então, com aquela brisa a uma ou duas quartas na alheta, e com a ajuda do mar ligeiramente de popa, e a leveza e a vivacidade da chalupa, talvez ela ainda vivesse para ver Gibraltar. O barco agora estava tão leve — uma barquinha — que talvez os superasse de vento em popa; e, com alguma sorte, virando abruptamente, ganharia 1 milha antes que a linha de batalha dos navios conseguisse velocidade no novo ponto de amura. Por garantia, a *Sophie* teria de sobreviver a algumas bombardadas ao passar por eles... Era, porém, a única esperança; e a surpresa era tudo.

— Sr. Dalziel — disse ele —, vamos virar por d'avante dentro de dois minutos, largar as velas auxiliares e navegar entre a nau capitânia e o setenta e quatro. Precisamos fazer isso com astúcia, antes que eles se deem conta. — Dirigiu estas palavras ao imediato, mas elas foram entendidas imediatamente por todos os marinheiros, e os gajeiros correram para os seus lugares, preparando-se para subir e disparar os paus de cutelo e da varredoura. O convés apinhado estava intensamente movimentado, a postos. – Esperem... esperem – murmurou Jack, ao observar o *Desaix* aproximar-se pelo través de boreste. Era com esse navio que se devia tomar cuidado, pois estava terrivelmente alerta, e Jack esperou para vê-lo iniciar alguma manobra, antes de dar a ordem. A bombordo encontrava-se o *Formidable*, apinhado de gente, sem dúvida, como sempre estavam as naus capitânias, e, portanto, menos eficiente numa emergência. – Esperem... esperem – repetiu Jack, os olhos fixos no *Desaix*. Mas sua constante aproximação não variava, e depois de Jack contar até vinte, gritou: – Agora!

A roda do leme virou, a flutuante *Sophie* girou como um cata-vento, indo na direção do *Formidable*. Imediatamente, a nau capitânia disparou, mas a sua artilharia não se comparava à do *Desaix*, e a apressada bombardada rasgou o mar onde a chalupa deveria ter estado em vez de onde estava; a descarga mais refletida do *Desaix* foi dificultada pelo temor de os ricochetes atingirem até onde se encontrava o almirante, e apenas uma meia dúzia de suas balas causaram algum dano – o restante foi fora de alcance.

A *Sophie* atravessou a linha, não muito contundida – certamente, não aleijada; as velas auxiliares estavam desfraldadas e ele navegava velozmente, com o vento onde mais gostava. A surpresa fora completa, e agora os dois lados afastavam-se um do outro rapidamente – uma milha nos primeiros cinco minutos. A segunda bombardada do *Desaix*, disparada a bem mais de 1.000 jardas, revelou os efeitos de irritação e precipitação; um ruído estilhaçante assinalou a total destruição da bomba d'água de olmo, mas foi tudo. A nau capitânia, obviamente, havia contraordenado a segunda descarga, e por algum tempo manteve o seu curso, a bolina cerrada, como se a *Sophie* não existisse.

"Creio que conseguimos", falou Jack consigo mesmo, ao apoiar as mãos no corrimão de popa e olhar para trás em direção à esteira da *Sophie*, que se alongava. Seu coração ainda batia tenso, como quando estava à espera daquelas bombardadas, temendo o que elas poderiam fazer à sua *Sophie*; mas agora os batimentos tinham uma premência diferente. "Creio que conseguimos", falou novamente. Mal, porém, as palavras tinham se formado em sua mente, ele viu um sinal a bordo do navio do almirante, e o *Desaix* começou a orçar.

O setenta e quatro cambou com a agilidade de uma fragata: as vergas giraram como se movimentadas pelo mecanismo de um relógio, e ficou claro que os cabos eram rondados e orientados com a perfeita exatidão de uma numerosa e bem treinada tripulação. A *Sophie* também tinha um excelente pessoal, tão habilidoso e aplicado em suas tarefas quanto Jack poderia desejar, mas nada do que pudessem fazer, com aquela brisa, levaria o barco a cruzar a água a mais de sete nós, ao passo que, em outro quarto de hora a mais, o *Desaix* navegava a bem mais de oito, *sem as velas auxiliares*. Não precisava se preocupar em desfraldá-las: quando eles viram isso – quando os minutos se passaram e ficou claro que o *Desaix* não tinha a intenção de içá-las –, o coração dos Sophies parou.

Jack olhou para o céu. Este o olhou com superioridade, um espaço vasto e sem sentido, com nuvens esparsas passando – o vento não cessaria naquela tarde: a noite ainda estava horas distante.

Quantas? Consultou o relógio. Dez horas e 14 minutos.

– Sr. Dalziel – avisou –, vou para a minha câmara. Se acontecer qualquer coisa, me chame. Sr. Richards, faça a bondade de dizer ao Dr. Maturin que eu gostaria de falar com ele. E, Sr. Watt, traga-me umas 2 léguas de linha de barquilha e três ou quatro malaguetas.

Na câmara, fez um pacote com o livro de sinais de capa de chumbo e alguns outros documentos secretos, colocou as malaguetas de cobre dentro do malote do correio, atou fortemente a aba, pediu o seu melhor casaco e enfiou a carta com a nomeação no bolso interno. As palavras "a esse respeito, o senhor ou qualquer um dos senhores não devem deixar de atender, e atenderão o contrário por seu próprio risco" flutuaram diante dos olhos de sua mente, com espantosa clareza; e Stephen entrou.

– Aí está você, meu caro companheiro – exclamou Jack. – Bem, a não ser que aconteça algo muito surpreendente na próxima meia hora, receio que seremos aprisionados ou afundados. – Stephen concordou e Jack continuou: – Portanto, se tem algo que valoriza particularmente, seria sensato confiá-lo a mim.

– Quer dizer que eles assaltam os prisioneiros? – surpreendeu-se Stephen.

– Sim; às vezes. Limparam-me até os ossos quando o *Leander* foi tomado, e roubaram os instrumentos do nosso cirurgião antes que ele pudesse operar os nossos feridos.

– Trarei imediatamente os meus instrumentos.

– E a sua bolsa.

– Ah, sim, e a minha bolsa.

Correndo de volta ao convés, Jack olhou a ré. Ele não acreditava que o setenta e quatro tivesse vindo tão longe.

– Vigia do mastro! – gritou. – O que está vendo?

Sete navios de linha de batalha logo adiante? Metade da esquadra do Mediterrâneo?

– Nada, senhor – respondeu lentamente o vigia, depois de uma pausa conscienciosa.

– Sr. Dalziel, se, por acaso, eu for atingido, isto deve ser jogado pela borda, no último momento, é claro – disse ele, batendo no pacote e no malote.

O rigoroso padrão de comportamento da chalupa estava se tornando mais frouxo. Os homens permaneciam silenciosos e atentos; a ampulheta era virada a cada minuto; as quatro badaladas do turno da tarde soaram com singular precisão, mas houve uma certa quantidade de movimentos, movimentos não repreendidos acima e abaixo da escotilha de vante – homens vestindo as melhores roupas (dois ou três coletes ao mesmo tempo, e uma jaqueta de ir à terra por cima), pedindo aos seus respectivos oficiais que cuidassem do dinheiro ou dos seus curiosos tesouros, na leve esperança de que pudessem ser preservados: Babbington tinha na mão um dente de baleia esculpido; Lucock, um chicote siciliano feito de pênis de touro. Dois homens já tinham conseguido ficar bêbados: com parte de suas economias miraculosamente guardadas, sem dúvida.

"Por que ele não dispara?", pensou Jack. Os caças de proa do *Desaix* tinham permanecido silenciosos naqueles vinte minutos, embora, na última milha, mais ou menos, do rumo de ambos, a *Sophie* tivesse ficado bem dentro do alcance dele. Aliás, por essa ocasião, estava à distância de tiros de mosquete, e as pessoas na proa podiam ser facilmente distinguidas umas das outras: marujos, fuzileiros, oficiais – um homem tinha uma perna de pau. Que velas esplendidamente talhadas, refletiu ele. E, ao mesmo tempo, veio a resposta à sua pergunta: "Por Deus, ele vai nos perfurar com carga de metralha." Era por isso que vinha se aproximando silenciosamente. Jack foi para o costado; curvando-se sobre a trincheira de macas, deixou cair os seus pacotes no mar e os viu afundar.

Na proa do *Desaix* surgiu um movimento repentino, como em reação a uma ordem. Jack foi para a roda do leme, tomou as malaguetas das mãos do contramestre e olhou para trás, por cima do ombro. Sentiu a vida da chalupa sob seus dedos; e viu o *Desaix* começar a guinar. Ele respondeu ao leme tão rapidamente quanto um cúter, e em três pulsações lá estavam os seus 37 canhões fazendo a volta para se aproximar. Jack virou fortemente a roda do leme. O bramido da bombardada e a queda do mastaréu do joanete grande e da verga do velacho da *Sophie* aconteceram quase que ao mesmo tempo – e, com o estrondo, uma chuva de moitões, grandes quantidades de cabos e lascas, o tremendo tinir de um disparo de carga de metralha atingindo o sino da *Sophie*; e, então, silêncio. A maior parte da descarga do setenta e quatro tinha passado poucas jardas adiante da proa: a dispersiva carga de metralha destruíra totalmente as velas e a mastreação – ela as fizera em pedaços. A bombardada seguinte destruiria o barco por completo.

– Colher o pano – gritou Jack, continuando a volta que levou a *Sophie* para a linha do vento. – Bonden, levante a bandeira.

12

A câmara de um navio de primeira linha e a câmara de uma chalupa de guerra diferiam em tamanho, mas tinham em comum as mesmas curvas agradáveis, as mesmas janelas inclinando-se para dentro; e, no caso do *Desaix* e da *Sophie*, boa quantidade da mesma atmosfera tranquilamente agradável. Sentado, Jack olhava pelas janelas de popa do setenta e quatro, além da elegante sacada, para a ilha Verde e ponta Cabrita, enquanto o comandante Christy-Pallière vasculhava a sua pasta à procura de um desenho que fizera durante a última vez que estivera em Bath, como prisioneiro em liberdade condicional.

Uma ordem do almirante Linois exigira que ele se integrasse à esquadra franco-espanhola em Cádiz; e a teria cumprido imediatamente se, ao chegar ao estreito, não tivesse sabido que, em vez de um ou dois navios de primeira linha e uma fragata, Sir James Saumarez tinha nada menos do que seis navios de 74 e um de oitenta peças de artilharia vigiando a esquadra aliada. Aquela situação requeria alguma consideração, e ali ele permaneceu, com os seus navios, na baía de Algeciras, sob os canhões das grandes baterias espanholas, contra o rochedo de Gibraltar.

Jack sabia de tudo isso – era óbvio, em todo caso – e, enquanto o comandante Pallière murmurava, em meio às suas gravuras e desenhos, "Landsdowne Terrace, outra vista... Clifton... o salão das águas minerais...", os olhos de sua mente reproduziam mensageiros cavalgando velozmente entre Algeciras e Cádiz, pois os espanhóis não tinham nenhum semáforo. Seus olhos corpóreos, porém, fitavam constantemente, através das vidraças da janela, a ponta Cabrita, o extremo da baía; e logo ele avistou os mastros de gávea e uma flâmula de um navio atravessando, atrás do istmo. Observou-o placidamente por dois ou três segundos até seu coração dar um grande salto, ao reconhecer a flâmula como britânica, antes mesmo de sua cabeça ter começado a ponderar sobre a questão.

Lançou um olhar furtivo para o comandante Pallière, que gritou:

– Aqui está! Laura Place. Laura Place, número 16. É onde os meus primos, os Christy, sempre ficam, quando vão a Bath. E aqui, atrás desta árvore... poderia vê-la melhor, se não fosse a árvore... está a janela do meu quarto!

Um taifeiro entrou e passou a pôr a mesa, pois o comandante Pallière não apenas tinha primos ingleses e falava o inglês algo próximo da perfeição, como também uma firme ideia do que era o desjejum adequado de um homem do mar: dois patos, uma travessa de rins e um rodovalho assado do tamanho de uma roda de carroça mediana estavam sendo preparados, além dos costumeiros presunto, ovos, torradas, geleia de laranja e café. Jack olhou para a aquarela com o máximo de atenção possível e comentou:

– A janela do seu quarto, senhor? Que coisa admirável.

O DESJEJUM COM o Dr. Ramis era algo totalmente diferente – austero, se não de um penitente: uma tigela de chocolate sem leite, um pedaço de pão com *um pouquinho* de azeite. "*Um pouquinho* de azeite não nos fará muito mal", disse o Dr. Ramis, um mártir do próprio fígado. Ele era um homem desinteressante, rigoroso e magro, com um carrancudo rosto cinza-amarelado e profundas olheiras de cor violeta; não parecia capaz de qualquer emoção agradável, mas havia igualmente enrubescido e sorrido afetadamente, quando Stephen, após ser deixado aos seus cuidados como hóspede-prisioneiro, bradou: "Não! O ilustre Dr. Juan Ramis, o autor de *Specimen Animalium*?" Agora, eles tinham acabado de retornar de uma visita à enfermaria do *Desaix*, um local escassamente habitado, por causa da paixão do Dr. Ramis em curar o fígado dos outros com uma dieta magra e sem vinho: ela continha uma dezena dos doentes habituais, uma boa quantidade de sífilis, os quatro inválidos da *Sophie* e os franceses feridos na ação mais recente – três homens mordidos pela cadela do Sr. Dalziel, na qual pretenderam fazer uma festinha; estavam agora confinados, sob suspeita de hidrofobia. Do ponto de vista de Stephen, tratava-se de uma conclusão errônea do seu colega – um cão escocês que morde um marujo francês não era, por causa disso, necessariamente raivoso; embora pudesse ter havido, nesse caso particular, uma estranha falta de percepção. Ele, porém, manteve essa reflexão para si, e declarou:

– Eu tenho meditado sobre a emoção.

– Emoção? – retrucou o Dr. Ramis.

– Sim – confirmou Stephen. – Emoção e a *expressão* da emoção. Pois bem, em seu quinto livro, e em parte do sexto, o senhor discorre sobre a emoção como é revelada pelo gato, por exemplo, o touro, a aranha... Eu também observei o brilho singular e intermitente nos olhos dos licosídeos; o senhor já detectou tal fulgor no louva-a-deus?

– Nunca, meu caro colega, embora Busbequius fale nele – respondeu o Dr. Ramis, com grande complacência.

– Mas me parece que a emoção e a sua expressão são quase a mesma coisa. Tomemos a sua gata: suponha que raspemos a sua cauda, para que ela não possa, eu diria, *perscopatar* ou eriçar; suponha que prendamos uma tábua às suas costas, para que ela não consiga arquear; suponha que, então, ofereçamos a ela uma visão desagradável... um cão brincalhão, por exemplo. Desse modo, ela não pode expressar as suas emoções na totalidade. Pergunto: ela as sentirá na totalidade? Ela as *sentirá*, com certeza, já que suprimimos apenas as manifestações mais flagrantes; mas ela as sentirá *na totalidade*? Não são o arqueamento do corpo, o rabo em escova, uma parte integral e não meramente um potente reforço... embora sejam isso também?

O Dr. Ramis inclinou a cabeça para um lado, apertou os olhos e os lábios, e falou:

– Como isso pode ser medido? Não pode ser medido. Trata-se de uma ideia; uma valiosa ideia, com certeza; mas, meu caro senhor, onde está a sua medição? Isso não pode ser medido. A ciência é medição... não existe conhecimento sem medição.

– Na verdade, isso pode ser medido – bradou Stephen, ansioso. – Venha, vamos tomar os nossos pulsos. – O Dr. Ramis tirou o relógio, um belo Bréquet com ponteiro de segundos no centro, ambos se sentaram e passaram a fazer a contagem, com um ar grave. – Agora, caro colega, faça a bondade de imaginar... de imaginar com veemência... que eu peguei o seu relógio e, insolentemente, joguei-o no chão; e, de minha parte, imaginarei que o senhor é um sujeito muito malvado. Vamos lá, simulemos os gestos, as expressões de extrema e violenta ira.

O rosto do Dr. Ramis adotou um ar tetânico; os olhos quase sumiram; a cabeça foi para a frente, trêmula. Os lábios de Stephen contorceram-se para dentro da boca; sacudiu o punho e tagarelou um pouco. Um criado chegou com uma jarra de água quente (não era permitido repetir o chocolate).

– Agora – propôs Stephen Maturin –, vamos tomar os nossos pulsos novamente.

— Aquele viajante da chalupa inglesa é doido — comentou o criado do cirurgião com o segundo-cozinheiro. — Doido, maníaco, atormentado. E o nosso não é muito melhor.

— Não digo que isso seja conclusivo — alegou o Dr. Ramis. — Mas é notavelmente interessante. Devemos tentar com o acréscimo de palavras de duras acusações, cruéis indiretas e ásperos insultos, mas sem quaisquer movimentos físicos, o que poderia importar no aumento da pulsação. O senhor tenciona com isso uma prova *per contra* do que propõe, creio eu. Reversão, inversão, ou *arsy-versy*, como dizem em inglês. Muito interessante.

— E não é mesmo? — disse Stephen. — Minha mente foi levada a essa linha de pensamentos pelo espetáculo de nossa rendição, e algumas outras a que assisti. Com a sua experiência da vida naval mais extensa do que a minha, o senhor, sem dúvida, deve ter estado presente em muitas mais dessas ocasiões interessantes.

— Imagino que sim — concedeu o Dr. Ramis. — Por exemplo, eu mesmo já tive a honra de ser prisioneiro dos senhores não menos do que quatro vezes. — Esse — frisou, com um sorriso — é um dos motivos pelos quais estamos tão contentes em tê-los conosco. Isso não acontece tão frequentemente quanto desejaríamos. Permita-me que lhe sirva outro pedaço de pão... *meio* pedaço, com um pouquinho só de alho? Apenas uma lasca deste alho salutar e antiflogístico?

— O senhor é bondoso demais, caro colega. E, sem dúvida, deve ter notado os rostos impassíveis dos homens capturados. É sempre assim, creio eu.

— Invariavelmente. Zenão, seguido por toda sua escola.

— E não lhe parece que essa inibição, essa negação dos sinais exteriores, como acredito, consolida, ou, na verdade, sintetiza o sofrimento... não lhe parece que essa aparência estoica de indiferença, de fato, reduz a dor?

— É bem provável que sim.

— Também acredito que sim. Havia homens a bordo a quem conhecia intimamente bem, e estou moralmente convencido de que, sem isso que se poderia chamar de *ritual de atenuação*, ocorreria uma quebra do...

– *Monsieur, monsieur, monsieur* – berrou o criado do Dr. Ramis. – A baía está cheia de inglês.

No tombadilho, encontraram o comandante Pallière e seus oficiais observando as manobras do *Pompée*, do *Venerable*, do *Audacious* e, mais a distância, do *Caesar*, do *Hannibal* e do *Spencer*, enquanto navegavam nos leves e incertos ares ocidentais, através das fortes e mutáveis correntes que deslizavam entre o Atlântico e o Mediterrâneo: eram todos de 74 peças, exceto a nau capitânia de James Spencer, o *Caesar*, que portava oitenta canhões. Jack permanecia a alguma distância, com um ar desinteressado no rosto; e na amurada mais afastada encontravam-se outros membros do tombadilho da *Sophie*, todos fazendo uma tentativa semelhante de decoro.

– O senhor acredita que eles vão atacar? – perguntou o comandante Pallière, virando-se para Jack. – Ou acredita que vão fundear ao largo de Gibraltar?

– Para lhe dizer a verdade, senhor – respondeu Jack, olhando acima do mar para o imponente rochedo –, tenho toda certeza de que vão atacar. E vai me perdoar por dizer que, após o confronto das forças presentes, ao que tudo indica, todos nós estaremos em Gibraltar esta noite. Confesso que estou profundamente feliz por isso, pois me permitirá retribuir a enorme amabilidade com que fui aqui recebido.

Houvera amabilidade, muita amabilidade, desde o momento da troca de saudações formais, no tombadilho do *Desaix*, quando Jack dera um passo à frente para entregar a sua espada; o comandante Pallière recusara-se a aceitá-la, e com uma expressão de condescendência por causa da resistência da *Sophie* insistira em que ele a continuasse usando.

– Bem – disse o comandante Pallière –, não vamos estragar o nosso desjejum, por causa disso.

– Aviso do almirante, senhor – informou um tenente. – *Fundear o mais perto possível das baterias.*

– Acuse o recebimento e providencie, Dumanoir – disse o comandante. – Venha, senhor, vamos cuidar do estômago, enquanto podemos.

Tratava-se de uma façanha notável, e ambos foram conversando com excelente perseverança, suas vozes elevando-se à medida que as baterias de ilha Verde e do continente passaram a rugir e as trovejantes bombardadas enchiam a baía; mas Jack logo se viu espalhando geleia sobre o seu rodovalho e respondendo de certo modo ao caso. Com um agudo ruído despedaçante, as janelas de popa do *Desaix* viraram escombros; o armário acolchoado abaixo, o depósito dos melhores vinhos do capitão Pallière, projetou-se através da metade da câmara, lançando adiante dele uma torrente de champanhe, vinho Madeira e cálices quebrados; e em meio aos destroços rolou uma bala desperdiçada pelo HSM *Pompée*.

– Talvez seja melhor irmos para o convés – sugeriu o comandante Pallière.

Era uma situação curiosa. O vento tinha cessado quase totalmente. O *Pompée* passara deslizando pelo *Desaix* para fundear bem perto, à bochecha boreste do *Formidable*, e o bombardeava furiosamente, enquanto a nau capitânia francesa era rebocada para mais distante, por entre os traiçoeiros bancos de areia, através de cabos puxados do litoral. O *Venerable*, por desígnios do vento, havia fundeado a cerca de meia milha do *Formidable* e do *Desaix* e os atacava vigorosamente com a sua banda de artilharia de bombordo, enquanto o *Audacious*, pelo que Jack conseguia ver a distância, através das nuvens de fumaça, estava pelo través do *Indomptable*, a umas 300 ou 400 jardas além. O *Caesar*, o *Hannibal* e o *Spencer* faziam o máximo para atravessar a calmaria e as irregulares lufadas da brisa nordeste: os navios franceses disparavam constantemente; e o tempo todo as baterias espanholas, da Torre del Almirante ao norte, até a ilha Verde ao sul, trovejavam em segundo plano, enquanto as grandes canhoneiras espanholas, inestimáveis naquela calmaria, com sua mobilidade e grande conhecimento dos recifes e das fortes correntes mutáveis, remavam adiante para surrar o inimigo fundeado.

As colunas de fumaça derivavam da terra, flutuando, ora para um lado, ora para o outro, frequentemente escondendo o Rochedo na ponta mais distante da baía e os três navios em alto-mar; mas, finalmente, soprou uma brisa mais constante, os sobrejoanetes e joanetes do *Caesar* apareceram acima da obscuridade. Ele arvorava o pavilhão do almirante Saumarez e estava hasteando o sinal de *fundear para apoio mútuo*. Jack o viu passar pelo *Audacious* e virar a banda de artilharia para o *Desaix*, à distância de um grito: a nuvem à sua volta fechou-se, ocultando tudo; seguiu-se uma grande estocada de luz no interior do escuro, uma bala à altura da cabeça ceifou uma fileira de marinheiros na popa do *Desaix*, e toda a estrutura do poderoso navio estremeceu com a força do impacto – pelo menos a metade da descarga de artilharia atingiu o alvo.

"Este não é lugar para um prisioneiro", refletiu Jack, e com um olhar de despedida em consideração especial ao comandante Pallière ele correu para o tombadilho. Avistou Babbington e o jovem Ricketts parados, hesitantes, perto do salto do convés, e gritou:

– Para baixo, vocês dois. Não é hora de bancar soldados da Roma antiga... vocês iam parecer bem estranhos, cortados ao meio por nossa própria carga de metralha. – Pois era carga de metralha que viria agora, guinchando e uivando por cima do mar. Ele os conduziu até o convés inferior, e depois seguiu para o banheiro da praça d'armas – a privada dos oficiais; não era o lugar mais seguro do mundo, mas havia espaço suficiente para um espectador no convés principal de uma belonave em ação, e ele estava desesperado para acompanhar o desenrolar da batalha.

O *Hannibal* havia fundeado um pouco adiante do *Caesar*, após atravessar a linha dos navios franceses, enquanto eles se encontravam virados para o norte, e atacava o *Formidable* e a bateria de Santiago: o *Formidable* tinha praticamente cessado fogo, o que era conveniente, já que, por algum motivo, o *Pompée* havia girado na corrente – sua espia fora atingida, talvez – e estava de proa para a banda de artilharia do *Formidable*, de forma que, agora, podia apenas atirar contra as baterias da costa e as canhoneiras com os seus canhões. O *Spencer* continuava muito distante da baía: mas mesmo assim havia cinco navios da linha de batalha atacando três – tudo estava indo bem, apesar da artilharia espanhola. E agora, por uma brecha na fumaça, Jack viu o *Hannibal* picar sua amarra, fazer vela na direção de Gibraltar e virar de bordo assim que conseguiu velocidade suficiente, aproximando-se da costa para passar entre o almirante francês e a costa, a fim de cortar o seu rumo e bombardeá-lo. "Exatamente como no Nilo", pensou Jack, e, nesse momento, o *Hannibal* encalhou, encalhou feio, e ficou com todo o lado direito defronte aos canhões de grosso calibre da Torre del Almirante. A nuvem se fechou novamente; e quando enfim levantou, botes estavam indo para lá e para cá dos outros navios ingleses, e um ferro estava sendo transportado; o *Hannibal* rosnava furiosamente contra as três baterias de terra, contra as canhoneiras e, com os seus canhões de bombordo mais à frente e os caças de proa, contra o *Formidable*. Jack apertava as mãos com tanta força que foi necessário forte determinação para desatá-las. A situação não era de desespero – não era ruim de todo. O ar ocidental afastara-se bastante, e agora a brisa correta dissipava a grossa neblina de pólvora, que vinha da direção nordeste. O *Caesar* picou sua amarra, e contornando o *Venerable* e o *Audacious* atacou o *Indomptable*, à ré do *Desaix*, com as bombardadas mais pesadas que já se tinha ouvido até então. Jack não conseguia determinar que tipo de sinal estava sendo dado a bordo, mas tinha certeza de que era *picar amarras e virar em roda*, junto com *combater o inimigo mais de perto*. Também surgiu um sinal a bordo do almirante francês – *picar amarras e encalhar* –, pois agora, com um vento que permitiria aos ingleses se aproximarem, era melhor arriscar um encalhe do que o desastre total; além do mais, o sinal dele era mais fácil de ser executado do que o de Sir James, pois a brisa não apenas permaneceu com os franceses, após ter deixado os ingleses bonançosos, como os franceses já saíam da costa, às dúzias, com os seus cabos viradores e botes.

Jack ouviu as ordens dadas acima, o ruído de pés correndo, e a baía com sua fumaça e destroços flutuantes girou lentamente diante de seus olhos enquanto o *Desaix* virava em roda e seguia direto para terra. Encalhou com um baque surdo e um tranco, que o desequilibrou, em um recife bem diante da cidade: o *Indomptable*, com o mastro do traquete sumido, já estava encalhado na ilha Verde, ou muito perto. De onde ele estava, não podia ver a nau capitânia francesa, mas certamente devia ter encalhado também.

Todavia, a batalha subitamente azedou. Os navios ingleses não avançaram, para arrasar de vez os franceses encalhados e queimá-los ou destruí-los, muito menos rebocá-los; pois, não apenas a brisa havia cessado completamente, deixando o *Caesar*, o *Audacious* e o *Venerable* sem velocidade para manobrar, como quase todos os barcos sobreviventes da esquadra estavam ocupados em rebocar o despedaçado *Pompée* em direção a Gibraltar. As baterias espanholas tinham feito disparos sem direção por algum tempo, e agora os navios franceses encalhados estavam enviando, às centenas, as suas excelentes guarnições de artilharia para a costa. Em questão de minutos o fogo dos canhões da costa aumentou enormemente em volume e precisão. Mesmo o pobre *Spencer*, que não conseguira chegar perto, sofreu cruelmente, enquanto permanecia ali, fora da baía; o *Venerable* tinha perdido o mastaréu da gata; e parecia que o *Caesar* estava pegando fogo a meia-nau. Jack não conseguiu aguentar mais: subiu correndo para o convés a tempo de ver uma brisa soprar da terra e a esquadra fazer vela, indo com amuras a boreste, seguir em direção leste para Gibraltar, deixando o desarvorado e indefeso *Hannibal* à sua própria sorte diante dos canhões da Torre del Almirante. Ele continuava atirando, mas não conseguiria resistir; o mastro restante caiu, e logo a sua bandeira desceu ondulando.

– Uma manhã movimentada – observou o comandante Pallière, ao avistá-lo.

– Sim, senhor – retrucou Jack. – Espero que não tenhamos perdido muitos dos nossos amigos. – O tombadilho do *Desaix* estava horrível, esburacado, e havia um profundo rego com sangue fluindo para o embornal sob os destroços da escada de popa. A trincheira de macas fora feita em pedaços; havia quatro canhões desmantelados à ré do mastro grande, e o filerete sobre o tombadilho curvado sob o peso do mastreamento caído. O barco estava inclinado três ou quatro fiadas de chapas sobre a rocha, e qualquer mínima batida do mar o faria em pedaços.

– Foram muitos, muitos mais do que eu desejaria – retrucou o comandante Pallière. – Mas o *Formidable* e o *Indomptable* sofreram bem mais... os comandantes de ambos também foram mortos. O que estão fazendo a bordo do navio capturado?

As cores do *Hannibal* estavam sendo hasteadas novamente. Era sua própria flâmula, e não a bandeira francesa; mas a flâmula estava invertida, drapejando o emblema de cabeça para baixo.

– Suponho que eles tenham se esquecido de levar uma tricolor, quando foram para bordo tomar posse – observou o comandante Pallière, virando-se para ordenar que o seu barco fosse retirado do recife. Algum tempo depois ele voltou à amurada destroçada e, olhando para a pequena frota de barcos, que partiam com toda pujança de Gibraltar e da chalupa *Calpe*, em direção ao *Hannibal*, ele disse a Jack:
– O senhor não supõe que eles pretendam retomar o navio, supõe? O que eles *pretendem*?

Jack sabia muito bem o que eles pretendiam. Na Marinha Real britânica, a flâmula de cabeça para baixo era um sinal enfático de perigo: o *Calpe* e as pessoas em Gibraltar, vendo aquilo, supuseram que o *Hannibal* queria dizer que voltara a flutuar e estava implorando para ser rebocado para longe. Dotaram cada bote de cada homem disponível – com marinheiros independentes e, acima de tudo, com os altamente qualificados carpinteiros navais e artífices do estaleiro.

– Sim – respondeu, com toda a franqueza de um marujo embusteiro falando com outro –, eu suponho. É isso que eles pretendem, com toda certeza. Mas, certamente, se o senhor disparar um tiro à frente da proa do cúter líder, eles retornarão... vão imaginar que tudo se acabou.

– Ah, isso mesmo – afirmou o comandante Pallière. Um canhão de 18 rangeu ao girar e mirou exatamente no barco mais próximo.
– Mas, pensando bem – hesitou o comandante Pallière, colocando a mão no mecanismo de disparo e sorrindo para Jack –, talvez seja melhor não disparar. – Deu uma contraordem ao canhão, e os barcos, um a um, alcançaram o *Hannibal*, onde os franceses, silenciosamente, conduziram os tripulantes para baixo. – Não tem importância – disse o comandante Pallière, dando-lhe um tapinha no ombro. – O almirante está sinalizando; venha para terra comigo e tentaremos arrumar alojamentos decentes para o senhor e para o seu pessoal, até conseguirmos desencalhar e nos reequipar.

Os alojamentos designados para os oficiais da *Sophie*, uma casa localizada no alto do lado posterior de Algeciras, tinha um imenso terraço que dava vista para a baía, com Gibraltar à esquerda, ponta Cabrita à direita e a obscurecida terra da África assomando à frente. A primeira pessoa que viu no terraço, parado ali com as mãos para trás e olhando abaixo em direção ao seu desarvorado navio, foi o comandante Ferris do *Hannibal*. Jack fora seu companheiro de bordo durante duas missões, e jantara com ele no ano anterior, mas dificilmente o capitão de mar e guerra seria reconhecido como sendo o mesmo homem – envelhecera terrivelmente, e encolhera; e embora os dois revivessem agora a batalha, destacando as várias manobras, os infortúnios e as intenções frustradas, ele falava lentamente, com uma hesitação estranha e incerta, como se o que tivesse acontecido não fosse exatamente verdade, ou não lhe tivesse acontecido.

– Então, Aubrey, você estava a bordo do *Desaix* – disse ele, depois de alguns momentos. – Ele foi muito afetado?

– Não tanto para ficar incapacitado, senhor, pelo que pude perceber. Não ficou muito esburacado abaixo da linha-d'água, e nenhum dos mastros inferiores foi seriamente afetado; se não fizer água, não demorarão a colocá-lo em ordem... o barco tinha um grupo extraordinariamente bom de oficiais e marujos.

– Quantos acha que foram perdidos?

– Bastante, estou certo disso... mas ali está o meu cirurgião, que sabe disso melhor do que eu. Posso chamar o Dr. Maturin, comandante Ferris? Meu Deus, Stephen – bradou, recuando. Jack estava razoavelmente acostumado a carnificinas, mas nunca tinha visto nada como aquilo. Stephen poderia ter saído direto de um movimentado matadouro. Suas mangas, toda a parte da frente do casaco até as meias, e as próprias meias, estava tudo manchado, manchado de ponta a ponta, e endurecido com sangue coagulado. O mesmo podia se dizer dos seus calções; e as partes onde sua camisa aparecia, também estavam com uma cor vermelho-amarronzada.

– Peço desculpas – disse ele. – Eu devia ter mudado de roupa, mas parece que o meu baú foi destroçado... destruído completamente.

— Posso emprestar-lhe uma camisa e uns calções — sugeriu o comandante Ferris. — Somos do mesmo tamanho.

Stephen fez uma reverência.

— Andou dando uma mão aos cirurgiões franceses? — indagou Jack.

— Exatamente.

— A trabalheira foi muito grande? — quis saber o comandante Ferris.

— Cerca de cem mortos e cem feridos — respondeu Stephen.

— Tivemos 75 mortos e 52 feridos — frisou o comandante Ferris.

— O senhor pertence ao *Hannibal*, senhor? — perguntou Stephen.

— Sim, senhor — respondeu o comandante Ferris. — Eu me rendi — falou, com um tom de voz espantado, e imediatamente começou a soluçar, olhando para eles com os olhos arregalados: primeiro para um, e depois para o outro.

— Diga-me, por favor, comandante Ferris — pediu Stephen —, quantos ajudantes tem o seu cirurgião? E eles estão com todos os seus instrumentos? Eu descerei até o convento para ver os seus feridos, assim que tiver comido alguma coisa, e disponho de dois ou três estojos.

— Dois ajudantes, senhor — informou o comandante Ferris. — Quanto aos instrumentos, receio não poder dizer. O senhor é uma pessoa muito boa... muito cristã... deixe-me pegar a camisa e os calções... deve estar se sentindo infernalmente desconfortável. — Ele voltou com uma trouxa de roupas limpas, envolvidas em um roupão, como a sugerir que o Dr. Maturin operasse vestido com aquilo, como ele vira ser feito, depois do Primeiro de Junho, quando houve uma falta semelhante de camisas limpas. E durante a estranha e frugal refeição deles, servida por deploráveis empregadas domésticas que os olhavam fixamente, com sentinelas de vermelho e amarelo vigiando a porta, o comandante Ferris falou: — Após cuidar dos meus pobres companheiros, Dr. Maturin... se ainda lhe restar alguma benevolência depois disso, prestaria um ato de caridade se me receitasse algo na linha de ópio ou mandrágora. Hoje estou me sentindo estranhamente indisposto, devo confessar, e preciso de... como direi?, aplacar as minhas preocupações. E além do mais, já que, provavelmente, dentro de alguns dias, seremos trocados, enfrentar a corte marcial será a maior de todas elas.

– Ora, senhor, quanto a isso – bradou Jack, jogando-se para trás, na cadeira –, não deve ter nenhum receio... nunca houve um caso tão claro de...

– Não esteja tão seguro, meu jovem – retrucou o comandante Ferris. – Qualquer corte marcial é algo perigoso, esteja você certo ou errado... a justiça não tem muito a ver com isso. Lembre-se do pobre Vincent, do *Weymouth*; lembre-se de Byng... fuzilado por causa de um erro judicial e por ser impopular. E pense no estado de espírito, neste momento, das pessoas em Gibraltar e em casa... seis navios de linha derrotados por três franceses, e um deles tomado... uma derrota, e o *Hannibal* foi tomado.

O grau de apreensão do comandante Ferris pareceu a Jack uma espécie de ferimento, o resultado de ter permanecido encaihado sob o fogo de três baterias de terra, de um navio de linha e uma dúzia de canhoneiras pesadas, e de ter sido bombardeado durante horas, desarvorado e indefeso. O mesmo pensamento, de uma forma ligeiramente diferente, ocorreu a Stephen.

– Que julgamento é esse de que ele fala? – perguntou, horas depois. – É factível ou imaginário?

– Ora, é bastante factível – afirmou Jack.

– Mas ele não fez nada de errado, não? Ninguém pode alegar que ele fugiu ou não lutou mais bravamente do que era possível.

– Mas ele perdeu o navio. Todo comandante que perde um navio do rei precisa enfrentar uma corte marcial.

– Entendo. No caso dele, mera formalidade, suponho.

– No caso *dele*, sim – disse Jack. – A aflição *dele* é infundada... uma espécie de pesadelo acordado, creio eu.

No dia seguinte, porém, quando desceu com o Sr. Dalziel para visitar os tripulantes da *Sophie* na desfigurada igreja deles e lhes comunicar a respeito da bandeira de trégua hasteada em Gibraltar, tal aflição pareceu-lhe um pouco mais razoável... e menos uma fantasia doentia. Contou aos Sophies que eles e o pessoal do *Hannibal* seriam trocados – que estariam em Gibraltar para o jantar: ervilhas desidratadas e carne de cavalo salgada para o jantar, e não mais aquele rancho estrangeiro. E apesar de ter sorrido e agitado o chapéu diante dos estrondosos vivas que saudaram a notícia, havia uma sombra negra no fundo de sua mente.

A sombra intensificou-se quando ele atravessou a baía na barcaça do *Caesar*; intensificou-se quando ele esperava na antecâmara, para se apresentar ao almirante. Às vezes, ficava sentado; às vezes, andava de um lado para o outro do aposento, conversando com os demais oficiais e pessoas, com assuntos urgentes a tratar, e que eram encaminhados pelo secretário. Ficou surpreso por receber tantas felicitações pela ação com o *Cacafuego* – isso agora parecia tão distante, quase como se pertencesse a uma outra vida. Mas as felicitações (apesar de generosas e amáveis) eram um tanto apressadas, pois o clima em Gibraltar era de grave e geral reprovação, sombria depressão, rigorosa atenção ao trabalho árduo, e uma estéril discussão sobre o que deveria ter sido feito.

Quando finalmente foi recebido, achou Sir James quase tão velho e mudado quanto o comandante Ferris; os estranhos olhos do almirante, encimados por grossas sobrancelhas, fitaram-no praticamente sem expressão enquanto ele fazia o seu relatório. Não houve qualquer palavra de interrupção, nem um vestígio de louvor ou reprimenda, e isso deixou Jack tão constrangido que, se não fosse a lista de tópicos que escrevera em um cartão e mantivera na palma da mão, como um estudante, ele teria devaneado para explicações e desculpas. O almirante estava obviamente muito cansado, mas sua mente ágil extraía os fatos necessários e os anotava em uma tira de papel.

– O que me diz do estado dos navios franceses, comandante Aubrey? – perguntou.

– O *Desaix* já voltou a flutuar, senhor, e está em excelente estado; como também o *Indomptable*. Não sei em relação ao *Formidable* e ao *Hannibal*, mas, inquestionavelmente, eles fizeram água; e em Algeciras corre o rumor de que o almirante Linois enviou, ontem, três oficiais a Cádiz, e outro mais, esta manhã, a fim de pedir aos espanhóis e franceses de lá para virem buscá-lo.

O almirante Saumarez pôs a mão na testa. Ele havia acreditado piamente que nunca mais voltariam a flutuar, e afirmara isso em seu relatório.

– Bem, obrigado, comandante Aubrey – disse ele após um momento, e Jack levantou-se. – Vejo que está usando a sua espada – observou o almirante.

– Sim, senhor. O comandante francês teve a bondade de devolvê-la.

– Muita generosidade dele, embora eu tenha certeza de que a gentileza foi bem merecida; e não duvido que a corte marcial fará o mesmo. Mas, como sabe, não é muito protocolar usá-la, até lá: cuidaremos do seu assunto o mais rápido possível... o pobre Ferris terá de ir para casa, é claro, mas cuidaremos de você aqui mesmo. Está em condicional, creio eu.

– Sim, senhor: à espera de uma troca.

– Que triste maçada. Eu teria conseguido, com a sua ajuda... a esquadra está em tal estado... Bem, tenha um bom dia, comandante Aubrey – falou, com uma insinuação de sorriso, ou, pelo menos, um abrandamento na expressão. – Como deve saber, é claro, está sob prisão nominal; portanto, por favor, seja discreto.

Ele sabia disso perfeitamente bem, é claro, em teoria; aquelas palavras, porém, foram como um soco em seu coração, e caminhou pelas ruas apinhadas e movimentadas de Gibraltar em um extraordinário estado de muita infelicidade. Ao chegar à casa onde estava hospedado, desafivelou a espada, preparou com ela um embrulho malfeito e a enviou ao secretário do almirante, com um bilhete. Depois, saiu para dar um passeio, sentindo-se nu e sem querer ser visto.

Os oficiais do *Hannibal* e da *Sophie* estavam em liberdade condicional; ou seja, até serem trocados por prisioneiros franceses de mesmo grau hierárquico, estavam moralmente obrigados a nada fazer contra a Espanha ou a França – eram simplesmente prisioneiros em um ambiente mais agradável.

Os dias subsequentes foram singularmente infelizes e solitários – solitários, embora ele fizesse passeios, às vezes, com o comandante Ferris, às vezes com os próprios aspirantes e às vezes com o Sr. Dalziel e sua cadela. Era estranho e anormal ficar afastado da vida do porto e da esquadra, num momento como aquele, quando todo homem sadio e muitos que nunca deveriam ter deixado as suas camas estavam trabalhando furiosamente para consertar os seus navios – uma ativa colmeia, um formigueiro, lá embaixo; e, ali em cima, naquelas alturas, na grama rala e na rocha nua entre a muralha moura e a torre acima de Monkey's Cove, solitária meditação, dúvida, descrédito e aflição. Ele havia procurado, é claro, em todos os exemplares do *Gazette*, e nada havia igualmente sobre o triunfo ou o desastre da *Sophie*: um ou dois relatos truncados, nos jornais, e um parágrafo na *Gentleman's Magazine*, fazendo parecer como se tivesse sido um ataque surpresa, e foi tudo. Havia mais de uma dezena de promoções nos exemplares do *Gazette*, mas nenhuma para ele ou Pullings, e seria capaz de apostar que a notícia da captura da *Sophie* chegara a Londres quase ao mesmo tempo que a da captura do *Cacafuego*. Se não antes, pois a boa notícia (supondo-se que ela se tenha perdido – supondo-se que estivesse no malote que ele mesmo afundou a nove léguas do cabo de Roig) só poderia ter sido dada em um despacho de lorde Keith, que se encontrava no distante Mediterrâneo superior, entre os turcos. Portanto, não deveria haver promoção alguma até depois da corte marcial – nunca houve essa coisa de promover prisioneiros, jamais. E se desse tudo errado no julgamento? Sua consciência estava muito longe da perfeita tranquilidade. Se Harte falara sério, havia sido diabolicamente bem-sucedido; e ele, Jack, fora um simplório, um rematado idiota. Seria tamanha maldade possível? Tal esperteza em um mero sacana chifrudo? Ele gostaria de expor isso a Stephen, porque Stephen tinha cabeça; e Jack, praticamente pela primeira vez em sua vida, encontrava-se absolutamente certo de sua perfeita compreensão, inteligência natural e discernimento. O almirante não o felicitara: seria concebível deduzir que o ponto de vista oficial era...? Stephen, contudo, não tinha noção de qualquer condicional que o mantivesse fora do hospital naval: a esquadra estava com mais de duzentos homens feridos, e ele passava a maior parte do tempo lá. "Caminhe", disse ele. "Por favor, caminhe pelas alturas mais íngremes – percorra o Rochedo de ponta a ponta –, percorra-o outra vez e mais outra, de estômago vazio. Você está um sujeito obeso; as suas coxas tremem, quando anda. Você deve estar pesando umas 100 ou mesmo 108 quilos."

"E, certamente, tenho suado como uma égua parindo", refletiu Jack, sentado à sombra de uma pedra, afrouxando o cinturão e se enxugando. Numa tentativa de distrair a mente, cantou para si mesmo uma balada sobre a Batalha do Nilo:

> Ancoramos ao lado deles, como uma turma de leões, audaz e corajosa.
> Quando os seus mastros e ovéns desabaram, que coisa mais gloriosa!
> Depois, veio o Leander, o cinquenta e quatro nobre e audaz,
> E contra a proa do Franklin disparou os seus canhões sem paz;
> Deu-lhe uma tremenda bordoada, rapazes, numa destruição sem par;
> O que os fez gritar alto por quartel, e a bandeira francesa arriar.

A melodia era encantadora, mas a falta de exatidão o exasperava: o pobre e velho *Leander* tinha 52 canhões, como ele sabia muito bem, já que orientara o disparo de oito deles. Mudou para outra canção favorita dos marujos:

> *Uma terrível briga há pouco ocorreu,*
> *E no dia do nosso São Tiago nasceu,*
> *Com um tum, tum, tum, tum, tum,*
> *Um tum, tum, tum, tum.*

Um macaco, sobre uma pedra não muito distante, jogou um pedaço de cocô nele, mesmo sem ser provocado; e quando Jack meio que se levantou para protestar, o animal agitou o punho enrugado e blaterou tão furiosamente que ele afundou novamente no chão, tão baixo se encontrava o seu estado de espírito.

– Senhor, senhor! – gritou Babbington, rompendo elevação acima, vermelho por causa dos gritos e da escalada. – Veja o brigue, senhor! Senhor, olhe por cima do promontório!

O brigue era o *Pasley*: eles o reconheceram de imediato. O brigue fretado *Pasley*, um excelente velejador, forçava as velas na vigorosa brisa noroeste, apropriada para levar embora qualquer coisa.

– Dê uma olhada, senhor – disse Babbington, ao desabar na grama, de uma maneira inusitadamente indisciplinada, e levantando para ele uma pequena luneta de bronze. O tubo só ampliava debilmente, mas, imediatamente, o sinal do topo de mastro do *Pasley* pareceu claro e evidente – *inimigo à vista*.

– E lá estão eles, senhor – mostrou Babbington, apontando para um lampejo de velas de gávea acima da escura curva de terra mais além do Estreito.

– Vamos – berrou Jack, e começou a galgar a colina, arfando e gemendo, correndo o mais rápido que conseguia para a torre, o ponto mais alto do Rochedo. Havia alguns pedreiros lá em cima, trabalhando na edificação, um oficial da guarnição de artilharia, com um enorme e esplêndido telescópio, e alguns outros soldados. O artilheiro, muito educadamente, ofereceu sua lente a Jack; este a apoiou no ombro de Babbington, focou com todo o cuidado, olhou e falou: – São o *Superb* e o *Thames*. Depois vêm dois espanhóis de três conveses – um é o *Real Carlos*, tenho quase certeza; em todo o caso, é a nau capitânia do vice-almirante. Dois navios setenta e quatro. Não, um setenta e quatro, e provavelmente um de oitenta peças.

– O *Argonauta* – falou um dos pedreiros.

– Outro de três conveses. E três fragatas, duas francesas.

Ficaram sentados ali, em silêncio, observando a tranquila e inabalável procissão, o *Superb* e o *Thames* mantendo suas posições, a apenas 1 milha adiante da esquadra conjunta, ao entrarem no Estreito, os imensos e belos espanhóis de linha avançando com a inevitabilidade do sol. Os pedreiros saíram para jantar; o vento refluiu em direção oeste. A sombra da torre deslizou 25 quartas.

Depois de contornar ponta Cabrita, o *Superb* e a fragata seguiram direto para Gibraltar, enquanto os espanhóis bolinaram para Algeciras; e agora Jack podia ver que a nau capitânia era mesmo o *Real Carlos*, de 112 canhões, um dos mais poderosos navios em ação; o segundo, de três conveses, possuía a mesma potência; e o terceiro tinha 96 canhões. Tratava-se da mais formidável esquadra – 474 canhões grandes, sem contar os cento e tantos das fragatas –, e os navios eram surpreendentemente bem manejados. Fundearam por ali, sob os canhões das baterias espanholas, garbosamente, como se fossem ser passados em revista pelo rei.

– Olá, senhor – cumprimentou Mowett. – Achei que o senhor estava aqui. Eu lhe trouxe um bolo.

– Ora, obrigado, obrigado – bradou Jack. – Estou diabolicamente faminto, creio. Imediatamente, cortou uma fatia e a comeu. Quão extraordinariamente a Marinha tinha mudado, pensou, cortando outra: quando era aspirante, nem em mil anos lhe teria ocorrido dirigir a palavra ao seu comandante, muito menos levar-lhe bolos; e ocorreu-lhe que nunca o fizera por temer pela própria vida.

– Posso partilhar sua pedra, senhor? – perguntou Mowett, sentando-se. – Eles vieram apanhar os franceses, suponho. Acha que iremos atrás deles, senhor?

– O *Pompée* jamais ficará pronto para o mar nestas três semanas – observou Jack, duvidoso. – O *Caesar* foi cruelmente atingido e precisa de todos os mastros novos; mas, mesmo que não consigam aprontá-lo antes de o inimigo partir, isso nos dará apenas cinco de linha contra dez, ou nove, se deixar o *Hannibal* de fora... São 376 canhões contra os setecentos e tantos deles, contando-se as duas esquadras combinadas. E também estamos com carência de gente.

– O *senhor* iria atrás deles, não é mesmo, senhor? – disse Babbington; e os dois aspirantes gargalharam satisfeitos.

Jack fez um movimento meditativo com a cabeça, e Mowett recitou:

– *Como quando o rodeante arpoeiro arpeia, em mares hiperbóreos, a dormitante baleia.* Que coisas imensas são esses espanhóis. O pessoal do *Caesar* requereu permissão para trabalhar dia e noite, senhor. Eles estão fazendo fogueiras com madeira de zimbro, no quebra-mar, para iluminação.

Foi sob a luz dessas fogueiras de zimbro que Jack topou com o comandante Keats, do *Superb*, acompanhado de dois de seus oficiais e um civil. Após a surpresa inicial, cumprimentos e apresentações, o comandante Keats convidou-o para cear a bordo – eles agora estavam voltando –, apenas uma refeição frugal, é claro, mas com genuíno repolho de Hampshire, trazido pelo *Astrea* diretamente da horta do próprio comandante Keats.

– É mesmo muita bondade sua, senhor; sou muito grato, mas acredito que vai me desculpar. Tive o infortúnio de perder a *Sophie*, e ouso dizer que em breve o senhor estará me julgando, juntamente com a maioria dos demais capitães de mar e guerra.

– Ah! – fez o comandante Keats, subitamente constrangido.

– O comandante Aubrey tem toda razão – declarou o civil com um tom de voz enérgico; e, neste momento, chegou um mensageiro com uma convocação urgente do almirante para o comandante Keats.

– Quem é aquele filho da puta feio de casaco preto? – perguntou Jack, quando outro amigo, Heneage Dundas, do *Calpe*, vinha descendo os degraus.

– Coke? Ora, ele é o novo auditor de guerra, especialista em cortes marciais – informou Dundas, com um olhar esquisito. Teria sido mesmo um olhar esquisito? A ilusão das chamas podia dar a qualquer pessoa um olhar esquisito. As palavras do 10º Artigo de Guerra surgiram de forma espontânea em sua mente: *Se alguma pessoa da esquadra render-se covardemente ou implorar por clemência, sendo condenado por isso por sentença de uma corte marcial, sofrerá a morte.*

– Vamos, Heneage, venha dividir comigo uma garrafa de Porto – convidou Jack, passando a mão pelo rosto.

– Jack – retrucou Dundas –, juro que não há nada que eu mais gostaria de fazer, mas prometi dar uma ajuda a Brenton. Estou exatamente a caminho de lá... eis ali o resto do meu grupo, à minha espera. – Ele se apressou em direção à luz mais brilhante ao longo do quebra-mar e Jack saiu vagueando: íngremes becos escuros, bordéis ordinários, fedores, esquálidas tabernas.

No dia seguinte, a sotavento da muralha Carlos V, com a luneta pousado em uma pedra, e uma certa sensação de espionagem ou bisbilhotice, ele observou o *Caesar* (não mais a nau capitânia) ser movimentado para contrabordo de um pontão com guindastes, a fim de receber a parte inferior do mastro grande, de 100 pés de comprimento e mais de 1 jarda de largura. Tudo foi feito tão rapidamente que o tope estava terminado antes do meio-dia, e nem o mastro nem o convés podiam ser vistos, por causa da profusão de homens trabalhando no aparelho.

No dia depois desse, ainda com a melancolia no máximo, cheio de culpa, por causa do ócio e do intenso e ordenado trabalho que via abaixo, particularmente no *Caesar*, ele viu o *San Antonio*, um francês de 74 canhões, que fora retardado ao vir de Cádiz, fundear entre os seus amigos, em Algeciras.

No outro dia, houve grande atividade no lado mais distante da baía – embarcações indo de lá para cá por entre os 12 navios da esquadra conjunta, novas velas sendo envergadas, suprimentos subindo para bordo, hasteamento após hasteamento de sinais a bordo das naus capitânias; e toda essa atividade era reproduzida em Gibraltar, com um entusiasmo ainda maior. Não havia esperança para o *Pompée*, mas o *Audacious* estava quase inteiramente pronto, ao passo que o *Venerable*, o *Spencer* e, é claro, o *Superb* já estavam em condições de combate, e o *Caesar* encontrava-se tão próximo das etapas finais de revitalização que, possivelmente, poderia estar pronto para se fazer ao mar em 24 horas.

Durante a noite, a insinuação de um levantino começou a soprar do leste: era o vento pelo qual os espanhóis estavam implorando, o vento que os levaria diretamente para fora do Estreito, depois que montassem a ponta Cabrita, e os carregaria para Cádiz. Ao meio-dia, o primeiro de seus três conveses largou o velacho e começou a se movimentar para fora do espaço apinhado; então, os outros o seguiram. Eles estavam suspendendo e se fazendo ao mar em intervalos de dez ou 15 minutos para seu encontro ao largo de ponta Cabrita. O *Caesar* continuava amarrado ao longo do molhe, recebendo pólvora e balas, com oficiais, marinheiros, civis e soldados da guarnição trabalhando silenciosamente com grave concentração.

Por fim, toda a esquadra combinada estava a caminho: até mesmo a sua captura, o *Hannibal*, aparelhado com guindolas, rebocado pela fragata francesa *Indienne*, arrastava-se em direção ao promontório.

E então os estridentes guinchos de flauta e violino surgiram a bordo do *Caesar*, enquanto seu pessoal manejava a barra do cabrestante e começava a rebocá-lo com espias para longe do molhe, em ordem, em condições de navegabilidade e pronto para a guerra. Um estrondoso hurra percorreu toda a costa repleta, as baterias, muralhas e encostas pretas de espectadores; e quando os vivas enfraqueceram, eis que a banda da guarnição tocou "Come cheer up my lads, 'tis to glory we steer" tão alto quanto podia, enquanto os fuzileiros do *Caesar* respondiam com "Britons strike home". Em meio à cacofonia, a flauta ainda podia ser ouvida: foi uma enorme e comovente emoção.

Quando o *Caesar* passou pela proa do *Audacious*, hasteou mais uma vez a flâmula de *Sir* James, e imediatamente após içou o sinal de *suspendendo e pronto para batalha*. A execução dessa manobra naval foi talvez a mais bonita que Jack jamais vira: todos tinham estado à espera do sinal, todos se encontravam prontos e à espera dele, com suas amarras a pique; e num incrivelmente curto espaço de tempo, os ferros foram içados e alojados, e os mastros e vergas abriram-se em altas e brancas pirâmides de velas, enquanto o esquadrão, cinco navios de linha, duas fragatas, uma chalupa e um brigue, afastou-se a sotavento do Rochedo e formou uma linha adiante indo com amuras a bombordo.

Jack abriu caminho por entre a multidão compacta no pontal, e estava a meio caminho do hospital, com a pretensão de convencer Stephen a subir no Rochedo com ele, quando avistou o amigo seguindo rapidamente pelas ruas desertas.

– Ele já deixou o molhe? – gritou Stephen de uma distância considerável. – A batalha já começou? – Tranquilizado, ele falou: – Eu não teria perdido isso por cem libras; aquele maldito sujeito na Ala B e suas extravagâncias inoportunas... uma bela ocasião para se cortar a garganta, logo no dia de hoje.

– Não há pressa... ninguém vai tocar em um canhão durante horas – acalmou-o Jack. – Mas lamento por você não ter visto o *Caesar* zarpar: foi uma visão gloriosa. Vamos subir a colina, e terá uma vista perfeita de ambos os esquadrões. Venha. Vou passar em casa e apanhar duas lunetas e uma capa... faz frio à noite.

– Está bem – concordou Stephen, após pensar um momento. – Eu posso deixar um bilhete. E encheremos os nossos bolsos com presunto; e nada de seus olhares tortos e respostas ríspidas.

– Lá estão eles – disse Jack, parando novamente para tomar fôlego. – Ainda com amuras a bombordo.

– Eu os vejo perfeitamente bem – retrucou Stephen, umas 100 jardas adiante e escalando com rapidez. – Por favor, não pare tantas vezes. Vamos.

– Oh, meu Deus! Oh, meu Deus! – exclamou Jack, finalmente, afundando em sua pedra familiar. – Como você anda depressa. Bem, ali estão eles.

– Sim, sim, ali estão eles: realmente, um magnífico espetáculo. Mas por que estão indo em direção à África? E por que apenas papa-figos e velas de gávea com esta brisa leve? Aquele ali está até mesmo aquartelando a gávea.

– Aquele é o *Superb*; ele só faz isso para manter sua posição na formatura e não ultrapassar o almirante, pois é um "soberbo" velejador, sabe como é, o melhor da esquadra. Ouviu essa?

– Ouvi.

– Foi muito brilhante, creio eu... espirituoso.

– Por que eles não largam as velas e aproam ao vento?

– Ah, não se trata de uma questão de combate frontal... é provável que não haja nenhuma ação à luz do dia. Seria uma inequívoca loucura atacar a linha de batalha deles neste momento. O almirante quer que o inimigo saia da baía e entre no Estreito, para que não haja fintas pela retaguarda e tenha espaço de mar suficiente para se lançar contra eles: assim que eles estiverem bem ao largo, ouso dizer que ele tentará interceptá-los pela retaguarda, se este vento continuar; e está me parecendo um levantino de três dias. Olhe, o *Hannibal* não consegue montar o promontório. Está vendo? Vai diretamente para terra. A fragata está passando maus bocados. Estão girando a proa a reboque. Isso vai resolver... lá vai... largou o pano... soltou a bujarrona... tudo em ordem. Está indo de volta.

Ficaram sentados ali, em silêncio, e por toda a volta podiam ouvir outros grupos de pessoas espalhadas pela superfície do Rochedo – comentários sobre o fortalecimento do vento, a provável estratégia a ser observada, o exato peso de metal da banda de artilharia de cada lado, o alto padrão da artilharia francesa, as correntes a serem encontradas ao largo do cabo Trafalgar.

Com boa quantidade de colhida e largada de pano, a esquadra combinada, agora com nove navios de linha e três fragatas, havia formado sua linha de batalha, com os dois grandes navios espanhóis de primeira classe à ré, e agora arribavam em direção ao oeste com a brisa refrescante em popa.

Um pouco antes disso o esquadrão britânico virara em roda simultaneamente, a um sinal, e agora se encontrava com amuras a boreste, navegando tranquilamente. A luneta de Jack estava apontada firmemente para a nau capitânia, e assim que avistou a adriça de sinais ser içada, ele murmurou:

– Lá vamos nós.

O sinal apareceu: imediatamente, a quantidade de pano quase dobrou, e em poucos minutos o esquadrão estava correndo rapidamente atrás dos franceses e espanhóis, diminuindo à vista de Jack... ficando cada vez menor a cada momento, enquanto ele olhava.

– Meu Deus, como eu gostaria de estar com eles – disse Jack, com um gemido algo desesperado. E cerca de dez minutos depois: – Olhe, lá está o *Superb*, navegando à vante. O almirante deve ter sinalizado para ele. – Os cutelos dos joanetes do *Superb* surgiram como por mágica, de bombordo e boreste. – Agora está voando – constatou Jack, baixando a lente para a limpar: mas o obscurecimento não era nem por causa de suas lágrimas nem por sujeira na lente – era o dia desvanecendo. Lá embaixo, ele já sumira: uma noitinha amarelo-castanha envolvia a cidade, e as luzes começavam a se acender por toda parte. Logo podiam ser vistas lanternas arrastando-se pelo Rochedo, para os pontos mais altos de onde, talvez, a batalha poderia ser vista; e, além da água, Algeciras começou a cintilar, uma baixa e comprida curva de luz.

– Que tal um pouco desse presunto? – sugeriu Jack.

Stephen dizia achar que presunto talvez se revelasse uma valiosa profilaxia contra os efeitos do sereno; e depois que comeram por algum tempo, em meio à escuridão, os lenços estendidos sobre os joelhos, ele observou subitamente:

– Disseram-me que serei julgado pela perda da *Sophie*.

Jack não tinha pensado na corte marcial desde o começo daquela manhã, quando ficou claro que a esquadra combinada suspenderia; agora, o pensamento retornou com um choque extraordinariamente desagradável, quase tapando o seu estômago. Entretanto, ele apenas replicou:

– Quem lhe disse isso? Os médicos do hospital, suponho.

– Sim.

– Teoricamente, eles estão certos, é claro. Oficialmente, essa coisa é chamada de julgamento do comandante, oficiais e tripulação do navio; e, formalmente, perguntam se os oficiais têm alguma queixa a fazer de seu comandante, e se o comandante tem alguma a fazer contra os oficiais; mas, neste caso, obviamente, é apenas a minha conduta que está em questão. Você não tem nada com que se preocupar, eu lhe garanto, dou-lhe a minha palavra de honra. Nada mesmo.

– Oh, eu me declararia culpado imediatamente – afirmou Stephen. – E acrescentaria que, na ocasião, estava sentado sobre o paiol de pólvora, com uma lanterna desprotegida, imaginando a morte do rei, desperdiçando o meu suprimento médico, fumando tabaco e fazendo uma devolução fraudulenta de quinquilharias furtadas. Que solene disparate é tudo isso. – Gargalhou intensamente. – Estou surpreso que um homem sensível como você atribua qualquer importância a esse assunto.

– Ora, eu não me importo com isso – bradou Jack. "Que mentiroso", disse Stephen, afetuosamente, mas a si mesmo. Após uma longuíssima pausa, Jack falou: – Você não dá um valor muito alto a capitães de mar e guerra e almirantes na escala de seres inteligentes, não é mesmo? Tenho ouvido você falar coisas bem graves sobre almirantes e grandes homens em geral.

– Ora, pode ter certeza de que, com muita frequência, algo muito triste acontece com os seus grandes homens e almirantes, com a idade: até mesmo com os seus capitães de mar e guerra. Uma espécie de atrofia, um murchamento da cabeça e do coração. Imagino que isso deve ocorrer porque...

– Pois bem – atalhou Jack, pousando a mão sobre o ombro quase invisível do amigo sob a luz das estrelas –, o que você acharia de colocar a sua vida, a sua profissão e o seu bom nome nas mãos de um bando de oficiais superiores?

– Oh! – fez Stephen. Mas o que ele tinha a dizer não foi ouvido, pois no distante horizonte, na direção de Tânger, surgiu um clarão e mais um, lampejantes, não muito diferentes do repetido movimento rápido de um relâmpago. Eles saltaram, colocaram-se de pé e puseram as mãos em concha nos ouvidos, para captar o estrondo distante; mas o vento estava forte demais e logo voltaram a se sentar e miraram o mar ocidental com as lunetas. Conseguiram, claramente, distinguir duas fontes, a cerca de 20 a 25 milhas, praticamente sem qualquer distância entre elas – não mais do que um grau; então, um terceiro; em seguida, um quarto e um quinto, e depois uma crescente vermelhidão que não se movia.

– Há um navio em chamas – declarou Jack, horrorizado, o coração bombeando tanto que mal conseguia manter o brilho de um vermelho intenso dentro do seu instrumento óptico. – Peço a Deus que não seja um dos nossos. Peço a Deus que alaguem o paiol de munição.

Um enorme clarão iluminou o céu, deslumbrou-os, apagou as estrelas; e, cerca de dois minutos depois, o enorme, demorado e solene ribombo estrondoso de uma explosão os alcançou, prolongado pelo próprio eco ao largo da costa africana.

– O que foi isso? – perguntou finalmente Stephen.

– O navio explodiu – respondeu Jack, a mente repleta com a Batalha do Nilo e o longo momento quando *L'Orient* explodiu, tudo retornando a ele com extraordinária nitidez – uma centena de detalhes que pensava ter esquecido, alguns deles hediondos. E ainda se encontrava em meio a essas lembranças quando uma segunda explosão despedaçou a escuridão, talvez com maior intensidade do que a primeira.

Depois disso, nada. Nem mesmo a luz mais remota, nenhum clarão de canhão. O vento aumentou constantemente, e a subida da lua apagou as estrelas menores. Após algum tempo, algumas lanternas começaram a descer; outras permaneceram e algumas até mesmo subiram ainda mais alto; Jack e Stephen ficaram onde estavam. O amanhecer encontrou-os sob a rocha, com Jack vasculhando constantemente o Estreito – agora tranquilo, e deserto –, e Stephen Maturin dormindo profundamente, sorrindo.

Nem uma palavra, nem um sinal: um mar silente, um céu silente, e o vento voltando a aumentar traiçoeiramente – por toda a volta. Às 7h30 Jack viu Stephen voltar ao hospital, reanimar-se com café e subir novamente a colina.

Em suas jornadas de subida e descida, Jack passou a conhecer cada vento do caminho, e a pedra contra a qual se apoiava lhe era tão familiar quanto um casaco velho. Foi quando estava subindo, depois do chá, na quinta-feira, com o jantar em uma sacola feita de pano de vela, que ele viu Dalziel, Boughton do *Hannibal* e Marshall indo tão depressa pela íngreme ladeira abaixo que não conseguiram parar; eles gritaram: "O *Calpe* está vindo, senhor", e continuaram aos tropeções, com a cachorrinha correndo em volta deles, quase os derrubando e latindo prazerosa.

Heneage Dundas, da veloz chalupa *Calpe*, era um jovem amável, muito querido por aqueles que o conheciam pelo seu lado notável e, particularmente, pela sua habilidade em matemática; mas nunca antes ele fora o homem mais querido de Gibraltar. Jack rompeu a multidão que o cercava, com força bruta e a inescrupulosa utilização de seu peso e cotovelos; cinco minutos depois, rompeu-a de volta e saiu correndo pelas ruas da cidade como se fosse um menino.

– Stephen – gritou, abrindo a porta com violência, o rosto brilhante muito mais largo e alto do que o normal. – Vitória! Saia imediatamente, e vamos beber à vitória! Alegre-se por uma excelente vitória, velho companheiro – bradou, sacudindo-o terrivelmente pela mão. – Que batalha magnífica.

– Ei, o que aconteceu? – perguntou Stephen, lentamente limpando o seu escalpelo e cobrindo a hiena mourisca.

— Venha, e eu lhe conto enquanto bebemos — propôs Jack, conduzindo-o para a rua repleta de gente, falando avidamente, rindo, apertando mãos e dando tapinhas nas costas de uns e outros; da direção do Novo Molhe vinha o som de vivas. — Vamos. Estou com a sede de um Aquiles; não, de um Andrômaco. Foi Keats quem teve a glória do dia... Keats foi o grande vencedor. Ah-ah-ah! Era uma linha de batalha de primeira, não era? Aqui. Pedro! Dê uma mão aqui! Pedro, champanhe. À vitória! A Keats e ao *Superb*! Ao almirante Saumarez. Pedro, outra garrafa. Mais uma vez, um brinde à vitória! Três vezes três! Hurra!

— Eu lhe peço o máximo obséquio de me dar apenas as notícias — salientou Stephen. — Com todos os detalhes.

— Não conheço os detalhes — alegou Jack —, mas o que interessa é o ponto principal. Aquele magnífico sujeito, Keats... lembra que o vimos largar velozmente à vante dos demais?... posicionou-se à ré dos dois espanhóis de primeira classe pouco antes da meia-noite, aguardou o momento propício colocando o leme a ló e arremeteu por entre os dois, atirando com ambas as bandas de artilharia... um setenta e quatro atacando dois de primeira linha! Ele disparou sem cessar, deixando entre os dois uma nuvem de fumaça tão grossa quanto uma sopa de ervilhas; e ambos, disparando nele, acertaram um ao outro; e, desse modo, o *Real Carlos* e o *Hermenegildo* atacaram um ao outro, furiosamente, no meio da escuridão. Alguém, do *Superb* ou do *Hermenegildo*, derrubou o mastaréu do velacho do *Real Carlos*, e foi a vela de gávea dele que caiu sobre os canhões e pegou fogo. Momentos depois, o *Real Carlos* tombou sobre o *Hermenegildo* e também o incendiou. Foram as duas explosões a que assistimos, é claro. Mas, enquanto pegavam fogo, Keats avançou para combater o *San Antonio*, que orçou e reagiu com um raro entusiasmo; mas teve de arriar as velas depois de meia hora, porque, sabe, o *Superb* disparava três bombardadas contra duas dele, e com melhor pontaria. Então, Keats tomou posse dele; e o resto do esquadrão saiu em perseguição às demais naus o mais depressa que pôde, para nor-noroeste, numa lufada de vento. Eles quase tomaram o *Formidable*, mas esse conseguiu chegar a Cádiz; e nós quase perdemos o *Venerable*, desarvorado e encalhado, mas conseguimos recuperá-lo, e já está retornando, aparelhado com guindolas, um pau de varredoura à guisa do mastro da gata, ha-ha!... Lá estão Dalziel e Marshall, passando ali. Olá! Olá, Dalziel! Marshall! Ô de bordo! Venham tomar um cálice pela vitória!

A BANDEIRA SUBIU a bordo do *Pompée*; o canhão troou; os comandantes reuniram-se para a corte marcial.

Tratava-se de uma ocasião muito grave, e, apesar da luminosidade do dia, da abundante alegria na costa e das risadinhas de contentamento a bordo, cada capitão de mar e guerra colocou de lado a alegria e subiu pelo costado, tão solene quanto um juiz, sendo recebido com toda a devida cerimônia e conduzido pelo imediato para a grande câmara.

Jack já se encontrava a bordo, é claro; mas o caso dele não seria o primeiro a ser tratado. Esperando ali, na parte de bombordo da câmara de refeições, separada por uma cortina, havia um capelão, um homem com o olhar acossado, que caminhava de um lado para o outro, às vezes proferindo exclamações reservadas e batendo as mãos uma na outra. Era lamentável ver quanto estava cuidadosamente vestido e como havia se barbeado até sair sangue, pois, se metade do relato genérico sobre a sua conduta fosse verdade, não haveria esperança alguma para ele.

No momento em que o canhão seguinte disparou, o mestre d'armas, o oficial encarregado da disciplina a bordo, levou embora o capelão, e houve uma pausa, um daqueles grandes intervalos de tempo que não parecem avançar de modo algum, antes parecem manter-se estagnados, ou mesmo movimentar-se em círculos. Os demais oficiais conversavam em voz baixa – eles, também, vestidos com particular consideração, com o exato uniforme regulamentar que muito dinheiro de presas e os melhores alfaiates de Gibraltar podiam suprir. Seria um respeito pela corte? Pela ocasião? Um senso de culpa residual, algo para abrandar o destino? Conversavam mansamente, serenos, dando uma olhadela para Jack, de vez em quando.

Cada qual havia recebido uma notificação oficial no dia anterior, e por algum motivo cada um a tinha trazido, dobrada ou enrolada. Após algum tempo, Babbington e Ricketts, secretamente em um canto, passaram a trocar para obscenidades todas as palavras que conseguiam, em suas notificações, enquanto Mowett escrevia e rabiscava nas costas da dele, contando as sílabas com os dedos e com movimentos silenciosos da boca. Lucock olhava diretamente à frente, encarando o vazio. Stephen observava atentamente a atarefada e frustrante busca que uma reluzente pulga vermelho-escura fazia nos quadrados de lona do chão.

Abriu-se a porta. Jack retornou abruptamente para este mundo, apanhou o chapéu com galões e caminhou direto para a grande câmara, baixando a cabeça para poder entrar, os seus oficiais alinhados atrás. Parou no meio do aposento, enfiou o chapéu debaixo do braço e fez uma reverência para a corte, primeiro para o presidente, depois para os comandantes à direita dele e, então, para os que se encontravam à esquerda. O presidente fez uma leve inclinação de cabeça e mandou que o comandante Aubrey e seus oficiais se sentassem. Um fuzileiro indicou uma cadeira para Jack, a alguns passos adiante das demais, e ali ele se sentou, a mão seguindo para ajeitar à frente uma espada inexistente, enquanto o juiz auditor lia o documento autorizando a corte a se instalar.

Isso levou um tempo considerável, e Stephen olhou intensamente ao seu redor, examinando a câmara de um lado a outro: tratava-se de uma versão maior do salão de recepções do *Desaix* (como ele estava feliz pelo *Desaix* estar a salvo), e aquela, também, era singularmente bela e repleta de luz – o mesmo enfileirado curvo de janelas, as mesmas anteparas laterais pendendo para dentro (na verdade, o adelgaçamento do navio) e, acima, os mesmos exatos vaus maciços pintados de branco, em longas curvas extraordinariamente puras atravessando de um lado a outro: um aposento em que a geometria doméstica comum nada tinha do que reclamar. E, do lado mais distante da porta, paralelamente às janelas, estendia-se uma comprida mesa; e entre a mesa e a luz estavam sentados os membros da corte: o presidente no meio, o auditor de guerra de toga preta, em uma escrivaninha à frente, e três capitães de mar e guerra de cada lado. Havia um escrivão numa mesa menor, à esquerda, e, ainda mais à esquerda, um espaço limitado por um cabo, para os espectadores.

A atmosfera era austera: todas as cabeças acima dos uniformes azuis com dourados, no lado mais distante da mesa reluzente, revelavam gravidade. O último julgamento e a sentença tinham sido dolorosamente chocantes.

Eram aquelas cabeças, aqueles rostos, que atraíam toda a atenção de Jack. Com a luz atrás deles, era difícil identificá-los exatamente; mas a maioria parecia sombria, todos eles retraídos. Keats, Hood, Brenton e Grenville ele conhecia; estaria Grenville piscando para ele com o seu único olho, ou seria um pestanejar involuntário? Claro que era um pestanejar: qualquer sinal seria grosseiramente indecente. O presidente parecia vinte anos mais moço, desde a vitória, mas seu rosto continuava impassível, e não havia como distinguir a expressão dos olhos por trás daquelas sobrancelhas pendentes. Os demais comandantes ele conhecia apenas de nome. Um deles, canhoto, desenhava – rabiscava. Os olhos de Jack escureceram de fúria.

A voz do auditor de guerra prosseguia monótona. "A ex-chalupa de guerra *Sophie* de Sua Majestade, tendo sido ordenada a prosseguir... e visto que isso representava cerca de 40'W37°40'N, o cabo de Roig aproximando-se...", dizia ele, em meio à indiferença universal.

"Esse homem adora o seu ofício", pensou Stephen. "Mas que voz deplorável. É quase impossível entendê-la. Lengalenga, uma deformação profissional nos advogados." E refletia sobre as doenças ocupacionais, sobre o efeito corrosivo da probidade nos juízes, quando notou que Jack havia relaxado a sua primeira postura rígida; e, à medida que prosseguiam as infindáveis formalidades, essa descontração se tornava mais evidente. Ele parecia taciturno, estranhamente imóvel e perigoso; a cabeça ligeiramente baixada e o modo obstinado como estendia os pés faziam um singular contraste com a perfeição de seu uniforme, e Stephen teve forte premonição de que o desastre poderia estar muito perto, ao alcance da mão.

O auditor de guerra já tinha chegado a "... investigar a conduta de John Aubrey, comandante da ex-chalupa de guerra *Sophie* de Sua Majestade, e seus oficiais e tripulantes pela perda da citada chalupa, capturada no terceiro dia do corrente mês por uma esquadra francesa sob o comando do almirante Linois", e a cabeça de Jack baixou ainda mais. "Quanto alguém tem o direito de manipular um amigo?", perguntou-se Stephen, ao escrever *Nada dará a H um prazer maior do que um rompante de indignação de sua parte, neste momento*, no canto do seu papel; passou-o para o mestre-arrais e apontou para Jack. Marshall passou-o adiante, através de Dalziel. Jack leu-o, virou o rosto baixo e sombrio, sem muita compreensão aparente, na direção de Stephen, e deu uma sacudida com a cabeça.

Quase que imediatamente depois Charles Stirling, o comandante mais antigo e presidente da corte marcial, pigarreou e disse:

— Comandante Aubrey, relate, por favor, as circunstâncias da perda da ex-chalupa de guerra de Sua Majestade, a *Sophie*.

Jack pôs-se de pé, olhou fixamente ao longo da fila de seus juízes, inspirou fundo e, falando com uma voz mais potente do que a normal, as palavras saindo depressa, com estranhos intervalos e uma entonação anormal — um tom de voz áspero, praguejador, como se estivesse se dirigindo aos mais hostis dos homens — ele disse:

— Por volta das seis horas da manhã do terceiro do corrente, a leste e tendo à vista o cabo de Roig, avistamos três grandes navios, aparentemente franceses, e uma fragata, que logo depois deram perseguição à *Sophie*: a *Sophie* estava entre a costa e os navios que a perseguiam, e a barlavento dos navios franceses; nós nos empenhamos em fazer toda a vela e estávamos utilizando remos... já que o vento era muito fraco... para nos mantermos a barlavento do inimigo; mas, não obstante todo o nosso empenho para nos mantermos à bolina, os navios franceses ganharam velocidade muito depressa e separaram-se em amuras diferentes um do outro, progredindo com cada mudança de vento. Achando impraticável escapar com aquele vento, por volta das nove horas, os canhões e outros objetos do convés foram jogados pela borda; e ao surgir uma oportunidade, quando o navio francês mais próximo se encontrava em nossa alheta, aproamos ao vento e cargamos as velas auxiliares; mas novamente vimos os navios franceses nos superarem, mesmo sem as varredouras e cutelos deles; quando o navio mais próximo se encontrava à distância de um tiro de mosquete, ordenei que a bandeira fosse arriada, por volta das onze horas da manhã, estando o vento para leste e tendo recebido várias bombardadas do inimigo, que levaram embora o mastaréu do joanete do grande, a verga do velacho e cortaram vários dos cabos.

Então, como se estivesse consciente da extraordinária inépcia desse discurso, ele fechou a boca, apertando-a, e ficou parado, olhando direto à frente, enquanto a pena do escrivão rangia agilmente depois de suas palavras, escrevendo *cortaram vários dos cabos*. Houve uma breve pausa, durante a qual o presidente olhou para a direita e para a esquerda, e tossiu novamente antes de falar. O escrivão desenhou um rápido floreado depois de *cabos* e prosseguiu, apressado:

> *Pergunta da corte: Comandante Aubrey, o senhor tem algum motivo para julgar faltosos quaisquer de seus oficiais ou tripulantes do navio?*
>
> *Resposta: Não. O máximo empenho foi feito por cada pessoa a bordo.*
>
> *Pergunta da corte: Oficiais e tripulantes da* Sophie, *os senhores têm algum motivo para julgar faltosa a conduta de seu comandante?*
>
> *Resposta: Não.*

– Que todas as testemunhas se retirem, com exceção do capitão-tenente Alexander Dalziel – anunciou o auditor de guerra, e logo os aspirantes, o mestre e Stephen viram-se novamente na câmara de refeições, sentados perfeitamente mudos em cantos isolados, enquanto, em um dos lados ecoava o distante grito agudo do pároco vindo da enfermaria de combate (ele fizera uma decidida tentativa de suicídio), e do outro vinha a monotonia do julgamento. Todos ficaram profundamente afetados pela preocupação, aflição e irritação de Jack: eles o tinham visto impassível, com tanta frequência e em várias circunstâncias, que aquela sua emoção atual os abalou profundamente. Agora conseguiam ouvir a voz dele, formal, áspera e muito mais alta do que o resto das vozes da corte, perguntar: "O inimigo não disparou várias bombardadas contra nós, e a que distância se encontrava, quando disparou a última?" A resposta do Sr. Dalziel foi um murmúrio, indistinguível através do anteparo.

– Trata-se de um temor inteiramente irracional – disse Stephen Maturin, olhando para as palmas das mãos molhadas e pegajosas. – É mais um exemplo do... pois certamente, por Deus, certamente por tudo quanto é sagrado, se tivessem algum desejo de degradá-lo, teriam perguntado: "O que estava fazendo lá?" Mas, por outro lado, sei muito pouco de questões náuticas. – Buscou conforto no rosto do mestre-arrais, mas não encontrou nenhum ali.

– Dr. Maturin – falou o fuzileiro, abrindo a porta.

Stephen entrou lentamente e fez o juramento com particular premeditação, tentando sentir o clima reinante na corte: com isso, deu tempo ao escrivão de completar o testemunho de Dalziel, e a esganiçada pena escreveu:

Pergunta da corte: O navio alcançou a Sophie sem as velas auxiliares?
Resposta: Sim.
Pergunta da corte: Eles pareciam navegar muito mais rápido que os senhores?
Resposta: Sim, de um modo geral.
Dr. Maturin, cirurgião da Sophie, convocado e juramentado.
Pergunta da corte: A declaração que o senhor ouviu, prestada pelo seu comandante, a respeito da perda da Sophie, é correta, de acordo com as suas observações?
Resposta: Acredito que sim.
Pergunta da corte: O senhor entende suficientemente de assuntos navais para saber se foram feitos todos os esforços para escapar da força que perseguia a Sophie?
Resposta: Conheço muito pouco de assuntos navais, mas a mim me pareceu que todo o esforço foi usado por toda pessoa a bordo: vi o comandante no timão e os oficiais e tripulantes nos remos.
Pergunta da corte: O senhor estava no convés quando a bandeira foi arriada, e a que distância estava o inimigo, por ocasião da rendição?
Resposta: Eu estava no convés, e o Desaix encontrava-se à distância de um tiro de mosquete da Sophie, disparando contra nós o tempo todo.

Dez minutos depois a corte foi esvaziada. Novamente a câmara de refeições, e, dessa vez, sem hesitação sobre a precedência no vão da porta, pois Jack e o Sr. Dalziel se encontravam ali: todos estavam ali, e nenhum deles disse uma só palavra. Teria sido uma gargalhada no aposento ao lado, ou o som teria vindo da praça d'armas do *Caesar*?

Uma longa pausa. Uma longa, longa pausa: e o fuzileiro surgiu à porta.

– Por favor, cavalheiros.

Eles entraram, e apesar de todos os seus anos no mar Jack esqueceu-se de baixar a cabeça: bateu no lintel da porta com uma força que deixou um pedaço de cabelo louro e couro cabeludo na madeira, e ele seguiu adiante, quase às cegas, para ficar de pé rigidamente diante de sua cadeira.

O escrivão levantou a vista depois de ter escrito a palavra *Sentença*, assustado com a colisão, e em seguida voltou a olhar para baixo, para se dedicar a escrever as palavras do auditor de guerra. "Em corte marcial reunida e realizada a bordo do navio de Sua Majestade *Pompée*, em Rosia Bay... a corte (prévia e propriamente ajuramentada) instaurou o processo por ordem de Sir James Saumarez Bart. Contra-almirante do azul e... e, na ocasião, tendo interrogado as testemunhas e, com maturidade e deliberação, considerou todas as circunstâncias..."

A monótona e inexpressiva voz prosseguiu, e o seu tom estava tão associado ao tinido na cabeça de Jack que ele praticamente nada ouviu daquilo, nada além do que conseguia enxergar do rosto do homem através do lacrimejar de seus olhos.

– ... a corte é de opinião que o comandante Aubrey, seus oficiais e tripulantes do navio utilizaram todo o esforço possível para evitar que a chalupa de guerra do rei caísse em mãos do inimigo; e, portanto, respeitosamente, os isenta de culpa. E por meio desta, consequentemente, são isentados de culpa – declarou o auditor de guerra, e Jack não ouviu nada disso.

A voz inaudível parou, e a visão embaçada de Jack viu a forma negra sentar-se. Sacudiu a cabeça tilintante, pressionou a mandíbula e forçou as faculdades a retornar, pois ali estava o presidente da corte levantando-se. Os olhos mais desanuviados de Jack captaram o sorriso de Keats, viram o comandante Stirling apanhar a espada familiar, um tanto surrada, dirigir o punho em sua direção, ao mesmo tempo que a mão esquerda alisava um pedaço de papel perto do tinteiro. O presidente voltou a pigarrear em meio ao silêncio mortal, e falando com uma voz clara como a de um marujo, que combinava gravidade, formalidade e contentamento, ele disse:

– Comandante Aubrey, é com grande prazer que recebo a ordem da corte, que tenho a honra de presidir, para devolver-lhe sua espada, e quero parabenizá-lo por ela ter-lhe sido devolvida igualmente por amigos e inimigos; e espero que não demore a ser convocado a desembainhá-la mais uma vez na honrada defesa do seu país.

Posfácio
Finalmente, a reta de chegada

Alan Judd

Às vezes as coisas acontecem juntas como deveriam. Recentemente aconteceram para o romancista e biógrafo Patrick O'Brian; uma semana depois do anúncio no Birthday Honours do seu CBE (Comandante da Ordem do Império Britânico), por serviços prestados à literatura, ele se tornou o primeiro ganhador do Prêmio Literário Heywood Hill, no valor de 10 mil libras.

O sucesso editorial em todo o mundo já ameaça tratar como celebridade esse vigoroso e muito reservado octogenário, mas ficou claro, durante a entrega do prêmio, que os prazeres do reconhecimento literário fazem alguma coisa para tornar tolerável as passageiras inconveniências da fama. Eles também fazem algo para compensar as décadas de esforço incessante, os primeiros anos de pobreza e pelos vários bons livros escritos às cegas – isto é, sem a reconfortante segurança de um público leitor. O'Brian passou muito tempo ancorado.

A saúde debilitada e a morte dos pais resultaram numa itinerante infância anglo-irlandesa, enquanto uma educação com uma incomum combinação de rigor e larguez de visão alimentava nele o autodidatismo. A fluência em francês, espanhol e catalão ajudou-o a conseguir emprego no Serviço de Inteligência, durante a Segunda Guerra Mundial, assunto sobre o qual ele continua mantendo uma firme discrição, e também o levou ao casamento com Mary, a mãe do conde Nikolai Tolstoi. Depois da guerra, estabeleceram-se em Gales; posteriormente, motivado, em parte, por questões de saúde, mudaram-se para a aldeia costeira perto da fronteira franco-espanhola, onde vivem desde então.

Era mais fácil ser pobre num clima mais quente.

Nunca houve qualquer dúvida para O'Brian de que ele podia – devia – escrever, nem qualquer hesitação ou transigência sobre o essencial apoio de Mary. Contos, críticas, traduções e os primeiros romances apareceram, com destaque para *Testimonies*, uma história de amor intensa e obsessiva ambientada na Gales rural, e agora publicada pela HarperCollins. Durante anos, contudo, foram as traduções do francês para o inglês – *Papillon*, por exemplo, e toda a obra de De Beauvoir – que mantiveram o sustento dos dois. A sorte ajudou: Picasso era um dos vizinhos e tornou-se amigo, o que, subsequentemente, levou O'Brian a escrever uma brilhante e compreensiva biografia dele, ainda reconhecida na Espanha (e pelo falecido lorde Clark) como a melhor.

Em 1969, O'Brian publicou *Mestre dos mares*, o primeiro da sua série de romances – "narrativas", como as chama modestamente – sobre a Marinha Real britânica durante as Guerras Napoleônicas. Embora achasse que poderia haver outros, ele não previa que a série se estenderia a 20 livros, nem que ela lhe asseguraria o lugar no panteão literário. Aliás, apesar do apoio inicial de gente como Mary Renault, T.J. Binyon e John Bayley, os livros não foram uma sensação imediata, e até mesmo deixaram de ser publicados nos Estados Unidos.

Gradualmente, porém, a propaganda boca a boca, astutos editores (todos da Fontana), mérito literário e – precisa dizer? – boa leitura combinaram-se para produzir, nos últimos cinco anos, uma rara onda de maré de reconhecimento literário e sucesso comercial. Atualmente, as vendas ultrapassam o milhão, há traduções em 19 línguas, a British Library publicou a sua primeira bibliografia de um autor vivo (com uma introdução de William Waldegrave), a Universidade de Indiana está comprando os originais e criando um centro de estudos O'Brian, constrói-se no Chile um navio de acordo com as especificações dos mais frequentemente navegados pelos heróis de O'Brian, a sua editora americana (Norton) publica um boletim periódico, e nas ilhas Caimãs existe um clube denominado Viúvas de Patrick O'Brian, formado por senhoras cujos maridos são viciados nos livros dele. Os admiradores mais conhecidos incluem pessoas tão diferentes como Iris Murdoch e Max Hastings, Antonia Byatt e Charlton Heston.

Mestre dos mares começa em Port Mahón, onde o empobrecido tenente Jack Aubrey e o empobrecido médico Stephen Maturin se encontram e têm uma desavença em um concerto. Na manhã seguinte, na euforia da muito desejada mas inesperada promoção para um comando, Jack oferece a Stephen o lugar de cirurgião no navio, iniciando-se uma amizade que, certamente, se mostrará uma das mais duradouras e afetuosas de nossa literatura. Eles são bem diferentes: Jack é inglês, robusto, alegre e generoso, um tolo em terra, mas um gênio no mar; Stephen é um irlando-catalão, melancólico, sutil, brilhante, um naturalista apaixonado (O'Brian também é o biógrafo de Sir Joseph Banks) e um decidido espião contra Napoleão. São unidos por simpatia, respeito, reconhecimento das diferenças, senso de imparcialidade, justiça e afeto. Tudo isso é mais sugerido, nas entrelinhas, do que expressado diretamente, exceto quando os dois tocam música juntos. Na descrição dessa amizade aprendemos algo de todas as amizades, do mesmo modo que, em toda a série, aprendemos sobre lealdade e traição, amor e mutabilidade, interesse e humor.

Esses romances não são Forester nem Marryat, embora O'Brian preste a devida homenagem a ambos. Há aventura e há batalhas. Você pode confiar inteiramente no arcabouço histórico e no vernacular, pois O'Brian está muito embebido desse período, mas também há algo de sua heroína, Jane Austen. Ele escreve com a sua ironia, o humor e a rija moral, quase como se ela tivesse redigido as aventuras de seus irmãos marujos. Acima de tudo, são romances acessíveis, tão bem-escritos que você mergulha neles como num banho quente, sabendo que está em boas e notáveis mãos. Numa evocação tão nítida, que parecemos viver nessa época, O'Brian mostra, através de elementos cognitivos, o que é viver agora, e de que modo deveríamos viver. Ele consegue esse deslocamento e fixação simultâneos, que são a essência de toda a arte imaginativa e o que a diferencia de tudo mais.

O Prêmio Literário Heywood Hill foi uma sugestão do duque de Devonshire, proprietário de livrarias. Os juízes foram John Saumarez Smith, Mark Amory e Roy Jenkins. Não se trata de um prêmio para o livro mais recente de um autor, mas por "uma vida de contribuição ao prazer da leitura", e facilmente poderia ter sido entregue a um editor como Rupert Hart-Davis, ou ao falecido Jock Murray. Para um autor merecê-lo, os seus livros precisam ter cativado por muitos anos os clientes da Heywood Hill; nas palavras de John Saumarez Smith, "nós quisemos avançar a causa da leitura". Existe uma sensação de que uma ou duas premiações literárias bem conhecidas perderam de vista o que imaginam ser a realidade da leitura de livros.

O'Brian recebeu o seu prêmio de outro admirador, Tom Stoppard, em meio à bucólica elegância de uma multidão bem heterogênea presente no gramado de Chatsworth. O sol brilhava, a banda tocava alegremente, os intelectuais ofuscavam e os ricos e famosos brilhavam – apesar de não haver nada mais brilhante do que os colares que adornavam os prefeitos de Derbyshire reunidos. A RAF (Força Aérea Britânica) fez um oportuno sobrevoo não intencional. Os cães de Chatsworth provaram que, se você é simpático, consegue filar qualquer quantidade de almoço grátis, e, ao final, uma senhora executou uma dança improvisada em cima de uma mesa.

Foi, segundo nos disse O'Brian, o seu primeiro prêmio literário; aliás, o seu primeiro prêmio de qualquer espécie, desde que ganhou um canivete do diretor de sua escola preparatória, em Paignton, por continuar correndo enquanto todos os outros estavam muito à frente e fora de vista. Bem, eles agora estão fora de vista, mas não tão à frente, e Patrick O'Brian continua correndo.

> Este artigo foi publicado pela primeira vez no *Spectator* de 1º de julho de 1995, e é republicado aqui por gentil permissão de seu editor, Mark Amory.

Glossário

Almirante do azul (o mesmo que almirante de retaguarda) – A Marinha Real britânica tinha almirantes de três cores. No século XVII, quando as imensas esquadras britânicas combatiam os holandeses, elas eram divididas em três esquadrões, cada qual comandado por um almirante; o branco era o da vanguarda; o vermelho, o do meio; e o azul, o da retaguarda. As grandes esquadras acabaram no século XVIII, mas os postos permaneceram.

Aliquid amari – Um quê amargo.

Batalha dos Santos – Referência à batalha naval entre ingleses e franceses nas proximidades das Isles de Saintes, um grupo de pequenas ilhas próximas à Martinica, em abril de 1782, que serviu para estabelecer o domínio marítimo britânico às vésperas do século XIX.

Bedlam – Nome popular do Hospital Bethlehem, primeiro manicômio inglês.

Belerofonte – Personagem da mitologia grega, que, montado em Pégaso, matou Quimera, o monstro que vomitava fogo.

Beresford – Referência à família de John Beresford, líder político na luta para a preservação do monopólio político da aristocracia dos proprietários rurais protestantes, na Irlanda do século XVIII.

Black Joke – Possivelmente a mais antiga canção popular irlandesa a ser publicada com a sua melodia (cerca de 1730).

Boletus edulis – O mesmo que cogumelo.

Borwick – Uma das famosas frases de *Hamlet* de Shakespeare, "Alas, poor Yorick", citada erroneamente pelo personagem.

Boston Beans – Boston era apelidada de "Bean Town" (Cidade do Feijão); os "*beans*", no caso, têm a conotação de ninharia ou coisa sem valor, um xingamento contra os americanos.

Botas hessenianas – Calçados de cano alto com borlas usados pelas tropas mercenárias de Hesse, Alemanha, durante a guerra de independência americana.

Britons, Strike Home – Velha canção do mar, muito popular entre os jovens estudantes da época.

Buridan, Jean – Filósofo e escolástico francês do século XIV, defensor do princípio da casualidade. É mais conhecido pela expressão "Asno de Buridan", que se refere ao caso de um burro faminto colocado entre dois montes de feno, iguais em quantidade e qualidade, e igualmente distantes. Diante do dilema de uma opção moral, entre duas coisas evidentemente iguais, o animal não conseguiu se decidir e morreu de fome.

Busbequius – Forma latinizada do nome de Augier Ghislain de Busbecq, diplomata vienense do século XVI, que introduziu na Europa vários tipos de animais e plantas, notadamente o gato angorá e a tulipa.

Comandante de navio, mestre e comandante, *post-captain* – Comandante (captain, na língua inglesa) é um dos mais antigos postos navais. Na Idade Média, quando um navio mercante era convertido em uma nau de guerra, os soldados embarcados e o comandante assumiam o controle da embarcação, e o comandante do navio mercante, o mestre, ficava sob as ordens daquele. Como o comandante era um militar numa missão temporária, ele não tinha interesse nas questões que envolviam a navegação do barco, deixando isso para o mestre-arrais. Depois que os navios ficaram maiores e mais importantes, também aumentou a importância do comandante, que, conhecendo navegação, passou a ser, ao mesmo tempo, "mestre e comandante" (algo semelhante a capitão de corveta). Após 1748, os comandantes da Marinha Real britânica passaram a ser chamados de "*post-captains*" (algo semelhante a capitão de mar e guerra), para indicar o seu posto hierárquico e, com isso, diferenciá-lo do cargo exercido por um "comandante de navio", ou seja, um militar de posto inferior no comando de uma nau de guerra menor. Com o posto de "post-captain", o militar passava a comandar um navio de vinte ou mais peças de artilharia.

Castle – Castelo de Dublin, antigo centro do poder inglês na Irlanda.

Castlereagh, Robert Stewart – Feroz opositor dos protestantes irlandeses.

Come cheer up my lads... – Trecho da música "Heart of Oak" (*Coração de carvalho*), composta em 1759, com música de William Boyce e letra do famoso ator David Garrick. O "coração de carvalho" refere-se aos navios e aos seus marujos.

Croppies – Nome dado aos United Irishmen (Irlandeses Unidos), que tinham o hábito de cortar o cabelo à escovinha, para marcar o seu compromisso de fidelidade à causa; participaram de um desastroso levante, em 1798, no qual 640 foram massacrados.

Cura da água – Invenção de Vincent Preissnitz da Silésia, que se recuperou de ferimentos, sofridos em um acidente, com um tratamento de compressas molhadas e a ingestão de grandes quantidades de água.

Deh Vieni – Cançoneta da ópera "Don Giovanni" de Mozart.

Earl Godwin (? – 1053) – Referência à lenda sobre o motivo de sua morte. Ao jantar com o rei Eduardo, o Confessor, o conde de Wessex, Sussex e Kent jurou: "Que eu morra engasgado com esta migalha de pão, se ao menos pensei em trair o senhor." E morreu engasgado com o pão, por causa de um juramento falso.

Estrabão – Geógrafo e historiador grego, cuja obra "Geografia" descreve os povos e lugares conhecidos pelos gregos e romanos durante a época de Augusto.

Fiddler's Green – O mítico paraíso dos marinheiros, principalmente daqueles que morriam em terra.

Fitzgibbon, John – Presidente da Câmara dos Lordes, que apoiou uma política repressiva contra os católicos irlandeses e depois advogou a união com a Grã-Bretanha.

Flying Childers – Considerado o primeiro grande cavalo de corrida puro-sangue. Foi criado pelo coronel Leonard Childers e importado da Síria por volta de 1704.

Garrick, David (1717-1779) – Ator shakespeariano inglês, famoso por romper com o pomposo recitativo dramático de tradição francesa. A ele também é creditada a expressão teatral "Break a Leg" (Quebre uma Perna), para desejar sorte. Segundo consta, ficou tão envolvido com a sua atuação em *Ricardo III*, que não notou as dores de uma fratura que sofrera.

Goldsmith, Oliver (1730-1774) – Poeta, dramaturgo e ensaísta irlandês.

Guy Fawkes – Cabeça da 'Conspiração da Pólvora", dos irlandeses, contra o poder dos anglicanos no reinado de Jaime I. Preso e condenado, foi morto no dia 5 de novembro de 1606. Nessa data, os protestantes passaram a comemorar a sua execução queimando efígies dele, os chamados "guys".

Halifax – Porto marítimo e capital de Nova Escócia, no sudoeste do Canadá.

Haslar – Hospital Real em Gosport, Hampshire, o principal hospital naval da Grã-Bretanha, inaugurado em 1753.

Hortus siccus – Horta seca, herbário.

Houaris – Embarcação com uma armação e duas velas.

Jacobita – Referência à quinta revolta dos Jacobitas, em 1745, uma das tentativas, desses partidários de Jaime II da Grã-Bretanha e dos Stuarts, de levá-lo de volta ao trono, e aos seus descendentes, após a revolução de 1688, chamada de "Gloriosa".

Libellus de Natura Scorbuti – Livro escrito por Nathaniel Hulme, que defendia o uso de suco de lima para evitar escorbuto.

Linnaeus – Karl von Linné (1707-1778), ou simplesmente Lineu, naturalista sueco, fundador da história natural moderna.

Loiolismo – Referência a Iñigo López de Loyola (1491–1556), santo Inácio de Loyola; soldado espanhol e prelado cristão fundador da Sociedade de Jesus.

Maimônides – Moisés ben Maimon (1135–1204), filósofo escolástico judeu e rabino, nascido na Espanha, um dos maiores teólogos do judaísmo.

Marine Practice – Livro de William Northcote, publicado em 1770, com o título *Marine Practice of Physic and Surgery*, que lida com o tratamento clínico em vez do diagnóstico.

Maro – O poeta romano Virgílio (Publius Vergilius Maro), autor da *Eneida*.

Mens rea – Culpabilidade, elemento subjetivo do delito.

Milênio – Referência bíblica ao período de mil anos, durante os quais Jesus reinaria sobre a terra antes do Juízo Final, de acordo com Apocalipse 20.

Naveta – Monumento megalítico das ilhas Baleares.

Negro Frank – Referência a Francis Barber, criado negro de Samuel Johnson.

Negus – Bebida feita com vinho, água quente, açúcar, noz-moscada e limão, batizada com o nome do seu inventor, o coronel inglês Francis Negus.

No amo te, Sabidi – Famoso epigrama de Marco Valério Marcial, poeta romano (40 d.C). Na íntegra, "*Non amo te, Sabidi, nec possum dicere quare: hoc tantum possum dicere: non amo te*" (Eu não gosto de ti, Sabidi, o motivo não posso dizer: mas o que posso dizer é: eu não gosto de ti).

Non fui nom sum non curo – Não fui, não sou, não me preocupo.

Nilo – Referência à batalha de 1º de agosto de 1798, entre as esquadras britânicas e francesas, na baía de Abukir, uma das maiores vitórias do almirante Horatio Nelson.

Orangista – Integrante da ordem de Orange, fundada na Irlanda do Norte, em 1795, para defender os interesses dos protestantes.

Os Gmelin – Referências ao farmacêutico Johann Georg Gmelin (1674-1728) e ao médico e filósofo Johann Friedrich Gmelin (1748-1804), de uma famosa família alemã de médicos e naturalistas.

Paul Jones – Referência a John Younger, marinheiro escocês que adotou os Estados Unidos como seu país, mudou o nome para John Paul Jones e, na segunda metade do século XVIII, apresou, afundou ou incendiou fragatas inglesas.

Pallas, Peter Simon (1741-1811) – Naturalista alemão.

Pater classis – Pai da frota.

Philosophe – Referência a pensadores, literatos, cientistas etc., da França do século XVIII, que, apesar de divergirem em pontos de vista, mantinham em comum a convicção da supremacia e eficiência do pensamento humano.

Pílulas de Ward e Gotas de Ward – Famosos remédios de Joshua Ward (1685-1761). As pílulas eram uma mistura de antimônio e bálsamo e, supostamente, curavam várias doenças. As gotas tinham a mesma mistura, com o acréscimo de vinho.

Pigtail Steps – Escada dos "rabos de cavalo"; referência aos marinheiros que costumavam utilizá-la.

Pinque – Barco de três mastros com velas latinas, do Mediterrâneo.

Polaca – Navio de dois ou três mastros inteiriços, sem cesto de gávea, do Mediterrâneo.

Poggius – Forma latinizada do nome de Gian Francesco Poggio Bracciolini (1380-1459), humanista e calígrafo florentino, que ficou famoso entre os eruditos por causa da redescoberta de obras perdidas ou esquecidas da antiguidade clássica romana.

Primeiro de Junho – Referência à grande vitória na batalha naval liderada por lorde Howe contra os franceses, nesse dia, em 1794.

Rei Jorge – Referência ao rei Jorge III, em cujo reinado a Inglaterra perdeu as colônias.

Regrediar por Regredior – Tornar, voltar.

Requies Nicholai – Calmante e purgativo composto de várias ervas, sementes, vinho e açúcar dissolvidos em água de rosas.

Res angusta – Adversidade, situação difícil.

Rota do Meio – A rota África-Índias Ocidentais, utilizada pelos traficantes de escravos.

Ruse de guerre – Ardil de guerra.

Samuel Johnson – Autor de um famoso dicionário da língua inglesa, publicado em 1755, e de *An Account of the Life of Mr. Richard Savage*, biografia do poeta Richard Savage (1697-1743).

Settee – Embarcação média de duas velas latinas e dois ou três mastros.

Snow – Embarcação de dois mastros semelhante ao brigue.

Solander, Daniel – Botânico sueco que participou da primeira viagem de exploração científica (1768-1771) de James Cook.

Spithead e Nore – Referências a motins ocorridos em navios da Marinha britânica, em 1797, em Spithead, enseada entre Portsmouth e a ilha de Wight, e no Nore, ancoradouro localizado no estuário do Tâmisa.

Surgeon's Hall – Escola da Company of Surgeons, terminada em 1752 e abandonada em 1796, em favor de uma outra, o que levou à dissolução da Company e à fundação do Royal College of Surgeons.

Tartana – Barco comprido do Mediterrâneo com apenas um mastro.

Taula – Monumento megalítico das ilhas Baleares em forma de T.

Tóri – Adepto ou membro do partido conservador inglês.

Trabaccalo – Pequeno barco costeiro italiano.

Vigário de Bray – Trecho da balada popular sobre o "Vigário Cantor" de Bray, Berkshire, na qual ele prometia permanecer "Vigário de Bray, Senhor", fosse qual fosse a denominação religiosa que tivesse de adotar.

Whiggismo – De "whig", adepto ou membro do partido liberal inglês.

White Boys – Associação secreta de camponeses irlandeses do século XVIII, criada por causa da intranquilidade que havia no campo. Eram chamados assim ("garotos brancos") porque usavam, como disfarce, um camisão branco sobre as roupas.

Willoughby, Francis e Ray, John – Naturalistas ingleses que trabalharam na classificação de plantas.

Wolfe Tone e Napper Tandy – O primeiro foi um político irlandês e fundador da organização política United Irishmen (Irlandeses Unidos), em 1791. O segundo foi secretário da seção de Dublin dos United Irishmen.

Yardo – Famosa raça de touros, reproduzida desde o século XVIII pelo criador Francisco Gallardo (pronuncia-se *Ga-Yardo*), e posteriormente incorporada por dom Antonio Miura.

Xaveco – Pequena embarcação de três mastros.

Zenão – Zenão de Cicio, também chamado de Zenão, o Estóico, filósofo grego fundador da escola filosófica do estoicismo (362-264 a.C.).

EDIÇÕES
BestBolso

Este livro foi composto na tipologia Minion Pro Regular,
em corpo 10/12,5, e impresso em papel off-set 56g/m² no Sistema
Cameron da Divisão Gráfica da Distribuidora Record.